KRISTINA OHLSSON

Das Feuer im Bootshaus

Autorin

Kristina Ohlsson, Jahrgang 1979, arbeitete im schwedischen Außen- und Verteidigungsministerium als Expertin für EU-Außenpolitik und Nahostfragen, bei der nationalen schwedischen Polizeibehörde in Stockholm und als Terrorismusexpertin bei der OSZE in Wien. Mit ihrem Debütroman »Aschenputtel« gelang ihr der internationale Durchbruch und der Auftakt zu einer hoch gelobten Thrillerreihe um die Ermittler Fredrika Bergman und Alex Recht. August Strindberg ist Ohlssons neueste Romanfigur, der mit seinem gelben Leichenwagen Fälle löst, obwohl er gar nichts mit der Polizei zu schaffen hat ...

Weitere Schweden-Krimis von Kristina Ohlsson:

Aus der Serie mit Fredrika Bergman und Alex Recht:
Aschenputtel
Tausendschön
Sterntaler
Himmelschlüssel
Papierjunge
Sündengräber

Aus der Serie mit Martin Benner:
Schwesterherz
Bruderlüge
Blutsfreunde

Aus der Serie mit August Strindberg:
Die Tote im Sturm
Das Feuer im Bootshaus
Die Frau im Eishaus
Spätsommertod

Weitere in Vorbereitung

Kristina Ohlson

Das Feuer im Bootshaus

Ein Schwedenkrimi mit August Strindberg

Deutsch von
Susanne Dahmann

blanvalet

Die Originalausgabe erschien 2022 unter dem Titel »Isbrytare«
bei Bokförlaget Forum, Stockholm.

FSC
www.fsc.org
MIX
Papier | Fördert
gute Waldnutzung
FSC® C014496

Penguin Random House Verlagsgruppe FSC® N001967

1. Auflage 2025

produktsicherheit@penguinrandomhouse.de
(Vorstehende Angaben sind zugleich
Pflichtinformationen nach GPSR)

Redaktion: Ingola Lammers
Umschlaggestaltung: www.buerosued.de nach einer Idee von
© Kristina Ohlsson 2022
Umschlagmotive: mauritius images (Anders Ekholm), www.buerosued.de
BL · Herstellung: DiMo · SaVo
Satz, Druck und Bindung: GGP Media GmbH, Pößneck
Printed in Germany
ISBN 978-3-7341-1442-7

www.blanvalet.de

Der erste Schnee fiel kurz vor dem zweiten Advent. Sanft segelten vereinzelte Schneeflocken auf Hovenäset herab. Danach war es, als würde die Kälte den kleinen Ort in ihren eisigen Griff nehmen. Um Neujahr lag das Eis dick auf Fjorden und Buchten, und zum ersten Mal seit Ewigkeiten konnte man auf dem Klevekilen beim Campingplatz Johannesvik Schlittschuh fahren.

Alle liebten das Schlittschuhlaufen. Kinder und Erwachsene sausten hin und her über das Eis. Es war ein wunderbares Schauspiel. Die Sonne schien von einem klaren blauen Winterhimmel und spiegelte sich in den kargen, schneebedeckten Klippen, die um die Bucht herum aufragten.

Die Bewohner von Hovenäset beteuerten, es sei Jahre her, dass man eine solche anhaltende Kälte erlebt hätte. Endlich mal wieder ein richtiger Winter. Man erinnerte sich an Winter, die so kalt gewesen waren, dass sogar das Meer gefror und die Eisdecke sich bis nach Håll vor Kungshamn erstreckte. Vielleicht würden sie ja auch diesmal so etwas erleben können.

Jemand, der sowohl das Schlittschuhlaufen als auch die Kälte wirklich liebte, war der sogenannte »Stockholmer«. Der Mann mit dem unwahrscheinlichen Namen August Strindberg wohnte jetzt seit bald einem halben Jahr auf Hovenäset, wurde aber immer noch »neu hinzugezogen« genannt.

Niemand hatte an seinen Secondhandladen geglaubt, den er in den ehemaligen Räumen des Bestattungsinstituts in Kungshamn eröffnet hatte, und schon gar nicht nach all den schrecklichen Ereignissen im Herbst. Trotzdem sah es so aus, als würde der Laden gut laufen. Er hatte sein Unternehmen in Schwung gebracht und schien an der Westküste bleiben zu wollen.

Vielleicht war es der Stockholmer selbst, der die Dinge ins

Laufen brachte. Etwas an seinem entspannten, ruhigen Wesen lockte das Sanfte in den Menschen hervor. Eine Art Naivität, verbunden mit messerscharfem Intellekt und dazu einem Namen, der verpflichtete. Er brachte Leben in den Ort und war voller Energie und Ideen.

Und er konnte Schlittschuhlaufen. Deshalb war August einer der Ersten, der sich, als das Wasser fror, auf den Klevekilen begab, und er war es auch, der die anderen warnte, wenn das Eis nach einigen Tagen über null zu dünn wurde.

Was die Leute nicht daran hinderte, trotzdem noch ein bisschen zu laufen, denn das Eis lag ja wie es lag, und woher sollte der Stockholmer mehr über Eis wissen als sie?

So passierte es, dass einer der Bewohner von Hovenäset in dem kalten Wasser landete. Die meisten waren schon nach Hause gegangen, als es passierte, nur eine kleine Schar Jugendlicher saß noch da am Rand und zog sich die Schlittschuhe aus.

Sie hörten schon, was passierte, noch ehe sie es sahen.

Erst das knisternde Geräusch von brechendem Eis.

Und dann ein erschrockener Schrei von der Frau, die im Wasser gelandet war. Nur ein einziger. Laut und gellend.

Dann war es still. So schrecklich verzweifelt still.

Doch nicht sonderlich lange, denn die Jugendlichen auf der Bank begriffen, dass das hier wirklich ernst war. Jetzt oder nie. Einer von ihnen rief nach Hilfe, während ein anderer sich nur in Socken auf das Eis hinausbegab.

Da war wieder ein gellender Schrei von dem Eisloch zu hören.

»Ich stehe!«, rief die Frau. »Ich stehe auf dem Grund.«

Das war eine Geschichte, die die Leute immer und immer wieder gern erzählen sollten.

Sie hatte schließlich alles, was man braucht: Spannung, Schauder und einen glücklichen Ausgang.

Dennoch nahmen sich die Leute danach vor dem Eis in Acht. Während der folgenden Woche war nicht ein einziger Mensch auf

Schlittschuhen auf dem Klevekilen unterwegs. Es wurde noch wärmer, und jetzt begann sogar der Schnee zu schmelzen.

Doch dann schlug das Wetter wieder um.

Von einem Tag auf den anderen kehrten die Minusgrade zurück, und es begann erneut zu schneien. Das Eis schloss sich und wurde dick. Vom Unglück war keine Spur mehr zu sehen. Je mehr Tage vergingen, desto sicherer fühlten sich alle, die sich zum Schlittschuhlaufen zurücksehnten.

Diesmal hielt das Eis.

Die Idylle war wiederhergestellt.

Zumindest auf dem Klevekilen.

Doch in einem der Häuser auf Hovenäset wuchs die Verzweiflung. Die Zeit verging zu schnell, und die Geheimnisse wogen zu schwer. Und mit den Geheimnissen kam die Einsamkeit.

Es musste gehandelt werden.

Man konnte nicht länger warten.

Die Nacht zwischen dem 25. und dem 26. Januar

»Habe ich vergessen abzuschließen?«

Eine Dachlawine war es, die Axel Ehnbom weckte. Dieses Geräusch, wenn schwere, mit Eis vermischte Schneeberge das Dach herunterrutschen, war unvergleichlich. Es klang wie ein von Angst getriebenes Wimmern, das den vernünftigsten Menschen in Schrecken versetzen konnte. Schuld daran waren die Dachziegel. Eines Tages würde er sich der Sache annehmen müssen, doch das musste warten. Axel war nämlich ein Mann, der weitaus größere Probleme hatte, als dass sein Dach keinen Schnee mochte. Von denen sprach er zwar sehr selten, das machte sie aber nicht kleiner.

Tatkraft, hatte er gedacht. Ich muss Tatkraft zeigen.

Und dann hatte er genau das getan.

Er blinzelte ein paarmal, versuchte seinen Blick und seine Gedanken zu schärfen.

Dass er überhaupt eingeschlafen war.

Es muss der Schock gewesen sein, der mich betäubt hat, dachte er. Der Schock über das, was er getan hatte.

Es war ein Uhr nachts. Im Haus war es vollkommen still, auf ganz Hovenäset war es vollkommen still.

Er hätte sich nie vorstellen können, dass es so kommen würde.

Hoffentlich war es ihm gelungen. Alles noch einmal machen zu müssen könnte er nicht ertragen.

Axel setzte sich im Bett auf. Alle Bewegungen waren so verdammt zäh geworden. Er hatte sich den Feiern sowohl zu seinem 80. wie auch zu seinem 85. Geburtstag verweigert. Was gab es da schon zu feiern? Dass die Zeit verging, ohne dass er sie mit Inhalt zu füllen vermochte?

Nein danke.

Axel gehörte nicht zu denen, die im Mittelpunkt stehen wollten, das konnten andere übernehmen.

In dieser späten Nacht schmerzten die Gelenke mehr als sonst. Sein Rücken war steif, und der Nacken brannte. Es fühlte sich an, als hätte jemand ihn angezündet.

Er strich sich mit der Hand über die schmerzende Region.

In drei Wochen würde er 86 werden.

Auch diesen Geburtstag gedachte er nicht zu feiern.

Das Dach und der Schnee gaben Ruhe. Mit einem Mal kam ihm die Dunkelheit noch dichter vor. Axel schlief immer mit offenen Gardinen. Er war viel zu sehr ein Wachhund, um das Rollo herunterzuziehen. So hatte jedenfalls Denise es ausgedrückt.

»Ich kann ja froh sein, dass du überhaupt schläfst«, hatte sie gesagt. »Wo du doch so viel Angst hast, was zu verpassen.«

Sie selbst war anders gewesen. Sie hatte gemeint, alle Zeit der Welt zu haben. Und dann war sie zuerst gestorben, viele Jahre früher, als irgendeiner von ihnen erwartet hatte.

»Verdammte Scheiße«, hatte Axel an jenem grässlichen Tag gesagt, als sie erfuhren, dass Denise unter ALS litt, der schlimmsten aller Krankheiten.

Damals war sie erst 55 Jahre alt gewesen. Und er 70. Ein Jahr später war sie gestorben.

Wie sollte es überhaupt möglich sein, den Verlust der großen Liebe seines Lebens auszuhalten?

Das konnte Axel sich nicht vorstellen, damals ebenso wenig wie heute.

Die ganze Ehe war ein Hochrisikounternehmen gewesen, das ihn die Beziehung sowohl zu seinen Eltern als auch zu seinen Geschwistern gekostet hatte.

»Wie konnte ich nur so dumm sein, dich zu ermutigen, als du angefangen hast davon zu reden, nach Chicago zu ziehen?«, hatte sein Vater laut geschimpft, als er von der Beziehung erfuhr. »Ich hätte wissen müssen, dass du den letzten Mist aus etwas so Wertvollem machen würdest.«

»Ich liebe sie«, hatte Axel geantwortet und war selbst über die Ruhe in seiner Stimme erstaunt gewesen.

»Sie ist doch so jung, Axel«, hatte seine Mutter gesagt. »Weiß sie denn wirklich, wo sie mit ihrem Leben hin will?«

»Sie ist kein Kind mehr«, hatte Axel geantwortet, »sie weiß absolut, was sie will. Und das weiß ich auch.«

»Wenn du so eine Person heiratest, dann bist du hier zu Hause nicht mehr willkommen«, hatte Axels Vater entschieden.

So eine Person.

Eine, die man schwarz nannte.

»Ich heirate verdammt noch mal, wen ich will«, hatte Axel geantwortet und sein Elternhaus verlassen.

Wie sich herausstellen sollte, für immer.

Erst im Nachhinein hatte er gemerkt, wie naiv er gewesen war.

Er hatte sich nicht vorstellen können, wie es sein würde und dass so viele Leute eine Meinung zu seiner Wahl haben würden.

Keinem von ihnen beiden war das klar gewesen, aber Denise war, obwohl sie jünger war, besser vorbereitet gewesen. Sie hatte ihr ganzes Leben als Afroamerikanerin verbracht, und das war eine Erfahrung, die Alex niemals nachholen könnte. Er würde niemals auch nur annähernd verstehen, was das bedeutete.

Axel hatte nur eine fantastisch schöne Frau gesehen, mit einem Scharfsinn, von dem er weiche Knie bekam, und mit der er so unendlich viel zu reden hatte. Was konnte er mehr begehren?

Axel hustete trocken und ging langsam zum Fenster. Dass Erinnerungen so wehtun konnten, obwohl so viele Jahre vergangen waren. Die Knie knackten, wenn er sich bewegte. Aber man konnte ja nur froh sein, dass der Körper noch wie ein Orchester zu klingen vermochte, sonst wäre die Stille erdrückend gewesen.

In keinem der umliegenden Häuser war Licht. Langsam aber sicher waren es immer weniger Leute geworden, die noch das ganze Jahr über hier in Axels Ecke der Halbinsel lebten. Jetzt im Winter waren es nur noch er selbst und Mary Thynell, die auf der anderen Straßenseite wohnte.

Axel hatte nichts gegen die Ruhe, die einzog, wenn die Häuser leer waren. Im Gegenteil, die Leute waren ja so unglaublich neugierig. Ausnahmen gab es aber auch – der neu hinzugezogene Stockholmer August Strindberg gehörte dazu. Der kümmerte sich um seinen Kram und scherte sich nicht groß, was andere so trieben.

Ihn hätte Denise gemocht, der Gedanke war Axel schon mehrmals gekommen.

Aber der Name.

August Strindberg.

Was hatten seine Eltern sich nur dabei gedacht, ihrem Sohn einen solchen Namen zu geben?

Axel lehnte sich ans Fensterbrett und spähte in die Schatten der Nacht hinaus. In den letzten Tagen und Wochen hatte er viel geschafft. Er hatte aufgeräumt und auf eine Weise ausgemistet wie lange nicht.

Und hier kam Strindberg ins Spiel.

Der hatte ja einen Secondhandladen und würde sicher einige der Dinge, die Axel weder behalten noch auf den Müllplatz fahren wollte, gebrauchen können.

Axel bewegte die Schultern. Die taten auch weh. Er hatte schwere Sachen gehoben, und das war nicht gut. Dann war er müde geworden und konnte sich nicht länger konzentrieren. Je mehr er packte und sortierte, desto mehr Sachen wollte er wegräumen. Die Kartons waren kleiner, als er sich gewünscht hätte. Es wurden zu viele, fast unmöglich sie noch auseinanderzuhalten. Die meisten davon hat er in den Keller gestellt, und da konnten sie stehen bleiben bis zu dem Tag, an dem er starb.

Doch für zwei der Kartons hatte er andere Pläne.

Einen davon sollte Strindberg haben, und einer musste verschwinden. August hatte sich angeboten, rüberzukommen und den Karton zu holen, der in seinen Laden sollte, doch der Vorschlag war Axel nicht angenehm gewesen. Was, wenn August anfangen würde Fragen zu stellen, warum er so groß ausmistete? Selbst eine zurückhaltende Person wie August konnte wegen weniger neugierig werden. Deshalb hatte Axel den Karton stattdessen zu August getragen, aber der war natürlich nicht zu Hause gewesen. Die Sachen in den Laden nach Kungshamn zu fahren fand Axel dann aber unnötig umständlich. Schließlich hatte er entschieden, die Kiste in die Kapelle von Hovenäset zu stellen und August mitzuteilen, dass sie dort auf ihn wartete.

Auch für den anderen Karton hatte Axel eine Lösung finden müssen, und er war sehr zufrieden mit seinem Einfall. Wer hätte gedacht, dass er jemand war, der Sachen wegzaubern konnte.

Schuld und Geheimnisse waren es, die seinen Ordnungssinn hatten explodieren lassen. Trotz aller Bücher, die er gelesen, und aller langen Briefe, die er im Laufe der Jahre geschrieben hatte, fehlten ihm die Worte, um das zu beschreiben, was er jetzt durchmachte.

Er schluckte.

Hovenäset war ein Idyll, da gab es keinen Zweifel, doch ab und zu war die Ordnung durch schreckliche Ereignisse gestört worden. Und noch mehr davon standen bevor, doch das wusste nur Axel.

Er wartete und wartete. Jeden Moment musste es passieren. Niemand sollte zu Schaden kommen, dessen hatte er sich versichert. Trotzdem wollte er einfach nur, dass alles vorbei war.

Axel atmete schwer. Ihm war, als würde er nur die ganze Zeit darauf warten, dass seine Geheimnisse ihn einholten. Wenigstens war es ihm gelungen, Denise mit dem meisten Mist zu verschonen. Das war ein kleiner, aber wichtiger Trost in diesem Zusammenhang.

Sein Mund war trocken und der Körper steif, aber der Blick scharf.

Gerade wollte er seinen Aussichtspunkt am Fenster verlassen, als sich draußen eine Gestalt aus den Schatten löste. Axel runzelte die Stirn und beugte sich, als ob das irgendeinen Unterschied machen würde, näher an die Scheibe.

Die Gestalt bewegte sich langsam vorwärts.

Die Schritte waren schleppend, und die Person war sehr klein, oder zumindest kurz.

Du willst nicht gesehen werden, dachte Axel. Und doch stehe ich hier und schaue dich an.

Unter seinen Füßen knarrte der Schlafzimmerfußboden. Er wartete den richtigen Augenblick ab, wusste, dass er Grund hatte, vorsichtig zu sein.

Die Gestalt auf der Straße blieb stehen. Axel schärfte den Blick noch einmal. Er hatte die Aussicht von ihren beiden Schlafzimmerfenstern immer geliebt. Aus dem einen sah man über Hausdächer und Bootshäuser und dahinter das Wasser. Und von dem Fenster, an dem er jetzt stand, sah er die Straße.

Man konnte nicht erkennen, wer die Gestalt auf der Straße war.

Es könnte jemand sein, der Böses im Sinn hatte, aber genauso gut auch ein Jogger. Obwohl er Letzteres eigentlich nicht glaubte. Jogger joggten (wenn auch sehr selten mitten in der Nacht), und das entsprach kaum dem, was dieser Mensch gerade tat.

Nun verschwand die Gestalt in einem neuen Schatten, und dann war sie weg.

Seltsam.

Etwas störte ihn.

Ein Geräusch aus dem Garten.

Dann ein leises Quietschen, das seinen Puls ansteigen ließ. Die Eingangstür. Jemand öffnete oder schloss die Eingangstür.

Habe ich vergessen abzuschließen?, fragte sich Axel.

Das war durchaus schon mal vorgekommen, aber nur selten. Die Zeiten, zu denen er und Denise völlig sorglos schliefen, ohne die Eingangstür abzuschließen, waren lange vorbei.

Wenn die Tür nicht abgeschlossen war, konnte es passieren, dass sie von selbst aufging und im Wind schlug.

Aber es war ja nicht windig.

Axel griff nach seinem Handy. Das Display war dunkel und das Telefon tot.

Verdammter Mist, dachte er.

Diese modernen Telefone, er begriff nicht, was er damit sollte. Sie hatten nur eine Batterie und mussten alle naselang aufgeladen werden. Axel warf das Telefon aufs Bett. Was für ein Glück, dass er noch sein Festnetztelefon hatte. Viele hatten das ja abgeschafft und verließen sich ganz aufs Handy, doch nicht so Axel. Jeder, der ein Gehirn zum Denken hatte, konnte ja wohl begreifen, dass man das nicht tun durfte.

Er schob die Füße in seine Puschen. Das Festnetztelefon stand nur wenige Meter entfernt im Arbeitszimmer.

Ein neues Geräusch ließ ihn wünschen, er hätte das Handy doch geladen. Ein knarrender Laut, den der Holzfußboden da unten immer von sich gab, wenn man darüber ging.

Er war nicht allein im Haus.

Verdammt.

Doch Axel hatte immer noch einen Vorteil: Sein Besucher wusste nicht, dass er wach war und den anderen hörte.

Nun würde er schnell ins Arbeitszimmer gehen und Hilfe rufen. Aber geräuschlos würde das nicht vonstattengehen. Keine Chance. Und er würde auch nicht hinter sich abschließen können, wenn er erst einmal dort war.

Die Schritte kamen jetzt näher, bewegten sich da unten stetig über den Boden.

Dann hörte er jemanden auf der Treppe.

Das entschied es. Axel überlegte nicht lange, sondern reagierte rein instinktiv. Er nahm Anlauf Richtung Arbeitszimmer. Schnell, schnell.

Auf halbem Weg hielt er inne.

Im Haus war es vollkommen still. Auf der Treppe waren keine Schritte zu hören, und es klang auch nicht so, als würde jemand aus Angst, entdeckt zu werden, fliehen.

Axel stand mucksmäuschenstill.

War er schon so alt geworden, dass er sich etwas einbildete?

Das, dachte Axel, das ist der Anfang vom Ende. Ich bin paranoid geworden. Wie furchtbar traurig und peinlich.

Dann trat er langsam an die Treppe und spähte hinunter.

Fünf Monate.

Wohin war die Zeit nur verschwunden?

August Strindberg lag mit geschlossenen Augen auf dem Rücken in seinem Bett. Er konnte nicht schlafen. Das Zimmer war dunkel wie eine Grabkammer und kalt wie ein Kühlschrank.

Nicht er wollte das so haben, sondern Maria.

Seine Freundin.

Die jetzt mit dem Kopf auf seiner Brust schlief. Jedes Mal, wenn sie ausatmete, kitzelte es. Das schönste aller Gefühle.

Fünf Monate.

Die Zeit verging so schnell und doch so langsam.

Nur noch ein Monat bis zum Halbjahres-Jubiläum. So nannten das seine neuen Freunde und Nachbarn. Dass er auf ein Jubiläum zuginge. Sie fanden, er hätte etwas zu feiern und sollte ein Fest geben.

»Wir hätten nie gedacht, dass du bleiben würdest«, pflegten die Leute zu sagen. »Nicht nach all dem, was passiert ist.

Nach alldem, was passiert ist.

August vermied daran zu denken, was diese Worte bedeuteten. Er war an die Westküste gezogen, um einen Neuanfang zu machen. Nachdem er fast sein ganzes Leben in Stockholm verbracht hatte, wollte er an einem anderen Ort von Neuem beginnen. Deshalb hatte er seinen Job als Vermögensverwalter aufgegeben und in Kungshamn, drei Kilometer von Hovenäset entfernt, in den alten Räumen des Bestattungsinstituts einen Laden eröffnet. Der Laden hieß Strindbergs Secondhand und half Dingen, die genauso verirrt waren wie er selbst, nach Hause zu finden.

Sein bester Freund Henrik, der immer noch in Stockholm wohnte, beurteilte Augusts Umzug ein wenig anders. Ihm gefiel es nicht, dass August vermied, darüber zu sprechen, wie er seine erste Zeit an der Westküste verlebt hatte.

»Ich kann dir helfen, dich zu erinnern«, pflegte er zu sagen. »Du bist von der königlichen Hauptstadt weggezogen, weil du etwas Neues sehen und tun wolltest. Und dann ist dir das Kunststück gelungen, dich in einem Haus niederzulassen, in dem jemand ermordet worden war. Gleichzeitig hast du einen Laden in einem Haus eröffnet, in dem du bald zwei Leichen finden solltest. Zwei plus eins macht drei. Drei Tote. Und trotzdem bleibst du dort. Wenn Maria dich mal in den Wind schickt, dann kannst du die ganze Sache zu einer perfekten Kontaktannonce zusammenkleben: ›Einsamer, todesverachtender, backender Bücherwurm sucht …‹«

August lächelte in der Dunkelheit.

Henrik war der Einzige, der ihn dazu bringen konnte, über diese schrecklichen Ereignisse zu lachen. Außerdem lag er ganz richtig, wenn er August als einen backenden Bücherwurm beschrieb. Das war sogar eine Beschreibung, die er in vieler Hinsicht mochte, denn August liebte es zu lesen, und er liebte es zu backen. Und seit er an die Westküste gezogen war, hatte er diesen beiden Leidenschaften so gründlich nachgehen können wie nie zuvor.

Doch pflegte er Henrik in einem Punkt zu korrigieren:

Er war nicht in dem Haus geblieben, das er gemietet hatte, als er nach Hovenäset gezogen war. Jenes Haus, das am Kärleksvägen – dem »Liebesweg« – lag und von allen das Eishaus genannt wurde, hatte sich nie wie ein echtes Zuhause angefühlt und schon gar nicht, seit August wusste, was dort passiert war. Eine junge Frau war ermordet und zerstückelt und dann in der Tiefkühltruhe gefunden worden, die im Keller stand.

Inzwischen wohnte August in einem Haus ein Stück die Straße hinunter, das er gekauft hatte und in das er eine Woche vor Weihnachten eingezogen war.

Sein eigenes Haus auf dem Kärleksvägen.

Der schönsten Adresse der Welt.

Nicht nur die Lage fand August einfach zauberhaft, sondern auch das Haus. Es war über hundert Jahre alt, und der vorige Besitzer hatte sein Schmuckstück mit großer Sorgfalt erhalten und gepflegt. Es war aus Holz, weiß gestrichen und mit Schnitzereien in Grün hübsch dekoriert. Das Grundstück drum herum war, genau wie die meisten anderen auf der Halbinsel, sehr klein, aber es gab doch einen großen Sitzplatz mit Abendsonne und eine Veranda mit Blick übers Meer. Dazu auf der einen Seite des Hauses auch einen kleinen Balkon, von dem aus man eine noch bessere Aussicht hatte als von der Veranda. Sowie das Frühjahr und die Wärme kommen würden, wollten August und Maria Frühstück und Abendessen draußen einnehmen.

Das hier wird mein bestes Frühjahr und mein bester Sommer seit Ewigkeiten werden, dachte August.

Er schlug die Augen auf und wartete, bis sie sich an die Dunkelheit gewöhnt hatten. Dann blinzelte er und sah zur Decke hinauf. Sie schliefen in einem Dachzimmer mit Schrägen auf beiden Seiten. An den Wänden klebten Tapeten mit einem diskreten Muster, und auf dem Fußboden lagen zwei Flickenteppiche, die August als Weihnachtsgeschenk von Maria bekommen hatte. Im ganzen Haus lagen noch die originalen Holzfußböden, und der einzige Raum, in dem er versucht war, sie rauszunehmen, war die Diele, die er gerne mit Klinker auslegen würde.

Doch alle diese Entscheidungen konnten warten. Er wollte es mit dem Renovieren nicht so eilig haben, sondern sich zunächst einmal einwohnen. In einem der Zimmer im Erdgeschoss standen immer noch einige unausgepackte Kartons, und die konnten auch gut noch ein Weilchen dort stehen. Am wichtigsten war, dass er Küche, Schlafzimmer, Badezimmer und das Wohnzimmer in Ordnung gebracht hatte. Und wie gesagt, in diesem Haus musste man sowieso ziemlich wenig tun.

Das war ein großes Glück, denn gleichzeitig lief ja die Arbeit mit dem Aufbau des Geschäfts in Kungshamn. Da hatte er zumindest ordentlich Wind in den Segeln bekommen.

»Dein Leben verläuft wie im Film«, hatte Henrik gesagt, als er Augusts neues Haus besichtigen durfte. »Tod und Bücher und alter Kram in einer seligen Mischung. Und jetzt – plötzlich – eine kleine charmante Villa Kunterbunt für Erwachsene. Wie in einem Gruselfilm mit tragikomischen Zügen.«

»Du hast die Liebe vergessen«, entgegnete August.

Denn nach den Leichen hatte sich zum Glück die Romantik eingestellt.

Maria.

Die in eiskalten Räumen schlief und mit ihrem Körper an dem von August.

Die das Schönste war, was August jemals gesehen hatte.

Maria war Polizistin und liebte Bücher.

Sie fuhr bei jedem Wetter mit dem Fahrrad und hatte kürzlich entdeckt, wie viel Spaß es ihr machte, Blumen zu ziehen.

Wenn sie Essen kochte, gelang es ihr immer, Rezepte mit massenhaft Knoblauch und Zitrone zu finden. Und wenn August den Konditor gab, umarmte sie ihn von hinten und flüsterte ihm ins Ohr, dass sie ihn wunderbar fand.

Außerdem war sie klug, stark, empathisch, spannend. Und zerbrechlich. Das bisherige Leben hatte ihr übel mitgespielt, aber August war sicher, dass das neue, das sie nun zumindest teilweise mit ihm teilte, sie wieder heil machen würde.

Vorsichtig streckte er sich aus. Es war gerade nach ein Uhr.

Bald würde Maria aufwachen und nach Hause gehen. Ganz gleich, wie fest sie schlief, nachdem sie Sex gehabt hatten, erwachte sie trotzdem immer ein paar Stunden später. Und so wie sie wach war, verließ sie ihn.

Wenn sie gegangen war, dann fühlte sich alles leer und kalt an, als wäre sie nie da gewesen. Es war dunkel, wenn sie kam, und ebenso dunkel, wenn sie ging.

Sie hatte gesagt, dass es nicht so schnell gehen dürfe, dass sie mehr Zeit bräuchte. Er hatte erwidert, dass er dafür Verständnis habe. Dennoch war August ein wenig frustriert. Er hatte sich noch nie auf all die Regeln und Prinzipien und Tipps und Tricks in der Liebe verstanden, und jetzt war es wohl höchste Zeit, da etwas aufzuholen.

Warum war es für Maria so wichtig, ihn mitten in der Nacht zu verlassen?

Warum wollte sie nicht, dass die Nachbarn sie kommen und gehen sahen?

Die Einzigen, die von ihrer Beziehung wussten, waren Henrik und Marias Kollege Ray-Ray.

August wandte langsam den Kopf. Ihre Atemzüge waren gleichmäßig und ruhig, fast schwer.

Sie brauchte ihre Ruhe.

So lange war sie gejagt worden.

Doch nun nicht mehr, dachte August. Bald würde es ein Ende haben.

Und vielleicht war das der Moment, in dem ihr wirkliches gemeinsames Leben beginnen konnte.

Er schloss die Augen.

Auch er sollte noch ein paar Stunden Schlaf bekommen, um Kraft für den nächsten Tag zu sammeln. Sein Kalender war in der kommenden Zeit voller spannender Begegnungen mit neuen Kunden. Einige von ihnen würden in seinen Laden kommen, und manche würde er zu Hause besuchen.

Maria bewegte sich im Schlaf.

»Halt mich fest«, murmelte sie.

August zog sie dichter an sich und drückte seinen Körper an ihren.

Ich liebe dich, dachte er.

Noch hat er das nicht laut gesagt, doch bald würde er sich nicht mehr beherrschen können. Leider hatte er den Fehler begangen, Henrik davon zu erzählen.

Der Freund hatte bestürzt reagiert:

»Es ist viel zu früh, so etwas zu sagen«, hatte der entgegnet. »Ihr seid doch erst drei Monate zusammen. Du musst mindestens noch drei weitere warten.«

»Warum denn?«

»Weil sie sonst glaubt, du seist krank und verzweifelt, und das willst du ja wohl nicht, oder?«

August konnte nicht begreifen, warum er Henrik eine derart private Sache erzählt hatte. Jetzt bereute er es, denn Henriks Einwand war zu einem Spuk in seinem Kopf geworden, den er nicht loswerden konnte, obwohl er fest davon überzeugt war, dass drei Monate der Verliebtheit mehr als genug ausreichten. Die Frage war, was Henrik sonst noch für nötig hielt.

August und Maria waren seit knapp hundert Tagen ein Paar und hatten in den drei Monaten unverhältnismäßig viel Zeit auf Abendessen und Weinstündchen und wahnsinnig guten Sex verwandt.

Letzteres hatte er leider auch Henrik erzählt.

Da war es im Telefon ganz still geworden.

»Teufel noch mal«, hatte Hendrik geantwortet. »Jetzt wird es noch schwerer werden, dich wieder nach Hause nach Stockholm zu kriegen.«

Es störte August, dass er immer noch nicht den magischen Satz herausgebracht hatte, denn er war doch schließlich 45 Jahre alt. Da wusste man doch, wenn man jemanden liebte.

»Bleib heute Nacht«, flüsterte er Maria zu. »Die ganze Nacht.«

Sie schüttelte den Kopf.

Dann schlief sie wieder ein.

Was niemals eine Rolle zu spielen schien. Auch wenn sie in seinem Arm wieder einschlief, wachte sie doch nach einer Weile auf und ging nach Hause. Nach Hause, das war in eine Wohnung auf Fisketången in Kungshamn, wo August nur ein paarmal gewesen war, weil sie lieber zu ihm nach Hause kam.

August küsste sie auf den Kopf und atmete den Duft ihrer Haare ein.

Shampoo und salziger Wind.

Das waren Düfte, die ihm Ruhe schenkten. Und mit dem Gefühl im Sinn schlief er ein.

Und erwachte wieder. Jemand bollerte an die Tür. Hart und laut.

August setzte sich im Bett auf. Es war, als wäre er kaum wieder eingeschlafen gewesen.

Zwei Dinge wurden ihm klar.

Zuerst, dass Maria weg war.

Und dann, dass es immer noch Nacht war.

Da begriff er, dass draußen auf der Straße jemand rief.

»Es brennt! Es brennt in Ihrem Bootshaus!«

Die Puppensammlung befand sich im Wohnzimmer. Zwölf an der Zahl saßen da in der Vitrine. Sämtliche Puppen waren Mädchen oder Frauen, und alle trugen Kleider. Handgefertigt und ganz besonders. Auf den Kragen saß geklöppelte Spitze, und manche hatten handgestrickte kleine Jacken an. Die Schuhe waren aus Leder und die Strumpfhosen aus Seide.

Die Puppensammlung gehörte Ola Thynells Mutter und war ein Erbe von seiner Großmutter.

Ola mochte sie nicht. Und seine Mutter mochte sie auch nicht.

Trotzdem brachte sie es nicht über sich, die Puppen wegzuwerfen. Warum, das konnte Ola nicht begreifen. Es war ja nicht so, dass die Großmutter das irgendwie erfahren würde.

Ola saß in der Küche und trank Kaffee. Von seinem Platz am Küchentisch aus konnte er ins Wohnzimmer sehen, wo die Puppen in der Vitrine saßen und glotzten. Kein feindseliges Gesicht, so weit das Auge reichte, aber ziemlich viel versteinertes Lächeln.

Das war gelinde gesagt unbehaglich.

»Ola?«

Die Stimme seiner Mutter war nur ein heiseres Flüstern, und dennoch schnitt sie ebenso effektiv durch die Stille der Nacht wie ein Schrei.

»Ich komme!«

Er eilte durchs Haus.

Eigentlich lag das Schlafzimmer seiner Mutter im oberen Stockwerk, doch inzwischen schlief sie auf dem Gästebett in ihrem Arbeitszimmer, damit sie nicht die Treppe steigen musste.

Sie sah ihn mit furchtsamen Augen an, als er zu ihr hereinkam.

»Hast du Schmerzen?«, fragte er.

Sie nickte.

»Ich hole Medikamente.«

Ola ging ins Badezimmer und drückte zwei Tabletten aus dem Blister.

Alles hatte sich so schnell verändert.

Im Oktober hatten sie erfahren, dass die Mutter krank war. Ola war mit beim Arzt gewesen, als sie den Bescheid erhielten.

»Es tut mir leid, Mary«, hatte der Arzt gesagt, »das hier sieht verdammt pechschwarz aus.«

Verdammt pechschwarz.

So formulierte man das nur, wenn man seine Patientin sehr gut kannte, und das tat der Arzt, der Mary jahrzehntelang betreut hatte.

Ola hatte wie vom Blitz getroffen dagesessen. Als er sich dann sowohl gegen die Ausdrucksweise als auch gegen die Prognose zu wehren begann, hatte seiner Mutter entgegnet:

»Ich habe die Ärzte gebeten, so aufrichtig wie möglich zu sein. Also lassen wir ihn jetzt mal zu Ende reden.«

Mary hatte Krebs. Die Tumore waren überall. Es würde ihr immer schlechter gehen, und das sehr schnell.

»Wir sprechen von Monaten, nicht von Jahren«, hatte der Arzt gesagt.

»Das ist aber übel«, hatte Mary geantwortet. »Aber schön zu wissen, warum es mir so schlecht ging.«

Ola hatte sie nur angestarrt.

War sie verrückt?

Das war doch so ungefähr das Schlimmste, was ein Mensch zu hören bekommen konnte.

Und trotzdem konnte alles noch schlimmer kommen.

Olas Schwester Patricia hatte entschieden, dass sie Göteborg verlassen und nach Kungshamn ziehen sollte.

»Dann kann ich dir helfen und mich auch um Mama kümmern«, hatte sie gesagt.

Ola hatte seinen Ohren nicht getraut. Patricia konnte sich bisher weder um sich selbst noch um ihre Kinder kümmern. Es würde die Situation nicht im Geringsten erleichtern, wenn sie die Kinder mitten im Jahr aus der Schule riss und mit ihnen an einen Ort zog, an dem sie nie zuvor gewohnt hatten.

»Musst du immer so dramatisch sein?«, hatte Patricia erwidert, als Ola fragte, ob sie sich das denn alles gut überlegt hätte. »Kungshamn ist ja im Grunde genauso wie Hovenäset. Und da bin ich ja wohl ebenso sehr aufgewachsen wie du.«

Dann hatte sie mit ihrer heiseren Raucherstimme gelacht und aufgelegt.

Zwei Wochen später war sie da.

Sie hatte eine Wohnung in Kungshamn gefunden und einen Job im Hafvsbad Smögen, wo es ihr sogar gelungen war, Konferenzbetreuerin zu werden. Es war Ola unbegreiflich, wie das vor sich gegangen sein mochte, aber jetzt gab es Dringenderes, worauf er sich konzentrieren musste.

»Und die Kinder?«, hatte Ola gefragt.

»Man schafft nur eine Sache auf einmal«, hatte Patricia erwidert. »Das mit Schule und Tagesstätte erledige ich dann in der Woche.«

Ola hatte Panik bekommen und alles für sie erledigt.

So war es schon immer gewesen. Patricia hatte einen schrägen oder überstürzten Einfall, und Ola musste hinter ihr aufräumen.

Es machte ihn schon wütend, wenn er nur daran dachte.

Mit den Tabletten in der einen Hand und einem Glas Wasser in der anderen ging er zu seiner Mutter zurück.

»Hier.«

Sie nahm dankbar entgegen, was er brachte.

»Danke«, sagte sie. »Ich komme mir so dumm vor, dass ich dich mitten in der Nacht hierhergerufen habe.«

»Kein Problem.«

»Aber du hast doch deine Arbeit zu machen. Die Leute können ja wohl ihre Schornsteine nicht alleine fegen.«

Ola lächelte.

»Nein, aber ein paar versuchen es.«

Seine Mutter erwiderte sein Lächeln.

»Nächstes Mal rufe ich Patricia an«, sagte sie.

»Nein!«, rief Ola und klang härter als beabsichtigt. »Versprich mir, dass du das nicht tust, Mama.«

Seine Mutter sah wehmütig aus.

»Verurteile sie nicht zu hart«, sagte sie. »Sie tut doch ihr Bestes.«

Ola seufzte.

Es war nach drei Uhr, und er war bald eine Stunde bei seiner Mutter gewesen. Obwohl sie sowohl den Pflegedienst anrufen als auch einen Sicherheitsalarmknopf drücken konnte, meldete sie sich lieber bei Ola, aber das konnte auf Dauer nicht so weitergehen. Sie musste besser mit den Menschen außerhalb der Familie zusammenarbeiten. Im Krankenhaus wollte sie nicht sein, das hatte sie ganz klargemacht, und Ola verstand auch warum. Ihre Tage verliefen immer noch einigermaßen beweglich. Sie schaffte es, wach zu bleiben und fernzusehen und Bücher zu lesen. Manchmal putzte sie sogar. Und jedes Mal, wenn Ola kam, hatte sie irgendetwas anderes gefunden, was sie ihm geben wollte.

Seine Mutter legte sich wieder hin.

»Weißt du«, begann sie, »ich habe an die alte Puppensammlung von Großmutter gedacht.«

Ola erstarrte.

Sie hatte ja wohl nicht vor, ihm ausgerechnet die zu geben, oder?

»Jetzt guck mal nicht so ängstlich«, sagte sie. »Ich habe mir überlegt, ich könnte doch August Strindberg fragen, ob er sie für verkäuflich hält. Ich habe ihn gebeten, hierherzukommen und ein paar Sachen anzuschauen.«

Ola atmete auf.

»Eine ausgezeichnete Idee, August die Puppen zu geben«, erwiderte er. »Das ist super.«

»Ich verspreche nichts«, sagte Mary. »Aber ich habe schon mal daran gedacht.«

»Denk ruhig weiter in die Richtung«, antwortete Ola. »Und jetzt schlaf noch mal. Ich gehe gleich, aber ruf mich an, wenn etwas ist.«

Er machte die Tür zum Arbeitszimmer zu und ging in die Küche zurück. In dem Moment waren auf der Straße draußen Stimmen zu hören. Sie kamen aus dem Nichts und zerschnitten die Stille. Erhitzt und laut, völlig ohne daran zu denken, dass es mitten in der Nacht war und Menschen geweckt werden könnten. Das Haus seiner Mutter war, genau wie viele andere Häuser auf der Halbinsel, sehr hellhörig, aber diese Stimmen hätte man auch bei dickeren Wänden gehört.

Ola schaute hinaus. Da war niemand zu sehen, aber die Stimmen kamen schnell näher. Im Haus auf der anderen Seite der Straße, wo Axel Ehnbom wohnte, war alles dunkel, der gehörte also nicht zu denen, die hier Lärm veranstalteten.

Die Stimmen wurden immer noch lauter, und nun kamen Schatten und dann Personen hinzu. Gunnar Wide – der Vorsitzende der Interessenvereinigung von Hovenäset – und eine weitere Person liefen eilig vorbei.

Strindberg. August Strindberg.

Olas Herz machte einen Satz.

Irgendwas war hier los. Gunnar Wide redete und redete. Ola kannte ihn schon sein ganzes Leben und wusste, dass er sich gerne aufregte. Wenn er die Chance bekam, wütend zu werden, dann ergriff er sie. Doch dann konnte Ola im Licht der Straßenlaternen den Gesichtsausdruck von August erhaschen. Verbissen und verschlossen, überhaupt nicht so offen und harmonisch, wie er sonst immer wirkte. Und da machte er sich Sorgen.

Gunnar gestikulierte und palaverte, und der Stockholmer hörte zu. Beide waren hochgewachsen, aber August war länger. Aus Gunnars Mund rauchte es, als er über die schneebedeckte Straße stiefelte und dabei immer weiterredete.

»Ein reines Glück, dass ich es entdeckt habe«, sagte er mit erregter Stimme. »Jetzt haben wir zumindest eine Chance, dafür zu sorgen, dass sich das Feuer nicht ausbreitet. Und wo zum Teufel bleibt denn die Feuerwehr?«

Die Feuerwehr?

Ola öffnete das Fenster, um zu fragen, was denn passiert sei, doch da waren Gunnar und August schon vorbei. Kalte Luft wallte ins Haus, und es roch nach Rauch.

Ola erstarrte.

Wo brannte es denn?

Gunnar und August gingen eilig hinüber zu Axels Haus.

Ola sah, wie Gunnar die Treppe hinauflief und an Axels Tür bollerte.

»Axel, bist du zu Hause?«

Er benutzte seine lauteste Stimme. So aufgeregt hatte er nicht mehr geklungen, seit er dafür gekämpft hatte, dass Hovenäset eine eigene Postleitzahl bekommen sollte.

August stampfte auf der Stelle. Wahrscheinlich versuchte er, sich in der Kälte warm zu halten.

Ola schloss das Fenster wieder und ging zur Tür. Vielleicht könnte er helfen. Axel jedenfalls hatte wohl nicht die Absicht, seine Besucher einzulassen.

Der Rauchgeruch hing weiterhin im Haus.

»Ola?«

Er öffnete die Tür zum Arbeitszimmer.

»Was ist denn da los?«

Seine Mutter hatte natürlich auch Gunnars aufgeregte Stimme gehört.

»Irgendwo brennt es, ich gehe mal raus und sehe nach.«

Seine Mutter wurde bleich.

»Doch wohl nicht bei Axel?«, sagte sie.

Ola schüttelte den Kopf.

»Nein«, sagte er.

»Aber es klingt, als würden sie versuchen, ihn zu erreichen.«

Sie sah ängstlich und besorgt aus. Und etwas benebelt. Das lag an den starken Tabletten.

»Ich gehe raus und sehe mal nach«, sagte Ola.

Seine Mutter kämpfte dagegen an, dass ihr die Augen zufielen. Wie bei einem sehr müden Kind.

»Ola, mach jetzt keine Dummheiten. Pass auf dich auf.«

Ola starrte seine Mutter an.

»Dummheiten?«, fragte er. »Wie sollte das aussehen?«

Er bekam keine Antwort. Seine Mutter war eingeschlafen.

Ola zog sich Schuhe und Jacke an.

Draußen hörte man, wie Gunnar wieder laut an Axels Tür klopfte.

Ola sah seine Mutter ein letztes Mal an, dann ging er.

»Mach dir keine Sorgen«, flüsterte er. »Bestimmt ist alles halb so schlimm.«

Der Schlaf hatte sich gerade eingestellt, als Kriminalinspektorin Maria Martinssons Diensthandy ein schwaches Brummen von sich gab. Sie hatte die schlechte Angewohnheit noch nicht ablegen können, immer das Handy sowohl eingeschaltet als auch in der Nähe liegen zu haben, wenn sie schlief.

Verwirrt und desorientiert griff sie nach dem Telefon. Es war Ray-Ray, der eine SMS geschickt hatte:

Hast du gesehen, dass es auf Hovenäset brennt? Bist du dort?

Sofort schlug ihr das Herz bis zum Hals.

Als Ray-Ray ranging, klang seine Stimme heiser.

»Ja?«

»Wo brennt es?«, fragte sie.

»In einem der Bootshäuser. Vielleicht aber auch in zwei, ich hab es nicht richtig verstanden. Aber aus deiner Frage entnehme ich, dass du nicht bei August bist.«

Ihr Puls sank wieder. Natürlich war ein Brand keine gute Nachricht, aber jetzt wusste sie zumindest, dass August in Sicherheit war. Er war kaum der Typ, der sich mitten in einer Winternacht ins Bootshaus setzte.

Außerdem konnte sie feststellen, dass er sich auf ihrem privaten Handy gemeldet hatte. Aber das Gespräch hatte sie verpasst.

»Bist du jetzt auf dem Weg nach Hovenäset?«, fragte Maria.

»Nein, warum sollte ich das? Es ist ein Streifenwagen hingeschickt worden, um bei den Löscharbeiten dabei zu sein. Die machen eine erste Einschätzung der Lage. Roland meldet sich bei uns.«

Roland war ihr Chef und eine vernünftige Person. Maria hatte großes Vertrauen in ihn. Und soweit sie es wusste, beruhte das auch auf Gegenseitigkeit.

»Anyway«, sagte Ray-Ray. »Wollte nur, dass du weißt.«

»Danke.«

Maria klemmte sich das Telefon zwischen Ohr und Schulter, während sie gleichzeitig Unterhose und Jeans anzog.

Ray-Ray lachte gedämpft.

»Du fährst hin, oder?«

Maria hielt inne.

Was machte sie hier eigentlich? Zuallererst sollte sie natürlich August anrufen und sich erkundigen, wie es ihm ging und ob er sie brauchte.

Sie ließ sich mit halb über die Knie gezogenen Hosen auf die Bettkante sinken.

»Ich bin wohl noch ein bisschen verschlafen«, sagte sie und rieb sich das eine Auge mit dem Handrücken.

»Verschlafen und verliebt«, erwiderte Ray-Ray. »Warum schläfst du zu Hause? Gibt es Stress?«

Maria schluckte.

Ray-Ray wusste fast alles von ihr, und deshalb natürlich auch, dass August und sie zusammen waren. Doch kannte er nicht alle Details, und so sollte es auch bleiben.

Warum sie nicht bei August übernachtete und warum sie aus ihrer Beziehung so ein Geheimnis machte, das wollte sie am liebsten nicht aussprechen müssen.

Es machte ihr Angst.

Genau wie ihr die Reaktionen ihrer Familie und ihrer Freunde Angst gemacht hatten, als sie erzählt hatte, dass sie und Paul sich scheiden lassen würden und dass er im Gefängnis saß, weil er sie misshandelt hatte.

Ihre Mutter hatte gar nicht wieder aufhören können zu weinen und musste krankgeschrieben werden.

»Warum hast du das nicht erzählt?«, hatte sie gesagt. »Ich hätte dir doch helfen können.«

Es tat so weh, das zu hören.

Nichts hätte sie tun können.

Denn wie hätte diese Hilfe auch aussehen sollen? Und welche Konsequenzen hätte sie gehabt?

Die Ehe mit Paul war vorbei, doch formell waren sie immer noch verheiratet. Sie hatte einen Antrag auf Scheidung eingereicht, und da Paul sich dem verweigerte, verlangte das Gesetz, dass die Scheidung erst nach einer halbjährigen Bedenkzeit rechtskräftig sein würde.

Doch nicht nur die Ehe war vorbei. Auch das Haus auf Smögen, das Maria im Grunde niemals gemocht hatte, war weg und gleichzeitig der einzige Alltag, den sie kannte. Das Haus war eine Woche nach der ersten Besichtigung verkauft worden, und zwar an Pauls Mutter – die einzige Käuferin, die Paul akzeptiert hatte. Das machte Maria Sorgen. Plante Paul, nachdem er seine Strafe abgeleistet hätte, nach Smögen zurückzukehren?

Sie vermied es, darüber nachzudenken.

Maria hatte alle Hände voll zu tun, ihr Leben neu zu ordnen, und zwar so, wie sie es selbst wollte und sich wohl fühlte. Das hatte sich schwieriger gestaltet, als sie sich vorgestellt hatte. Die Wohnung, die sie auf Fisketången gekauft hatte, fühlte sich immer noch nicht wie ein Zuhause an, obwohl sie Potenzial hatte. So jedenfalls hatte August es ausgedrückt.

»Hell und schön«, hatte er gesagt, als er das erste Mal dort war. »Diese Bude hat Potenzial.«

Potenzial wozu, fragte sich Maria im Stillen.

Die Wohnung lag im obersten Stock eines großen Hauses, das umgebaut worden war. Die Lage war betörend. Maria hatte sowohl vom Balkon als auch aus dem Wohnzimmerfenster Meerblick. Ray-Ray und August hatten ihr geholfen neu zu tapezieren, und ein Handwerker hatte in der Küche Fliesen verlegt. Dann hatte sie begonnen, ihre Wohnung einzurichten.

»Willst du nicht ein paar mehr Sachen aus dem Haus mitnehmen?«, hatte ihre Mutter gefragt.

»Die fühlen sich nicht wie meins an«, hatte Maria geantwortet.

Was absolut stimmte, aber nichts an der Tatsache änderte, dass sie jetzt in einer Wohnung wohnte, die gelinde gesagt luftig möbliert war. Und obwohl sie einen großen Balkon besaß, hatte sie nicht vor, wenn der Frühling käme, irgendwelche Blumenkästen übers Balkongeländer zu hängen. Stattdessen nahm sie ihre kleinen Pflänzchen mit zu August, in der Hoffnung, sie in seine Beete setzen zu können, wenn erst einmal der Schnee verschwunden und die Kälte aus dem Boden wäre.

»Hallo?«, sagte Ray-Ray am Telefon. »Bist du noch da?«

Sie kam schnell auf die Füße und zog die Hose hoch.

»Ja, ich bin noch da. Und nein, es gibt keinen Stress. Es hat heute Nacht nur einfach nicht funktioniert, auf Hovenäset zu übernachten. Danke, dass du dich gemeldet hast.«

Sie legte auf und zog BH und Pullover an.

Das Thermometer zeigte drei Grad minus.

Genauso kalt, wie kurz zuvor, als sie dieselbe Strecke in die andere Richtung mit dem Fahrrad gefahren war. War es denn überhaupt notwendig, noch einmal rauszugehen?

Ja, das ist es, dachte sie. Das ist es immer.

Trotzdem rief sie erst an.

Während im Hintergrund eine Sinfonie aus Geräuschen tönte, klang August bestürzend klar, als er ranging. Sie hatte sich immer noch nicht daran gewöhnt, wie dunkel seine Stimme war, wie tief und kraftvoll. Sie wollte sich nicht daran gewöhnen – sie wollte für den Rest ihres Lebens jedes Mal, wenn sie ihn anrief, exakt dasselbe Erstaunen und dieselbe unmittelbare Anziehungskraft verspüren.

»Es brennt im Bootshaus«, sagte August.

»Deshalb rufe ich an«, erwiderte Maria, und erst da wurde ihr klar, was er gesagt hatte:

Es brennt im Bootshaus.

Nicht in irgendeinem Bootshaus. Sondern in seinem.

»Bist du okay?«, fragte sie.

»Ja, alles gut. Ein Nachbar ist gekommen und hat mich geweckt. Aber das Haus wird zerstört sein, Maria. Man wird es nicht retten können.«

Schuldgefühle machten ihr zu schaffen.

Warum hatte sie ihn in der Nacht allein gelassen?

Wer hatte solche Angst vor Nähe, dass er mitten in der eiskalten Nacht nach Hause radelte?

Ich, dachte Maria. Ich habe solche Angst.

»Jeder hat eine Vergangenheit«, pflegte August zu sagen. »Ich auch.«

Er sagte das, um sie zu trösten, aber es funktionierte nicht so wirklich. Ob er wohl wusste, warum?

Natürlich hatte er auch eine Vergangenheit.

Er war, seit er Anfang zwanzig war, mit der derselben Frau zusammen gewesen, Helena.

Hatte mit ihr zusammen eine Wohnung gekauft.

Hatte noch eine Wohnung mit ihr zusammen gekauft.

Niemals Kinder bekommen, aber einen verlässlichen Kreis von Freunden und Bekannten aufgebaut.

Und während all der Jahre, in denen er Helene seine Lebensgefährtin nannte, hatte er sich doch niemals richtig glücklich gefühlt.

Alles das wusste Maria. Aber sie hatte ihn noch nie etwas so Dunkles erzählen hören, das auch nur im Entferntesten ihrer eigenen Geschichte ähnelte.

Niemals hatte er etwas von physischer Gewalt erzählt, von Nächten, lang wie Ewigkeiten. Von groben Händen, die einem den Kopf auf den Boden schlugen, oder von hässlichen Worten, die das Selbstwertgefühl zunichtemachten.

Paul war in mehreren Anklagepunkten vom Gericht schuldig gesprochen worden, hatte aber gegen das Urteil Berufung eingelegt. Die Verhandlung darüber würde in knapp zwei Wochen stattfinden, und solange saß Paul noch im Gefängnis in Uddevalla.

»Wir waren vor dem Amtsgericht sehr stark, und das werden wir auch vor dem Oberlandesgericht sein«, hatte ihre Anwältin zu Maria gesagt. »Wir werden auch diese Runde gewinnen.«

Sie wünschte sich nichts lieber, aber vorsichtshalber freute sie sich nicht zu früh.

Maria vermied es, zu viel über die kommende Verhandlung nachzudenken.

Und sie vermied es, über die Zukunft nachzudenken. Denn selbst wenn Paul verurteilt werden würde, dann wäre er wahrscheinlich in weniger als drei Jahren wieder draußen.

Drei Jahre.

Das waren tausend Tage, das war eine Ewigkeit, das war im Grunde gar nichts.

Vielleicht sollte sie hier wegziehen, wenn er rauskam. Vielleicht sollte sie sich eine andere Arbeit suchen.

Aber nicht heute. Heute war sie immer noch Polizistin. Und sie war immer noch in August Strindberg verliebt.

»Ich komme zurück nach Hovenäset«, sagte sie entschlossen. »In zwanzig Minuten bin ich bei dir.«

»Hör auf, bist du verrückt? Du bist doch gerade erst hier weggefahren. Du musst absolut nicht zurückkommen. Draußen ist es schweinekalt.«

Für einen Moment blieb ihr fast das Herz stehen.

Sagst du jetzt nein, August?

Er musste gehört haben, wie falsch das rauskam, denn er fügte schnell hinzu:

»Aber ich freue mich natürlich, wenn du kommst. Sehr.«

Das Herz schlug wieder schneller.

»Ich setze mich in drei Minuten aufs Fahrrad.«

»Ich hole dich.«

»Nein, du musst doch jetzt wohl mit der Polizei sprechen, oder?«

»Schon erledigt. Ich nehme den Dienstwagen und hole dich ab. Oder komme zu dir und schlafe da.«

Maria lächelte. Den Dienstwagen. Ein gelb lackierter Leichenwagen, den die meisten Menschen nicht hätten anrühren wollen, aber mit dem herumzufahren August nicht das geringste Problem hatte.

»Wir schlafen bei dir«, sagte sie. »Und ich fahre mit dem Fahrrad. Ich brauche das Fahrrad, wenn ich dann zurück zur Arbeit will.«

Ein eiliger Blick auf die Uhr verriet ihr, dass es bis dahin nur noch ein paar wenige Stunden waren. Und dann würden die Bewohner von Hovenäset wach sein (wenn es ihnen überhaupt gelungen war, wieder schlafen zu gehen, denn die meisten mussten doch von der Feuerwehr geweckt worden sein). Maria wusste, wie klein Hovenäset war und wie schnell sich Gerüchte verbreiteten. Und kaum jemand dort wurde besser überwacht als August.

Aber da konnte man jetzt nichts machen.

Wenn jemand sie sah, dann mussten sie sich was ausdenken. Denn in dieser besonderen Nacht wollte sie August nicht allein lassen.

»Okay, mach das, wie du meinst«, sagte er. »Ich muss dich nicht fahren.«

Immer gleichermaßen hellhörig, immer voller Integrität.

»Es tut mir so leid für dich«, sagte Maria. »Wegen deinem Bootshaus, meine ich.«

»Danke«, sagte August. »Ich hatte noch keine Gelegenheit, viel darüber nachzudenken, aber ja, lustig ist es nicht.«

Sie legten auf.

Maria zog die Jacke an und nahm den Fahrradhelm.

Nichts in ihr protestierte gegen eine weitere nächtliche Fahrradtour. Nicht mehr.

August brauchte sie.

Und sie brauchte ihn.

Es schauderte sie, als sie auf die Straße hinaustrat.

Was war nur mit Hovenäset, dass es so oft zum Schauplatz für seltsame Ereignisse wurde? Da war nicht nur der brutale Mord im Eishaus vor dreißig Jahren, sondern auch im letzten Herbst hatte Maria an einem Fall gearbeitet, dessen Verästelungen sich bis nach Hovenäset erstreckten (und vor allen Dingen bis nach Fisketången, doch der Ort war kriminalistisch gesehen nicht so belastet wie Hovenäset).

Jetzt war also Augusts Bootshaus abgebrannt.

Zwar wusste sie noch nicht, ob es sich um ein Unglück oder Brandstiftung handelte, gleichwohl war auch dieses besorgniserregende Ereignis wieder mit dem kleinen Ort verbunden.

Die Polizistin in ihr war geweckt.

Sie setzte sich entschlossen aufs Fahrrad und radelte Richtung Hovenäset.

Draußen war es finster, aber der Brand loderte hoch auf. Das gesamte große rote Bootshaus von Axel Ehnbom war vom Flammenmeer verschlungen worden, das sich auch in das Bootshaus nebenan, das August gehörte, weitergefressen hatte. Doch weiter würde es nicht kommen, denn jetzt war die Feuerwehr vor Ort.

Teufel auch.

August hatte sich Hals über Kopf in die Hütte verliebt, die am Dampfschiffanleger lag, fast genau gegenüber dem Ort, an dem sich das alte Schwimmbad der Halbinsel befunden hatte. Außerdem war es nur wenige hundert Meter von seinem Haus auf dem Kärleksvägen entfernt. Diese Beschreibung passte allerdings auf die meisten Orte auf Hovenäset. Keiner war weiter als ein paar hundert Meter entfernt.

Der Badeplatz, die Eisbude, der einzige Briefkasten der Halbinsel, das Hostel, die Kapelle.

Man konnte sie alle in wenigen Minuten zu Fuß erreichen.

Auf Hovenäset waren knapp zweihundert Personen gemeldet. Der letzte Lebensmittelladen hatte vor mehreren Jahrzehnten geschlossen. Der nächste größere Ort war das ungefähr drei Kilometer entfernte Kungshamn. Und hinter Kungshamn kam der im ganzen Land bekannte Badeort Smögen.

Augusts Stockholmer Freunde fragten ihn immer wieder, ob er keine Sehnsucht nach zu Hause habe.

»Macht es dich nicht wahnsinnig, all das hier nicht mehr zu haben?«, pflegten sie die wenigen Male, zu denen sie sich meldeten, zu fragen.

Er nahm an, dass sie alles das, was die Großstadt ausmachte, meinten. Die Restaurants und die Bars, die Theater und die Kinos, die Geschäfte und die Ausstellungen.

Seine Antwort lautete immer gleich:

Alles, was Stockholm ausmachte, gab es auch an der Westküste. Der einzige Unterschied war, dass es nicht andauernd zugänglich war und dass nicht alles so nahe lag, wie das in Stockholm der Fall war. Also nein, er vermisste nichts. Er hatte alles, was er brauchte, und noch mehr dazu.

Als die Feuerwehrleute ihre dicken Schläuche ausrollten und sie gleichzeitig auf die beiden Bootshäuser richteten, fiel das von Axel wie ein Kartenhaus in sich zusammen.

August holte tief Luft und schloss die Augen. Dann öffnete er sie wieder – gerade rechtzeitig, um sein eigenes Bootshaus zusammenbrechen zu sehen.

Neben ihm stand Gunnar Wide. Er hatte den Brand zufällig entdeckt und die Feuerwehr gerufen. Dann hatte er einen Nachbarn animiert zu versuchen, das Feuer mit einem … Wasserschlauch unter Kontrolle zu bringen, während er August holte.

»Sie sind ja nicht ans Telefon gegangen!«, hatte Gunnar gerufen, als August ihm verschlafen und verwirrt die Tür geöffnet hatte. »Und Axel auch nicht!«

Das Feuer war so intensiv, dass August es schon hörte, ehe er es sah. Und als er es dann sah, konnte er den Blick nicht mehr abwenden. Die Hitze, der Lärm und das fantastische Farbenspiel hypnotisierten ihn geradezu. Die Flammen flatterten in der Nacht und spiegelten sich im Wasser.

Dass etwas so Gefährliches so schön sein konnte.

Die Feuerwehr war nach nur wenigen Minuten da gewesen.

Zwei große Einsatzwagen mit Feuerwehrleuten und Schläuchen, lauten Stimmen und massenhaft Adrenalin.

Die Sirenen hatten das ganze Dorf geweckt. Es war kaum halb vier Uhr morgens, und wer noch nicht von der Unruhe geweckt worden waren, kam jetzt schnell auf die Füße. Aus allen Richtungen eilten Menschen herbei und versammelten sich beim Feuer und den Rettungswagen.

Gunnar schniefte und hustete, seine Augen und seine Kehle waren sichtlich vom Rauch angegriffen. Aber da war noch etwas. Er sah niedergeschlagen aus.

August hatte sich die Augen gerieben, sowie sie anfingen zu jucken, was sich als Fehler erwies. Jetzt brannten sie noch schlimmer, und die Tränen liefen ihm die Wangen hinunter.

Er wischte sie schnell weg, vor anderen zu weinen war ihm unangenehm. Und eigentlich weinte er ja auch nicht, seine armen Augen versuchten ja nur, den stickigen Rauch loszuwerden.

Gunnar sah sich hilflos um. Er war ein Mann der Tat, das wusste August. Hier zu stehen und zu glotzen, während andere arbeiteten, das war überhaupt nicht sein Ding.

»Zurück!«, rief ein Feuerwehrmann. »Sie stehen zu nahe!«

Gunnar holte sein Handy heraus.

»Ich begreife nicht, warum Axel nicht rangeht«, sagte er. »Ich habe ihn wieder und wieder angerufen, erwische ihn aber nicht.«

Sie waren an Axels Haus vorbeigegangen, um ihn mit runter zu den Bootshäusern zu nehmen, aber er hatte ihnen nicht geöffnet.

Wahrscheinlich war er nicht zu Hause, oder er schlief sehr fest, nahm August an.

Er hatte erst am selben Tag von ihm gehört. Axel wollte ihm einen Karton mit Sachen überlassen, von denen er meinte, dass sie vielleicht für Augusts Secondhandladen interessant sein könnten. Laut der SMS stand der Karton bereits in der Kapelle von Hovenäset, doch August hatte ihn noch nicht geholt. Das musste bis zum nächsten Tag warten.

»Axel ist komisch geworden, als sein Sohn in Harvard aufgenommen worden ist«, hatte August eine Nachbarsfrau sagen hören. »Da taugten wir anderen Sterblichen nicht mehr.«

Neid, dachte August.

Natürlich könnte es sein, dass Axel komisch geworden war, als der Sohn an einer der renommiertesten Hochschulen aufgenommen worden war, doch konnte es genauso gut sein, dass dieser Erfolg mehr war, als Axels Umgebung verkraften konnte, und alle so neidisch machte, dass sie nichts mehr mit ihm zu tun haben wollten.

August hatte Axel nur ein paar wenige Mal getroffen, doch einen rundum guten Eindruck von ihm gewonnen. Axel war alt, aber glasklar in der Birne, erdverbunden und stabil und völlig desinteressiert an Tratsch. Das waren Eigenschaften, die August sehr hoch schätzte.

»Wahrscheinlich ist Axel einfach nicht zu Hause«, sagte er zu Gunnar. »Vielleicht ist er verreist.«

»Natürlich ist er zu Hause«, entgegnete Gunnar. »Ich gehe gleich noch mal hin.«

»Ich fand auch, dass Axels Haus leer aussah«, war eine Stimme zu hören, die sie daran erinnerte, dass auch Schornsteinfeger Ola vor Ort war. Bisher hatte er hauptsächlich dagestanden und das Spektakel beobachtet.

Gunnar warf Ola einen schiefen Blick zu.

»Bei Axel weiß man nie«, beharrte er. »Er ist ein unberechenbarer Teufel.«

August fiel der Unterkiefer herunter.

»Jetzt sehen Sie mal nicht so erstaunt aus, Strindberg«, sagte Gunnar. »Sie sind noch nicht so lange hier. Wir anderen, die seit Generationen auf Hovenäset wohnen, wissen es besser. Axel ist unangenehm. Ganz zu schweigen davon, wie seltsam seine Frau war.«

August hasste diese Art blödes Gerede und merkte, dass er hier mal eine Grenze ziehen musste.

»Axels Frau habe ich nie kennengelernt«, sagte er, »aber Axel habe ich doch ein paarmal getroffen, und mit dem ist absolut alles in Ordnung.«

»Mit allem Respekt, aber Sie kennen Axel überhaupt nicht. Seine ganze Person ist eine einzige große Revolution. Genauso war seine Frau. Total versackt in diesem Chaos, das in den Sechzigerjahren herrschte. Die schwarze Denise. Die hat hier auch nicht reingepasst.«

Da brannte bei August eine Sicherung durch.

Das eine Mal, als er bei Axel zu Hause gewesen war, hatte er Fotos von Denise gesehen. Sie war schön, und sie war Afroamerikanerin. August konnte sich nur zu gut vorstellen, dass Denise es schwer gehabt haben musste, als sie in den Sechzigerjahren nach Hovenäset kam. Und nicht nur dort, sondern überall in Schweden zu der Zeit.

»Ich verstehe, dass Sie schockiert sind, aber es ist schließlich nicht Ihr Bootshaus, das heute Nacht abgebrannt ist«, sagte er zu Gunnar. »Und wenn Sie nichts Vernünftiges zu sagen haben, dann schlage ich vor, dass Sie die Klappe halten.«

Die Stille, die daraufhin folgte, würde August nie vergessen.

Alle (außer den Feuerwehrleuten), erstarrten und bestaunten das Unerhörte, was hier geschehen war: Jemand hatte Hovenäsets ungekröntem König widersprochen.

Gunnar starrte ihn eine gefühlte Ewigkeit lang wortlos an.

»Sie haben Schneid, Strindberg«, sagte er schließlich. »Das gefällt mir.«

Dann, als wäre nichts gewesen, wandte er sich wieder Ola zu:

»Wie geht es Mary? Denn du bist ja wohl ihretwegen mitten in der Nacht auf Hovenäset.«

Ola nickte.

»Alles gut«, antwortete er.

August sah ihn an. Mit Mary war überhaupt nicht alles gut, das konnte man an Olas Miene leicht ablesen.

Gunnar schien denselben Schluss zu ziehen, konnte aber nicht den Mund halten.

»Warum solltest du wohl um diese Uhrzeit hierherkommen, wenn es nicht wegen Mary ist.«

Ola antwortete nicht.

»Haben Sie weit zu fahren?«, fragte August, um das Gespräch auf eine andere Spur zu lenken.

»Nein, ich wohne doch in Kungshamn, ich brauche nur ein paar Minuten hierher.«

August sah wieder zum Feuer.

Das neue Jahr war weniger als vier Wochen alt, und das Leben beliebte, ihn mit dem hier zu überraschen. Als hätte er im vorigen Jahr nicht schon genügend Mist erlebt. Er hoffte, der Brand bedeutete keine Vorwarnung auf schlechtere Zeiten, die im Anzug waren. Alles, was schön war, würde das hoffentlich auch weiterhin bleiben.

Rein rational wusste August, dass man das Bootshaus wieder aufbauen könnte.

Es zählte einzig und allein, dass niemand verletzt worden war, auch das war ihm klar. Und soweit er es erkennen konnte, war niemand im Feuer zu Schaden gekommen. Im Sommer wäre es schlimmer gewesen, denn da übernachteten Junge wie Alte gern in ihren Hütten.

»Es ist doch verflucht«, sagte Gunnar. »Man könnte meinen, dass wir auf Hovenäset schon genug Schlimmes erlebt hätten, aber offensichtlich geht immer noch mehr. Reicht denn nicht, was der armen Agnes Eriksson im Herbst zugestoßen ist? Ich dachte, da wäre mal die Grenze erreicht.«

August antwortete nicht, doch das war Gunnar egal.

»Ich weiß, dass Sie Hovenäset für den besten Ort der Welt halten«, fuhr er fort, »aber wir haben hier viel erlebt, das schmerzhafte Erinnerungen hervorruft. Dieser Stückelmord und die Tatsache, dass der Schuldige niemals gefunden wurde. Wenn so was passiert, ist man hinterher nicht mehr derselbe. Und vergessen kann man auch nicht.«

August atmete schwer.

Wenn er in seiner Zeit auf Hovenäset etwas gelernt hatte, dann so viel, dass es nicht gut war, in die Diskussionen über den Stückelmord an Lydia Broman einzusteigen. Das war ein zu heißes Eisen. Doch war August der Überzeugung, dass Gunnar in der Sache falschlag. Die Polizei hatte den Schuldigen durchaus gefunden.

Ein weiteres Fahrzeug kam angefahren.

Ein Streifenwagen mit Blinklicht auf dem Dach hielt hinter den

Feuerwehrautos. Zwei uniformierte Polizisten stiegen aus. Es war nicht verwunderlich, dass sie nach der Feuerwehr ankamen. Nachts gab es nur wenige Streifenpatrouillen in Fyrbodal, der Polizeiregion, zu der die Gemeinde Sotenäs und somit auch Hovenäset gehörte. Die Region war groß, aber nur dünn besiedelt, weit entfernt von dem Großstadtgedränge, dem August entflohen war.

Gunnar eilte zu den Polizisten. August folgte ihm gemächlich.

Maria hatte angerufen und gesagt, dass sie auf dem Weg zurück sei. Ein Trost in dem ganzen Elend.

Gunnar gestikulierte aufgeregt vor den Polizisten.

»Wie kann so etwas hier passieren? Wer macht hier so etwas?«

August blinzelte.

Bis zu dem Augenblick war er davon ausgegangen, dass alles lediglich ein Unglück war, doch jetzt wurde ihm klar, dass Gunnar durchaus recht haben könnte.

Das Feuer könnte jemand gelegt haben.

Gunnars Frage hallte in Augusts Kopf wider:

Wer macht hier so etwas?

Hillevis Kopf fühlte sich schwer an, als sie ihn vom Kissen hob. Allmählich gewöhnten sich ihre Augen an die Dunkelheit im Raum.

Ein Geräusch hatte sie geweckt.

Eine Tür knarrte, schlug aber nicht zu.

Die Toilettentür. Die ihr kleiner Bruder Sam nie zumachen wollte. Ganz gleich, ob er pinkeln, kacken oder Zähne putzen wollte. Die Toilettentür musste immer angelehnt sein, sogar wenn Hillevi mit ihm aufs Klo ging.

Ein Wasserhahn war zu hören und dann wieder das Knarren der Tür.

Sam war definitiv wach.

Sie setzte sich im Bett auf und horchte in die Dunkelheit. Jetzt knarrte es wieder, aber das klang anders. Dies war der Holzfußboden. Er hatte die Farbe von Sirup und glänzte und machte einfach immer Geräusche, ganz gleich, wie vorsichtig man darüber lief.

Zum Beispiel so vorsichtig wie Sam.

Sam, der nur fünf Jahre alt war, kaum zwanzig Kilo wog und immer auf Zehenspitzen ging.

Sogar wenn er angeschlichen kam, verriet ihn der Boden.

Hillevi zog sich die Decke zum Kinn hoch.

Sie war früh ins Bett gegangen, weil sie so schlimme Kopfschmerzen hatte. Bestimmt ihre Tage.

»Die kann man ja wohl nicht im Kopf haben, du Spinnerin!«, hatte ihre beste Freundin Amanda gesagt.

»Doch«, hatte Hillevi gesagt. »Ich hab immer Kopfschmerzen, wenn ich meine Tage kriege.«

Und dann hatte sie auf einen bestimmten Punkt links auf der Stirn gezeigt.

»Hier. Hier tut es mir immer weh.«

Amanda hatte nur gelacht und sie für verrückt gehalten.

Hillevi schluckte.

Sie vermisste Amanda. Wem sollte sie jetzt all die verrückten Sachen erzählen? Zum Beispiel, dass sie Menstruationsschmerzen im Kopf hatte. Das hatte sie überhaupt nur Amanda erzählt. Mama wusste noch nicht einmal, dass Hillevi ihre Tage hatte. Hillevi war schließlich diejenige, die die Wäsche machte, und sie war es auch, die Binden und so einkaufte. Eigentlich hatte sie nicht vorgehabt, ihr Babysittergeld darauf zu verwenden, aber jetzt war es halt so.

Die Tränen brannten in ihren Augen.

Sie vermisste nicht nur Amanda, sondern sogar ihre alte Schule. Und ihr altes Zimmer. Im Grunde vermisste sie alles, was sie in Göteborg hinter sich gelassen hatten.

»Jetzt hör schon auf«, hatte Mama gesagt, als sie ihr das erzählte. »Bis Göteborg sind es doch nur hundertfünfzig Kilometer. Kungshamn wird der perfekte Neustart für uns. Den brauchen wir. Mach jetzt kein Theater.«

Als ob Hillevi diejenige wäre, die Theater machte.

Als ob sie alles ruiniert und sie gezwungen hätte umzuziehen.

Als ob sie einen Neustart brauchen würde.

Das war blödes Gerede vom Feinsten.

Und es tat weh. Es tat so schrecklich weh.

»Ich komm dich besuchen«, hatte Amanda gesagt. »Versprochen! Ich kann jedes Wochenende kommen! Und du kommst zu mir!«

Jetzt wohnten sie schon drei Monate in Kungshamn, und Amanda war null Mal in Kungshamn gewesen. Und Hillevi hatte nur ein einziges Mal in den Weihnachtsferien nach Göteborg fahren dürfen.

»Wie willst du denn hier Freunde finden, wenn du die ganze Zeit nach Göteborg fährst?«, hatte ihre Mutter gesagt.

Als ob Hillevi in Kungshamn irgendwelche Freunde haben wollte, als ob das überhaupt möglich wäre. Hillevi würde sich lieber den Arm abbeißen, als Freunde von der Schule mit nach Hause zu bringen. Da sah es immer noch so aus, als wären sie frisch eingezogen. Hillevi hatte ihre Kartons und die von Sam ausgepackt, aber im Rest der Wohnung herrschte Chaos. Überall Kartons und kein einziges Bild an der Wand. Ola war ein paarmal da gewesen und hatte versucht zu helfen, aber das funktionierte nicht sonderlich gut. Ihre Mutter wurde dann nur wütend und meinte, sie würde sich um alles kümmern, wenn man sie nur ein bisschen ausruhen ließe.

Ein leises Klopfen an der Tür riss sie aus ihren Gedanken.

Dann sah sie, wie die Türklinke heruntergedrückt wurde.

Sam schob seinen Kopf durch den Türspalt. Hinter ihm war nur Dunkelheit, er hatte nicht wie sonst, wenn er nachts aufwachte, die Lampe im Flur eingeschaltet.

Jede Nacht, dachte Hillevi. Er wacht jede Nacht auf.

»Hallo«, flüsterte sie.

Sam sah sie mit großen, dunklen Augen an. Er hatte seinen Schlafanzug mit den Autos drauf an. Das Oberteil war schmutzig, man konnte sehen, dass Sam gern zum Frühstück Kakao trank.

Ich muss waschen, dachte Hillevi.

Bald würden sie keine sauberen Kleider mehr anzuziehen haben.

Sam floss geradezu ins Zimmer und machte die Tür hinter sich zu.

Hillevi hob die Decke an. Sie verstand, warum er nicht in seinem Zimmer sein wollte. Das war klein wie eine Gefängniszelle und hatte kein Fenster.

»Komm!«

Schnell wie ein Eichhörnchen huschte er durchs Zimmer, immer noch auf Zehenspitzen, und kroch in ihr Bett.

Warm und schwer legte er seinen Kopf auf ihren Arm. Er war heißer als sonst und hustete trocken, ohne sich die Hand vor den Mund zu halten.

Aber da war noch etwas. Er war so still.

Hillevi machte sich Sorgen.

»Hattest du einen Albtraum?«, fragte sie.

Sam antwortete nicht. Er hustete wieder.

»Ich hole Wasser«, sagte Hillevi und stieg aus dem Bett. »Ich komme gleich wieder!«

Sam sah ihr unglücklich hinterher, als sie aus dem Zimmer ging. Hillevi lief schnell in die Küche und machte einen der Schränke auf. Da standen drei unterschiedliche Gläser und Kaffeetassen ohne Henkel. Die Spülmaschine funktionierte nicht, und ihre Mutter hasste es, von Hand zu spülen.

»Ich mache das einfach nicht«, hatte sie erst vor ungefähr einem Tag gesagt und das schmutzige Geschirr einfach stehen lassen.

Hillevi mochte den Berg von schmutzigen Tellern und Gläsern, die sich in der Spüle türmten, nicht ansehen. Und stinken tat es auch.

Ekelhaft.

Sie füllte ein Glas halb mit Wasser und ging in ihr Zimmer zurück. Auf dem Weg dahin stellte sie fest, dass die Tür zum Schlafzimmer ihrer Mutter offen stand. Seltsam, die war doch sonst immer zu. Ihre Mutter hasste es, bei offener Tür zu schlafen. Der Fußboden knarrte, als Hillevi kehrtmachte und nun zum Zimmer ihrer Mutter ging.

Auf der Schwelle blieb sie stehen.

Mama lag nicht im Bett.

Hillevi trank vom Wasser. Sie konnte sich nicht erinnern, dass ihre Mutter erwähnt hätte, sie würde zu einer Freundin gehen. Sie hatte gesagt, dass sie spät noch einkaufen würde, aber da kam sie dann ja mit dem Essen nach Hause.

Wenn sie nur nicht betrunken war und mit irgendeinem Typen nach Hause kam. Dann war immer alles so furchtbar anstrengend. Hillevi hasste es, wenn das passierte.

Sie ging zu Sam zurück und kroch in ihr Bett.

»Weißt du, wo Mama ist?«, fragte sie.

Er antwortete nicht, trank aber von dem Wasser, das sie ihm reichte.

Dann legte er sich hin und drückte sein Gesicht gegen ihren Brustkorb.

Sie umarmte ihn und strich ihm über sein dickes und lockiges Haar.

»Bester kleiner Bruder der Welt«, flüsterte sie ihm ins Ohr.

Und dann erstarrte sie, als sie merkte, wonach seine Haare rochen.

Rauch.

Wie wenn man in der Nähe von einem Feuer gestanden hat.

Hillevi schnüffelte an der üppige Haarmähne ihres Bruders.

Warum roch Sam nach Rauch?

Hovenäset, 2. April 1968

Geliebte Denise,

zwei Monate sind jetzt vergangen, seit ich dich in Chicago zurückgelassen habe, und ich habe dich, seit wir uns trennten, jede Minute vermisst. Vielen herzlichen Dank für die Schallplatten, die du mir geschickt hast! Ich habe sie mindestens hundertmal gespielt. Wenn ich Aretha Franklin singen höre, habe ich das Gefühl, als wären wir näher beieinander.

Wie geht es dir? Es hat mich beunruhigt, was ich in deinem letzten Brief über deine Mutter gelesen habe. Ich hoffe, es geht ihr inzwischen besser!

Bald werden wir uns wiedersehen. Und du wirst hierherkommen! Ich habe schon eine lange Liste mit all den Orten gemacht, die ich dir zeigen will. Hovenäset ist ein magischer Ort, so wahnsinnig schön! Ich hoffe und ich glaube, dass du ihn genauso lieben wirst wie ich.

Und ich hoffe, dass du unser Haus lieben wirst!

Ja, ich schreibe unseres und nicht meins, denn ich hoffe so sehr, dass du bleibst und dass du mich heiratest. Und dann wird alles, was meines ist, auch deines, das sollst du nur wissen. Vor allem will ich mein Haus, das ich von meiner alten Großmutter geerbt habe, mit dir teilen.

Ich weiß, dass du Angst hast, Chicago zu verlassen. Das verstehe ich voll und ganz. Dort ist deine Familie, deine Freunde, deine Sicherheit. Und hier hast du, bisher, nur mich.

Aber: Ich hoffe, dass du neue Freunde finden wirst. Und eine neue Familie. Wir haben doch über mindestens vier Kinder gesprochen, nicht wahr? Haha – ich erhöhe auf fünf! Oder sechs! Wir können so viele Kinder haben, wie du willst, wenn du nur hierherkommst.

Und jetzt muss ich für dieses Mal einen Punkt machen. Die Arbeit wartet.

Du bist das Beste, was mir passiert ist, und die schönste Frau, die mir je begegnet ist. Ich weigere mich, mein Leben ohne dich zu verbringen. Und ich glaube, dass wir zwei es hier in Schweden leichter haben werden, uns eine gemeinsame Zukunft aufzubauen, als in den USA. Sicherlich, es wird Menschen voller Vorurteile geben, die ihre Klappe nicht halten können, aber ich werde dich gegenüber jedem Einzelnen von ihnen verteidigen. Vertraue darauf, dass noch mehr so sind wie ich.

Ich sehne mich danach, dass wir uns wiedersehen und ich dir alles zeigen kann! Komm Ende Juni, da ist Schweden am schönsten und die Nächte am hellsten.

Ich vermisse dich, und ich liebe dich!

Dein Axel

26. Januar

»Eine schwierige Familie«

»Das hier fühlt sich nicht gut an. Wir sollten Patrouille gehen.«

Gunnars Stimme klang streng, und seine Haltung war aufrecht.

August und Gunnar und eine Reihe neugieriger Bewohner von Hovenäset standen in einem Halbkreis auf dem Resovägen vor den Bootshäusern und beobachteten den Pyrotechniker, der im Gelände um das Feuer herumstocherte. Er sollte herausfinden, was das Feuer ausgelöst hatte. Eine Streifenbesatzung war auch da. Zwei uniformierte junge Männer, die sich zahm zwischen den anderen bewegten und ein paar Worte mit den Feuerwehrleuten wechselten.

Die sind zu jung, dachte August. Die wissen ja gar nicht, was sie hier machen.

Bei Verdacht auf Brandstiftung würden die Ermittler aus dem Dezernat für Gewaltverbrechen hinzugezogen werden. Maria war eine solche Ermittlerin und zudem noch in Kungshamn vor Ort. Wahrscheinlich würde sie den Fall übernehmen.

Der Anblick der zerstörten Bootshäuser schmerzte.

Alles war verkohlt, alles weg.

Verdammter Mist.

Sie wussten immer noch nicht, was passiert war, aber August nahm an, dass der Pyrotechniker nicht lange brauchen würde, um herauszufinden, ob der Brand gelegt worden war oder nicht.

Gunnar hingegen hielt mit seinen eigenen Schlüssen nicht hinterm Berg.

»Das hier ist angezündet worden, das sieht ja wohl jeder«, verkündete er. »Das nennt man Mordbrand. Sowas geht einfach nicht. Jemand muss dafür sorgen, dass Hovenäset sicher ist.«

August warf ihm einen raschen Blick zu. Soweit er wusste, hatte Gunnar niemals als Feuerwehrmann gearbeitet. Er war Seemann gewesen und hatte später eine Ausbildung zum Ingenieur gemacht.

»Glauben Sie nicht, dass Sie ein wenig übertreiben?«

»Wirklich nicht. Die Bootshäuser liegen in der Nähe der Wohnhäuser. Das hätte übel ausgehen können, wenn ich nicht zufällig vorbeigekommen wäre. Außerdem haben wir ja noch all die anderen Vorfälle. In zwei Häusern und in einem Bootshaus ist eingebrochen worden. Das kann so nicht weitergehen.«

August antwortete nicht.

Er hatte keine Ahnung, warum Gunnar mitten in der Nacht spazieren gegangen war. Er war über achtzig Jahre alt, aber kräftig für sein Alter. Und in Situationen, in denen er keine Ahnung hatte, wovon er redete, hatte er keine Scheu, wild zu raten. August war nicht sicher, ob das hier wirklich ein Mordbrand sein konnte. Was die Sache mit den Einbrüchen anging, hatte Gunnar allerdings recht. August selbst war nicht davon betroffen, aber mehrere andere im Ort.

August umklammerte sein Handy in der Jackentasche.

Maria hatte versprochen, von sich hören zu lassen, sowie sie wieder bei der Arbeit war und von ihren Kollegen das Neueste gehört hatte. Er hatte sich sehr gefreut, dass sie im Laufe der Nacht zu ihm zurückgekommen war. Oder mehr als das: Es wärmte ihn rundum. Doch er hatte keinen Schlaf bekommen, keine einzige Minute. Und kurz bevor Hovenäset nach dem Drama der Nacht wieder zum Leben erwachte, noch bevor die meisten Hundebesitzer es auf die Straße raus schafften, hatte Maria sich aufs Fahrrad gesetzt und war wieder Richtung Kungshamn gestartet.

»Auch wenn ich mich manchmal idiotisch benehme, musst du darauf vertrauen, dass wir wirklich zusammen sind«, hatte sie gesagt, ehe sie ging.

Er hatte genickt.

Es gab nur wenig Menschen, denen er ebenso sehr vertraute wie Maria.

Und dennoch störte ihn etwas, wenn er an ihre Beziehung dachte. Es war, als würde sie nicht nur ihnen gehören, sondern als hätte noch jemand anders die Macht über sie.

Gunnar merkte nicht, dass August in Gedanken versunken war, sondern redete weiter.

»Ich denke, wir sollten die Nacht in verschiedene Schichten einteilen«, sagte er. »Ich schreibe einen Aufruf auf die Website, und dann halten wir heute Abend eine Sitzung ab. Alle müssen dabei sein.«

Er nickte einem Mann zu, der ein Stück entfernt stand, und der Mann erwiderte das Nicken.

Linnea Jonasson, die zwei Häuser von August entfernt wohnte und ebenso wie er selbst im Lesekreis »Die Leseratten« aktiv war, näherte sich mit einem wild bellenden Hund, der an seiner Leine zerrte.

Ihre Wangen waren rot vor Kälte und die Augen schmale Schlitze entweder vor Müdigkeit oder möglicherweise auch als Reaktion auf den beißenden Rauch.

Sie legte eine Hand auf Augusts Arm.

»Es tut mir leid«, sagte sie.

Ihre Stimme hatte denselben Ernst, als würde sie »Herzliches Beileid« nach dem Tod eines Angehörigen sagen.

»Danke«, erwiderte August.

»Das ist furchtbar«, fuhr Linnea fort.

»Grotesk«, warf Gunnar ein.

»Man traut seinen Augen nicht«, ergänzte Linnea.

»Schrecklich«, schob Gunnar nach.

Mit einem Mal wirkte die Situation befreiend komisch.

August biss sich auf die Lippe, um nicht laut zu lachen.

Einer der Polizisten kam zu ihm. Der Asphalt war weiß von Eis und Schnee.

»Wir haben bei Axel Ehnbom geklopft«, sagte er, »aber der macht nicht auf. Und er geht auch nicht ans Handy oder ans Festnetztelefon. Wissen Sie, wo er sein könnte?«

»Nein, wir wissen nicht, wo er sein könnte«, antwortete Gunnar.

Er hatte keine weiteren rassistischen Dummheiten über Axels Frau Denise abgesondert, und das war eine Erleichterung. Gunnars

Gesicht war von vielen tiefen Falten zerfurcht. Die Jahre auf See waren das, die sich in seine Haut eingegraben hatten. Salziges Meer schuf salzige Winde, und die zehrten sehr am Äußeren der Menschen.

Der Polizist sah über die Gruppe der Versammelten.

»Weiß jemand von Ihnen vielleicht, wie wir Axel erreichen können? Es ist gar nicht gut, ihn nicht erreichen zu können, wo jetzt sein Bootshaus abgebrannt ist. Hat er Angehörige?«

»Nur einen Sohn«, sagte Gunnar. »Aber die haben keinen Kontakt.«

Linnea trat einen Schritt vor.

»Ich bin ihm kürzlich begegnet«, sagte sie, »da hat er irgendwas davon gesagt, dass er für ein paar Tage einen Freund in Strömstad besuchen würde.«

»Das hat er zu mir auch gesagt«, sagte ein Mann, der ein Stück entfernt stand. »Außerdem weiß ich, dass Axel oft vergisst, sein Handy zu laden. Es ist schon häufig passiert, dass man ihn schlecht erreichen konnte.«

August kannte den Mann. Er betrieb eines der Restaurants auf Smögen, wohnte aber auf Hovenäset.

»Mir ist es auch schon passiert, dass Axel nicht rangegangen ist, weil er vergessen hatte, sein Handy zu laden«, fügte August hinzu. Er erinnerte sich, dass Axel, als August sein Bootshaus gekauft hatte und ihn in einer Sache um Rat bitten wollte, nicht leicht zu erreichen gewesen war.

»Sein Auto steht noch auf dem Marktplatz«, beharrte Gunnar, der den anderen nicht zustimmen wollte.

»Vielleicht ist Axel mit dem Bus nach Strömstad gefahren«, gab Linnea zu bedenken. »Ich habe ihn schon oft an der Bushaltestelle stehen sehen.«

»Ich auch«, bestätigte August.

Mehrere andere nickten zustimmend. Doch Gunnar reagierte jetzt ärgerlich.

»Ihr seid doch komplett verrückt«, sagte er. »Soll Axel bei dieser Kälte mit dem Bus gefahren sein? Nach Strömstad?«

Der Polizist sah Gunnar eindringlich an.

»Sie scheinen Axel besser als alle anderen zu kennen«, sagte er. »Wissen Sie, ob es jemanden gibt, der ihm Böses will?«

Linneas runde Augen sahen plötzlich ängstlich aus. »Was wollen Sie da eigentlich andeuten?«, fragte sie. »Dass jemand ... dass Axel ...«

»Ich will gar nichts andeuten«, sagte der Polizist, »aber das Bootshaus ist abgebrannt, und Axel ist verschwunden. Da müssen meine Kollegen und ich herausfinden, was passiert ist.«

Gunnar nickte.

»Gut«, sagte er. »Gut, dass ihr eure Arbeit macht. Und nein, ich weiß nicht, ob Axel irgendwelche Feinde hatte. Aber das kann ich garantiert herausbekommen.«

»Nein, vielen Dank«, entgegnete der Polizist. »Wir sind sehr froh, wenn wir die Ermittlungsarbeit leisten. Aber es beruhigt mich natürlich, dass hier mehrere sind, die bezeugen können, dass Axel sowohl sein Handy nicht regelmäßig lädt als auch von einer Reise gesprochen hat.«

Dann sprach er schnell weiter, ehe Gunnar ihn unterbrechen konnte:

»Wir müssten noch mit Ihnen reden.«

Er sah August und Gunnar an.

»Das habt ihr doch bereits getan«, antwortete Gunnar kratzbürstig. »Verwenden Sie Ihre Zeit lieber darauf, was wichtig ist. Zum Beispiel, Diebe und Pyromanen und anderes herumstreunendes Volk festzunehmen, das Sie hier frei ihr Unwesen treiben lassen.«

»Wir müssen mit jedem von Ihnen einzeln sprechen«, sagte der Polizist.

»Was soll das heißen, mit jedem einzeln«, fragte Linnea empört. »Sind Sie wegen irgendwas verdächtig? Das können Sie gleich mal vergessen. Ich kenne sowohl Gunnar als auch Anton, da ist überhaupt nichts …«

»Anton?«, fragte der Polizist.

Linneas Wangen wurde noch roter.

»Es ist doch unglaublich, wie dumm ich bin«, sagte sie. »Dass ich ausgerechnet deinen Namen vergessen kann, August.«

Sie streichelte wieder seinen Arm, und er lächelte steif.

»Das kommt vor«, erwiderte er.

Zu den Polizisten sagte er:

»Ich wohne ganz in der Nähe. Wenn es Ihnen passt, können wir sofort zu mir gehen.«

Seite an Seite gingen sie zu Augusts Haus. Als sie am Eishaus vorbeikamen, bemerkte August, wie der Polizist dorthin schielte, und auch August sah hin. Er bereute nicht, das Haus gemietet zu haben, als er nach Hovenäset gezogen war, aber jetzt war er froh, einige Häuser davon entfernt zu wohnen.

»Das ist doch total bescheuert, dass ausgerechnet du ein Haus gekauft hast«, hatte Henrik gesagt. »Wo du doch ein richtiger Wohnungsmensch bist.«

August fand, dass der Ort, an dem das Haus lag, nämlich auf Hovenäset, Henrik mehr erstaunen sollte als der Hauskauf selbst. Seine einzige Verbindung zu dieser Halbinsel war, dass seine Großeltern während Augusts Kindheit dort ein Sommerhaus besessen hatten. Die wären so erstaunt, wenn sie wüssten, dass er jetzt beschlossen hatte, sich dauerhaft dort niederzulassen. Ganz zu schweigen davon, wie erstaunt seine Eltern darüber wären.

»Sie haben es aber schön«, sagte der Polizist, als August ihn in die Küche führte.

Das war eine Gewohnheit, die er von zu Hause mitgebracht hatte, nämlich immer die wichtigsten Begegnungen in der Küche stattfinden zu lassen.

»Danke«, sagte August.

Auch das hatte er gelernt: sich zu bedanken, wenn er ein Kompliment bekam. Er freute sich, wenn jemand etwas Nettes über sein Haus im Allgemeinen und vor allem über die Küche sagte. Die alten Küchenschränke hatte er gelassen, aber die Fronten durch grüne ersetzt. Maria hatte vorgeschlagen, dass er sie mit Messingbeschlägen versehen sollte, was ein Volltreffer war. Das Grün zusammen mit dem Messing verlieh der Küche eine rustikale und warme Anmutung.

Der Polizist strich sich über sein rotes, kurz geschnittenes Haar.

»Kann ich Ihnen einen Kaffee anbieten?«, fragte August.

»Nein, danke«, erwiderte der andere, »alles gut. Ich wollte nur ein paar Details klären. Sind Sie der alleinige Besitzer des Bootshauses?«

»Ja.«

»Wie lange gehört es Ihnen schon?«

»Ich habe es im Oktober gekauft.«

»Wie traurig, dann haben Sie ja nicht lange Nutzen davon gehabt.«

Eigentlich gar keinen, dachte August.

Bootshäuser gehörten zum Sommer, und einen Sommer hatte er in Hovenäset noch nicht erlebt, zumindest nicht als Erwachsener.

»Wie haben Sie entdeckt, dass das Bootshaus brannte?«, erkundigte sich der Polizist.

»Gunnar ist vorbeigekommen. Er hatte den Brand rein zufällig entdeckt.«

»Was haben Sie gerade gemacht, als er hierherkam?«

»Ich habe geschlafen.«

»Wie gut kennen Sie Gunnar?«, fragte der Polizist.

»Eigentlich nicht sonderlich gut. Ich meine, wir laufen uns ab und zu über den Weg, und einmal war ich zu Hause bei Gunnar zum Kaffeetrinken. Und dann sehen wir uns manchmal in der Interessenvereinigung von Hovenäset. Aber das ist alles.«

August hatte schon bei den meisten auf Hovenäset Kaffee

getrunken. Bei Gunnar, bei Axel, sogar bei Linnea – fast alle hatten ihn auf eine Tasse einladen wollen, als er neu zugezogen war.

»Wissen Sie, was Gunnar mitten in der Nacht draußen gemacht hat?«

August schüttelte den Kopf.

Der Polizist machte sich Notizen.

»Wissen Sie irgendetwas darüber, wie der Brand ausgelöst wurde?«, fragte August.

Zum ersten Mal während ihres Gesprächs richtete sich der Polizist auf. Das ließ ihn weniger jungenhaft aussehen und verlieh ihm Ausstrahlung.

»Die Pyrotechniker haben eine erste Beurteilung abgegeben«, sagte er. »Der Brand hat seinen Anfang im Bootshaus von Axel Ehnbom genommen, und es war Brandstiftung.«

Der Wind war sanft, aber eiskalt. Trotzdem macht es Spaß, draußen zu sein und Fahrrad zu fahren.

Rechts von Maria glitt das gefrorene Meer vorbei, und auf der anderen Seite des Wassers lag Hovenäset in all seiner Pracht. Die vielen weißen Holzhäuser, die hohen Klippen im Hintergrund, all das Karge, all das Schöne, jetzt von einer frischen weißen Schneedecke bedeckt. Das war ein ungewohnter Anblick, denn manchmal vergingen viele Jahre, ehe der Schnee einmal so liegen blieb wie jetzt.

Nachdem sie den kurzen Teil der Strecke hinter sich hatte, auf dem sie am Eis vorbeifuhr, kam sie zum Fahrradweg, der sie hinauf auf die Brücke von Hovenäset führte.

Erst vor wenigen Stunden war sie dieselbe Strecke in ihrer Eigenschaft als Augusts heimliche Freundin gefahren.

Jetzt war sie als Polizistin auf dem Weg dorthin.

Maria konzentrierte sich auf die Straße.

Als sie auf Hovenäset ankam, hupte hinter ihr ein Auto. Verärgert drehte sie sich um, entspannte sich aber sofort, als sie sah, wer es war.

Ray-Ray.

Der immer das Auto nahm, während sie mit dem Fahrrad fuhr. Er würde anstelle von Maria für diese Ermittlung verantwortlich sein, dafür hatte sie selbst gesorgt.

»Es geht um Verdacht auf Brandstiftung«, hatte ihr Chef Roland gesagt, als er ungefähr eine Stunde zuvor angerufen hatte. »Ich möchte, dass du das hier übernimmst, Maria.«

Und da hatte sie Roland erzählt, warum Ray-Ray besser geeignet war, diese Ermittlung zu leiten.

»Ich kenne August Strindberg, der das eine der beiden Bootshäuser besitzt«, hatte sie erklärt.

»August Strindberg?«, hatte Roland geantwortet, »den Typen mit dem Secondhandladen? Der …«

Er hatte sich unterbrochen und den Satz nicht vollendet. Sie wussten beide, was er sagen wollte. August Strindberg. Der Typ mit dem Secondhandladen, in dem man kurz nach der Eröffnung zwei Leichen gefunden hatte.

»Genau der«, hatte Maria geantwortet.

»Aber den kennt doch jeder«, hatte Roland eingewandt.

»Ich kenne ihn besser als andere«, hatte Maria entgegnet. »Wir haben eine private Beziehung. Aber verbreite das bitte nicht weiter, sei so gut.«

Roland hatte laut gelacht.

»Ja, herzlichen Glückwunsch!«, hatte er gerufen.

Sie hatte nicht gewusst, was sie darauf antworten sollte, und Roland ging es wohl genauso, denn er war schnell wieder zum Geschäftlichen zurückgekehrt und hatte gefragt, ob sie aus der Ermittlung ausgeschlossen werden wolle. Als sie das verneinte, entschied er dann auch, dass besser Ray-Ray sie leiten sollte.

Ray-Ray fuhr langsam neben ihrem Fahrrad her. Das Fenster auf der Beifahrerseite glitt runter, und Ray-Ray, der allein im Auto saß, lehnte sich beim Fahren zu ihr rüber.

»Wir treffen uns unten bei den Bootshäusern«, sagte er.

Sie nickte kurz.

An diesem Vormittag war auf Hovenäset ungewöhnlich viel Betrieb. Auf den Bürgersteigen und den kleinen Grundstücken waren viele Menschen unterwegs.

Die machen sich Sorgen, dachte Maria. Die wollen wissen, was passiert ist.

Das wollte sie auch.

Schwere Brandstiftung war ein ernstes Verbrechen. Für die Einordnung der Tat spielte es keine Rolle, dass bei dem Brand niemand ums Leben gekommen war. In einem Ort, in dem die Häuser nur wenige Meter voneinander entfernt standen, hätten die Folgen verheerend sein können.

Wenn es nur kein Pyromane war.

Dann würde alles sicher noch unangenehmer werden.

Maria hielt ihren Lenker fest umklammert. Der Himmel war strahlend blau, die Sonne schien, aber die Luft war eiskalt. Sie hielt Ausschau nach August, wollte so gern seine hochgewachsene Gestalt entdecken.

Aber er war nicht zu sehen.

Maria schob ihre Gedanken beiseite. Sie musste sich jetzt um die Arbeit kümmern, für Privates war keine Zeit.

Sie sah, dass die Umgebung um die Bootshäuser abgesperrt worden war. Maria parkte das Fahrrad und nahm den Helm ab. Die beiden Hütten waren völlig zerstört. Nur noch ein kleinerer Berg von etwas, was wie verbrannter Sperrmüll aussah, war übrig. Ohne diesen Haufen näher untersucht zu haben, konnte Maria schon Teile von einem Sofa und einen Sessel erkennen und von etwas, das wie eine Küchenspüle aus Edelstahl aussah.

Ray-Ray war im Gespräch mit einem Kriminaltechniker.

»Es ist uns soeben gelungen, die Menge zu zerstreuen«, erklärte er und zog eine Grimasse.

»Die Menge?«, fragte Maria nach.

»Ja, bestimmt zehn Leute.«

Maria lächelte. Sie bemerkte einige vereinzelte Personen, die immer noch um die Absperrung herumlungerten.

»Darf ich annehmen, dass es euch gelungen ist, Namen und Telefonnummer von der Menge aufzunehmen, ehe ihr sie zerstreut habt?«

»Ja natürlich. Und unsere tüchtigen Kollegen haben bereits mit jedem Einzelnen einmal gesprochen. Ich habe sie gebeten, doch auch von Tür zu Tür zu gehen, wenn sie schon mal dabei sind.«

Ray-Ray fuhr sich mit der Hand über den Kopf, um seinen kurzen Pferdeschwanz zurechtzurücken. Maria konnte die Male, die sie ihn mit offenen Haaren gesehen hatte, an einer Hand abzählen. Laut eigener Aussage passierte es ihm sogar manchmal, dass er die Haare im Pferdeschwanz wusch. Ray-Ray hatte schwarze Locken, an den Schläfen aber waren die Haare grau. Seine Augen waren grün, und er hatte den Blick eines Falken.

Der Techniker war eine andere Art Mann und sah definitiv nicht so aus, als ob er jemals einen Pferdeschwanz gehabt hätte. Er war mittleren Alters, und Maria vergaß seinen Namen sofort wieder. Sie sehnte sich nach Vendela, der Technikerin, mit der ihre eigene Ermittlergruppe meist zusammenarbeitete. Doch die saß in Uddevalla und hatte noch keine Funde vom Tatort erhalten.

Der Kollege sprach schnell und forciert. Ab und an sah er sich um, als wollte er kontrollieren, dass ihn niemand belauschte.

»Der Brand ist in der linken der beiden Bootshütten ausgebrochen, also in der, die Axel Ehnbom gehört«, begann er. »Das ist ein solides Haus, zweistöckig. Funde vor Ort zeigen, dass es im oberen Stockwerk eine Küche gab und dass sich auch Polstermöbel in der Hütte befanden. Ihr seht ja selbst.«

Er nickte zu dem Sperrmüllhaufen hin.

»Wie ist der Brand ausgebrochen?«, fragte Maria.

»Meiner Einschätzung nach ist das hier ein richtiger Klassiker. Jemand hat eine Kerze angezündet, die auf leicht entzündlichem Material, zum Beispiel einem Stapel Zeitungen, stand. Dann ist das Licht heruntergebrannt, und der Rest ging ganz schnell, vor allem, wenn die Zeitungen, oder was immer dazu benutzt wurde, in Benzin getränkt waren. Das Bootshaus stand wahrscheinlich binnen weniger Minuten komplett in Flammen.«

»Aber mit der Verzögerung, die es brauchte, weil die Kerze erst herunterbrennen musste, oder?«, fragte Ray-Ray.

»Genau«, bestätigte der Techniker.

Maria sog die kalte Luft ein. Es war eine große Erleichterung, dass der Brand nicht in Augusts Bootshütte seinen Ursprung hatte, denn das machte ihn doch entschieden weniger interessant für die

Ermittlung. Aber gleichzeitig war es unangenehm, dass der Brand gelegt worden war. Der Techniker hatte die Vorgehensweise einen Klassiker genannt, und damit vollkommen recht. Eine Kerze anzuzünden und die Stunden vergehen zu lassen, bis sie so weit heruntergebrannt war, dass sie das Material anzündete, auf der sie stand, war eine einfache Methode, um einen Brand mit Verzögerung anzulegen. So konnte sich der Täter in Sicherheit bringen oder sich ein Alibi besorgen und auf diese Weise alles wie ein Unglück aussehen lassen.

»Könnte es ein Versehen gewesen sein?«, fragte sie.

»Sie meinen, jemand könnte es sich in der Hütte gemütlich gemacht und ein bisschen Kerzen angezündet haben und dann weggegangen sein?«

»So in der Art.«

»Rein theoretisch kann das natürlich so gewesen sein, doch kaum mitten im Winter. Ich glaube, die Wahrheit liegt woanders. Ich habe nämlich das hier vor der Hütte von Axel Ehnbom gefunden.«

Der Techniker öffnete eine Tasche, die auf dem Boden stand, und holte einen Gegenstand heraus, den er in eine Plastiktüte gelegt hatte.

Maria nahm die Tüte entgegen und untersuchte den Inhalt. Ein Vorhängeschloss, in zwei Teile geteilt. Der Bügel war vom Gehäuse abgetrennt.

»Das Schloss ist mit einem Bolzenschneider oder etwas Vergleichbarem aufgebrochen worden«, erklärte der Techniker.

Ray-Ray zog die Augenbrauen hoch.

»Also wohl kaum ein Versehen«, sagte er.

»Das glaube ich auch nicht«, erwiderte der Techniker.

Maria reichte die Plastiktüte zurück.

Ein Kollege vom Streifendienst rief nach dem Techniker, der sich entschuldigte und ging.

»Axel Ehnbom«, begann Maria, »haben wir mit dem schon gesprochen?«

»Nein«, sagte Ray-Ray. »Wir haben ihn sowohl zu Hause als auch übers Telefon zu erreichen versucht. Aber er reagiert nicht.«

»Ist das ein Grund zur Sorge?«, fragte Maria.

»Wahrscheinlich nicht, aber er ist ein älterer Mann, deshalb würde ich ihn gerne erreichen, um zu hören, dass es ihm gut geht. Mehrere Nachbarn sagen aus, Axel habe erwähnt, er wolle einen Freund in Strömstad besuchen. Und offensichtlich ist es auch nicht ungewöhnlich, dass er lieber Bus fährt als Auto. Außerdem ist er, wie mehrere Zeugen bestätigen, nicht gut darin, sein Handy geladen zu halten. Dann neigt man dazu, eine Reihe wichtiger Anrufe zu verpassen.«

Maria ließ ihren Blick über die Boote gleiten. Die Sonne spielte auf dem Eis, und alles sah so idyllisch aus und ließ den Kontrast zum Brandort noch unbehaglicher wirken.

Dasselbe galt für den Gedanken, der Maria keine Ruhe ließ.

Also sagte sie es lieber gleich.

»Wenn das hier das Werk eines Pyromanen ist, kann es richtig anstrengend werden.«

Ray-Ray nickte bedächtig.

»In dem Fall wird es nicht lange dauern, und es brennt wieder«, sagte er. »Aber so weit sind wir noch nicht. Es kann auch eine persönliche Sache sein, dass irgendjemand darauf aus ist, Axel zu schaden, indem er sein Eigentum zerstört.«

Maria ließ seinen Satz wirken.

Dann schüttelte sie sich.

Sie wollte zuallererst um jeden Preis wissen, ob der Brandstifter ein Pyromane war. Wenn das der Fall war, dann musste der Täter umgehend gestoppt werden.

Wer wusste schon, was so ein Mensch als Nächstes in Brand setzte?

Die Kapelle von Hovenäset lag auf einer Anhöhe mit majestätischer Aussicht über das alte Fischerdorf. August war kurz nach zehn Uhr am Vormittag dort, der Schnee glitzerte weiß auf den Hausdächern, und auf den gefrorenen Ästen saßen Vögel und beobachteten alles und alle.

Doch der größte Teil dieser wunderbaren Schönheit entging August. Nach dem Treffen mit der Polizei war er viel zu aufgedreht, um sich konzentrieren zu können.

Binnen einer einzigen Nacht war sein Alltag in ein Drama verwandelt worden.

Die wichtigste Veränderung im Vergleich zum Abend zuvor war, dass er kein Bootshaus mehr besaß. Das tat weh. Und zwar richtig.

Doch jetzt stand August also mit dem Schlüssel in der Hand vor der Kapelle.

Grund dafür war Axel Ehnboms Mitteilung, dass er einen Karton mit Sachen für Augusts Secondhandladen dort platziert habe.

August hatte die kurze Nachricht mehrmals gelesen:

Ich habe den Karton an einem sicheren Ort in der Kapelle abgestellt. Knock yourself out!

August musste lächeln, als er den letzten Satz las.

Knock yourself out!

So wollte er selbst auch klingen, wenn er einmal 85 Jahre alt war. Hingegen hoffte er, dass er im Alter, was die Technik anging, besser drauf sein würde als Axel. Es war schon problematisch, dass er sogar, wenn er wegfuhr, versäumte, sein Handy zu laden.

Die Tür zur Kapelle ging auf, und August trat ein.

Drinnen war es warm und still.

August war gern dort, was hauptsächlich dann der Fall war, wenn die »Leseratten« dort ihr Treffen abhielten. Bald würde es wieder an der Zeit für eine neue Zusammenkunft sein, und er freute sich darauf. Anfänglich war August in den Lesekreis eingetreten, um neue Menschen kennenzulernen, doch inzwischen war es ein Engagement, das immer mehr Zeit in Anspruch nahm. Seit dem Jahreswechsel hatte er die Rolle des Leiters übernommen und hegte die etwas stressige Vermutung, dass dies ein Amt war, das er nie wieder loswerden würde. Die Leute liebten es einfach zu sagen, dass ihr Lesekreis von August Strindberg selbst geleitet wurde.

Er gönnte es ihnen.

Es gefiel ihm, dass die »Leseratten« ein bisschen von seiner Zeit in Anspruch nahmen. Und noch mehr gefiel ihm, dass Maria auch dabei war.

Er schaltete das Deckenlicht ein und drehte eine Runde durch die Kapelle. Insgesamt gab es sechzehn Kirchenbänke, acht auf jeder Seite des Mittelgangs. August nahm an, dass der Karton so groß wie eine Umzugskiste und deswegen leicht zu entdecken war. Er hockte sich hin, sodass er unter den Bankreihen hindurchsehen konnte. Dann schaute er in den kleinen Abstellraum ganz hinten in der Kapelle. Nirgends ein Karton.

Er und Axel hatte eine für August ungewöhnliche Absprache getroffen: August durfte mit dem Inhalt des Kartons tun, was er wollte, und als Gegenleistung versprach er, alles, was nicht in den Laden passte, wegzuwerfen.

Das Ungewöhnliche war, dass August den Vorschlag überhaupt akzeptiert hatte. Zu Beginn seines Geschäfts hatte er dergleichen Angebote fröhlich angenommen und war dann auf Bergen von Sachen sitzen geblieben, die keinerlei Wiederverkaufswert besaßen. Außerdem waren sie schwer zu entsorgen, und er war ratlos auf dem Recyclinghof von Hovenäset zwischen den verschiedenen Containern hin und her gewandert und hatte versucht rauszukriegen, welcher Gegenstand wohin gehörte. Das brauchte Zeit, war langweilig und nichts, was er sich zur Gewohnheit machen wollte.

Trotzdem war es Axel Ehnbom gelungen, eine Ausnahme zu erwirken.

Stur wie er war, wollte er nicht in Augusts Laden gehen müssen und bat ihn, stattdessen mit den Sachen zu ihm nach Hause kommen zu dürfen. Und als August da gerade zufällig nicht zu Hause war, fiel Axel stattdessen eine andere Lösung ein. August war nicht klar gewesen, wie sehr Axel daran gelegen war, die Sachen schnell loszuwerden, und deshalb hatte ihn die SMS ein wenig erstaunt.

Er las sie noch einmal.

Eigentlich konnte man die Nachricht nicht falsch verstehen. Axel schrieb ja, dass er den Karton in die Kapelle gestellt habe. Oder könnte er sich vertippt haben? Vielleicht hatte er eigentlich schreiben wollen »Ich stelle den Karton in die Kapelle«, anstelle von »ich habe gestellt«. In dem Fall blieb nur zu warten, wann er auftauchen würde.

August legte das Handy weg.

Die Kapelle war leer.

Da war kein Karton. Außerdem war auch nicht klar, was Axel mit »sicherer Ort« gemeint haben könnte. Schließlich war doch die ganze Kapelle ein sicherer Ort.

Widerwillig trat August wieder in die Kälte hinaus.

Könnte jemand anderes den Karton mitgenommen haben?

Ein Dieb vielleicht?

Doch so jemand hätte schließlich Spuren hinterlassen, und da waren keine. Weder in der Kapelle noch draußen. Die Kiesfläche vor der Kapelle wurde normalerweise von den Boule-Spielern benutzt, doch jetzt war auch die unter Schnee und Eis begraben, und die Schneedecke war unberührt. Außer auf der Treppe und dem kleinen Pfad zur Kapelle hin war kein einziger Schuhabdruck zu sehen.

August versuchte sich zu erinnern, wann es das letzte Mal geschneit hatte. Das war mindestens vier Tage her.

Er dachte darüber nach, wer alles einen Schlüssel zur Kapelle besaß. Er selbst, weil der Lesekreis inzwischen dort stattfand, und Axel, weil er im Gemeindevorstand war. Dann gab es noch einige wenige andere Personen, die ebenfalls einen Schlüssel besaßen.

Keinen von ihnen würde August des Diebstahls bezichtigen wollen.

Ich muss später noch einmal hierherkommen, dachte er. Vielleicht hat Axel es noch nicht geschafft.

Manchmal kam Ola Thynell an dem Gedanken vorbei, wie sein Leben wohl aussehen würde, wenn seine Mutter nicht mehr da wäre. Würde es leichter werden? Würde er sich freier fühlen? Oder wäre er der einsamste Mensch der Welt?

Ola stand vor Axel Ehnboms Haus auf Hovenäset. Da schien niemand zu Hause zu sein, obwohl er sich schon mehrere Wochen im Voraus angemeldet hatte, um den Schornstein zu fegen.

Er hatte sein Handy in der Hand, auf dem waren nicht weniger als drei verpasste Anrufe von seiner Mutter, aber kein einziger von Axel Ehnbom.

Ola rief seine Mutter an und versprach, so schnell wie möglich vorbeizukommen. Er verriet nicht, dass er sich auf der anderen Straßenseite befand.

Es war eine unhaltbare Situation.

Sie musste einfach lernen, den Pflegedienst anzurufen und nicht ihren Sohn. Sie konnte ihn nicht einfach Tag und Nacht anrufen, sonst müsste er sich bald krankschreiben lassen.

Seine Gedanken kehrten zu Axel Ehnbom zurück. Es musste nichts bedeuten, dass er nicht aufmachte, schließlich hatten ja mehrere Leute gesagt, er sei wahrscheinlich bei guten Freunden auf Besuch. Und es geschah durchaus, dass Kunden den anstehenden Besuch des Schornsteinfegers vergaßen. Aber nicht sonderlich oft, vor allem ältere Kunden nicht, solche wie Axel.

Ola seufzte und schob das Handy in die Hosentasche.

Seine Mutter hatte im Laufe der Jahre viel von Axel gesprochen. Sie fand ihn gut aussehend und hatte sich vielleicht auch ein wenig Hoffnungen gemacht, als Axel vor fünfzehn Jahren Witwer wurde. Von Mahlzeiten hatte sie erzählt, die sie gekocht und rübergetragen hatte, und von Weinflaschen »die sowieso nur rumstanden und einstaubten« und die sie deshalb mit zum Nachbarn genommen hatte.

Insgesamt hatte das Projekt allerdings ziemlich aussichtslos gewirkt. Die Zeit war vergangen, und seine Mutter hatte immer weniger von ihrem attraktiven Nachbarn berichtet. In den letzten Jahren hatte sie ihn nur noch sehr selten erwähnt.

Auch gut, dachte Ola, wo wir eine so schwierige Familie sind.

Eine schwierige Familie.

Acht Jahre war Olaf alt gewesen, als er diese Worte zum ersten Mal hörte. Da saß er im Büro der Schulschwester in Kungshamn auf einem dieser Besucherstühle, die viel zu groß für Kinder waren, und hörte sie in gellendem Tonfall mit jemandem reden, der, wie er erst später im Leben begriff, vom Jugendamt gewesen sein musste.

»Es muss sich jetzt mal jemand darum kümmern«, hatte sie gesagt. »Aber vergessen Sie nicht, das hier ist eine schwierige Familie. Ich habe Probleme, mit ihr zu kommunizieren.«

Lange hatte Ola gemeint, dass er selbst das Problem und derjenige sei, der alles so schwierig machte. Inzwischen wusste er das besser.

Viel besser.

Es war nicht seine Schuld gewesen, dass sein Vater Alkoholiker war. Auch seine Schwester Patricia oder seine Mutter trafen keine Schuld daran. Allerdings wurde seine Mutter ihrer Verantwortung für Ola und Patricia nicht gerecht. Sie stellte niemals irgendwelche Forderungen an den Vater, sie verlangte nie, dass er wegen seiner Abhängigkeit in eine Therapie ging, denn in ihrer Welt existierte keine Abhängigkeit. All die anderen bildeten sich nur ein, ihr Mann habe ein Problem mit dem Alkohol.

Und so wurde man eine schwierige Familie.

In der man alle traurigen Themen unter einen Teppich kehrte, über den man bald kaum mehr gehen konnte, ohne zu stolpern.

Ola probierte noch einmal, Axel anzurufen. Er landete sofort auf der Mailbox.

Ola räusperte sich.

»Hallo, hier ist noch mal Schornsteinfeger-Ola. Ich … ich wollte nur checken, ob Sie wirklich nicht zu Hause sind. Aber … wir nehmen stattdessen einen anderen Tag. Tschüss.«

Kaum hatte er aufgelegt, klingelte das Telefon wieder.

Es war Hillevi, die ihn sprechen wollte.

Ola lächelte, als er ranging. Natürlich fand er es schrecklich, dass seine Schwester Patricia nach Kungshamn gezogen war, aber er freute sich, dass er seine Nichte und seinen Neffen jetzt in nächster Nähe hatte.

»Kannst du reden?«, fragte Hillevi.

»Na klar«, sagte Ola.

»Es ist was super Seltsames passiert. Sam spricht irgendwie nicht mehr.«

»Spricht nicht mehr?«

»Und er scheint, … ich weiß nicht, irgendwie verängstigt. Und Mama hat heute Nacht woanders übernachtet. Sie ist heute früh nach Hause gekommen und war total müde und irgendwie krank.«

In Ola machte sich Sorge breit. Das hier waren genau die Art von Unternehmungen, die seine Schwester so verdammt anstrengend machten. Wer ließ denn seine Kinder eine ganze Nacht allein? Niemand. Aber Patricia machte das oft, einfach nur, weil sie fand, Hillevi wäre so gut darin, sich um Sam zu kümmern.

»Wo seid ihr jetzt?«, fragte Ola.

»Ich bin in der Schule und Sam in der Kita. Ich bin mit ihm hingegangen. Mama hat es nicht geschafft.«

Ola wusste nicht, was er glauben oder sagen sollte. Zumindest war es mal gut, dass die Kinder nicht zu Hause waren.

»Kann ich dich später anrufen?«, fragte er.

»Klar.«

»Mach's gut«, sagte Ola.

»Du auch.«

Ola schaute gestresst zu Axels Haus. Dass immer alles gleichzeitig passieren musste.

Da näherten sich Schritte von der ein paar Meter entfernten Querstraße. Gunnar Wide erschien in Daunenjacke und Strickmütze.

»Hallöchen.«

Gunnar gehörte nicht zu Olas Lieblingen. Immer hart, immer großkotzig, immer zu laut. Und dazu noch sowohl Rassist als auch Homophobiker.

»Wollten Sie zu Axel?«

Gunnars Blick wanderte von Ola zu dem Haus von Axel.

»Ja, aber er scheint immer noch nicht zu Hause zu sein. Wahrscheinlich hat er mich vergessen.«

Gunnar schüttelte bedächtig den Kopf. Er sah fertig aus. Die Nacht war wohl auch für ihn lang gewesen.

»Viele von uns versuchen ihn zu erreichen«, erklärte er. »Auch die Polizei. Haben Sie Axel angerufen? Aber wahrscheinlich haben Sie seine Telefonnummer nicht, oder?«

Ola winkte mit dem Handy, das er immer noch in der Hand hatte.

»Doch, doch, ich habe angerufen«, sagte er. »Aber er geht nicht ran.«

Gunnar holte sein eigenes Handy heraus.

»Haben Sie auf dem Handy angerufen oder auf seiner Festnetznummer?«, fragte er.

»Auf dem Handy«, erwiderte Ola.

»Rufen Sie auch auf dem Festnetz an«, empfahl Gunnar. »Axel mag alte Sachen. Er hat tatsächlich ein Bakelit-Telefon, das ausgezeichnet funktioniert.«

Axel mag alte Sachen.

Da war er nicht der Einzige. Wie August Strindberg zum Beispiel. Der war so verknallt in alte Sachen, dass er einen Secondhandladen eröffnet hatte.

Olas Herz pochte.

Er konnte nicht länger warten.

Es war wirklich an der Zeit, dass er auch mal den Weg in Augusts Laden fand. Er würde so weit gehen, irgendwas zu verkaufen, wenn das nur als Grund dienen konnte, den Laden zu besuchen.

Zu Gunnar sagte er: »Ich habe bereits auf der Festnetznummer angerufen.«

»Das ist doch zu seltsam«, sagte Gunnar. »Ich weiß, dass Axel mit solchen Sachen gewissenhaft ist. Er wird so schnell wie möglich den Schornstein gefegt haben wollen. Jetzt klopfen wir noch mal.«

Wir?

Gunnar war eine barsche Führungsperson. Ola hatte einen guten Teil seines Lebens darein investiert, ihn von sich fernzuhalten. Nicht, weil er arbeitsscheu war, sondern weil es ihm so schwerfiel, in Gegenwart von Menschen, die Autorität ausstrahlten, er selbst zu sein.

Gunnar ging vor Ola die Treppe zur Eingangstür hinauf. Er klingelte und bollerte dann heftig an die Tür.

»Axel!«, rief er. »Bist du da?«

Keine Antwort.

Ola schauderte es unvermittelt. Die Luft war kalt und feucht, doch die Sonne schien. Es war ein ungewöhnlich stiller und schöner Vormittag, und das Licht ließ die weißen Holzhäuser schimmern.

Gunnar trat von einem Fuß auf den anderen. Er sah aus, als würde er darüber nachdenken, wie sie nun weiter verfahren sollten.

»Ich weiß nicht recht, was soll man davon halten? Ich meine, auch wenn Axel nach Strömstad gefahren sein sollte, wie einige behaupten, dann müsste er doch dafür sorgen, das Handy am Laufen zu haben. Und kann es wirklich stimmen, dass er Bus gefahren ist? Ich habe ihn noch nie an der Bushaltestelle stehen sehen.«

Ola schauderte es wieder.

Wer achtete denn darauf, wann andere Menschen an der Haltestelle standen und auf den Bus warteten?

»Ich muss jetzt gehen«, sagte er. »Ich habe noch andere Kunden, die warten, und …«

Er unterbrach sich abrupt, als Gunnar resolut die Klinke packte und herunterdrückte. Ola war so fassungslos, dass er kein einziges Wort herausbrachte. Zweimal ruckte Gunnar an der Tür.

»Na klar«, brummte er, »und hier ist natürlich abgeschlossen.«

»Das ist ja wohl nicht verwunderlich«, sagte Ola.

Schnell ging er die Treppe hinunter. Er würde bei einer anderen Gelegenheit noch einmal zu Axel kommen. Außerdem musste er jetzt darüber nachdenken, was er mit dem Anruf von Hillevi anfing.

Aber Gunnar kam nicht hinterher. Nicht bevor er durch das Fenster neben der Tür geschaut hatte.

Der spinnt doch, konnte Ola noch denken.

Dann hörte er Gunnar seufzen.

»Ich spüre einfach, dass hier irgendwas nicht stimmt«, sagte er und warf Olaf einen traurigen Blick zu.

»Wissen Sie, er wird sicher bald von sich hören lassen«, erwiderte dieser.

»Da bin ich nicht sicher«, entgegnete Gunnar. »Da bin ich wirklich nicht sicher. Und abgesehen von dem undankbaren Sohn hat er ja auch keine Angehörigen. Hier muss gehandelt werden, je früher, desto besser.«

Verdacht auf schwere Brandstiftung. Und vielleicht ein Pyromane oder eine Art persönlicher Rache an Axel Ehnbom. Daran dachte Maria, als sie sich im Wohnwagen niederließ, der ihren Arbeitsplatz darstellen sollte. Ein Wohnwagen, der als lokale Ermittlungszentrale in Kungshamn fungierte, knapp dreißig Meter vom Hauptquartier des Rettungsdienstes und des inzwischen aufgegebenen Polizeireviers entfernt. Pläne, das alte Revier wieder zum Leben zu erwecken, gab es nicht. Verglichen mit dem Wohnwagen, in dem man Maria und Ray-Ray sitzen ließ, wären die Kosten, die schimmelverseuchten Räume wiederherzustellen, zu hoch und laut Roland »nicht vermittelbar«.

Ein Wohnwagen.

Sie hätte sich nie vorstellen können, dass sie jemals in so etwas arbeiten würde.

Die Idee war von Roland gekommen und natürlich kein Vorschlag, sondern eine Anordnung gewesen. Zu Anfang war der Wohnwagen nur als Übergangslösung gedacht – eine Art Test, um während des Sommers die Polizeipräsenz in der Region zu verstärken –, doch nach dem Fall mit der verschwundenen Agnes Eriksson im Herbst wollte Roland den Wohnwagen zu einer Dauereinrichtung machen.

»Ich will nicht alle meine Ermittler in Uddevalla haben«, hatte er gesagt. »Ich möchte, dass einige von euch in anderen Teilen des Bezirks sitzen.«

Und dann hatte er auf Maria und Ray-Ray gezeigt, und keiner von beiden hatte prinzipielle Einwendungen gegen das Konzept gehabt, aber doch gehofft, dass sie im Winter in die Wärme beim Rettungsdienst würden umziehen können, sodass ihnen der Wohnwagen erspart bliebe. Doch so war es nicht gekommen.

Maria und Ray-Ray setzten sich an den im Fußboden verankerten Tisch des Wohnwagens, der ihnen als Schreibtisch diente. Sie hatten in der Bäckerei am Hafen spät zu Mittag gegessen, und jetzt wollten sie herausfinden, ob vielleicht auch in der näheren Umgebung Brände gelegt worden waren. Einen Pyromanen konnte man nur aufhalten, indem man ihn seiner Freiheit beraubte und zur Rechenschaft zog. Aber dann musste man erst einmal herausfinden, ob es wirklich ein Pyromane war, mit dem man es zu tun hatte. Und natürlich, um wen es sich handelte.

Ray-Ray sank mit dem Computer auf dem Bauch ins Sofa, als wolle er dort ein Nickerchen halten. Sein Blick verriet jedoch etwas ganz anderes. Er war scharf und finster und nicht im Geringsten schläfrig.

»Ich finde in unserer oder in einer benachbarten Gemeinde hier zwei Fälle von Brandstiftung in den letzten sechs Monaten«, sagte Ray-Ray. »In dem einen Fall war es eine eifersüchtige Frau, die versucht hat, ihren Ex umzubringen, und in dem anderen ein Mann, der sich an seiner ehemaligen Schwiegermutter rächen wollte, indem er das alte Sommerhaus ihrer Familie in Hunnebostrand anzündete.«

Maria brummte, um zu zeigen, dass sie ihn gehört hatte. Sie fand keine weiteren Fälle im internen Register.

Dass es keine ungelösten Fälle der Brandstiftung gab, schloss nicht aus, dass hier ein Pyromane unterwegs war, machte es aber weniger wahrscheinlich.

Es könnten natürlich auch unbeaufsichtigte Jugendliche gewesen sein, dachte Maria.

Aber die hatte man eigentlich mehr im Sommer.

Da glaubte sie doch mehr an die Theorie, dass die Brände vielleicht mit den Einbrüchen in Hovenäset zusammenhingen.

Sie schaute auf den Computer. Der stand auf dem Tisch, und sie selbst saß mit geradem Rücken auf einem Stuhl. Es wurde nicht darüber gesprochen, warum ausgerechnet ihr der Rücken wehtat, wenn sie versuchte, wie ein Teenager im Sofa zu lümmeln. Da konnte man doch nichts machen. Das sagten jedenfalls Chiropraktiker und Ärzte. Mit Training und diversen Übungen würde es wahrscheinlich besser werden, doch nie richtig gut. Pauls Misshandlungen hatten einen Teil ihres Körpers auf immer zerstört.

»Niemand wird dir je wieder wehtun«, hatte August Strindberg geflüstert.

Er hatte sie eng an sich gedrückt, und sie hatte den Kopf auf seinen breiten Brustkorb gelegt und gedacht, dass er das gar nicht so sicher sagen könnte. Und sie ebenso wenig.

Ray-Ray haute fest auf die Tastatur des Computers. Das Geräusch hallte in dem kleinen Wohnwagen wider. Roland behauptete, es sei einer der größten, die man kriegen könne, doch solange er nicht einen Wohnwagen herbeizauberte, der so groß wie ein ganzes Polizeirevier war, würden weder Maria noch Ray-Ray beeindruckt sein.

»Verdammter lahmarschiger Datenscheiß«, schimpfte Ray-Ray und stellte seinen Computer auf den Tisch. »Jetzt hat er sich schon wieder aufgehängt.«

»Schau stattdessen auf meinen«, sagte Maria.

Ray-Ray setzte sich widerwillig auf und beugte sich vor, damit er richtig sehen konnte.

»Axel Ehnbom«, sagte er, »ich weiß, die Zeugen haben gesagt, dass er wegfahren wollte, aber ist es nicht ein wenig seltsam, dass man ihn so gar nicht erreichen kann?«

»Doch«, stimmte Maria zu. »Aber die Leute haben auch gesagt, dass er nachlässig mit dem Laden seines Handys ist. Da ist es schwer, darüber informiert zu bleiben, was passiert.«

Sie hatten Axel durchs Register laufen lassen. Er war nicht vorbestraft und würde bald 86 Jahre alt werden. Er hatte einen Sohn, Elias, und war seit fünfzehn Jahren Witwer.

Maria hatte den Sohn angerufen und eine Nachricht auf seinem

Anrufbeantworter hinterlassen. Vielleicht wusste er ja, wo sein Vater sich aufhalten könnte.

Ray-Ray holte sein Handy heraus und schaute die Bilder an, die er während des morgendlichen Ausflugs nach Hovenäset gemacht hatte. Auf einem von ihnen war das aufgeschnittene Schloss zu sehen.

»Ist das hier nicht sehr unvernünftig?«, fragte er und hielt Maria das Handy unter die Nase.

»Wie meinst du das?«

»Ich meine, das Bootshaus war eingerichtet wie eine kleine Sommerhütte. Warum hatte er dann nicht ein besseres Schloss an der Tür?«

»Vielleicht weil er wusste, dass es da nicht viel zu holen gab«, schlug Maria vor. »Da ist es doch besser, es den Dieben einfach zu machen, damit sie nicht die Tür kaputtmachen, nur um dann festzustellen, dass man doch nichts stehlen kann. Ich meine, welcher Dieb ist schon auf der Jagd nach einem durchgesessenen Sofa oder einem Küchentisch?«

Ray-Ray machte eine Miene, die andeutete, dass er ihr nur zum Teil zustimmte.

»Wir müssen Axel befragen, was er in dem Bootshaus hatte. Zum Beispiel könnte es dort teure Elektronik gegeben haben.«

»In einem nicht isolierten Bootshaus?«

»Tatsache ist, dass wir es nicht wissen. Ich will mit Axel oder jemandem, der schon mal sein Bootshaus besucht hat, darüber reden, wie es drinnen aussah.«

Maria verschloss sich nicht der Argumentation, doch war sie nicht sicher, ob Axels Wahl des Schlosses so bemerkenswert war. In Augusts Bootshaus schien niemand versucht zu haben einzubrechen, aber das beruhte wohl kaum darauf, dass er ein so wahnsinnig avanciertes Schloss besaß. Im Gegenteil. Der Schlüssel war groß und schwer und das Hängeschloss uralt. Jedes Kind könnte da einbrechen, wenn es wollte.

Maria las die Anzeigen wegen Einbruchs, die es in den letzten Monaten auf Hovenäset gegeben hatte. Ihre Kollegen und Ray-Ray hatten die Einbrüche mit einer Serie ähnlicher Ereignisse verknüpft, die auf Smögen und in Kungshamn passiert waren. Wahrscheinlich handelte es sich um eine Diebes-Gang, der man hoffentlich bald das Handwerk legte.

Sonst laufen wir Gefahr, das Vertrauen der örtlichen Bevölkerung zu verlieren, dachte Maria.

Sie blätterte die Vernehmungen durch, die während der Nacht stattgefunden hatten. Es gab eine Liste von Personen, die während der Löscharbeiten in der Umgebung der Bootshäuser aufgetaucht waren, und es gab auch eine Aufstellung darüber, wer in den Häusern wohnte, die in der Nähe der Bootshäuser standen und womöglich etwas gesehen haben könnte. Was auf keinen von ihnen zutraf. Niemanden. Die meisten waren während des Winters nicht dort, und keiner von denen, die das ganze Jahr über in der Nähe wohnten, war wach gewesen.

»Dieser Gunnar Wide«, begann Maria.

»Der starke Mann von Hovenäset«, erwiderte Ray-Ray und grinste.

»Wieso, ist er das?«

»Das glaube ich wirklich nicht, aber hast du nicht auch das Gefühl, dass er mit dem Posten liebäugelt?«

Maria verstand, was er meinte. Gunnar Wide gehörte keines der beiden Bootshäuser, die vom Feuer zerstört worden waren, und bei ihm war auch nie eingebrochen worden, doch war er ohne Zweifel am meisten aufgeregt von allen, denen sie begegnet waren. Aber das war eigentlich nicht, was ihn besonders auszeichnete. Nein, es war die Tatsache, dass kein anderer den Brand entdeckt und dann Alarm geschlagen hatte.

»Könnte er es gewesen sein, der den Brand gelegt hat?«, fragte Maria.

Das war eine der wichtigsten Fragen. Konnte man Gunnar

bereits jetzt aus der Ermittlung ausschließen, oder gab es irgendwelche Spuren, die es wert waren, verfolgt zu werden?

»Ich bin noch nicht so weit, dass ich diese Frage beantworten könnte«, sagte Ray-Ray. »Es ist zu früh. Aber er hat 83 Jährchen auf dem Buckel. Das ist ein relativ hohes Alter für einen Ersttäter.«

Im Polizeiregister fanden sich keinerlei Vorstrafen, aber das war keine Garantie dafür, dass er sich nicht im Herbst seines Lebens neue, schlechtere Gewohnheiten zugelegt haben könnte.

»Es muss ja nicht das erste Mal sein, dass er ein Verbrechen begeht«, gab Maria zu bedenken. »Es könnte nur das erste Mal sein, dass er entdeckt wird.«

»Ich sehe in diesem Alten nicht wirklich einen Pyromanen«, gab Ray-Ray zurück.

»Wir wissen noch nicht, ob es ein Pyromane ist, den wir jagen«, entgegnete Maria.

Ray-Ray hielt die Hände in einer abwehrenden Geste hoch.

»Ich weiß«, sagte er. »Ich weiß.«

»Okay, wir fassen zusammen«, begann Maria.

Ray-Ray schloss die Augen.

»Hörst du zu?«

»Verdammt noch mal, jetzt klingst du wie Carola. Ich ruhe nur meine Augen aus.«

»Carola?«

»Ein Mädel aus Lysekil, das ich date.«

Jetzt war Maria interessiert.

»What? Von der hast du noch kein Wort gesagt.«

»Mach ich doch jetzt.«

»Erzähl.«

»Gibt nichts zu erzählen. Ich werde es am Sonntag beenden.«

»Aber …«

»Sie redet zu viel, grübelt herum und will die ganze Zeit alles Mögliche. Das funktioniert nicht mit mir. Ich will einfach Spaß. Das war der Deal.«

Maria legte den Kopf schief. Hier gab es Potenzial, ihn aufzuziehen.

»Dein Deal vielleicht, aber nicht ihrer«, sagte sie.

»Das war überhaupt nicht meiner, sondern unserer. Ich war von Anfang an sehr deutlich. Wir wollten Spaß haben. Funktioniert nicht. Also ist Schluss.«

Solange sie nicht schwanger ist, dachte Maria.

Ray-Ray hatte fünf Kinder mit vier verschiedenen Frauen. Das sagte etwas darüber, wie gut er darin war, in einer Beziehung zu kommunizieren.

Maria wollte gerade wieder zu Gunnar Wide zurückkehren, da begann Ray-Ray seinerseits, Fragen zu stellen:

»Erzähl lieber ein bisschen mehr von Strindberg. Wie läuft es mit euch? Ich finde der Typ ist einfach verdammt fantastisch.«

Ray-Ray lächelte warmherzig. Er hatte August ein paarmal getroffen, und sie mochten einander. Im Grunde hatten sie überhaupt nichts gemeinsam, und rein vom Aussehen her könnten sie nicht unterschiedlicher sein, doch das spielte keine Rolle. Die Chemie stimmte. Und der Respekt. Das reichte weit.

Trotzdem störte es Maria, dass lediglich Ray-Ray am meisten über ihr Privatleben wusste. Wohin waren alle anderen Bekannten und Freunde verschwunden?

Verdammt noch mal, du hast mich viel gekostet, Paul, dachte Maria.

Ray-Ray sah auf.

Jetzt war er ernst.

»Warum bist du plötzlich so still? Ist es nicht gut zwischen euch?«

Maria schüttelte den Kopf.

»Doch, doch, das ist es«, sagte sie, »aber ich würde jetzt lieber über den Brand sprechen.

Ray-Ray sah sie lange an.

»Werde bloß nicht so wie ich«, meinte er. »Hörst du, Maria? Strindberg ist krass gut. Der kann sogar backen.«

Maria spürte den Kloß im Hals wachsen. Dieses Weinen, das aus dem Nichts kam, wie lange würde ihr das noch so gehen?

»Es besteht keine Gefahr, dass ich so werde wie du«, erwiderte sie heiser. »Dafür bin ich viel zu langweilig.«

Ray-Rays Hand legte sich auf ihre.

»Es ist Paul, nicht wahr?«, fragte er. »Du musst dir keine Sorgen machen, er wird auch vorm Oberlandesgericht verurteilt werden. Die Verhandlung findet in knapp zwei Wochen statt. Dann bist du den ganzen Mist los.«

Die Worte hatten sie erschreckt, jetzt bekam sie keinen Laut mehr heraus. Aber sie nickte, um zu zeigen, dass sie verstanden hatte.

Vor ihr flimmerte der Computerbildschirm und erinnerte sie an die Ermittlung, um die sie sich kümmern mussten. Die war so anders als ihre sonstigen Fälle, bei denen es immer um organisiertes Verbrechen und Drogen ging.

Drogen.

So wie die, die Paul zufällig bei sich gehabt hatte, als er von der Polizei abgeholt wurde. Deshalb konnte die Staatsanwaltschaft ihn in Untersuchungshaft nehmen. Deshalb und weil Paul in der Untersuchungshaft eine Justizbeamtin so schlimm misshandelt hatte, dass sie immer noch krankgeschrieben war.

Ironischerweise hatte Paul gerade die Beschlagnahmung der Drogen zu einem wichtigen Teil seiner Verteidigung gemacht. Vor dem Amtsgericht hatte er auf die Tatsache hingewiesen, dass man nicht mehr als ein winziges Stückchen eines Fingerabdrucks auf der kleinen Tüte mit dem Pulver gefunden hatte und dass man auch nicht einmal ein Tausendstel Gramm Drogen bei ihm zu Hause und auch nicht in seinem Auto, seinem Büro oder an irgendeinem anderen Ort, an dem er gewesen war, gefunden hatte. Er hatte ausgesagt, dass ihn die Sache mit den Drogen so wütend gemacht habe, dass er bei der Einweisung in die Untersuchungshaft die Besinnung verloren habe. Und in dem Zustand habe er sich befunden, als er die Beamtin misshandelt habe.

Und jetzt, vor der Verhandlung am Oberlandesgericht, hatte Paul seinen Anwalt gewechselt.

Maria brach der kalte Schweiß aus, wenn sie nur daran dachte.

Denn ein anderes Problem vorm Amtsgericht war gewesen, dass die Misshandlung von Maria durch Paul so schwer zu beweisen war. Aufzeichnungen in Krankenhausberichten wurden damit wegerklärt, sie habe sich auf eine andere Weise verletzt – was sie selbst ja im Krankenhaus regelmäßig angegeben hatte, obwohl es nicht stimmte –, und die Zahl der Zeugen, die Marias Geschichte bestätigen konnten, war nur klein. Ray-Ray gehörte zu ihnen, und seine Glaubwürdigkeit war hoch. Dennoch war Paul nur in einem Fall von schwerer Körperverletzung verurteilt worden und in zwei Fällen wegen einfacher Körperverletzung.

Ein Witz, dachte Maria.

Denn Paul hatte sie weit mehr als hundert Mal misshandelt.

Und dann war da noch der Stoff. Wo war der hergekommen? Sie meinte, die Antwort auf diese Frage zu kennen, und dann kam er nicht von Paul. Auf gar keinen Fall. Denn er hatte keine Drogen genommen. Und die Anzeige war durch Ray-Ray erfolgt.

»Wir reden nicht darüber«, hatte Ray-Ray die wenigen Male gesagt, wenn sie die Sache angesprochen hatte. »Es ist, wie es ist.«

Damit meinte er die Drogen, den Zufall, der gar keiner war.

Damit meinte er, was er getan haben musste. Die Drogen bei Paul platziert. Die Staatsanwaltschaft mit einem zusätzlichen Anklagepunkt versehen.

Sie zog ihre Hand zurück. Ray-Ray schaute stur auf den Computer und machte keinen Versuch, sie erneut zu nehmen. Er roch schwach nach Deodorant und Tabak. Seinen losen Snus liebte er mehr als seine eigenen Kinder, den würde er nie aufgeben. Solche Laster hatte August nicht. Vielleicht war er ein wenig zu sehr in Backwaren verliebt, aber das war eigentlich kein großes Ding.

Da klopfte es an der Wohnwagentür.

Ray-Ray schaute durch den Spion.

»Gunnar Wide«, sagte er leise und sah Maria an.

Wenn der aufgeregte Mann, der den Brand entdeckt hatte, sich aus eigenen Stücken zur Polizei begab, dann sollte man ihn besser anhören. Und darüber hinaus Fragen stellen. Natürlich war er bereits vernommen worden, doch das Gespräch hatte zu nichts geführt.

»Lass ihn rein«, sagte Maria. »Ich will wissen, warum er mitten in der Nacht draußen rumspaziert ist.«

Was wäre nur aus ihm geworden, wenn er nicht dieses alte Bestattungsinstitut in Kungshamn gefunden hätte? Das war eine Frage, die sich August öfter stellte, als er eigentlich zugeben wollte. Es hatte damit angefangen, dass er ein Sommerhaus in Bohuslän gesucht hatte, und endete damit, dass er ganz einfach dorthin gezogen war.

August saß in seinem gelben Leichenwagen.

Er war auf dem Weg von einem Kunden in Hamburgsund zu seinem Laden. Dorthin war er gefahren, nachdem er in der Kapelle nach Axels Karton gesucht hatte, und jetzt war es höchste Zeit, den Laden zu öffnen.

Von Anfang an hatte August entschieden, den Laden ausschließlich an den Nachmittagen aufzumachen, damit er die Vormittage darauf verwenden könnte, Kunden zu besuchen. Auch samstags hatte er geöffnet, doch dafür einen jungen Mann gefunden, der seine Studentenfinanzen aufbessern wollte und gerne am Wochenende ein paar Stunden den Verkäufer gab.

Die Jahre als Kapitalberater hatten August vermögend gemacht. Deshalb konnte er es sich leisten, sein Secondhandunternehmen ganz entspannt zu sehen. Nicht, weil er seinen neuen Beruf nicht ernst genommen hätte, denn das tat er, sondern weil er ein weniger hektisches Arbeitsleben haben wollte als zuvor in Stockholm. Man konnte nämlich nicht alles für Geld kaufen. Verlorene Zeit zum Beispiel nicht. Und Geborgenheit.

Jemand hatte mutwillig Axel Ehnboms Bootshaus angezündet, und derselbe Brand hatte dann auch die Hütte von August zerstört. Der rein materielle Verlust belastete August nicht so sehr. Das Bootshaus konnte man wieder aufbauen, und der Grund gehörte ihm. Schlimmer war das Gefühl der verlorenen Sicherheit. Und seine Wut.

Wer tat etwas so Unbegreifliches, wie ein altes Bootshaus anzuzünden? Und am wichtigsten von allem: Würde das wieder geschehen?

Hoffentlich nicht. Denn mit Feuer durfte man nicht spielen, das wusste auch August.

Er versuchte stattdessen an etwas anderes zu denken. Er hatte zu arbeiten und betrieb einen Laden. Es war alles andere als leicht gewesen, das Unternehmen in Gang zu bringen, aber jetzt sah es recht rosig aus.

Die Lokalzeitung Bohuslänningen war zur Eröffnung des Ladens da gewesen und hatte einen Bericht geschrieben. Der Journalist hatte ihn gefragt, wie es denn sei, von einer so großen Stadt wie Stockholm in einen so kleinen Ort wie Kungshamn zu ziehen.

»Eigentlich bin ich nicht nach Kungshamn gezogen«, hatte August geantwortet, »sondern nach Hovenäset.«

Was noch kleiner war. Er liebte es, dort zu wohnen. Und er glaubte und hoffte, dass es Maria genauso ginge, wenn sich erst mal alles beruhigt hatte.

Es fühlt sich so richtig an mit ihr, dachte August. Dass es so lange dauern musste, jemanden wie sie zu finden.

Sein Handy klingelte.

»Und, was geht?«

Die Stimme von Henrik erfüllte das Auto.

»Ich bin auf dem Weg zur Arbeit.«

»Aber nicht im Leichenwagen, oder?«, fragte Henrik äußerst misstrauisch.

Als August nicht antwortete, stöhnte er.

»Teufel noch mal, sieh endlich zu, dass du diesen Zirkuswagen loswirst! Ich begreife nicht, wie du das immer machst.«

August lachte laut.

»Wolltest du was Wichtiges oder einfach nur meckern?«

»Ich meckere nicht. Ich erziehe dich.«

Bei der Antwort musste August prusten.

»Du willst mich erziehen? Klingt das wie eine vernünftige Reihenfolge?«

»Es ist, als hättest du völlig das Gefühl dafür verloren, was vernünftig ist, Agge. Fährst in einem Leichenwagen herum und … ja, apropos Leichen. Irgendwelche neuen Verblichenen in deinem Laden gefunden?«

»Nimm dich in Acht. Und nenn mich nicht Agge.«

August hatte lange und gründlich darüber nachgedacht, ob er das Haus in Kungshamn behalten sollte. Dort waren zwei Tote gefunden worden, und das hatte ihn ein ums andere Mal nachgrübeln lassen, was hier das Richtige war. Er war aus dem Eishaus auf Hovenäset ausgezogen, aber die Räume aufzugeben, in denen er seinen Secondhandladen betrieb, fühlte sich nicht ebenso selbstverständlich an. Während das Eishaus sein Zuhause gewesen war, diente das alte Bestattungsinstitut doch schlicht als Geschäftsraum, und er musste feststellen, dass der ganz einfach nicht so wichtig für ihn war. Dennoch beschlich ihn ein gewisses Unbehagen, wenn die Dunkelheit kam und er sich einbildete, alle möglichen seltsamen Geräusche aus dem Keller und aus dem oberen Stockwerk zu hören, wo die »Verblichenen«, von denen Henrik redete, versteckt gewesen waren. Doch das war eine andere Geschichte.

»Sorry«, sagte Henrik. »Wir lassen die Toten ruhen. Wie geht es mit der Liebe?«

»Danke, gut.«

August war froh, dass Henrik das Thema wechseln wollte.

»Etwas mehr bitte.«

August lachte.

»Jetzt hör auf, jeden Tag rufst du an und stellst dieselben Fragen. Wie geht es dir selbst?«

»Ich rufe nur deswegen jeden Tag an, weil ich Routinen mag. Und was mein eigenes Liebesleben betrifft, so muss ich die Antwort schuldig bleiben. Auch ein sehr hingebungsvoller Jäger muss mal ausruhen.«

August wurde warm ums Herz. Henrik rief überhaupt nicht an, weil er Routinen mochte. Er rief an, weil er August vermisste und ihn zurück in Stockholm haben wollte.

Henrik machte ein schnalzendes Geräusch mit der Zunge.

»Ich weiß nicht richtig, wie ich anfangen soll, aber es gibt tatsächlich einen Grund, warum ich anrufe.«

Sein Tonfall ließ August ernst werden. Außerdem achtete er nicht mehr genügend auf den Straßenverkehr. Der Fahrer des Wagens hinter ihm hupte ungeduldig, als er an einer roten Ampel zu lange trödelte. Jetzt war er mitten in Kungshamn, nur noch zweihundert Meter vom Laden entfernt.

Schnell trat er aufs Gaspedal.

»Was ist passiert?«, fragte er.

»Gestern habe ich zufällig Helene getroffen. Sie ist schwanger.«

August schluckte.

Er wusste nicht, welche Reaktion hier von ihm erwartet wurde. Helene und er waren nie die Richtigen füreinander gewesen. Und zum Glück hatten sie keine gemeinsamen Kinder. Das war einfach keine Option gewesen. Sie wollten keine. Zumindest nicht miteinander.

»Das sind doch gute Nachrichten«, sagte August schließlich.

»Aber eigentlich ist sie doch total alt«, sagte Henrik.

»Also, jetzt hör aber auf«, entgegnete August.

»Im Ernst! Sie ist fünfundvierzig. Und ihr Typ ist, ja, ungefähr tausend Jahre alt? Oder noch älter. Der ist ja im Grunde mit Moses in den Kindergarten gegangen. Das werden unheimlich gute Eltern werden. Echt.«

August schüttelte den Kopf.

Henrik war ein Spinner. Aber er hatte eine Art Humor, auf die August nicht verzichten wollte.

Helenes neuer Freund war nicht tausend Jahre alt, sondern 52. Und Helene war genauso alt wie August, was ein wichtiger Punkt war, weil er selbst gern Kinder hätte.

Ein undefinierbares Gefühl störte seine Konzentration. Er hielt im Einparken des Wagens inne.

Dass Helene es zuerst geschafft hatte, eine Familie zu gründen.

Das war unerwartet schmerzhaft.

»Ich muss auflegen«, sagte er zu Henrik. »Ich gehe jetzt zu einem Kunden.«

»Du bist ein schlechter Lügner«, hielt ihm Henrik entgegen. »Eben hast du noch gesagt, du seist auf dem Weg zum Laden.«

August seufzte und lehnte den Kopf an die Nackenstütze.

»Das bin ich auch. Und stell dir vor, das ist der Ort, wo ich die Mehrheit meiner Kunden treffe. Sie stehen schon auf dem Bürgersteig und warten auf mich.«

Er betrachtete die dunklen Schaufenster des Ladens. Kein Mensch stand dort auf dem Bürgersteig.

»Okay«, sagte Henrik. »Ruf mich später an, wenn du reden willst.«

»Na klar«, erwiderte August.

»Versprich es.«

»Ich rufe an, wenn ich es schaffe«, entgegnete August ungewöhnlich barsch. »Heute Nacht ist mein Bootshaus abgebrannt, darum muss ich mich auch noch kümmern.«

»Und das sagst du jetzt erst? Jemand hat dein Bootshaus angezündet? Aber wie viel Scheiß kann ein und demselben Menschen eigentlich da draußen passieren? Komm doch endlich nach Hause.«

»Ich bin schon zu Hause«, schnauzte August und beendete das Gespräch.

Mit einem Mal fühlte es sich im Auto kalt und einsam an.

Was war in ihn gefahren? Und warum hatte er das Bootshaus überhaupt erwähnt? Das machte doch alles nur noch schwieriger.

Wenn mein Leben ein Buch wäre, dachte August Strindberg, dann sicher ein tragikomisches.

Doch dann wurde er wütend.

Jetzt sollte ich mich verdammt noch mal zusammenreißen, dachte er und stieg aus dem Auto.

Nichts sprach dagegen, dass er nicht auch Vater werden konnte.

Aber was mache ich, wenn Maria nicht will?

Noch ein Gedanke, auf den Energie zu verschwenden sich nicht lohnte.

Das Handy brummte. Eine SMS. Natürlich Henrik. Oder nicht? Es war Esmeralda Jansson, Augusts ehemalige Vermieterin, die Besitzerin des berüchtigten Eishauses. Sie meldete sich mit der Frage, wann das nächste Treffen der »Leseratten« stattfinden würde.

Er ignorierte die Nachricht. Es gab schon genug, worum er sich kümmern musste. August schloss die Tür auf und trat ein. Der Laden war warm und die Regale gut gefüllt. Da gab es die Bücherecke und die Schreibkramecke und die Kleiderecke und die schönen Tische mitten im Raum mit Porzellan und Keramikobjekten. An der Decke hingen weit mehr Lampen, als er normalerweise einschaltete, und alle außer einer standen zum Verkauf. An einer der Wände hingen Teppiche, die er von einer Frau aus Hunnebostrand bekommen hatte. Sie hatte die Stücke für ihre erwachsenen Kinder gewebt, die sich dann völlig uninteressiert an dem bunten Fußbodenschmuck gezeigt hatten.

Ich bin nicht allein, erinnerte sich August.

Und ich habe alles das hier geschaffen.

Wieder klingelte das Handy.

»Unbekannte Nummer«, stand auf dem Display.

Höchstwahrscheinlich die Polizei. Er ging ran.

»Spreche ich mit August Strindberg?«, fragte eine ruhige Stimme.

»Ja, so ist es. Wer ist da?«

»Ich dachte, du würdest meine Stimme erkennen.«

August erstarrte. Das hier klang überhaupt nicht wie ein Anruf von der Polizeibehörde.

»Entschuldigung, aber mit wem spreche ich?«, wiederholte er.

Am anderen Ende war es still.

Dann kam ein einziges Wort:

»Paul.«

Paul?

Erst da wurde August klar, um wen es sich handelte.

Marias Exmann.

August spürte, wie der Boden unter seinen Füßen zu schwanken begann.

»Jetzt hör mal gut zu, Strindberg. Ich weiß, dass du das warst. Ich weiß, dass du den Stoff in meine Jacke geschmuggelt hast. Jeder kann einen Fehler machen, aber jetzt musst du Verantwortung für deine Taten übernehmen. Leg die Karten auf den Tisch, ehe die Verhandlung vorm Oberlandesgericht kommt. Dann sparen wir etwas Zeit, und du kriegst eine mildere Strafe.«

August spürte die Wut in sich hochkochen, aber auch die Angst.

Es war ja wohl kaum August, der hier Verantwortung für seine Taten zu übernehmen hatte.

Dass Paul Drogen bei sich gehabt hatte, als er von der Polizei aufgegriffen worden war, konnte er niemand anderem in die Schuhe schieben.

»Jetzt hören Sie schon auf«, sagte August. »Das ist doch nicht meine …«

Doch Paul schnitt ihm das Wort ab:

»Übernimm Verantwortung, Strindberg. Geh zur Polizei und gestehe, was du getan hast. Die Tage vergehen rasch. Zwölf noch bis zur Eröffnung der Verhandlung. Und ich bin es leid zu warten. Mach das hier nicht schwerer, als es sein muss. Um Marias willen. Und für dich selbst.«

Dann legte er auf.

August zitterte am ganzen Leib, als er das Handy weglegte.

Das durfte doch nicht wahr sein.

Und was hatte Paul da eigentlich gesagt? Dass es Augusts Verantwortung sei, dafür zu sorgen, dass Paul um einen Anklagepunkt vor dem Oberlandesgericht herumkam? Um seiner und um Marias willen?

Verdammter Idiot, dachte August.

Dann ging er zur Ladentür und schloss sie ab.

Und redete sich ein, dass er sie wieder aufschließen würde, sowie der erste Kunde davorstand.

Er brauchte nur ein bisschen Zeit, um nachzudenken und sich zu sammeln.

Der Wohnwagen knarrte leise, als Gunnar Wide zustieg. Maria und Ray-Ray ließen ihn auf einem der Besucherstühle Platz nehmen.

Sein Verhalten faszinierte Maria. So sehr interessiert an so vielem.

»Nun«, begann Gunnar, »ich war zufällig in der Nähe beim Coop … oder bei der Tanke … und ich …«

Wie immer wirkte der Wohnwagen zu klein, wenn noch ein Außenstehender dazukam. Das störte Maria. Das hier war kein gutes Polizeirevier. Es war überhaupt kein Polizeirevier, sondern nur ein Platz, an dem zufällig zwei Ermittler saßen. Aber das zu erklären war natürlich völlig unpassend.

»Nun«, begann Gunnar noch einmal. »Ein paar von uns denken darüber nach, ob es nicht gut wäre, wenn Hovenäset jetzt Schutz bekommen würde.«

»Schutz?«, echote Ray-Ray.

»Jemand sollte nachts dort patrouillieren«, erklärte Gunnar. »Damit man sich wieder sicher fühlen kann. Wir wissen schließlich nicht, was für ein Verrückter das Feuer angezündet hat.«

Als würde er ihre Skepsis schon ahnen, fragte er:

»Was denken Sie denn über diese Sache?«

»Ich denke, dass es eine schlechte Idee ist«, erwiderte Maria. »Wie Sie selbst sagen, wissen wir nicht, wer den Brand verursacht hat und auch nicht warum. Wir wissen nicht, wozu diese Person fähig ist. Vielleicht sind es auch mehrere. Wenn Sie einen Täter überraschen würden, ist die Gefahr groß, dass etwas schiefgeht. Oder, noch schlimmer, wenn Sie in der Dunkelheit etwas falsch einschätzen und über einen Ihrer Nachbarn herfallen, weil er zufällig zum falschen Zeitpunkt unterwegs war.«

Gunnar hustete etwas peinlich berührt in die Armbeuge. Er schaute sich mit großen Augen im Wohnwagen um, in dem er offensichtlich noch nie zuvor gewesen war.

»Was halten Sie denn von der Sache?«, wandte er sich an Ray-Ray.

»Exakt dasselbe wie Maria«, erwiderte Ray-Ray. »Überlassen Sie das lieber uns.«

Gunnar verzog das Gesicht.

»Natürlich, der Korpsgeist, hätte ich mir ja denken können. Sie halten sich gegenseitig den Rücken frei, das kennt man ja.«

Ray-Ray schob die Hände in die Hosentaschen. Das war ein Zeichen dafür, dass er provoziert war, doch die meisten bemerkten das nicht. Menschen, die wütend wurden oder in Verteidigungshaltung gingen, pflegten die Arme vor der Brust zu verschränken. Deshalb entging Gunnar das Warnsignal.

»Ich hätte mir gleich denken können, dass das hier sinnlos ist«, sagte er. »Wir werden die Sache allein regeln müssen. Aber das sind wir gewohnt. Sie haben sich ja nicht mal die Mühe gemacht, ihre Arbeit anständig zu erledigen, als Lydia Broman ermordet und zerstückelt worden ist. Dann wäre heute vielleicht alles anders.«

»Was wollen Sie eigentlich?«, fragte Ray-Ray, und jetzt war der zuvor so freundliche Blick zornig. »Sollen wir einer Idee Beifall spenden, die ein echtes Risiko für Sie bedeutet? Begreifen Sie nicht, dass Sie dabei zu Schaden kommen können? Und was den Stückelmord angeht, liegen Sie und alle anderen falsch. Die Polizei hat damals ausgezeichnete Arbeit geleistet.«

Ray-Ray war einen Kopf kleiner als Gunnar, besaß aber eine Autorität, die ihren Besucher schrumpfen ließ.

»Mit Ihnen kann man ja nicht reden«, sagte er. »Wie ein Haufen Idioten haben Sie sich bei dem Mord an Lydia verhalten. Und wenn Sie glauben, dass es so gefährlich ist, wenn ich und die anderen auf Hovenäset die Sicherheit selbst in die Hand nehmen, dann könnten Sie sich ja mehr engagieren. Wenn einer von Ihnen regelmäßig bei uns Patrouille gehen würde, dann würden solche Sachen nicht passieren.«

Maria wurde klar, dass es hier nichts mehr zu sagen gab. Nicht nur Gunnar glaubte, dass die Ressourcen der Polizei unendlich waren, sondern er teilte diese Wahnvorstellung mit einem nicht gerade kleinen Anteil der Bevölkerung. Sie fand es auch nicht lohnend, darauf hinzuweisen, dass nicht Ray-Ray und sie damals im Mord an Lydia ermittelt hatten, zumal Maria damals noch ein Kind gewesen war. Für Gunnar war die Polizei eine einzige Spuckschale.

Gunnar kratzte sich an der Stirn, wo die Mütze saß.

Als er die Hand senkte, sah er besorgt aus.

»Haben Sie Axel erreicht?«, fragte er.

Maria schüttelte den Kopf.

»Leider nicht.«

»Heute stand Ola Thynell, der Schornsteinfeger, bei ihm vor der Tür. So etwas würde Axel nie vergessen. Es macht mir Sorgen, dass er nicht ans Telefon geht. Auch wenn der Akku vom Handy mal alle ist, dann hat er doch noch sein Bakelit-Telefon. Das funktioniert ausgezeichnet.«

Maria erwog kurz zu kommunizieren, dass ein Bakelit-Telefon keine große Hilfe darstellte, wenn Axel nicht zu Hause war, entschloss sich aber, das bleiben zu lassen. Hingegen glaubte sie auch nicht, dass Axel den Schornsteinfeger vergessen würde.

»Wir haben versucht Axels Sohn zu erreichen«, sagte Ray-Ray. »Vielleicht ist Axel ihn besuchen gefahren.«

Gunnar verzog das Gesicht.

»Sie meinen, Axel soll zu Elias gefahren sein?«, fragte er. »Sie haben ja überhaupt keine Ahnung. Wir haben diesen Jungen seit mehreren Jahren nicht auf Hovenäset gesehen. Vater und Sohn sprechen nicht miteinander, und Elias ist es jetzt auch scheißegal, wie es seinem Vater geht. Das muss schwer sein für Axel zu wissen, dass man ein einziges Kind hat, und dann will das nichts mit einem zu tun haben.«

Das hier war das Interessanteste, was Gunnar bisher vorgebracht hatte.

»Wissen Sie, warum die beiden keinen Kontakt mehr zueinander haben?«, erkundigte sich Maria.

»Sie haben sich über irgendetwas zerstritten, Axel wollte nicht erzählen, was es war.«

Gunnar machte sich bereit zu gehen.

»Eine andere Sache noch«, sagte Ray-Ray. »Unsere Kollegen haben Sie das bereits gefragt, aber ich würde es gerne noch einmal hören. Was haben Sie eigentlich zu so früher Stunde draußen gemacht, als Sie den Brand entdeckten?«

Gunnars Augen verengten sich.

»Ich war draußen und habe mir die Beine vertreten.«

»Um Viertel nach drei am Morgen?«, fragte Maria.

»Warten Sie mal, bis Sie selbst alt werden«, sagte Gunnar. »Es ist nicht immer so leicht zu schlafen.«

Maria und Ray-Ray wechselten einen Blick.

Gunnar log. Aber weswegen?

»Jetzt hören Sie mal auf«, begann Ray-Ray. »Antworten Sie ehrlich: Haben Sie den Brand gelegt?«

Gunnar wurde rot vor Wut.

»Das ist eine Frechheit!«

»Antworten Sie einfach auf die Frage«, ermahnte ihn Ray-Ray.

Gunnar holte tief Luft.

»Ich war auf dem Weg nach Hause«, sagte er.

»Auf dem Weg nach Hause?«, hakte Maria nach. »Aber, wo waren Sie denn gewesen?«

Gunnar sah ihr direkt in die Augen.

»Ich war bei Emmy Mellgren auf dem Badhusberget. Dort bin ich um kurz nach drei weggegangen. Fragen Sie Emmy, wenn Sie wollen. Aber …«

Plötzlich sah der stärkste Mann von Hovenäset überhaupt nicht mehr stark aus. Wieder schob er an seiner Mütze herum, was ihn wie einen kleinen Jungen wirken ließ.

»Aber …?«, sagte Maria.

»Wir sind … wir sind auf eine Art nicht offiziell, sie und ich. Nun, weil ich ja verheiratet bin – auch wenn Lisa weiß Gott nach ihrer Hirnblutung eine andere geworden ist –, und Emmy, tja also, sie ist auch einsam.«

Maria sah ihn erstaunt an. Eine Liebesgeschichte mitten in all dem Elend. Über Ray-Rays Gesicht spielte ein Lächeln.

»Wir werden so diskret sein, wie wir können«, versicherte Maria ihm. »Aber wir befinden uns in einer Ermittlung wegen schwerer Brandstiftung, deshalb können wir nicht garantieren, dass niemand erfahren wird, wo Sie waren.«

Gunnar nickte kurz.

»Ich verstehe«, sagte er. »Ich verstehe.«

Dann verließ er den Wohnwagen.

Um vier Uhr wurde es bereits dunkel. Kalt war es auch. Hillevi zerrte die Tür zu Sams Kita auf und marschierte geradewegs ins Spielzimmer. Es war zu einer Routine geworden, dass sie Sam abholte, wenn sie aus der Schule kam. Ihre Mutter arbeitete oder schaffte es nicht. Und Hillevi hatte keine Lust zu streiten.

Aber ausgerechnet heute hätte sie gern etwas anderes gemacht. Sie hätte am liebsten geschwänzt und wäre mit Sam zu Hause geblieben, denn er war so verändert. Er redete nicht mehr. Am Morgen zu Hause hatte er kein einziges Wort gesagt.

Und nicht nur das war komisch. Ihre Mutter hatte offensichtlich nicht zu Hause übernachtet. Und jetzt war sie krank. »Ich bin bei einer Freundin in Uddevalla geblieben«, hatte ihre Mutter gesagt, als Hillevi fragte, wo sie denn gewesen sei. »Ich war also in der Nähe.«

Als ob das erklären würde, warum sie nicht angerufen und gesagt hatte, dass sie nicht nach Hause kommen würde. Und als ob Uddevalla mal gerade um die Ecke wäre und nicht einige Kilometer weg.

Beim Abgeben in der Kita hatte Hillevi gesagt, Sams Schweigen hätte mit einem Spiel zu tun, was er unbedingt spielen wollte.

»Sie wissen schon, es heißt Toter Löwe«, hatte sie der Erzieherin erklärt, die ihn empfing.

Man konnte meilenweit erkennen, dass die Erzieherin noch niemals Toter Löwe gespielt hatte. Sie starrte Hillevi und Sam nur an, als wären sie Außerirdische.

Dann hatte Hillevi Ola angerufen, aber der hatte wohl nicht genau begriffen, wie seltsam alles war. Als er etwas später zurückrief, saß Hillevi schon im Unterricht.

Kaum war sie im Spielzimmer, da entdeckte ein Kind sie schon und rief:

»Die Schuhe! Sie hat Schuhe an!«

Hillevi warf dem kleinen Jungen einen Blick zu, der ihn zum Schweigen brachte. Sie hatte lange daran geübt, verrückt auszusehen. Das war die schnellste Methode, kleinen Blagen das Maul zu stopfen, wenn sie zu anstrengend wurden. Aber meistens fand sie kleine Kinder süß.

Eine der Erzieherinnen entdeckte sie.

Oh, nein. Nicht die.

Das war die, deren Namen sich Hillevi einfach nicht merken konnte.

Eva-Lina? Sara-Karin? Irgendwas in der Art. Ein völlig hobbyloser Doppelname.

Die Erzieherin sah Hillevi besorgt an.

»Wir hatten gehofft, eure Mutter würde kommen«, erklärte sie. »Deshalb haben wir sie angerufen.«

Hillevi zuckte mit den Schultern.

»Sie hat es nicht geschafft. Und Sie haben ja mich auch angerufen.«

Es stimmte nur ungefähr, dass ihre Mutter es nicht geschafft hatte, aber man musste ja nicht immer alles geradeheraus sagen. Das hatte Hillevi schon früh gelernt.

Die Erzieherin sah sie stur an.

Verdammte Scheiße.

Das hier würde nicht gut ausgehen, so viel war Hillevi klar. Sie bemühte sich, ruhig zu atmen und versuchte herauszufinden, was für ein Gesicht sie am besten machen sollte. Traurig? Erstaunt? Schockiert? Oder einfach nur besorgt?

Sie kam zu dem Schluss, dass »besorgt« genügte.

»Wo ist er?«, fragte sie.

Die Erzieherin schaute auf ihre Schuhe.

»Bitte sei so gut und zieh die …«

»Wo ist Sam?«

»Er ist in der kleinen Küche und isst eine Zwischenmahlzeit. Bitte sei so gut und zieh die Schuhe aus.«

Hillevi wollte sich weigern. Ihr ganzer Körper wollte sich weigern. Trotzdem zog sie die Stiefel aus und stellte sie in den Vorraum. Dann ging sie in den Raum, der die kleine Küche genannt wurde. Die eigene Ecke des Personals. Hillevi war schon einmal da gewesen. Damals wohnten sie erst eine Woche in Kungshamn, und Sam war gefallen und hatte eine große Beule auf der Stirn. Auch damals hatten sie nach ihrer Mutter gefragt.

Sam saß alleine an einem runden Holztisch mit vier Stühlen. Er stützte den Kopf in die Hände und starrte auf ein Käsebrot, das jemand vor ihn hingestellt hatte.

»Hallöchen, Kleiner«, sagte Hillevi sanft mit einer Stimme, die sie nur benutzte, wenn sie mit ihrem kleinen Bruder sprach.

Amanda hatte sie darauf aufmerksam gemacht, dass sie eine besondere Stimme für Sam hatte.

Hillevi selbst hatte noch nie darüber nachgedacht, aber es gefiel ihr.

Sam sah hoch, und dann stand er so schnell auf, dass der Stuhl hinter ihm umfiel. Zwei Sekunden später hing er wie ein Affenjunges mit den Armen um Hillevis Hals.

Sie umarmte ihn ganz fest und ließ das Gesicht in seinem wilden Haarschopf ruhen, der während der Nacht so sehr nach Rauch gerochen hatte. Sie hatte ihm am Morgen die Haare gewaschen, um den Gestank wegzukriegen. Trotzdem konnte man ihn immer noch ahnen.

Sie spürte Sams Atem an ihrem Hals.

»Wie geht's?«, flüsterte sie.

Er antwortete nicht.

Aus dem Augenwinkel sah sie, wie die Erzieherinnen sich bewegten, sodass sie nebeneinanderstanden, als wollten sie die Tür versperren. Sie sahen einander an und dann zu Hillevi. Das sah nicht fröhlich aus. Im Gegenteil. Eher so, als hätten sie bereits das Jugendamt angerufen.

Jetzt schnell abhauen.

Sie ging auf die Tür zu. Sam schlang die Beine fest um ihre Taille.

»Warte kurz«, sagte die Erzieherin, die sie gebeten hatte, die Schuhe auszuziehen.

»Wir müssen nach Hause«, sagte Hillevi, obwohl das der letzte Ort war, wo sie gerne hingehen wollte.

»Das ist so unfair«, sagte die andere Erzieherin. »Verstehst du das nicht, Hillevi? Ich meine, du leistest fantastische Arbeit mit Sam. Aber du bist dreizehn Jahre alt und selbst ein Kind. Eure Mama hätte hierherkommen sollen. So etwas macht man einfach nicht.«

Hillevi wurde wütend.

»Es ist keine Arbeit, sich um Sam zu kümmern«, sagte sie und klang wütender als beabsichtigt. »Das ist einfach etwas, was man tut.«

Die Erzieherin nickte bedächtig. Sie hatte braune, kurz geschnittene Haare, die platt um den Kopf lagen.

»Natürlich«, sagte sie. »Entschuldige, das war dumm formuliert. Aber du verstehst sicher, was ich meine.«

»Nein.«

Die Erzieherin holte Luft.

»Doch, das tust du. Du bist nämlich ein kluges Mädchen, Hillevi. Und das, was heute passiert ist … darüber können wir nicht einfach hinwegsehen. Das musst du verstehen.«

In Hillevis Ohren klingelte es leise.

Lauf, verdammt noch mal, lauf einfach.

Aber die Beine gehorchten nicht, und Sam war zu schwer.

Sie versuchte, sich daran zu erinnern, was die bei ihrem Anruf gesagt hatten. Irgendwas davon, dass Sam den ganzen Tag geschwiegen hätte. Und dann war da noch »eine andere Sache«. Ja, genau, das hatten sie gesagt. »Auch noch eine andere Sache.« Was für eine Sache, das hatten sie immer noch nicht erzählt.

»Sam hat eines der anderen Kinder geschlagen«, erklärte die Erzieherin. »Fest. Mitten ins Gesicht. Sein Vater ist gekommen und hat ihn vor einer Weile abgeholt. Und wir …«

Hillevi unterbrach sie.

»Prügelt sich Sam sonst auch?«

»Entschuldigung?«

»Prügelt sich Sam sonst auch?«

Die Erzieherin sah verwirrt aus.

»Nein«, sagte sie, »das tut er nicht. Das ist auch ein Grund, warum wir darauf so heftig reagiert haben. Das, und dass er den ganzen Tag kein einziges Wort gesagt hat. Er wollte nicht einmal erzählen, worüber er und der andere Junge denn gestritten haben.«

»Aber was sagt denn der andere Junge?«, fragte Hillevi.

»Er sagt, er habe überhaupt nichts gemacht, sondern hätte nur einen Schlag auf den Kopf bekommen.«

Echt jetzt?, dachte Hillevi.

Sam wurde auf ihren Armen immer schwerer. Sie mussten jetzt los. Und Sam musste selbst gehen. Und er musste anfangen zu reden.

»Ich rede mit Mama, wenn wir nach Hause kommen«, sagte sie.

»Das genügt nicht«, beharrte die Erzieherin. »Wir werden sie auch anrufen. Wir möchten, dass sie hierherkommt und wir uns zu einer richtigen Besprechung hinsetzen können, wir Erwachsenen.«

Da war eine Stimme aus der Garderobe zu hören.

»Hallo? Ist hier jemand?«

Eine andere Mutter. Von der Sorte, die ihr Kind nicht abholen können, ohne zuerst eine halbe Ewigkeit lang zu erzählen, wie ihr Tag gewesen war.

Perfekt.

Mit raschen Schritten marschierte Hillevi aus der Küche Richtung Garderobe.

»Ich setzte dich auf den Boden, damit ich dich anziehen kann«, flüsterte sie Sam ins Ohr. »Okay?«

Die Erzieherin kam hinterher.

»Hillevi, sag deiner Mutter, dass sie uns so schnell wie möglich anrufen soll. Sie hat unsere Handynummern, sie kann anrufen, sowie es passt. Hauptsache, wir können mit ihr reden.«

Hillevi nickte, wusste aber genau, wie das laufen würde. Ihre Mutter würde wütend werden und nicht anrufen.

»Mama ist krank«, sagte sie. »Sie ruft an, wenn sie es schafft.«

»Sie scheint ziemlich oft krank zu sein«, sagte die Erzieherin. »Vor einer Weile haben wir versucht, sie auf der Arbeit anzurufen, aber da war sie auch nicht.«

Die Frau, die gekommen war, um ihr Kind zu holen, verfolgte das Drama mit aufgerissenen Augen.

Hillevi konzentrierte sich darauf, Sam Overall, Stiefel, Handschuhe und Mütze anzuziehen. Er leistete nicht den geringsten Widerstand.

Rechter Arm, linker Arm, rechter Fuß, linker Fuß.

Als die Erzieherin sagte, ihre Mutter sei oft krank, reagierte Sam zum ersten Mal. Er sah Hillevi ängstlich an.

»Es geht ihr gut«, flüsterte sie schnell. »Wenn sie sich nur ein bisschen ausruhen kann.«

Ihr wurde ganz anders, wenn sie von der Arbeit ihrer Mutter reden hörte. Smögens Hafvsbad. Ihrer Mutter war so stolz gewesen, als sie den Job dort bekommen hatte.

»Konferenzbetreuerin«, hatte sie gesagt. »Das hättest du nicht gedacht, was?«

Hillevi war einfach nur sprachlos gewesen. Ihre Mutter hatte ja null Ahnung von Konferenzen. Es war super seltsam, dass sie einen solchen Job bekommen hatte.

Laut sagte Hillevi:

»Sie hat Migräne. Dafür kann sie ja wohl nichts, oder?«

»Nein, natürlich nicht«, erwiderte die Erzieherin. »Aber wie gesagt, es scheint, als hätte sie sehr oft Migräne.«

Hillevi antwortete nicht. Was hatte ihre Mutter sich eigentlich gedacht? War doch klar, dass es so ausgehen würde. Mal wieder.

»Vielen Dank«, sagte sie und zog Sam auf die Füße.

Dann nahm sie die Hand ihres Bruders, schob die schwere Tür auf und ging raus.

Die Kälte biss auf den Wangen und erweckte sie zum Leben. Ihr Herz schlug hart, aber alles fühlte sich etwas leichter an, sowie sie draußen waren.

Hillevi ging rasch über den Spielplatz vor der Tagesstätte. Dabei schaute sie mehrmals über die Schulter. Wenn sie nur nicht hinter ihr herkamen, das würde sie nicht aushalten. Sie ging schneller. Dann meinte sie plötzlich, jemand würde hinter ihr herrufen, war aber nicht sicher.

Sam entrang sich ein Seufzer, als sie am Zebrastreifen stehen blieben.

Hillevi sah ihn besorgt an.

»Du musst erzählen, was passiert ist«, sagte sie und drückte seine Hand. »Hörst du, Sam? Du musst es erzählen.«

Er antwortete nicht, sondern schaute nur zu Boden.

Hillevi spürte die Angst im Körper hämmern.

Als sie über die Straße gekommen waren, ging sie langsamer.

Nach Hause wollte sie nicht.

Sie drückte wieder Sams Hand.

»Sollen wir nach Hause zu Ola gehen?«, fragte sie. »Er wird uns wohl helfen.«

Sam antwortete nicht.

Jetzt war es kalt. Richtig kalt.

Hillevi holte das Handy raus.

»Doch«, sagte sie laut, »das machen wir. Jetzt rufe ich Ola an, damit er weiß, dass wir kommen.«

Sie drückte das Handy ans Ohr. Während es klingelte, bog sie nach rechts ab und ging Richtung Zentrum von Kungshamn.

Ola war fast sofort dran.

»Entschuldige! Ich habe es nur geschafft, ein einziges Mal anzurufen, und da habe ich dich nicht erreicht.«

Hillevi merkte, wie ihr das Weinen im Hals steckte, als sie reden wollte.

»Alles gut. Aber dürfen wir zu dir kommen? Jetzt sofort? Bitte.«

Alle Beschlüsse waren sehr rasch getroffen worden. Um sieben Uhr hatte Gunnar zur Krisensitzung im sogenannten Spritzenhaus gerufen, dem eigenen Raum der Interessenvereinigung, der seinen Namen in der Zeit erhalten hatte, als in dem Haus noch die Feuerwehr von Hovenäset beherbergt war. Der Zuspruch war so groß gewesen, dass man das Treffen nach draußen verlegen musste – viele waren besorgt über die Ereignisse. Erst eine Serie von Einbrüchen und dann ein Fall von Brandstiftung.

Gunnar hatte bekommen, was er wollte. Von jetzt an würden die Bewohner von Hovenäset abwechselnd in der Nacht Patrouille laufen. Ein Dienstplan wurde festgelegt. Gunnar hatte vorgeschlagen, dass sie von neun Uhr abends bis sechs Uhr morgens Leute auf den Straßen haben sollten. Niemand sollte allein gehen und niemand die ganze Nacht.

»Der Stockholmer und ich können die erste Schicht übernehmen«, hatte Gunnar verkündet.

Der Stockholmer.

Bei der Anrede hatte August die Augenbrauen hochgezogen, und einige der Versammelten hatten gelacht.

»Er heißt August«, hatte Linnea gesagt.

»Das weiß ich wohl«, hatte Gunnar erwidert, »aber man wird ja mal einen kleinen Witz machen dürfen.«

Mit dem Witz mochte es sein, wie es wollte. Nun jedenfalls waren August und Gunnar unterwegs und strichen um die Bootshäuser herum, als wären auch sie Einbrecher. Es war halb zehn, und sie würden nicht vor zwei Uhr morgens abgelöst werden. Bevor sie sich getroffen hatten, um loszupatrouillieren, hatte August ein weiteres Mal in die Kapelle geschaut. Der Karton, den Axel dort abstellen wollte, war immer noch nicht zu sehen.

»Es ist schon seltsam, dass Axel sich nicht meldet«, sagte Gunnar.

Widerwillig wandte August ihm seine Aufmerksamkeit zu.

»Die Leute müssen auch ein Recht auf ein Privatleben haben«, entgegnete er, obwohl er selbst jetzt noch besorgter um Axel war als zuvor.

Gunnar warf ihm einen langen Blick zu.

»Hier geht es um die Sicherheit der Menschen«, sagte er. »Wir müssen uns umeinander kümmern. Begreifen Sie das nicht?«

Diese Patrouille ist eine so infernalisch miese Idee, dachte August. Warum gehe ich nicht einfach nach Hause?

Die Antwort war einfach.

Er wollte sich mit seinen Nachbarn solidarisch zeigen. Und erschreckend viele von ihnen unterstützten Gunnars Vorschlag. Die Leute waren aufgeregt, und es galt bereits als ausgemachte Tatsache, dass die Polizei nicht genug tat.

»Wir wissen nicht, wer Axels Bootshaus angezündet hat, und wir wissen nicht, wer die Einbrüche verübt hat«, hatte Gunnar auf dem Treffen verkündet. »Und deshalb wissen wir auch nicht, ob es nicht wieder passieren wird.«

Das war natürlich die Wahrheit, doch die Argumentation war provozierend vereinfacht.

Manche Menschen wollten immer von allem und allen das Schlimmste annehmen. Gunnar gehörte dazu, das hatte August sofort begriffen, als sie sich kennengelernt hatten. Er selbst war sanfter veranlagt.

Sanfter, aber nicht naiv.

Natürlich störten der Brand und die Einbrüche auch ihn. Aber doch nicht mehr als das Gespräch, das er am Nachmittag hatte entgegennehmen müssen.

Maria und er hatten zweimal im Laufe des Abends miteinander gesprochen, und doch hatte er mit keinem Wort den Anruf von Paul erwähnt. Er wollte sie nicht beunruhigen, und er konnte nicht zulassen, dass es Paul gelang, ihnen aus dem Gefängnis heraus das Leben schwer zu machen.

Verdammter Paul.

Wie war es überhaupt möglich, dass er anrufen konnte? Durfte man aus dem Gefängnis solche Telefongespräche führen?

So grübelte August wieder und wieder über dieselben Themen. Er wurde nicht schlau aus dem, was Paul gesagt hatte. Als wäre es Augusts Schuld, dass Paul, als er zur Vernehmung abgeholt wurde, Stoff bei sich gehabt hatte. Als wäre es die Schuld von jemand anders, dass Paul Drogen in der Jacke gehabt hatte.

Was für ein völliger Wahnsinn.

Es fühlte sich nicht gut an, vor Maria Geheimnisse zu haben. Das wurde auch nicht besser dadurch, dass sie dem Patrouillenplan von Gunnar so kritisch gegenüberstand, dass sie den Abend nicht bei August verbringen wollte.

»Ich schlafe heute Nacht bei mir«, hatte sie gesagt. »Du wirst ja sowieso nicht zu Hause sein.«

Schläfst du nicht immer bei dir?, dachte August.

»Wir gehen hier entlang.«

Gunnar zupfte ihn leicht am Arm und lenkte ihn kurz von seinen Gedanken ab.

»Ich war heute mit dem Schornsteinfeger zu Hause bei Axel«, erklärte Gunnar.

August sah ihn erstaunt an.

Offensichtlich war das Gespräch über Axel noch nicht beendet.

»Im Ernst? Ihr seid in Axels Haus gegangen, ohne dass er …«

»Natürlich nicht. Aber ich hätte es gern getan! Ich verstehe nicht, warum die Leute so schlampig damit sind, Ersatzschlüssel zu verteilen. Man kommt ja gar nicht rein, wenn es mal nötig ist und man helfen will.«

Ein Ersatzschlüssel würde bedeuten, dass Gunnar ihn benutzen könnte, um ins Haus zu gehen, weil er »helfen« wollte? Schon der bloße Gedanke ließ Augusts Puls schneller schlagen.

»Die Leute wollen wahrscheinlich in Ruhe gelassen werden«, erwiderte er.

Gunnar starrte ihn an. Er trug eine grüne Mütze mit Ohrenklappen, und um ordentlich sehen zu können, musste er sie auf die Stirn hochschieben.

»Das ist doch genau, was ich gerade gesagt habe«, dozierte er. »Die Leute wollen ihre Ruhe haben und nicht eine Menge Feuer und den ganzen Mist. Und damit wir in Ruhe leben können, müssen wir uns umeinander kümmern. Das ist doch wohl nicht so schwer zu begreifen.«

Dieser Teil seiner Ausführungen klang nicht so schräg wie der erste.

August war es nicht gewohnt, erwachsene Menschen davon reden zu hören, dass sie sich umeinander kümmern müssten. Nicht so ausgesprochen, nicht so aufrichtig. Stockholm war unendlich dichter bevölkert als Hovenäset, doch das bedeutete keineswegs, dass die Leute sich besonders umeinander kümmerten.

Im Gegenteil.

Sie bogen auf den Buktevägen ein, und Gunnar leuchtete mit der Taschenlampe zwischen die alten Bootshäuser. Dann kehrten sie auf die Hauptstraße zurück und gingen runter zur langen Reihe von Hütten beim Dampfschiffanleger. Diese Bootshäuser waren größer als die meisten, richtige zweistöckige Häuschen. Und jetzt waren zwei davon zerstört.

August musste schlucken, als er die Stelle sah, wo sein Bootshaus gestanden hatte.

Die Sache mit dem Leben in Ruhe schien plötzlich so weit entfernt.

Doch vor allem war er wütend. Wie erbärmlich respektlos war das, sich auf diese Weise an dem Eigentum von jemand anderem zu vergreifen.

Gunnar hielt inne. In zwei der anderen Bootshäuser war Licht. Das erstaunte August.

»Das da ist Nilssons Hütte«, erklärte Gunnar und nickte zu dem größten Haus. »Der sitzt manchmal nachts hier und spielt Gitarre.«

August lauschte auf Musik, hörte aber nichts.

»Friert er sich nicht die Finger ab, wenn er hier mitten in der Nacht sitzt und spielt?«

»Ach, da gibt es doch Möglichkeiten«, entgegnete Gunnar.

Und wie sehen die aus?, fragte sich August im Stillen, wollte aber seine Unwissenheit über das Thema nicht zeigen.

Sie gingen zum Badeplatz und kamen an einer weiteren Reihe mit Hütten beim Steg vorbei. Der Abend war ungewöhnlich still. Es ging kaum Wind, und am Himmel leuchteten die Sterne. Der Mond spiegelte sich im Eis.

August ertappte sich dabei, wie er in sich hineingrinste. Wenn man nun schon unbedingt am Abend rausgehen musste, dann war dies eine ungewöhnlich schöne Gelegenheit, wach zu sein.

»Ich bin heute mal bei dem Wohnwagen von der Polizei vorbeigegangen«, sagte Gunnar. »Maria Martinsson und dieser Ray-Ray – heißt der wirklich so? – hockten da und waren gerade mit etwas total Wichtigem und Zeitaufwändigem beschäftigt. Sie hatten überhaupt keine Zeit, uns dabei zu helfen, Hovenäset wieder sicher zu machen. Das ist wirklich nicht gut organisiert, finde ich.«

August nahm Anlauf, um zu antworten, wurde aber unterbrochen. Ein Auto näherte sich. Das Motorengeräusch war nur kurz zu hören, dann leuchteten schon die Scheinwerfer die Straße aus.

»In die Büsche!«, zischte Gunnar und gab August einen Schubs.

Aber es war natürlich nur lächerlich zu glauben, dass zwei sehr große Männer sich hinter einem sehr kleinen Gebüsch verstecken könnten, das zudem alle seine Blätter abgeworfen hatte. Außerdem war gar keine Zeit für eine solche Aktion.

»Jetzt hören Sie schon auf«, entgegnete August und machte sich stattdessen so groß wie möglich, was bei seiner Länge von bereits eins einundneunzig keinen großen Unterschied mehr machte.

Gleichzeitig war ihm aber klar, dass er in einem Nahkampf verloren wäre. August konnte viele Sachen ziemlich gut, aber sich zu prügeln gehörte nicht dazu.

Ein großer hellblauer Saab glitt vorbei und blieb ein Stück weiter entfernt mit laufendem Motor stehen.

Auch Gunnar stieg wieder aus dem Gebüsch.

»Verdammt, ich kann die Nummer nicht erkennen«, sagte er und kniff die Augen zusammen.

»Ich auch nicht«, sagte August.

Das Autokennzeichen lag im Schatten und war außerdem schmutzig.

»Kommen Sie«, sagte Gunnar, »wir gehen hin und checken, was die wollen.«

August war diesem Vorschlag gegenüber sehr skeptisch. Die Innenbeleuchtung des Wagens war ausgeschaltet und die Scheiben leicht beschlagen. Er konnte unmöglich sehen, wie viele Leute im Auto saßen.

»Jetzt warten Sie doch mal ab.«

»Hier wird nicht mehr abgewartet. Sehen Sie nicht, dass die da nur sitzen und … sitzen.«

Gunnar machte eine empörte Geste mit der einen Hand. Die andere hatte er in der Jackentasche. August lief ein Schauer über den Rücken.

Was hatte der in der Tasche?

Ohne sich umzusehen, überquerte Gunnar die Straße auf das Auto zu. Sein Atem dampfte, als er das letzte Stück über den Bürgersteig schnürte.

Teufel auch, dachte August und folgte ihm.

Da begann das Auto wieder zu rollen.

»Stehen geblieben!«, brüllte Gunnar.

Aber das Auto fuhr geradezu provozierend langsam weiter.

»Pah!«

Gunnar drohte mit der Faust. Vor Augusts innerem Auge flimmerte plötzlich ein Bild von seinem Kindheitshelden Kapitän Haddock vorbei, und er musste ein Lachen unterdrücken.

»Verdammte Idioten«, schimpfte Gunnar. »Sowas von arrogant.«

»Vielleicht haben sie Angst bekommen«, schlug August vor.

Er konnte sich gut vorstellen, wie er selbst reagiert hätte, wenn er mit dem Auto irgendwo halten würde und sich plötzlich zwei hochgewachsene Verrückte aus der Dunkelheit lösten und über die Straße gestürzt kamen. Da wäre er auch sehr zögerlich gewesen, die Tür zu öffnen und mit ihnen ein Gespräch zu beginnen.

»Natürlich haben sie Angst gekriegt«, erwiderte Gunnar. »Die wissen schließlich, dass sie hier nichts zu suchen haben.«

»Das war ja nun nicht so sicher«, entgegnete August leise.

Die Motorengeräusche entfernten sich. Wahrscheinlich fuhr der Wagen direkt über den Hovenäsvägen aus dem Ort heraus.

Doch Gunnar war nicht überzeugt.

»Kommen Sie«, sagte er, »wir gehen hinter ihnen her und passen auf, dass sie nicht zum Hafen bei Arne Hedlunds gefahren sind und sich stattdessen dahingestellt haben. Komm!«

August folgte skeptisch.

Das hier würde ohne Zweifel eine lange Nacht werden. Und irgendetwas sagte ihm, dass die größte Gefahr von allen Gunnars Temperament war.

Schuld und Scham waren starke Kräfte, vor denen Maria lange zu fliehen versucht hatte. Der verzweifelten Emmy Mellgren schien es ebenso zu gehen.

»Eigentlich möchte ich nicht über Gunnar sprechen«, sagte sie und schaute nervös aus dem Fenster. »Also, dass wir uns treffen und so.«

Maria und Ray-Ray saßen jeder auf einem Sitzhocker in Emmys Wohnzimmer, und Emmy thronte mit ihren drei Perserkatzen auf dem Sofa.

Sie bemühten sich, so freundlich wie möglich zu sein, aber die Fragen mussten trotzdem gestellt werden.

Hatte Gunnar Wide ein Alibi für den Brand oder nicht?

So einfach war das.

Und doch die wichtigste Frage von allen.

Wenn er kein Alibi hatte, dann wäre es natürlich wichtig herauszufinden, warum er einen Grund gehabt haben könnte, Axels Bootshaus anzuzünden. Doch im Moment spielte das noch keine Rolle.

»Wir verstehen, dass es etwas heikel ist«, beteuerte Ray-Ray. »Das ist auch ein Grund dafür, warum wir Sie so spätabends aufsuchen. Wir wollen möglichst diskret sein. Und ich kann Ihnen versprechen, dass wir auch nicht lange bleiben werden. Wir wollen nur wissen, was Sie in der Nacht auf heute gemacht haben.«

Emmy nickte, um zu zeigen, dass sie das verstand.

»Wie gesagt, Gunnar war hier. Manchmal kommt er vorbei, wenn es zu Hause und so passt. Wir sind beide einsam … und so fühlt es sich einfach weniger einsam an.«

Maria konnte nicht umhin zu lächeln.

»Niemand verurteilt sie«, sagte sie.

Emmy sah verzweifelt aus.

»Ich weiß schon, dass Sie es gut meinen«, sagte sie. »Aber wir gehören nicht derselben Generation an. Ich bin zwar Witwe, aber Gunnar ist verheiratet. Und solange es so aussieht …«

Sie verstummte, und Maria hätte am liebsten gesagt, dass sie durchaus auch verheiratet war, dass aber die Dinge manchmal nicht so lagen, wie es aussah, und dass es erwachsenen Menschen erlaubt sein müsse, ihrem Herzen zu folgen.

Ray-Ray räusperte sich.

»Gunnar ist mit einer Halbtoten verheiratet«, sagte er. »Das wirft doch mal ein ganz anderes Licht auf die Sache.«

Maria und Emmy sahen ihn erschrocken an, woraufhin er nur mit den Schultern zuckte und die Arme ausbreitete.

»Mal ehrlich, so ist es doch!«

»Also, Halbtote ist vielleicht ein bisschen viel«, sagte Emmy.

»Vielleicht ein bisschen, aber … Okay, ich bitte um Entschuldigung. Aber ich glaube, es ist schon klar, was ich sagen will, oder?«

Maria wusste nicht, ob sie lachen oder weinen sollte.

»Entschuldigen Sie bitte meinen Kollegen«, sagte sie zu Emmy. »Was er zu sagen versucht, ist, dass es gewisse äußere Umstände gibt, die als mildernd angesehen werden müssen. Und ganz abgesehen davon ist uns der Hintergrund, warum Sie und Gunnar sich treffen, völlig egal. Wir sind ausschließlich hier, um zu hören, was Sie in der Nacht auf heute gemacht haben.«

Nun sah Emmy etwas stabiler aus.

»Gunnar war hier«, sagte sie wieder, doch diesmal mit fester Stimme. »Er ist gegen neun Uhr abends gekommen, und dann ist er kurz nach drei wieder nach Hause gegangen.«

Ray-Ray grinste.

»Komische Zeit, um nach Hause zu gehen«, bemerkte er.

»Das ist es ja, wir wollen nicht entdeckt werden«, erklärte Emmy. »Es gibt so viele Leute, die sich in Sachen einmischen, die sie nichts angehen.«

Maria merkte, wie ihre Wangen heiß wurden.

Ich bin ja auch schon wie diese beiden Rentner, dachte sie. Eine die sich schämt und herumschleicht. Was ist bloß los mit mir?

»Waren Sie die ganze Zeit wach, oder haben Sie auch geschlafen?«, erkundigte sich Ray-Ray.

»Gunnar hat geschlafen, aber er schnarcht so schlimm, dass er mich wach gehalten hat. Er mag es nicht, wenn ich ihn darauf hinweise, aber so ist es jedenfalls.«

Eine der Katzen gähnte und beschloss dann, das Sofa zu verlassen.

Maria schauderte es, als sie auf dem Weg aus dem Zimmer an ihrem Bein vorbeistrich.

»Haben Sie Axel Ehnbom erreicht?«, fragte Emmy.

»Nein«, antwortete Ray-Ray. »Kennen Sie ihn?«

»Mehr oder weniger, in einem so kleinen Ort kennen sich ja alle. Aber Axel war niemals sonderlich sozial, er bleibt eher für sich.«

»Hat er irgendwelche Feinde?«

Emmy nahm eine der Katzen auf den Schoß und zog sie fest an ihre Brust.

»Glauben Sie, Axel könnte etwas passiert sein?«

»Wir glauben nichts«, sagte Maria. »Aber natürlich sind wir besorgt, dass man ihn nicht erreichen kann. Wir müssen schließlich herausfinden, warum sein Bootshaus in Brand gesteckt wurde.«

Emmy sah zögerlich aus.

»Ich fürchte, dazu kann ich nicht viel beitragen«, sagte sie. »Ich habe keine Ahnung, ob Axel irgendwelche Feinde hat. Er gehört zu denen, die schon sehr lange hier wohnen. Früher habe ich mich öfter mit seiner Frau Denise getroffen, aber das ist viele Jahre her.«

»Axel ist ja schon sehr lange Witwer«, sagte Ray-Ray. »Sie wissen nicht zufällig, ob er eine Frau kennengelernt hat?«

Emmy schüttelte den Kopf.

»Davon habe ich nichts gehört«, sagte sie. »Und, wie gesagt, ich hatte nicht viel mit Axel zu tun. Aber ich weiß, dass er sehr verliebt in seine Ehefrau war. Er war völlig am Boden zerstört, als sie starb, deshalb kann ich mir vorstellen, dass es ihm schwerfällt, eine neue Beziehung einzugehen. Zumal er inzwischen ja auch sehr alt ist.«

Emmy lachte. »Aber alt sind Gunnar und ich ja auch. Also, nichts ist unmöglich.«

Maria, die nur zu gern glauben wollte, dass es kein Haltbarkeitsdatum dafür gab, wie lange man eine neue Liebe kennenlernen konnte, lächelte auch.

»Sie sagen, Axel war sehr verliebt in seine Frau«, sagte Ray-Ray. »Wie drückte sich das aus?«

»In vielerlei Weise«, erklärte Emmy. »Denises Hintergrund machte sie sehr verletzlich. Man brauchte eine sehr starke Liebe, um das so lange Zeit durchstehen zu können. Ich weiß nicht, wie viel Sie bereits wissen, aber Denise stammte aus Amerika. Ganz entzückend und sehr dunkelhäutig. Damals waren gemischte Ehen, wie man es nannte, noch ungewöhnlich. Sehr ungewöhnlich sogar. Es dauerte mehrere Jahre, bis sie ordentlich Schwedisch gelernt hatte, denn es gab ja niemand anderen als Axel, der mit ihr reden wollte.«

Obwohl Maria Denise niemals kennengelernt hatte, tat sie ihr sofort leid.

»Axel und Gunnar«, sagte sie, »sind die beiden gute Freunde?«

Emmy wand sich ein wenig.

»Nein«, sagte sie, »das kann ich nicht behaupten. Ich weiß, dass sie einander manchmal mit rein praktischen Dingen helfen, aber ich würde nicht sagen, dass sie eine enge Beziehung haben. Gunnar war wohl einer von denen, die Denise am wenigsten mochten, aber … das alles kommt einem jetzt so lange her vor.«

Aber vielleicht ist es auch ganz und gar nicht so, dachte Maria.

Ray-Ray erhob sich.

»Jetzt wollen wir Sie nicht länger aufhalten«, sagte er. »Danke, dass Sie sich die Zeit genommen haben.«

»Das ist doch selbstverständlich«, antwortete Emmy. »Und Sie müssen ja wohl nicht so vielen von mir und Gunnar erzählen, oder?«

Maria stand auch auf. »Im Moment sieht es noch so aus, als könnten wir darüber schweigen«, sagte sie. »Aber ich kann nichts versprechen. Das hängt davon ab, welche Richtung diese Ermittlung nimmt.«

Emmy sah bedrückt aus, argumentierte aber nicht weiter. Sie hatte Verständnis, auch wenn die Nachricht weniger deutlich war, als sie sich gewünscht hatte.

»Wie lange treffen Sie und Gunnar sich eigentlich schon?«, fragte Ray-Ray, als sie in der Diele standen und sich ihre Jacken angezogen.

»Ein knappes Jahr.«

An den Wänden hingen viele gerahmte Fotografien. Die meisten waren farbig, aber einige schwarz-weiße waren auch dabei. Alle Bilder hatten unterschiedliche Rahmen, und die Sammlung sah aus, als wäre sie im Laufe der Zeit gewachsen. Das Zufällige strahlte eine warme Atmosphäre aus.

Marias Blick blieb an einem Gruppenfoto am äußeren Rand der Sammlung hängen. Darauf waren sieben Erwachsene zu sehen, die auf einer großen Klippe am Meer picknickten. Mitten im Bild war eine dunkelhäutige Frau zu erkennen. Sie trug ein rotes Kleid mit weißen Punkten und lachte fröhlich.

»Ist das da Denise?«, fragte Maria und zeigte darauf.

»Ja, und hier, das ist Axel. Und Gunnar und seine Lisa. Und ich. Und Mary und ihr Bertil. Mein Mann war auch dabei, aber der hat das Foto gemacht. Das war im Sommer 1973, glaube ich.«

Emmy sah wehmütig aus.

»Wenn uns damals nur jemand gesagt hätte, wie jung wir waren«, sagte sie. »Denn das haben wir selbst nicht begriffen. Nicht einmal Axel, der so klarsichtig ist.«

Maria knöpfte die Jacke zu und suchte in den Taschen nach ihren Handschuhen. Sie lächelte Emmy an.

»Klarsichtigkeit klingt nach einer guten Eigenschaft«, sagte sie.

Emmy zog ihre Strickjacke um sich und nickte.

»Axel kann viele Sachen sehr gut«, sagte sie, »zum Beispiel ist er sehr gut im Schreiben.«

»Was schreibt er?«, fragte Ray-Ray.

»Früher war er immer der Beste darin, Feiertagsgedichte zu schreiben, wenn jemand einen runden Geburtstag hatte«, sagte Emmy. »Und ich weiß, dass er, wenn er unterwegs auf Reisen war, sehr gerne Briefe geschrieben hat, sowohl an seine Frau als auch an seine Freunde. Wir anderen haben Postkarten geschickt, aber Axel hat gern richtige Briefe geschrieben.«

Maria fiel noch etwas ein, was sie fragen wollte.

»Als wir Gunnar getroffen haben, da hat er den Mord im Eishaus erwähnt«, sagte sie. »Ist das etwas, worüber er viel redet?«

Emmy sah schockiert aus.

»Was meinen Sie damit?«, fragte sie. »Alle reden darüber, was im Eishaus passiert ist. Solche Ereignisse vergehen nicht von selbst.«

»Das verstehen wir«, sagte Maria. »Aber Gunnar schien irgendwie besonders interessiert.«

Emmy nickte.

»Das ist er auch«, sagte sie. »Er hat viel Zeit darauf verwandt, diese Ermittlung zu verstehen und wie die so schiefgehen konnte.«

Ray-Ray öffnete die Eingangstür, und kalte Luft zog in die Diele.

Er kommentierte nicht, was Emmy gerade über den Mord im Eishaus gesagt hatte, und Maria ebenso wenig. Dass sie auch niemals das Misstrauen abschütteln konnten, das der Polizei seit dem Fall mit der ermordeten Lydia Broman entgegenschlug. Das war schlimm und sehr traurig.

Es ist doch nicht schiefgegangen, dachte Maria. Aber wie sollen wir ihnen das begreiflich machen?

Dann dankten sie Emmy Mellgren und traten in die Kälte hinaus.

Irgendwo zwischen Marktplatz und Arne Hedlunds Steg hatte August genug.

Er holte tief Luft und legte Gunnar eine Hand auf die Schulter, um ihn aufzuhalten.

»Vielleicht sollten wir diese Unternehmung wirklich beenden«, sagte er gedämpft.

Gunnar fuhr herum und presste die Lippen aufeinander.

»Sind Sie so ein Großstadtheini, der mit dem Druck nicht klarkommt?«

»Nein, nein«, beteuerte August. »Darum geht es mir nicht. Es geht um uns, um Sie und mich und alle anderen, die mit auf Patrouille gehen. Mal ehrlich, was sollen wir denn tun, wenn wir in eine brenzlige Situation geraten? Wenn wir einen Pyromanen überraschen, der dabei ist, etwas anzuzünden, dann haben wir keine Chance. Was, wenn er oder sie sich bedroht fühlt und zur Waffe greift?«

Das mit der Waffe war ihm nur zufällig herausgerutscht. Was er meinte, war, dass sie viel zu wenig über ihren Widersacher wussten. Doch Gunnar schien da ganz anders zu denken. Er verzog das Gesicht und ging entschlossenen Schrittes weiter die Straße hinunter.

»Nur weil ich älter bin, bin ich tatsächlich nicht völlig blöd. Natürlich habe ich einen Plan, was wir tun, wenn wir die Übeltäter erwischen.«

Und dann zog er die Hand aus der Jackentasche.

August wurde eiskalt, als er sah, was Gunnar da hatte.

Eine Waffe. Und mit der zeigte er direkt auf August.

»Was zum Teufel«, begann der.

»Eine Schreckschusspistole«, sagte Gunnar. »Die wird für heute Abend genügen. Ich habe eine Lizenz dafür.«

August hatte keine Ahnung, was eine Schreckschusspistole war. Die Welt der Jagd hatte ihm nie zugesagt, obwohl Henrik Hunderte von Versuchen unternommen hatte, ihn auf diverse Jagdreisen zu locken. Hingegen kannte er die schwedischen Waffengesetze. Es war völlig egal, ob Gunnar eine Lizenz für seine Pistole hatte. Das gab ihm nicht das geringste Recht, hier damit herumzulaufen.

Gunnar hustete und stopfte die Pistole in die Jacke zurück.

»Jetzt sehen Sie mal nicht so verdammt erschrocken aus«, sagte er. »Eine kleine Pistole ist doch vollkommen in Ordnung. Kommen Sie, jetzt schauen wir uns mal nach diesem Auto um.«

Vollkommen in Ordnung?

August überlegte, ob er jemals etwas so Seltsames mitgemacht hatte, und kam zu dem Schluss, dass die Antwort Nein lauten musste.

Ich hätte mein Nudelholz mitbringen sollen, dachte er.

Schweigend gingen sie die Straße in Richtung Hafen hinunter. Nirgends bewegte sich irgendetwas. Keine Autos fuhren vorbei, und keine Menschenseele war draußen. Nicht einmal einen der vielen Hundebesitzer von Hovenäset trafen sie. August spähte in die Häuser, an denen sie vorbeigingen. Die allermeisten Fenster waren dunkel, doch in einigen von ihnen schien Licht. Manchmal sah man einen Fernseher flimmern, und ab und zu standen auch noch von Weihnachten übrig gebliebene Adventsbögen im Fenster.

Als sie zum Hafen kamen, ging Gunnar langsamer.

»Sind die irgendwo zu sehen?«, fragte er August.

Als ob man ein großes hellblaues Auto übersehen könnte.

»Nein«, antwortete der.

Erst da merkte er, wie sehr er fror. Er schielte auf die Uhr. Ihre Schicht dauerte noch mehrere Stunden.

Doch Gunnar schien nicht müde zu werden.

»Also dürfen wir annehmen, dass die Langfinger abgehauen sind«, sagte er.

Dann öffnete er seinen Rucksack und sank auf eine Bank vor der Reihe leerer Bootsliegeplätze.

Er klopfte auf den Platz neben sich.

»Setzen Sie sich, Strindberg. Jetzt ist Kaffeepause.«

August zögerte. Waffen und Jagd auf Diebe und Feuerwache und Kaffee. Das war alles irgendwie zu viel.

»Ich hab auch Marzipanrollen«, sagte Gunnar und holte ein Paket mit gekauftem grünem Marzipangebäck aus der Tasche.

August ergab sich und setzte sich auf die Bank. In diesem Fall war zu viel immer noch besser als zu wenig. Er nahm sowohl den Kaffee als auch die Marzipanrolle an.

»Du, sage ich jetzt mal, es geht das Gerücht, du würdest backen«, sagte Gunnar.

»Korrekt«, erwiderte August.

»Aber keine Marzipanrollen, was?«

»Kommt auch vor.«

August schaute über den schneebedeckten Hafen und den Steg. Der gelbe Schein der Gaslaternen ließ es weniger kalt wirken. Und über ihnen leuchteten Mond und Sterne um die Wette.

»Fühlst du dich wohl hier?«, fragte Gunnar.

»Doch«, erwiderte August, »das tue ich.«

»Gut. Wir brauchen Leute wie dich.«

Dann saßen sie lange schweigend da. Und August dachte, dass Henrik recht gehabt hatte. Auch ein sehr hingebungsvoller Jäger musste mal ausruhen.

»Dieser Gunnar sollte Polizist werden«, sagte Ray-Ray.

Sie standen auf dem Bürgersteig vor Emmys Haus.

»Unbedingt«, sagte Maria. »Super Idee, wirklich.«

Ray-Ray lachte leise.

»Ich nehme mal an, dass du jetzt nach Hause zu Strindberg gehst, oder?«

Maria holte ihr Handy heraus und schüttelte dann den Kopf.

»Nicht? Ist er beschäftigt?«

Maria überlegte, was sie antworten sollte, und hielt ihm dann nur das Handy mit Augusts letzter SMS hin.

»August wird heute Nacht patrouillieren«, sagte sie. »Die sind schon losgegangen.«

Ray-Ray lachte laut.

»Da musst du ihm aber mal die Ohren lang ziehen.«

»Ja, vielleicht«, sagte sie. »Aber erst möchte ich, dass wir noch mal an Axels Haus nachsehen.«

Schweigend gingen sie die kurze Strecke von Emmy zu Axel. Das waren ungefähr vierhundert Meter, die sie in fünf Minuten bewältigten. Nur in wenigen der weißen Holzhäuser, an denen sie vorbeikamen, brannte Licht. Normalerweise hatte die Ruhe, die Hovenäset prägte, eine harmonische Wirkung auf Maria, doch jetzt war sie gestresst. Irgendwo in diesem sehr begrenzten Areal bewegten sich August und Gunnar.

Nachtpatrouille.

Das gefiel Maria überhaupt nicht.

Ray-Ray holte sein Handy raus und rief Axel an.

»Er geht immer noch nicht ran«, sagte er.

Maria betrachtete das dunkle Haus. Die Luft war kalt und rau, aber es wehte kein Wind.

»Wir klopfen noch mal«, sagte sie.

Doch in dem Moment klingelte ihr Handy.

»Ich heiße Elias Ehnbom und bin der Sohn von Axel«, sagte eine unbekannte Stimme. »Sie haben mir auf die Mailbox gesprochen. Entschuldigen Sie bitte, dass ich so schwer zu erreichen war.«

»Ja, das stimmt«, sagte Maria und flüsterte Ray-Ray den Namen von Elias zu. »Vielen Dank, dass Sie zurückrufen. Wir haben versucht Ihren Vater zu erreichen, wissen Sie, wo er sein könnte?«

»Nein, keine Ahnung. Ich habe mehrere Jahre lang keinen Kontakt zu ihm gehabt. Wir haben uns gestritten und dann aufgehört miteinander zu sprechen. Deswegen kann ich Ihnen leider nicht helfen.«

»Verstehe«, sagte Maria. »Kennen Sie zufällig den Namen von einigen Bekannten in Strömstad? Oder ob er jemand Neues kennengelernt hat?«

»Als wir in Kontakt waren, hat er manchmal von einem Bosse in Strömstad gesprochen. Aber eine neue Freundin … das würde mich wundern. Es ist Papa so ungeheuer schwergefallen, mit dem Tod meiner Mutter fertigzuwerden.«

Bosse in Strömstad.

Davon gab es wahrscheinlich Hunderte.

»Okay«, sagte Maria. »Aber wenn er sich entgegen aller Wahrscheinlichkeit meldet, dann richten Sie ihm doch bitte aus, dass wir ihn suchen.«

»Versprochen«, sagte Elias. »Aus reiner Neugier muss ich natürlich fragen, was Sie von ihm wollen. Ist er vermisst gemeldet worden, oder was ist passiert?«

Das fragen wir uns auch, dachte Maria.

»Leider ist das Bootshaus Ihres Vaters abgebrannt«, erklärte sie. »Deshalb würden wir ihn gerne erreichen.«

Es klang, als befände sich Elias unter freiem Himmel, denn es rauschte am Telefon.

»Es tut mir wirklich leid, das zu hören«, sagte er, und zum ersten Mal klang seine Stimme warm. »Papa war mit dem Bootshaus sehr eng verbunden, aber vor allem bedeutete es meiner Mutter ungeheuer viel.«

Im Hintergrund war das Hupen eines Autos zu hören und bestätigte, dass Elias sich auf der Straße befand.

Marias Hand, die das Handy hielt, wurde kalt.

»Wo sind Sie jetzt gerade?«, fragte sie.

»Ich bin beruflich auf einer Konferenz im Bommersvik-Konferenzhotel bei Stockholm. Deshalb hat es so lange gedauert, ehe ich zurückgerufen habe. Ich bin Jurist und arbeite in einer Anwaltskanzlei, die Malm & Ström heißt. Rufen Sie mich gerne an, wenn es noch etwas gibt.«

»Danke«, sagte Maria.

Sie schob das Handy wieder in die Jackentasche.

»Kein Erfolg?«, fragte Ray-Ray.

Maria schüttelte den Kopf.

»Axel hat wahrscheinlich keine Freundin. Er ist fünfundachtzig Jahre alt, sein Auto steht auf dem Marktplatz, und er geht nicht ran, wenn wir ihn anrufen. Das gefällt mir nicht. Was, wenn er überhaupt nicht nach Strömstad gefahren, sondern gestürzt ist. Er könnte ernsthaft verletzt sein oder noch schlimmer.«

Mit schnellen Schritten stieg Ray-Ray die Treppe zu Axels Haus hoch und klopfte laut und vernehmlich.

»Öffnen Sie, hier ist die Polizei!«, rief er.

Doch nichts geschah. Zum gefühlt tausendsten Mal probierte Maria, Axels Festnetztelefon anzurufen. Doch auch hier ging er nicht ran.

Neben der Eingangstür gab es ein Fenster, durch das Ray-Ray hineinschaute.

»Siehst du ihn?«

»Nein.«

Ray-Ray kam zu ihr zurück.

»Ich bin dafür, dass wir ihm bis morgen geben«, sagte er. »Dann bitten wir Roland, einen Hausdurchsuchungsbefehl zu besorgen.«

Maria nickte kurz.

»Das machen wir«, sagte sie.

Doch als sie weggehen wollten, gehorchten ihre Füße nicht richtig.

Irgendetwas übersahen sie hier. Der Abend war dunkel, und es war spät, und Maria suchte in ihrem Kopf nach einem Gedanken, der ihr die ganze Zeit entglitt.

»Was ist denn?«, fragte Ray-Ray.

»Ich weiß nicht«, sagte Maria. »Gib mir noch eine Minute.«

Sie standen lange schweigend auf dem Bürgersteig. Dann bewegten sie sich langsam wieder zurück in Richtung Auto. Als sie an einem der Häuser vorbeigingen, war ein Husten zu hören. Beide drehten sich automatisch in die Richtung, aus der das Geräusch gekommen war.

Ray-Ray lachte leise. »Das hier ist ja hellhörig, dass man verrückt werden könnte«, sagte er. »Wie macht ihr das denn, du und Strindberg, wenn ihr Sex habt? Hat jeder einen Beißring im Mund, damit die Nachbarn euch nicht hören?«

Mit einem Mal wurde Maria klar, was sie übersehen hatten, und sie blieb abrupt stehen.

»Warum hören wir nicht, wenn Axels Telefon klingelt?«

Ray-Ray sah nachdenklich aus.

»Wie meinst du das?«

»Ich meine, wie das, was du eben gesagt hast. Viele der Häuser hier, auch das von Axel, haben sehr alte Fenster und Scheiben. Und Gunnar hat gesagt, Axel hätte ein Bakelit-Telefon. Warum hören wir es nicht im Haus klingeln?«

»Vielleicht, weil er das Telefon leise gestellt hat?«

»Ich glaube nicht, dass man das bei einem so alten Modell kann. Und wenn er den Hörer abgenommen hätte, dann würde das Besetztzeichen kommen.«

»Vielleicht hat er das Kabel rausgezogen?«

»Möglich«, gab Maria zu. »Aber in dem Fall will ich wissen, warum.«

Sie machte kehrt und ging zurück zu Axel zu Haus. Ray-Ray folgte ihr.

»Was hast du vor?«, fragte er.

»Ich rufe jetzt Roland an«, sagte Maria. »Ich will noch heute Abend in Axels Haus rein.«

Sie wartete nicht ab, was Ray-Ray von dem Vorschlag hielt, und er protestierte auch nicht.

Roland ging beim dritten Klingeln ran. Er hörte zu, als Maria die Situation schilderte. Da standen sie und Ray-Ray schon wieder vor Axels Haus.

»Ich hab da auch ein ganz schlechtes Gefühl«, bestätigte Roland. »Ich schicke eine Streife, aber wenn man Axels Alter bedenkt, dann könnte eine akute Gefahr für Leben und Gesundheit vorliegen. Wenn es geht, dann verschafft euch sofort Zugang zum Haus.«

»Danke«, sagte Maria.

Sie berichtete kurz, was Roland gesagt hatte, und ging dann die Treppe zu Axels Eingangstür hoch. Dort klopfte sie an das Fenster, durch das Ray-Ray kurz vorher hineingeschaut hatte. Das Glas war dünn und zerbrechlich.

»Vorsicht mal kurz«, sagte sie zu ihm.

Dann nahm sie ihre Dienstwaffe und schlug den Kolben gerade durch die Fensterscheibe. Das Geräusch schnitt wie ein Büchsenknall durch die Nacht.

Sie schob ihre behandschuhte Hand durch das Loch in der Scheibe und löste den Fensterhaken, sodass das Fenster aufging. Ungeduldig bürstete sie Glassplitter weg, die im Weg lagen, dann schwang sie das Bein über den Fensterrahmen und stieg ins Haus.

Ray-Ray kam hinterher und holte eine Taschenlampe heraus.

»Hallo!«, rief er. »Wir sind von der Polizei. Sind Sie hier, Axel?«

Kein Geräusch war zu hören.

Maria sah sich um. Jetzt waren sie in der Diele, und da standen Schuhe auf dem Boden, und an zwei Wandhaken hingen ein langer Mantel und eine dickere Jacke.

Ihr Puls stieg.

Jetzt hatte sie überhaupt keinen Zweifel mehr.

Axel war zu Hause.

Aber wo war er?

»Axel?«, sagte sie mit lauter Stimme und ging weiter ins Haus hinein.

Und da entdeckte sie ihn.

Auf der Treppe, die zum Teil von einer Wand verborgen wurde.

Und sie sah all die Details, die zu vergessen ihr später schwerfallen sollte.

Axels weiße Hände. Die Schlafanzugjacke, die hochgerutscht war und ein Stück von seinem Bauch entblößt hatte. Die mageren Beine und die schmalen großen Füße.

»Nein!«, rief Maria.

Sie lief hin. Kollidierte auf dem Weg fast mit Ray-Ray.

Beide rannten sie, obwohl man bereits aus der Entfernung erkennen konnte, dass sie zu spät gekommen waren.

Marias Hände zitterten, als sie Axel berührte.

Sein Körper war kalt, und er atmete nicht.

Wie durch ein Rauschen hörte sie Ray-Ray Hilfe herbeitelefonieren.

Sie legte eine Hand auf Axels Brust, spürte, dass sein Herz zu schlagen aufgehört hatte.

Verzeih, dachte sie. Verzeih, dass wir dich erst jetzt finden.

Hovenäset, 20. September 1970

Geliebte Denise,

Ich hoffe, es geht dir gut in Chicago. Hier ist Abend, und es regnet. Dunkel ist es auch, und ich fühle mich einsam und nur halb, wenn du nicht hier bist. Ich vermisse dich ganz schrecklich. Und eine einzige Frage nagt mehr als alle anderen in mir:

Wirst du zurückkommen?

Denn ich könnte ja verstehen, wenn du darüber nachdenken würdest, in Chicago zu bleiben. Auch wenn du es in deinen Briefen nicht direkt schreibst, kann ich doch zwischen den Zeilen lesen.

Du fühlst dich in Bohuslän nicht wohl.

Und du hast Sehnsucht nach Hause. Nach Hause zu dem Ort, an dem du dich jetzt befindest, nach Hause zu deiner Familie. Das kann ich dir nicht vorwerfen. Schließlich ist es mir nicht gelungen, dir hier eine neue Familie zu geben. Das Leben in Schweden ist nicht so geworden, wie du es dir gedacht hattest, das ist mir klar.

Aber ich bitte dich: Gib mir und dem Leben hier noch eine Chance! Und wenn wir es in Bohuslän nicht hinkriegen, dann komme ich mit dir in die USA.

Bald kommt der Herbst, und ich hätte so gern, dass du ihn zusammen mit mir hier begrüßt. Ich verstehe, dass du nach Hause reisen musstest, um nach deiner kranken Mutter zu sehen, und ich hoffe auch, nächstes Mal mit dabei zu sein. Und mindestens genauso hoffe ich, dass deine Mutter und dein Vater eines Tages hierherkommen und uns besuchen werden.

Ich möchte, dass sie alles erleben sollen, was hier gut ist.

Die weißen Holzhäuser, die karge Landschaft, den harten Wind, das salzige Meer. Ich will, dass sie die Ruhe erfahren und auch einige unserer Freunde treffen.

Ich weiß.

Wir könnten mehr Freunde haben. Es gibt ein paar Idioten hier. Gestern bin ich rübergegangen und habe mal mit Gunnar Wide gesprochen. Es war an der Zeit, dass wir die Dinge klären, aber ich weiß nicht, was dieses Gespräch Gutes bringen wird.

Gunnar ist ein grässlicher Mensch. Aber das, was du und ich haben, Denise, das ist stärker als sein Hass und seine Dummheiten. Wir haben ein Recht auf unsere Liebe, und ich werde mich niemals dafür schämen. Niemals.

Die Zeit mit dir war die beste in meinem Leben.

Bitte, geliebte Denise: Komm zurück nach Hovenäset.

Dein Axel

PS: Mary lässt herzlich grüßen! Sie vermisst dich auch.

Noch ein PS: Gestern ist der neue Herd gekommen! Er ist sehr schön.

27. Januar

»Wir müssen über Sam reden«

Der Puls dröhnte August Strindberg in den Schläfen. Nur wenige von seinen Stockholmer Gewohnheiten hatte er mit an die Westküste genommen, doch eine davon, um die er sich wirklich bemühte, war das Laufen. Jetzt hatte er bald mehr als elf Kilometer abgearbeitet und war auf dem Weg nach Hause über den Campingplatz Johannesvik. Die großen Rasenflächen warteten öde und schneebedeckt auf die nächste Campingsaison. Normalerweise schätzte August die Stille, die der Platz bot, doch heute machte ihn das nur nervös.

Die Nacht war ein Inferno aus Ereignissen gewesen.

Alles stand Kopf.

Axel Ehnbom war tot aufgefunden worden.

Auf Hovenäset herrschte Unruhe und Verstimmung, und keiner war aufgewühlter als Gunnar. Es schien ihn sehr zu quälen, dass Axel, während sie patrouillierten, um die Halbinsel sicher zu machen, tot in seinem Zuhause gelegen hatte.

August schauderte es, wenn er an den Anruf von Maria dachte. Sie hatte gefasst geklungen, und die Botschaft konnte nicht missverstanden werden.

»Axel lebt nicht mehr. Ich finde, du und Gunnar, ihr solltet euren Wachdienst abbrechen und nach Hause gehen. Ich komme zu dir, wenn wir hier fertig sind.«

Dann war sie gegen ein Uhr erschöpft und frustriert aufgetaucht. Und nachdem sie in seinen Armen eingeschlafen war, schlief sie unruhig und hatte ihn wie gewöhnlich sehr früh verlassen.

August beschleunigte. Die Schritte wurden schneller und länger. Um ihn schlossen sich die hohen Klippen, die das Campinggelände einrahmten.

Maria, Maria, Maria.

Das Beste, was ihm seit Ewigkeiten passiert war.

»Sogar besser als der Umzug an die Westküste?«, hatte Henrik gefragt, als er ihm gegenüber einmal seiner Euphorie Ausdruck verlieh.

August hatte geantwortet, dass man diese beiden Ereignisse nicht voneinander trennen könne. Es war ja zu großen Teilen die Liebe zu Maria, die ihn an der Westküste so glücklich sein ließ.

August lief langsamer, als er zur Hovenäs-Brücke kam. Da hielt er an, um ein paar Autos auf dem Hallindenvägen durchzulassen, ehe er auf die richtige Seite kam und dann über die Brücke fast schlenderte. Der Puls sank, und die Nervosität fiel von ihm ab.

Jetzt war es Zeit zu arbeiten. Er würde Mary, die Mutter des Schornsteinfegers Ola, besuchen und sehen, was sie für seinen Laden anzubieten hatte. Als er auf den Kärleksvägen kam, spazierte er ruhig auf dem Bürgersteig. Alles in der Nachbarschaft sah so aus wie immer – und gleichzeitig fühlte sich alles verändert an.

Die Leute hatten Angst, waren erschrocken.

Und die Polizei ließ nichts raus.

Tratsch zum Schweigen zu bringen, das ist, als wollte man ein Feuer löschen, dachte August. Jede Flamme muss erstickt, jeder verirrte Funken gelöscht werden.

Sonst wurde es so wie jetzt.

Eine knappe Stunde später saß er frisch geduscht zu Hause bei Mary. Doch wenn er geglaubt hatte, ein Besuch bei ihr würde ihn für einen Augenblick die Ereignisse der Nacht vergessen lassen, dann hatte er sich geirrt.

Zuerst einmal war da die Aussicht: Von Marys Wohnzimmer aus sah man Axel Ehnboms Haus.

Und dann Mary selbst. Sie war schwer krank und stützte sich mit der einen Hand an der Wand ab, als sie die Tür öffnete. August kannte sie nicht. Während der kurzen Zeit, die er auf Hovenäset gewohnt hatte, war sie für sich geblieben. Sie spielte nicht mit den anderen Boule und nahm auch sonst an keinen gemeinsamen Aktivitäten teil. Ob das an ihrer Krankheit lag oder weil sie ihre Nachbarn nicht mochte, wusste August nicht.

Hingegen war ihm schnell klar, dass sie Axel gekannt hatte.

»Eigentlich war ich unsicher, ob wir uns heute wirklich treffen sollten«, sagte sie mit dünner Stimme. »Ich meine, wenn man bedenkt, was alles passiert ist. Erst der Brand, und dann Axel.«

August nickte bedauernd.

»Es ist schrecklich«, sagte er. »Ich kann auch an einem anderen Tag wiederkommen, wenn es besser passt.«

Mary schüttelte den Kopf.

»Nein«, sagte sie. »Ich möchte gern auf andere Gedanken kommen.«

Sie sank in dem Sessel zusammen, in dem sie gesessen hatte. August war der Platz auf dem blauen Sofa zugewiesen worden. Nicht weniger als dreimal hatte er Kaffee abgelehnt, und dann war ihm eine Tasse Tee serviert worden. Die stand jetzt noch unberührt vor ihm auf dem Couchtisch. Ihm war nicht nach einer Teestunde.

»Sie wollten mir etwas zeigen«, sagte er.

»Natürlich«, erwiderte Mary. »Sie können ja nicht den ganzen Tag hier sitzen. Ich habe zwei Sachen, von denen ich glaube, dass sie für Sie interessant sein könnten. Zum einen ein großes Service, das können Sie nachher da hinten im Schrank ansehen, und zum anderen eine Sammlung Porzellanfrösche.«

»Porzellanfrösche …?«

Mary verzog das Gesicht.

»Ja, ich weiß, das klingt weder sonderlich schick, noch ist es das. Sie können sich die Sammlung ansehen und später entscheiden. Meine Kinder wollen, dass ich Ihnen außerdem meine Puppensammlung überlasse, aber das kann ich noch nicht. Ich dachte, dass ich vielleicht so weit wäre, aber ich habe es mir anders überlegt.«

Augusts Blick blieb an der Sammlung hängen, die im Vitrinenschrank saß. Es waren ungefähr ein Dutzend Porzellanpuppen, und man hatte das Gefühl, als würden sie einen direkt anstarren. Die Sammlung könnte sicher einiges wert sein, aber er verstand, wenn sie die behalten wollte.

Mary trank von ihrem Tee. Als sie die Tasse abstellte, klirrte es auf dem Porzellan. Am einen Finger trug sie einen dicken Goldring mit grünem Stein. Er war zu groß für ihre mageren Finger und drehte sich, wenn sie die Hände bewegte.

»Wissen Sie«, begann sie, »Axel war als junger Mann so unglaublich gut aussehend.«

»Ach ja«, sagte August, hauptsächlich, um irgendwas zu sagen.

»Natürlich war er auch im Alter noch schön«, fügte Mary hinzu. »Nur wenigen Menschen ist es vergönnt, auf eine so stilvolle Weise zu altern.«

Sie sah traurig aus.

»Aber er hat mich nie auf dieselbe Weise angesehen wie ich ihn«, erklärte sie.

Ihre Augen wurden feucht, während sie redete, doch die Stimme war jetzt nicht mehr unsicher, sondern fest.

August suchte nach passenden Worten, beschloss aber, dass es die nicht geben konnte.

Eine Wanduhr schlug zweimal die halbe Stunde an. Es war eine zierliche Uhr von altem Schnitt mit Zeigern und römischen Ziffern in Gold.

August sah durchs Fenster zu Axels Haus.

»War die Polizei hier?«, fragte er.

Mary nickte. Als sie den Kopf drehte und die Sonne ins Gesicht bekam, wirkte ihre Haut fast durchsichtig.

»Ja, sie sind vorbeigekommen. Ich glaube, sie haben bei allen auf der gesamten Halbinsel geklopft. Wahrscheinlich dachten sie, ich hätte vielleicht etwas gesehen, wo ich doch so nahebei wohne und so. Aber da musste ich sie enttäuschen. Alles, was ich sagen konnte, war, dass ich Axel früh an dem Abend vor dem Brand gesehen habe. Er kam mit einem Karton im Arm aus dem Haus.«

August richtete sich auf.

»Mit einem Karton?«

Mary sah ihn wieder an und nickte.

»Ja, aber was spielt das für eine Rolle? Die Polizei war gänzlich uninteressiert daran.«

Aber ich nicht, dachte August.

»Haben Sie sehen können, wohin er ging?«

»Nein, leider nicht.«

Es schien ihr nicht zu gefallen, dass August auf das reagierte, was sie erzählte.

Er bemühte sich, nicht allzu exaltiert zu klingen.

»Und welche Uhrzeit war das, etwas genauer?«

»So gegen sieben. Der Pflegedienst kam kurz danach, und die tauchen immer um diese Zeit auf.«

Gegen sieben. Axels SMS war um halb acht gekommen.

Ich habe den Karton an einen sicheren Ort in der Kapelle abgestellt. Knock yourself out!

Aber der Karton war ja nicht in der Kapelle gewesen.

Was hast du damit gemacht, Axel?

»Wie sah der aus?«, erkundigte sich August.

Mary zuckte mit den Schultern, eine Bewegung, die so aussah, als würde sie wehtun.

»Ungefähr mittelgroß. Es war also nicht ein großer Umzugskarton oder so. Aber größer als ein Schuhkarton.«

Sie lachte.

»Keine große Hilfe, nicht wahr?«

»Im Gegenteil«, sagte August. »Ganz im Gegenteil. Und jetzt muss ich Sie darum bitten, das Service und die Froschsammlung ansehen zu dürfen. Ich habe noch etwas anderes zu erledigen, und ich möchte das schaffen, ehe ich in den Laden fahre.«

Der Schnee lag dick auf dem Dach der Kapelle, als August ankam. Er ging hinein und drehte eine Runde zwischen den Kirchenbänken und dann noch eine. Nirgends war ein Pappkarton »kleiner als ein Umzugskarton, aber größer als ein Schuhkarton« zu sehen.

Natürlich.

Was hatte er auch erwartet?

Sicherheitshalber ging er auch noch vor zum Altar. Wie ein Idiot kam er sich vor, als er sich über die Altarabsperrung beugte und auch dort guckte. Als ob er nach einem sehr kleinen Karton suchen würde.

Er raufte sich die Haare. Sie waren zu lang geworden und von wellig zu lockig übergegangen. Maria hatte ihn schon gefragt, wie oft er denn in Stockholm zum Friseur gegangen sei, und August hatte nur geantwortet »öfter als hier«.

Er stellte sich mit dem Rücken zum Altar und sah sich um.

Gab es irgendeinen Platz in der Kapelle, wo er noch nicht gesucht hatte?

Nein, den gab es nicht.

Und in exakt dem Moment entdeckte er ihn. Diskret auf der Kanzel geparkt.

»Sieh mal einer an«, flüsterte August.

Der Karton war ungefähr halb so groß wie ein Umzugskarton und in dem dunklen Raum, in den er geschoben worden war, kaum zu erkennen.

Schnell eilte August die kleine Treppe zur Kanzel hoch und hob den Karton an.

Er war unerwartet schwer und mit einem Zettel markiert, der keine Missverständnisse zuließ:

Für August von Axel.

In Axel Ehnboms Haus roch es muffig. Maria und Ray-Ray waren eben dort angekommen. Roland hatte eine Besprechung anberaumt, wollte aber, dass sie erst noch einmal in das Haus gingen. Die Kriminaltechniker hatten ungestört am Fundort arbeiten müssen, weshalb Maria und Ray-Ray das Haus in der Nacht etwas widerwillig und ohne noch einmal durchgehen zu können, verlassen mussten. Kaum etwas gefährdete eine Ermittlung mehr, als übereifrige Polizisten, die in etwas herumtrampelten, was als Tatort galt, und dabei etwaige Beweise zerstörten.

»Es kann durchaus so sein, dass der Alte die Treppe heruntergefallen ist«, hatte Roland gesagt, »aber ich mag seltsame Zufälle nicht, und ehrlich gesagt klingt es verdammt komisch, wenn er am selben Tag stürzt und gleichzeitig sein Bootshaus verliert. Ich werde versuchen, die Techniker so schnell wie möglich vor Ort zu haben. Und redet um Gottes willen mit diesem Gunnar Wide. Der scheint ja sehr um seine Nachbarn besorgt zu sein.«

Da untertrieb Roland, fand Maria. Gunnar Wide war nicht sehr besorgt, sondern er balancierte auf der sehr dünnen Linie zwischen gesundem Engagement für einen Nachbarn und rechtsbeugendem Verhalten. Schon vorher war er aufgeregt gewesen, und das wurde nicht besser davon, dass man Axel jetzt tot aufgefunden hatte. Mitten in alldem versuchte er auch noch, August in die Sache reinzuziehen. Das hatte aber nicht geklappt. August gehörte nicht zu den Leuten, die der Polizei unnötig Stress machten, deshalb war er zu sich nach Hause gegangen und hatte dort auf Maria gewartet.

Ray-Ray kam aus Axels Küche.

»Was meinst du?«, fragte er.

Maria sah sich um. Es war ein charmantes Haus. Gut erhalten und mit einer Einrichtung, die Wärme ausstrahlte. Es gab keine

Spuren von Tumult oder Streit. Auch draußen am Haus fanden sie keine Schäden, die auf einen Einbruch hinwiesen. Dasselbe galt für drinnen. Die Tür war abgeschlossen gewesen, als sie hinkamen, und alle Fenster waren ebenfalls zu und verriegelt gewesen. Außer Axel war niemand anderes im Haus.

»Ich finde, es sieht sehr sauber aus«, sagte Maria. »Also, sauber, wenn dies ein unglücklicher Sturz sein sollte und nichts anderes. Aber …«

Sie warf einen Blick aus dem Fenster.

Da draußen stand Gunnar und stampfte ungeduldig wie ein kleines Kind auf der Stelle.

Ray-Ray folgte ihrem Blick.

»Worauf zum Teufel wartet der?«, fragte er.

»Auf uns, würde ich mal vermuten«, erwiderte Maria.

»Wir haben doch schon mit ihm geredet.«

»Ja, aber wir haben immer noch nicht gesagt, was er hören will. Dass wir sehr besorgt sind über das, was seinem Nachbarn passiert ist, und dass wir selbstverständlich ab jetzt hier auf Hovenäset eine feste nächtliche Patrouille haben werden.«

Ray-Ray schüttelte den Kopf. »Er wird den Tatsachen ins Auge sehen müssen«, sagte er. »Eine Patrouille kriegt er hier nicht.«

Sie wandten sich an die beiden Techniker. Die hatten sich auf der Treppe verbarrikadiert und arbeiteten konzentriert mit etwas, wobei sie sich immer gegenseitig im Weg standen. Einer ging die Treppe hinauf und hockte sich auf die oberste Stufe.

Er raufte sich die Haare.

Es war einer der älteren Kriminaltechniker, einer der erfahrensten. Er hatte nur noch einige wenige Jahre bis zur Rente, und Maria hatte gehört, dass ihm schon vor dem Tag graute, wenn er nicht mehr arbeiten könnte. Für diese Angst hatte sie wirklich Verständnis. Die Arbeit machte einen großen Teil auch ihres Lebens aus, und es war schwer vorstellbar, wie das auf andere Weise ausgefüllt werden könnte. Nicht, wenn sie immer noch eine gute

Polizistin sein wollte, und das war in höchstem Maße ihre Absicht.

August schien das nicht zu verstehen. Sein Bild von einer Arbeit, die viel Raum und Zeit einnahm, war von Zwang beherrscht. So jedenfalls beurteilte er seine bisherige Laufbahn, mit der er nicht glücklich gewesen war.

Und jetzt, August?, dachte Maria. Wie fühlt es sich jetzt an? Kann jemand wie du hier glücklich sein?

Auch wenn sie nie auch nur ein einziges Wort darüber verloren hatte, musste sie oft daran denken, dass es eigentlich in Augusts DNA lag, in einer Großstadt zu wohnen und in einen größeren Zusammenhang zu gehören. Dass er sich auf eine nachgerade komische Weise selbst missverstanden hatte, als er meinte, die Lösung aller Probleme sei, in einen winzig kleinen Ort zu ziehen und dort neu anzufangen, während es in Wirklichkeit doch so war, dass Stockholm zu klein für ihn gewesen war und er vielleicht besser nach New York gezogen wäre.

Dort hätte er sein Secondhandgeschäft in großem Stil in Gang bringen können und wäre Teil eines Zusammenhangs und einer Kultur geworden, in der man es als positiv ansah, neue Wege zu beschreiten und Konventionen herauszufordern.

Das Summen des älteren Kriminaltechnikers riss Maria aus ihren Gedanken.

Er kam langsam die Treppe zu Maria und Ray-Ray herunter. Es war eine steile Treppe, gerade und aus weiß gestrichenem Holz. Auf der Treppe lag kein Teppich, aber jede Stufe war mit einem schwarzen Streifen Klebeband versehen. Ein Rutschschutz, der vielleicht nicht so gut funktioniert hatte.

»Wir kriegen das hier nicht so richtig zusammen«, sagte der Techniker und blickte zu dem jüngeren Kollegen, der noch auf der Treppe hockte.

»Was stimmt denn nicht?«, fragte Maria.

Sie warf einen Blick zu Gunnar im Garten. Es wäre unglücklich, wenn er irgendetwas von dem aufschnappte, worüber die Polizei redete. Garantiert würde er den kleinsten Zweifel zu einer sehr umfangreichen Erzählung darüber, was eigentlich passiert war, aufblasen.

»Das meiste«, sagte der Techniker und verzog das Gesicht zu einem gequälten Grinsen. »Ich habe den verantwortlichen Gerichtsmediziner in Uddevalla erreichen können und aus ihm herausbekommen, dass sie bereits feststellen konnten, dass Axel sich beim Sturz mehrere Frakturen zugezogen hat. Zur konkreten Todesursache wird sich der Arzt noch melden, aber das Bild der Verletzungen deutet darauf hin, dass er sich auf keinen Fall mehr auf der Treppe bewegt haben kann. Und das macht das ganze ziemlich seltsam, denn Axel ist ja auf dem Rücken liegend gefunden worden, mit dem Kopf nach oben und den Füßen nach unten.«

»Ja?«, sagte Maria.

Der Techniker zeigte auf die vorletzte Treppenstufe.

»Nach den Fotos, die gemacht wurden, ehe man Axel bewegt hat, lag er mit dem Nacken auf der Kante dieser Treppenstufe. Außerdem hatte er aus dem Hinterkopf geblutet. Aber das Interessante ist, dass weiter unten auf der Treppe viel mehr Blut war. Und ich habe auch nicht auf der Kante dieser oberen Treppenstufe abgeschabte Haarsträhnen von seinem Kopf gefunden, sondern auf der Treppenstufe da unten, wo ich, wie ihr seht, eine orangene Markierung angebracht habe.«

Maria sah mit großen Augen von der einen Treppenstufe zur anderen.

»Erklär mehr«, bat Ray-Ray.

»Die vorsichtige These des Gerichtsmediziners ist, dass Axel die Treppe rückwärts heruntergefallen ist, auf dem Rücken landete und sich den Nacken angeschlagen hat. Das war ein hoher Sturz, er bekam dadurch sozusagen ziemlich Fahrt. Wenn er nicht unmittelbar gestorben ist, so kann es nicht lange gedauert haben. Die Wunde und die Schwellung deuten an, dass es eine brutal harte

Landung war, viel heftiger, als wenn er auf einer der Treppenstufen ausgerutscht, rückwärtsgefallen wäre und sich dann den Kopf angeschlagen hätte, während der Rest des Körpers die Treppe herunterrutschte.«

»Was willst du damit sagen?«, fragte Maria.

»Dass Axel eigentlich mit dem Kopf nach unten und den Füßen nach oben hätte liegen müssen. Wie zum Teufel ist das jetzt vor sich gegangen? Denn er kann sich kaum selbst auf der Treppe umgedreht haben, in der Hinsicht war der Gerichtsmediziner ganz klar.«

Maria bekam einen ganz trockenen Mund.

»Du glaubst, dass jemand hier war«, sagte sie. »Und ihn umgedreht hat?«

»Ja«, sagte der Techniker. »Und dann kann man natürlich darüber nachdenken, warum. Axels Platzierung auf der Treppe zusammen mit der Tatsache, dass Fenster und Eingangstür geschlossen und von innen verriegelt waren, deuten darauf hin, dass er gerutscht und der Länge nach rückwärts auf die Treppe gefallen ist. Aber die Verletzungen und die Funde, also Blutspuren und Haarsträhnen, sagen etwas anderes.«

Maria und Ray-Ray sahen sich an.

»Jemand will, dass wir glauben, es sei ein unglücklicher Sturz gewesen«, sagte Maria.

Der Techniker nickte. »Das ist auch meine Vermutung«, sagte er.

In Marias Kopf arbeitete es frenetisch, um zu verstehen, was hier bei Axel zu Hause in der Nacht, als er starb, geschehen sein könnte.

»Kann derjenige, der hier war, geglaubt haben, dass er Axel einen Dienst erwies, indem er oder sie ihn umdrehte?«, fragte sie.

»Einen Dienst?«, echote Ray-Ray.

»Ich denke jetzt mal laut«, sagte Maria. »Entweder ist Axel geschubst worden, als er mit dem Rücken zur Treppe stand, und dann hat der Mörder versucht, sein Verbrechen zu vertuschen, indem er es wie einen Unfall aussehen ließ. Oder aber es war wirklich ein

Unfall, und derjenige, der hier bei Axel war, hat Panik bekommen und versucht, ihn zu retten. Und als das nicht ging, hat sich die betreffende Person davongemacht.«

»Aber würde man wirklich einen Wiederbelebungsversuch auf der Treppe beginnen?«, fragte Ray-Ray. »Da würde man ihn doch eher auf den Boden runterziehen und lieber dort loslegen.«

Maria war natürlich seiner Meinung, doch die Jahre bei der Polizei hatten sie gelehrt, dass die Leute keineswegs immer rational agierten, wenn sie unter Druck gerieten.

»Ihr werdet wohl den Bericht des Gerichtsmediziners abwarten müssen«, sagte der Techniker. »Aber da gibt es noch eine Sache, die ich euch zeigen will. Kommt mal mit nach oben.«

Bisher waren Maria und Ray-Ray noch nicht im oberen Stockwerk gewesen. Da gab es Axels Schlafzimmer, sein Arbeitszimmer und einen kleineren Fernsehraum.

Der Techniker ging vor ihnen her ins Arbeitszimmer. Das war ein geräumiges Zimmer, das von einem hübschen Ohrensessel und einem großen Schreibtisch dominiert wurde.

»Eine gute Methode, ein Telefon zum Schweigen zu bringen«, sagte der Techniker und zeigte auf das Festnetztelefon, das auf dem Schreibtisch stand.

Da war es. Das Bakelit-Telefon, das sie Ungereimtheiten hat wittern lassen und das ihr dann völlig aus dem Sinn geraten war, als sie Axel gefunden hatten.

Der Hörer hing an seinem Kabel über die Kante des Schreibtisches.

»Seltsam«, sagte Ray-Ray. »Das müsste dann auf der Festnetznummer doch tuten, wenn der Hörer abgenommen ist.«

»Exakt«, erwiderte der Techniker. »Aber das tut es nicht, denn jemand hat das Telefonkabel aus der Wand gezogen. Eine effektive Art, nicht vom Klingeln des Telefons gestört zu werden, wenn man seine Ruhe will. Aber warum dann auch den Hörer abnehmen?«

Maria und Ray-Ray sahen sich wieder an und dann zum Telefon.

»Wir können nicht ausschließen, dass es Axel selbst war, der das getan hat«, sagte Maria. »Vielleicht ging es ihm schlecht, und er hat alles durcheinandergebracht.«

»An dieser Sache ist ziemlich viel sehr seltsam«, sagte der Techniker. »Doch ist unbestritten jemand hier gewesen. Jemand, der Axel auf der Treppe rumgedreht und dann den Ort verlassen hat, ohne Alarm zu schlagen. Wie die betreffende Person rausgekommen ist, habe ich keine Ahnung. Es gibt keinen Kellerausgang.«

»Schlüssel«, sagte Ray-Ray verbissen. »Gibt es irgendwelche?«

»Wie soll ich das wissen?«, erwiderte der Techniker. »Aber eigentlich spielt das keine Rolle. Als ihr durchs Fenster eingestiegen seid, steckte von innen ein Schlüssel in der Tür. Und das Schloss ist von der Sorte, bei der man keinen Schlüssel von der Außenseite reinschieben kann, wenn innen schon einer steckt.«

Ein lautes Ballern an der Tür ließ sie alle zusammenfahren. Maria lief runter. Es war Gunnar, der es leid war, dazustehen und zu warten.

Maria bedeutete ihm, zurückzutreten und sich zu beruhigen.

Sie hatten wichtigere Sachen zu überdenken.

Jemand war bei Axel gewesen, als er verletzt oder tot auf der Treppe lag. Jemand, der Axels Leiche und sein eigenes Verschwinden aus dem Haus so arrangiert hatte, dass es wie ein Unfall aussehen sollte.

Maria wollte wissen, wer das war. Und sie wollte wissen, wie und warum es geschehen war.

»Warum bist du nicht in der Schule?«

Die Stimme ihrer Mutter klang weit entfernt, als würde sie sich auf einem anderen Planeten befinden. Doch das war nicht der Fall. Im Gegenteil. Sie stand viel zu nahe, nur wenige Meter entfernt auf der Schwelle zu Hillevis Zimmer. Hillevi selbst saß mit dem Handy in der Hand auf dem Bett.

»Bist du krank?« Ihre Mutter klang mehr wachsam als besorgt. Sie mochte es nicht, wenn Hillevi krank wurde. Das war dann alles so anstrengend für sie.

Hillevi schüttelte den Kopf.

»Nein, ich bin nicht krank, aber wir haben heute Vormittag Selbständiges Lernen.«

Das war fast die Wahrheit, aber nur fast. Es gab Regeln dafür, wie das Selbstständige Lernen ablaufen sollte. Zum Beispiel mussten sie sich auf dem Schulgelände befinden. Hillevi hatte das an einem Vormittag in der Woche. Von ihr aus könnte es das öfter geben, denn sie brauchte manchmal einfach ein paar freie Stunden. So zum Beispiel heute, um sich auszuruhen.

Ihre Mutter hustete laut und heftig.

Sie sah nicht gesund aus. Die Haare waren fettig und verfilzt, und sie hatte rote Flecken auf den Wangen. Bisher hatte sie immer noch nicht den Schritt in Hillevis Zimmer hineingemacht. Es sah aus, als hätte sie keine Ahnung, was sie sagen oder tun sollte. Wie so oft.

Patricia strich mit der Hand über die Türleiste.

»Man müsste hier mal streichen«, sagte sie.

Als wäre es das große Problem dieser Wohnung. Dabei war sie ja kaum möbliert, und es sah aus, als würden sie erst ein paar Tage da wohnen und nicht schon Monate.

Das war schade, denn ihre Mutter war gut darin, zu streichen und etwas zu bauen. Vor einigen Jahren hatte sie eine Phase gehabt, da ging es ihr richtig gut. Da hatten sie in einem Reihenhaus gewohnt und gemeinsam Hillevis und Sams Zimmer gestrichen. Hillevi war neun Jahre alt gewesen und hatte sich rosa Wände gewünscht. Ihre Mutter hatte Ja gesagt. Sie war gut in Form gewesen, hatte ein bisschen zu viel gearbeitet, aber die Dinge am Laufen gehalten.

Sie hatte Essen gekocht.

Hatte Hillevi bei den Hausaufgaben geholfen.

War regelmäßig gejoggt und sah frisch aus.

Und Hillevi war entspannt gewesen.

Dann hat ihre Mutter einen neuen Typen getroffen, und schon ging alles wieder den Bach runter.

Wenn ihnen der nur erspart geblieben wäre.

Er und alle andern, die danach kamen.

Ihre Mutter hustete wieder.

»Geht es dir schlecht?«, fragte Hillevi.

Sie nickte und suchte nach etwas in der Tasche ihres Morgenmantels.

»Musst du jetzt rauchen?«

»Mecker nicht, Hillevi, das finde ich so blöd.«

Hillevi schluckte.

»Wir müssen über Sam sprechen«, sagte sie.

»Jetzt klingst du wie die Tagesstätte.«

Hillevi erschrak.

»Hast du mit denen geredet? Über das, was gestern passiert ist?«

Ihre Mutter holte das Zigarettenpäckchen heraus.

Hillevi hasste den Gestank, wenn sie im Haus rauchte.

Ihre Mutter verschränkte die Arme vor der Brust.

»Ich tue, was ich kann, Hillevi«, sagte sie. »Du denkst vielleicht, dass es einfach ist, alleinerziehend zu sein und gleichzeitig einen Job machen zu müssen, aber ich kann dir verraten, dass es ein verdammter Stress ist. Von morgens bis abends. Ich …«

Plötzlich unterbrach sie sich.

»Sam«, sagte sie dann, »wo … ist er in der Kita?«

Hillevi schluckte wieder. Der Kloß im Hals schien mit jeder Sekunde größer zu werden.

Dass dieselbe Sache wieder und wieder wehtun konnte.

So ging es jetzt seit mehreren Jahren. Und es würde nie ein Ende haben.

Am Abend zuvor hatte sie die Sorge in Olas Gesicht gesehen. Sie und Sam waren immer bei ihm willkommen, das wusste sie. Er würde nie aufhören, Abendessen für sie zu kochen, und würde nie müde werden, sie nach Hause zu fahren und dafür zu sorgen, dass sie ordentlich ins Bett kamen. Dazu war er viel zu nett und zu einsam.

»Jetzt antworte schon, Teufel noch mal!«

Die Stimme ihrer Mutter klang jetzt wütend. So sah sie aus, wenn sie Verantwortung übernahm. Sie wurde wütend wie eine Biene und fing an wie ein Verkehrspolizist mit den Armen zu wedeln, um die Aufmerksamkeit auf sich zu ziehen.

Wie ein betrunkener Verkehrspolizist.

»Ja, er ist in der Kita«, antwortete Hillevi. »Ich habe ihn dorthin gebracht und bin dann wieder nach Hause gegangen.«

Die Wangen ihrer Mutter waren bleich, die Lippen ausgetrocknet und die Augen rot gesprenkelt.

»Du hättest mich wecken sollen«, sagte sie. »Ich hätte helfen können.«

Helfen können.

Hillevi öffnete den Mund, machte ihn aber wieder zu. Es gab nichts zu sagen.

»Mama, du musst mit der Kita reden«, sagte sie. »Und wir müssen mit Sam zum Arzt gehen.«

Ihre Mutter riss die Augen auf.

»Warum das denn?«

»Aber das hab ich doch gesagt! Er spricht nicht. Ola macht sich auch Sorgen. Er …«

»Ola! Was hat der denn damit zu tun? Ihr beiden solltet nicht so oft bei ihm sein, hörst du das? Er mischt sich bloß ein.«

Hillevi merkte, wie ihr die Tränen kamen.

Nicht jetzt, dachte sie. Nicht jetzt.

Also versuchte sie es ein drittes Mal.

»Warum spricht Sam nicht?«

Endlich hörte ihre Mutter zu.

»Das verstehe ich nicht«, sagte sie. »Ich hab das nicht bemerkt.«

»Wenn du mal mit ihm reden würdest, dann würdest du das merken«, entgegnete Hillevi. »Und warum warst du letzte Nacht weg? Hast du Sam ins Bett gebracht, bevor du gefahren bist? Es muss irgendwas passiert sein.«

Die Schultern ihrer Mutter sanken herab.

»Ihr findet alle, dass ich zu gar nichts tauge«, sagte sie und schwankte im Stehen. »Und du, Hillevi, versuch nicht zu kontrollieren, wo ich schlafe oder wie ich mich um Sam kümmere. Ich bin immer so verdammt allein. Dein Vater ist tot, aber Kevin hat keine Ausrede. Er hätte viel mehr für Sam tun sollen. Zumindest vorher.«

Erst da wurde Hillevi klar, dass ihre Mutter betrunken war.

Obwohl sie noch nicht einmal Mittag gegessen hatte. Und obwohl sie krank war.

Hillevi hasste es, wenn ihre Mutter schlecht über ihren oder über Sams Vater sprach. Kevin war Hillevi nur ein paarmal begegnet, und nein, er war nicht sonderlich nett gewesen, und jedes Mal, wenn er zu ihnen nach Hause kam, stritt er sich mit ihrer Mutter. Aber er war doch trotzdem Sams Vater. Die beiden sahen sich im Grunde niemals. An ihren eigenen Vater dachte sie nur manchmal, der war gestorben, als sie gerade mal vier Jahre alt gewesen war.

»Mama, warum sind wir hierhergezogen?«, flüsterte Hillevi.

»Das weißt du doch. Wegen Oma. Sie ist sehr, sehr krank und … ja, ich wollte in ihrer Nähe sein.«

Hillevi brach in Tränen aus.

»Ich weiß, dass Oma krank ist. Aber wir helfen ihr ja gar nicht.«

Sie bereute ihre Worte sofort. Ihre Oma brauchte nicht noch mehr Probleme. Und schon gar keine »Hilfe« von ihrer Mutter.

»Ich werde sie bald mal besuchen«, sagte ihre Mutter. »Ich muss erst … muss erst gesund werden. Ich habe Fieber und … so.«

Hillevi wischte sich die Tränen ab.

Ihre Mutter würde nicht mit der Kita reden, und das war auch besser so.

Wenn sie da betrunken anrief, dann würden die sofort das Jugendamt schicken.

Plötzlich lächelte ihre Mutter. Ein steifes, breites Lächeln, das mehr wie eine Grimasse aussah.

»Soll ich dir ein Geheimnis verraten?«, flüsterte sie.

Hillevi hielt die Luft an.

Die Augen ihrer Mutter glitzerten.

»Du darfst nichts verraten, nicht Ola oder Sam, versprich es. Aber … ich habe was organisiert. Wir werden es so viel besser haben. Bald können wir machen, was wir wollen.«

Dann drehte sie sich um und ging hustend davon.

Die Zigarette war immer noch nicht angezündet.

Hillevi sah ihr nach.

Wir werden es so viel besser haben.

Bald können wir machen, was wir wollen.

Aber was?

Mama hat den Verstand verloren, dachte sie. Sie lügt einfach nur.

Hillevi zog sich die Decke bis ans Kinn.

Sie hätte Sam nicht in die Kita bringen sollen.

Solange er sich so komisch verhielt, war er dort nicht in Sicherheit.

Hillevi schloss die Augen.

Andererseits war er auch zu Hause nicht sicher.

Wir können nirgends hin, dachte sie.

»Drei wichtige Punkte. Eins: Ist Axel Ehnbom ermordet worden und falls ja, von wem? Zwei: Warum ist sein Bootshaus in derselben Nacht abgebrannt? Drei: Hängen die beiden Ereignisse zusammen?«

Rolands Stimme breitete sich im Wohnwagen aus und brachte alle anderen zum Schweigen.

Zehn Ermittler und Techniker drängten sich in dem kleinen Raum. Roland hatte die Besprechung direkt nach dem Mittagessen in Kungshamn angeordnet. Maria wäre es tausendmal lieber gewesen, wenn sie in Uddevalla abgehalten worden wäre. Der Wohnwagen war zu klein und zu unbequem.

Auch Ray-Ray war mit der Situation nicht zufrieden, das sah man deutlich. Er war auf seinem Stuhl heruntergerutscht, die Hände in den Hosentaschen. Das grüne T-Shirt spannte über seinen gut trainierten Oberarmen. Maria kannte niemanden, der so viel Zeit im Fitnessstudio verbrachte wie Ray-Ray. Es war ein Wunder, dass er sich überhaupt noch um seinen Job und alle seine Kinder kümmern konnte.

Und alle seine Frauen.

Dabei fiel Maria ein, dass sie noch gar nicht die Fortsetzung der Geschichte mit Carola in Lysekil gehört hatte. Sie musste Ray-Ray unbedingt daran erinnern.

Roland richtete seinen stahlgrauen Blick auf Maria und Ray-Ray. »Was sagt ihr? Zu Axel Ehnbom?«

Ray-Ray rutschte im Stuhl wieder hoch, sodass er ordentlich saß. Er war schließlich derjenige, der hier Rede und Antwort stehen musste.

»Ich habe eben mit dem Gerichtsmediziner gesprochen, und er wird seinen Bericht in Kürze rüberschicken. Doch schon jetzt konnte er sagen, dass das Bild der Verletzungen eindeutig in eine Richtung weist: Axel ist mit dem Kopf zuerst und dem Rücken zur Treppe gewandt rückwärts die Stufen runtergestürzt. Und natürlich kommt es vor, dass Menschen auf diese Weise die Treppe runterfallen, aber es ist verdammt ungewöhnlich. Deshalb können wir uns mit größter Wahrscheinlichkeit darauf einigen, dass Axel die Treppe heruntergeschubst worden ist und wir es mit Mord zu tun haben. Wir wissen nämlich auch, dass jemand Axel herumgedreht hat, wahrscheinlich, um das Bild zu verstärken, dass er unglücklich gestürzt sei. Und das ist echt frustrierend, denn wir wissen nicht, wie der Täter aus dem Haus gekommen ist. Wir haben sämtliche Fenster kontrolliert, und bei allen lag auf der Innenseite der Haken vor. Auch die Tür war von innen abgeschlossen, und der Schlüssel steckte noch im Schloss. Momentan untersuchen die Techniker ein Badezimmerfenster, das in etwas schlechterem Zustand war als die übrigen Fenster und bei dem der eine Haken fehlt und der andere nicht richtig lag.«

»Nicht richtig lag?«, fragte ein Kollege. »Das spielt ja eigentlich keine Rolle, es muss ihn ja trotzdem jemand übergelegt haben. Und das macht man natürlich von innen.«

Ray-Ray nickte. »Das ist eine schwache Erklärung, aber die einzige, die wir im Moment zu bieten haben«, erwiderte er. »Ein anderes Szenario ist, dass der Täter das Haus gar nicht verlassen hat, sondern blieb, und dann irgendwie rausgeschlichen ist, als Sanitäter und Polizei kamen.«

Das war ein neuer Gedanke, der aufgetaucht war, nachdem sie Axels Haus verlassen hatten, und der Maria Unbehagen verursachte.

Ein leises Gemurmel breitete sich im Wohnwagen aus.

»Aber verdammt noch mal, das hättet ihr doch gemerkt, oder?«, sagte der Kollege.

»Auf diese Frage würde ich gerne mit Ja antworten«, antwortete Ray-Ray, »aber nachdem wir Axel gefunden hatten, kamen ziemlich viele Leute.«

Er holte Luft.

»Und dann ist da noch etwas«, fuhr er fort. »Wir wissen nicht, warum Axels Telefonhörer abgehoben und gleichzeitig das Kabel aus der Wand gezogen war.«

Maria merkte, dass bereits zwei der Fenster im Wohnwagen beschlagen waren. Die Luft reichte nicht für alle in dem kleinen Raum, und nun stieg auch noch die Luftfeuchtigkeit.

Ray-Ray sprach weiter:

»Es kann kein Zufall sein, dass er in derselben Nacht stirbt, in der sein Bootshaus abbrennt, das kaufe ich einfach nicht. Maria und ich sind die Zeugenaussagen noch einmal durchgegangen. Gunnar Wide, Nachbar und äußerst beflissen, sagt, er habe ein schlechtes Gefühl gehabt, weil Axel die Tür nicht aufgemacht hat, als sie ihn wegen des Feuers gesucht haben. Die Streife, die als Erste vor Ort war, bestätigt das. Die waren auch zu Hause bei Axel und haben geklopft, wurden aber ebenfalls nicht eingelassen. Außerdem ging Axel nicht ans Telefon, obwohl sie ihn sowohl auf dem Handy als auch auf seiner Festnetznummer angerufen haben. Laut Gerichtsmediziner war er zwischen achtzehn und vierundzwanzig Stunden tot, ehe wir ihn gefunden haben.«

Roland trommelte leicht mit den Fingern auf die Tischplatte.

»Mach eine Zeitlinie«, sagte er.

Ray-Ray nickte kurz und klappte den Computer auf.

»Um vier Uhr morgens am 26. Januar klopften Gunnar Wide und August Strindberg zum ersten Mal bei Axel an die Tür. Zudem …«

»Entschuldigung, August Strindberg?«

Eine relativ neue Kollegin, um die dreißig Jahre alt, die von Uddevalla nach Kungshamn gefahren war, starrte Ray-Ray an.

»Er heißt so.«

»Der Schriftsteller?«

Maria wurde rot, und Ray-Ray stöhnte.

»Bist du bekloppt?«

Roland schlug mit der Hand auf den Tisch.

»Reiß dich zusammen, Ray-Ray«, sagte er und wandte sich dann der Kollegin zu, die ebenso peinlich berührt wie perplex aussah. »August Strindberg ist ein Mann, der auf Hovenäset wohnt und hier in Kungshamn einen Secondhandladen betreibt. Die meisten von uns haben schon früher einmal mit ihm zu tun gehabt und kennen ihn deshalb, aber ich kann verstehen, dass man über den Namen stolpert.«

Roland lächelte die Kollegin sanft an.

Sie erwiderte das Lächeln. Dann wurde sie ernst.

»Er ist also kriminell?«, fragte sie.

»Wer?«, antwortete Roland.

»Strindberg? Du hast gesagt, ihr hattet schon früher einmal mit ihm zu tun gehabt.«

»Aha, unklar von mir. Nein, er ist nicht kriminell. Jedoch war er letzten Herbst ein wichtiger Zeuge in der Ermittlung um das Verschwinden von Agnes Eriksson.«

»Dann verstehe ich das jetzt«, sagte die Kollegin und lächelte wieder. »Cooler Name. August Strindberg. Ich dachte nicht, dass man so heißen darf.«

Jetzt sprach sie Augusts Namen auf diese Art aus, wie sein Namensvetter, der Schriftsteller August Strindberg, es selbst getan hatte: Ooogust.

Er heißt August, dachte Maria irritiert.

Ray-Ray bemerkte ihre Reaktion und grinste.

Maria versetzte ihm einen Stoß mit dem Ellenbogen und kassierte postwendend selbst einen.

Roland räusperte sich und sah sie an.

»Machst du jetzt weiter, Ray-Ray? Die Zeitlinie. Ich will wissen, mit welchen Uhrzeiten wir es zu tun haben.«

Ray-Ray nickte.

Und dann fasste er alles zusammen, was sie wissen mussten.

Als er fertig war, lehnte sich Roland auf seinem Stuhl zurück.

»Was wissen wir von Axel? Steckte er in irgendwelchen Schwierigkeiten?«

»Nicht, soweit wir bisher wissen. Wir haben gehört, dass seine Frau Amerikanerin war und dass es ihr schwerfiel, sich auf Hovenäset einzugewöhnen, aber sie ist vor fünfzehn Jahren gestorben.«

Roland wandte sich an die Kriminaltechnikerin Vendela, die auch im Wohnwagen zugegen war und über ihren Computer gebeugt saß.

»Was sagst du zu dem Festnetztelefon? Habt ihr irgendwelche Fingerabdrücke sichern können?«

Vendela sah auf.

»Wir haben noch keine Antwort vom NFZ bekommen, aber so wie ich was höre, melde ich mich. Allerdings habe ich eine schnelle Antwort von Axels Mobilfunkanbieter bekommen. Sein Handy muss bereits irgendwann im Laufe des Abends vom 25. entladen gewesen sein, denn es war seither nicht aktiv und auch nicht in irgendeinen Mast eingewählt. Auf den Rest der Telefonanalyse müssen wir noch warten.«

»Okay«, sagte Roland. »Aber das Telefon haben wir gefunden?«

»Ja, es lag in seinem Haus. Es war mit keiner PIN gesichert, deshalb konnte man problemlos rein. Wir haben seine SMS durchgelesen, und da war nichts, was auf irgendwelche Drohungen oder Konflikte hingewiesen hätte.«

Maria wand sich.

Ihrem Rücken bekam es gar nicht gut, so lange auf einem blöden Plastikstuhl zu sitzen.

Roland rieb sich das Gesicht.

»Das Festnetztelefon«, begann er. »Warum nimmt man den Hörer ab und zieht zudem noch das Kabel aus der Wand?«

»Um nicht gestört zu werden«, schlug Maria vor. »Derjenige, der dort war, fand wahrscheinlich, dass es zu viel klingelte.«

»Laut Telefonanbieter hat Gunnar achtmal am Morgen angerufen, und ebenso oft in der Nacht«, sagte Vendela. »Aber man kann sich natürlich fragen, wie lange derjenige, der in Axels Haus herumgeschlichen ist, dort war, wenn ihn nun das Telefonklingeln so sehr störte.«

Das war ein wichtiger Punkt, den Maria noch nicht bedacht hatte. Wie lange konnte denn derjenige, der sich im Haus befand, durch das Klingeln gestört gewesen sein? Oder war es Axel selbst gewesen, der das Kabel herausgezogen hatte, um seine Ruhe zu haben? Aber dann hätte er ja auch nicht zudem noch den Hörer abgenommen.

»War auf dem Telefon Blut?«, fragte Roland.

»Das wissen wir noch nicht.«

Vendela tippte auf ihrem Computer.

»Ich weiß, dass es so aussieht, also würde ich jetzt arbeiten und wichtige Analysen erstellen«, sagte sie, »aber eigentlich habe ich nur eine einzige Frage. Warum sagt niemand hier etwas über Gunnar Wide?«

Maria sah auf.

»Wir reden doch von so gut wie niemand anderem«, sagte sie. »An seiner Präsenz in der Geschichte mangelt es nun wirklich nicht.«

»Und warum ist das so?«, fragte Roland. »Können wir ausschließen, dass er … in das hier … nun, verwickelt ist?«

Es freute Maria, dass sogar einem energischen und erfahrenen Kommissar wie Roland in einer Ermittlung mal die Worte fehlten.

»Er hat ein Alibi«, sagte Ray-Ray und grinste wieder. »Er war bei einer Nachbarsfrau, Emmy, und hatte ein bisschen Hanky-Panky.«

Der ganze Wohnwagen lachte, und Maria verdrehte die Augen.

»Hanky-Panky?«, sagte sie. »Echt jetzt?«

Ray-Ray zuckte mit den Schultern.

»Die sind schließlich ganz schön alt, ich würde jetzt nicht Geld darauf setzen, dass sie es wirklich hingekriegt haben.«

»Jetzt mal mit der Ruhe«, sagte Roland, um das Lachen einzudämmen. »Alibi ist okay, aber hat die Vernehmung mit der Nachbarsfrau noch was ergeben?«

Maria und Ray-Ray schüttelten die Köpfe.

»Nein. Sie hat nur widerwillig und peinlich berührt bestätigt, dass Gunnar gegen zehn Uhr abends zu ihr gekommen ist und dann bis Viertel nach drei am Morgen blieb«, erklärte Ray-Ray.

»Verdammt schräge Uhrzeit, um ein Date zu verlassen«, sagte Roland.

Maria senkte den Blick.

In ihrer Welt war das nicht schräg, sondern eher das einzig Vernünftige.

»Die sind heimlich unterwegs«, erwiderte Ray-Ray.

»Sind die jeder anderweitig verheiratet oder warum die Geheimnistuerei?«, fragte ein Ermittler aus Strömstad.

»Es ist wohl mehr der übliche nachbarschaftliche Tratsch, vor dem sie Angst haben«, sagte Ray-Ray. »Vielleicht wird in ihrem Alter nicht erwartet, dass man leichtfertig Beziehungen eingeht. Gunnars Frau lebt, ist aber seit einem Schlaganfall sehr krank. Emmy ist Witwe. Ich finde, sie hat einen Liebhaber verdient.«

Maria musste lächeln.

Sie hatte auch das Gefühl, als würde diese Frau einen Liebhaber verdienen. Schade nur, dass sie sich ausgerechnet Gunnar Wide ausgesucht hatte.

Roland trommelte mit den Fingern auf den Tisch.

»Wir werden die Gerichtsmedizin bitten müssen, sich zu beeilen«, sagte er. »Ich will wissen, ob Axel die Treppe heruntergestoßen wurde oder ob es ein Unfall war. Und dann müssen wir nicht nur herausfinden, wie Axels Besucher sich aus dem Haus entfernt hat, sondern auch, wie er reingekommen ist. Hatte er oder sie einen eigenen Schlüssel? Hatte Axel vergessen, die Tür abzuschließen? Oder war es jemand, den Axel kannte und selbst reingelassen hatte?«

»Und dann haben wir noch den Brand im Bootshaus«, fügte Ray-Ray hinzu. »Wir müssen herauskriegen, welche Rolle der möglicherweise in der Sache spielt. Hat dieselbe Person den Brand gelegt, die auch zu Hause bei Axel war? Und falls ja, warum?«

»Es hat ja auf Hovenäset und an anderen Orten in der letzten Zeit eine ganze Reihe Einbrüche gegeben«, sagte ein Kollege, der sich bisher noch nicht geäußert hatte, »können wir ausschließen, dass diese Verbrechen mit der Sache hier in Zusammenhang stehen?«

Roland nickte. »Was die Einbruchsgang angeht, habe ich heute Morgen tatsächlich eine gute Nachricht bekommen. Tüchtige Kollegen haben sie auf frischer Tat ertappt, als sie gestern Abend dabei waren, in ein Haus in Hunnebostrand einzubrechen. Zwei der Typen waren sehr jung und haben gleich vor Ort gestanden, dass sie auch an den früheren Einbrüchen beteiligt waren. Sie haben somit ein Alibi für den Abend, als die Bootshäuser in Flammen aufgingen, und sie waren nicht bei Axel.«

Jetzt ging es wirklich schnell, fand Maria. Nach Axels Tod hatten sie, ohne weiter darüber zu sprechen, die Idee aufgegeben, dass der Brand von einem Pyromanen gelegt worden sein könnte.

Ray-Ray wandte sich an Vendela.

»Habt ihr auf der technischen Seite irgendwelche revolutionären Entdeckungen gemacht? Ich denke dabei an den Brand.«

Vendela warf ihm einen raschen Blick zu.

»Der Brand ist mit Kerzen gelegt worden, die auf leicht entzündlichem Material steckten, das mit Benzin getränkt war«, erklärte sie, »und …«

»Das wissen wir bereits«, sagte Roland.

»Ich weiß, dass ihr das bereits wisst«, gab Vendela zurück, »aber wenn ich mal ausreden darf, dann kann ich noch etwas erzählen, was ihr nicht wisst. Das Schloss zu Axels Bootshaus war aufgeschnitten und lag auf der Erde. Es war nur zum Teil vom Feuer verrußt, und deswegen haben wir Fingerabdrücke darauf sichern können. Sämtliche davon waren von Axel Ehnbom selbst.«

»Das ist im Grunde ja nicht verwunderlich«, sagte Maria. »Es war schließlich sein Bootshaus.«

»Überhaupt nicht verwunderlich«, stimmte Vendela zu. »Aber ich möchte es trotzdem gesagt haben. Denn irgendetwas stimmt nicht damit, wie das Schloss aufgeschnitten worden ist. Seht euch das an.«

Sie drehte ihren Laptop herum, um ein Bild zu zeigen, aber natürlich gab es dennoch einige im Wohnwagen, die überhaupt nichts sahen.

Maria stöhnte leise.

Warum waren sie nicht in Uddevalla? Oder mieteten sich einen Besprechungsraum vom Rettungsdienst? Da gab es alle Technik, die sie brauchten. Zum Beispiel eine anständige Ausrüstung, um Bilder zu zeigen.

Sie beugte sich vor, um auf Vendelas Bildschirm schauen zu können. Da war das in zwei Teile geschnittene Schloss zu sehen, wie man es am Brandort gefunden hatte, und dazu noch eines von demselben Schloss, nachdem es auseinandergenommen worden war.

»Ich sehe nicht, was hier verwunderlich sein soll«, sagte Roland.

»Verwunderlich ist, dass das Schloss offen war, als es aufgeschnitten wurde«, erklärte Vendela.

»Was meinst du damit?«, fragte Roland.

»Ich meine exakt, was ich sage. Wir haben das Gehäuse des Schlosses aufgemacht, und es war offen, als der Bügel abgeschnitten wurde. Das sieht man hier und hier.«

Sie zeigte auf den Bildschirm.

»Okay«, sagte Ray-Ray. »Und was bedeutet das? Dass derjenige, der das Feuer gelegt hat, das Schloss nicht ausprobiert hat, ehe er es aufschnitt?«

»Oder dass derjenige, der das Feuer gelegt hat, einen Schlüssel zu dem Schloss hatte. Dann ist ihm eingefallen, dass es komisch aussehen würde, wenn der Schuldige sich selbst aufgeschlossen hat, und deswegen hat er das Schloss im Nachhinein durchgeschnitten«, erklärte Vendela.

Maria sah auf.

»Du glaubst im Ernst, dass Axel Ehnbom einen Einbruch in sein eigenes Bootshaus vorgetäuscht und es dann in Brand gesetzt hat?«

»Ich weiß es nicht«», sagte Vendela. »Ich will nur sagen, dass die Beweise eine solche Situation nicht ausschließen. Falls es nicht noch mehr Leute gab, die einen Schlüssel zum Bootshaus hatten. Das wissen wir ja nicht. Aber wir wissen, wie das Feuer begonnen hat. Dem Täter war klar, dass es einige Stunden dauern würde, ehe die Kerze heruntergebrannt sein würde. Das gab demjenigen, der das arrangiert hat, ausreichend Zeit, sich von dem Ort zu entfernen. Außerdem haben wir jetzt erfahren, dass es im Bootshaus eine Alarmanlage gab, die nicht ausgelöst wurde, was mich denken lässt, ob nicht derjenige, der den Brand gelegt hat, auch den Code für die Alarmanlage kannte.«

»Warum hat man denn in einem Bootshaus eine Alarmanlage?«, fragte Ray-Ray.

»Das wüsste ich auch gern«, sagte Vendela.

Maria unternahm einen Versuch zusammenzufassen, was sie jetzt wussten.

Ein Schloss, das, obwohl bereits mit einem Schlüssel aufgeschlossen, durchgeschnitten worden war.

Eine Alarmanlage, die keinen Alarm auslöste, als sich jemand Zutritt in das Bootshaus verschafft hatte.

Ein verstorbener älterer Mann, der Besuch von jemandem gehabt hatte, der ihn auf der Treppe herumgedreht und nicht nach Hilfe gerufen hatte, sondern stattdessen aus dem Haus verschwunden war.

Das waren zu viele Ungereimtheiten für einen Fall.

Roland wandte sich an Ray-Ray und Maria.

»Versucht, Axel Ehnbom kennenzulernen«, forderte er sie auf. »Nehmt euch die Zeit, die man dafür braucht. Wer war er und wie lebte er? Hatte er irgendwelche Feinde, war er in irgendwelche

Konflikte verwickelt? Fangt mit dem Haus an. Und checkt seine Finanzen. War Axel ein Mann, der Geld brauchte? Irgendjemand muss doch erklären können, was ihm passiert ist. Ich will, dass ihr die Person findet.«

Der Laden war ein Traum gewesen, und man sollte sich davor hüten, solche Träume zu verwirklichen. Die Gefahr war offenkundig: Man konnte sowohl traurig als auch enttäuscht werden. Doch frisch gewagt ist halb gewonnen, wie Augusts Mutter immer zu sagen pflegte.

Und August war nicht enttäuscht worden.

Und auch nicht traurig.

Überhaupt nicht.

Im Gegenteil, sein neues Leben machte ihn glücklich.

Doch heute war er mal ein wenig bedrückt. Der Brand und Axels Tod erzeugten eine Verunsicherung, die sich nur schwer abschütteln ließ.

August hatte Maria um Rat gefragt, was er mit Axels Karton machen sollte.

»Rein technisch hast du ihn bekommen, ehe Axel starb«, hatte Maria geantwortet. »Also ist es deiner. Aber ruf sofort an, wenn er etwas enthalten sollte, wovon du glaubst, dass es für uns bei der Polizei von Interesse sein könnte.«

Und jetzt saß er an seinem Schreibtisch mit dem Karton vor sich.

Unter anderen Umständen wäre er jetzt aufgeregt.

Axel, Axel, was hast du mir hinterlassen?

Vorsichtig schüttelte August den Karton.

Er hatte es Mary zu verdanken, dass er ihn überhaupt gefunden hatte. Unglaublich, dass er bei seinen anderen Besuchen in der Kapelle so sehr auf seine Vorstellung von einem großen Umzugskarton fixiert gewesen war, dass er den kleineren, auf der Kanzel versteckten übersehen hatte.

Ansonsten war der Besuch bei Mary nicht wirklich ergiebig gewesen.

Trotzdem hatte er das Service und die ganze Schar Porzellanfrösche mit in den Laden genommen.

Die Frösche würden sich auf dem Regal gut machen, das mit den Worten »Danke für alles – jetzt gehen wir weiter im Leben« bezeichnet war.

Das Regal war Henriks Idee gewesen, und August hatte sie sofort herrlich gefunden.

Als er die Frösche auf das unterste Regalbrett stellte, lachte er leise vor sich hin. Dann machte er ein Bild mit dem Handy und schickte es an Henrik mit der Nachricht:

Was meinst du?

Henriks Reaktion kam postwendend.

Igitt, wie furchtbar.

Und dahinter drei fröhliche Smileys, die lachten, dass die Tränen nur so liefen.

August bekam ein schlechtes Gewissen. Mary hat es nicht böse gemeint und dachte wirklich, dass die Frösche einen hohen Wiederverkaufswert hätten. Und nun machte August Witze über ihre Sachen.

Da klingelte das Handy.

Henrik, natürlich.

Oder nicht?

August erstarrte, als er sah, dass das Gespräch von einer unbekannten Nummer kam.

Genau wie damals, als Paul ihn angerufen und beschuldigt hatte, er habe ihm Drogen in die Jacke geschoben.

Die dramatische Nacht hatte alle Gedanken an das Gespräch mit Paul verdrängt, aber jetzt waren sie sofort wieder da.

August drückte den Anruf weg.

Im nächsten Moment klingelte es wieder.

»Teufel noch mal«, flüsterte August.

Er ließ die Klingeltöne im Raum widerhallen, und dann ging die Mailbox ran. Doch es wurde keine Nachricht hinterlassen.

Stattdessen kam eine SMS von einer Nummer, die er nicht kannte:

Beeil dich, Strindberg.
Verhandlung naht.

August wurde übel, als er die kurzen Zeilen las. Aus Angst, aber auch vor Wut. Er musste sich jetzt um diese Sache kümmern. Wenn es da draußen Menschen gab, die ernsthaft glaubten, er habe Paul Drogen untergeschoben, um ihn ins Gefängnis zu bringen, dann würde es ihm schlecht ergehen.

Was für eine kranke Beschuldigung.

Und was für ein wahnsinniger Plan, die Verantwortung dafür auf August zu schieben. Als ob es seine Schuld sei, dass Paul drogenabhängig war.

Gleichzeitig stimmte irgendwas nicht mit dem Bild von Paul als Junkie.

August und Paul waren sich nur zweimal begegnet, doch das hatte ausgereicht, dass August ihn unangenehm und unberechenbar fand. Erst nach langer Zeit hatte Maria ihm erzählt, was sie durchgemacht hatte, und auch jetzt wusste er noch nicht alles. Doch nichts von dem, was sie gesagt hatte, passte zu der Vermutung, dass Paul ein Mann war, der Drogen nahm.

Inzwischen bezweifelte er, dass Maria es gut finden würde, wenn er Pauls Beschuldigungen vor ihr verbarg. Die Verhandlung vorm Oberlandesgericht nahte mit riesigen Schritten, sie hatte ein Recht zu erfahren, was Paul da machte. Dass er versuchte, August die Schuld für seine eigenen Defizite zu geben.

Wenn es nun seine eigenen Defizite waren.

August schüttelte sich.

Wie dumm er war. Natürlich gehörten die Drogen Paul, alles andere war doch nur Blödsinn.

Er musste entscheiden, wie er sich verhalten sollte. Natürlich konnte er die Sache nicht mehr für sich behalten, Maria musste es erfahren. Doch dann zweifelte er wieder.

Musste sie das wirklich? Sollte sie es wissen?

Schließlich wollte er nichts riskieren, das Marias Position vor Gericht schwächte. Lieber schwieg er sich für den Rest seines Lebens sowohl über die SMS als auch die Anrufe aus.

Da fiel ihm ein, dass er sich ja noch jemand anders anvertrauen könnte.

Jemandem, der garantiert wissen würde, was er tun sollte.

Ray-Ray.

Ihn würde er anrufen.

Aber erst musste er Axels Karton öffnen.

Im Grunde bereute August, dass er den Karton nicht sofort geöffnet, sondern ihn nach Kungshamn mitgenommen hatte. Jetzt fühlte es sich plötzlich wie ein großes Ding an.

Im Laden war es dunkel, und er schaltete die Schreibtischlampe ein.

Ein dicker Klebestreifen hielt den Karton verschlossen.

August zupfte am einen Ende und bekam ihn los. Dann öffnete er den Karton und schaute hinein.

Und runzelte die Stirn.

Was sollte das hier sein?

Er stellte die Sachen auf den Schreibtisch.

Erstaunt betrachtete er die Sammlung aus dem Karton, die aus drei unbegreiflichen Gegenständen bestand, von denen August nicht einmal sicher war, ob ein Sammler sie würde haben wollen: ein Projektor für Super-8-Filme, eine Kamera zum Aufnehmen derselben und eine nicht näher bezeichnete Filmrolle.

Dazu vier graue Steine, groß wie Kokosnüsse.

Warum das denn?

August kratzte sich den Nacken. Der Inhalt des Kartons überraschte ihn. Axel hatte an dem Tag so zufrieden ausgesehen, als er ihn auf dem Kärleksvägen aufgehalten und gefragt hatte, ob er einen Karton mit aussortierten Sachen würde haben wollen.

»Das ist kein Mist«, hatte er gesagt. »So viel steht fest.«

August hatte ihm geglaubt, doch jetzt fragte er sich, was sich Axel wohl dabei gedacht hatte.

Wer in aller Welt kaufte einen Super-8-Projektor?

Und was meinte er, sollte August mit den Steinen anfangen?

Er drehte und wendete den schweren Projektor, und plötzlich stieg die Erinnerung an ein Geschehnis in ihm hoch, das passiert war, nachdem seine Eltern unerwartet und unter dramatischen Umständen gestorben waren.

Sie hatten mehr oder weniger exakt den gleichen Projektor besessen und auch eine Kamera, mit der sie Filme aufnehmen konnten. Hektische kurze Sequenzen im Super-8-Standardformat von fünfzehn Metern Film, die drei Minuten zwanzig Sekunden Spielzeit entsprachen.

August lächelte, als er an die Filme dachte.

Sein Vater war ein fleißiger Filmer gewesen und hatte alles von Augusts Taufe bis hin zu den Urlauben der Familie festgehalten. Auf den Filmen bewegten sich alle ein wenig zu schnell, deshalb waren die Bewegungen eckig, und die steife Mimik, die fast alle auf den Bildern aufgelegt hatten, zeigte, dass ihnen sämtlich bewusst war, wie knapp die Zeit war.

Drei Minuten zwanzig Sekunden.

Von einem Ausflug.

Einer Taufe mit anschließender Torte.

Einer Woche Urlaub auf Rhodos.

So vieles sollte in die kostbaren Minuten und Sekunden des Films eingefangen werden, und auf weitaus mehr musste verzichtet werden.

Als er sein Elternhaus ausgeräumt hatte, fiel August eine ganze Schublade voller Super-8-Filme in die Hände. Er war erstaunt gewesen, wie viele es waren, und konnte sich nicht entsinnen, dass sie diese Filme in den letzten zwanzig Jahren auch nur ein einziges Mal angeschaut hätten.

Wehmütig dachte er daran, wie die Geschichte weiterging. Denn natürlich hatte er die Filme nicht einfach nur wegpacken können, zumal er dann auch noch ganz hinten in der Ecke eines Schrankes versteckt den Projektor gefunden hatte. Obwohl es mitten in der Nacht war und er eigentlich hatte nach Hause fahren und sich schlafen legen wollen, hatte er den Projektor rausgeholt und einen der Filme angeschaut, auf die sein Vater in seiner unregelmäßigen Handschrift geschrieben hatte:

August lernt laufen. Mama hilft dabei.

Und tatsächlich. Auf dem Film hatte er laufen gelernt. Und seine Mutter hatte ihm dabei geholfen. Hartnäckig und geduldig. Und mit jeder Sekunde des Filmes, die verging, hatte August das Gefühl gehabt, als würde ein Stück von ihm sterben. Als würde er erst jetzt das Ausmaß seines Verlusts wirklich begreifen.

Seine Eltern würden nie mehr die Gelegenheit haben, irgendetwas, das August sich vornahm, zu dokumentieren. Sie würden nie erleben, wie er Vater wurde – und er hoffte wirklich, dass dieser Tag kommen würde –, nie erleben, wie es war, Großeltern zu sein. An dem Tag, an dem Augusts eigene Kinder laufen lernen würden, müsste er jemand anderen anrufen, um ihm davon zu erzählen.

Augusts Eltern waren fort. Für immer. Sie würden niemals zurückkommen. Die Liste von all dem, was er nicht noch einmal erleben würden – ihre Umarmungen, ihr Lachen, ihre Sorge, die Liebe, der Stolz, die Loyalität – konnte unendlich lang weitergeführt werden.

Ihm blieb nur noch die Erinnerung.

Und August hatte gedacht: Wie soll ich das überleben?

Am Ende hatte er Henrik angerufen. Er hatte so geweint, dass er beim Sprechen kaum noch Luft bekam, und Henrik hatte sich, von Augusts Zusammenbruch erschreckt, in ein Taxi geworfen und war zu seinem Elternhaus gefahren.

Dann hatte er auch Filme angucken dürfen. Drei Stunden lang hatten sie in den Fernsehsesseln von Augusts Eltern gesessen und Film um Film angeschaut. Danach musste August kein einziges Mal mehr allein in seinem Elternhaus sein – Henrik hatte das nicht zugelassen.

»Teufel noch mal, ich hätte mir vor Angst fast in die Hose gemacht, als ich dich am Telefon gehört hab.«

August stellte Axel Ehnboms alten Projektor weg und nahm stattdessen das Aufnahmegerät hoch.

Eine schwere Bestie von Filmkamera.

Zögernd drückte August ein paar Knöpfe.

Nichts geschah. Sollte sie kaputt sein, brachte sie ihm gar nichts, denn wenn die Reparatur zu teuer würde, konnte er sie ja nicht mit Gewinn verkaufen.

Dann schaute er in den Karton, um sich zu vergewissern, dass er leer war.

War er nicht. Unter einer der Klappen im Boden lag eine Sammlung Polaroid-Fotos.

Fasziniert blätterte August die Fotos durch und stellte schnell fest, dass sie ein und dasselbe Kind darstellten. Ein Mädchen. Auf dem ersten Bild war sie ein Baby, das im Gras saß, und auf dem letzten ein Mädchen, das ein Buch las.

August kannte das Kind nicht.

Auf der Rückseite jedes Bildes war, mit schnörkeligen Buchstaben geschrieben, eine Jahreszahl angegeben. Das Baby-Bild war mit »Jahr Neunzehnhunderteinundachtzig« bezeichnet und das letzte mit »Jahr Neunzehnhundertneunzig«. Zehn Bilder, zehn Jahre.

August starrte auf die Fotos.

Was hast du erwartet, dass ich damit mache, Axel?, fragte er sich.

Es passierte nicht oft, aber manchmal gönnte sich Ola mitten in der Woche einen freien Tag. Das war in gewisser Weise viel wertvoller, als am Wochenende freizuhaben, wenn alle anderen auch nicht arbeiten mussten.

An diesem Tag aber war es nicht wirklich der Plan gewesen. Es ergab sich einfach so. Zwei Kunden riefen an und sagten seinen Besuch sehr kurzfristig ab, und außerdem musste er zur Polizei, um auszusagen, was er gesehen und gehört hätte, als er am Tag zuvor Axel Ehnbom besucht hatte oder besser gesagt besuchen wollte.

Die Vernehmung war früh am Morgen von dem Polizisten vorgenommen worden, der Ray-Ray genannt wurde und den Ola auch schon mal kennengelernt hatte. Ray-Ray sah aus wie ein Gangster. Nicht dass Ola gewusst hätte, wie genau Gangster aussahen, aber aus dem, was er in Filmen gesehen hatte, konnte er sich doch ein Bild zurechtlegen, das sich mit dem Aussehen von Ray-Ray durchaus deckte.

»Ich habe nichts zu berichten«, hatte Ola gesagt.

»Jeder hat etwas zu berichten«, hatte Ray-Ray geantwortet.

Doch da täuschte er sich. Ola verließ den Wohnwagen knappe zehn Minuten später. Da war die Entscheidung, dass er freinehmen würde, schon getroffen.

Und jetzt war Ola zu Hause. Er wohnte in einem Haus auf Valberget in Kungshamn. Das Haus war klein und vom Makler beim Verkauf als »Renovierungschance« bezeichnet worden. Ola hatte Hunderte von Stunden investiert, um es herzurichten.

»Perfekt für dich und eine kleine Familie«, hatte seine Mutter gesagt, als sie das erste Mal dort war. Ola hatte gebrummelt und genickt und war dem Blick seiner Mutter geflissentlich ausgewichen.

Jetzt war er den ganzen Vormittag zu Hause gewesen. Er hatte aufgeräumt und gewaschen und gebacken. Letzteres gehörte eigentlich nicht zu seinen Gewohnheiten, doch er hatte sich von August Strindberg inspirieren lassen, der ihn einmal zu selbst gebackenen Jitterbuggare, einem komplizierten Keksgebäck mit Cremefüllung, eingeladen hatte. Ola kapierte nicht, wie August das hingekriegt hatte. Seine eigenen Jitterbuggare sahen überhaupt nicht so aus wie auf dem Foto vom Rezept. Sie sahen nicht einmal gut aus.

Ola starrte auf das Gebäck auf dem Blech.

Er hatte nicht die geringste Lust, was davon zu probieren.

Außerdem war er nicht richtig auf dem Damm. In der Nacht hatte er schlecht geschlafen, denn der Besuch von Hillevi und Sam am Abend zuvor hatte ihn nervös gemacht.

Irgendetwas stimmte zu Hause bei Patricia nicht.

Überhaupt nicht.

Das war nichts Ungewöhnliches, es war Patricia schon immer schwergefallen, ihr Leben auf die Reihe zu kriegen. Aber er fand furchtbar, dass die Kinder immer darunter leiden mussten.

Und dieses Mal schien es so, als wäre Sam derjenige, dem es schlecht ging.

Er sprach nicht mehr.

Er lachte auch nicht.

»Ist es vielleicht ein Spiel?«, hatte Hillevi vorgeschlagen.

Sie hatte traurig ausgesehen, als sie das sagte. Natürlich war ihr klar, dass es so nicht sein konnte. Kein Fünfjähriger auf der ganzen Welt spielte einen ganzen Tag lang, nichts zu sagen.

Ola warf die Jitterbuggare in den Müll.

Einen Tag noch würde er Patricia geben, um die Sache mit Sam in Ordnung zu bringen, dann musste er etwas unternehmen. Allerdings wusste er nicht, was.

Ein brennender Gedanke verlangte ganz hinten im Kopf pochend nach Aufmerksamkeit.

Die Alternative, nach der keiner greifen wollte.

Sich an die Tagesstätte, die Schule und das Jugendamt zu wenden und Alarm zu schlagen, zu sagen, dass das hier nicht mehr funktionierte.

Doch wenn er das tat, wäre es, als würde er sowohl Patricia wie auch die Kinder im Stich lassen. Denn er traute dem System nicht zu, dass es sich wirklich um sie kümmern würde.

Eine schwierige Familie.

Das hatte man über seine eigene Familie gesagt, und jetzt war er im Begriff, dasselbe über die Familie seiner Schwester zu sagen.

Hillevi und Sam waren immer willkommen bei ihm, und er hoffte, dass dem Mädchen das klar war. Er konnte nicht mehr zählen, wie oft er es gesagt hatte, aber sie nannte ihn niemals nervig. Im Gegenteil. Wenn er sein Versprechen erneuerte, ihnen immer zu helfen, strahlte sie.

Ola war froh, dass sie nicht über Nacht geblieben waren. Ein wenig schämte er sich dafür, denn es war ja keineswegs so, dass er keinen Platz hätte. Nein, aber es war alles so anstrengend, wenn sie bei ihm übernachteten.

Sam machte regelmäßig ins Bett.

Und Hillevi hatte Albträume und kam mitten in der Nacht angeschlichen, um auf dem Fußboden neben seinem Bett zu schlafen. Meist hatte sie auch Sam mit dabei.

Kinder, die in Geborgenheit lebten, verhielten sich nicht so.

Kaum hatte er diese Gedanken für sich selbst formuliert, da überwältigte ihn auch schon das schlechte Gewissen. Was fiel ihm nur ein, erleichtert zu sein, dass sie nicht bei ihm übernachtet hatten? Er hätte ihnen ein Bett im Gästezimmer machen und sie nicht nach Hause zurückgehen lassen sollen, ehe Patricia nicht all ihren Mist mal geregelt hatte.

Er warf einen Blick auf die Uhr. Für seinen freien Tag hatte er einen Plan gehabt, und den würde er jetzt angehen.

Vielleicht, vielleicht würde dies der Tag sein, an dem Ola Glück hatte. Aber dann musste er, zumindest für ein paar Stunden, weniger an die Kinder seiner Schwester und an Alex Ehnbom denken, bei dem er auch auf seltsame Weise das Gefühl hatte, ihn im Stich gelassen zu haben.

Ich hätte auf diesen Gunnar hören sollen, dachte er. Ich hätte kapieren sollen, dass da irgendwas nicht stimmt.

Um mit seinem zweiten Projekt des Tages in Gang zu kommen, ging er in die Diele hinaus und öffnete den Schrank. Da stand der Karton, um den seine Bemühungen kreisten. Seit mehreren Monaten stand er jetzt dort und wartete nur auf die richtige Gelegenheit. Und das war heute. Das spürte Ola am ganzen Leib.

Doch erst musste er sich noch um etwas kümmern, was mindestens ebenso wichtig war: sein Aussehen. Ola drehte sich dem Spiegel in der Diele zu. Er war nicht eitel, aber dieser Plan benötigte dennoch einen gewissen Einsatz. Er würde eines seiner besten Hemden anziehen. Das saß wie auf den Leib geschneidert, zumindest hatte das Patricia einmal gesagt, als sie nüchtern war, es musste also die Wahrheit sein. Das Hemd war dunkelgrün und hatte eine verdeckte Knopfleiste. Die Frage war, ob er die Ärmel hochkrempeln sollte oder nicht. Wenn er sie erst einmal hochgekrempelt hatte, konnte er es sich nicht mehr anders überlegen, denn dann wäre das Hemd zerknittert. Es aber noch mal zu bügeln hatte er keine Zeit, nicht jetzt, da er sich entschieden hatte.

»Teufel auch«, murmelte Ola und fuhr sich mit einer Hand durchs Haar.

Die Haare.

Er hätte duschen sollen, ehe er überlegte, was er anziehen sollte. Er hatte schon immer zu viele und zu wellige Haare gehabt. Aber jetzt fand er eigentlich, dass sie richtig gut aussahen. Gerade die richtige Länge. Nicht perfekt im Stil von »hallo, gerade vom Friseur gekommen«, sondern natürlicher. So als würde er immer so rumlaufen und ununterbrochen gut aussehen.

Ola rieb die feuchten Handflächen an der Jeans (die auch richtig gut saß).

Es musste ja nicht alles auf einmal passieren, sagte er sich. Möglicherweise waren mehrere Treffen und zufällige Begegnungen nötig. Aber einer von ihnen musste den ersten Schritt wagen, und Ola wollte diese Verantwortung gerne übernehmen.

Im Spiegel erkannte er seinen panischen Blick.

Er hatte die braunen Augen seines Vaters geerbt, und da konnte man nicht viel machen. Die grünen von seiner Mutter wären ihm lieber gewesen.

Scheißegal, dachte er. Es wird schon nicht an der Augenfarbe hängen.

Sicher nicht.

Die wichtigste Frage von allen war nämlich, inwieweit der Gegenstand seines Plans und seiner Vorbereitungen single war, und da meinte Ola definitiv Bescheid zu wissen. Er hatte jede Menge recherchiert, und das Einzige, wovon er gehört hatte, waren vage Gerüchte von einer ehemaligen Freundin. Was ihn zunächst irritiert, dann aber stark gemacht hatte.

Ehemalige Freundin.

Genau.

Für einige dauerte es einfach länger, den richtigen Weg im Leben zu finden.

Er hatte selbst auch Freundinnen gehabt und hatte sogar geglaubt (oder vielleicht so getan, als ob), dass er hetero sei. Doch das war lange her. Jetzt wusste Ola, wer er war.

Er war gay.

Und er war stolz.

Aber es war auch ein wenig unangenehm, und er hatte immer noch Angst.

Patricia wusste es. Hillevi wusste es wohl auch, doch sie hatten nie darüber gesprochen. Seine Mutter hatte keine Ahnung. Seine Freunde, eine ohnehin schnell aufgezählte Schar, wussten auch nichts. Mit einer Ausnahme: seine Sandkastenfreundin Lotta. Ihr hatte er es erzählt. Jemand musste es ja erfahren, sonst wäre er wahnsinnig geworden.

»Du kannst es ruhig mehr Leuten erzählen als mir«, hatte Lotta gesagt. »Es ist den Leuten egal, sie mögen dich trotzdem. Und das sogar sehr.«

Doch er hatte Nein gesagt, sowohl damals als auch später, als sie es noch einmal zur Sprache brachte. Niemand außer ihr durfte wissen, dass er gay war. Er hatte sich eingeredet, dass er es so haben wollte, weil er sich dann am sichersten fühlte, doch im letzten halben Jahr hatte er zu zweifeln begonnen. Und niemand war ein stärkerer Motor für diese Veränderung gewesen als der Mann, der alles auf den Kopf gestellt hatte. Der Mann, von dem Ola nachts träumte und an den er tagsüber dachte.

Das geht so nicht weiter, dachte Ola. So etwas habe ich noch nie gefühlt.

Mit dem Karton auf dem Arm warf er einen letzten Blick in den Spiegel.

Ola Thynell sah gut aus und war bereit.

Jetzt wurde es nicht länger aufgeschoben.

Jetzt würde er sich aufmachen, Bohusläns schönsten Mann zu besuchen:

August Strindberg.

Langsam verschwand die Sonne vom Himmel, der sich erst rosa färbte und dann gelb. Das war ein Anblick, an dem man sich überhaupt nicht sattsehen konnte. August saß in seinem Laden und verfolgte das Schauspiel am Himmel durchs Schaufenster. Es ging auf fünf Uhr zu, und bald würde sich die Dunkelheit um das Gebäude legen.

Im Laufe des Nachmittags waren ein paar Kunden vorbeigekommen, doch von echtem Kommerz konnte man nicht sprechen. Ebenso wenig war er mit seinen Versuchen, Ray-Ray zu erreichen, erfolgreich gewesen. Er hatte lediglich zwei Anrufe zustande gebracht, die jeweils auf der Mailbox landeten. So hat er nur eine kurze Nachricht hinterlassen und Ray-Ray gebeten, ihn zurückzurufen. Bisher hatte er kein Wort von ihm gehört. Dasselbe galt Gott sei Dank auch für Paul.

August nahm an, dass man dies als Zeichen dafür nehmen durfte, dass sich alles normalisierte.

Neben dem Schreibtisch stand noch der Karton, den er aus der Kapelle geholt hatte. Er hatte sich bei Maria gemeldet und Fotos von seinem Inhalt geschickt. Sie bat ihn, die Bilder von dem Kind zu kopieren und ihr zu senden, was er auch getan hatte. Bisher hatte er sich noch nicht entschieden, was er mit den übrigen Sachen machen würde, doch Gunnar hatte ja erwähnt, Axel habe einen Sohn, und dann könnte er vielleicht zu ihm Kontakt aufnehmen und fragen, ob er den Karton haben wollte.

Da klingelte die Ladenglocke ein weiteres Mal.

August lächelte, als er sah, um wen es sich handelte.

Schornsteinfeger Ola.

Der Erste, den August zu Kaffee und Kuchen eingeladen hatte, als er noch im Eishaus wohnte. Für Ola hatte das sicher überhaupt keine Bedeutung gehabt, doch für August war es schon etwas Besonderes gewesen.

»Ja, hallo!«

August konnte sich nicht beherrschen, sondern gab dem Schornsteinfeger die Hand. Ein Ritual, das dadurch erschwert wurde, dass Ola einen großen Karton auf dem Arm hatte, den er erst abstellen musste.

»Entschuldigen Sie«, sagte August, »keine Ahnung, was in mich gefahren ist.«

Er lachte.

Der Schornsteinfeger stimmte in sein Lachen ein.

»Kein Problem«, erwiderte er. »Schließlich begrüßt man sich so. Man gibt sich die Hand.«

»Das sieht so aus, als wären Sie in einem privaten Anliegen hier«, sagte August. »Wie nett.«

Ola wurde rot.

»Privat?«

August sah auf den Karton, den Ola abgestellt hatte.

»Verzeihung«, sagte er. »Ich habe einfach nur angenommen, dass Sie nicht dienstlich hier sind. Sorry, Sie müssen wissen, ich bin immer noch überglücklich, wenn jemand den Weg hierher findet.«

Da erst begriff Ola.

»Ah«, sagte er. »Ah, ich verstehe! Nein, nein, ich bin nicht dienstlich hier. Ich bin hier wegen des Kartons, ich meine, privat. Ich habe ein paar Sachen, die …«

Er unterbrach sich abrupt.

»Entschuldigung, aber von wem haben Sie denn diese Frösche?«

August folgte seinem Blick, der auf Marys hässliche Porzellanobjekte gerichtet war.

»Von einer Kundin«, erwiderte er. »Ich ziehe es vor, nicht zu erzählen, woher ich all die Sachen habe. Die meisten schätzen diese Art der Diskretion.«

Der Schornsteinfeger blinzelte.

»Natürlich«, sagte er. »Sehr gut. Es ist nur so, dass meine Mutter genau so eine Herde Frösche hat, und … meine Schwester und ich wären definitiv sehr froh, wenn es sich bei denen hier um ihre handeln würde. Also, wenn sie die weggegeben hätte.«

Er lächelte etwas schief.

August rieb sich das Kinn und überlegte, was er nun sagen sollte. Ob er überhaupt etwas sagen sollte. Doch dann kam er zu dem Schluss, dass es wahrscheinlich keinen Schaden anrichten würde.

»Da wir beide wahrscheinlich gut wissen, dass es in dieser Gegend nicht so viele Menschen mit einer solchen Porzellansammlung geben kann, können Sie sich ganz sicher fühlen, denn Ihre Mutter hat die Frösche weggegeben.«

Und dann fügte er hinzu:

»Aber die Puppen hat sie behalten.«

Das ließ Ola in ein unpassend lautes Lachen ausbrechen.

»Nehmen Sie die auf jeden Fall nächstes Mal mit«, rief er. »Bitte!«

»Ich werde mein Möglichstes tun«, versprach August.

Ola hob den Karton wieder hoch.

»Wo soll ich ihn hinstellen?«, fragte er. »Ich habe … ach, schauen Sie selbst. Eine halbe Ewigkeit habe ich jetzt schon vor hierherzukommen, aber …«

»Manchmal passt es einfach nicht.«

»Exakt.«

August zog einen Hocker heraus.

»Hier«, sagte er. »Hier können Sie den Karton hinstellen«

»Gut.«

Ola stellte den Karton ab, und als er die Arme hob, konnte man große Schweißflecken auf seinem Hemd sehen.

»Ich habe auch ein Buch dabei«, sagte er.

»Für den Laden?«

Jetzt wurde Ola wieder rot.

»Eins, das ich mag, für den Lesekreis. Wenn Sie wollen … oder ich weiß ja nicht … wie wählen Sie aus? Also, Bücher?«

August musste wieder lächeln.

»Wir wählen die Bücher gemeinsam auf unseren Treffen aus«, erklärte er. »Kommen Sie doch zum nächsten Abend, dann wollen wir mal sehen, ob Sie Ihr Buch den anderen schmackhaft machen können.«

Der Schornsteinfeger strahlte, als ob August den Mond vom Himmel geholt und ihm direkt überreicht hätte.

»Im Ernst? Meinen Sie das?«

»Verlassen Sie sich drauf. Aber ich bin natürlich neugierig. Was ist es denn?«

»Was?«

»Welches Buch ist es denn, das Sie so mögen?«

Ola antwortete, indem er seinen Karton öffnete. Seine Miene war angespannt, fast verbissen. August widerstand der Versuchung, sich schnell über den Karton zu beugen und hineinzusehen. Ola durfte die Dinge in seinem Tempo erledigen. Er schien gestresst, denn seine Bewegungen waren ein wenig forciert. Und außerdem war er schick gekleidet. Vermutlich wollte er hinterher noch zu einer Abendeinladung, und da wollte August ihn nicht länger als notwendig aufhalten.

»Das hier«, sagte Ola. »Ich habe es bereits gelesen, aber ich dachte, dass … ich glaube, es würde Ihnen gefallen. Wenn Sie es nicht auch schon gelesen haben.«

Er reichte August ein Exemplar von Rebecca von Daphne du Maurier.

»Ein Klassiker«, sagte August. »Und nein, das habe ich nicht gelesen. Bringen Sie es zum nächsten Treffen des Lesekreises mit. Morgen, in der Kapelle von Hovenäset.«

Ola sah erstaunt aus.

»Ich dachte, sie treffen sich immer beim Belgier?«

»So war es auch«, sagte August. »Aber die Kapelle in Hovenäset wird viel zu selten genutzt. Deshalb stellen wir vorm Altar immer einen langen Tisch auf und essen Bockwurst, die wir reihum zubereiten. Getränke bringt man selbst mit.«

Die Treffen der »Leseratten« in die Kapelle zu verlegen war eine seiner besten Taten als Vorstand des Lesekreises gewesen. Inzwischen waren es so viele Teilnehmer, dass sich noch ein weiterer Kreis gebildet hatte, der ausschließlich Kinderbücher las. August war auch auf einem Treffen dieser Gruppe dabei gewesen. Zusammen mit sechs Müttern aus unterschiedlichen Teilen der Gemeinde Sotenäs, die hier zusammenkamen, um über Bücher zu sprechen, hatte er Ronja Räubertochter gelesen. Zwei der Frauen waren schwanger. August hatte sich willkommen gefühlt, aber doch ein wenig außen vor.

Kinder.

Er wollte so gern Kinder haben.

In dem Karton kratzte es, als Ola darin grub. Vielleicht hatte er gemerkt, dass August nicht mehr so aufmerksam war, denn jetzt schien er noch bemühter, schnell weiterzukommen.

Schweigend beobachtete August, wie er so würdevoll wie möglich beide Arme in den Karton schob.

Dann bekam August endlich zu sehen, was Ola mitgebracht hatte.

Eine Kiste.

Ein fantastisches kleines Stück, das ihn sofort an die Seeräubergeschichten seiner Kindheit denken ließ. Augusts Vater hatte Piratenbücher geliebt und deshalb dafür gesorgt, diese Leidenschaft auf sein einziges Kind zu übertragen.

August wurde ganz warm ums Herz.

»Wie schön!«, rief er spontan.

Olas Miene hellte sich auf. Noch mehr als das – er strahlte.

»Die habe ich vor zehn Jahren auf einem Markt in Moskau gekauft«, erzählte er und stellte die Kiste ab. »Ein Kaufmann aus Weißrussland hat sie gemacht. Ich habe sie von einem Antikhändler aus Stockholm begutachten lassen. Sie ist um die letzte Jahrhundertwende und garantiert in Handarbeit gefertigt worden.«

»Darf ich sie öffnen?«, fragte August.

»Natürlich!«

Ein schwacher Duft von Räucherstäbchen und Tabak stieg auf, als er den gebogenen Deckel anhob. Die Kiste war vierzig Zentimeter hoch, ungefähr fünfundzwanzig Zentimeter breit und mit hübsch geformten Eisenbeschlägen verziert. Sie war aus einem dunklen Holz, von dem August annahm, dass es sich um Walnuss handelte.

»Die Kiste ist ganz bezaubernd«, sagte er. »Einfach fantastisch. Aber was soll ich damit?«

Ola sah erstaunt aus.

»Sie verkaufen, natürlich.«

Die Tür zum Laden glitt auf, und eine Dame mit einem Dackel im Arm kam herein.

»Hallöchen«, sagte August. »Herzlich willkommen!«

»Danke, danke, Orvar und ich schauen uns ein bisschen um.«

August nahm an, dass der Hund Orvar hieß und nickte einladend.

Ein Seufzer entrang sich Ola, und seine Schultern sanken herunter. Er sah enttäuscht aus.

»Sind Sie sicher, dass Sie die Kiste verkaufen wollen?«, fragte August. »Ich meine, verstehen Sie mich nicht falsch: Ich würde nichts lieber tun, aber ich begreife nicht recht, warum Sie eine so schöne Kiste loswerden wollen.«

Jetzt sah der Schornsteinfeger erleichtert aus.

»Verstehe«, sagte er. »Sorry, ich habe Sie falsch verstanden, ich dachte, dass … äh!«

Er schielte zu der Kundin mit dem Hund, die jetzt im Laden herumging. Ihre Gegenwart störte Ola, das war offensichtlich.

August beobachtete ihn amüsiert. Ola hatte die wenigen Male, bei denen sie miteinander zu tun gehabt hatten, einen sehr gesammelten Eindruck gemacht. Jetzt musste er anscheinend tief Luft holen, um das Gespräch weiter fortzusetzen.

»Ich habe noch mehr davon«, sagte er. »Also, Kisten. Solche hier. Zwei. Ich habe zwei. Aber ich brauche nicht mehr als eine. Und niemand, den ich kenne, möchte die andere haben. Also dachte ich, sie wäre vielleicht etwas für Sie hier.«

»Jetzt verstehe ich«, sagte August. »Ich nehme sie äußerst gerne. Glauben Sie mir, die wird nicht lange hier im Laden stehen. Und was die Bezahlung angeht, mache ich das immer so: Entweder …«

Hier unterbrach ihn wieder die Ladenglocke.

Eine weitere Frau betrat das Geschäft. Sie hatte einen großen Karton auf dem Arm.

August lächelte sie an.

»Herzlich willkommen.«

Sie erwiderte das Lächeln.

»Entschuldigen Sie«, sagte August zu Ola, »Wo waren wir stehen geblieben? Ja genau, das mit der Bezahlung.«

Ola winkte abwehrend mit der Hand.

»Darüber können wir später sprechen«, sagte er. »Es … es gibt noch etwas ganz anderes, was ich Sie fragen wollte. Also … mehr … wie soll ich sagen…«

Ola sah der Frau, die neu ins Geschäft gekommen war, nach.

»Ach«, sagte er dann und schüttelte den Kopf, »es ist nicht wichtig. Das kann bis nächstes Mal warten.«

Im selben Moment klingelte Augusts Handy.

Sein Puls stieg, als er sich entschuldigte, um zu sehen, wer ihn da anrief.

Dann kam die Erleichterung.

Es war Ray-Ray.

»Entschuldigen Sie mich bitte«, sagte August. »Es dauert nur eine Minute.«

Er huschte in die Küche hinter dem Laden und machte die Tür hinter sich zu.

»Danke, dass Sie zurückrufen.«

»Keine Ursache. Ich war etwas neugierig, nachdem ich meine Mailbox abgehört hatte und mir klar wurde, dass ich Maria nichts von Ihrem Anruf erzählen soll. Wollen Sie ihr einen Heiratsantrag machen?«

August bekam kein Wort heraus, und noch ehe er sich überlegt hatte, was er darauf antworten sollte, fuhr Ray-Ray fort:

»Ich glaube, im Moment ist das keine gute Idee. Lassen Sie lieber erst die Verhandlung vom Oberlandesgericht vorbei sein, dann können Sie fröhlich zur Tat schreiten. Ich meine, schließlich ist keiner von euch beiden mehr superjung, und ihr müsst es ja noch schaffen, Kinder zu kriegen. Deshalb dachte ich, dass …«

»Stopp!«, rief August. »Stopp, stopp, stopp. Deshalb habe ich nicht angerufen.«

Glaubte Ray-Ray, August hätte mit ihm seine private Beziehung diskutieren wollen? Und noch wichtiger: Wusste er, wie sehr er mit seinen Worten ins Schwarze traf?

»Worum geht es dann?«, fragte Ray-Ray. »Ich arbeite immer noch und stehe ungefähr hundert Meter von diesem verdammten Wohnwagen in der Kälte und friere mir den Arsch ab.«

August fuhr sich mit der Hand übers Gesicht.

»Paul hat Kontakt zu mir aufgenommen. Wegen der Drogen.«

»Was?«

»Doch, ich habe gesagt, dass ich …«

»Ich hab's gehört. Was heißt, Kontakt aufgenommen? Er ist doch im Gefängnis.«

August berichtete, was passiert war.

»Das geht doch mit dem Teufel zu«, erwiderte Ray-Ray nach einem Moment des Schweigens.

»Ich habe Maria noch nichts erzählt.«

»Tun Sie das auch nicht. Sie hat schon genug um die Ohren. Ich kümmere mich um diese Sache. Er muss auf irgendeine Weise in den Besitz eines Handys gekommen sein. Diese Art Gespräche kann er nicht vom öffentlichen Fernsprecher aus dem Gefängnis geführt haben. Und er kann von dort aus auch keine SMS schicken.«

August war ein Stück weit erleichtert. Trotzdem konnte er sich die Frage nicht verkneifen:

»Ich habe über die Sache mit den Drogen nachgedacht«, sagte er. »Könnte er recht haben, dass die bei ihm platziert worden sind? Ich meine …«

»Darüber muss man gar nicht reden«, erwiderte Ray-Ray kurz. »Der Stoff ist bei ihm gefunden worden. Das ist das Einzige, was zählt. Ich melde mich, wenn ich das hier näher untersucht habe.«

Sie legten auf.

August fragte sich, ob er richtig gehandelt hatte.

Es fühlte sich nicht so an.

Ich hätte besser Maria angerufen, dachte er.

Aber jetzt war es zu spät.

August nahm wieder das Handy und schickte eine SMS in einer ganz anderen Sache. Etwas, wovon er hoffte, dass es sie froh machen würde.

Vermisse dich. Willst du heute Abend mit mir bei Tant Anton essen?

Immer das leidige Geld. Eine Sicherheit für denjenigen, der im Überfluss lebte, und eine Quelle der Angst und Sorge für den, der keines hatte. Maria und Ray-Ray hatten den restlichen Arbeitstag darauf verwandt, Axels Finanzen zu überprüfen. Bisher hatten sie noch nicht alle Informationen bekommen, um die sie gebeten hatten, doch bereits ein oberflächlicher Blick hatte enthüllt, dass Axel hohe Schulden hatte. Auf dem Haus lag eine bis an die Grenze ausgereizte Hypothek, und auch wenn er eine gute Rente hatte, bedeutete das doch kein Luxusleben. Deshalb waren Axels finanzielle Möglichkeiten klein gewesen.

Das hatte ihnen zu denken gegeben.

Axel hatte als Bauingenieur gearbeitet und war sein ganzes Arbeitsleben lang finanziell gut gestellt gewesen. Das Haus auf Hovenäset hatte er vor über fünfzig Jahren geerbt, und der Wert war danach nur weiter gestiegen. Warum also hatte er nicht auch als Rentner seine Schäfchen im Trockenen gehabt? Was war in der Zwischenzeit passiert?

Durch ein Gespräch mit Axels Bank hatten sie erfahren, dass vor allem zwei gewichtige Ausgaben seine gute finanzielle Situation in Schieflage gebracht hatten. Zunächst einmal hat er seinem Sohn eine Master-Ausbildung an der Harvard Universität in den USA finanziert. Diese Ausbildung währte zwei Jahre und hatte Axel über zwei Millionen Kronen gekostet. Das hatte er mit einem Kredit auf das Haus finanziert.

Und ein paar Jahre später hatte er große Summen in ein Immobilienprojekt in Spanien investiert. Die Bank konnte nicht sagen, wer ihm zu diesem Projekt geraten hatte, doch hatte das zu weiteren Schulden geführt, die sich auf himmelschreiende vier Millionen beliefen. Danach war das Projekt in Spanien in Konkurs gegangen. Seither waren sechs Jahre vergangen, und die spanische Immobilie war immer noch nicht fertig gestellt. Die Investitionen hatte nicht den kleinsten Gewinn abgeworfen.

»Wie konnte er nur auf so eine Niete reinfallen?«, hatte Maria die Bank gefragt. Die Antwort lautete, dass Axel sich auch früher schon an verschiedenen Bauprojekten beteiligt hatte. Nicht so viele und nicht so umfangreiche wie in Spanien, doch als Bauingenieur hatte er ein großes Interesse an solchen Objekten gezeigt. Manchmal lief es gut, manchmal schlechter. Doch nichts war so übel ausgegangen wie das spanische Projekt, das dann auch sein letztes blieb.

Nachdem sie einen Überblick über Axels private Finanzen gewonnen hatten, blieb für Maria und Ray-Ray noch herauszufinden, ob Axel akut Geld gebraucht und deswegen vielleicht selbst sein Bootshaus abgebrannt haben könnte, um die Versicherungssumme zu kassieren. Und ob das vielleicht auch der Grund dafür war, dass er tot in seinem Haus aufgefunden worden war.

Doch erst würde Maria noch einen Abend in Augusts Gesellschaft genießen.

Als er vorschlug, dass sie sich nach der Arbeit bei Tant Anton treffen sollten, sagte sie Ja.

Sie mochte diese impulsive Seite an ihm sehr. Er sagte niemals Nein, wenn es darum ging, etwas Lustiges zu unternehmen, und oft kam er auch mit eigenen Ideen. Außerdem liebte Maria Tant Anton. Das Menü strahlte eine Verspieltheit aus, die sowohl Neugier wie auch Appetit weckte.

Sie hatte sich gerade hingesetzt, als August in das Restaurant kam. Er streckte sich und ließ den Blick über das Lokal wandern. Als er sie erblickte, breitete sich ein großes Lächeln auf seinem Gesicht aus.

Maria bemerkte, dass einige der anderen Gäste August ansahen, als er an ihren Tischen vorbeiging.

Schaut ihr nur, dachte Maria. Aber er gehört mir.

Sie wurde rot, als sie das gedacht hatte.

Gehört mir.

Woher kam das denn?

Es sah ihr gar nicht ähnlich, so zu denken.

Vielleicht, so überlegte sie, lag das ganz einfach daran, dass sie es nicht gewohnt war, Stolz zu empfinden, wenn sie den Menschen sah, mit dem sie eine Beziehung hatte.

Das war natürlich eine tragische Erkenntnis, aber deswegen nicht weniger wahr.

Natürlich war sie auch zu Beginn ihrer Beziehung mit Paul stolz, ja fast exaltiert gewesen, aber dieses Gefühl war schnell verloren gegangen. All seine dunklen Seiten hatte sie erst entdeckt, als es schon zu spät und kein Weg zurück mehr möglich war.

August gab ihr einen raschen Kuss, und dann setzte er sich ihr gegenüber.

Sie schaute sich schnell um.

Saß jemand im Lokal, den sie kannten?

Würden die Leute jetzt erfahren, dass sie ein Paar waren?

August bemerkte ihr plötzliches Interesse für die anderen Gäste, und sein Lächeln erstarb. Jetzt spiegelte sich auf seinem Gesicht nur noch die Müdigkeit, die daher rührte, dass er zu wenig geschlafen und sicherlich zu viel über den Brand im Bootshaus nachgedacht hatte. Und vielleicht war er auch Marias ein wenig müde. Dass sie sich immer wand und nicht zeigen wollte, dass sie zusammengehörten.

Diese Erkenntnis dämpfte ihre Stimmung.

»Geduld«, flüsterte sie.

August runzelte die Stirn.

»Wie bitte, ich habe dich nicht verstanden?«

Sie schüttelte den Kopf.

»Nichts«, sagte sie.

»Doch, sag schon.«

Wieder schüttelte sie den Kopf.

Ein Kellner kam an ihren Tisch. Er lächelte auf die Weise, wie Fremde es tun, wenn sie einen wiedererkennen.

Er weiß es, dachte Maria. Er und alle anderen vom Personal. Vielleicht sollten wir nicht so oft hierherkommen.

»Möchten Sie vorweg etwas trinken, oder haben Sie sich schon entschieden?«

Die Karte fühlte sich in ihren Händen kalt und hart an.

Haben Sie sich entschieden, was Sie möchten?

Zeit, dachte Maria. Und Ruhe und Entspannung.

Mit einem Mal überkam sie die Trauer, denn ihr Unwillen, sich draußen mit August zu zeigen, ihm vor anderen ihre Liebe zu zeigen, rührte nicht von August her, sondern von Paul und ihrem Mangel an Sicherheit.

All die Stricke, die sie zurückhielten, und die Angst vor der Zukunft.

Dabei spielte es keine Rolle, dass Paul im Gefängnis von Uddevalla saß und auf die Verhandlung vor dem Oberlandesgericht wartete.

Maria würde nie sicher sein, ehe nicht das Urteil bestätigt war.

Und bis die Scheidung durch war, würde sie sich immer an ihn gebunden fühlen.

»Ich denke, wir nehmen jeder eine Flasche Mineralwasser«, sagte August.

Der Klang seiner dunklen, ruhigen Stimme ließ sie sich wieder sammeln.

»Das ist gut«, sagte sie. »Und dann möchte ich Fisch-Tacos.«

»Ich auch«, sagte August.

Der Kellner nahm ihnen die Karten ab und ging.

»Wie geht es dir?«, fragte Maria und legte ihre Hand auf seine.

»Eigentlich okay«, sagte er, »ein bisschen mitgenommen vielleicht.«

»Das verstehe ich. Werdet ihr weiter patrouillieren?«

August lachte.

»Auf gar keinen Fall«, sagte er. »Ich hoffe nur, Gunnar kapiert auch, dass er dieses Unternehmen besser aufgibt.«

»Ist er derjenige, der bestimmt?«

»Nicht über mich, aber ich weiß nicht, wie empfänglich er für diese Art Information ist.«

Sie musste lächeln.

Gunnar war eine seltsame Figur, das konnte man nicht anders sagen.

Augusts Handy gab einen Ton von sich, und er zog es zu sich. Seine Miene verschloss sich, während er auf das Display tippte und las.

Das sah ihm gar nicht ähnlich.

Normalerweise ließ er das Telefon auf dem Tisch liegen und las aus der Entfernung.

»Ist was passiert?«, fragte Maria.

»Nein, gar nichts.«

Er schob das Handy in die Innentasche seines Jacketts.

Maria lehnte sich erstaunt zurück.

Er log.

War ihm nicht klar, dass sie sowas erkannte?

Das Mineralwasser kam. August trank gierig aus seinem Glas.

»Wie läuft die Ermittlung?«, fragte er. »Wisst ihr, wer alles angezündet hat?«

»Ich nehme mal an, dass die Ermittlung läuft«, antwortete Maria. »Und nein, wir wissen noch nicht, wer alles angezündet hat.«

»Du musst nicht antworten«, sagte August. »Aber ich frage mich natürlich, ob Axel ermordet wurde.«

»Wir haben Verdacht auf eine Gewalttat und haben eine Mordermittlung eröffnet«, sagte Maria streng. »Trotzdem kann es sein, dass wir am Ende feststellen, dass er durch einen selbst verursachten Unfall ums Leben gekommen ist, aber darüber kann ich heute noch nichts sagen.«

Normalerweise redeten sie nicht über ihre Arbeit, das meiste musste im Wohnwagen bleiben. Maria war die Geheimhaltung sehr wichtig, und sie wusste, dass August das auch unterstützte. Doch jetzt war seine Neugier natürlich größer als sonst. Der Fall mit dem abgebrannten Bootshaus berührte ihn persönlich – das war eine neue Situation, die es bisher noch nicht in ihrer Beziehung gegeben hatte. Trotzdem schwieg sie. Sie wollte nicht von dem Besuch in Ehnboms Haus erzählen, nicht von dem Blut auf der Treppe und von dem aus der Wand gezogenen Telefonkabel.

August fingerte auf seinem Trinkglas herum.

»Ich hatte heute im Laden Besuch von Ola Thynell«, erzählte er. »Er brachte eine Schatzkiste und dazu noch ein Buch, das er dem Lesekreis empfehlen wollte.«

»Der Schornsteinfeger?«, fragte Maria erstaunt. »Will der mit in den Lesekreis kommen?«

»So klang es.«

August lächelte.

Maria legte den Kopf schief.

»Was ist?«, fragte sie.

»Nichts. Aber ich hatte den Eindruck, als hätte er noch ein anderes Anliegen.«

»Und zwar?«

»Keine Ahnung. Wir wurden unterbrochen. Aber er war sehr enthusiastisch, könnte man wohl sagen.«

Maria lachte.

»Enthusiastisch, weswegen denn?«

»Hm, von allem etwas.«

Ein neues Lächeln ließ Augusts Grübchen sich vertiefen. Sie liebte diese Grübchen. Sie verliehen seinem recht kantigen Gesicht eine sanfte Anmut.

August strich ihr über die Wange.

»Kommst du heute Abend mit zu mir nach Hause?«

Sie nickte. Das Herz klopfte, der ganze Körper sehnte sich.

»Sehr gerne.«

Da klingelte ihr Handy.

Vendela rief an.

»Entschuldige, aber ich muss da rangehen«, sagte sie und stand auf.

»Natürlich.«

Maria ging zur Garderobe und setzte sich auf einen Hocker direkt hinter der Tür. Das war die ruhigste Ecke im ganzen Lokal.

»So, jetzt kann ich reden«, sagte sie.

»Super, ich werde mich kurzfassen.«

Vendelas heisere Stimme klang angespannt.

»Ich habe es geschafft, die Leute zu belabern, mir einen schnellen Bericht über die Fingerabdrücke auf dem Telefonhörer zu geben«, sagte sie.

Im Restaurant explodierte eine Lachsalve und lenkte Maria ab. Irritiert bewegte sie sich weiter in den Garderobenraum hinein.

»Und?«

»Auf dem Telefonhörer war Blut. Der Hörer ist ja schwarz, und deswegen hat man es mit bloßem Auge nicht gesehen.«

Maria richtete sich auf und schärfte ihre Sinne.

»Wessen Blut?«

»Das werden wir später erfahren, aber ich habe etwas Unangenehmes über die Fingerabdrücke erfahren.«

Marias Puls stieg.

»Ein Treffer?«

»Nein, kein Treffer, und wir werden auch keinen landen, weil sie zu unvollständig sind. Aber Maria, der Abdruck ist von einer sehr kleinen Hand. Sie glauben, er stammt von einem Kind.«

Hovenäset am 5. Dezember 1978

Hallo Axel!

Wie geht es euch in Chicago? Ich hoffe gut!

Ihr habt Hovenäset so eilig verlassen, dass wir gar nicht mehr richtig miteinander sprechen konnten, ehe ihr weggefahren seid. Emmy hat Denise kurz vor eurer Abreise zufällig getroffen, und sie hat ihr erzählt, ihr würdet über Weihnachten und Neujahr wegbleiben. Ich dachte, ihr würdet früher nach Hause kommen.

Wie auch immer. Natürlich kümmere ich mich um euer Haus, solange es nötig ist. Erst gestern war ich dort und habe die Blumen gegossen. Die meisten habt ihr ja weggegeben, ehe ihr gefahren seid, aber ich glaube, es ist mir gelungen, die übrig Gebliebenen zu retten, richte das doch Denise aus.

Hier auf Hovenäset ist alles wie immer, deshalb weiß ich nicht, was ich groß berichten soll. Bertil hat angefangen davon zu reden, dass er seinen Job wechseln will, aber unter uns gesagt glaube ich nicht, dass es dazu kommt. Du weißt ja, wie es um uns steht. Und alles, was schlecht war, ist über den Herbst und im Winter nur noch schlimmer geworden. Zu Weihnachten sind wir bei Gunnar und Lisa eingeladen, und ich weiß wirklich nicht, ob wir es wagen, dorthin zu gehen. Ich meine, die Gefahr, dass er sowohl sich als auch mich unmöglich macht, ist ja sehr groß …

Apropos sich unmöglich machen.

Gunnar ist wieder auf dem Kriegspfad. Ein armer Briefträger hat zufällig Gunnars Post in den Briefkasten von Nilssons gelegt. Rate mal, was Gunnar gemacht hat? Er ist zum Postamt in Kungshamn gefahren und hat den Briefträger gesucht, der offensichtlich aus Chile nach Schweden gekommen ist und bisher noch nicht so gut Schwedisch gelernt hat. Muss ich dir beschreiben, wie Gunnar sich ausgedrückt hat? Manchmal macht dieser Mann mir Angst. So viel Zorn, so viel Hass. Ich weiß, wie ekelhaft er sich all die Jahre gegenüber Denise verhalten hat. Dass sie das überhaupt ausgehalten hat ...

Ich bin so schrecklich einsam, Axel.

Vor allem jetzt, da du nicht mehr hier bist.

Ich habe unsere Gespräche immer sehr geschätzt, schließlich kennen wir uns fast unser ganzes Leben. Jetzt, da ihr fort seid, ist es, als wäre es ganz still um mich geworden. Ich hoffe, du nimmst es mir nicht übel, dass ich so offen darüber schreibe, wie es mir geht. Ich weiß ja, dass ihr beiden, du und Denise, auch eure Herausforderungen habt.

Ach was, es ist viel zu leicht, in solche tristen Gedanken zu verfallen und eine Menge Probleme zu wälzen. Jetzt habe ich das Gefühl, über etwas Fröhliches schreiben zu sollen. Hast du eine neue Kamera gefunden? Davon hast du ja lange gesprochen. Kauf dir eine richtig teure und gute! Und dann fotografierst du mich irgendwann, wenn die Sonne scheint.

Ich freue mich darauf, euch auf Hovenäset wieder willkommen zu heißen, wenn dieses triste Jahr endlich zu Ende ist!

Liebe Grüße,

Mary

PS: Hoffe auf baldige Antwort

28. Januar

»Die Filmvorführung«

»Mord«, sagte Gunnar. »Das ist ja das Schlimmste.«

August sah ihn von der Seite an. Es waren keine Details aus der Ermittlung in die Öffentlichkeit gedrungen, doch jetzt bestätigte die Polizei in der Presse, dass im Fall von Axels Tod wegen Mordverdachts ermittelt würde.

Sie standen bei den zerstörten Bootshäusern. August war zuerst dorthin gekommen, und bald war auch Gunnar aufgetaucht.

»Wir müssen weiter Patrouille gehen«, sagte Gunnar. »Sollst mal sehen, wenn du und ich wieder die erste Schicht übernehmen, dann wollen die anderen auch dabei sein.«

August schüttelte den Kopf.

»Vergiss es«, sagte er.

Er ging zu dem Aschehaufen, der einmal sein Bootshaus gewesen war, und hob einen übel verrußten Hocker aus Stahl heraus. Asche und verbrannte Gegenstände waren das Einzige, was noch übrig war. Es war so ungeheuer deprimierend.

Ein leichter Windstoß zerrte vorsichtig am Absperrband aus Plastik. Die Polizei war jetzt mit Augusts Bootshaus – oder besser gesagt, seinem ehemaligen Bootshaus – fertig, doch um das von Axel Ehnbom war noch alles abgesperrt.

August war wehmütig. Vor ihm lag das gefrorene Meer, und die Sonne schien sicher den zehnten Tag hintereinander vom klaren blauen Himmel. Alles war schön. Alles außer den niedergebrannten Bootshäusern.

Maria war die ganze Nacht geblieben, hatte ihn aber genau wie am Tag zuvor frühmorgens verlassen. Um halb sechs hatte sie sich aufs Fahrrad gesetzt und war zurück nach Kungshamn geradelt. Es war ein kleiner, doch nicht unbedeutender Fortschritt, dass sie jetzt zwei Tage hintereinander bis morgens früh geblieben war.

»Ich werde heute bei der Arbeit jede Menge zu tun haben«, hatte sie gesagt.

Als ob das die Erklärung dafür wäre, warum sie ihn zu nachtschlafender Zeit verließ.

Eines Tages, dachte August, eines Tages wird sie wirklich bleiben. Ich brauche nur Geduld.

Geduld.

Früher einmal war es ihm schwergefallen zu warten, doch mit den Jahren war er auf dem Gebiet immer besser geworden. Und auf Maria wollte er, wenn nötig, unendlich lang warten.

Was ihren Ex anging, empfand er allerdings immer größeres Unbehagen.

Es war die richtige Entscheidung gewesen, zu Ray-Ray Kontakt aufzunehmen, doch alles andere war nicht in Ordnung.

Es war nicht gut, sie außen vor zu halten, das gehörte sich einfach nicht. Sie muss es wissen, dachte er. Sonst wird sie uns nie verzeihen.

Bei diesem Gedanken brach ihm der kalte Schweiß aus, denn er wusste, dass ihre Intuition gut war. Er hatte am Abend zuvor ihren Blick gesehen, als er eine SMS bekam und das Handy an sich genommen hatte, um nachzusehen, von wem sie kam. Wie sich herausstellte, eine kluge Entscheidung, denn es war Ray-Ray gewesen, der bestätigen wollte, was sie am Telefon besprochen hatten. Maria hatte jede Bewegung, jedes kleine Zucken eines Muskels in seinem Gesicht registriert. Und sie hatte bemerkt, dass er sich komisch verhielt.

Das würde nicht gut gehen, das wusste August.

Maria merkte, dass er etwas verheimlichte.

Es war nur eine Frage der Zeit, ehe sie ihm eine Antwort abverlangen würde.

»Hast du schon die Versicherung angerufen?«, erkundigte sich Gunnar.

»Ja klar«, sagte August. »Das habe ich alles sofort erledigt.«

Im Organisieren war er immer gut gewesen, er hatte seine Sachen stets in Ordnung gehabt. Sein erstes Testament hatte er verfasst, als er achtzehn geworden war, und als er mit Helene zusammengezogen war, bestand er auf einen Partnerschaftsvertrag. Sie hatte ihn schon früh wissen lassen, dass ihr dieser Teil seiner Persönlichkeit nicht zusagte.

»Das ist ja, als würdest du vom Leben nichts anderes als Tod und Elend erwarten«, hatte sie gesagt.

Doch August hatte sich um ihre Einwände nicht geschert.

Tod und Elend waren Teil des Lebens. Das hatte er bereits begriffen, als er sieben Jahre alt war und seine beiden Großeltern bei einem Autounfall ums Leben kamen. Den einen Tag waren sie da, am nächsten waren sie weg. Die Trennlinie zwischen Leben und Tod war dünn, aber deutlich.

August suchte ein Feuchttuch heraus, das er mitgebracht hatte, und wischte sich die vom Ruß schwarzen Hände ab.

»Auf dem Weg zum Laden?«, fragte Gunnar, als er sah, wie August sich die Hände säuberte.

»Ja, es ist an der Zeit, arbeiten zu gehen.«

Gunnar wandte den Blick zum Meer.

»Geh du nur«, sagte er. »Dann halte ich solange Wache.«

»Wie bitte? Hast du vor, hier den ganzen Tag zu stehen und zu schauen?«

Aber da wurde Gunnar wütend.

»Verhöhne mich nicht«, zischte er. »Ich habe durchaus Besseres zu tun. Ich meinte nur, dass jemand in dieser Situation ein bisschen Verantwortung übernehmen muss.«

August schluckte seine Antwort herunter.

»Bis später«, sagte er.

Gunnar nickte kurz.

August warf einen letzten Blick auf den Platz, wo das Bootshaus gestanden hatte, und ging dann davon. Das Versicherungsunternehmen war zwar hilfsbereit gewesen, doch Augusts Problem war ja gar nicht Geldmangel. Er wollte nur seinen Frieden haben, einfach etwas gewöhnliche verdammte Ruhe.

Wie konnte das so schwer sein?

Kurz darauf war August auf dem Weg in den Laden. Eigentlich hatte er vorgehabt, mit dem Fahrrad nach Kungshamn zu fahren, beschloss aber auch diesmal, das Auto zu nehmen. Irgendetwas passierte mit ihm, wenn er sich in den gelben Leichenwagen setzte. Er wurde ruhig und gut gelaunt. Und man wurde auf ihn aufmerksam.

Inzwischen hatten sich die Bewohner von Hovenäset schon daran gewöhnt, ihn in seinem Leichenwagen vorbeisausen zu sehen, aber viele andere sahen ihn trotzdem zum ersten Mal. Henrik, der nach der Devise lebte, dass alle PR gute PR war, hatte vor Begeisterung laut geschrien, als August ihm das Auto zeigte.

»Du bist ein verdammtes Genie!«, hatte er gerufen.

Dann hatte er begriffen, dass August nicht vorhatte, sich noch ein weiteres Auto anzuschaffen, und das wiederum hat ihn bestürzt gemacht.

»Du wirst nie wieder Sex haben«, hat er gesagt.

August lächelte in sich hinein, als er an Henriks Reaktion dachte.

Natürlich hatte er sich getäuscht. August hatte durchaus Sex. Sogar ziemlich oft.

Mit Maria.

August war immer noch frisch verliebt. Es war ein faszinierendes Erlebnis, so total auf einen anderen Menschen abzufahren. Jeder seiner Sinne wurde bis aufs Äußerste geschärft, sowie sie in der Nähe war. Und während Henrik immer von Geilheit sprach, wollte August lieber von Anziehung reden.

Der Motor heulte auf, als er versehentlich zu fest aufs Gas trat.

Ein wenig schämte er sich, dass er jetzt mit dem Auto über die langen, stetig ansteigenden Hügel fuhr, die Maria mit dem Fahrrad zu bewältigen pflegte. Als er auf dem letzten ankam, suchte sein Blick wie gewöhnlich den Wohnwagen, der auf dem Parkplatz vor den Räumen des Rettungsdienstes stand. Der Wohnwagen der Polizei.

August musste lachen, als er die beschlagenen Scheiben sah. Die hatten wohl eine Besprechung.

Dann wurde er wieder ernst. Die Polizei hatte momentan nur wenig zu lachen. Axel Ehnboms Tod hatte Maria und ihre Kollegen richtig hochschalten lassen.

August parkte in der Einfahrt neben dem Secondhandladen und ging rein. Seine Gedanken wanderten zu dem Karton, den Axel Ehnbom in der Kapelle abgestellt hatte.

Er war nie der Meinung gewesen, dass es Spaß machte, Detektiv zu spielen, aber seit er seinen Secondhandladen besaß, sah er das ein wenig anders. Vielleicht war das mit der Detektivarbeit trotz allem gar nicht so dumm. Wie sollte er sonst die Geschichte hinter den Sachen herausfinden, die in seinen Laden kamen?

Im Fall von Axel Ehnboms rätselhaftem Beitrag zu seinem Geschäft wurde das besonders deutlich. Der Karton stand, wo August ihn zurückgelassen hatte – neben dem Schreibtisch. Er stellte alle Gegenstände von Axel auf den Tisch. Eine sehr seltsame Sammlung.

Er drehte den Super-8-Film in der Hand.

Vielleicht wollte Axel, dass August etwas verstand, was er selbst nicht zu erzählen vermocht hatte.

Etwas Wichtiges.

Dieser Gedanke genügte, um Augusts Neugier zu wecken.

Er nahm Projektor, Kabel und Film mit und ging in den Keller runter. Nun wollte er sehen, was auf den Filmen war, die Axel in den Karton gelegt hatte.

Ein Kind.

Ein Kind war bei Axel Ehnbom gewesen. Ein Kind, das mit Blut an den Händen den Telefonhörer angefasst hatte.

Maria und Ray-Ray befanden sich in Axels Haus.

Der Handabdruck ließ sie noch angespannter arbeiten.

Axel Ehnbom hatte keine kleinen Kinder, und allein die Tatsache, dass jemand ein Kind an den Ort mitgebracht hatte, weckte bei den Ermittlern Unbehagen. Außerdem war dieses Kind nicht das Einzige, das in der Ermittlung auftauchte. August hatte Kopien von zehn Fotografien geschickt, die in dem Karton gelegen hatten, den er von Axel bekommen hatte. Auf allen Bildern war ein nicht identifiziertes Kind zu sehen, das auf jedem Foto um ein Jahr älter war.

Maria bewegte sich inzwischen fast vertraut in Axels Haus. Roland wollte, dass sie nach einem Hinweis suchten, ob Axel sein Bootshaus selbst angezündet hatte, und in dem Fall auch, warum.

Damit waren sie bisher nicht sonderlich erfolgreich.

»Ein Kind«, sagte Ray-Ray mit verbissener Miene. »Wer zum Teufel nimmt mitten in der Nacht ein Kind mit hierher?«

»Wir wissen nicht, ob sie mitten in der Nacht hier waren«, erinnerte Maria ihn.

Sie standen in Axels Wohnzimmer. Jede Ecke waren sie inzwischen durchgegangen, ohne zu wissen, wonach sie suchten. Das Wohnzimmer war ebenso wie das übrige Haus geschmackvoll möbliert. Da gab es ein großes Ledersofa und bunte Sessel. Die Einrichtungsgegenstände waren persönlich und strahlten Wärme aus. Außerdem wirkte es, als hätte ein eigener Stil die Wahl von Möbeln und Einrichtung beeinflusst. Das war in den Häusern alter Leute nicht immer selbstverständlich.

»Im Grunde ist es egal, wann sie hier waren«, sagte Ray-Ray. »Es ist schrecklich unpassend. Sowas macht man nicht, wenn man einigermaßen vernünftig ist.«

Er hockte sich auf eine Fußbank und sah sich um. Maria hatte ihn schon oft sagen hören, dass er im Sitzen am besten denken könne – sie hatten jetzt viele Spuren zu verfolgen.

»Ich möchte noch mal ins Arbeitszimmer schauen«, sagte Maria.

Sie gingen ins obere Stockwerk. Keiner von ihnen beiden kommentierte die Blutflecken, die immer noch auf der weißen Treppe zu sehen waren. Der Erbe des Hauses würde sich um die Renovierung kümmern müssen, wenn die Polizei ihre Arbeit beendet hatte. Der Sohn Elias war jetzt über den Tod seines Vaters informiert. Während des Gesprächs war er sehr wortkarg gewesen, offensichtlich von der Nachricht berührt.

Dass sein Vater tot war.

Dass beide Eltern nicht mehr lebten.

»Übermorgen werde ich nach Hause kommen«, hatte er zu Maria gesagt. »Ich habe das Gefühl, jetzt in der Nähe von Papa sein zu wollen.«

Nach Hause, dachte Maria. Wann war das hier zuletzt dein Heim?

Im Haus waren keine Spuren von dem Sohn als Erwachsener zu sehen. Die wenigen Fotos, die es gab, zeigten Elias als Kind. Axels Frau Denise hingegen strahlte auf einer großen Anzahl Fotografien, die im Haus an den Wänden hingen.

Im Arbeitszimmer standen mehrere solcher Bilder auf dem Schreibtisch. Es gab auch drei Porträts von Denise in unterschiedlichem Alter. Laut Meldeamt war sie vor fünfzehn Jahren gestorben, doch sie schien in Axels Herz geblieben zu sein bis zu dem Tag, an dem er selbst starb.

Maria schaute eines der Bilder an.

Denise war schön gewesen. Und klein. Auf einer der Fotografien stand sie neben Axel. Er hatte den Arm um sie gelegt und sah ernst in die Kamera. Axel war ungefähr einsachtzig groß gewesen, und Denise reichte ihm bis zur Schulter.

»Eine krasse Ordnung hatte er mit all seinen Sachen«, sagte Ray-Ray.

Er nickte zu der langen Reihe sorgfältig bezeichneter Aktenordner, die im Bücherregal standen. Auch auf dem Schreibtisch war die Ordnung erkennbar, da lag kein einziges Papier, sondern nur eine Schreibunterlage, ein Stifteköcher und ein kleiner Stapel Zeitschriften. Und die Fotos von Denise.

Und das Telefon.

Zumindest hatte es dort das letzte Mal gestanden, als Maria und Ray-Ray da gewesen waren. Jetzt war es von den Technikern beschlagnahmt worden.

Maria schluckte, als sie an das Telefon mit dem schwarzen Hörer dachte.

Sie hatten nicht erkennen können, dass darauf Blut war, sondern hatten gedacht, es sei Schmutz.

Schmutz.

In einem klinisch sauberen Haushalt.

»Er muss eine Putzhilfe gehabt haben«, sagte Maria. »Ich kann mir nicht vorstellen, dass er alles alleine so sauber gehalten hat. Nicht, wenn man bedenkt, wie alt er war.«

»Das habe ich auch gedacht«, sagte Ray-Ray. »Aber er hatte keinen Pflegedienst, wenn also jemand für ihn geputzt hat, dann muss es eine private Geschichte gewesen sein. Und dann müsste es irgendwo eine Rechnung geben. Es wäre doch interessant zu erfahren, ob bei irgendeiner Putzfirma Hausschlüssel rumliegen.«

Maria richtete ihre Aufmerksamkeit auf die Ordner im Bücherregal. Einer von ihnen war sehr richtig mit »Rechnungen« bezeichnet. Und nicht nur einer, sah sie dann. Mehrere der Ordner trugen gleichlautende Etiketten, aber mit unterschiedlichen Jahreszahlen. Axel hatte zwar hohe Schulden gehabt, aber sein Ordnungssinn war ohne Frage intakt gewesen.

Maria zog den Ordner des letzten Jahres raus und schlug ihn auf.

Ray-Ray schaute ihr über die Schulter, als sie die Dokumente durchblätterte.

Er roch nach Seife und Deodorant.

Er roch wie Paul.

Maria biss sich auf die Lippen, um nichts zu sagen. Denn was gab es da zu protestieren?

Er muss auch vor dem Oberlandesgericht verurteilt werden, dachte Maria, sonst weiß ich nicht, was ich tun soll.

»Da«, sagte Ray-Ray und hielt sie beim Blättern auf.

Sehr richtig.

Da war die Rechnung von einer Reinigungsfirma.

Wenn Maria richtig las, dann hießt die Firma »Sauberes Zuhause JETZT«. Das klang eher wie eine Aufforderung als ein Angebot.

Ray-Ray fotografierte die Rechnung mit seinem Handy.

»Ich rufe die sofort an«, sagte er und verließ den Raum.

Während der Nacht hatten die Albträume einander abgelöst, doch als der Morgen kam, konnte Ola sich nicht erinnern, wovon sie gehandelt hatten. Er wusste nur, dass es verdammt schön war, aufzuwachen und zur Arbeit gehen zu können.

Das unbehagliche Gefühl hielt sich bis weit in den Vormittag hinein, was ihn unkonzentriert und leicht reizbar machte. Um auf andere Gedanken zu kommen, schickte er eine SMS an August Strindberg. Er bedankte sich für das nette Zusammentreffen und fragte noch einmal nach, um welche Zeit sich denn der Lesekreis treffen würde.

Und wirklich: Er kam auf andere Gedanken. Sofort bereute er es. Warum musste er immer so sein? Er verjagte doch die Leute. Nervös holte er das Telefon heraus und versuchte seine SMS zurückzurufen. Denn so eine Funktion musste es doch geben, oder? Offensichtlich nicht.

Geschickt war geschickt.

Teufel auch.

Im Moment war alles so anstrengend.

Hillevi und Sam ging es nicht gut.

Und ihrer Mutter auch nicht.

Ola hatte sie am Abend zuvor angerufen.

Hillevi hatte Abendessen gekocht. Makkaroni und Fischstäbchen.

Patricia war krank und betrunken und schien sich von aller elterlicher Verantwortung losgesagt zu haben.

Olaf war rasend vor Wut, wenn er nur daran dachte.

So rasend, dass er vergaß, vor dem Haus seines Kunden zu halten.

Er stieg in die Eisen und setzte zurück.

Er hatte Hillevi gut zugehört, als sie erzählte, wie es ihr und Sam zu Hause erging. Er hatte alles gehört, was sie gesagt hatte, und er vermutete, dass sie einiges verschwieg, weil es zu belastend war, es in Worte fassen zu müssen.

Eine schwierige Familie.

Ola wusste alles darüber, wie es war, etwas zu wissen und nicht darüber sprechen zu dürfen. Als Kind hatte er früh lernen müssen, keinem Erwachsenen zu vertrauen und dass es keine Zeit für ihn gab, einfach klein zu sein.

Genau deshalb war er sehr darauf bedacht gewesen, Hillevi zu zeigen, dass sie sich auf ihn verlassen konnte.

Schon lange hatte er das Gefühl gehabt, dass Kungshamn zu weit von Göteborg entfernt lag, dass er zu wenig vom Leben seiner Schwester mitbekam, um sein Bestes geben zu können. Gleichzeitig wollte er sie auf Abstand halten.

Ihm war früh klar geworden, dass seine Schwester ein Alkoholproblem hatte, und zwar schon zu Zeiten, als sie noch keine Kinder hatte. Und dennoch, trotz all der Jahre, die vergangen waren, hatte er es nicht ein einziges Mal geschafft, die Situation mit seiner Mutter zu besprechen.

»Siehst du nicht, was da passiert?«, hatte er gefragt. »Siehst du nicht, dass Patricia krank ist? Genau wie Papa.«

Sie hatte ihn mit einer solchen Verachtung angesehen, dass es ihm immer noch im ganzen Leib wehtat, wenn er daran dachte.

»Krank? Patricia ist nicht krank. Sie ist einfach nur ein bisschen gestresst.«

Die Erinnerung daran ließ ihn aufseufzen. Ola sah verstohlen zu dem Haus, das er besuchen sollte. Er hatte noch ein paar Minuten Zeit und würde es noch schaffen, Hillevi eine SMS zu schicken, ehe er hineinging.

Alles gut? Bist du in der Schule? Ist Sam in der Kita?

Die Nachricht war unterwegs, und Ola wartete auf Antwort. Als keine kam, schickte er noch eine Nachricht:

Spricht Sam jetzt?

Ola legte den Kopf an die Nackenstütze.

Der kleine Sam.

Der lockiges Haar und große Augen hatte. Genau wie Patricia.

Ola erinnerte sich, wie froh er gewesen war, als er hörte, dass sie ihr zweites Kind erwartete. Vor allem war er erleichtert, weil die erste Schwangerschaft, als Patricia Hillevi erwartete, seine Schwester von Grund auf verändert hatte. Sie trank fast nichts und kümmerte sich auf eine Weise um sich, wie sie es seit Teenagerzeiten nicht mehr getan hatte. Vielleicht würde auch die zweite Schwangerschaft sie zur Ruhe bringen. Das hatte er sich wirklich gewünscht, weil ihr Trinken in den Jahren zuvor eskaliert war.

Doch nichts kam so, wie er es erwartet hatte.

Im Gegenteil, Patricia wirkte anfälliger denn je. Sie scherte sich überhaupt nicht darum, dass sie schwanger war und dass sie die Gesundheit ihres ungeborenen Kindes gefährdete, indem sie trank. Außerdem rauchte sie weiterhin. Eines Tages ging es nicht mehr. Als sie an einem stürmischen Abend telefonierten und sie betrunken klang, setzte sich Ola ins Auto und fuhr nach Göteborg.

»Ich fahre nicht nach Hause, ehe du dich in eine Klinik eingewiesen hast!«, hatte er geschrien.

Wo Patricias Lebensgefährte an dem Abend war, wusste er nicht. Alles, woran er sich erinnerte, waren Hillevis große, ängstliche Augen, in denen Tränen schimmerten, als er seine Stimme erhob.

»Du begreifst gar nichts«, hatte Patricia geflüstert, während sie auf dem Fußboden zusammensackte. »Du ahnst ja nicht, wie schlimm es ist.«

Das ahnte keiner von ihnen.

Patricias damaliger Lebensgefährte, Sams Vater, war ein kompletter Idiot, der Kevin hieß, aus Großbritannien kam und jetzt in Alingsås lebte. Kevin und Patricia waren erst ganz kurz zusammen gewesen, als sie schwanger wurde. Zunächst hatte Ola einen ziemlich guten Eindruck von ihm gehabt, doch das wandelte sich schnell. Kevin wollte nicht Teil von Sams Leben sein, und er wollte auch keinen Unterhalt bezahlen.

Wie in einem richtig schlechten Film.

So einem, der im Göteborgs-Posten die miesesten Kritiken kriegte.

Guckt euch den Scheiß nicht an, spart lieber das Geld und bleibt zu Hause.

Ein Knall auf die Windschutzscheibe ließ Ola im Auto zusammenschrecken. Was zum … Zwei Kinder lachten laut ein paar Meter entfernt. Ein neuer Schneeball flog durch die Luft.

Pang.

Der Schnee explodierte auf der Windschutzscheibe. Dieser Überfall weckte seine Tatkraft. Ola schob die Autotür auf und stieg aus.

Die Kinder rannten um ihr Leben, immer noch hysterisch lachend.

Er sah ihnen lange nach. Sie waren jung, höchstens zehn Jahre alt, und voller Leben und Energie. Im Grunde hatte er nicht beabsichtigt, sie zu erschrecken, aber die beiden nahmen natürlich an, dass er böse war.

Und das war er.

Aber nicht auf sie.

Vor sich sah er Sams ernstes müdes Gesicht. Den ängstlichen Blick und den fest verschlossenen Mund. Kinder hörten nicht einfach so auf zu reden, da musste etwas Ernstes geschehen sein, etwas Schreckliches.

Es wäre schon vieles anders, wenn nur die richtigen Personen, die richtigen Behörden erfahren hätten, wie es zu Hause bei Patricia aussah. Wenn sie nur nicht einfach die ganze Zeit umgezogen wäre, zwischen verschiedenen Stadtteilen in Göteborg hin und her und manchmal auch in ganz andere Gemeinden. Als Hillevi nur zwei Jahre alt war, hatte Patricia in Borås gewohnt. Zwei Jahre später wohnten sie eine Zeitlang in Helsingborg. Trotz Anzeigen und Ermittlungen waren die Jugendämter nicht hinterhergekommen. Es war, als würden sie nie schaffen zu begreifen, wie schlecht es Patricia ging, und deswegen handelten sie nicht schnell genug.

Hoffentlich ist es noch nicht zu spät, dachte Ola.

Endlich antwortete Hillevi auf seine SMS.

Ja, sie war in der Schule, aber Sam war zu Hause. Patricia war krank. Und nein, er sprach noch nicht.

Verdammte Scheiße.

Ola holte seine Arbeitstasche aus dem Kofferraum und ging auf das Haus zu. Jetzt würde er diesen Kunden noch besuchen. Dann würde er zu Patricia fahren. Jetzt war Schluss mit dem Chaos. Es war nicht nur das Schweigen von Sam, das ihn verfolgte, sondern auch noch anderes. Zum Beispiel, dass Patricia einen Job als Konferenzbetreuerin im Smögens Hafvsbad bekommen hatte.

Wie war das eigentlich möglich?

Natürlich hatte sie schon häufiger als Bedienung gearbeitet, doch war es ihr nie gelungen, einen Job länger als ein paar Monate zu behalten.

Auf der halben Treppe zur Eingangstür hielt er inne. Und hatte eine Idee. Oder zwei. Er sollte zum Smögens Hafvsbad fahren und nach seiner Schwester fragen. Wenn sie wirklich dort arbeitete, dann würden sie ihm wohl mitteilen, dass sie krank war. Und wenn sie nicht dort arbeitete …

Mit zittriger Hand holte er das Handy aus der Jackentasche. Es war nicht sein eigenes Durcheinander, von dem er genug hatte, sondern das seiner Schwester. Als er auf das Display schaute, hielt er die Luft an. Ein Lächeln machte sich auf seinem Gesicht breit, ob er das nun wollte oder nicht.

August hatte sich gemeldet.

Ein weiteres Mal bedankte er sich herzlich für die schöne Kiste und versprach, sofort Bericht zu erstatten, sowie sie verkauft war. Aber das war nicht die Information, die Ola zum Lächeln brachte, sondern der letzte Teil der Nachricht:

Das Treffen des Lesekreises beginnt um 19 Uhr. Hoffe, wir sehen uns da!

Sein Herz pochte, als Ola das Handy zurückschob.

Nicht alles war Mist.

Nicht, wenn August Strindberg hoffte, ihn zu sehen.

Elfhundertsechsundfünfzig Kronen. So viel Geld hatte Hillevi im Portemonnaie, aber nur sie allein wusste davon. Einen Teil des Geldes hatte sie zu Weihnachten von ihrer Oma und von Ola bekommen, dazu einiges als Babysitter verdient, und der Rest war das, was von ihrem monatlichen Taschengeld übrig geblieben war. Ihre Mutter weigerte sich, sie das Kindergeld allein verwalten zu lassen. Stattdessen gab sie Hillevi dreihundert Kronen im Monat für »Kino und Süßigkeiten«.

Das reichte nicht.

Das musste ja jedem klar sein.

Sie hatte sich auf einer der Toiletten in der Schule eingeschlossen und saß auf dem Klodeckel. Die Schule hieß Sotenässkolan, und sie wollte nicht hingehen. Das Einzige, was Hillevi hier gut fand, war, dass die Schule in der Nähe von Sams Kita lag. Das beruhigte sie.

Die Mathestunde hatte vor fünfzehn Minuten angefangen, aber sie hatte nicht vor hinzugehen. Sie hatte keinen Bock und würde sowieso von den Zahlen nichts verstehen.

Mal im Ernst, wer musste denn schon so rechnen, wie man es in der Schule tat?

Niemand.

Zumindest niemand, der normal war.

»Wenn du dich nur etwas mehr anstrengen würdest, dann würdest du genauso viel begreifen wie alle anderen«, hatte ihre Lehrerin zu Hause in Göteborg immer gesagt.

Wenn sie nur daran dachte, wurde sie schon wütend.

Es ging überhaupt nicht darum, dass sie sich nicht anstrengen würde. Das Problem war, dass sie wichtigere Dinge zu tun hatte. Außerdem kriegte sie die Zahlen nicht geordnet, wenn sie sie anschaute. Es war, als würden sie um das Mathebuch herumtanzen, und es war Hillevi unmöglich, einen Überblick über die Zahlen und was man damit machen sollte zu behalten. Plus, minus, malnehmen – es war ihr alles völlig egal.

Die Geldscheine raschelten zwischen ihren Fingern, während sie zählte. Sie musste sie irgendwo verstecken, sonst würde ihre Mutter sich daran vergreifen und Schnaps dafür kaufen. Das war durchaus schon passiert, und es würde wieder passieren.

Hillevi schob Geldscheine und Münzen in den Geldbeutel und verließ die Toilette. Geld war eine wichtige Sache, das wusste sie.

Zu Hause in Göteborg war Hillevi einmal in der Woche Babysitter bei einem kleinen Mädchen gewesen, dessen Mutter in einer Tanzband sang. Sie hatte diesen Job geliebt, und das Mädchen, auf das sie aufpassen musste, mochte sie gern. Außerdem hatte sie da gutes Geld verdient – das sie dann jeden Tag woanders versteckt hatte, damit ihre Mutter es nicht fand.

»Du warst einfach fantastisch mit Selma«, hatte die Mutter des Mädchens gesagt, als sie sich das letzte Mal vor Hillevis Umzug sahen. »Wir werden dich so vermissen, dass es jetzt schon wehtut!«

Und dann hatte sie Hillevi so fest umarmt, dass sie kaum noch Luft bekam, und ihr ins Ohr geflüstert: »Du bist so unglaublich tüchtig, Hillevi. Versprich mir, dass du das nie vergisst. Du bist die Beste der Welt und hast nur das Allerbeste verdient. Versprich mir, dass du dich meldest, wenn du in Göteborg bist! Ich will nicht, dass wir uns aus den Augen verlieren, nur weil du umziehst.«

Auf dem Nachhauseweg hatte Hillevi geweint.

Du bist die Beste der Welt und hast nur das Allerbeste verdient.

Das hatte noch niemand je zu ihr gesagt.

Wahrscheinlich, weil es niemand anders als Selmas Mutter dachte.

Doch, vielleicht Sam. Aber der zählte nicht wirklich. Der war noch so klein und mochte irgendwie jeden.

Mit einem Mal erinnerte sie sich, was ihre Mutter am Tag zuvor gesagt hatte:

Soll ich dir ein Geheimnis verraten?

Und dann:

Wir werden es so viel besser haben. Bald können wir machen, was wir wollen.

Wie das denn? Hatte sie vor, eine Bank auszurauben oder so?

Die Schule war still und leer, als sie auf den Flur hinauskam.

Alle anderen waren im Unterricht.

Hillevi ging schnell zu ihrem Schrank. Sie wollte nicht gesehen und aufgehalten werden.

In der Tasche vibrierte ihr Handy.

Sie durften während des Unterrichts die Handys nicht laut haben, aber niemand nahm sie ihnen weg. Das war auch eine Sicherheit. Hillevi musste immer erreichbar sein. Wegen Sam. Und um ihrer selbst willen.

Sams Kita.

Sie drückte den Anruf weg.

Sam war heute zu Hause.

Mama fand, er sollte nicht in die Kita gehen, solange er nicht redete.

Hillevi wurde ganz schlecht, wenn sie an Sams Schweigen dachte.

Irgendetwas musste passiert sein, aber er weigerte sich, darüber zu reden. In den letzten Nächten hatte er in Hillevis Bett geschlafen und war nicht wie sonst üblich mitten in der Nacht wie ein kleines Gespenst aufgetaucht. Jetzt wollte er in Hillevis Arm schlafen und blieb auch da bis zum Morgen. So war es, seit er in jener Nacht in ihr Bett gekrochen war, schweigend und kalt und nach Feuerrauch riechend.

Woher kam das, Sam?, dachte Hillevi. Warum hast du wie ein Kaminfeuer gerochen?

Zu Ola hatte sie nichts über den Rauchgeruch gesagt, aber bald musste sie es ihm erzählen. Ola machte sich genauso viel Sorgen darüber, dass Sam aufgehört hatte zu reden wie sie. Sie mussten herauskriegen, was passiert war, und Hillevi glaubte, dass es eilig war.

Sie schlug den Schrank zu, überlegte es sich dann aber anders und öffnete ihn wieder.

Der Geldbeutel.

Den musste sie ordentlich verstecken. In der Schule war er garantiert sicherer als zu Hause.

Hillevi zog drei Bücher heraus, schob den Geldbeutel dahinter und stellte die Bücher zurück. Dann schloss sie den Schrank ab und ging raus.

Sie zog Jacke, Schal und Mütze an.

Draußen war es saukalt.

Sie würde jetzt nach Hause gehen.

Nach Hause zu Sam und zu ihrer Mutter, die krass hoch Fieber hatte und einen bellenden Husten.

Wieder brummte das Handy. Hillevi schluckte. Wieder die Kita.

Irgendetwas musste passiert sein. Wahrscheinlich erreichten sie Mama nicht.

Verdammt noch mal.

Hillevi kämpfte, ruhig zu klingen, als sie ranging. Auf der Straße rauschte ein Auto vorbei und hupte sie an.

»Hillevi, bist du da?«

Es war die Erzieherin, die so empört gewesen war, weil Sam eines der anderen Kinder geschlagen hatte.

»Ja.«

»Was macht denn da so einen Lärm, bist du nicht in der Schule?«

Das geht dich einen Scheißdreck an, dachte Hillevi. Und warum rief die Frau überhaupt an, wenn sie doch dachte, Hillevi sei in der Schule?

Laut sagte sie:

»Wir haben eine Freistunde.«

Die Erzieherin murmelte etwas Unverständliches, was nicht für Hillevi bestimmt war. Im Hintergrund konnte man schwach eine andere Stimme hören.

Hillevi machte größere Schritte.

»Wir können deine Mutter nicht erreichen«, sagte die Erzieherin. »Ist irgendwas passiert?«

Ihr Magen krampfte sich zusammen und schmerzte.

Ist irgendwas passiert?

Das war ja wohl andauernd so, dachte sie.

Die Erzieherin hustete ins Telefon.

»Es ist sehr wichtig, dass wir mit eurer Mutter sprechen können«, sagte sie dann.

Die Stimme war sanft und aggressiv zugleich.

Es war deutlich zu hören, dass man in der Kita jetzt allmählich die Geduld verlor.

»Ich werde Bescheid sagen, dass Sie angerufen haben«, sagte Hillevi.

»Ja bitte, tu das«, antwortete die Erzieherin.

Dann sagte sie nichts mehr, und in der Stille, die dann folgte, wuchs eine Sorge in Hillevi. Irgendwas war komisch an diesem Anruf. Er war nicht wie die anderen Male, als sie angerufen hatten, weil ihre Mutter nicht erreichbar war. Sie redeten zu wenig, schimpften zu wenig.

Eine Falle.

So fühlte es sich an.

Als wäre sie geradewegs in eine Falle getappt, ohne zu begreifen, wie oder warum.

Hillevi schluckte. Jetzt war sie dran, Fragen zu stellen. Sie entschied sich dafür, dasselbe zu fragen, wie die Erzieherin gerade zuvor. Das einzig Wichtige.

»Ist irgendwas passiert? Also, ich meine …«

Neues Gemurmel im Telefon.

»Jetzt antworten Sie doch schon!«, rief sie.

Und bereute es sofort. Es funktionierte niemals, wenn man wütend wurde. Dann wurde nämlich das irgendwie auch noch zu einem Problem, über das geredet werden musste.

Reden, reden, reden.

Immer musste geredet werden. Sodass am Ende die Worte viel zu viele waren und das Nette viel zu wenig.

»Naja, was heißt passiert, es ist besser, wenn wir mit deiner Mutter darüber reden.«

Hillevi legte auf.

Sie konnte nicht mehr weitermachen.

Aber da klingelte das Handy schon wieder.

»Verdammter Mist, hört doch auf!«, schrie sie laut.

Dann sah sie, wer sie anrief. Ola. Hillevi ging sofort ran.

»Hallo!«

»Hallöchen.«

Olas Stimme klang nett und warm, fast wie immer. Aber nur fast. Hillevi blieb stehen.

»Haben sie dich auch angerufen? Von Sams Kita?«

»Nein, gar nicht. Wieso, hätten sie das tun sollen?«

Hillevi ging weiter. Sie hörte, wie Ola schwer atmete.

»Hillevi, warum fragst du, ob sie von Sams Kita angerufen haben?«

Sie schüttelte den Kopf. Konnte einfach nicht mehr weitermachen. Trotzdem musste sie.

Musste, musste, musste.

Reden, reden, reden.

»Sie haben eben angerufen. Klangen krass komisch. Mama geht nicht ran, wenn sie anrufen.«

»Ich kann verstehen, dass sie sich Sorgen machen. Das tue ich auch. Ich bin hier gerade bei einem Kunden fertig geworden, wo bist du jetzt?«

Hillevi blieb wieder stehen. Die Kälte biss ihr in die Wangen, und die Mütze kratzte.

»Was? Stehst du jetzt auf der Seite der Kitamenschen?«, fragte sie.

Nicht auch noch Ola. Das würde sie nicht überleben.

»Natürlich nicht«, sagte er. »Ich bin immer auf deiner und Sams Seite. Aber es ist der Job der Kitamenschen, sich Sorgen zu machen, das musst du verstehen.«

Hillevi grinste. Die Kitamenschen würden es hassen, Kitamenschen genannt zu werden. Vielleicht nicht von Hillevi, aber von Ola, der älter war. Dann verschwand das Lächeln wieder. Sie war anderer Meinung als Ola. Der Job der Erzieherinnen musste es sein, sich um Leute zu kümmern und nicht sie zu verfolgen.

»Wo bist du denn?«, fragte Ola noch einmal.

»Auf dem Weg nach Hause.«

»Schon?«

»Wir hatten heute früher aus.«

Es war gerade erst kurz nach zwölf. Sogar Ola musste durchschauen, dass sie log.

Hillevi trat hinter einen Schneeklumpen auf dem Bürgersteig. Warum riefen so viele Leute an, die alle davon ausgingen, sie wäre in der Schule? Da konnte sie doch nur rangehen, wenn Pause war.

»Ich dachte, ich komme mal bei euch vorbei«, meinte Ola. »So ungefähr in einer halben Stunde oder so. Ich muss erst noch was anderes erledigen, aber dann können wir zusammen zu Mittag essen, wenn du willst.«

Hillevi wurde gleichzeitig warm und kalt. Sie hatte keine Zeit gehabt aufzuräumen, ehe sie am Morgen in die Schule gegangen war. In der Wohnung sah es voll scheiße aus. Bierdosen auf dem Fußboden im Wohnzimmer und überall Klamotten. Und Pizzakartons. Und dreckiges Geschirr. Massenhaft dreckiges Geschirr.

Und Sam.

»Komm in einer Stunde«, schlug sie vor.

»Das geht nicht. Ich muss danach noch was arbeiten. Aber ich habe in den letzten Tagen viel an euch gedacht. Wenn Sam nicht mehr redet, dann macht mir das wirklich Angst. Hillevi, sag ganz ehrlich, weißt du, warum er nicht spricht?«

Hillevi schüttelte den Kopf und spürte, wie ihr die Tränen in die Augen stiegen.

»Ich schwöre, ich habe keine Ahnung«, flüsterte sie.

»Okay, dann sehen wir uns gleich«, sagte Ola.

Hillevi ging schneller.

Er würde so wütend auf sie werden. Da war sie ganz sicher. Er würde explodieren, wenn er sah, wie es bei ihnen zu Hause aussah. Wie hatte sie nur Sam in einer so versifften Wohnung lassen können? Das würde er fragen.

Wenn sie es nur schaffte, wenigstens das Schlimmste wegzuräumen.

»Okay, bis gleich«, sagte sie und legte auf.

Dann ging sie noch schneller.

Der Keller unter dem Laden war der einzige Ort, den August für geeignet hielt, um zu sehen, was auf dem Super-8-Film war. Er lachte still vor sich hin, als er die Treppe herunterging. Das hier war kein Keller, zu dem er eine besonders innige Beziehung hatte. Im Gegenteil. Er mochte ihn überhaupt nicht.

Das lag nicht nur an all dem Schrecklichen, was in seinem Haus während des Herbstes passiert war, sondern auch an der Tatsache, dass es eben ein Keller war. Er verstand das Konzept nicht und konnte unmöglich etwas so Lächerliches verherrlichen, wie unter der Erde zu sitzen und es sich da gemütlich zu machen.

Nichtsdestotrotz hatte er den Keller unter dem Secondhandladen renoviert.

Und zwar gründlich.

Alle schrecklichen Teppiche und Tapeten und Wandfarben, die es dort gegeben hatte, als er das Haus kaufte, waren verschwunden. Jetzt war es hell und schön und vor allem sauber.

August ging in einen Raum, in dem noch keine Regale angebracht waren. Da gab es die weiße Wand, die er brauchte, um den Film anzusehen, vorausgesetzt, der Projektor funktionierte, wie er sollte. August stellte ihn auf einen Stuhl und steckte das Kabel ein. Danach setzte er sich in einen Sessel, den ein Kunde vor einiger Zeit abgegeben hatte. Wenn der Film irgendetwas zeigen würde, was er nicht begriff oder als problematisch empfand, dann würde er ihn natürlich der Polizei weitergeben. Auf keinen Fall wollte er die laufende Ermittlung gefährden.

Er holte tief Luft, während er den Film in die Halterung setzte. Dann warf er den Projektor an. Tatsächlich, er funktionierte. Ein viereckiges Lichtbild zeichnete sich auf der weißen Wand ab. Der Projektor zog den Filmstreifen ein. Sein Herz pochte, und die Augen brannten. Dieses surrende Geräusch, wenn er lief. Mit einem Mal war er wieder in die Zeit zurückgeworfen, in der er sein Elternhaus ausgeräumt hatte.

Wenn ich Kinder bekomme, dann werde ich versuchen, sie besser zurückzulassen als meine Eltern mich, dachte er.

Was natürlich ungerecht war, denn seine Eltern hatten sich überhaupt nicht ausgesucht, wie sie sterben wollten. Es war einfach so geschehen.

Jetzt rollte Alex' Film an. Ein wildwüchsiges Beet und ein hohes Gebüsch waren zu sehen.

August justierte die Schärfe.

Das Licht war gelb und warm, wie die Sonne an einem späten Sommerabend. Derjenige, der die Kamera hielt, hatte keine sonderlich ruhige Hand. Man sah nicht, wer filmte, und Ton gab es auch nicht. Deswegen war nicht zu sagen, ob die Kamera schwankte, weil derjenige, der sie festhielt, alt und zittrig war, oder ob die betreffende Person über etwas lachte oder einfach nur ganz allgemein unkonzentriert war. Ein Stativ war jedenfalls nicht benutzt worden.

Auf dem Film waren immer noch dasselbe Gebüsch und dasselbe Beet zu sehen. August sah auf die Uhr. Der Film lief jetzt über eine Minute. Da änderte sich die Szene. Jemand schaute hinter dem Gebüsch heraus. Erst einmal, dann noch einmal.

Eine Frau.

Das zweite Mal, als sie im Bild zu sehen war, lächelte sie und winkte. Dann verschwand sie wieder hinter dem Gebüsch, um fünf Sekunden später erneut herauszuschauen. Diesmal ging sie um das Gebüsch herum und blieb vor der Kamera stehen. Nach ihrer Frisur und Kleidung zu schließen war der Film irgendwann in den späten Siebzigerjahren, vielleicht genau zu Anfang der Achtzigerjahre aufgenommen worden. Sie lachte in die Kamera, winkte und warf ihr eine Kusshand zu.

Sieh mal einer an.

Ein kleiner Liebesgruß an das Familienarchiv.

Die Kamera bewegte sich näher zu der Frau.

Sie sah etwas peinlich berührt aus, wich aber nicht zurück. Ihr Blick jedoch flackerte, und als die Kamera so nahe kam, dass ihr Gesicht das ganze Bild ausfüllte, legte sie in einer dramatischen Geste die Hand über die Augen. Diese Geste war eigentlich völlig unnötig, denn die Linse der Filmkamera kam sowieso nicht mit, und das Bild wurde verschwommen.

Dann wurde es wieder klar.

Kristallklar.

August beugte sich vor. Irgendwie kam ihm die Frau bekannt vor. Das Lächeln, die Nase, die Augen. Er erkannte alles wieder, ohne sie irgendwie einordnen zu können.

Die Frau lachte und ging ein paar Schritte zur Seite.

Die Kamera folgte ihr, und jetzt kam hinter der Frau ein Haus ins Bild.

Axels Haus.

August überlegte, wer hier wohl filmte. Axels Frau Denise war es nicht. Die Frage war also, ob Axel die Kamera hielt oder jemand anders.

Dann bekam die Frau die Sonne ins Gesicht und legte erneut die Hand über die Augen. Diesmal funktionierte die Schärfe ausgezeichnet. August stand auf und trat näher zur Wand.

Der Ring an ihrer Hand.

Den erkannte er wieder, hatte ihn kürzlich erst gesehen.

Und plötzlich fielen alle Mosaiksteinchen an ihren Platz. Jetzt wusste er, warum sie ihm bekannt vorkam.

Mary Thynell.

Erstaunt machte August einen Schritt zurück. Und auf der Wand spielte sich eine neue Szene ab. Jemand musste die Aufnahme unterbrochen und dann zu einem späteren Zeitpunkt weitergefilmt haben. Vielleicht am selben Tag, vielleicht in einem ganz anderen Jahr. Das konnte man unmöglich wissen. Denn jetzt filmte jemand durch ein Fenster.

August starrte wie gebannt auf den Film.

Ein Fenster stand halb offen, und die Kamera hatte sich in die Öffnung geschoben.

Ein junges Mädchen stand in einem Schlafzimmer und probierte vor dem Spiegel eine Konfirmationskutte an. Man konnte nicht erkennen, ob ihr bewusst war, dass sie gefilmt wurde.

Sie sah entspannt aus.

Froh und erwartungsvoll.

Das helle Haar lockte sich um ihr Gesicht. Das Kinn war kantig und die Nase gerade, doch alles in ihrer Erscheinung strahlte unzerstörte Jugend aus.

So hatte August bei seiner Konfirmation nicht ausgesehen. Im Gegenteil, das war eine angstbesetzte Zeit gewesen. Außerdem war er hässlich gewesen. Pickelig und fettig. Sein Pflichtgefühl war aber bereits da sehr ausgeprägt gewesen. Wer war er, dass er sich konfirmieren ließ, wo er sich doch nicht als gläubig bezeichnete? Das war doch der reine Betrug.

Ich war ein verdammter Schnösel, dachte August und wurde rot.

Das Mädchen machte ein paar Schritte in ihrer Kutte und kam dann näher zur Kamera. Der Umhang war zu lang, und sie musste die Schärpe justieren, um ihn hochziehen zu können. Als sie stehen blieb, zoomte die Kamera auf ihr Gesicht. Das machte das Bild weniger scharf, aber man konnte immer noch sehen, wie sie aussah.

August legte den Kopf schief.

Auch sie kam ihm bekannt vor. Nicht so sehr wie Mary, aber doch genug, um darüber nachzudenken, wer sie sein könnte. Das war schwer, vor allem da das Mädchen auf dem Film so jung war. Wenn der Film in den Siebzigerjahren aufgenommen worden war, dann musste sie heute um die sechzig Jahre alt sein.

Wer ist das?, dachte August. Wen kenne ich, der um die sechzig ist und als Fünfzehnjährige so ausgesehen haben könnte?

Er wusste es nicht.

Der Projektor lief weiter, es waren nur noch wenige Sekunden von dem Film übrig.

Da geschah es.

Das Mädchen fuhr zusammen und sah aus, als ob ein lautes Geräusch ihr bewusst gemacht hätte, dass sie beobachtet wurde. Sie wandte den Blick zum Fenster und riss die Augen auf.

Ihre ganze Gestalt erstarrte mitten in einer Bewegung.

Die Lippen formten sich zu Worten, die er nicht hören konnte, aber ihre Miene war umso deutlicher.

Erschrocken. Das Mädchen auf dem Film war erschrocken.

Man lernte ja erstaunlich viel über einen Menschen, wenn man seine finanzielle Situation unter die Lupe nahm. Diese Erfahrung hatte Maria schon oft gemacht, und auch bei Axel bestätigte sie sich wieder. Ein gewöhnlicher Kontoauszug konnte alles Mögliche enthüllen: wie oft (und wo) man zum Friseur ging und wie viel Geld man für Essen, Geschenke, Alkohol und Reisen ausgab.

In Axels Ordnern waren zwar keine Kontoauszüge, aber die Rechnungen waren auch interessant. Vor allem diejenigen, die von Versicherungsunternehmen stammten.

Maria schaute die jüngsten Rechnungen an. Da ging es um eine Versicherungsprämie für ein Sommerhaus. Sie wurde nachdenklich. Axel besaß kein Sommerhaus. Doch als sie auf der nächsten Seite den Brief der Versicherung las, klärte sich das auf. Hier ging es um die Versicherung eines Bootshauses. Zahlungsziel der Rechnung war der 3. Januar, und mitten auf das Papier hatte jemand »OK« geschrieben. Dasselbe Kürzel stand auf allen anderen Rechnungen auch, somit nahm Maria an, dass es Axels Methode gewesen war zu markieren, dass er die Rechnung bezahlt hatte.

Das Bootshaus war mit einer Summe von 200.000 Kronen versichert. Das machte Maria nachdenklich. 200.000 war natürlich viel Geld für jemanden, der gar keines hatte, aber das Bootshaus wäre sehr viel mehr wert gewesen, wenn Axel es verkauft hätte. Warum hat er also nicht das gemacht? Warum war ihm so daran gelegen, schnell an Bargeld zu kommen?

Wenn es wirklich so war, dass Axel selbst die Hütte angesteckt hatte. Die Ordnung in seinem Zuhause ließ Maria das fraglich erscheinen. Axel war offenbar ein Mann gewesen, der die Situation unter Kontrolle hatte. Natürlich hatte er in Spanien ein schlechtes Geschäft gemacht und bestimmt auch die ein oder andere wirtschaftliche Fehlentscheidung getroffen, doch das konnte jedem passieren. Außerdem zeugten die Literatur und die Zeitschriften im Haus von Bildung.

Hatte er allen Ernstes geglaubt, dass er mit seinem recht amateurhaften Abbrennen des Bootshauses davonkommen würde? War ihm nicht klar gewesen, dass die Vorgehensweise Fragen aufwerfen würde, die eine Bezahlung der Versicherungssumme gefährdeten?

Ray-Ray kam zurück. Er sah aufgeregt aus.

»Die Reinigungsfirma hat bestätigt, dass sie Axel als Kunden hatten«, berichtete er. »Einmal die Woche haben sie hier geputzt. Die Reinigungskraft hatte keinen eigenen Schlüssel, sondern er war immer zu Hause und hat sie reingelassen.«

»Okay«, sagte Maria.

»Ich habe ihre Nummer bekommen und sie angerufen. Sie hat erzählt, dass Axel in den letzten Wochen eine Art von großem Aufräumen begonnen hat. Jedes Mal, wenn sie in der Zeit gekommen war, saß er da und sortierte Sachen und packte sie in Kartons. Deswegen steht eine ganze Reihe Kartons im Keller. Sie hat gesagt, sie hätte noch mit ihm gescherzt und gefragt, ob er alles sterbeklar machen würde, doch das hatte er verneint und stattdessen behauptet, er hätte einfach das Bedürfnis, seine Besitztümer durchzugehen und alten Mist wegzuwerfen.«

»Oder ihn August zu geben«, sagte Maria bedächtig.

»Wie bitte?«

»Der Karton, den August von Axel bekommen hat. Der mit der Kamera, dem Projektor und dem Film und den Steinen. Das kann er ja auch alles beim großen Aufräumen zusammengesammelt haben.«

»Stimmt«, sagte Ray-Ray. »Aber mit den Sachen in dem Karton ist doch irgendwas komisch. Ich meine, von allen Dingen, die man an einen Secondhandladen weitergeben kann, warum ausgerechnet einen Projektor? Oder einen Haufen Steine?«

Er sah sie verständnislos an.

»Wir machen weiter. Hast du noch was anderes gefunden?«

»Sieh dir das an«, sagte Maria und reichte ihm den Ordner.

Ray-Ray las konzentriert und blätterte weiter.

»Verdammt noch mal, was ist denn das hier?«, fragte er und hielt ihr den Ordner wieder hin.

Da war eine weitere Versicherungsprämie, aber bei einer ganz anderen Firma. Diesmal war es ein international aufgestelltes Unternehmen, das auf die Versicherung von wertvoller Kunst spezialisiert war.

»Sieh doch«, sagte Ray-Ray, »vor drei Wochen erst hat er ein Gemälde versichert, das laut Gutachten des Unternehmens über eine Million Kronen wert war.«

Maria war verblüfft, vor allem, als sie die Beschreibung des Gemäldes las. Der Name des Künstlers sagte ihr gar nichts, aber angeblich war das Gemälde zwei Meter hoch und anderthalb Meter breit.

Maria und Ray-Ray sahen sich verwirrt um.

Keiner von ihnen hatte ein so großes Bild im Haus gesehen.

»Diesen Anruf erledige ich«, sagte Maria und rief das Versicherungsunternehmen an.

Einige Minuten und diverse Weiterverbindungen später hatte sie einen der Chefs in der Leitung. Sie stellte das Handy auf Lautsprecher. Der Mann klang jung, aber betroffen, als er hörte, wer sie war und warum sie anrief.

»Was sagen Sie da? Axel Ehnbom ist gestorben? Das ist ja schrecklich.«

»Ja«, sagte Maria, »das finden wir auch. Aber sagen Sie mir, dieses Gemälde, das er kürzlich bei Ihnen hat versichern lassen. Haben Sie eine Ahnung, wo sich das befinden könnte?«

Wenn es das überhaupt gibt, fügte sie im Stillen hinzu.

»Durchaus«, antwortete der Mann. »Aber in dem Fall müsste ich Ihre Ausweise sehen. Solche Informationen kann ich ja nicht einfach so herausgeben.«

Maria schaute den Versicherungsbrief an. Das Unternehmen hatte sowohl in Stockholm als auch in Göteborg Büros.

»Ich kann einen Kollegen von der Polizei Göteborg bei Ihnen vorbeischicken«, sagte sie.

»Tun Sie das«, sagte der Mann. »Ich helfe Ihnen auf jeden Fall so gut ich kann. Axel Ehnbom werde ich so schnell nicht vergessen. Ein sehr besonderer Mann, der außergewöhnliches Glück hatte.«

Maria war erstaunt. Außergewöhnliches Glück? Sie hatte doch eben erst erzählt, dass er gestorben war.

»Das klang jetzt etwas unpassend«, beeilte sich der Mann zu sagen. »Ich weiß schon. Aber ich dachte nur an das Kunstwerk und wie er dazu gekommen ist.«

»Verstehe«, erwiderte Maria, die sich darüber ärgerte, wie viel Neugier der Mann in ihr weckte, ohne eigentlich etwas von Wert zu erzählen.

»Waren Sie derjenige, der das Kunstwerk begutachtet hat?«

»Ja«, sagte der Mann. »Das war eine besondere Begegnung. Es war mein erster Besuch auf Hovenäset. Fantastischer Ort!«

Maria und Ray-Ray sahen sich an. So konnten sie zumindest sicher sein, dass das Kunstwerk existierte, auch wenn sie keine Ahnung hatten, wo es sein könnte.

»Das heißt, Sie waren zu Hause bei Axel?«, fragte Maria.

»Das ist richtig«, bestätigte der Mann. »Wir haben uns in seinem Haus getroffen und sind dann zum Bootshaus spaziert.«

Er hielt inne und schien einzusehen, dass er zu viel gesagt hatte.

Zum Bootshaus.

»Das Kunstwerk befand sich also im Bootshaus?«, fragte Maria bedächtig.

Der Mann redete weiter, doch jetzt wirkte er unsicher und besorgt.

»Warten Sie, warten Sie, ich muss nachdenken. Also entschuldigen Sie bitte, ich müsste eigentlich wirklich einen Ausweis von Ihnen sehen, ehe ich was sagen kann … aber ich möchte dennoch fragen. Was heißt denn befand sich im Bootshaus? Ich meine, wie …«

Nun tauschten sie die Rollen. Jetzt waren es Maria und Ray-Ray, die darüber nachdenken mussten, wie viel sie übers Telefon sagen durften.

»Das Bootshaus ist vor zwei Nächten abgebrannt«, erklärte Maria.

»Gütiger Gott«, flüsterte der Mann. »Ja, das Kunstwerk befand sich im Bootshaus. Es war direkt auf die eine Wand gemalt, die dann mit einem Holzpaneel von innen zugebaut worden war.

»Wie bitte?«, fragte Maria, die das nicht richtig verstand.

»Eine Wand im Bootshaus war doppelt beplankt. Und als Axel das innere Paneel weggenommen hatte, fand er das Gemälde. Es stellte sich heraus, dass der Künstler irgendwann zuvor das Bootshaus besessen hatte. Das Gemälde war in diversen Künstlerkreisen bekannt und fast zu einem Mythos geworden, weil niemand herausfinden konnte, wo es sich befand. Und dann hat Axel es rein zufällig gefunden.«

»Aber wie konnte es in einer alten nicht gedämmten Bootshütte erhalten bleiben?«, fragte Maria.

»Weil es mit derselben Farbe gemalt worden ist, mit der die Leute zu jener Zeit ihre Häuser gestrichen haben, und mit einem groben Pinsel. Der Künstler hat mit nur drei Grundfarben gearbeitet, die dann in verschiedenen Nuancen gemischt wurden. Äußerst ansprechend, muss ich sagen. Außerdem möchte ich noch hinzufügen, dass ein altes, nicht gedämmtes Bootshaus keineswegs das Schlimmste ist, was man einem Kunstwerk antun kann.«

Maria versuchte, sich das Gemälde vorzustellen. Es funktionierte nicht.

»Entschuldigen Sie eine sicher etwas dumme Frage«, begann sie, »aber wenn hier jemand mit übrig gebliebener Hausfarbe ein feines Gemälde direkt auf die Wand in einem Bootshaus malt, wie kann daraus Kunst im Wert von Millionen werden?«

Der Mann am anderen Ende schwieg eine Weile.

»Ich denke, dass Sie von dem Künstler noch nie zuvor gehört haben«, sagte er dann vorsichtig, »aber ich kann Ihnen das erklären.

Stellen Sie sich vor, dass zum Beispiel Vincent van Gogh in ein Bootshaus in Bohuslän gereist wäre und direkt auf die Wand gemalt hätte und dass dieses Wandgemälde dann relativ gut erhalten hundert Jahre später entdeckt worden wäre. Glauben Sie nicht, dass dieses Gemälde, obwohl er es nur mit Hausfarbe gemalt hätte, auch sehr viel wert wäre?«

Maria wurde rot, und Ray-Ray verdrehte die Augen.

»Sicher wäre es das«, sagte Maria. »Aber …«

»Natürlich war der Künstler, der das Gemälde in Axels Bootshaus geschaffen hat, überhaupt nicht so groß wie Van Gogh, ist aber definitiv einer unserer Größten. Viele würden sehr viel für ein Gemälde von ihm bezahlen. Außerdem war das Motiv schön. Ansprechend.«

»Aber wie würde ein Käufer es denn mitnehmen können?«, fragte Maria ungläubig.

»Das wäre der nächste Schritt. Wenn Axel das Gemälde hätte verkaufen wollen, dann hätte man die Holzplanken im Bootshaus eine nach der anderen rausnehmen, sie beschneiden und dann woanders aufhängen müssen. Die Restaurierung des Werkes wäre ganz einfach gewesen.«

Und damit war das Wichtigste klargestellt.

Kurz bevor das Bootshaus angezündet wurde, war dort ein wertvolles Kunstwerk gefunden worden. Jetzt wussten sie, warum es in der Hütte eine Alarmanlage gab. Wenn Axel noch leben würde und mit seinem Versicherungsbetrug durchgekommen wäre, dann wäre er jetzt ein reicher Mann.

»Warum hat er das Gemälde nicht verkauft?«, fragte Maria, nachdem sie aufgelegt hatte.

»Verdammt gute Frage«, sagte Ray-Ray. »Vielleicht weil er an seiner Echtheit zweifelte?«

»Oder weil die Zeit nicht reichte«, sagte Maria. »In dem Fall möchte ich gerne wissen, warum er es so eilig hatte, an Geld zu kommen.«

Der Rucksack war gelb und das Schönste, was Hillevi besaß. Sie packte zwei Pullover hinein, dazu eine Hose und drei Unterhosen. Dann zögerte sie, zog einen der Pullover wieder raus und legte stattdessen ein paar Strümpfe in den Rucksack.

Sam sah ihr schweigend zu.

Aus der Küche war Olas Stimme zu hören.

»Sorry, dass ich Chaos anrichte, aber ich muss heute ein paar Stunden freihaben. In der Familie ist etwas Unangenehmes passiert, worum ich mich kümmern muss.«

In der Familie ist etwas Unangenehmes passiert.

Hillevi und Sam waren es, die »passiert« waren.

Mama war es, die »passiert« war.

Aber vor allem sprach Ola wahrscheinlich von all dem, was nicht passiert war.

Hillevi hatte nicht so viel aufräumen können, wie sie gehofft hatte.

Und sie hatte es nicht geschafft, Sam anzuziehen. Als Ola auftauchte, hatte er immer noch seinen schmutzigen Schlafanzug an.

Ihre Mutter lag in ihrem Zimmer und schlief. Das hatte sie auch getan, als Hillevi aus der Schule kam, und da war sie wütend geworden, weil das Zuschlagen der Eingangstür sie geweckt hatte.

»Ich werde noch wahnsinnig!«, hatte sie gebrüllt. »Grade geht alles zum Teufel, kann ich nicht mal in meinem eigenen Zuhause ausruhen?«

»Grade geht alles zum Teufel« klang ja ziemlich weit entfernt von »Wir werden es so viel besser haben«.

»Was glotzt du so, verdammt noch mal?«, hatte ihre Mutter geschrien. »Glaubst du etwa, es ist leicht, alles richtig zu machen?«

Dann war sie gegangen und hatte sich wieder hingelegt.

Hillevi war so wütend geworden.

»Ich hasse dich!«, hatte sie gebrüllt und die Tür zum Schlafzimmer der Mutter zugeknallt.

Null Reaktion.

Mehrere Minuten lang nicht.

Da war alle Wut verschwunden, und stattdessen bekam Hillevi es mit der Angst zu tun.

Vielleicht war Mama gestorben. Sonst wurde sie immer superwütend, wenn Hillevi sie anschrie.

Vorsichtig hatte sie die Schlafzimmertür wieder geöffnet. Ihre Mutter hatte sich im Bett gewälzt und herumgedreht. Hatte geschnarcht und gehustet. Nein, sie war nicht tot. Aber manchmal fragte sich Hillevi, ob sie vielleicht ein bisschen dumm war.

Und während das alles passierte, raste ihr die Zeit davon.

Als Ola dann an der Tür klingelte, war Hillevi nicht fertig gewesen.

Ola hatte eine Menge gutes Thai-Essen mitgebracht, das er auf Smögen gekauft hatte. Er hatte die Tüte mit dem Essen auf den Küchentisch gestellt, und dann hatten er und Hillevi gemeinsam drei Teller gespült und Besteck gesucht.

Und jetzt stand Ola in der Küche und redete mit seinem Chef.

In der Familie ist etwas Unangenehmes passiert.

Hillevis Blick verschwamm. Warum passierte in ihrer Familie niemals etwas Nettes oder Gutes? Warum musste immer alles so anstrengend sein?

Sie versuchte sich Ola irgendwo ganz anders vorzustellen. In ihrer alten Küche zu Hause in Göteborg.

Da war auch immer jede Menge Müll und dreckiges Geschirr gewesen, aber was, wenn es eines Tages mal strahlend sauber gewesen wäre? So wie immer auf all den Reklamebildern. So sauber, dass es gut roch und alles glänzte. Dann hätte Ola da stehen und seine Chefin anrufen und etwas ganz anderes sagen können. Was Fröhliches:

»In der Familie ist etwas sehr Erfreuliches passiert, und ich wäre so gern dabei.«

Hillevi strich sich eine Träne von der Wange und schaute in ihren Rucksack.

Sie wusste nicht, wie lange sie weg sein würden. Ola hatte nur gesagt, er wolle, dass sie und Sam für ein paar Tage bei ihm wohnten.

Ein paar Tage.

Meinte er zwei? Vielleicht drei?

Hillevi legte den Pullover zurück, den sie eben aus dem Rucksack gezogen hatte. Dann stopfte sie noch drei T-Shirts und zwei weitere Unterhosen dazu.

»Seid ihr langsam fertig?«

Ola stand in der Tür und sah Hillevi und Sam an.

Sie nickte.

»Ich glaube ja. Aber … wie lange werden wir denn weg sein?«

»Pack mal für ein paar Tage.«

»Aber …«

»Ich weiß es nicht, Hillevi. Aber ich wohne doch in der Nähe. Alles, was ihr vergessen habt, können wir später holen. Soll ich Sam mit seinen Sachen helfen?«

Hillevi schüttelte den Kopf.

»Das kann ich machen. Ich packe nur meins schnell fertig.«

»Du hast genug zu tun«, sagte Ola. »Komm, Sam. Wir packen auch für dich ein paar Anziehsachen ein.«

Sam ging zu Ola.

»Hat er eine Tasche, in die ich die Sachen reintun kann?«, fragte Ola. »Du solltest übrigens vielleicht auch etwas anderes mitnehmen. Dieser Rucksack sieht doch sehr klein aus.«

Hillevi schwieg. Es gab so vieles, was Ola immer noch nicht begriffen hatte. Zum Beispiel, dass Sam fast keine sauberen Kleider hatte und dass er die aus dem Wäschekorb im Badezimmer würde pflücken müssen. Und dass ihre Mutter keine richtige Reisetasche besaß, weshalb sie alles in Plastiktüten packen müssten, wenn sie viele verschiedene Sachen mitnahmen.

»Es gibt keine Tasche«, sagte sie leise.

Ola sah sie lange an. Er sah böse aus. Und traurig.

»Ich finde schon was«, sagte er dann.

Hillevi sah zu Boden.

Alles fühlte sich falsch an, aber gleichzeitig ein bisschen gut. Sie war es so leid, die ganze Zeit zu lügen.

»Hillevi?«

Olas Stimme war sanft, und das war das Schlimmste, was Hillevi passieren konnte, wenn sie traurig war. Dann konnte sie die Tränen nicht aufhalten. Niemals.

»Hmm«, brummte sie.

Sie drückte die Kleider im Rucksack ganz fest zusammen, damit noch ein Buch und ein paar Toilettensachen reinpassten.

»Dir ist schon klar, dass nichts von alldem hier deine Schuld ist, oder?«

Wieder verschwamm ihr Blick.

»Hillevi?«

Sie drehte sich nicht um, nickte nur stumm, obwohl es sich anfühlte, als würde sie lügen. Natürlich war das ihre Schuld. Sie hätte sich um die Wäsche kümmern können, das Geschirr spülen, besser nach Sam schauen und aufhören, mit ihrer Mutter zu streiten.

Ola betrat das Zimmer und legte ihr eine Hand auf den Rücken. Hillevi schniefte und wischte sich schnell die Wangen ab.

»Du bist die weltbeste Schwester für Sam«, sagte Ola. »Die Weltbeste! Wirklich. Aber es gibt gewisse Bereiche, die einfach nicht in deine Verantwortung fallen, sondern um die Eltern sich kümmern müssen. Also denk bitte überhaupt nicht, dass es deine Schuld sein könnte, dass es hier in der Wohnung so aussieht wie es aussieht. Dafür ist ganz allein Patricia verantwortlich. Nicht du. Absolut nicht.«

Es brannte in der Brust, als Hillevi Luft holte.

»Mama muss doch arbeiten und schlafen können«, flüsterte sie.

Ola erstarrte. »Das wird sie schon, sollst mal sehen«, sagte er. »Und wenn nicht, dann muss sie um Hilfe bitten. Richtige Hilfe. Es ist völlig krank, dass sie dich denken lässt, du seist diejenige, die hier aufräumen und sich um Sam kümmern muss.«

Er richtete sich auf.

»Ich packe die Sachen für Sam«, sagte er. »Wir fahren in ungefähr zehn Minuten.«

»Es gibt keine sauberen Kleider.«

»Kein Problem, bei mir zu Hause gibt es eine Waschmaschine.«

»Sollten wir Mama nicht wecken?«

Ola sah angespannt aus.

»Nein«, sagte er. »Wir werden Mama nicht wecken. Ich spreche später mit ihr.«

Der Abend kam. August stand in der Kapelle von Hovenäset und wärmte Bockwurst auf. Auf einem Tisch daneben standen zwei Schüsseln mit Keksen, die er gebacken hatte. Mandelhörnchen, Schokoladenschnitten und dänische Kränze. Der Lesekreis würde in einer knappen halben Stunde beginnen. Drei der Leseratten waren früher gekommen und halfen ihm jetzt, die Kapelle für das Treffen herzurichten.

Linnea legte ihm freundschaftlich die Hand auf die Schulter. »Wie geht es dir?«

August warf ihr ein rasches Lächeln zu. Sie meinte es gut, aber es war immer ein bisschen viel.

»Alles in Ordnung«, sagte er.

»Sag einfach Bescheid, wenn wir etwas für dich tun können. Wir sind hier viele, die gerne helfen. Das mit dem Brand muss ein Schock für dich gewesen sein. Wann willst du denn das Bootshaus wieder aufbauen?«

Sie drückte seine Schulter ein wenig mehr, und jetzt war er nicht mehr so sicher, dass ihre Absichten ausschließlich freundschaftlich waren.

»Danke, dass du fragst«, sagte er. »Ich habe noch nicht entschieden, wann ich es wieder aufbauen werde.«

Linneas Hand verschwand von seiner Schulter und wanderte den Rücken herunter.

Nicht nur freundschaftlich, nein.

Er unterdrückte einen Seufzer. Es wäre wirklich zu schön, wenn Maria mal aufhören würde, mitten in der Nacht wie eine Diebin aus seinem Haus zu schleichen. Dann würden die Leute nämlich begreifen, dass er kein verzweifelter Single aus Stockholm war.

Linnea schenkte ihm ein breites Lächeln.

»Ich finde es so herrlich, dass du backst, das muss ich jetzt einfach mal sagen! Ich meine, viele Männer backen ja Brot und sowas, aber du bist ja ein richtiger Konditor.«

August lächelte, aber am liebsten hätte er die Augen verdreht. Es wurde so ein Wahnsinnstheater um sein Backen getrieben. Und ein paar Mandelhörnchen machten ja noch keinen Konditor.

Die Tür zur Kapelle ging auf, und kalte Luft zog in den Raum. Ray-Ray sah sich mit großen Augen um.

August hob die Hand zur Begrüßung und ging ihm entgegen.

»Du bist so ziemlich der Letzte, von dem ich annehmen würde, dass er gerne in den Lesekreis kommen möchte, aber du bist natürlich herzlich willkommen«, sagte er.

Ray-Ray lachte etwas angestrengt.

»Ich glaube eher nicht«, entgegnete er. »Hast du einen Moment Zeit zum Reden?«

August nickte. Er hatte Maria von dem Film erzählt, den er angeschaut hatte, und jetzt war Ray-Ray gekommen, um Projektor und Film abzuholen.

August nahm den Karton mit und folgte Ray-Ray nach draußen, um ungestört reden zu können. Linnea sah ihnen nach, als sie gingen.

»Die Dame lässt dich aber ungern gehen«, sagte Ray-Ray und warf einen vielsagenden Blick auf Linnea, ehe sich die Tür zur Kapelle wieder schloss.

»Da täuschst du dich hoffentlich«, sagte August und fühlte sich seltsam ertappt.

Er bereute, keine Jacke angezogen zu haben. Draußen war es sternenklar und eiskalt, da reichten Hemd und Pullover nicht lange.

Ray-Ray hingegen war warm angezogen. Ein langer Parka und dicke Überhosen. Brauchte er wirklich so viel Kleider am Leib, wo er doch immer Auto fuhr?

»Hier«, sagte August und reichte ihm den Karton.

Ray-Ray nahm ihn entgegen.

»Danke. Maria lässt grüßen. Wir ersaufen in Arbeit.«

»Das denke ich mir«, erwiderte August.

Die Kälte biss in seine nackten Hände. Er schob sie in die Taschen.

Ray-Ray spähte mit zusammengekniffenen Augen in die Dunkelheit hinaus, als wolle er sich versichern, dass sie allein waren.

Er räusperte sich.

»Nun«, begann er. »Das andere, worüber wir geredet haben. Der Anruf, den du von Paul bekommen hast. Das wird nicht noch einmal passieren.«

Für einen Moment stand die Zeit still.

Augusts Gehirn verarbeitete, was er da gerade gehört hatte.

»Ist er gestorben?«, brachte er heraus.

»Gestorben? Nein, zum Teufel. Sowas nicht. Aber man darf im Gefängnis kein eigenes Handy haben, also habe ich dem Personal einen Tipp gegeben, und sie haben seine Zelle auf den Kopf gestellt. Ein Handy haben sie nicht gefunden, aber wir wissen ja, dass er Zugang zu einem gehabt haben muss.«

Ray-Ray warf ihm einen zustimmungsheischenden Blick zu.

»Ich weiß, dass er es war, der mich angerufen hat«, sagte August entschieden. »Und die SMS habe ich noch.«

»Genau, und jetzt wissen die Leute im Untersuchungsgefängnis, wie die Dinge liegen, und werden darauf achten. Damit sollte das Problem aus der Welt sein. Obwohl Paul alles leugnet, das solltest du wissen.«

»Was bedeutet das?«, fragte August.

»Dass man nur schwer beweisen kann, ob es wirklich Paul war, der sich bei dir gemeldet hat. Aber auf jeden Fall ist eine Anzeige wegen Bedrohung erfolgt. Das ist ein ernstes Vergehen.«

August schluckte.

»Dann können wir es Maria ja wohl kaum länger verschweigen.«

»Stimmt«, sagte Ray-Ray. »Und ich dachte, wenn du nichts dagegen hast, würde ich ihr erzählen, dass du mit mir gesprochen hast, und ihr erklären, dass ich derjenige war, der fand, dass sie nicht informiert werden sollte.«

August nickte.

»Wenn das für dich in Ordnung geht …«

»Das ist das einzig Richtige. Ich mag dich, Strindberg. Ihr beide passt gut zusammen.«

August lächelte.

»Das finde ich auch«, sagte er.

Ray-Ray sah ihn prüfend an.

»Du frierst«, sagte er. »Am besten gehst du wieder rein zu den Damen. Ich wollte nur berichten, dass du dir wegen Pauls Drohung keine Sorgen mehr machen müssen. Es werden keine weiteren Anrufe kommen.«

August stampfte im Schnee, um sich warm zu halten. Er konnte nicht behaupten, Ray-Ray übertrieben gut zu kennen, doch ganz unbekannt waren sie einander auch nicht. Deshalb bemerkte er, wie gestresst der andere wirkte.

»Wie ist Paul denn in den Besitz des Handys gekommen?«, erkundigte sich August. »Also, wenn er nun eins hatte.«

»Das müssen die Ermittler im Gefängnis rauskriegen. Es wäre ein echter Skandal, wenn du mich fragst. Jetzt geh mal wieder rein zu deinen Kulturtanten. Die vermissen dich schon.«

August lachte.

Ray-Ray hatte ein bisschen was von Henrik. August mochte das.

Doch dann wurde er wieder ernst.

»Ich weiß, dass ich das schon gefragt habe, aber … dieser Stoff, den Paul bei sich hatte. Bist du hundertprozentig sicher, dass es sein eigener war?«

Ray-Rays Blick verfinsterte sich.

»Jetzt lassen wir das mal los, August,«, sagte er. »Alles, was wir beide wollen, ist, dass es Maria gut geht, und das ist nur möglich, wenn wir diesen verdammten Paul wegschließen. Okay?«

Augusts Mund wurde ganz trocken. Vom Himmel leuchteten

tausend schöne Sterne, und aus der Entfernung konnte man fröhliche Stimmen und Lachen hören. Weitere Mitglieder des Lesekreises waren auf dem Weg. Doch alles, woran August denken konnte, waren Ray-Rays dunkle Augen und sein angestrengter Tonfall.

Ray-Ray packte den Karton fest.

»Glaub mir«, sagte er. »Ich hab es im Griff. Alles gut.«

Die Leseratten waren für gewöhnlich keine sonderlich stille Runde, und alle, die während der früheren Treffen beim Belgier schon laut und vernehmlich gewesen waren, tönten noch lauter, seit die Gesellschaft in die Kapelle umgezogen war. Doch heute war es anders.

Der Brand und Axel Ehnboms Tod bedrückten die Versammelten.

August lehnte sich auf seinem Stuhl zurück und sah zu, wie die Biergläser gefüllt wurden, während gleichzeitig noch mehr Bockwurst auf den Tisch kam. In dem Lesekreis ging es ziemlich wenig um Bücher und sehr viel mehr darum, sich zu treffen und Spaß zu haben.

»Kommt Maria heute Abend nicht?«, fragte Esmeralda Jansson.

»Sie muss leider arbeiten«, antwortete August.

»Weißt du, wie das mit dem Brand und dem Mord läuft?«, fragte eine andere Frau.

»Warum sollte er das wissen?«, gab Esmeralda zurück.

»Weil er diesen Lesekreis leitet. Vielleicht hat Maria ja etwas von ihrer Arbeit erzählt, als sie sich für heute Abend abgemeldet hat. Oder so.«

Sofort wurde es ganz still im Raum.

August schüttelte den Kopf.

»Ich weiß nicht mehr als ihr«, sagte er.

Das war fast die ganze Wahrheit. Allerdings hatte er bemerkt, dass heute im Laufe des Tages etwas Außergewöhnliches passiert sein musste. Maria hatte sich kaum gemeldet, und jetzt musste sie auch noch am Abend arbeiten.

Er überlegte, ob er die Runde daran erinnern sollte, dass es noch nicht sicher sei, ob Axel wirklich ermordet worden war, doch das war wahrscheinlich keine gute Idee. Die Leute hatten sich bereits entschieden. Und jetzt hungerten sie nach Sicherheit.

»Ich finde das alles so traurig«, sagte Linnea.

Sie hatte sich neben August gesetzt und lachte entweder hysterisch, sowie er etwas äußerte, was auch nur im Entferntesten als unterhaltsam betrachtet werden konnte, oder sah äußerst anteilnehmend aus, wenn die Rede auf den Brand kam. Und dann lobte sie seine Kekse. Das taten alle am Tisch.

»Das Buch«, sagte er in einem diskreten Versuch, das Gesprächsthema zu wechseln. »Sollen wir lieber mal darüber reden?«

Sie hatten Ein Ort für die Ewigkeit von Val McDermid gelesen, und August war begeistert davon.

»Vielleicht sollten wir unseren neuen Teilnehmer fragen, wie er das Buch fand?«, schlug eine ältere Frau vor, die sich bisher noch nicht oft zu Wort gemeldet hatte.

Alle am Tisch drehten sich zu Ola um, der wie gelähmt aussah.

August lächelte ihn warmherzig an.

»Ich weiß nicht, ob Ola es schon geschafft hat, das Buch zu lesen«, sagte er.

»Leider nicht«, antwortete Ola heiser und peinlich berührt.

»Das macht nichts«, warf Linnea ein. »Das hatte August auch nicht, als er das erste Mal hier war. Und sieh nur, wie es ihm ergangen ist – jetzt ist er so eine Art Chef vom Ganzen.«

Alle lachten.

August hatte sich gefreut, als Ola aufgetaucht war. Der war ein paar Minuten zu spät gekommen und hatte ganz außer Atem erzählt, dass er unerwartet Besuch von seiner Nichte und seinem Neffen bekommen habe. Doch er hatte es geschafft zu kommen und sah aus, als würde er sich am Tisch wohlfühlen.

August war es gewohnt, der einzige Mann in der Gesellschaft zu sein, und fand es deshalb noch netter, dass Ola sich ihnen angeschlossen hatte. Nicht, weil irgendetwas falsch daran war, der einzige Mann zu sein, sondern weil die Diskussionen eine andere Dynamik bekamen, wenn beide Geschlechter am Tisch vertreten waren.

Zumindest bildete er sich ein, dass es einen Unterschied machte.

Er sah verstohlen zu Ola, der mit einer Bockwurst in der Hand dasaß und jetzt versuchte, Senf und Ketchup abzuwischen, die auf seinem Hemdsärmel gelandet waren.

»Warte, ich helfe dir«, sagte Esmeralda und griff nach einer neuen Papierserviette.

Ola sah gelinde gesagt leicht verzweifelt aus, als Esmeralda sich seinen Arm packte und auf den Flecken herumrieb, die durch die unsanfte Behandlung immer größer wurden.

»Danke«, sagte er. »Ich kümmere mich darum, wenn ich nach Hause komme.«

August fragte sich, ob Ola wohl das Buch mitgebracht hatte, das er ihm im Laden gezeigt hatte. Sie brauchten neue Vorschläge für Lesestoff.

Eine Frau, die am kurzen Ende des Tisches saß, beugte sich neugierig vor. Sie hieß Anna-Vera und war auch im Kinderbuch-Lesekreis. Es schmerzte August, wenn er daran dachte und an die Mütter, die er da kennengelernt hatte.

Dass Helene es vor ihm geschafft hatte, Kinder zu bekommen.

Das ging doch mit dem Teufel zu.

Ich will auch eine Familie, dachte August. Eine richtig große.

Was genau er mit einer großen Familie meinte, war ihm selbst nicht ganz klar. Er wusste nur, dass er mehr als ein Kind haben wollte, damit sein Sohn oder seine Tochter nicht wie er ohne Geschwister aufwachsen musste.

»Man sieht dich immer öfter hier auf Hovenäset«, sagte Anna-Vera zu Ola. »Wie geht es eigentlich Mary?«

Ola wand sich.

August fiel auf, dass keiner am Tisch um eine Erklärung dieser Frage bat. Alle kannten Mary und wussten, wie krank sie war. Und dass Ola ihr Sohn war. Ein paar von ihnen waren gleichaltrig mit Ola und wahrscheinlich mit ihm zusammen in die Schule gegangen.

»Es geht so«, sagte Ola. »Aber sie hat gute Hilfe, also funktioniert es.«

Sein Lächeln war angestrengt, und wie August vermutete, lag das nicht daran, dass nach seiner Mutter gefragt wurde, sondern dass das Thema überhaupt angesprochen wurde. Vielleicht war Ola jemand, der nicht wollte, dass andere zu viel über ihn wussten. Das war August durchaus sympathisch. Er hatte ja auch seine eigenen Geheimnisse.

Und das kurze Treffen mit Ray-Ray vor der Kapelle hatte ihn nicht gerade beruhigt. Irgendetwas fühlte sich falsch an mit Ray-Rays Blick und seiner Art, wie er über die Bedrohung, die gegen August ausgesprochen worden war, geredet hatte.

Was machte es für einen Unterschied, dass sie jetzt versuchten, Pauls Handy zu finden?

Überhaupt keinen.

Wenn der imstande war, sich im Gefängnis ein Handy zu besorgen, dann sollte es auch kein Problem für ihn sein, jemanden zu finden, der die Drohung gegen August in die Tat umsetzte.

Jemanden, der ihm oder Maria schaden würde.

»Was sagt denn unser Strindberg über die Sache?«

Linneas Stimme riss ihn aus seinen Gedanken.

»Entschuldige«, sagte er und rang sich ein Lächeln ab. »Die Frage noch mal, bitte.«

»Ola hat ein Buch dabei, von dem er meint, dass wir es lesen sollen«, erklärte Linnea.

Und dann legte sie eine Hand auf seinen Arm und warf ihm einen mitleidsvollen Blick zu. Aber da hatte August genug von ihrer Fürsorge und zog den Arm zurück.

»Das ist eine ausgezeichnete Idee«, sagte August.

Ola strahlte. Wie eine Sonne.

Seine Energie war ansteckend und ließ auch August lächeln.

»Gut«, sagte Esmeralda. »Dann lesen wir Olas Buch bis zum nächsten Mal.«

Ola streckte sich und sah August, der das Treffen für beendet erklärte, anerkennend an.

Die Stühle schurrten über den Fußboden der Kapelle, als alle aufstanden. August hatte vor, schnell nach Hause zu kommen, er wollte noch eine Käseplatte vorbereiten, ehe Maria kam.

»Ist es okay, wenn ich mich einfach verdrücke?«, fragte er Esmeralda, die Brot und Ketchup wegräumte.

»Du verdrückst dich doch nicht einfach«, antwortete die. »Du warst heute schließlich als Allererster hier.«

Dann sah sie sich eilig um und winkte ihn näher zu sich.

»Es wäre wohl gut, wenn du, bevor du nach Hause gehst, etwas Nettes zu Linnea sagst«, flüsterte sie. »Oder etwas ganz Fieses.«

August zog die Augenbrauen hoch.

»Jetzt verstehe ich dich nicht«, sagte er.

»Sie ist doch verliebt in dich, merkst du das nicht? Irgendwann musst du mal Butter an die Fische geben. Entweder du gehst mit ihr aus oder du sagst Nein. Aber halt sie nicht so hin, das ist unnötig gemein.«

August bekam kein Wort heraus. Als ob er nicht genug Probleme hätte. Die kleinen Annäherungsversuche von Linnea hatte er gar nicht ernst genommen. Für so etwas hatte er keine Zeit. Und er hatte nicht die geringste Lust, fies zu sein.

»Wir sind doch erwachsene Menschen«, murmelte er.

»Genau«, entgegnete Esmeralda. »Also, was zögerst du? Es tut einem leid um das Mädel, sie schleicht herum, als ginge sie auf dünnem Eis. Du musst dich trauen, es zu zerschlagen, wenn du sie nicht haben willst.«

August sah Esmeralda verwirrt an.

»Ich soll das Eis zerschlagen?«, fragte er.

»Genau«, sagte Esmeralda. »Brich es auf, sodass sie eine kalte Dusche bekommt und ernüchtert wird. Oder du bringst sie zu einem Platz, wo das Eis euch beide trägt. Es ist doch immerhin netter, zu zweit zu sein als allein, August.«

Es war deutlich zu erkennen, welchen Gefallen Esmeralda an ihrem etwas hinkenden Eisvergleich fand. Nun war gar nicht mehr aufzuhalten, was sie alles noch gesagt haben wollte.

»Warum sollte ein so schicker Kerl wie du allein sein?«, fragte sie. »Und komisch ist das auch. Aber, na klar, es muss ja nicht Linnea sein. Sag Bescheid, wenn du möchtest, dass Sven und ich dir helfen, eine gute Partie zu finden. Wir haben da schon einige Namen im Sinn.«

August prustete.

Dann wurde er ernst.

Ich bin kein Single, dachte er. Ich habe bereits jemanden, mit dem ich übers Eis sausen will.

»Danke, für den Fall, dass ich mich einsam fühle, werde ich mich an dich und Sven wenden. Das merke ich mir«, sagte er. »Und jetzt einen schönen Abend!«

Mit diesen Worten marschierte er aus der Kapelle.

Der blutige Handabdruck von einem kleinen Kind. Ein kürzlich entdecktes Kunstwerk in einem Bootshaus, das es nicht mehr gab. Und jetzt ein alter Projektor und eine Filmkamera.

Diese Ermittlung war ungewöhnlich, so viel stand fest.

Wozu brauchtest du das Geld, Axel?, dachte Maria, und das fragten sich auch alle ihre Kollegen.

Es sah ganz so aus, als hätten sie es mit einem versuchten Versicherungsbetrug zu tun – wie aus dem Schulbuch, doch so schlecht ausgeführt, dass die Pyrotechniker nur wenige Stunden gebraucht hatten, um festzustellen, dass es sich um Brandstiftung handelte.

Außerdem war Axel tot.

Und während er bereits tot oder sterbend auf der Treppe gelegen hatte, war jemand dort gewesen und hatte zugesehen, ohne Hilfe zu rufen. Jemand, der ihn, nachdem er gestorben war, außerdem noch umgedreht hatte.

Maria schauderte es. Der Wohnwagen war kalt, und sie war müde.

»Wir schauen jetzt den Film an«, sagte Ray-Ray, »und dann machen wir für heute Schluss.«

Maria setzte sich aufs Sofa, und Ray-Ray stand auf und schaltete das Deckenlicht aus.

»Zieh mal die Gardinen hinter dir zu«, bat er, »damit kein Straßenlicht reinkommt.«

Maria tat, was er gesagt hatte, konnte dann aber nicht umhin, auf das ganz Offensichtliche hinzuweisen:

»Ray-Ray, wir haben weder eine Filmleinwand noch eine weiße Wand.«

Ray-Ray öffnete seinen Rucksack und holte ein weißes Bettlaken und ein paar Wäscheklammern heraus.

»Nicht?«

Schnell hatten sie alles aufgehängt, und dann legten sie los. Der Film selbst war nach drei Minuten und zwanzig Sekunden zu Ende.

Danach saßen Maria und Ray-Ray schweigend im Wohnwagen. August hatte die Frau auf dem Film als Mary Thynell, wohnhaft auf Hovenäset, identifiziert. Die war bisher in der Ermittlung nicht sonderlich aufgefallen, aber sowas konnte sich immer ändern. Nachdem sie kontrolliert hatten, wie Mary aussah, meinten sowohl Maria als auch Ray-Ray, dass Augusts Identifizierung zutraf.

Die jüngere Frau auf dem Film hingegen, die Konfirmandin vor dem Spiegel, war ein schwerer zu lösendes Rätsel.

Ray-Ray zog die Gardinen auf.

»Ein verdammter Gruselfilm«, murmelte er.

»Du meinst, der letzte Teil des Films?«, fragte Maria. »Die Konfirmandin?«

»Yes. Verdammt, sie kommt mir so bekannt vor. Dir auch?«

»Vage«, erwiderte Maria.

Ray-Ray schüttelte sich.

»Ich habe ein Handyfoto von ihr gemacht«, sagte er. »Ich schlage vor, wir fahren morgen nach Hovenäset und verhören Mary Thynell. Vielleicht kennt sie das Mädchen.«

Maria nickte.

»Und dann darf sie uns auch gern erzählen, warum sie gefilmt worden ist. Und uns sagen, wer die Kamera gehalten hat.«

Der Film störte sie.

Irgendetwas an dem Knistern des Projektors in Verbindung mit der Tatsache, dass kein Laut von denen zu hören war, die gefilmt wurden, verursachte ihr Unbehagen.

Warum in aller Welt hatte Axel den Film, die Kamera und den Projektor an August gegeben? Und das ohne jede Erklärung?

Ray-Ray ließ den Film noch einmal laufen.

»Ich weiß, dass ich sie in einem anderen Zusammenhang schon mal gesehen habe.«

»Na toll«, erwiderte Maria. »Spuck einfach den Namen aus. Und dann sag auch gerne gleich, wie das Mädchen auf den zehn Fotos, die auch noch in dem Karton lagen, heißt.«

Ray-Ray grinste.

Doch sein Lächeln erreichte die Augen nicht. So ging das jetzt schon den ganzen Tag. Ray-Ray war mit den Gedanken woanders, und er ließ Maria außen vor, wollte nicht erzählen, worüber er die ganze Zeit nachgrübelte. Denn er grübelte, das war deutlich zu erkennen.

Doch Maria hatte keine Energie, in seinem Privatleben zu graben. Nicht jetzt, da sie für sich selbst so viel zu bedenken hatte.

Ray-Ray wand sich.

»Du«, sagte er. »Es gibt etwas, was ich dir erzählen muss. Es geht um Paul.«

Maria erstarrte.

Ray-Ray sah offensichtlich gestresst aus.

»Versprich mir, dass du nicht auf Strindberg sauer wirst. Das alles ist nur meine Schuld und meine Entscheidung, nichts anderes.«

August?

Jeder, aber nicht August.

»Erzähl mir einfach, was passiert ist«, sagte sie. »Jetzt.«

Und das tat er dann.

In einem großen Satz bekam er alles heraus, was er sagen wollte.

Paul hatte Kontakt zu August aufgenommen. Er hatte ihn bedroht, und er hatte seltsame Forderungen gestellt. August solle gestehen, dass er die Drogen in Pauls Jacke platziert habe.

»Aber das ist jetzt vorbei«, versicherte Ray-Ray. »Im Gefängnis werden sie ihn jetzt unter eisenharter Kontrolle halten.«

Maria hatte plötzlich das Gefühl, als hätte jemand Watte in ihren Kopf gestopft. Die Gedanken bewegten sich nur träge.

»Wie soll das vorbei sein?«, gab sie zurück. »Er muss doch jemanden von der Wache bestochen haben oder sich irgendeinen anderen Mist ausgedacht haben, um an ein Telefon zu kommen. Begreifst du das nicht?«

Ray-Ray antwortete nicht, aber er begriff durchaus. Das war nur zu gut zu erkennen.

»Es tut mir leid, dass ich zu August gesagt habe, er solle dir nichts davon erzählen.«

»Kein Problem.«

»Ehrlich.«

Maria schlug das Herz hart im Brustkorb.

»Ray-Ray, Paul baut seine halbe Verteidigung auf diese Drogengeschichte auf. Behauptet, das Auffinden der Drogen hätte ihn so besinnungslos wütend gemacht, dass er einen von den Wachleuten niedergeschlagen habe.«

»Ich weiß.«

»Ich weiß, dass du das weißt, aber ich möchte mich einfach sicher fühlen können, dass die Anklage hält.«

Sie klang wütender als beabsichtigt.

»Begreifst du das?«, fragte sie. »Die Anklage muss halten. Dass er mich misshandelt hat, genügt nicht. Und wenn rauskommt, dass die Drogen von einem Außenstehenden in seiner Jacke platziert worden sind, dann …«

»Es kommt nicht raus.«

Ray-Rays sprach leise, aber mit fester Stimme.

»Es kommt nicht raus, Maria«, sagte er wieder. »In der Hinsicht kannst du dich ganz sicher fühlen.«

Lange sahen sie einander schweigend an. Sie mussten doch darüber reden können.

»Okay?«, fragte Ray-Ray. Maria nickte, jedoch ohne beruhigt zu sein.

»Okay.«

Ray-Ray beugte sich zu dem Projektor.

»Was machst du?«, fragte Maria.

»Lasse den Mist noch ein drittes Mal laufen. Ich will den Film mit dem Handy abfilmen, und außerdem lässt es mir keine Ruhe, dass ich die Konfirmandin irgendwie kenne.«

Der Projektor wurde rasselnd wieder angeworfen.

Beide schauten den Film noch einmal an.

Das Gespräch über die Drogen war wie vergessen.

Bild um Bild kam, die Konfirmandin stand vorm Spiegel, und der Umhang schwang um sie herum.

»Die Blumen da im Fenster«, sagte Maria. »Die stehen im Weg.«

Ray-Ray lachte.

»Sei so nett und ruf die Konfirmandin an, und bitte sie, die Blumen etwas beiseitezuschieben, damit wir besser sehen können.«

Maria begann auch zu lachen, verstummte aber plötzlich.

»Halt den Film an!«

Ray-Ray schrak bei ihrem Kommando zusammen, tat aber was sie gesagt hatte. Maria beugte sich vor.

»Lass ihn ein paar Sekunden zurücklaufen«, wies sie ihn an.

Ray-Ray kämpfte mit der Technik.

»Wie funktioniert denn dieser Steinzeitscheiß?«, murmelte er.

Maria übernahm.

Was man einmal als Kind gelernt hatte, war nicht einfach weg, nur weil man erwachsen war. Sie konnte noch das schwache Echo der Stimme ihres Großvaters hören:

»Schau mal hier, Maria. So macht man das.«

Und dann hat er ihr, für den unwahrscheinlichen Fall, dass sie die alten Filme irgendwann mal würde anschauen wollen, wenn er oder die Großmutter nicht zu Hause waren, gezeigt, wie so ein Projektor funktionierte.

Der sollte mich jetzt sehen, dachte Maria.

Vor ihr hatte niemand in der Familie Interesse für den Polizeiberuf gezeigt. Überhaupt niemand. Und Maria auch nicht. Jedenfalls nicht am Anfang, denn da war es noch ihr Traum gewesen, Juristin zu werden. Jetzt träumte sie etwas anderes. Sie war eine andere.

Eine, die zu verstehen versuchte, warum ein Mann auf Hovenäset in seinem Zuhause gestorben war, und das in derselben Nacht, in der auch sein Bootshaus abbrannte.

Maria spulte den Film zurück und ließ ihn wieder laufen.

»Die Blumen«, sagte sie.

»Die stehen im Weg«, erwiderte Ray-Ray. »Wie die ganze Zeit schon.«

Wieder spulte Maria den Film ein paar Sekunden zurück und ließ den Projektor dann wieder laufen. Plötzlich hielt sie an.

Diesmal gelang es ihr, den Film an exakt der richtigen Stelle zu stoppen.

»Da in dem Blumenstrauß steckt eine Karte«, sagte sie. »Siehst du das?«

Ray-Ray nickte, und plötzlich war ihm bewusst, worauf sie hinauswollte.

Maria trat an das Betttuch und strich mit dem Finger über die Karte. Hinter ihr lärmte der Projektor, offensichtlich unzufrieden damit, auf Pause gestellt worden zu sein.

»Auf der Karte steht etwas«, sagte sie.

Ray-Ray stellte sich neben sie.

»Verdammt schlecht zu erkennen«, sagte er.

Maria war jetzt nur ungefähr zehn Zentimeter vom Bettlaken entfernt. Ihr Puls stieg.

»Was steht da?«, fragte Ray-Ray.

Maria las laut:

»Für Lydia!«

Und im selben Moment wussten sie beide, warum sie die Konfirmandin wiedererkannten.

Maria fuhr herum und sah Ray-Ray durch die Dunkelheit an.

»Verdammt.«

Das Mädchen in der Konfirmationskutte war Lydia Broman. Die Frau, die vor bald dreißig Jahren zerstückelt im Eishaus auf Hovenäset gefunden worden war.

Das hatte er sich anders vorgestellt.

So dachte Ola unglücklich, als er Augusts Rücken aus der Kapelle verschwinden sah. Zurück blieben Ola und die Frauen.

»Kannst du uns eben mit den Tischen helfen?«, fragte eine der jüngeren. »Die müssen zusammengeklappt und weggeräumt werden.«

»Natürlich.«

Aber da war Esmeraldas schrille Stimme zu hören.

»Dass August es aber auch so eilig hatte, nach Hause zu kommen. Jetzt hat er seine Mütze vergessen. Wer läuft schnell hinter ihm her?«

Sie hielt eine Strickmütze hoch.

Olas Herz schlug einen Salto.

Ich!

»Das kann ich machen«, sagte er und riss Esmeralda die Mütze praktisch aus der Hand.

»Aber du wolltest doch die Tische wegräumen«, meinte die Frau mit den roten Haaren und den Hundeaugen.

Sie hieß Linnea, meinte er sich zu erinnern, und hatte den ganzen Abend lang ununterbrochen an Augusts Seite geklebt.

»Ich mache beides! Bin gleich zurück!«

Es hatten noch andere als nur Ola ein Auge auf Bohusläns eigenen Strindberg geworfen, aber das war auch nicht anders zu erwarten. August war ein Sahnestückchen, und Ola war sich im Prinzip sicher, dass er gay war. Also war er derjenige und nicht Linnea, der mit der Mütze hinter ihm herhechten durfte.

Das hab ich sowas von verdient, dachte Ola, als er aus der Kapelle stürzte.

Es war ein richtiger Scheißtag gewesen, aber vielleicht würde sich das jetzt noch wenden. Zumindest hoffte er das.

Der Abend war unbarmherzig kalt. Raureif hatte sich auf die nackten Äste der Bäume gelegt und ließ Hovenäset wie einen Ort aus einem Disney-Film wirken.

Seine Lunge protestierte, als er die kalte Luft einsog.

Ohne Jacke, ohne Handschuhe.

Aber mit einem Herzen, das so viel Wärme pumpte, dass es für eine kleinere Ortschaft ausreichen würde.

August war knapp hundert Meter vor ihm bereits am Kärleksvägen.

Ola machte größere Schritte, obwohl unter ihm die Straße eisig glänzte.

Sicherheitshalber erinnerte er sich noch mal daran, dass er keine Zeit hatte, länger bei August zu bleiben. Hillevi und Sam warteten zu Hause. Ola hatte sie nicht bei ihrer Mutter lassen wollen, als er Patricias Wohnung gesehen hatte. Und nach dem, was er bei seinem kurzen Besuch im Smögens Hafvsbad erfahren hatte.

Patricia war gekündigt worden.

Seit mehreren Wochen schon arbeitete sie nicht mehr dort.

Man hatte entdeckt, dass sie sowohl ihren Lebenslauf als auch ihre Referenzen gefälscht hatte, und deswegen war sie im hohen Bogen rausgeflogen.

Ola hatte noch nicht entschieden, was er tun und wie er damit weiter umgehen würde.

Es hatte ihn geschmerzt zu hören, dass seine Schwester einen regelrechten Betrug begangen hatte. Was hatte sie sich dabei gedacht? Dass sie wie von Geisterhand ein Ass in Sachen Konferenzbetreuung werden würde, nur weil sie glaubte, so ein Job würde zu ihr passen? War sie verrückt geworden?

Er war zu wütend gewesen, um sie damit zu konfrontieren, als er bei ihr zu Hause ankam. Sie hatte geschlafen und nicht gemerkt, dass er die Kinder mitnahm. Er weigerte sich, die beiden in einem solchen Schweinestall von Wohnung zu lassen.

Hillevi hatte erleichtert ausgesehen. Offensichtlich hatte Patricia davon gesprochen, dass sie irgendeine Sache am Laufen hätte, etwas, was sie reich machen würde, doch schienen die Dinge sich nicht so entwickelt zu haben, wie sie es sich vorgestellt hatte.

Das war nichts Neues.

Patricia liebte große Pläne.

Aus denen niemals etwas wurde.

Und Sam sprach immer noch nicht.

Sie hatten versucht, ihn mit allem Möglichen, was er gerne mochte, zu bestechen, doch man konnte nicht richtig Kontakt zu ihm aufnehmen. Er saß still und erschöpft so dicht an Hillevi, wie es nur ging, und so hatte Ola die beiden verlassen, als er zum Treffen des Lesekreises ging.

Auf dem Sofa, die Arme umeinander geschlungen.

Ein Gedanke war durch seinen Kopf geschossen:

Er konnte sich viel besser um Hillevi und Sam kümmern als Patricia.

Er wäre ein guter Vater.

Alles war geordnet – er hatte viel Platz, sowohl in seinem Haus als auch in seinem Leben, und seine Finanzen waren stabil. Es mangelte an nichts. Fehlte nur August.

»Hallo!«

Ola schämte sich, weil er so keuchte. Diese verdammte Kälte, die alle außer ihm zu lieben schienen.

August erhob die Hand zum Gruß und lächelte breit, als er die Mütze erblickte.

»Wie nachlässig von mir«, sagte er. »Danke!«

»Keine Ursache.«

»Du bist doch verrückt, hier ohne Jacke rumzulaufen«, schimpfte August. »Du wirst erfrieren.«

»Ach was, so schlimm ist es nicht.«

Ola erwiderte das Lächeln. Sein Gesicht war so kalt, dass die Haut auf den Wangen spannte. Die Dunkelheit hatte sich um den kleinen Ort geschlossen, und in dem warmen gelben Schein der

Straßenlaterne sahen Augusts Grübchen noch tiefer aus, als sie es in Wirklichkeit waren.

Schön, dachte Ola.

Und wünschte, er würde etwas mehr wagen.

Dass er so einer wäre, der sich vorbeugte und August küsste, der die Chancen ergriff, die er bekam, und wenn es mal an welchen fehlte, sie selbst schuf.

August warf einen Blick zu seinem Haus.

»Ich muss jetzt reingehen«, sagte er. »Ich habe noch Arbeit vor mir. Aber es war wirklich nett, dich heute Abend in der Kapelle zu sehen.«

»Es hat Spaß gemacht, dabei zu sein«, erwiderte Ola. »Und ich muss auch los. Ich muss noch einiges erledigen, also …«

Trotzdem kam er nicht in Bewegung. Weil der Abend so schön und die Dunkelheit so dunkel war und die Sterne so leuchteten. In diesem Moment gab es überhaupt keine Probleme. Es gab keinen schweigenden Neffen, keine schwänzende Nichte, keine verdammt chaotische Schwester und keine kranke Mutter. Es gab nur Ola und August und den Sternenhimmel.

August warf ihm einen langen Blick zu und ging zur Treppe.

Renn hinter ihm her, dachte Ola. Sei doch nicht so verdammt träge. Los jetzt!

Aber er rührte sich immer noch nicht, sondern stand wie festgefroren auf dem kalten Bürgersteig.

Da blieb August stehen und lächelte noch einmal.

»Weißt du, du warst tatsächlich mein erster Gast, als ich gerade erst hier hergezogen war«, sagte er. »Damals, als ich direkt hier ein Stück weiter im Eishaus gewohnt habe. Erinnerst du dich?«

Ola nickte.

»Ich erinnere mich.«

Und ich habe seither jeden Tag an dich gedacht. Und eigene Jitterbuggare gebacken.

»Du hast jetzt ein besseres Haus«, sagte Ola. »Sehr schön.«

August strahlte wieder. Ola liebte es, wenn das passierte. In Strindberg war so eine Energie, eine besondere Wärme.

»Danke«, sagte er. »Ich bin selbst unermesslich verknallt in dieses Haus. Schönen Abend!«

»Gleichfalls.«

Und dann war die Begegnung vorüber. August ging in sein Haus, und Ola blieb allein auf dem Kärleksvägen zurück.

Verdammt noch mal.

Er machte auf dem Absatz kehrt und ging zur Kapelle zurück. Das Herz wummerte, und die Wangen waren rot. Und in der Tasche vibrierte das Handy.

Weil die Hoffnung zuletzt stirbt, riss Ola es heraus, vielleicht war es ja August, der anrief, um zu sagen, Ola solle doch zurückkommen, denn es sei in seinem Leben so verzweifelt kalt, und er hätte Ola umarmen wollen, ehe sie sich trennten.

Doch es war nicht August, sondern Hillevi.

Das Gespräch erinnerte ihn an die Wirklichkeit und wie sie tatsächlich aussah, mit all den Problemen, die er zu bewältigen hatte.

»Du musst nach Hause kommen, Ola. Beeil dich!«

Hillevis Stimme bebte.

»Beruhige dich. Ich komme so schnell ich kann. Was ist denn passiert?«

»Es ist Sam. Ich habe etwas gefunden. Etwas Schreckliches.«

Das Blut war dunkel und braunrot geworden, aber man sah doch noch deutlich, dass es eben Blut war. Und es saß in Sams Handschuhen.

Hillevi hatte das aus reinem Zufall entdeckt, als sie die Handschuhe auf die Hutablage legen wollte. Sie waren nämlich auf dem Fußboden in der Diele gelandet, und das sah so unordentlich aus, dass Hillevi schnell hingegangen war, um sie aufzuheben.

Normalerweise machte sie das nicht.

Zu Hause lagen alle Kleider durcheinander herum. Ihrer Mutter war das egal, und Hillevi hatte nicht die Energie aufzuräumen. Aber jetzt waren sie nicht zu Hause, sondern bei Ola, und da wollte Hillevi so ordentlich wie möglich sein.

Damit sie über Nacht bleiben durften und gerne noch länger.

Bei Ola hatte jedes Ding seinen eigenen Platz – er schien es schön zu finden, wenn alles sauber und ordentlich war. Also tat Hillevi alles, um sich anzupassen. Damit er sie nur nicht bat, wieder zu gehen oder sie gar rauswarf.

Obwohl, das würde er wohl nicht tun. Und definitiv nicht jetzt.

Ola und Hillevi saßen jeder auf einer Seite von Sam auf dem Fernsehsofa. Der Kleine war müde, fast träge. Obwohl sie den Fernseher ausgeschaltet hatten, starrte er darauf.

Man konnte sehen, dass Ola sich anstrengte, um nicht böse zu klingen, als er versuchte, Sam dazu zu bringen zu erzählen, was ihm widerfahren war.

»Bitte, sag doch etwas. Egal was. Es ist so wahnsinnig wichtig, dass wir Erwachsenen erfahren, was passiert ist.«

Hillevi streckte sich, sodass sie größer aussah.

Wir Erwachsenen.

Das waren Ola und Hillevi.

Die sich um nasse Kleider kümmerten und Handschuhe vom Boden aufhoben.

Handschuhe mit Blut daran.

Sie hatte gemerkt, dass die Handschuhe nass und kalt waren, und sie auf links gedreht, damit sie schneller trockneten. Und da hatte sie auf dem hellgelben Innenfutter die Blutflecken entdeckt. Große Blutflecken. In beiden Handschuhen. Als ob Sam an den Händen geblutet hätte.

Es war nicht das Blut, das die Handschuhe nass gemacht hatte, sondern der Schnee, aber Hillevi hatte sie trotzdem von sich geworfen und war zu Sam geeilt.

Er lag im Gästezimmer und schlief, aber als Hillevi die Deckenlampe einschaltete und seine kleinen Hände packte, wachte er natürlich sofort auf.

Seine Augen waren dunkel und angsterfüllt, und er zog seine Hände zurück.

Blut war nicht zu sehen. Er hatte auch keine Verletzungen, die die Flecken in den Handschuhen hätten erklären können.

Und jetzt saß er auf dem Sofa und schwieg.

Sein Kopf hing herab, und die Augen waren geschlossen. Gleich würde er einschlafen.

Ola legte ihn vorsichtig hin, sodass sein Kopf auf Olas Schoß lag.

»Das geht jetzt schon mehrere Tage«, sagte Ola. »Hat Sam in der ganzen Zeit ein einziges Mal gesprochen?«

Hillevi schüttelte den Kopf.

»Und erinnerst du dich an irgendetwas, was geschehen sein könnte, als es anfing?«

Hillevi dachte nach.

»Am Abend war er wie immer«, berichtete sie. »Dann kam er in der Nacht zu mir und hatte irgendwie Angst. Aber das ist in den Nächten immer so, also habe ich nicht viel darüber nachgedacht. Ich dachte, er hätte schlecht geträumt. Aber …«

»Aber?«

»Er roch komisch.«

»Wonach?«

»Er roch nach Rauch. Wie Feuer irgendwie.«

Ola sah erstaunt aus.

»Aber ihr habt doch keinen Kamin bei euch zu Hause, oder?«

»Nein.«

»In eurer Wohnung riecht es ja schon nach allem Möglichen«, sagte Ola mit einem Seufzen. »Und alle Kleider sind schmutzig. Könnte es sein, dass du dich täuschst? Vielleicht war es nicht Feuerrauch, den du gerochen hast.«

Hillevi zögerte.

»Es waren nicht seine Kleider, die rochen«, sagte sie, »sondern die Haare. Aber vielleicht hab ich mich geirrt. Vielleicht rochen sie nach was anderem.«

Ihr Handy klingelte.

»Wer ist es?«, fragte Ola.

Seine Stimme klang scharf und besorgt zugleich.

»Mama«, sagte Hillevi.

Ola riss das Telefon an sich. Sein Hemd war hochgerutscht und hing lose über dem Hosenbund. Es sah aus, als hätte er sich schick gemacht. Die Haare lagen absolut perfekt, und er roch schwach nach Parfüm.

War er auf einem Date gewesen?

War er verliebt?

Ich hoffe, er trifft jemanden, der mich und Sam mag, dachte Hillevi.

»Was willst du, Patricia?«, sagte Ola ins Telefon.

Ihre Mutter hustete so, dass man es im ganzen Raum hörte. Dann kreischte sie:

»Die Kinder kommen sofort nach Hause, ist das klar? Sowas macht man einfach nicht! Wenn du Kinder willst, musst du dir eigene anschaffen.«

Ola stand vom Sofa auf. Fürsorglich hielt er dabei Sams Kopf, damit der nicht aufwachte.

»Ich lasse die Kinder nicht gehen, ehe du dein Leben in Ordnung gebracht hast. Bei dir zu Hause sieht es aus wie in einem Schweinestall. Was zum Teufel machst du da? Siehst du nicht, dass es ihnen schlecht geht? Oder findest du es vielleicht normal, dass Kinder wie Sam aufhören zu reden?«

Auf seiner Schläfe pochte eine Ader.

Es wirkte, als würde er gleich explodieren.

Schnell ging er aus dem Zimmer.

Sam wurde wacher, kroch ganz nah an Hillevi und verbarg sein Gesicht an ihrem Hals.

»Was ist denn passiert?«, flüsterte sie und strich ihm übers Haar. »Warum willst du es nicht erzählen?«

Aus dem Nebenzimmer hörte sie Ola mit ihrer Mutter reden. Er sprach allerdings zu leise, als dass man verstehen könnte, was er sagte.

Ein paar Minuten später war er wieder im Wohnzimmer.

Er setzte sich aufs Sofa und legte Hillevis Handy auf den Couchtisch.

»Das hier kann so nicht weitergehen«, sagte er leise. »Das musst du auch verstehen, Hillevi.«

Ihr wurde eiskalt.

Was konnte so nicht weitergehen? Was war jetzt anders, verglichen mit zuvor?

Nichts.

Und es würde sich niemals ändern.

»Willst du, dass wir nach Hause gehen?«, fragte sie leise.

Ola sah sie erschrocken an.

»Nein! Im Gegenteil. Du hast doch gehört, was ich zu Patricia gesagt habe«, sagte er. »Ihr geht nirgendwohin. Nicht bevor wir das hier geklärt haben.«

Dann stand er wieder auf und verließ das Zimmer.

Sams blutige Handschuhe blieben auf dem Boden liegen.

Chicago, 30. Dezember 1978

Liebe Mary!

Ein gutes neues Jahr! Hier in Chicago haben wir jetzt die Weihnachtsfeierlichkeiten hinter uns gebracht und freuen uns auf den Silvesterabend. Mein erstes Weihnachten in den USA – sehr erinnernswert!

Danke für deine unterhaltsamen Briefe! Vor allem habe ich mich darüber gefreut, dass du so detailliert und witzig von dem Glöggtreffen zu Hause bei Gunnar und Lisa erzählt hast. Ich habe Denise (ausgewählte Teile) daraus laut vorgelesen, und sie lachte genauso viel wie ich (obwohl wir beide natürlich den Ernst in all dem Komischen begreifen). Jesses, das muss eine quälende Veranstaltung gewesen sein. Gleichzeitig verstehe ich natürlich, dass du dich schämst, wenn Bertil sich so besinnungslos betrinkt. Er erniedrigt sich selbst, und er demütigt dich, wenn er sich so benimmt.

Entschuldige bitte, dass ich erst jetzt vernünftig auf deine Briefe antworte.

Wir hatten eine schwierige Zeit, und es ist immer noch nicht wirklich gut. Bevor wir hierhergefahren sind, hatte Denise eine weitere Fehlgeburt. Unsere elfte. Die Ärzte sagen, dass mit ihr alles in Ordnung sei, aber ich frage mich, ob das wirklich stimmt. Als es passiert war, hatte Denise mich gebeten, niemandem davon zu sagen, aber jetzt kann ich dir berichten, dass diese Reise deshalb so lange gedauert hat. Wir haben es einfach nicht ausgehalten, zu Hause zu sein, wir wollten schneller wegkommen.

Tausend Dank, dass du dich um unser Haus kümmerst, während wir verreist sind! Das bedeutet wirklich viel. Ich werde am 10. Januar nach Hause fahren, und Denise kommt ein paar Wochen später. Zumindest hoffe ich das. Ich habe wirklich Angst, dass sie Schweden und Bohuslän leid sein könnte. Und vielleicht ist sie langsam auch mich leid.

Und weißt du was, Mary, ich bin es auch langsam leid. Ich bin es leid, immer Angst zu haben, verlassen zu werden, ich bin die Angst, dass es vielleicht niemals Kinder geben wird, leid und all den Streit auch.

Aber wie es auch sei, ich sage es wie du: Ich werde dich nicht mit meinen Problemen belasten. Du hast genügend eigene.

So gesagt: Es geht uns den Umständen entsprechend gut, aber jetzt sehne zumindest ich mich nach Hause nach Schweden. Und ich freue mich auf ein Wiedersehen, wenn ich nach Hause komme. Ich schätze sehr, dass wir einander vertrauen können, es gibt nicht so viele andere, mit denen ich reden kann. Vielleicht auf ein Glas Wein an irgendeinem Abend, wenn ich zurück bin?

liebe Grüße

Axel

29. Januar

»Hast du dich gefürchtet?«

Als Kind war August immer ein Tagträumer gewesen. Voller Fantasie und Ideen. Seine Ex-Freundin Helene aber hatte die Impulsivität gestresst, die das Tagträumerische mit sich brachte.

»Du hast so viele unrealistische Erwartungen an das Leben«, hatte sie gesagt, ohne näher ausführen zu wollen, was sie damit meinte.

Das Ergebnis war, dass Augusts Lust, seine Umgebung zu überraschen, zunächst gedämpft wurde und dann versickerte. Doch an der Westküste war sie allmählich wieder zum Leben erweckt worden. Der ganze Aufbau des Secondhandladens war ein einziges großes Lustprojekt gewesen, und jetzt versäumte er keine Gelegenheit, seine kreative Seite mit Maria zu teilen.

Es war der Morgen nach dem Lesekreis-Treffen. Die Uhr zeigte kurz nach acht, und die Sonne ging gerade auf. Der Himmel war schon blau, und an der Fahnenstange im Nachbarsgarten bewegten sich die Wimpel keinen Millimeter. Es war vollkommen windstill, und August hatte Ideen. Resolut packte er einen Rucksack voll Frühstückssachen: frisch geschmierte Stullen, gekochte Eier, Croissants und eine Thermoskanne Kaffee.

Die Nacht war ruhig und erholsam gewesen.

Sowohl er als auch Maria waren am Abend zuvor müde gewesen. Sie hatten über den Brand gesprochen und über Axel – aber nur insoweit, als die Geheimhaltung es zuließ –, und dann hatte August vom Lesekreis erzählt, aber da war Maria auf dem Sofa eingeschlafen. Sie wachte auf, als er alle Lichter ausschaltete, um auch schlafen zu gehen.

»Tut mir leid, dass ich so langweilig bin«, hatte sie ihm ins Ohr geflüstert, als sie im Bett lagen.

»Du bist niemals langweilig, du bist immer fantastisch«, hatte August geantwortet.

Sie hatte gelacht, war dann aber ernst geworden.

Und kurz bevor sie einschlief, hatte sie gesagt:

»Ray-Ray hat es mir erzählt. Ich weiß, dass Paul sich bei dir gemeldet hat. Entschuldigung auch dafür. Weil alles um mich herum so finster ist.«

Und da hatte er sie noch ein wenig mehr geliebt. Und er war nah daran gewesen, in Tränen auszubrechen, weil sie glaubte, dass sie sich für irgendetwas entschuldigen müsste. Und weil sie so warm war und so nah, und weil sie versprochen hatte, nicht mitten in der Nacht nach Hause zu radeln.

Und jetzt war Morgen, und Maria war noch da.

August fühlte sich stark und glücklich.

»Was machst du?«

Sie stand auf der Schwelle zur Küche und sah ihm zu.

»Ich dachte, wir könnten den Tag mit einem Frühstücksausflug beginnen. Wenn wir uns beeilen, dann kriegen wir auch noch den Sonnenaufgang mit.«

Die Sonne würde um 27 Minuten nach acht Uhr aufgehen. Das wusste August, denn er hatte es gegoogelt. In Stockholm ging sie 25 Minuten früher auf, aber auch 32 Minuten früher unter. Diese zusätzliche halbe Stunde Tageslicht, die einem die Westküste nachmittags gönnte, war während der dunkelsten Monate des Winters Gold wert.

Maria sah ihn verwirrt und erstaunt an.

»Frühstücksausflug? Aber ich muss doch arbeiten.«

»Hast du nicht gesagt, dass du heute später anfangen würdest, weil eine Besprechung verschoben worden ist?«

Sie sah von August zu dem Handy, das sie in der Hand hatte. Ray-Ray hatte sie beide mit einem kurzen Anruf geweckt. Das Verhör, das sie sehr früh am Morgen hatten halten wollen, war verschoben worden. Warum, wusste August nicht, und er wusste auch nicht, wer verhört werden sollte. Er wusste nur, was Maria gesagt hatte, ehe sie auflegte:

»Ich schlafe heute aus. Wir brauchen das.«

Dann hatte sie das Gespräch beendet, und natürlich war dann keine Rede mehr von Schlafen gewesen.

August lächelte.

»Sag Ja«, bat er. »Sag, dass du deinen ersten Ausschlafmorgen in meinem Haus mit etwas Besonderem feiern willst. Wir gehen nicht weit, in einer Stunde können wir zurück sein.«

»Und wohin gehen wir?«

Augusts Lächeln wurde noch breiter. Der Tagträumer in ihm hatte eine Idee. Und zwar eine sehr romantische.

»Wir spazieren runter zum Badeplatz«, sagte er. »Dann werden wir Schlittschuh laufen und frühstücken. Das Eis trägt uns, und das Wetter ist fantastisch. Wir werden nicht weit fahren, aber ich laufe lieber ein bisschen als gar nicht. Wer weiß, wie lange du mit dieser Ermittlung beschäftigt sein wirst, vielleicht schmilzt das Eis bis dahin. Also sag einfach Ja!«

Maria lächelte. Das braune gelockte Haare tanzte sanft um ihr Gesicht, als sie nickte.

»Ja«, sagte sie. »Ich sage Ja!«

Eis und Sonne gehörten ihnen allein an diesem ruhigen, hellen Morgen. Kein Mensch war zu sehen, und das war herrlich. Bevor sie August kennengelernt hatte, war Maria niemals Langlaufschlittschuh gefahren, hatte aber schnell gelernt, das zu schätzen. Einfach aufs Eis hinaus zu kommen und eine kleinere Runde zu drehen, erfüllte sie beide mit Begeisterung.

Das Frühstück nahmen sie dann mitten auf dem Eis sitzend ein. Als der Hunger sie überkam, gab es keinen vernünftigen Platz an Land, und es hätte sich wie eine Niederlage angefühlt, zurück zum Badeplatz zu fahren und dort zu essen.

Das Paradies auf Erden erschafft man aus eigener Kraft, dachte August, als er ihnen Kaffee einschenkte. Und wenn man es erschafft, muss man es auch pflegen.

Als August neu nach Hovenäset gekommen war, hatte es Tag und Nacht geblasen und gestürmt. Doch jetzt war es anders. Er drehte sein Gesicht zur Sonne und spürte die Kälte auf den Wangen brennen. Um sie herum war das gefrorene Meer. Mit bloßem Auge konnte man nicht sehen, wie weit das Eis reichte, aber August wusste, dass es Grund zur Vorsicht gab. Am Klevekilen war ja schon jemand eingebrochen, und man konnte nicht garantieren, dass es nicht auch dort, wo August und Maria liefen, schwache Stellen gab.

»Das hier war das beste Frühstück jemals«, sagte Maria, als sie aufgegessen hatten. »Ich wünschte fast, ich könnte den ganzen Tag freinehmen.«

»Ein andermal«, sagte August. »Müssen wir jetzt los?«

Maria nickte und drückte ihm einen Kuss auf die Wange, während er alles wieder in den Rucksack packte.

»Danke«, sagte sie. »Das hier war magisch. Und wahnsinnig romantisch.«

Er legte den Arm um sie und drückte sie an sich.

»Danke auch.«

Keiner von beiden wollte aufstehen. Keiner wollte zurück nach Hovenäset fahren. Trotzdem fuhren sie, denn so funktioniert man, wenn man erwachsen ist. Man denkt sich keine Abenteuer aus, die nicht in einen gewöhnlichen Alltag passten. Das nennt man verantwortungsvoll zu sein, und an manchen Tagen fiel August das schwerer als an anderen.

Sie hielten einander an den Händen, während sie fuhren. Das reduzierte die Schnelligkeit ein wenig, machte aber die Zeit noch schöner. Es war faszinierend, Hovenäset vom Eis her zu betrachten. Keiner von beiden sagte etwas, als sie Augusts und Axels heruntergebrannte Bootshäuser sahen. Stattdessen richteten sie beide die Aufmerksamkeit auf schönere Stellen.

Zum Beispiel auf den Badeplatz mit dem Sprungturm und den hohen Klippen. Den Holzsteg und die leeren Bootsliegeplätze, die von Schnee und Frost weiß überzuckert waren.

»Wenn bei der Arbeit wieder weniger los ist, muss ich Urlaub nehmen«, sagte Maria. »Ich will, dass wir sowas häufiger machen.«

August drückte ihre Hand etwas fester.

»Das Eis ist für gewöhnlich nicht so dauerhaft. Aber es gibt so vieles anderes, was wir unternehmen können. Ich habe vor, ein Boot zu kaufen, wenn der Frühling kommt. Es gibt massenhaft schöne Stellen.«

Maria nickte.

»Wir könnten durch den Sotekanalen die Küste rauffahren«, schlug sie vor. »In Hunnebostrand oder Hamburgsund zu Mittag essen und vom Schiff aus baden. Oder, wenn nicht genug Zeit ist, einfach nach Kungshamn fahren und Eis kaufen.«

August schluckte.

Eis und Baden gehörten zum Sommer, und noch war es erst Anfang des Jahres.

In ihm blubberte das Glück.

Sie will, dachte er. Sie hat heute Nacht bei mir geschlafen, und sie will, dass wir vom Schiff aus baden, wenn der Sommer kommt, sie will dass es »wir« heißt.

Sie will.

Es wurde still. Sie gingen an derselben Stelle an Land, wo sie auch aufs Eis hinausgefahren waren. Der Steg war immer noch menschenleer. August fragte sich, wie Maria wohl reagiert hätte, wenn jemand da gewesen wäre. Hätte sie seine Hand losgelassen? Hätte sie so getan, als wären sie draußen auf dem Eis, um den Brandort zu besichtigen?

Doch eigentlich musste man nicht so viel darüber nachgrübeln, dachte er dann. Wichtig war doch alles andere, was passiert war, all das Positive.

Mit schnellen Schritten gingen sie zurück zu Augusts Haus. Maria würde zu einem kurzen Treffen mit Ray-Ray nach Kungshamn radeln, bevor sie das erste Verhör des Tages begannen. Und August würde auch dorthin fahren und seinen Laden aufmachen.

»Sehen wir uns heute Abend?«, fragte er.

»Wir sehen uns doch jeden Abend, oder?«, erwiderte sie und gab ihm einen raschen Kuss.

Sowie sie das Haus verlassen hatte, beeilte sich August, seine Arbeitstasche zu packen. Der Zauber war gebrochen. Jetzt, da er allein zurückblieb, fühlte sich das Haus zu groß und zu leer an.

Da piepte das Telefon.

August holte es sofort heraus. Pauls Schweigen machte ihm kurioserweise Sorgen. Alles sei vorbei, hatte Ray-Ray zu ihm gesagt, Paul habe keinen Zugang mehr zu einem Handy, doch August hatte das starke Gefühl, als würde das keinen großen Unterschied machen. Paul war zu allem fähig, und das fühlte sich zutiefst unbehaglich an.

Doch es war überhaupt nicht Paul, der sich meldete, sondern Ola Thynell.

Danke für gestern! Supernetter Abend. Vielleicht irgendwann mal ein Bier nach der Arbeit?

August las die kurze Nachricht zweimal. Ein Bier nach der Arbeit war ja immer nett. Aber das hier war das dritte Mal, dass Ola sich aus irgendeinem Grund meldete. Zuerst tauchte er mit der wunderbaren Kiste auf. Dann auf dem Treffen des Lesekreises. Und jetzt wollte er mit ihm zum Afterwork gehen.

Entweder war er einfach äußerst gesellig, oder es war etwas anderes. Etwas, was August zu sehen gemeint hatte, als Ola nach dem Treffen der Leseratten hinter ihm hergejagt war.

Das Lächeln, die Unsicherheit, eine Erwartung, die in der Luft hängen blieb und von der August nicht wusste, was er damit anfangen sollte.

Vielleicht habe ich ihn falsch eingeschätzt, dachte er.

Unsicher, was er antworten sollte, legte er das Telefon beiseite.

Woraufhin es klingelte.

Diesmal war es Gunnar Wide. August zögerte. Musste er rangehen? Wollte er jetzt Gunnars Gemecker über die unfähige Polizei und darüber, wie gefährlich Hovenäset geworden war, anhören?

Doch so zu denken war egoistisch.

Gunnar Wide stand nicht allein mit seiner Auffassung, dass die jüngsten Ereignisse auf Hovenäset unangenehm waren. Auch August empfand das so. Hingegen hatten er und Gunnar unterschiedliche Ansichten darüber, wie Hovenäset wieder sicher gemacht werden könnte.

Ich werde gebraucht, dachte August. Es muss jemanden geben, der eine Linie vertritt, die Gunnar und seine Ideen von einer Bürgerwehr abhält.

Also ging er, kurz bevor die Mailbox übernahm, ans Telefon.

»Hallöchen.«

»Hallo, hier Gunnar. Ich bin auf etwas gestoßen. Etwas Wichtiges. Aber die Polizei geht nicht ran, wenn ich anrufe.«

August schüttelte den Kopf.

Gunnar fand immer, dass er etwas Wichtiges zu sagen habe.

»Was hast du rausgekriegt?«, fragte August.

»Es geht um Axel und darum, wer in der Nacht, in der er starb, bei ihm gewesen ist. Kannst du vorbeikommen? Ich würde dir das gerne zeigen.«

Wie typisch, dass Maria gerade gefahren war. August sah auf die Uhr. Er hatte erst später Termine geplant.

»Ich bin noch nicht zur Arbeit los«, sagte er. »Ich kann sofort vorbeikommen.«

Das Bett in Olas Gästezimmer war hart, aber breit. Hillevi saß darauf und betrachtete Sams Handschuhe. Die blutigen.

Die Erzieherinnen in Sams Kita gingen jetzt völlig durch die Decke. Wieder und wieder hatten sie auf Hillevis Handy angerufen, aber sie war nicht rangegangen. Sie konnte einfach nicht mehr.

Das machte ihr Angst.

Denn wenn sie keine Kraft mehr hatte, um weiterzukämpfen, dann war die Gefahr groß, dass sie jemand ganz anderes anriefen. Zum Beispiel das Jugendamt. Oder die Polizei. Das würde ihre eigene Schule wahrscheinlich auch tun. Da gab es immer das größte Theater, wenn jemand schwänzte, und Hillevi hatte bereits oft gefehlt.

Sie holte das Handy raus.

Keiner von ihren Klassenkameraden war online. Nicht auf Snapchat, nicht auf TikTok, nirgends. Die gingen ja in die Schule, hatten sicherlich noch mehrere Stunden Unterricht.

Aber ich nicht, dachte Hillevi. Ich sitze nur hier rum.

Aus dem Wohnzimmer war lautes Lachen vom Fernseher zu hören. Ola hatte für Sam einen Film eingelegt, ehe er zur Arbeit ging. Er musste ein paar Stunden arbeiten, hatte aber versprochen, mit einem Mittagessen nach Hause zu kommen und dann so früh wie möglich Feierabend zu machen. Mit etwas Glück würde er freinehmen können. Hillevi hatte versprochen, keinen einzigen Menschen reinzulassen, während er weg war.

Sie nahm wieder die Handschuhe auf, versuchte zu begreifen, wie das Blut da reingekommen war. Sam schwieg immer noch und weigerte sich, es zu erzählen.

Seit jenem Abend, an dem er nach Rauch gerochen hatte, verhielt er sich seltsam. Ola schien keinen Zusammenhang zu sehen, aber Hillevi glaubte das.

»Es war mitten in der Nacht, als Sam plötzlich nach Rauch roch«, hatte Ola gesagt. »Wo hätte er denn da in die Nähe eines Feuers kommen sollen?«

Genau das fragte sich Hillevi auch.

Sie kniff die Augen zusammen und dachte angestrengt nach. An dem Abend war sie früh ins Bett gegangen, weil sie Kopfschmerzen hatte. Eigentlich hatte sie nicht vorgehabt einzuschlafen, aber dann war es doch passiert. Und sie war aufgewacht, als Sam mitten in der Nacht aufs Klo ging. Aber war sie nicht dazwischen auch noch wach gewesen? Oder täuschte sie sich?

Sie wusste es nicht mehr genau.

Als sie in ihr Zimmer ging, war es halb neun gewesen. Ihre Mutter hatte gesagt, sie würde zum Coop im Einkaufszentrum bei Uddevalla fahren, denn da hätten sie bis zehn Uhr abends auf.

Eine der idiotischen Angewohnheiten ihrer Mutter.

Völlig ohne Grund sehr weit zu fahren. Nach Uddevalla waren es ungefähr fünfzig Kilometer, aber es gab auch quasi bei ihnen um die Ecke einen Coop. Und auch der Laden hatte abends offen.

Hillevi umklammerte fest die Handschuhe.

Ihre Mutter war die ganze Nacht nicht zu Hause gewesen. Sie hatte gesagt, sie habe bei einer Freundin übernachtet, aber Hillevi war schon klar, dass sie bei irgendeinem Typen gewesen sein musste. Und wenn sie nach Uddevalla gefahren war, dann musste sie nüchtern gewesen sein. Da hatte sie nämlich eine Grenze gezogen – sie fuhr nie betrunken Auto. Zwar hatten sie nie darüber geredet, aber Hillevi hatte es gemerkt.

Hillevi erinnerte sich, gehört zu haben, wie die Eingangstür zufiel, und sie hatte angenommen, das sei ihre Mutter gewesen, die zum Coop in Uddevalla fuhr. Sie hatte auch angenommen, dass sie allein fahren würde und dass Sam nicht dabei war.

Aber wenn er nicht im Auto nach Uddevalla gesessen hatte, wo war er dann gewesen?

Hillevi hatte ihn an dem Abend nicht ins Bett gebracht. Sie hatte sogar zu ihrer Mutter gesagt, dass sie sich um Sam kümmern müsse, weil sie selbst solche Kopfschmerzen habe.

Sam hatte gehört, wie die Mutter darüber sprach, nach Uddevalla zum Einkaufen zu fahren. Das hatte sie nämlich beim Abendessen (das aus Broten mit Butter und Dosenmais bestand) erwähnt, und da hatte Sam sofort gerufen, dass er auch einen Ausflug machen wolle.

Einen Ausflug machen.

Jetzt erinnerte sie sich deutlich, genau das hatte er gesagt.

Und ihre Mutter hatte gelacht und gesagt, klar dürfe er einen Ausflug machen, aber an einem anderen Tag.

»Heute!«, hatte Sam geschrien. »Ich will heute!«

Ihre Mutter hatte wieder gelacht, und Hillevi hatte keine Lust gehabt, sich weiter damit zu beschäftigen, denn ihr Kopf tat zu sehr weh, und deshalb hatte sie sich ins Bett gelegt.

Sie hat ihn mitgenommen, dachte Hillevi. Als Mama das Haus verließ, muss Sam dabei gewesen sein.

Und dann – wann auch immer – waren sie nach Hause gekommen. Aber war ihre Mutter, nachdem sie Sam ins Bett gebracht hatte, dann wieder nach Uddevalla gefahren? Denn er war ja offensichtlich früher nach Hause gekommen als sie. Und hatte nach Rauch gerochen.

Und wollte seither nicht reden.

Verdammt noch mal.

Sie kriegte es nicht richtig zusammen. Was war an diesem Abend passiert? Und in welcher Reihenfolge? Es hatte ja wohl kaum im Coop in Uddevalla gebrannt. Und das Auto war ganz, also hatte auch das nicht gebrannt.

Aber Sam war beeinträchtigt, das konnte jeder sehen.

Und ihre Mutter auch.

Sie hatte jetzt mehrere Tage hintereinander konstant geschlafen und gehustet und getrunken. Und Fieber gehabt. Außerdem schien sie sehr schlechter Laune zu sein. Sie hatte ja sogar gesagt, alles würde zum Teufel gehen.

Was meinte sie damit?

In Hillevis Welt war schon alles zum Teufel gegangen, als sie Göteborg verlassen hatten.

Was, wenn ihre Mutter auch Kungshamn wieder leid sein würde? Würden Sie dann nach Hause ziehen? Oder nach Uddevalla?

Panik.

Egal wohin, nur nicht nach Uddevalla.

Sofort kamen aus dem Nichts die Tränen und trübten ihren Blick.

Sie war es so leid, dass alles immer falschlief und sich schwer und anstrengend anfühlte und ihr Angst machte.

Sie dachte an die kleine Selma, auf die sie in Göteborg immer aufgepasst hatte. Die eine Mutter hatte, die so nette Sachen zu Hillevi sagte.

Du bist die Beste der Welt und hast nur das Allerbeste verdient.

Doch das konnte unmöglich stimmen. Hillevi war nicht die Beste der Welt, und sie hatte auch offensichtlich nicht das Allerbeste verdient. Sie war es nicht mal wert, eine Mutter zu haben, die anrief und fragte, wo sie war, wenn sie die Schule schwänzte.

Aus dem Fernseher im Wohnzimmer war neues Lachen zu hören.

Von Sam hörte man keinen Laut.

Hillevi wischte sich die Tränen ab und rief ihre Mutter an. Es war ja nicht sonderlich gut gelaufen, als Ola versucht hatte mit ihr zu reden, aber jetzt musste es besser sein. Viel besser. Es klingelte wieder und wieder, und dann kam der Anrufbeantworter mit der rauen Stimme ihrer Mutter:

»Hallo, Patricia hier, sag was nach dem Pfeifton!«

Hillevi legte auf und rief noch einmal an. Und noch einmal.

Am Ende ging ihre Mutter ran.

»Patricia.«

Sie klang heiser und müde, verschlafen und fertig.

»Ich bin es.«

Hillevis Stimme war nur ein Flüstern.

»Hillevi? Was, bist du nicht in der Schule?«

»Mama, irgendwas stimmt überhaupt nicht mit Sam. Er spricht immer noch nicht, und in seinen Handschuhen ist Blut. Mama, du musst erzählen was … ob was passiert ist.«

Ihre Mutter stöhnte ins Telefon.

»Lass ihn in Ruhe«, sagte sie. »Lass das alles sein. Bitte, lass es einfach. Mit Sam ist alles in Ordnung.«

»Er hat nach Feuerrauch gerochen«, sagte Hillevi. »In der Nacht, als er aufhörte zu reden. Da hat er nach Feuerrauch gerochen.«

Ihre Mutter atmete schnell ins Telefon.

»Hör auf«, sagte sie. »Hör einfach auf.«

Ihre Stimme klang jetzt deutlicher, vermutlich hatte sie sich im Bett aufgesetzt.

»Wo wart ihr?«, fragte Hillevi. »Ihr müsst irgendwohin gefahren sein. Du wolltest doch nach Uddevalla. Aber was ist passiert? Warum haben Sams Haare nach Rauch gerochen?«

Ihre Mutter hustete wie verrückt.

»Hillevi, machst du Witze? Natürlich habe ich Sam nicht mit nach Uddevalla genommen. Seid ihr noch bei Ola? Ich will, dass ihr sofort nach Hause kommt.«

Hillevi schüttelte den Kopf.

»Wir kommen nicht wieder nach Hause«, sagte sie. »Das hat Ola doch schon gesagt.«

Dann legte sie auf. Ihre Hände zitterten. Ihre Mutter rief wieder an, aber Hillevi drückte sie weg, schaltete das Telefon auf stumm und schob es unter die Matratze im Bett.

Dann ging sie raus zu Sam ins Wohnzimmer.

Sowie sie sich aufs Sofa setzte, kroch er auf ihren Schoß. Wie eine Katze, die gekrault werden wollte. Hillevi strich ihm übers Haar.

»Sammylein«, flüsterte sie ihm ins Ohr, genau wie früher, als er noch richtig klein war. »Warum willst du nicht mit uns sprechen?«

Sam antwortete nicht.

Hillevi umarmte ihn noch fester.

»Ist was Schlimmes passiert? Hast du dich gefürchtet? Hast du was Fieses gesehen?«

Sam saß ganz still. Dann streckte er sich, schob sich auf dem Sofa weg von Hillevi.

»Entschuldigung«, sagte sie. »Entschuldige, Sam. Wir müssen nicht reden, wenn du nicht willst. Es ist okay, wenn du …«

Sie verstummte. Sam rutschte rüber auf die andere Seite des Sofas und nahm eine Zeitung, die auf einem Beistelltisch lag. Die Lokalzeitung Bohuslänningen. Langsam reichte er sie Hillevi.

Schweigend nahm sie die Zeitung entgegen. Was wollte er? Auf der Vorderseite war ein Bild vom Seenotrettungsboot auf Smögen und ein kurzer Text über einen Mann, der über dreißig Jahre dort Dienst getan hatte. Und dann war da noch ein kürzerer Text, ohne Bild, über Vandalismus in einer Schule.

Hillevi sah von der Zeitung zu ihrem Bruder.

»Ich verstehe nicht«, sagte sie.

Sam streckte seine Hand aus und blätterte um. Erst eine Seite, dann zwei, dann drei.

Dann zog er die Hand abrupt wieder zurück, als ob er sich verbrannt hätte, und wandte den Blick ab.

Hillevi sah auf die Zeitung. Da war ein großes Bild von den Bootshäusern auf Hovenäset, die abgebrannt waren.

Sie las die Überschrift:

»Der Brand auf Hovenäset gibt immer noch Rätsel auf.«

Sam hielt sich die Hände über die Ohren.

Hillevi starrte ihn an.

An den Brand auf Hovenäset hatte sie keinen Moment gedacht.

»Warst du dort, Sam?«, flüsterte sie. »Warst du dort, als es in den Bootshäusern gebrannt hat?«

Dicke Tränen rannen ihrem kleinen Bruder übers Gesicht.

Dann nickte er.

Hillevi bekam es mit der Angst. Wieso war Sam mitten in der Nacht auf Hovenäset gewesen? Diesmal hatte ihre Mutter sich wirklich selbst übertroffen.

Zum Coop in Uddevalla.

Hatte die völlig den Verstand verloren?

Es würde jedenfalls einiges erklären, wenn sie nach Hovenäset und nicht nach Uddevalla gefahren waren. Da hätte ihre Mutter sooft sie wollte hin und her fahren können.

»Was habt ihr da gemacht?«

Sam erstarrte.

»Jetzt komm schon«, sagte Hillevi und versuchte nicht zu eifrig zu klingen. »Du kannst es mir erzählen, du hast nichts falsch gemacht. Warum wollte Mama nach Hovenäset fahren, wolltet ihr die Oma besuchen?«

Was sie fast nie taten, obwohl ihre Mutter behauptete, dass sie deshalb nach Kungshamn gezogen seien. Um bei der Oma zu sein.

Sam war ganz still. Er war wieder in Begriff, in sich selbst zu verschwinden. Hillevi nahm seinen Arm und schüttelte ihn sanft.

»Sag schon«, sagte sie. »Hast du noch was anderes gesehen? Oder war da noch jemand anderes außer euch?«

Sam schloss die Augen. Dann nickte er.

Hillevis Herz schlug ganz fest.

»Wer?«, fragte sie. »Bitte, kannst du es mir nicht erzählen? Wen hast du beim Bootshaus gesehen?«

Ein lauter Schrei aus dem Fernseher ließ sie sich schnell umdrehen. Sie konnte jetzt nicht noch eine Menge Gebrüll und Lachen aushalten.

Sie fand die Fernbedienung und drückte auf den Knopf, der den Ton ausschaltete.

Als sie sich wieder zu Sam umdrehte, hatte er die Augen aufgemacht.

Doch er sagte nichts.

Kein Wort.

»Ich erinnere mich an alles von dem Tag.«

Mary Thynell lehnte sich über den Tisch und schob die Lesebrille auf den Scheitel. Maria war nicht sicher, unter welcher Krankheit Mary litt, aber sie wirkte auf eine Art und Weise zerbrechlich, die andeutete, dass ihr Leben zu Ende ging.

»Erzählen Sie«, sagte Maria.

»Geben Sie mir nur ein bisschen Zeit«, erwiderte Mary. »Jetzt grade ist alles so düster.«

Sie saßen in dem Raum, den Mary Esszimmer nannte, und hatten ihr gerade den Teil von Axels Film gezeigt, in dem sie hinter den Büschen herausschaute.

Das Gefühl der Euphorie und der Freiheit, das Maria während der Schlittschuhtour am Morgen erfüllt hatte, hielt noch an und machte sie empfänglicher für alle möglichen Eindrücke. Es war, als hätte sie nicht richtig klar gesehen, bevor August sie mit hinaus aufs Eis nahm. Eigentlich begriff sie erst jetzt, wie seltsam es für ihn gewesen sein musste, dass sie jede Nacht behauptet hatte, sie müsse nach Hause in die Wohnung auf Fisketången.

Ich bin so verliebt in den Mann, es ist der Wahnsinn, dachte Maria und merkte, wie sie lächelte.

Als sie am Morgen von August wegging, hatte sie ein paar Dinge bei ihm gelassen. Eine Haarbürste, einen Pullover, ein Armband. Nichts Großes und auch nichts sonderlich Wertvolles, doch es war sowohl für August als auch für sie selbst ein wichtiges Zeichen gewesen.

Sie wollte wiederkommen.

Sie wollte öfter bei August aufwachen.

Ray-Rays Ruhelosigkeit war körperlich spürbar. Ausnahmsweise saß er mal mit verschränkten Armen da – offensichtlich provoziert, es war aber nicht klar, wovon. Vielleicht war es die etwas bürgerliche Atmosphäre in Marys Haus, die ihn nervte. Er verabscheute Menschen, die Fassaden aufbauten, und diesen Eindruck konnte man zu Hause bei Mary durchaus haben.

Alles war ordentlich und heil und sauber, jedes Ding schien seinen bestimmten Platz zu haben. Das galt für die großen Porzellanvasen auf den Wandregalen und ebenso für die echten Teppiche, die in den verschiedenen Räumen sehr exakt mitten auf dem Boden platziert waren. In Marys Haus gab es keinen Zufall.

Und jetzt saßen sie also im Esszimmer.

Ein Ort, an dem nichts neu war und wo alles ein wenig verlassen wirkte. Es war, als würde der Raum nicht mehr dafür benutzt, wie von der Person, die ihn eingerichtet hatte, ursprünglich gedacht, sei aber dennoch unberührt gelassen worden – entweder als Erinnerung an alles Vergangene oder in der Hoffnung, dass die Erwartungen an das Esszimmer eines Tages wieder erfüllt würden.

»Was fühlt sich besonders düster an?«, fragte Ray-Ray.

Mary sah auf.

»Dass wieder so viel Trauriges hier auf Hovenäset passiert«, erwiderte sie. »Dass es nie ein Ende zu haben scheint.«

In ihren Worten lag kein Vorwurf, sie hörte sich nicht im Geringsten so an wie zum Beispiel Gunnar Wide, der keine Gelegenheit ausließ zu sagen, was er von der Arbeit der Polizei hielt und wo er mangelndes Engagement zu erkennen meinte. Nein, Marys Antwort klang mehr nach einer schonungslosen Feststellung.

»Das verstehen wir«, antwortete Maria und warf Ray-Ray einen vielsagenden Blick zu.

Halt jetzt mal still, damit sie auch mit uns reden will.

Maria hielt das Handy hoch und zeigte als Erinnerung daran, weshalb sie überhaupt gekommen waren, noch einmal die kleine Filmsequenz, wobei sie darauf achtete, sie nicht eine Sekunde langer als notwendig laufen zu lassen.

Mary sah hin und nickte.

»Wo haben Sie den Film gefunden?«, fragte sie.

»Zu Hause bei Axel«, sagte Maria.

Auf diese Antwort hatten sich Ray-Ray und sie im Vorhinein geeinigt.

»Verstehe«, sagte Mary mit zitternder Stimme.

Sie räusperte sich, damit die Stimme trug.

»Erzählen Sie«, sagte Maria sanft. »Erzählen Sie uns von dem Tag, als der Film aufgenommen wurde.«

»Es war der Mittsommerabend 1979«, begann Mary. »Das glaubt man kaum, wenn man den Film anschaut, denn die Sonne scheint, und man sieht, dass mir warm ist. Und so ist es ja für gewöhnlich nicht an Mittsommer.«

Sie lachte leise, und Maria und Ray-Ray nickten zustimmend. Sie waren vertraut mit all den verregneten, kalten Mittsommertagen. Aber wie das Wetter im Jahr 1979 gewesen war, konnte keiner von ihnen beiden sagen.

»Axel hatte eine neue Filmkamera gekauft und wollte sie ausprobieren«, erklärte Mary. »Es sollte eine Überraschung für seine Frau Denise sein, und ehe er sie ihr zeigte, wollte er sich vergewissern, dass er auch wusste, wie sie funktionierte. Dann sah er plötzlich mich, und wir kannten uns ja, also fragte er, ob ich mit auf einem Probefilm sein wolle, und da sagte ich Ja. Deshalb benehme ich mich da so lächerlich.«

»Wieso lächerlich?«, fragte Maria. »Was meinen Sie damit?«

»Dass ich so hinter dem Busch rauskucke und nicht stillstehe. Axel wollte die Schärfe kontrollieren und glaubte, sie könnte schwerer einzustellen sein, wenn man jemanden filmte, der sich bewegt.«

Auf Ray-Rays Gesicht machte sich ein Grinsen breit.

»Und damit ist er durchgekommen?«, fragte er.

»Wie bitte?«

»Ich habe gefragt, ob er damit durchgekommen ist. Mal im

Ernst, er ist zur Nachbarsfrau, die kaum angezogen war, rüber gelaufen und hat sie gefragt, ob sie ein bisschen vor der Kamera hin und her hüpfen möchte, damit er die Schärfe justieren kann? Das ist wirklich unbezahlbar. Sind Sie darauf reingefallen?«

Ray-Ray prustete vor Lachen, und Mary verzog den Mund.

»Ich würde mich natürlich nicht so unpassend äußern, wie mein Kollege es eben getan hat«, sagte Maria, »doch muss ich zugeben, dass auch ich mich frage, wie Ihnen diese Idee wohl verkauft worden ist. Kannten Sie Axel gut? Ich meine, wenn man bedenkt, dass er ausgerechnet Sie filmen wollte. Es müssen ja ganz viele Nachbarn draußen unterwegs gewesen sein, an denen er die Kamera hätte ausprobieren können.«

Mary strich mit der Hand über die Tischplatte.

»Wir waren eine große Gruppe, die über Jahre viel gemeinsam unternahm«, sagte sie. »Vor allem im Sommer trafen wir uns. Axel und Denise Ehnbom gehörten auch zu dieser Gruppe. Also ja, wir kannten einander.«

Eine große Gruppe. Vielleicht dieselbe Gruppe, die Emmy Mellberg auf einem Bild zu Hause an der Wand hatte? Oder vielleicht noch größer?

Maria legte den Kopf schief.

»Wohnten Sie und Ihr Mann das ganze Jahr über auf Hovenäset?«, fragte sie.

»Ja.«

»Und Axel und Denise ebenso?«

»Ja.«

»Wie viele von den anderen in der Gruppe wohnten dauerhaft hier?«

Mary sah nachdenklich aus.

»Eigentlich die meisten Paare«, sagte sie.

Die meisten Paare. Natürlich. Singles oder Alleinstehende hätten in »der Gruppe« nichts zu suchen gehabt. Es war doch faszinierend, wie sehr die Zweisamkeit in vielen Gruppierungen eine Rolle spielte.

»Haben Sie und Ihr Mann viel mit Axel und Denise zu tun gehabt?«, fragte Maria. »Nur Sie vier, meine ich.«

Mary konzentrierte den Blick auf einen Punkt hinter ihnen. »Nein«, sagte sie. »Nicht, soweit ich mich erinnere.«

Nicht, soweit du dich erinnern möchtest, dachte Maria.

»Warum nicht?«

Mary sah erstaunt aus. »Da ist doch nichts dabei. Man kann nicht zu allen passen. Und Denise und mein Mann … die passten nun besonders schlecht zueinander, wenn man so sagen will.«

»Auch wenn ich Gefahr laufe, wie ein Papagei zu klingen: warum nicht?«, fragte Maria.

Mary holte Luft. Ein zischendes Geräusch entwich ihrer Luftröhre.

»Weil Bertil, also mein Mann, Rassist war. Das hat man damals nicht so gesagt, aber jetzt sagt man es andauernd. Und Denise war ja sehr dunkel.«

»Darauf müssen doch viele reagiert haben«, sagte Maria.

»Ja, so war es. Aber vor allen Dingen mein Bertil und Gunnar Wide. Ich weiß, dass Axel das sehr schlimm fand, er hatte sogar Angst, Denise könnte wieder zurück nach Amerika ziehen. Und am Ende kam es ja auch so, aber da ist Axel mitgegangen. Sie haben Hovenäset 1980 verlassen und sind erst 1990 wiedergekommen. Dazwischen waren sie manchmal im Sommer hier. Ich glaube, dass für sie alles ruhiger wurde, als sie ihr Kind bekamen, doch der Junge hat auf sich warten lassen. Sie waren schon vierzehn Jahre verheiratet, als er geboren wurde.«

»Das ist eine sehr lange Zeit«, sagte Ray-Ray.

Mary nickte schweigend.

»Ja«, sagte sie dann. »Es gab dafür natürlich medizinische Gründe, aber sicherlich auch gesellschaftliche. Denise war in den ersten Jahren hier unglücklich. Als der Junge kam, war es, als würde sie Wurzeln schlagen. Aber da gab es plötzlich noch eine weitere dunkelhäutige Person, die man beschützen musste. Axel hat sich daran abgearbeitet, denn der Junge war ja auch etwas dunkler als die meisten von uns anderen.«

»Elias«, sagte Maria.

»Genau. Haben Sie mit ihm gesprochen?«

Maria nickte.

»Hier im Ort hatte sich natürlich einiges verändert, als Elias zur Welt kam«, sagte Mary. »Er hat es nicht mehr so schwer gehabt wie seine Mutter.«

Es wurde still im Raum. Ray-Ray nahm das Handy und schaute noch einmal den Film an. Dann legte er das Telefon weg, stützte die Ellenbogen auf den Tisch und beugte sich vor.

»Sie und Axel, hatten Sie eine Affäre?«

Mary zuckte zusammen.

»Nein, wirklich nicht.«

»Nicht?«

»Nein.«

»Es ist ja wohl kaum verboten, in einen Nachbarn verliebt zu sein. Teufel auch, wenn ich an einem derart öden Ort gewohnt hätte, dann hätte ich mir auch vorstellen können, die Grenzen ein wenig zu verschieben. Hier fühlt man sich doch bestimmt viele Tage im Jahr einsam.«

Mary sah Ray-Ray schweigend an.

»Oder täusche ich mich?«, fragte er.

»Sie haben vollkommen recht damit, dass ich mich hier auf Hovenäset oft einsam gefühlt habe«, antwortete Mary bedächtig. »Aber an meiner Ehe gab es nichts auszusetzen. Und an der von Axel ebenso wenig.«

Ray-Ray lehnte sich wieder zurück.

»Hatte Axel viele Freunde hier auf Hovenäset?«, fragte er.

»Nicht, soweit ich wüsste. Ich meine, er hatte auch keine Feinde. Er blieb meist für sich. Er war gern allein.«

»Diese Gruppe, von der Sie gesprochen haben«, sagte Maria, »gibt es die immer noch?«

Mary schüttelte den Kopf.

»Es ... es ist eine traurige Geschichte, aber die meisten von ihnen leben nicht mehr. Ich war immer die Jüngste in der Gruppe. Das fühlt sich jetzt völlig absurd an, aber so war es. Gunnar Wide lebt noch, und ich und Emmy, und bis vor Kurzem auch noch Axel. Und Lisa Wide, der es aber nach einem schweren Schlaganfall schlecht geht. Mehr sind wir nicht.«

Vor Maria tat sich ein Abgrund auf. Wie muss man sein Leben leben, damit das Ende so gut wie möglich ist?, dachte sie.

Das war unmöglich zu wissen, machte die Frage aber nicht weniger bedeutungsvoll.

Dann fiel ihr etwas anderes ein, das mit dem kleinen blutigen Handabdruck auf Axels Telefon zu tun hatte.

»Kannte Axel jemanden, der kleine Kinder hatte?«

»Das weiß ich wirklich nicht«, antwortete Mary. »In den letzten Jahren hatte wir nicht so engen Kontakt, und ...«

Ihre Stimme brach, und sie verstummte.

»Sie sind traurig«, sagte Maria. »Das sehen wir doch. Haben Sie und Axel sich wirklich nicht nahegestanden?«

Mary zog ein Paket Taschentücher aus der Tasche.

»Ich habe doch schon gesagt, dass wir kein Verhältnis hatten.«

Aber das bedeutet nicht, dass du nicht in ihn verliebt warst, dachte Maria. Jetzt oder damals.

Mary schnäuzte sich in eines der Taschentücher.

»Waren Sie einmal in Axels Bootshaus?«, fragte Ray-Ray.

»Mehrmals. Als wir jung waren, haben wir da immer das Krebsfest gefeiert.«

»Wissen Sie, wie es eingerichtet war? Konnte man darin wohnen?«

»Nein, das darf man doch nicht.«

»Viele tun es trotzdem.«

»Axel nicht.«

»Wissen Sie etwas über Axels finanzielle Situation?«, fragte Maria.

»Sie sprechen mit mir, als hätte ich Axel gut gekannt, doch das stimmt nicht. Ich weiß nichts über sein Privatleben.«

Maria und Ray-Ray sahen einander verstohlen an. Hier kamen sie jetzt nicht weiter. Aber eine letzte Frage musste trotzdem noch gestellt werden.

Maria formulierte sie.

»Wissen Sie, ob Axel Lydia Broman kannte?«

Mary wurde bleich.

»Lydia Broman? Die …«

Die zerstückelt in ihrer eigenen Kühltruhe gefunden wurde.

»Genau die.«

»Nein, wirklich nicht. Also, ich meine, wir kannten sie natürlich alle.«

Man konnte von Weitem hören, wie irgendwo im Haus eine Uhr schlug. Wie eine Erinnerung daran, dass die Zeit davonlief und sie nur dastanden und auf der Stelle traten, ohne weiterzukommen.

Maria wurde ungeduldig.

»Gehörte Lydia zu dem Kreis von Paaren, die hier auf Hovenäset eine Gruppe bildeten?«, fragte sie.

Mary sah verwirrt aus.

»Nein, warum sollte sie? Sie war doch so viel jünger als wir anderen. Und mit ihren Eltern hatten wir auch nichts zu tun, niemand von uns. Die wohnten auch gar nicht hier, sondern drüben in Kungshamn.«

»Erinnern Sie sich, ob Lydia trotzdem hier war?«, fragte Maria. »Ich meine, als Kind oder Teenager. Vielleicht hatte sie Freunde hier.«

»Das hatte sie auf jeden Fall, denn gewiss, manchmal sah man sie hier.«

»Lydias Konfirmation«, begann Ray-Ray, »erinnern Sie sich daran?«

Mary schüttelte den Kopf.

»Nein. Aber warum fragen Sie so viel nach Lydia?«

Weil wir wissen, dass Lydia auf demselben Super-8-Film ist wie du, dachte Maria. Und jetzt wissen wir, dass Axel derjenige war, der gefilmt hat.

»Wenn Sie mehr über Lydia wissen wollen, dann sollten Sie mit Gunnar sprechen«, sagte Mary.

Ray-Rays Augenbrauen sausten hoch.

»Und zwar, weil …?«

»Weil er nach ihrem Tod so eine Art Privatermittlung betrieben hat. Er weiß das meiste über Lydia.«

Maria hätte fast resigniert den Kopf geschüttelt, konnte sich aber gerade noch zusammenreißen. Davon hatten sie jetzt wirklich schon genug gehört.

Sie holte die Kopien der Fotos heraus, die August geschickt hatte und auf denen das nicht identifizierte Mädchen zu sehen war.

»Kennen Sie dieses Mädchen?«

Sie schob Mary das Handy hin.

Die sah hin und holte tief Luft.

»Mary?«

Die alte Frau schob das Telefon zurück.

»Nein, ich weiß nicht, wer das ist.«

»Sind Sie sicher?«, fragte Ray-Ray. »Denn gerade sah es so aus, als würden Sie auf das Bild reagieren.«

»Natürlich tue ich das! Ich wohne schließlich hier, ich habe Kinder und Enkelkinder. Und dann zeigen Sie ein altes Bild und einen alten Film nach dem anderen, auf dem sowohl Kinder als auch Erwachsene sind. Natürlich mache ich mir Sorgen. Außerdem bin ich nicht gesund. Solche Dinge hier strengen mich an.«

»Sorry«, sagte Ray-Ray. »Das verstehen wir. Aber die Ermittlung muss verfolgt werden.«

Mary lächelte blass.

»Stellen Sie sich vor, das begreife sogar ich«, sagte sie.

Marias Handy vibrierte.

»Entschuldigen Sie«, sagte sie. »Ich will nur kurz nachsehen, ob es unser Chef ist.«

Sie warf Ray-Ray, der ihr nachsah, einen Blick zu. Roland hatte gesagt, er würde sich melden.

Aber es war nicht Roland.

Die Nachricht kam von einer Nummer, die sie nicht kannte, aber das spielte keine Rolle, denn sie wusste, von wem sie war.

Der Ton, die Worte, das Gefühl.

Alles wie immer. So schrecklich gleich.

Das Herz blieb ihr stehen, und das Blickfeld zog sich zusammen.

»Alles okay?«

Ray-Rays Stimme klang fern.

Ich werde niemals frei sein, dachte sie. Was habe ich denn auch erwartet? Paul wird niemals akzeptieren, dass ich weitergegangen bin. Die kurzen Zeilen verschwammen vor ihren Augen, als sie noch einmal las:

Ich denke an dich, meine liebe Maria.

Du bist mein, und ich bin dein. Jetzt und in Ewigkeit.

Und daran kann niemand etwas ändern.

Warum hatte er sich nur darauf eingelassen? Sich ausgerechnet mit Gunnar zu treffen, wenn er so einen durch und durch schönen Morgen mit Maria verbracht hatte?

August stand auf dem Bürgersteig vor Axels Haus und fror. Wie ein Idiot fühlte er sich, der sich wieder einmal von Gunnar auf eines seiner Abenteuer hatte zerren lassen. Eine Viertelstunde war vergangen, seit sie sich vor Gunnars Haus getroffen hatten, und August hatte immer noch nicht erfahren, was er herausgefunden hatte.

»Verdammt noch mal, ich ärgere mich, dass ich nicht drauf gekommen bin, dass Axel drinnen im Haus auf der Treppe liegen könnte«, sagte Gunnar. »Wir hätten niemals auf die Polizei hören dürfen, sondern auf eigene Faust handeln sollen. Dann würde Axel heute vielleicht noch leben.«

August zuckte zusammen.

»Aber so darfst du jetzt nicht denken«, erwiderte er. »Ehrlich, Gunnar. Lass es los.«

Doch Gunnar hörte nicht zu.

»Es gibt andere Überlegungen, mit denen ich stattdessen der Polizei helfen kann«, sagte er. »Zum Beispiel habe ich rausgekriegt, dass die sich fragen, wie es sein kann, dass die Tür von der Innenseite abgeschlossen war. Und da ist mir eingefallen, dass es ja mehrere Täter gewesen sein können. Und als die aus dem Haus raus wollten, ist ihnen klar geworden, dass es unglaublich schlau wäre, wenn das Haus von innen abgeschlossen und alle Fenster zu und verriegelt wären. Das würde deutlich darauf hinweisen, dass Axel allein zu Hause war und ihm ein ganz gewöhnliches Unglück zugestoßen ist.«

August nickte, um zu zeigen, dass er Gunnar zugehört hatte.

Komm zur Sache, dachte er, sonst schmeiß ich dich in eine Schneewehe aus gelbem Schnee.

Gunnar streckt die Arme aus und zeigt mit beiden Händen auf Axels Haus.

»Welche Wege aus dem Haus heraus siehst du?«, fragte er rhetorisch.

August unterdrückte einen Seufzer.

»Gunnar, offensichtlich höre ich gerne, was du zu berichten hast, sonst wäre ich ja nicht hergekommen. Aber diese Rätselspielchen …«

»Das ist kein Rätselspielchen«, entgegnete Gunnar, der jetzt ein bisschen gekränkt klang. »Ich versuche etwas Wichtiges zu erklären. Denk mal ein bisschen mit, wo du doch so schlau bist. Welche Wege aus dem Haus heraus siehst du?«

August ergab sich.

»Ich sehe eine Eingangstür, eine Reihe Fenster und möglicherweise einen Schornstein, die als Fluchtwege dienen könnten.«

Gunnar kniff die Augen zusammen.

»Ich glaube, der Schornstein ist zu schmal«, wandte er ein.

August sah ihn verständnislos an.

»Das würde ich wohl auch sagen«, erwiderte er.

Ein Auto fuhr vorbei und wurde von Gunnar mit einem grimmigen Blick verfolgt.

»Die Larssons«, sagte er. »Die grüßen nie.«

August richtete seinen Blick wieder auf das Haus – einerseits, um daran zu erinnern, worüber sie gesprochen hatten, andererseits, um nicht in lautes Lachen auszubrechen.

»Jetzt erzähl mal von deiner Analyse«, sagte er. »Du siehst offensichtlich noch andere Wege aus dem Haus heraus als ich.«

»Dass ihr jungen Leute es aber auch immer so eilig habt«, beklagte sich Gunnar. »Deshalb schafft ihr nie mehr als das Allernotwendigste. Aber gut, wir machen es auf deine Weise. Komm mit.«

Gunnar machte fünf Schritte vom Bürgersteig herunter und blieb dann stehen. August folgte ihm und überlegte, was sein Anführer gerade gesagt hatte. Dass die jüngere Generation (wenn August noch zu der gezählt werden konnte) es so eilig hatte und deshalb nichts schaffte. Womöglich lag in dieser Überlegung ein Körnchen Wahrheit. Das Problem war nur, dass gewisse Ältere mit mehr Zeit als zum Beispiel August diese auf so seltsame Angewohnheiten wie lange Ausführungen über absolut gar nichts verschwendeten.

»Und jetzt?«, fragte Gunnar. »Siehst du jetzt noch andere Wege aus dem Haus heraus?«

»Nein«, gestand August.

»Brauchst du eine Brille?«, erkundigte sich Gunnar ungeduldig. »Siehst du nicht die Luke zum Dachboden?«

August hob den Blick.

Und tatsächlich saß am kurzen Ende des Hauses, direkt unter der Spitze des Dachstuhls, eine Luke. Ein Eingang zum sogenannten Kriechboden.

August kratzte sich die Stirn. Die Mütze saß eng und kratzte genauso wie die Mützen seiner Kindheit.

»Und wie stellst du dir das vor?«, sagte er vorsichtig, um nicht noch mehr Ärger zu wecken.

»Ich stelle mir das so vor, dass der Letzte, der das Haus verlassen hat, auf diese Weise rauskam.«

»Der Letzte?«

»Ich glaube, dass es mehrere waren, hab ich doch gesagt.«

August sah wieder zur Dachbodenluke hinauf.

Er gab keinen Pfifferling auf Gunnars Theorie. Die Luke saß viel zu hoch oben, und außerdem führte sie offensichtlich nur auf einen Kriechboden, den sehr begrenzten Raum zwischen der Decke von Axels oberem Stockwerk und dem Dachfirst selbst.

»Ich glaube nicht, dass man von der Innenseite des Hauses auf diesen Dachboden kommen kann«, wandte er ein. »Ich habe auch einen Kriechboden. Bei mir kommt man nur über die Luke an der Außenwand rein.«

»Aber bei mir gibt es eine Dachbodenluke in der Diele des oberen Stockwerks, und ich weiß, dass es die bei Axel auch gibt. In seinem Arbeitszimmer. Ich war da nämlich schon, auf dem Kriechboden.«

»Warum das denn?«, fragte August, der sich im Leben nicht vorstellen konnte, was man auf dem Kriechboden eines anderen zu suchen haben könnte.

»Er brauchte Hilfe bei etwas«, sagte Gunnar. »Was ist denn daran so komisch?«

Na ja, dachte August.

In seiner Welt war das komisch. Vielleicht weil die meisten seiner Freunde in Stockholm in einer Wohnung wohnten und keine Häuser besaßen, um die sie sich kümmern mussten. Wenn die August um Hilfe baten, ging es meist um Finanzfragen oder – in Ausnahmefällen – um Tipps für Wein oder irgendwelche Gerichte. Noch nie hatte sich jemand bei ihm gemeldet und um praktische Hilfe im Haus gebeten. Was erklären könnte, warum er sich jetzt, als relativ frischgebackener Hausbesitzer, oft in Situationen wiederfand, von denen er nicht wirklich wusste, wie er sie lösen sollte. Aber bei jeder Kleinigkeit Gunnar herbeizutelefonieren schien ihm nicht gerade eine verlockende Alternative zu sein.

»Okay«, sagte August. »Sagen wir mal, dass es drinnen im Haus eine Dachbodenluke gibt, und …«

»Was heißt hier ›sagen wir mal‹? Es gibt sie!«

»Exakt. Es gibt bei Axel eine Dachbodenluke, und an der Hauswand gibt es eine weitere Luke, sodass man rein theoretisch auf dem Weg heraus käme. Aber da folgt eine Reihe weiterer Fragen. Zum Beispiel frage ich mich, ob die Luke da oben an der Wand verschlossen ist.

»Nein, ganz und gar nicht«, sagte Gunnar. »Die wird nur zugedrückt.«

August holte noch mal Luft. Weißer Rauch bildete sich, als er ausatmete.

»Dann gehen wir die nächste Frage an. Ich frage mich …«

»Das hier gefällt mir.«

»Was?«

Gunnar grinste.

»Es gefällt mir, was wir machen. Puzzle legen. Wie Sherlock Holmes. Du bist kritisch, und ich bin konstruktiv.«

Er kicherte zufrieden und verschränkte die Arme vor der Brust.

Seine ganze Person rief: »Bring it on!«

August schüttelte fast unmerklich den Kopf. Sie standen vor dem Haus eines toten Mannes und spekulierten darüber, wie ein möglicher Täter aus dem Haus herausgekommen sein könnte. Das war eine gelinde gesagt bizarre Situation.

Allerdings entschied er, das für sich zu behalten. Stattdessen sagte er: »Wir machen weiter. Was ich sagen wollte, war, dass die Luke hoch oben sitzt. Derjenige, der rausgesprungen ist, muss extrem gut trainiert sein, um sich nichts zu brechen, wenn das überhaupt hilft. Um das halbe Grundstück ist Gebüsch, das nicht gerade wie ein freundlicher Landeplatz aussieht.«

»Ganz zu schweigen davon, was für Spuren das im Schnee hinterlassen hätte«, sagte Gunnar.

»Genau«, stimmte August zu. »Und …«

»Und es hat ja über eine Woche nicht geschneit, wenn also jemand aus dem Fenster gesprungen wäre, dann könnte man die Spuren hier noch sehen.«

August sah Gunnar an, der mit einem zufriedenen Lächeln seinen Blick erwiderte. »Eine Leiter«, sagte Gunnar. »Sie müssen eine Leiter benutzt haben.«

»Und wo sollen sie die herhaben?«

»Vom Schuppen des Nachbarn.«

Gunnar zeigte auf das Nachbarhaus. Da hing tatsächlich außen am Schuppen an festen Haken eine Leiter.

»Warte kurz«, sagte August. »Ich muss gestehen, dass ich das sehr unangenehm finde.«

»Was glaubst du, was wir anderen finden?«, fragte Gunnar, und jetzt klang er wütend. »Aber irgendjemand muss sich ja um diesen Mist kümmern.«

»Die Polizei tut es ja schon. Wenn einer von uns etwas zu erzählen hat, dann ist es viel besser, sie anzurufen und ihnen zu sagen, was du glaubst.«

»Ich habe bereits angerufen«, sagte Gunnar heiser. »Aber die gehen ja nicht mal ran. Glaub mir, ohne unsere Hilfe werden die das nicht lösen können.«

August schaute auf die Uhr. Er hatte jetzt keine Zeit mehr für das hier. Er musste bald nach Kungshamn und einen Kunden empfangen.

»Die hängt schief«, sagte Gunnar. »Die Leiter. Siehst du?«

Er zeigte wieder darauf.

»Ich kenne Månsson, dem dieses Haus gehört, der ist nicht schlampig mit seinen Sachen. Und vor allem wohnt der in Tidaholm und nicht auf Hovenäset. Ich habe ihm schon mehrfach gesagt, dass er die Leiter einschließen soll, denn die sind ja auch nicht gerade billig. Aber der ist zu stur und gutgläubig.«

Mit einem Mal sah Gunnar traurig und resigniert aus. Wie ein Kind, das etwas sehr Wichtiges erklären will, aber die ganze Zeit immer nur missverstanden wird.

»Ich versuche mal, deine Theorie zusammenzufassen«, sagte August mit etwas sanfterer Stimme. »Du glaubst, dass mehrere Personen bei Axel im Haus waren, als er die Treppe hinunterfiel oder gestoßen wurde. Und du glaubst, dass alle außer einem sich durch ein Fenster oder eine Tür entfernt haben, die der Letzte dann von innen verriegelt hat, ehe sich diese Person auf den Kriechboden begeben und die Luke aufgemacht hat und dann über eine Leiter, die einer der anderen gegen die Hauswand gelehnt hatte, herausgekommen ist.«

»So ungefähr«, sagte Gunnar.

»Und warum sehen wir dann keine Fußspuren im Schnee?«, fragte August. Er versuchte nicht triumphierend zu klingen, doch das gelang ihm nicht wirklich.

Gunnar warf ihm einen fast mitleidigen Blick zu.

»Aber das tun wir doch«, erwiderte er. »Und sag nicht Fußspuren, denn im Schnee geht ja niemand barfuß. Sag stattdessen einfach Schuhabdrücke.«

August blinzelte.

»Und wo?«

»Komm«, sagte Gunnar und winkte ihn hinter sich her. »Ich werde es dir zeigen.«

August bewegte sich nicht vom Fleck. Er hatte jetzt genug.

»Komm«, wiederholte Gunnar.

Hör auf!, dachte August. Mach jetzt Schluss.

Aber Gunnar ging zurück auf die Straße, dann in Axels Einfahrt und auf der Seite um das Haus herum, die man von der Straße aus nicht sah.

Eine gewisse kindische Neugier und vielleicht auch eine Dosis Pflichtgefühl brachten August dazu, langsam seine Füße zu bewegen und ihm zu folgen. Obwohl er eigentlich nicht wollte.

»Versuch, in meinen Fußspuren zu gehen, dann hat die Polizei es hinterher leichter.«

»Schuhabdrücke«, entgegnete August.

Gunnar sah ihn vorwurfsvoll an. Offensichtlich war er an derselben Stelle schon mal herumgetrampelt, denn es gab im Schnee bereits eine Spur von Schuhen, und jetzt setzte er seine Füße sehr sorgfältig in exakt dieselben Abdrücke. Sie gingen ein Stück vom Gebüsch entfernt an der Hauswand entlang. August folgte Gunnar und fragte sich, warum das Grundstück nicht abgesperrt war.

Das hätte die Sache ungeheuer erleichtert.

Gunnar blieb stehen und ging in die Hocke. »Sieh mal da«, sagte er. »Schau dir den Schnee zwischen Haus und Gebüsch an.«

August war nahe daran aufzugeben, doch dann erkannte er, was Gunnar meinte. Aus der Entfernung sah es aus, als würde das Gebüsch bis an die Hausfassade wachsen. Doch jetzt erkannte August, dass dies nicht so war. Zwischen den Stämmen der Büsche und der Fassade gab es einen kleinen, ungefähr zwanzig Zentimeter breiten Streifen Schnee. Und in dem konnte man deutliche Abdrücke von Schuhen erkennen.

»Die Abdrücke fangen genau auf der Höhe der Luke an«, erklärte Gunnar. »Und da vorne siehst du den Abdruck, von dem ich glaube, dass er von der Leiter stammt. Die ist sozusagen im Gebüsch aufgestellt worden. Siehst du?«

August sah.

Der Puls dröhnte in seinen Schläfen.

»Wir müssen das der Polizei zeigen«, sagte er. »Vielleicht haben sie es ja schon gesehen, aber …«

»Du weißt genauso gut wie ich, dass sie das nicht gesehen haben«, gab Gunnar zurück und verzog das Gesicht. »Aber jetzt schau dir noch eine letzte Sache an. Die Schuhabdrücke. Erkennst du, dass sie unterschiedlich groß sind?«

August nickte zögerlich.

Es gab Abdrücke von richtig großen Schuhen im Schnee, aber auch von kleineren. Sehr viel kleineren.

»Was glaubst du?«, fragte August.

Gunnar strich sich übers Gesicht.

»Ich glaube, dass in der Nacht ein Kind hier war«, antwortete er mit heiserer Stimme.

August schluckte.

Ein Kind.

Im Schnee.

Und jemand, der von der Dachbodenluke über eine Leiter heruntergeklettert war.

Wo waren das Kind und der Täter jetzt?

Die Wohnung stank nach Rauch und saurem Wein. Ola rümpfte die Nase, als er in die Diele kam, und machte sich nicht die Mühe, Jacke oder Schuhe auszuziehen. Er hatte keine Zeit, lange zu bleiben.

Ich habe schließlich auch noch einen Job, dachte er. Und ein Leben.

Trotzdem war ihm klar, dass er mit seiner Schwester sprechen musste. Über die Kinder, den Umzug und die blutigen Handschuhe. Über alles.

»Hallo!«, rief er. »Patricia?«

Sie antwortete nicht.

Ola schob die Tür zu ihrem Schlafzimmer auf. Auf der anderen Seite gab es Widerstand. Er drückte fest dagegen und kriegte die Tür trotzdem auf.

Ein paar Umzugskartons standen auf dem Fußboden.

Er schob sie beiseite.

»Patricia?«

Das Zimmer war in Dunkelheit gehüllt. Im Licht von der jetzt offenen Tür konnte Ola das Bett sehen. Ein Inferno aus Decken und Kissen. Auf der Matratze war kein Laken, und zwei der Kissen hatten keinen Bezug.

Ola zog an dem Deckenhaufen.

Zwei große Daunendecken.

Die erkannte er. Er hatte sie Patricia zu ihrem zwanzigsten Geburtstag geschenkt. Jetzt war sie bald vierzig, und die Decken hatten eine schmutzige Farbe angenommen und waren voller Flecken, weil sie offensichtlich keine Bezüge benutzte.

Ola ließ sie angeekelt los.

Anscheinend war Patricia woanders.

Ein Geräusch aus dem Badezimmer ließ ihn aufhorchen.

Dann war sie also zumindest zu Hause.

»Patricia?«

Während er rief, ging er zum Badezimmer.

Seine Schwester kreischte.

»Wer ist da? Hau ab!«

»Hör schon auf, ich bin es. Ola.«

Jemand ruckelte von innen unkontrolliert an der Klinke der Toilettentür, als ob die Person, die sich da drinnen befand, vergessen hätte, wie das Schloss funktionierte. Immer dieses Drama. Wie hielt sie das nur aus?

Die Badezimmertür ging auf, doch nicht ganz. Patricia hielt die Klinke fest und öffnete nur einen Spalt, durch den sie hinaussah. Ihre Haare waren nass und schwer und die Augen aufgerissen. Ihr Gesicht sah ausgemergelt und durchsichtig aus.

»Du kannst einem ja einen Schreck einjagen«, sagte sie mit dünner Stimme. »Wie bist du denn reingekommen?«

Trauer überkam Ola. Er war sieben Jahre älter als Patricia, doch während großer Teile seines Lebens war sie – im Guten wie im Schlechten – mutiger und unternehmungslustiger gewesen als er. Sie war für ihn eingetreten und hatte ihn bei verschiedenen Gelegenheiten gerettet, wenn er sich dumm und vernachlässigt vorkam.

Du warst immer so lustig, dachte Ola. So unterhaltsam.

Er selbst besaß diese Fähigkeit nicht. Nicht auf dieselbe natürliche Art. Patricia konnte mit jedem über alles reden, und die Menschen entspannten sich in ihrer Gegenwart. Wenn es mal schlechte Stimmung gab, dann konnte Patricia das Eis brechen und die Menschen zum Lachen bringen.

In der letzten Zeit hatte sie sich verändert. Was unterhaltsam wirkte, war jetzt manipulativ und berechnend geworden. Die Schwester, die Ola gemocht hatte und auf die er sich verlassen konnte, gab es nicht mehr.

Die Rollen waren jetzt vertauscht. Jetzt war es Ola, der Patricia schützte. Falls er das denn tat. Wenn er das bleiche, erschöpfte Gesicht seiner Schwester ansah, zweifelte er. Wie sollte er nun alles zur Sprache bringen, was gesagt werden musste?

»Ich muss mich zurechtmachen«, sagte sie leise und machte die Tür zum Badezimmer zu.

Ola drehte eine Runde durch die Wohnung. In den Zimmern beider Kinder waren die Betten nicht gemacht, und in der Küche herrschte dasselbe Chaos wie letztes Mal. Auf der Spüle türmte sich massenhaft schmutziges Geschirr, und auf dem Küchentisch stand ein übervoller Aschenbecher. Auf Tisch und Boden lagen große Haufen Reklameblätter und Wurfzeitungen zwischen unsortierten Briefumschlägen herum. Auf dem Fensterbrett entdeckte er neben vertrockneten Geranien zwei braune Bananen, auf denen massenhaft kleine Fliegen herumkrochen.

»Pfui Teufel«, sagte Ola.

Als er das letzte Mal hier gewesen war, hatte er nur die Kinder mitgenommen und war gegangen, aber jetzt zog er seine Jacke aus und hängte sie über einen der Küchenstühle.

Dann öffnete er den Schrank unter der Spüle, um den Mülleimer herauszuholen, aber der quoll natürlich über. Ola nahm eine neue Tüte und warf die Bananen rein. Übelkeit überkam ihn, als die Fliegen unruhig von dem Obst aufstiegen und um seine Hand zu kreisen begannen. Die Essensreste in der Plastikdose auf der Spüle landeten auch im Müll. Nach kurzem Zögern warf er die ganze Plastikdose weg.

Da klingelte sein Handy so durchdringend, dass er vor Schreck die Tüte fallen ließ.

»Verdammter Mist.«

Ola fluchte sonst fast nie, aber in letzter Zeit andauernd.

Lass es August sein, dachte er, als er das Handy herauszog. Ich will, dass es August ist, der auf meine SMS antwortet.

Aber es war überhaupt nicht August, der ihn anrief.

Sondern seine Chefin.

»Wo bist du denn?«, fragte sie mit besorgt klingender Stimme. »Zwei Kunden haben angerufen und gesagt, dass du nicht wie abgesprochen zu ihnen gekommen bist.«

Ihm war schon klar, warum sie sich Sorgen machte.

Er war schließlich so zuverlässig. Einer, der immer pünktlich kam, der immer das Richtige tat.

Und das werde ich diesmal auch tun, dachte er.

Zu seiner Chefin sagte er:

»Entschuldige bitte. Aber in meiner Familie gibt es immer noch Probleme. Große Probleme, um ehrlich zu sein. Ich würde am liebsten nicht darüber reden, und ich weiß auch, dass ich hätte anrufen sollen, aber … daraus ist einfach nichts geworden. Ich muss heute noch mal freinehmen. Ist das möglich?«

»Aber selbstverständlich, Ola. Das tut mir leid! Sag Bescheid, wenn ich etwas für dich tun kann.«

»Danke, aber ich glaube nicht«, erwiderte Ola und schaute sich in der Wohnung um, die das Zuhause seiner Schwester sein sollte. »Um das hier kann ich mich nur selbst kümmern.«

Es musste nicht so zugegangen sein, wie Gunnar Wide vorschlug, aber Maria musste zugeben, dass man die Idee nicht einfach verwerfen konnte. Im Grunde war es sogar ziemlich wahrscheinlich, dass er recht hatte. Jedenfalls war seine Idee besser als die der Polizei, dass der Riegel des Badezimmerfensters sich von ganz allein auf eine seltsame Weise umgelegt hatte, die niemand erklären konnte.

Maria und Ray-Ray waren zurück in Axel Ehnboms Haus. Eine SMS von Gunnar hatte sie dann schließlich bewogen, ihm zu glauben:

Ich habe etwas Wichtiges an Axels Haus entdeckt. Strindberg findet auch, dass es wichtig ist.

Es gefiel Maria nicht, dass er August in seine Detektivspiele reingezogen hatte, aber wie auch immer standen sie jetzt mit einem Rätsel weniger in Alex' Haus und konnten den wichtigen Schluss bestätigen, dass die verschlossene Tür lediglich Teil eines Arrangements war, das die Polizei glauben lassen sollte, Axel hätte einen Unfall gehabt.

Als Gunnar erst einmal angefangen hatte zu reden, konnte man ihn fast nicht mehr zum Schweigen bringen. Stolz wie ein Hahn und mit der Arroganz des richtig verletzten Besserwissers hatte er seine Theorie ausgebreitet.

Sie hatten entschieden, ihre Dankesrede kurz zu halten.

Obwohl Gunnar sichtlich beleidigt war, weil er nicht aufgefordert wurde mitzukommen, waren sie danach allein in Axels Haus gegangen, um in Ruhe reden zu können. Und während des ganzen Theaters hatte August danebengestanden und sich offenkundig unwohl gefühlt.

Während Gunnar sich wie ein Idiot benahm.

Was auch noch auf andere zutraf. Zum Beispiel Paul.

Ohne wirklich zu wissen, warum, hatte sie noch niemandem erzählt, dass Paul sich bei ihr gemeldet hatte.

Sie betrachtete Ray-Rays angespanntes Profil, sein verbissenes Gesicht.

Es ärgerte ihn, dass sie die Spuren im Schnee übersehen hatten. Dafür hatte sie natürlich Verständnis, denn es ärgerte sie genauso.

»Ganze Tage sind vergangen«, sagte Ray-Ray, »und wir haben nicht mal daran gedacht, dass der Täter durch die Dachbodenluke rausgekommen sein könnte.«

Dabei hatte die ganze Zeit kein Zweifel geherrscht, dass jemand im Zusammenhang mit Axels Sturz oder danach bei ihm gewesen war. Jemand, der ein kleines Kind bei sich gehabt hatte, das sowohl mit im Haus als auch im Garten gewesen war.

»Könnte das Kind die Leiter geholt haben?«, fragte Maria.

»Keine Chance. Auch wenn sie vielleicht nicht viel wiegt, hängt sie doch sehr hoch oben an der Wand. Ein Kind mit Schuhgröße dreißig kann sie nicht herunterholen.«

»Größe dreißig? Kannst du sowas sehen, ohne es auszumessen?«

Ray-Ray zuckte mit den Schultern.

»Wenn man fünf Kinder hat, kann man so einiges.«

Sein Handy klingelte, und er drückte das Gespräch weg.

»Carola in Lysekil?«, fragte Maria.

Ray-Ray lachte laut und schüttelte den Kopf. Dann wurde er wieder ernst.

»Wer kommt auf sowas Abgefahrenes, wie sich über den Kriechboden aus dem Haus zu begeben?«, fragte er. »Warum es nicht einfach wie einen Einbruch aussehen lassen?«

Maria legte den Kopf schief.

»Außerdem muss es eine sehr kleine Person sein«, sagte sie.

Ray-Ray wirkte skeptisch.

»Diese Luke ist ziemlich breit«, gab er zu bedenken. »Ich glaube, dass wir beide durchaus auf diesem Weg rauskommen würden. Aber irgendwas anderes passt nicht. Ich muss mir diesen Kriechboden angucken, um beurteilen zu können, wie gangbar dieser Weg ist. Ich meine, er kann auch mit lauter Sachen vollstehen oder ganz einfach zu eng sein.«

Sie tauschten einen Blick.

Eigentlich wollten sie nichts lieber, als sofort auf den Dachboden gehen, aber sie mussten auf die Techniker warten. Vendela würde sie umbringen, wenn sie ohne Schutzkleidung da oben rumkriechen und die wenigen Beweise zerstören würden, die es möglicherweise gab.

Sie hatten lediglich festgestellt, dass es in der Decke des Arbeitszimmers eine Dachbodenluke gab. Die hatte weder Angeln noch einen Handgriff, und war vor allem deshalb bisher unbemerkt geblieben, weil ihr dünner Rand von Stuck verdeckt war. Ob sie kürzlich geöffnet worden war oder nicht, mussten die Techniker herausfinden.

»Das ist ein eiskalter Teufel, mit dem wir es zu tun haben«, sagte Ray-Ray.

Maria sah sich um. Sie suchte nach etwas, womit sie anfangen könnten zu arbeiten. Sie standen in Axels Arbeitszimmer, wo die Ordnung tadellos war, aber alles verlassen wirkte. Auf Axels Sohn kam eine Menge Arbeit zu, wenn er das alles ausräumen musste.

Maria trat ans Fenster. Von dort aus konnte sie das Nachbarhaus sehen, wo die Leiter an der Wand hing.

»Hier gibt es keine Spuren im Schnee«, sagte sie. »Wenn diese Leiter wirklich benutzt worden ist, dann muss derjenige, der sie geholt hat, sich über die Straße begeben und sie dann ums Haus durch dieses Gebüsch getragen haben.«

»Ohne den geringsten Gedanken daran, dass jemand etwas sehen könnte«, sagte Ray-Ray.

Maria schluckte.

Vieles konnte passieren, ohne dass jemand es sah. Außerdem

waren sämtliche Häuser in der Nachbarschaft nur im Sommer bewohnt. Seit den Weihnachts- und Neujahrsferien war keiner der Besitzer hier gewesen.

Ihr Handy klingelte. Maria merkte, wie ihr Puls stieg. Wenn das Paul war, würde sie durchdrehen.

Doch er war es nicht. Es war ihre Anwältin, die besondere Verbündete für das kommende Verfahren am Oberlandesgericht.

Maria zögerte einen Moment, dann drückte sie den Anruf weg.

Ray-Ray beobachtete sie.

»Wer war das jetzt? Ich meine, nicht, dass es mich etwas anginge, aber …«

»Das war meine Anwältin. Ich rufe sie später an.«

Ray-Ray wandte den Blick nicht von ihr.

»Ich kann rausgehen, wenn du mit ihr reden willst, ohne dass ich es höre«, bot er an.

Maria schüttelte den Kopf. In ihren Ohren rauschte es. Sie hasste es, kein Werkzeug zu haben, um Paul endgültig loszuwerden. Offensichtlich spielte es keine Rolle, dass er eingesperrt war, alles, was mit ihm und ihrer Ehe zu tun hatte, verfolgte sie dennoch Tag und Nacht.

Die SMS, die er geschickt hatte.

Wie war das möglich gewesen?

Er sollte doch in der Haft keinen Zugang zu einem Handy haben.

Und dennoch war es so.

Wer wusste schon, was ihm noch alles einfallen würde.

»Alles okay mit dir?«

Ray-Rays Stimme war gedämpft.

Und plötzlich wurde Maria unglaublich wütend. Ihr Herz raste und pumpte gefühlt hundert Prozent Adrenalin ins Blut. Es war mehrere Tage her, seit sie das letzte Mal gejoggt war, sie musste unbedingt später am Tag oder am Abend rauskommen. Sie brauchte eine verdammt lange Runde.

»Maria?«

Eine schwere Hand auf ihrer Schulter. Ray-Rays Hand, Ray-Rays Gewicht. Um zu helfen und sie zu unterstützen, um eine Nähe zu signalisieren, die sie in dem Moment nicht wollte. Denn jetzt wurde sie von Erinnerungen und Dämonen verfolgt, von denen niemand sie befreien konnte.

Sie hatte geglaubt, Pauls Ausbrüche unter Kontrolle bekommen zu können. Sie hatte geglaubt, es gäbe eine Art zu vermeiden, seinen Zorn zu wecken. Ohne es zu merken, hatte sie allmählich ihr ganzes Leben umgestellt. Hatte Menschen gemieden, die ihr nahekommen wollten, war Freunden aus dem Weg gegangen, die durch ihre Fürsorge womöglich zu viel erfahren würden.

Was hatte sie doch für einen kranken Selbstbetrug betrieben.

Und welchen hohen Grad an Terror hatte sie als Normalität in ihrem Leben akzeptiert.

Das war schlichtweg unbegreiflich.

Obwohl sie in ihrer Rolle als Polizistin gesehen hatte, wie so etwas anderen Frauen passierte, hätte sie sich doch niemals vorstellen können, selbst eine von ihnen zu werden. Und als es dann doch so wurde, hatte sie sich immer noch nicht selbst in den misshandelten Frauen, denen sie begegnete, erkannt.

Im Gegenteil.

Sie hatte sie mit einer Verachtung betrachtet, für die sie sich heute zutiefst schämte. Warum verließen sie denn die Männer nicht, die sie schlugen? hatte sie sich gefragt. Wahrscheinlich waren sie etwas minderbemittelt, hatte sie gedacht, wenn sie mit ihren Blutergüssen auf Polizeirevieren und in Krankenhäusern saßen und flüsterten, dass er doch versprochen habe, es wäre jetzt das letzte Mal gewesen, dass er sich in eine Therapie begeben würde und nun ihre Hilfe brauchen würde, um in der Reha zu einem neuen Leben zu finden.

Kein einziges Mal hatte Maria erlebt, dass eine solche Strategie funktioniert hätte.

Nicht ein einziges Mal war dies das Ende des Terrors gewesen.

Ray-Ray drückte fester auf ihre Schulter, und das ließ ihre Gedanken verblassen. Langsam tauchte sie wieder an die Oberfläche auf.

»Ich bin okay«, sagte sie.

»Bald ist der Scheiß vorbei«, sagte Ray-Ray mit heiserer Stimme. »Halt durch, Maria. Vertraue darauf, dass das System funktioniert.«

Vertraue darauf, dass das System funktioniert.

Das war exakt, was sie den Frauen zu sagen pflegten, die misshandelt worden waren und nicht wagten, Anzeige zu erstatten, weil sie glaubten, ihre Probleme würden, wenn sie die Polizei hinzuzogen, nur noch größer werden.

Aber was, wenn es nicht funktioniert?, dachte sie und entzog sich Ray-Rays Berührung. Wer schützt mich, wenn das System versagt?

Und wie sehr vertraute Ray-Ray selbst dem System?

Ihr wurde ganz übel vor Angst, wenn sie daran dachte, was alles schiefgehen konnte.

In der Tasche hielt sie das Handy fest umklammert. Sie sollte die SMS, die sie bekommen hatte, Ray-Ray oder ihrer Anwältin zeigen. Es war ungeheuer beunruhigend, dass Paul sich bei ihr melden konnte.

Ich mache es später, dachte Maria. Weil ich es jetzt einfach nicht schaffe.

»Wir müssen weiterarbeiten«, sagte sie zu Ray-Ray. »Wir können doch nicht einfach hier stehen und auf die Techniker warten.«

Ray-Rays Blick pendelte zwischen Wachsamkeit und Verwirrung.

»Weiterarbeiten klingt zwar gut, aber den Kriechboden müssen wir den Technikern überlassen.«

»Danke, das weiß ich«, gab Maria zurück.

Sie klang schnippischer als beabsichtigt, der Stress machte sie ungeduldig.

»Verdammt«, flüsterte sie, »was übersehen wir hier, Ray-Ray?«

Er fuhr sich mit beiden Händen über die Haare, als wollte er sich vergewissern, dass der Pferdeschwanz an der richtigen Stelle saß. Eine Bewegung, die er immer machte, wenn er sich zu konzentrieren versuchte.

»Ich weiß es nicht«, sagte er.

Ray-Ray setzte sich an Axels Schreibtisch. Maria folgte ihm. Der Tisch war ein mächtiges Möbel aus Mahagoni und sah aus, als stammte er aus dem England des 19. Jahrhunderts. Er war wirklich auf eine Weise freundlich, die Gedanken an Schriftstellerträume hervorrief, und war mit einem altmodischen Globus und einer grünen Schreibunterlage ausgestattet. Wenn Maria jemals ein Buch über ihr Leben schreiben würde, dann an einem solchen Schreibtisch.

Ray-Ray öffnete die oberste Schublade, tastete durch Stifte und Radiergummis und alte Stempel und anderes Büromaterial. Sie waren das ganze Haus bereits einmal durchgegangen, hatten alle Schubladen geöffnet und in jeden Winkel geschaut.

Ray-Ray zog auch die nächste Schublade heraus und die übernächste. Maria beobachtete ihn schweigend. Doch sie hatten bereits alles gesehen. Papier, Plastikmappen, Lineale und noch mehr Stifte.

»Ich werd noch wahnsinnig«, sagte Ray-Ray und schlug mit der Hand auf die Schreibunterlage.

Woraufhin die sich bewegte.

Ray-Ray nahm die Hand weg.

»Hast du das gesehen?«

Maria nickte.

Die Unterlage war nicht von der Art, die auf dem Schreibtisch liegen, sondern in den Tisch eingelassen, als hätte jemand ein paar Millimeter Holz abgeschliffen, damit sie genau dort reinpasste. Deshalb war ihnen nicht eingefallen, dass sie vielleicht herausgehoben werden konnte, sondern sie waren davon ausgegangen, dass sie festgeklebt war.

Doch das war sie nicht.

Ray-Ray knibbelte an einer Ecke der Unterlage und stellte fest, dass man sie sehr leicht herausheben konnte.

Wortlos stellte er die Unterlage beiseite, und nun betrachteten sie gemeinsam, was darunter lag.

Drei kleine, doppelt gefaltete Papierzettel.

Maria zog sich ein Paar Gummihandschuhe über und nahm einen der Zettel in die Hand.

Ray-Ray tat es ihr nach und sah sie dann intensiv an.

»Was steht auf deinem?«

Still las Maria den Zettel und wusste, dass sie ein entscheidendes Puzzleteil gefunden hatten.

Sie drehte den Zettel herum, sodass Ray-Ray auch die kurzen Zeilen lesen konnte:

Ich weiß, was du getan hast.

Es gibt jetzt keine weiteren Warnungen.

Es geht um Juni 1998.

Sie saßen in Patricias Wohnzimmer. Ola auf dem Sofa und Patricia in einem Sessel. Gemeinsam hatten sie in der Wohnung aufgeräumt. Ola hatte die Arbeit angeleitet und auf die Stellen gezeigt, und Patricia hatte schweigend getan, was ihr gesagt wurde. Diese Methode war ihnen beiden fremd. Und mitten in alldem hatte Hillevi bei Ola angerufen und erzählt, dass Sam plötzlich auf eine Zeitung gezeigt und eine Frage mit einem Nicken beantwortet hatte. Ola hatte an ihrer Stimme gehört, dass sie aufgeregt war, und war deshalb rausgegangen, um sie zu beruhigen. Patricia hatte ihm mit wachsamem Blick nachgesehen, aber nichts gesagt.

»Er hat den Brand auf Hovenäset gesehen«, hatte Hillevi gesagt, »aber er will nicht erzählen, warum er dort war.«

Ola war erschüttert, als er auflegte.

Jetzt hatte Patricia alle Grenzen überschritten.

Jetzt würde sie Rede und Antwort stehen müssen.

»Satan, ist das kalt«, sagte Patricia. »Muss die Balkontür offen stehen?«

Sie zog die Decke, die sie auf den Beinen liegen hatte, bis zum Kinn.

»Hier drinnen riecht es einfach grässlich«, sagte Ola. »Also ja, die Tür muss offen stehen.«

Patricia lehnte sich im Sessel zurück. Sie war vollkommen schlapp, als hätte ihr etwas alle Kraft und Energie entzogen. Ola hatte das schon früher gesehen und wusste, wie schnell ihre Laune umschlagen konnte.

»Erzähl mal«, sagte er. »Erzähl mir, warum ihr von Göteborg hergezogen seid. Und sag gern auch was zu dem Job im Smögens Hafvsbad, denn den Teil begreife ich überhaupt nicht.«

Patricia antwortete nicht, sondern fischte nur ein Päckchen Zigaretten aus der Tasche und nahm ein Feuerzeug vom Tisch. Ihre Hand zitterte, als sie die Zigarette anzündete, die Hände waren aufgesprungen und das Nagelbett ausgefranst.

»Man muss schließlich arbeiten«, sagte sie. »Und Mama geht es ziemlich schlecht. Göteborg schien so weit weg.«

»Danke, ich weiß bereits, dass Mama schwerkrank ist. Und so weit ist es nun wirklich nicht nach Göteborg.«

Patricia zuckte mit den Schultern.

»Du hast gefragt, und ich hab geantwortet.«

Ola war empört.

»Kapierst du nicht, dass es kriminell ist, einen Lebenslauf zu fälschen? Das ist doch total krank, dass du so lässig dasitzen kannst, wo du dich so dermaßen lächerlich gemacht hast.«

Patricia zog gierig an der Zigarette.

»Es gibt grade verdammt wenig Jobs. Ich wollte was Neues machen, was Vernünftiges. Und ich finde gar nicht, dass ich so viel in meinem Lebenslauf gelogen habe. Es ist mehr so, dass ich ein paar Sachen verstärkt habe.«

»Jetzt hör aber auf! Du hast Anstellungen erfunden, die du nie gehabt hast.«

Patricia wurde rot, schwieg aber.

»Hillevi geht es nicht gut«, sagte Ola, »aber am meisten Sorgen mache ich mir um Sam. Patricia, er hat aufgehört zu sprechen. Das ist ein Zeichen dafür, dass irgendwas nicht stimmt, das muss doch sogar dir klar sein.«

Patricia räusperte sich.

»Er wird es schon schaffen. Gib ihm einfach ein bisschen Zeit. Er hat so viele lustige Ideen.«

Ola kochte vor Wut. Er fragte sich, ob sie es überhaupt bedauerte, dass die Kinder sich gegen sie entschieden hatten und lieber bei ihrem Bruder waren. War ihr eigentlich klar, dass er sich freigenommen hatte, um ihre Wohnung zu putzen, und dass Hillevi das Personal in der Kita anlog, damit die nicht einschritten?

»Das geht nicht länger so weiter«, sagte er. »Ich habe lange genug geschwiegen, mehrere Jahre lang. Weil ich so naiv war zu glauben, du würdest dich verändern und anfangen, dich zu kümmern. Aber das tust du ja nicht. Du übernimmst nie Verantwortung, nicht für dich selbst, nicht für die Kinder, nicht für euer Zuhause.«

Er schüttelte den Kopf.

Patricia aschte auf eine Untertasse. Ihre Bewegungen waren ruckartig und wirkten gestresst. Ola erkannte die Untertasse. Sie stammte von ihrer Großmutter und gehörte zu einem größeren Service. Bei Großmutter war es »das feine Porzellan« genannt worden. Jetzt war es ein Aschenbecher.

»Du bist doch wohl auf meiner Seite, oder?«, fragte sie. »So wie früher?«

Ola holte tief Luft.

»Was bedeutet das für dich?«, fragte er. »Was heißt das, auf deiner Seite zu sein? Ich glaube nämlich, dass wir da unterschiedlicher Auffassung sind.«

Er schwieg und wartete auf ihre Antwort, doch die kam nicht. Sie sah ihn einfach nur still und wie in Trance an, führte die Zigarette zum Mund, um erneut den schädlichen Rauch einzuatmen.

»Es sieht folgendermaßen aus«, sagte Ola. »Ich werde dich anzeigen. Du kannst die Kinder nicht versorgen. Nicht im Moment. Und wenn du nicht willst, dass ich das Jugendamt einschalte, dann …«

»Ist ja wohl verdammt klar, dass ich das nicht will!«

»… dann musst du erzählen, was hier los ist. Den Kindern geht es schlecht. Ich sehe, dass du anderer Meinung bist, Patricia, aber so ist es. So ist es. Und dann muss jemand etwas tun. Ich muss etwas tun.«

Er verstummte, wartete auf ihre Reaktion.

Sie drückte die Zigarette auf dem Teller aus.

»Du bist schon immer so unnötig tüchtig gewesen«, sagte sie. »Ich kenne niemanden, der so wenig aus seinem Leben macht wie du. Verdammt, du warst doch ein Genie, als wir in der Schule waren. Konntest alles, hast alles hingekriegt, wolltest alles. Und jetzt? Schornsteinfeger. Und Single. Nur weil du es nicht schaffst, Mama zu erzählen, dass du schwul bist.«

Ola stand auf.

Das hier brauchte er nicht. Das hatte er nicht verdient.

»Pass auf dich auf«, sagte er. »Wir sprechen uns.«

Er machte sich bereit zu gehen, aber da fuhr seine Schwester aus dem Sessel hoch.

»Entschuldige! Entschuldige, Ola! Ich wollte nicht gemein sein. Ich wollte …«

»Du wolltest was?«

Seine Stimme war jetzt eine andere. Er, der so gut wie nie andere anschrie, brüllte plötzlich wie ein wildes Tier.

»Was wolltest du, Patricia? Und was ist aus dir selbst geworden, die du so fein bist, dass du auf mich herabsiehst, der Schornsteine fegt?«

Sie brach in Tränen aus und setzte sich wieder hin.

»Du hast recht«, sagte sie, »ich bin überhaupt nichts wert. Das weiß ich doch. Ich …«

Vor ein paar Jahren noch hätte sie ihm leidgetan, und er hätte ein schlechtes Gewissen bekommen. Er hätte sich entschuldigt und dann geschwiegen.

Wie dumm war er gewesen.

Es hatte es jedes Mal falsch gemacht.

Das wurde ihm jetzt klar.

»Ich falle darauf nicht mehr rein«, sagte er. »Du musst mir nicht leidtun. Ich denke an die Kinder. Die haben es so unglaublich viel besser verdient.«

Patricia schnäuzte sich in ein Papiertaschentuch, das sie danach so fest umklammerte, dass ihre Fingerknöchel ganz weiß wurden.

»Was hattest du hier vor?«, fragte Ola. »Kannst du mir nichts dazu sagen? Hillevi ist verzweifelt. Ihr ging es in Göteborg viel besser. Hier passt sie nicht rein.«

Als er das sagte, brach ihm die Stimme.

Denn auch er selbst hatte als Kind nirgends reingepasst.

Kein bisschen.

Und jetzt? Jetzt hatte er wohl akzeptiert, dass es so war.

Ich hätte es tun sollen, dachte er. Ich hätte nach Göteborg ziehen sollen.

»Ich weiß, dass Hillevi Sehnsucht nach zu Hause hat«, sagte Patricia mit heiserer Stimme. »Ich weiß es. Aber so war es am besten. Ich habe die Wohnung verloren. Ich war spät dran mit der Miete, und dann haben sie auch noch den Strom abgestellt.«

»Man kann eine Familie mit Kindern nicht rauswerfen«, entgegnete Ola.

»Nein, das kann man nicht. Wenn man es nicht einfach trotzdem macht und niemand protestiert. Dann geht das sehr gut.«

Ola ließ sich langsam aufs Sofa sinken.

»Warum hast du nicht protestiert?«

»Ich brauchte einen Neuanfang. Und in der Zeit ist so viel Wahnsinniges passiert, das glaubst du nicht. Ich … habe Besuch gekriegt.«

»Von?«

Patricia schüttelte den Kopf. »Ich will nicht darüber sprechen«, sagte sie. »Ich will es einfach nicht.«

»Aber das musst du«, entgegnete Ola. »Mit mir oder mit der Polizei.«

»Der Polizei?«

»Von wem hast du Besuch bekommen?«

Sie hustete, laut und bellend.

»Sams Vater. Kevin.«

Ola riss die Augen auf.

»Ja, da bist du erstaunt. Aber so war es. Das hat mich so wahnsinnig gestresst. Er … er wollte über Sam reden. Es … er hatte Probleme.«

»Was für Probleme?«, fragte Ola.

»Er hatte eine Idee … über Sam. Und er … ja, er hat mich bedroht.«

»Er hat dich und Sam bedroht?«

Patricia schüttelte den Kopf.

»Nein, nur mich. Nicht Sam.«

»Aber was hatte er denn für eine Idee?«

»Ich … das spielt keine Rolle.«

»Das spielt eine sehr große Rolle! Du hast doch eben gesagt, du bist wegen Kevin weggezogen.«

»Nicht nur.«

»Erzähl mir, was für eine Idee er hatte.«

»Nein, vergiss es. Es ist nicht wichtig.«

Sie verstummte.

»Vielleicht braucht dein Sohn seinen Papa?«, sagte Ola.

Patricia lachte wieder heiser, aber ihre Augen glänzten von Tränen.

»Sam hat keinen Papa«, flüsterte sie.

Wenn man bedachte, dass Kevin niemals für seinen Sohn da gewesen war, stimmte natürlich, was sie sagte, doch Ola ahnte, dass Patricia es anders meinte.

»Du hast Sams Papa ausgesucht«, sagte er. »Ihr müsst zusammenarbeiten, vor allem jetzt, da es ihm nicht gut geht.«

Er bekam ein neues Kopfschütteln als Antwort.

»Es gibt da etwas, was du verschweigst«, sagte Ola.

Patricia zog die Beine unter sich. Jetzt sah sie wieder erschöpft aus.

»Nein,«, sagte sie leise. »Ich habe alles gesagt. Aber du hörst nicht zu.«

»Ich höre durchaus zu. Was verschweigst du?«

»Ich verschweige nichts.«

»Aber was war mit Kevin? Was für eine Idee hatte er?«

Patricia verschloss sich und schüttelte den Kopf. Ola sah ein, dass er nicht weiterkommen würde. Trotzdem unternahm er einen letzten Versuch.

»Hillevi hat erzählt, dass Sam am selben Abend, als er aufgehört hat zu reden, nach Rauch gerochen hat, als er in ihr Bett gekrochen kam. Heute dann hat er auf einen Artikel in der Zeitung gezeigt, wo es um den Brand auf Hovenäset ging. Und hat genickt, als Hillevi ihn gefragt hat, ob er das Feuer gesehen hat. Was in aller Welt hat Sam mitten in der Nacht auf Hovenäset getan?«

Patricia starrte ihn an.

»Wovon redest du?«, fragte sie. »Soll Sam …«

»Teufel noch mal, hör jetzt auf! Antworte lieber. Was hat Sam auf Hovenäset getan?«

»Bist du völlig krank im Kopf? Natürlich war er nicht da!«

Ola sah seine Schwester an.

Es wirkte, als würde sie wirklich glauben, was sie da sagte.

Kapierte sie nicht, wie dumm das wirkte?

»Warum glaubt Sam, dass er das Feuer auf Hovenäset gesehen hat?«, fragte er.

»Ich weiß es nicht«, antwortete Patricia. »Ich habe nicht die geringste Ahnung.«

»Hillevi hat Blut in seinen Handschuhen entdeckt. Aber Sam hat keine Verletzungen an den Händen.«

»Blut?«

»Verdammt noch mal, jetzt hör doch auf zu lügen!«

Ola donnerte seine Faust auf den Tisch, und seine Schwester antwortete mit einem Jammern.

»Ich weiß nicht, wovon du redest«, schluchzte sie. »Ich weiß es nicht, Ola. Ich war die ganze Nacht in Uddevalla.«

»Aber das ist doch total gestört! Man lässt seine Kinder nicht eine ganze Nacht allein. Das tut man einfach nicht. Und außerdem glaube ich dir nicht.«

Ola stand auf.

Er spielte keine Rolle, was sie sagte. Sam war in der Nacht des Brandes auf Hovenäset gewesen und Patricia ebenso. Und jetzt hatte Sam solche Angst, dass er nicht mehr sprach.

»Bis später«, sagte er und ging Richtung Diele.

»Wohin gehst du? Du kannst jetzt nicht gehen!«

Patricia fuhr hoch und lief Ola hinterher. Ihre Bewegungen waren ungelenk, und sie schlug sich den Zeh an einer Türschwelle an.

»Scheiße!«

Jetzt schluchzte sie laut.

»Du hast kein Recht auf meine Kinder!«

»Du aber auch nicht. Du lügst die ganze Zeit, sogar gegenüber Hillevi. Warum hast du denn gesagt, dass du irgendwas Großes am Laufen hättest? Das hast du doch niemals, du redest einfach nur Mist.«

Patricia atmete keuchend.

»Verdammte Null! Du glaubst, du würdest immer alles besser wissen! Als ob du niemals irgendwelche Fehler machen würdest. Und ich habe nicht gelogen, als ich gesagt habe, ich hätte was Großes am Laufen. Ich habe wirklich gedacht, alles würde gut werden und ich würde eine Menge Geld bekommen.«

Sie verstummte.

Ola drehte sich um.

»Woher solltest du eine Menge Geld kriegen?«

Seine Schwester senkte den Blick.

»Scheißegal«, sagte sie. »Es ist sowieso nichts draus geworden. Und das fühlt sich so beschissen an. Weil es so … groß werden sollte. Vielleicht das Größte überhaupt.«

Ola wurde eiskalt.

»Was hast du getan?«, fragte er.

Patricia schüttelte den Kopf.

»Nichts. Es ist den Bach runter.«

Nun war Ola an der Reihe, den Kopf zu schütteln.

»Was ist den Bach runter?«

Eine einsame Träne lief über Patricias Wange.

»Ich kann es nicht erzählen«, flüsterte sie. »Alles ist so verdammt schiefgegangen. Ich werde niemals wieder eine solche Chance bekommen. Niemals.«

Ohne dass August es merkte, wurde es Nachmittag. Er war mit den Gedanken woanders. Die Kunden kamen und gingen, und August antwortete höflich und nett auf alle Fragen. Als er wieder allein im Laden war, kehrten seine Sinne zu dem zurück, was er an diesem Tag schon erlebt hatte.

Die Abdrücke im Schnee.

Von kleinen Füßen.

Das waren Bilder, die er nicht wegschieben konnte, so gern er das auch wollte.

Ihm war durchaus bewusst, dass es Sache der Polizei war, hier zu ermitteln, doch das spielte keine Rolle. Die Ereignisse um Axel waren für August persönlich geworden. Dafür gab es mehrere Gründe. Allen voran natürlich das Bootshaus, das er verloren hatte, aber auch der Karton, den Axel in die Kapelle gestellt hatte, war wichtig.

Axels Gruß und der Name auf dem Karton ließen keinen Zweifel zu: Die Kiste war für August und niemand anderen bestimmt.

Trotzdem bekam er das Rätsel nicht gelöst.

Was für einen Sinn konnte es haben, dass August den Film ansah?

Er schüttelte den Kopf.

Doch fürs Erste musste er die Frage zu Axels Karton verschieben.

Vor sich hatte er den jüngsten Beitrag zum Laden, den ein Kunde gebracht hatte: eine Kiste voller Märklin-Eisenbahnen. Gleise, Bahnhöfe, Schranken, Weichen, Loks und Waggons. Alles in sehr gutem Zustand.

August hatte ein besonderes Regal für altes Spielzeug, da würde sich die Eisenbahn ausgezeichnet machen. Die Frage war nur, was für einen Preis er ansetzen sollte. Ein Auktionator in Stockholm hatte vor einem knappen halben Jahr eine ähnliche Sammlung verkauft und dabei einen Preis erzielt, den er als Richtwert nehmen konnte.

August sah auf die Uhr.

Es war halb sechs.

Um sechs Uhr würde er schließen und nach Hause gehen. Das machte ihn auf eine Weise rastlos, die ihm nicht behagte. Es hing zu viel in der Luft, zu viel fühlte sich unklar an.

August ließ den Blick auf einem gerahmten Foto ruhen, das auf seinem Schreibtisch stand. Seine Eltern. Das Bild war während einer Reise nach Prag aufgenommen worden, die sie gemeinsam unternommen hatten. Seine Eltern hielten sich im Arm und lächelten mit warmem Blick in die Kamera.

Ihr hättet Maria sehr gemocht, dachte August.

Noch nie hatte er für einen anderen Menschen gefühlt, was er für sie empfand.

Ehe er nach Kungshamn zog, war er – auch wenn das traurig klang, da er ja schon 45 Jahre alt war – niemals verliebt gewesen. Was im Grunde wirklich seltsam war, weil er doch fast zwanzig Jahre mit Helene zusammen gewesen war.

Wahnsinn.

So viel in seinem früheren Leben war der reine Wahnsinn gewesen.

Auf der Straße bellten zwei Hunde. Die Hundebesitzer schauten neugierig in den Laden. August lächelte sie stur an.

Verdammter Gunnar Wide.

Warum musste er ausgerechnet August mit auf seine Unternehmungen zerren.

Sein Handy vibrierte. Es war Maria, die sich meldete.

Schaffe es nicht vor heute Abend. Muss arbeiten. Rufe nachher mal kurz an! Kuss!

Von der Straße war erneutes Gebell zu hören, und dann verschwanden sowohl Hunde als auch Hundebesitzer.

August wurde noch unruhiger. Er holte sein Handy raus und rief Henrik an.

Der ging sofort ran:

»Ist irgendwas passiert?«

August lachte.

»Nein, warum?«

»Weil du dich nur dann meldest. Sonst bin immer ich es, der dich anruft.«

»Also, das stimmt nun ja nicht. Ich …«

»Doch, das stimmt, und das weißt du auch.«

Und dann war das Gespräch in Gang. Keiner ließ den anderen ausreden, und sie maßen ihre Kräfte, wie es einfach zur Beziehung zu Henrik gehörte.

»Ich gehe heute Abend auf ein Date«, sagte Henrik.

»Sieh mal einer an«, gab August zurück. »Mit wem?«

»Sie heißt Maggan, ist siebenundzwanzig und hat verdammt hübsche Brüste. Außerdem ist auch oberhalb der Berge noch Freiheit, sie ist nämlich superschlau, und das ist ja erfreulich, denn ehrlich gesagt bin ich jetzt zu alt, um noch Dumme zu daten.«

August lauschte amüsiert Henriks Suada, während er in die Küche ging und sich einen Kaffee holte.

»Oberhalb der Berge ist Freiheit«, sagte er. »Gute Güte, das ist ja fast poetisch.«

»Du bist der Letzte, der über meine Lebensentscheidungen rummoralisieren darf«, gab Henrik zurück. »Du hast mich im Stich gelassen, hast mich hier in Stockholm sitzen lassen. Kein einziges verdammtes Mal bist du bisher hier gewesen und hast mich besucht, aber ich fahre die ganze Zeit nach Bohuslän.«

»Ich habe Stockholm noch nicht geschafft. Aber ich werde später im Frühjahr raufkommen.«

August öffnete einen der Küchenschränke und nahm sich einen

Becher. Die indirekte Liebeserklärung seines Freundes ließ ihm warm ums Herz werden.

Das Wasser plätscherte aus dem Wasserhahn, als er sich auch noch ein Glas eingoss.

»Pinkelst du?«

»Nein, ich trinke Wasser.«

»Ich muss jetzt los«, sagte Henrik. »Und du bist sicher, dass du okay bist?«

August gönnte sich für einen Moment, in sich hineinzuspüren.

Im Großen und Ganzen war das meiste perfekt.

»Es geht mir prima«, antwortete er.

»Das ist bedauerlich zu hören. Ich möchte ja immer noch, dass du nach Hause kommst. Ich ruf später noch mal an.«

August schüttelte den Kopf.

Henrik legte auf. Einen Moment später klingelte Augusts Handy wieder.

»Ist da Strindberg?«

Eine Frau rief an. Die Stimme kannte er nicht, und das machte ihn wachsam.

»Worum geht es?«

»Wir kennen einander nicht, sind uns aber schon mal begegnet. Ich heiße Emmy und ich … ich bräuchte einen Rat.«

Ihre Stimme bebte.

»Es geht um Gunnar.«

»Gunnar?«

August hörte selbst, wie dumm er klang, als er wiederholte, was die Frau sagte.

»Ja, genau. Ihr habt ja in den letzten Tagen ein wenig miteinander zu tun gehabt, und ich frage mich … hättest du vielleicht Zeit, morgen vorbeizukommen? Am Vormittag?«

August ging zum Schreibtisch zurück.

»Durchaus«, sagte er. »Aber ich würde trotzdem gern wissen, worum es geht, bevor wir uns treffen.«

»Entschuldigung, ich hatte nicht die Absicht, geheimnisvoll zu klingen. Ich heiße Emmy Mellberg, und wir sind uns, wie gesagt, ein paarmal zufällig begegnet. Ich wohne auf Hovenäset, und Gunnar ist ein enger Freund von mir. Ein sehr enger Freund, um genau zu sein. Und ... ja, er war ja in diese Sache mit Axel involviert. Eine schreckliche Geschichte.«

Endlich wusste August, wer hier anrief.

Emmy hatte recht. Sie und August waren sich erst ein paarmal zufällig begegnet, unter anderem auf einem Abend mit den »Leseratten«, doch er meinte sich zu erinnern, wie sie aussah.

Freundlich.

Das war der erste Eindruck, wenn man sie sah. Dass sie freundlich wirkte. Und dass sie zur älteren Garde auf Hovenäset gehörte. Und jetzt rief sie August an, um über Gunnar zu sprechen.

»Was genau meinst du denn, wobei ich dir helfen könnte?«, fragte August.

Es wurde still im Telefon.

So still, dass August glaubte, das Gespräch sei unterbrochen worden.

»Hallo?«

Emmy atmete in den Hörer.

»Ich muss dich bitten, erst morgen darüber reden zu dürfen«, sagte sie. »Denn das hier möchte ich nicht übers Telefon abhandeln. Es ist besser, wenn wir uns sehen.«

»Aber du musst doch etwas darüber verraten können, was du mit mir besprechen willst.«

Neues Schweigen.

Und dann:

»Wie gesagt, geht es um Gunnar. Und um etwas, was in der Nacht passiert ist, als die Bootshäuser brannten. Etwas, wovon ich glaube, dass er es nicht erzählt hat.«

Es schneite. Maria vermochte ihre Enttäuschung kaum zu verbergen. Nach einer langen Reihe sonniger Tage hatte im Laufe des Nachmittags eine dunkle Wolkendecke den Weg über Bohuslän gefunden und lag jetzt wie ein Deckel über der Landschaft. Laut Wettervorhersage sollte sie irgendwann während des kommenden Abends oder der Nacht verschwinden, aber Maria wäre lieber gewesen, wenn das Unwetter viel früher weitergezogen wäre.

Roland hustete diskret in die Armbeuge. Bevor alle nach Hause gingen, hatten sie sich für ein spätes Ermittlertreffen im Wohnwagen versammelt. Diesmal waren sie noch zahlreicher als letztes Mal, und mitten in der Horde von Menschen saß ihr Chef und versuchte die Versammelten zum Schweigen zu bringen.

Er sah mitgenommen aus.

Maria wurde klar, dass sie nur sehr wenig über ihren Chef wusste. Er war verheiratet und hatte Kinder, aber war er glücklich? Nicht, dass es ihre Verantwortung gewesen wäre, sich um so etwas zu kümmern, aber aus rein allgemein menschlicher Perspektive war es doch interessant zu wissen, wie es den Leuten um einen herum so ging.

Ray-Ray saß neben Maria.

Er sah verärgert aus.

Es störte ihn, dass die Dinge nicht schneller vorwärtsgingen. Das störte sie alle.

»Jetzt fangen wir an«, sagte Roland entschlossen.

Das Gemurmel im Wohnwagen legte sich. Jemand schnäuzte sich, und ein anderer sprach noch leise in sein Handy, doch ein einziger Blick von Roland sorgte dafür, dass dieses Gespräch schnell beendet wurde.

»Es ist Bewegung in die Ermittlung gekommen«, sagte er. »Das gefällt uns. Was uns nicht gefällt, sind die Fragezeichen, die noch bleiben. Ray-Ray und Maria, fasst doch bitte mal die jüngsten Ereignisse für uns zusammen.«

Ray-Ray und Maria sahen sich an. Maria nickte kurz, und Ray-Ray ergriff das Wort.

In knappen Worten erzählte er, was sie erfahren hatten.

Dass es um Axels Finanzen schlecht bestellt war. Dass, wie sie wussten, Axel kürzlich in seinem Bootshaus ein sehr wertvolles Wandgemälde entdeckt hatte. Dass dieses Gemälde hoch versichert worden war. Dass dies wiederum ein klarer Hinweis darauf war, dass er selbst das Bootshaus angezündet hatte, weil er schnell Geld brauchte, was später dann durch die Drohbriefe, die sie unter der Schreibunterlage gefunden hatten, bestätigt worden war.

Dann berichtete Ray-Ray von Gunnar Wides Theorie, dass derjenige, der bei der Axel gewesen war, als er auf der Treppe lag, sich über den Kriechboden entfernt haben könnte. Was wiederum Vendela, die vor der Besprechung dort oben gewesen war, durchaus für möglich hielt.

»Dort ist es eng, aber es ist möglich, auf diese Weise aus dem Haus zu kommen«, sagte sie. »Es erstaunt mich kaum, dass die Nachbarn nichts gesehen haben. Das nächste Haus steht leer, und eine solche Aktion muss nicht viel Lärm verursacht haben.«

Roland sah besorgt aus.

»Es stört mich, dass wir wieder Spuren von einem Kind in dieser Ermittlung finden«, sagte er. »Erst der kleine blutige Handabdruck auf dem Telefon und jetzt die Spuren von Kinderschuhen im Schnee.«

Maria stieg die Röte in die Wangen, als er die Schuhabdrücke im Schnee erwähnte.

Es war unverzeihlich, dass sie die übersehen hatten.

»Dieser Gunnar Wide«, sagte einer ihrer Kollegen, ein älterer Ermittler aus Göteborg, »sein Engagement ist bekannt. Wir haben schon das letzte Mal festgestellt, dass er eine unglückliche Tendenz hat, immer wieder in einer Ermittlung aufzutauchen, und hier ist er schon wieder.«

Roland sah Maria und Ray-Ray an.

Diesmal übernahm Maria den Ball.

»Ja«, sagte sie, »das haben wir uns auch überlegt. Er ist wie ein roter Faden, der sich durch die ganze Ermittlung zieht. Er hat den Brand entdeckt und sich sehr lautstark Sorgen um Axel gemacht, und er hat uns jetzt die Schuhabdrücke im Schnee gezeigt.«

»Aber warum sollte er so viel Aufmerksamkeit auf sich ziehen, falls er selbst hinter alldem steckt?«, fragte Roland rhetorisch.

»Vielleicht aus demselben Grund, weswegen er sich einen so geschickten Weg aus dem Haus ausgedacht hat«, gab Ray-Ray zu bedenken. »Erst macht er sich verdammt viel Mühe, damit niemand sieht, dass Axel Besuch hat. Dann entdeckt er die Spuren im Schnee und denkt, er kann genauso gut deswegen Alarm schlagen, um die Aufmerksamkeit auf jemand anders zu richten.«

»Die Argumentation hält nicht richtig«, sagte Roland. »Außerdem hat er ein Alibi.«

Mehrere der anderen stimmten zu. »Diese Drohbriefe, die ihr gefunden habt«, fuhr Roland fort, »wie sahen die aus, Ray-Ray?«

»Von Briefen kann man nicht wirklich sprechen«, sagte Ray-Ray. »Es waren eher kleine Zettel.«

Er holte sein Handy heraus und zeigte die Fotos von den Zetteln. Roland beugte sich vor und schaute mit zusammengekniffenen Augen aufs Display.

»Lies mal laut vor«, sagte er. »Ich sehe so verdammt schlecht.«

Vendela sah von dem Computer auf, über den sie wie gewöhnlich gebeugt saß. »Du kannst hier gucken«, sagte sie. »Ich habe bessere Bilder.«

Sie drehte den Computer herum, sodass die anderen auch sehen konnten. Maria bemühte sich, nicht wütend zu werden. Sowie diese Ermittlung vorbei war, würde sie dafür kämpfen, nicht mehr in einem Wohnwagen arbeiten zu müssen.

Ihre Kollegen lasen neugierig die Zettel, die bei Axel gefunden worden waren. Maria musste nicht hinsehen, sie hatte die kurzen Mitteilungen noch im Gedächtnis. Zwei von ihnen waren identisch. Darauf stand:

Ich weiß, was du getan hast.
Ich weiß, was du verbirgst.
Und ich will für mein Schweigen bezahlt werden.

Dann gab es noch einen dritten Zettel, auf dem stand es etwas anders. Auf diesem Zettel war ein dunkler Fleck, wahrscheinlich Kaffee, aber man konnte die Worte trotzdem lesen:

Ich weiß, was du getan hast.
Das hier war die letzte Warnung.
Es geht um den Juni 1998.

»Juni 1998«, sagte Roland. »Haben wir eine Theorie, worum es da gehen kann?«

Ray-Ray schüttelte den Kopf.

»Nicht die geringste Ahnung. Aber ich lese diese Zettel wie eine schlechte Version des Horrorfilms Ich weiß, was du letzten Sommer getan hast. Wer hier droht und Geld haben will, behauptet, Beweise dafür zu haben, dass Axel mit irgendetwas ungestraft davongekommen ist, wofür er nun teuer bezahlen soll. Ich habe im Archiv mal eine Suchanfrage nach Verbrechen, die 1998 in der Gegend begangen wurden, gestellt, sowohl ungelöste als auch gelöste Fälle, finde aber nichts, was ausreichend groß zu sein scheint.«

»Im Grunde ist es auch schwer zu wissen, wie ›groß‹ es sein muss«, gab Roland zu bedenken. »Hier steht ja nicht, wie viel Geld der Erpresser haben will.«

»Nein«, antwortete Ray-Ray. »Aber das Kunstwerk im Bootshaus war mit einer Million versichert, wenn er also das Bootshaus abgefackelt hat, um irgendwelchen Schotter für das hier loszumachen, dann geht es um richtig großes Geld.«

»Großes Geld, große Verbrechen«, bemerkte Roland.

»So in der Art.«

Maria schlug die Beine übereinander und lehnte sich im Sofa zurück. Vom Himmel fielen Schneeflocken so groß wie Walnüsse und legten sich auf das Fenster des Wohnwagens.

Großes Geld, große Verbrechen.

Das stimmte sicherlich, aber nun hatte Ray-Ray ja eben gesagt, dass im Juni jenes Jahres in der Gemeinde Sotenäs keine »großen« Verbrechen begangen worden waren. Zumindest keine, die nicht aufgeklärt worden waren. Sollten Sie jetzt anfangen, jedes andere größere Verbrechen zu kontrollieren, das im Juni 1998 in Schweden verübt worden war? Es musste ja nichts sein, was in der Gegend geschehen war, es konnte genauso gut in einem anderen Teil des Landes passiert sein. Oder der Welt. In dem Fall war dies eine sinnlose Spur.

»Wir wissen tatsächlich nicht, ob sich derjenige, der diese Zettel geschrieben hat, auf ein Verbrechen im Sinne des Gesetzes bezieht«, meinte Roland. »Es kann sich genauso gut um einen moralischen Fehltritt handeln.«

»In dem Fall muss es ein krasser Fehltritt sein«, gab Ray-Ray zurück. »Wenn das Bootshaus angezündet worden ist, um einen Erpresser zu bezahlen, dann muss Axel ganz schön in der Klemme gesteckt haben.«

Maria entwickelte diese Argumentation weiter.

»Wenn wir davon ausgehen, dass Axel das Bootshaus in Brand gesetzt hat, um an die Versicherungssumme zu kommen, und wenn wir gleichzeitig davon ausgehen, dass das Geld für den Erpresser bestimmt war, dann müssen wir fast annehmen, dass er in der Sache, die ihm hier vorgeworfen wird, schuldig war.«

Maria spürte, wie ihr Mund trocken wurde, während sie sprach.

Eine Million, Axel, dachte sie. Was hast du getan, das so viel Geld wert war?

Die Luft im Wohnwagen ging ihnen aus und ebenso die Geduld.

»Woher wusste Axel, wie viel Geld er bezahlen sollte?«, warf Maria ein. »Das muss er auf eine andere Weise erfahren haben.«

»Oder er hatte nicht alle Zettel am selben Ort«, gab Ray-Ray zu bedenken.

Sie hatten bereits entschieden, eine weitere Untersuchung des Hauses vorzunehmen. Noch mehr Kollegen würden zu dem Fall hinzugezogen werden und Axels Wohnung auf den Kopf stellen, um sicherzustellen, dass da nicht noch etwas anderes war, was sie übersehen hatten.

»Das glaube ich nicht«, sagte Maria. »Ich glaube, dass ein Mann wie Axel alle Zettel, die er bekommen hat, an ein und demselben Ort aufbewahrt hat: unter der Schreibunterlage. Die Instruktionen über den Betrag und die Übergabe des Geldes muss er auf andere Weise bekommen haben.

»Das Handy«, sagte Roland und wandte sich Vendela zu. »Ist da vielleicht was drauf?«

»Leider nein. Weder die Telefonate noch die SMS können uns da helfen. In seinen Mails haben wir auch nichts gefunden.«

»Das ist ja im Grunde logisch«, erwiderte Maria. »Wenn der Erpresser analog mit Zetteln kommuniziert hat, dann ist der Schritt zu einer SMS sehr weit.«

Ray-Ray grinste schief. Dieses Lächeln zeigte er viel zu selten – Maria hatte schon immer gefunden, dass er auf diese spitzbübische Weise besonders charmant wirkte.

»Wäre aber doch eine sehr schöne Kombination«, sagte er. »Erst drei Zettel und dann nur: ›Scheiß drauf, ich schicke stattdessen eine Mail‹.«

Roland lachte gedämpft.

»Wirklich raffiniert«, sagte er, »das kann man nicht anders sagen. Es gibt Zettel, die keine Spuren hinterlassen, und geschlossene Fenster, die uns glauben machen sollen, dass Axel allein war, als er starb. Das ist schlau, aber die Frage ist, ob es auch wasserdicht ist.«

»Wir haben auf den Zetteln nach Fingerabdrücken gesucht«, sagte Vendela. »Die einzigen, die wir sichern konnten, waren die von Axel.«

Ein wahnsinniger Gedanke tauchte in Marias Kopf auf, und sie schaltete sich kurz aus dem Gespräch der anderen aus.

Könnte es Axel selbst gewesen sein, der all das in Szene gesetzt hatte? Könnte er selbst die Drohzettel geschrieben haben, um etwas vorweisen zu können, das ihm mildernde Umstände erwirken würde, falls sein Versicherungsbetrug herauskäme? Das war nicht unmöglich, doch eine solche Theorie erklärte nicht den Handabdruck des Kindes auf dem Telefon und auch nicht die Spuren im Schnee.

»Jetzt der Sohn«, sagte Roland, »wann trefft ihr euch mit ihm?«

»Morgen«, sagte Maria.

»Ein verdammtes Durcheinander ist das«, sagte Roland.

»Und es wird noch schlimmer«, warnte Ray-Ray. »Es gibt noch eine Sache, die ich erzählen wollte, ehe wir anfingen, über Gunnar zu sprechen. Etwas, wovon ich glaube, dass es wichtig ist.«

Im Wohnwagen wurde es mucksmäuschenstill, als Ray-Ray erzählte, was bisher noch nicht zur Sprache gekommen war. Nämlich, dass ein Karton mit einem alten Projektor und einer Kamera zum Verkauf in seinem Laden an August Strindberg übergeben worden war. Und dass sie auf einem Super-8-Film nicht nur die Nachbarin Mary identifiziert hatten, sondern auch die ermordete Lydia Broman.

Die Reaktion der Kollegen, als sie Lydias Namen hörten, war interessant. Ihr Schicksal saß vielen wie ein Stachel im Fleisch.

Ray-Ray beendete seine Ausführungen mit:

»Und dann sind da noch zehn Fotos von einem kleinen Mädchen, das wir noch nicht identifiziert haben. Wir wissen nur, dass es sich auf allen Bildern um dasselbe Mädchen handelt und dass es auf jedem Bild ein Jahr älter war.«

Roland strich sich übers Kinn.

»Was sagt uns das alles?«, fragte er. »Wir wissen ja nicht einmal sicher, ob die Bilder und der Film mit dem Fall zu tun haben. Mag Axel von mir aus heimlich Lydia Broman gefilmt haben, als sie Teenager war. Aber spielt das denn eine Rolle für alles, was jetzt passiert?«

»Wir haben Mary Thynell verhört«, erklärte Ray-Ray. »Sie hat erzählt, dass Lydia Freunde auf Hovenäset hatte, die sie als junges Mädchen besucht hat. Von den Erwachsenen hatte aber keiner Kontakt zu ihr, ehe sie selbst erwachsen geworden und mit ihrem Mann dauerhaft nach Hovenäset gezogen war.«

»Hat sie sonst noch etwas von Interesse gesagt?«, erkundigte sich Roland.

»Sie hat dasselbe erzählt, was wir schon von woanders her gehört hatten«, sagte Maria. »Dass Axels Frau Denise es schwer hatte, als sie neu in Schweden war, dass sie rassistischen Übergriffen ausgesetzt war, unter anderem durch Marys Mann Bertil, aber auch durch Gunnar Wide. Dass Denise diese Übergriffe so schwer genommen hat, dass sie und Axel in die USA umzogen und zehn Jahre dort blieben. Im Übrigen dieselben zehn Jahre, in denen die Bilder von dem nicht identifizierten Mädchen gemacht worden sind.«

Das war kein Umstand, auf den sie sonderlich viel Energie verwandt hatte, den sie aber dennoch erwähnen wollte.

Roland dachte nach.

»Wenn da nicht der Film mit Lydia Broman wäre, dann würde ich mich keinen Deut um den Karton scheren, der Strindberg überlassen worden ist«, sagte er. »Aber jetzt wissen wir, dass es den Film gibt, und damit wird auch der Rest der Sachen im Karton interessant. Versucht rauszufinden, wer dieses Mädchen ist. Ich will wissen, warum Axel Fotos von ihr hatte oder ob es vernünftig ist, diesen besonderen Fund ganz auf die Seite zu legen.«

Alle um den Tisch nickten.

»Und dann will ich doch, dass wir noch einmal über Gunnar Wide sprechen«, fuhr Roland fort.

»Warum kümmert er sich so sehr um Axel, wenn er dessen Frau doch überhaupt nicht leiden konnte?«, fragte Vendela.

»Gunnars Detektivspielchen haben offenbar eine Geschichte«, erklärte Ray-Ray. »Laut Mary hat Gunnar sich auch in die Ermittlung des Mordes an Lydia Broman ganz schön reingesteigert.«

Roland verdrehte die Augen.

»Natürlich hat er das«, sagte er.

»Entschuldigt, aber ich muss mal einen Gedanken an euch ausprobieren.«

Vendela bat um ihre Aufmerksamkeit.

»Ja?«

Roland sah sie neugierig an.

Sie drehte den Computer herum, sodass die anderen wieder den Bildschirm sehen konnten.

»Schaut euch mal den dritten Zettel an, der unter Axels Schreibunterlage lag«, bat sie. »Den, auf dem steht, es gehe um den Juni 1998. Aber seht euch den Kaffeefleck an, direkt über der Jahreszahl.«

Roland kapitulierte und setzte seine Lesebrille auf.

Maria und Ray-Ray beugten sich vor.

»Ich bin nicht sicher, dass da wirklich 1998 steht«, gab Vendela zu bedenken. »Ich glaube, da kann genauso gut Juni 1988 stehen.«

Maria hatte das überhaupt nicht bedacht, doch jetzt sah sie, dass es stimmen könnte.

»Und was ist im Juni 1988 passiert?«, fragte ein jüngerer Kollege, der zur Polizei Strömstad gehörte.

Vendelas Stimme klang angespannt.

»Da wurde Lydia Broman ermordet.«

Im Wohnwagen wurde es völlig still.

Marias und Ray-Rays Blicke begegneten sich und spiegelten dasselbe Erstaunen wider.

Sollte Axel …?

Nein, natürlich nicht.

Aber wenn es doch so war? Denn sie hatten ja den Film mit

Lydia im Konfirmationsumhang gesehen, hatten gesehen, welche Angst sie ergriff, als sie entdeckte, dass sie gefilmt wurde. Was natürlich überhaupt nichts mit dem Mord an ihr zu tun haben musste – schließlich starb sie erst fünfzehn Jahre später.

Maria wusste nicht, was sie denken oder glauben sollte, die Gedanken bewegten sich jetzt nur noch langsam.

»Jetzt machen wir Folgendes«, sagte Roland. »Holt Gunnar zu einem richtigen Verhör. Sein Name taucht wieder und wieder in dieser Ermittlung auf, genau wie Lydia und der Mord. Nehmt Gunnar mit nach Uddevalla und schüttelt ihn ein bisschen durch, damit er begreift, dass es ernst ist. Und ruft jemanden von den Kollegen an, die damals bei der Ermittlung des Falles dabei waren. Die meisten sind sicher schon in Rente, aber versucht es trotzdem. Ich will wissen, ob Gunnar oder Axel irgendwo in der Ermittlung auftauchen. Das hier gefällt mir nicht. Überhaupt nicht.«

Maria teilte seine Unlust, fragte sich aber, ob man sich wirklich auf Gunnar konzentrieren sollte. Er war so darauf bedacht, im Zentrum zu stehen, so gewohnt, eine Führungsperson zu sein.

Aber ein Mörder? Oder ein Erpresser?

»Wir holen uns Gunnar morgen im Laufe des Tages«, sagte Ray-Ray. »Aber erst verhören wir Axels Sohn Elias, und dann versuchen wir einen der alten Ermittler zu erreichen.«

Und damit war die Besprechung beendet.

Maria verließ den Wohnwagen mit einem unangenehmen Gefühl.

Wie viele Jahre mussten noch vergehen, ehe dieser grausame Mord an Lydia Broman aufhörte, noch mehr Unglück und Elend nach sich zu ziehen? Und wie schnell würden sie einen Ermittler finden, der deutliche Erinnerungen an einen inzwischen dreißig Jahre alten Mord hatte?

Hovenäset, den 12. August 1979

Hallo Axel,

das hier ist so viel schwerer als ich gedacht hatte. Erst zwei Wochen sind seit deiner Abreise vergangen, aber es fühlt sich an, als wäre es ein ganzes Jahr. Bertil und ich reden kaum mehr miteinander.

Ich vermisse dich.

Ich vermisse dich so schrecklich.

Und ich versuche zu begreifen, was passiert ist, warum du diese Entscheidung getroffen hast, aber ich verstehe es tatsächlich nicht.

Denn du und Denise, ihr habt es ja auch nicht gut. Und das ist schon lange so, das hast du mir selbst erzählt. Deshalb wurde der Frühling so wie er wurde, und deshalb haben wir zusammengefunden.

Axel, wir hatten es doch schön, oder?

Und jetzt sagst du, dass nichts von alldem ernst war? Dass du dich schämst, dass du willst, dass wir alles vergessen?

Wie soll das gehen?

Wir wohnen an einem der kleinsten Orte der Welt, wenn nicht einer von uns wegzieht, werden wir uns für den Rest unseres Lebens jeden Tag sehen. Ich weiß nicht, welcher Gedanke mehr wehtut. Dich jeden Tag zu sehen und zu wissen, dass du mich nicht willst, oder dich nie mehr sehen zu dürfen.

Ich vermisse uns.

Ich habe Sehnsucht nach uns.

Komm zurück zu mir! Bleib wenn nötig ein paar Wochen in Chicago, aber komm dann nach Hause. Zu mir, Axel. Komm um meinetwillen nach Hause.

Ich liebe dich!

Mary

30. Januar

»Niemand kann dem Tod entfliehen«

Es war so ein Tag, an dem August am liebsten im Bett geblieben wäre. Als er noch in Stockholm wohnte, war er kein Freund von Ausschlafen gewesen, doch das war eine weitere Sache, die sich mit seinem Umzug an die Westküste verändert hatte. Er verspürte eine andere Ruhe im Körper. Und vor allem hatte er ein größeres Bedürfnis, sich auszuruhen.

Und an diesem besonderen Tag wäre er also gern im Bett geblieben. Gerne mit Maria. Sie hätten abwechselnd Sex haben, lesen und eine richtig unterirdische Fernsehserie anschauen können. Und dann hätten sie Pizza bestellen können. Es gab in Kungshamn eine Pizzeria, die auch auslieferte, wenn man gut bezahlte. August tat das manchmal, wenn er unbedingt eine wollte.

Doch nichts von alldem erfüllte sich. Maria ging zur Arbeit, und August suchte Emmy Mellgren auf, die ihn tags zuvor angerufen hatte.

Es schneite so, dass man überhaupt nichts sah, wenn man aus dem Fenster schaute. August fuhr gerne Ski und liebte Schnee durchaus, aber nicht solche Tage. Da träumte er lieber von Sonne und Baden.

Mit einem Mal überkam ihn Reiselust.

Vielleicht würde er Maria zu einem Urlaub in sonnigen Gefilden verlocken können, während sie auf den Sommer warteten. Jetzt im Moment nahmen ihr Job und dazu noch ihr bizarrer Ex-Mann viel Zeit in Anspruch, aber später vielleicht. Es freute ihn, dass die Arbeit ihr Energie zu schenken schien. Ihre Gedanken überschlugen sich förmlich, und als sie am Abend zuvor zu August nach Hause gekommen war, hatten ihre Augen vor reinem Adrenalin gefunkelt.

Er mochte es sehr, die Kraft bei ihr zu sehen.

August fühlte sich nachgerade philosophisch, als er den kurzen Weg zum Campingplatz Johannesvik ging. Emmy hatte vorgeschlagen, sich dort beim Strand und dem jetzt menschenleeren Badeplatz am Klevekilen zu treffen.

August hatte nichts dagegen, sich draußen zu treffen oder einen Spaziergang zu unternehmen, doch er verabscheute alle Geheimnistuerei. Emmy hatte sich weder bei sich zu Hause noch bei August treffen und auch nicht in seinen Laden in Kungshamn kommen wollen.

Das beunruhigte ihn.

Wenn Emmy etwas über Gunnar Wide wusste, dann sollte sie mit der Polizei sprechen und nicht mit August.

Gleichzeitig wusste er auch, wie es im Ort um das Vertrauen zur Polizei stand. Das war zerbrechlich, um nicht zu sagen gestört. Wenn er als Brücke zwischen der Gemeinschaft und der Ordnungsmacht fungieren könnte, dann würde ihn das freuen. Auch Maria schien das so zu sehen. Er hatte von dem Treffen erzählt, zu dem er unterwegs war, und Maria hatte erst ein bisschen gekichert, war dann aber ernst geworden.

»Wie schön, dass die älteren Damen des Ortes dich so mögen«, hatte sie gesagt.

August lächelte. Die Luft war frisch, aber der Schnee machte es wie gesagt schwer, etwas zu sehen. Als er den Hovenäsvägen herunterging, hielt er sich bewusst auf dem Bürgersteig und bog dann auf den Fußgängerweg über die Brücke ab. Als er am Übergang stehen blieb, hörte er die Autos, ehe er sie sah.

Der Hallindenvägen war, anders als der Hovenäsvägen, die Hauptstraße des Ortes, und dort herrschte immer Verkehr. Er schaute mehrmals sowohl nach rechts wie nach links, um sich zu versichern, dass keine Autos kamen. Dabei war völlig unerheblich, dass es helllichter Tag war. Der Schneefall verschleierte die Sicht auf eine Weise, die richtig unbehaglich war.

August atmete auf, als er auf den Weg zum Campingplatz kam. Da gab es ein paar Häuser, doch Autos waren nicht zu sehen.

Das Handy lag in der Jackentasche. Er hatte sich bei Emmy gemeldet und gefragt, ob sie sich immer noch außer Haus treffen wolle, und die Antwort hatte Ja gelautet. Der Plan stand fest.

August konnte sie nicht sehen, als er kam. Tatsächlich sah er gar nichts. Den Hügel nicht mit der Schranke zum Campingplatz und auch nicht den für den Winter geschlossenen Kiosk und schon gar nicht den Sprungturm.

Alles war milchig weiß, alles war kalt.

Doch dann kam er zum Strand hinunter und erkannte plötzlich in all dem Weiß eine Silhouette, die ein Halstuch trug, das eigentlich rot war, aber nun zu neunzig Prozent von Schnee bedeckt war.

»Emmy?«

Sie zuckte zusammen.

»August?«

»Ja, ich bin es. Was für ein Unwetter.«

Emmy lachte nervös.

Als August näher kam, sah er, wie mitgenommen sie wirkte. Zu wenig Schlaf und zu viel Sorge standen ihr ins Gesicht geschrieben.

»Ich komme mir so dumm vor«, sagte sie. »Du findest wahrscheinlich, dass ich bescheuert bin, weil ich mich so benehme.«

August lächelte.

»Wir haben doch alle so unsere Gewohnheiten«, sagte er. »Wie ich es verstanden habe, ist dieses Treffen für dich wichtig.«

Emmy nickte.

»Ich weiß, dass wir uns eigentlich gar nicht kennen, aber ich habe niemand anderen, mit dem ich sprechen könnte«, sagte sie. »Ich … das Ganze ist ein wenig heikel, könnte man sagen. Und ich bin so unsicher, ob ich überhaupt über diese Sache tratschen soll. Weil, ich meine, ich weiß ja nicht, ob ich mich täusche und lieber schweigen sollte. Aber es ist etwas, was ich einfach sagen muss, und …«

August wartete ab.

Woher kam all diese Einsamkeit?

Wie konnte eine Frau in Emmys Alter niemand anderen als August haben, mit dem sie reden konnte? Dabei wohnte sie doch seit Jahrzehnten auf Hovenäset, besuchte manchmal die »Leseratten«, war Mitglied in einem Strickkreis und hatte zudem noch drei erwachsene Kinder, die sie regelmäßig traf.

Emmy putzte sich mit einem Taschentuch die Nase.

»Ich weine nicht«, sagte sie. »Und ich bin auch nicht erkältet. Aber wenn es so kalt und feucht ist, fängt die Nase doch sofort an zu laufen.«

»Das geht mir genauso«, sagte August.

Emmy stopfte das Taschentuch in die Tasche.

»Ich … ich habe etwas bemerkt, was ich eigentlich gar nicht ansprechen wollte«, sagte sie. »Weil es mich nichts angeht, aber vielleicht erklärt, warum ich glaube, dass gerade du meine Situation besser verstehen kannst als viele andere.«

August strich sich mit der Hand übers Gesicht, um den Schnee wegzukriegen, doch es fiel sofort neuer.

»Jetzt bin ich aber neugierig«, sagte er.

Emmy stampfte auf der Stelle. August fragte sich, ob sie wohl doch ihre Ortswahl bereute.

»Nun«, sagte sie. »Es geht mich ja nichts an, aber …« sie unterbrach sich abrupt und sah zu etwas hinter August.

»Steht da jemand?«, flüsterte sie. »Da hinten beim Kiosk. Ich meine, ich hätte einen Schatten gesehen.«

August drehte sich um.

»Ich sehe nichts«, sagte er.

Emmy senkte den Blick. »Ich bilde mir nur eine Menge ein«, sagte sie. »Entschuldige bitte.«

»Du musst dich überhaupt nicht entschuldigen«, sagte August, und jetzt war er mehr als neugierig. »Aber wenn es dir so viel bedeutet, dass niemand hört, was wir sagen, dann nehme ich an, dass du mit mir über etwas sehr Wichtiges reden möchtest.«

Emmy nickte rasch, und als sie ihn wieder ansah, war ihre Miene von Trauer, aber auch Angst verzerrt.

»Ich habe gelogen«, flüsterte sie. »Ich habe die Polizei angelogen.«

Für einen Moment stand die Zeit still.

Als Emmy wieder sprach, war ihre Stimme klar und deutlich, aber der Tonfall schleppend, so als hätte sie sich immer noch nicht entschieden, ob sie sich August anvertrauen sollte.

»Ich habe einen kranken Rücken«, erklärte sie, »und der Schmerz hält mich nachts wach. Nicht jede Nacht und nicht ganze Nächte, aber doch sehr oft und immer mehrere Stunden am Stück. Manchmal, wenn ich wach bin … manchmal ziehe ich mich dann an und gehe raus. Ich bin dann weniger traurig. Man kann es nicht erklären, es ist einfach so. Vor allem während der hellen Sommermonate, aber auch jetzt im Winter. Vielleicht liegt es an den Straßenlaternen und dass dann ab und zu ein Auto vorbeifährt. Mein Gott, mir ist schon klar, wie das klingt, aber es ist einfach so.«

»Es geht dir gut, wenn du daran erinnert wirst, dass du Teil eines größeren Zusammenhangs bist«, erklärte August. »Das ist überhaupt nicht seltsam.«

Emmy nickte eifrig.

»Genauso ist es«, sagte sie. »Du musst wissen, ich wohne ja auf dem Badhusberget. Keiner meiner Nachbarn wohnt das ganze Jahr über dort. Wenn es zu dunkel wird, dann gehe ich gern mal raus. Und da passiert es, dass ich sehe, was andere Leute da nachts so unternehmen …«

Jetzt begann August zu ahnen, wohin dieses Gespräch unterwegs war, und wünschte, sie würde zur Sache kommen.

Emmy spürte wohl seine veränderte Stimmung, denn sie legte einen Gang zu.

»Ich habe Maria Martinsson mitten in der Nacht Hovenäset auf dem Fahrrad verlassen sehen. Mehrmals. Und ich habe gesehen, wie ihr beide euch bei den Treffen der ›Leseratten‹, auf denen ich auch war, angesehen habt. Da ist Liebe, August. Da gibt es eine Liebe zwischen euch, die man sehen kann. Auch wenn Linnea und manche andere das nicht sehen und sich deshalb die Freiheit nehmen, sich für dich interessant zu machen.«

August musste lächeln, und gleichzeitig wurde ihm bei ihren Worten warm ums Herz.

Da gibt es eine Liebe zwischen euch, die man sehen kann.

»Ihr habt eine Beziehung, du und Maria. Stimmt's?«

Er nickte. Es gab keinen Grund, hier zu lügen. Sie hatte ja schon alles gesehen.

»Aber sie ist verheiratet«, sagte Emmy. »Und das ist ein Problem, nehme ich mal an.«

»Nein«, erklärte August, und jetzt war er eigentlich schon jenseits der Grenze dessen, was er bereit war, mit einer Außenstehenden zu diskutieren. »Nein, es ist kein Problem. Sie hat die Scheidung eingereicht, und die wird durchgehen, sowie die Bedenkzeit vorüber ist.«

»Das freut mich«, sagte Emmy. »Was ich sagen wollte, war Folgendes: Ich habe gedacht, dass du besser als viele andere meine Situation verstehen kannst. Aber vielleicht täusche ich mich …«

Sie senkte den Blick.

August schaute über die Bucht. Der Schnee verdeckte die ganze schöne Aussicht, ungefähr wie Marias nächtliche Heimfahrten ihre Beziehung als etwas darstellten, was es nicht war. Als etwas, das versteckt werden musste.

Gab es noch mehr Leute, die Maria nachts Hovenäset hatten verlassen sehen und dasselbe gedacht hatten?

Er holte tief Luft und versuchte, sich auf das Gespräch mit Emmy und weniger auf seine Sorge um die Beziehung zu Maria zu konzentrieren.

»Du hast gesagt, du hättest etwas zu berichten«, sagte er. »Dass du die Polizei angelogen hättest und dass du meintest, ich könnte das verstehen. Wer weiß, vielleicht tue ich es ja trotzdem.«

Sie schwieg eine Weile.

Dann war es, als würde sie sich entschließen, und die Worte fielen ihr leichter.

»Gunnar und ich daten.«

August prustete.

»Das ist doch nicht zum Lachen! Wenn du mich nicht ernst nimmst, kann ich gleich nach Hause gehen.«

Schnell streckte August eine Hand aus.

»Nein, nein, bleib! Ich fand es nur so lustig, dass du das Wort ›daten‹ benutzt.«

Das war die ganze Wahrheit, er hatte über nichts anderes gelacht.

»Und was ist daran so witzig? So sagt man doch heutzutage, oder?«

August nickte.

»Natürlich tut man das. Aber ich wusste nicht, dass auch deine Generation dieses Wort verwendet.«

Emmy kickte ein bisschen Schnee herum, und plötzlich meinte August zu erkennen, wie sie als junge Frau mit Lust am Leben ausgesehen hatte.

»Meine Enkelkinder sagen das«, erklärte sie. »Ich finde, es ist ein gutes Wort.«

»Es ist ein ausgezeichnetes Wort«, versicherte August.

»Aber auch problematisch«, fuhr Emmy fort. »Denn Gunnar ist ja verheiratet.«

August wurde ernst.

»Ja«, erwiderte er, »das ist er. Aber wenn ich es richtig verstanden habe, dann ist Gunnars Frau von dem Schlaganfall, den sie vor ein paar Jahren hatte, doch sehr beeinträchtigt. Sie ist völlig abhängig vom Pflegedienst und erkennt Gunnar kaum noch. Das verändert die Sache sehr, finde ich.«

Emmys Schweigen verstärkte seine Ungeduld.

»Was bedrückt dich, Emmy?«, fragte er.

Sie zog an ihrem Mantel, als wolle sie ihn dazu bringen, die Kälte besser abzuhalten.

»In der Nacht, als es brannte«, begann sie. »Da war Gunnar bei mir. Er hat auf dem Nachhauseweg den Brand entdeckt.«

»Hast du Angst, was alle anderen denken werden, wenn herauskommt, dass Gunnar bei dir war?«, fragte August.

Jetzt schüttelte Emmy den Kopf.

»Es ist mir egal, was die Leute denken«, entgegnete sie. »Im Grunde. Denn sie haben ja immer ganz schnell etwas Neues, worüber sie reden können. So funktioniert das. Das weiß man, wenn man so alt geworden ist wie ich.«

Ein Windstoß wirbelte den Schnee auf. Dann beruhigte sich alles wieder.

»Ich bin sein Alibi«, sagte sie mit heiserer Stimme. »Die Polizei hat mit mir gesprochen, die wissen es also.«

»Das verstehe ich«, sagte August.

»Aber ich weiß nicht, ob es hält.«

August sah sie erstaunt an.

»Wie meinst du das?«

»August, er hat mich in der Nacht gegen halb eins verlassen, um nach Hause zu gehen und nach Lisa zu schauen, also seiner Frau. Dann ist er über eine Stunde nicht zurückgekommen. Und jetzt hat er mich gebeten, das der Polizei gegenüber nicht zu erwähnen. Er hat Angst, dass sie misstrauisch werden könnten. Also habe ich niemandem etwas gesagt. Aber … es hält nicht. Verstehst du, was ich meine? Ich lüge ja, wenn ich Gunnar ein Alibi für die ganze Nacht gebe. Ich weiß überhaupt nicht, was er in dieser Stunde getan hat.«

Manchmal war es schwer zu beurteilen, was in einer Ermittlung wichtig war, was dorthin gehörte und was unberücksichtigt bleiben konnte. Maria und Ray-Ray waren auf dem Weg nach Hovenäset, um Elias Ehnbom zu treffen. Ray-Ray hatte den Blick stur auf die Straße gerichtet und fuhr langsam, um ohne Probleme durch den Schnee zu kommen. Beide waren mit ihren Gedanken woanders.

Die meisten Kriminellen waren keine sonderlich schlauen Menschen. Das wollten sie selbst immer nicht so gerne hören, aber dennoch war es so. Die überwältigende Mehrheit aller Verbrecher war so unvorsichtig und unsensibel, dass sie Spuren hinterließen, die sie dann ins Gefängnis brachten. Dies und dass die Polizei ihren Job ordentlich machte und die Ressourcen zur Verfügung hatte, die man brauchte, um eine gediegene Ermittlung durchführen zu können.

Maria wusste, dass viele Verbrechen deshalb nicht aufgeklärt wurden, weil sie mangels Ressourcen nicht verfolgt werden konnten. Wie oft hatte sie schon gehört, dass die Polizei zu wenig tat, sich nicht ausreichend anstrengte, falsche Prioritäten setzte und dass niemand sich um die Sicherheit gewöhnlicher Menschen kümmerte. Sowohl für die Gesellschaft insgesamt wie auch für die Polizei als Organisation war es ein großes Unglück, dass viele so schlecht über die Ordnungsmacht dachten.

Einer, der besonders geringe Erwartungen an die Polizei hegte, war Gunnar Wide. Deshalb hatte er sich selbst zum Ritter der Bürgerschaft geschlagen und war des Nachts auf Hovenäset herumgewandert, als die anderen sich nicht sicher fühlten.

Und nun mangelte es ihm offensichtlich an einem Alibi.

Das hatten Maria und Ray-Ray von August erfahren, der sich bei ihnen gemeldet hatte.

»Du solltest wirklich mit Emmy sprechen«, hatte er gesagt, als er anrief. »Sie hat etwas Wichtiges zu erzählen.«

Und gewiss hatte sie das, doch sie war eine vorsichtige Informantin. Maria und Ray-Ray hatten sie im Wohnwagen getroffen, und sofort nach Beendigung des Verhörs war sie von ihrem Schwager abgeholt worden, der sie nach Uddevalla brachte, wo sie die folgenden Tage bei ihrer Schwester verbringen sollte.

»Ich glaube nicht, dass Gunnar mir Schaden zufügen würde«, hatte sie zu Maria gesagt. »Das glaube ich wirklich nicht.«

Dann war sie trotzdem gefahren, denn so waren die Menschen: Sie gingen keine unnötigen Risiken ein, wenn sie eine Gefahr witterten.

Maria spürte, wie ihr Puls stieg.

Gunnar Wide befand sich bei seinem Krankengymnasten in Hunnebostrand. Das hatte er Emmy gesagt, und es war von einer Streife bestätigt worden, die man zu der Adresse geschickt hatte.

»Ich weiß, ich habe gesagt, wir sollten ihn holen und mit nach Uddevalla nehmen, aber ich würde doch gern sehen, wohin er uns führt, jetzt, wo Emmy weggefahren ist«, sagte Roland, als Maria ihn vom Auto aus anrief.

Maria stellte das Handy auf Lautsprecher.

»Beschatten klingt nach einer guten Idee«, sagte sie. »Wenn man mal vom Wetter absieht.«

Jemanden in dichtem Schneefall zu beschatten war eine Herausforderung. Da liefen sie Gefahr, Gunnar sofort aus den Augen zu verlieren.

»Ich habe mit der Staatsanwaltschaft gesprochen«, sagte Roland. »Je mehr Fleisch wir an der Sache haben, desto besser, bevor wir jemanden festnehmen.«

»Haben wir irgendwelche Namen von Ermittlern herausgefunden, mit denen wir Kontakt wegen des Stückelmordes aufnehmen können?«, fragte Maria. »Im besten Fall haben wir diese Frage auch noch gelöst, ehe wir Gunnar verhören.«

»Ich arbeite daran«, erwiderte Roland. »Wenn ihr euch jetzt auf Elias Ehnbom konzentriert, dann suche ich weiter nach einem passenden Ermittler. Am liebsten wäre mir natürlich, wenn ich nicht sämtliche Akten durchkämmen muss.«

Sie beendeten das Gespräch.

Maria lehnte den Kopf an die Nackenstütze.

Im Moment gingen ihr einfach zu viele Gedanken durch den Kopf.

»Ich hoffe, du bist nicht traurig, dass wir nicht mit dem Fahrrad nach Hovenäset gefahren sind«, sagte Ray-Ray.

Maria lächelte.

»Heute kann sogar ich mir vorstellen, mit dem Auto zu fahren«, sagte sie.

Ein entgegenkommender Wagen blinkte sie mit Fernlicht an.

»Verdammter Idiot«, sagte Ray-Ray. »Weiter kann ich nicht von der Mittellinie weggehen.«

Maria versuchte, sich nicht auf die schlechten Straßenverhältnisse zu konzentrieren, sondern auf die Ermittlung. Sie hatten Vendela gebeten, den technischen Teil ein wenig zu beschleunigen. Die Person, die Axel erpresste, musste ihm mitgeteilt haben, wie sie ihr Geld haben wollte. Es musste Spuren dieser Kommunikation geben. In der Mail oder im Telefonverkehr. Die Wahrscheinlichkeit, dass Axel ein weiteres Versteck für geheime Zettel hatte, wurde als gering betrachtet, aber dennoch wurde das Haus noch einmal durchsucht. Außerdem sollte jemand nachsehen, ob Axel in der Ermittlung um den Stückelmord vorkam, und falls ja, in welcher Rolle.

Wir haben nicht das ganze Bild, dachte Maria. Es fehlt uns etwas Entscheidendes.

Sie sah auf die Uhr.

In einer knappen Viertelstunde würden sie Axel Ehnboms Sohn treffen. Elias hatte ein Apartment im Hostel gemietet, aber das Verhör sollte in Axels Haus stattfinden. Maria war erstaunt gewesen, dass das Hostel mitten im Winter geöffnet war, hatte dann später aber begriffen, dass man lediglich eine Ausnahme für Elias gemacht hatte.

»Was denkst du?«, fragte Ray-Ray. »Über Gunnar, meine ich.«

»Dass mit unserer Theorie irgendwas nicht stimmt«, sagte Maria. »Ich bin auch der Meinung, dass Gunnar sich verdächtig und seltsam verhalten hat, aber reicht das aus, um zu entscheiden, dass er der Täter ist, den wir suchen? Mal im Ernst, glaubst du, Gunnar hat sich über den Kriechboden aus Axels Haus entfernt? Und dieses Kind, was dabei gewesen sein muss. Wessen Kind war das denn?«

Ray-Ray trommelte mit den Fingern aufs Lenkrad.

»Ich gebe zu, dass es eine Theorie mit Lücken ist«, sagte er. »Aber es ist die einzige, mit der wir im Moment arbeiten können. Jemand hat Axel um Geld erpresst. Ich will wissen, wer und warum.«

Das Auto arbeitete sich den letzten Hügel vor Hovenäset herauf und fuhr dann auf der anderen Seite herunter. Rechts von ihnen lag der Friedhof, der aber in dem Unwetter kaum zu sehen war. Maria und Ray-Ray schwiegen den Rest der kurzen Reise. Maria dachte an den Film, den Axel von Lydia Broman gemacht hatte, und an den Mord, der die Polizei immer wieder beschäftigte. Den ganzen Herbst über war er herumgespukt und jetzt, nur wenige Monate später, erschien er plötzlich wieder auf dem Radar.

Zum ersten Mal kam Maria der Gedanke, dass es vielleicht doch die falsche Person gewesen war, die vor bald dreißig Jahren wegen Mordes an Lydia verurteilt worden war. Vielleicht war es überhaupt nicht ihr Ehemann gewesen, der sie ermordet hatte. Vielleicht war es Axel Ehnbom gewesen. Oder jemand ganz anderes.

Dieser Gedanke war so abstoßend, dass sie sich im Sitz wand.

Es durfte einfach nicht sein, dass die Polizei die falsche Person festgenommen hatte.

Das konnte nicht sein.

Oder doch?

Ray-Ray bog auf den Hovenäsvägen ein. Maria richtete den Blick nach vorn. Jetzt mussten sie sich auf Axels Sohn konzentrieren. Vielleicht konnte er ihnen das Interesse seines Vaters für Lydia Broman und seine Beziehung zu Gunnar Wide erklären.

•

Irgendwann einmal waren Hillevi und Sam mit ihrer Mutter zum Schlittenfahren in den Schlosswald in Göteborg gegangen. Sam war damals ein knappes Jahr alt gewesen, und sie hatte ihn in einer Trage auf dem Rücken gehabt. Das war zu einer Zeit gewesen, als es ihr ziemlich gut ging.

»Das war doch wirklich nett«, hatte ihre Mutter hinterher auf dem Weg nach Hause gesagt. »Wir müssen uns das merken und auf jeden Fall bald wieder machen.«

Doch daraus war nichts geworden.

Es wurde niemals etwas aus sowas.

Bereits eine Woche später hatte ihre Mutter wieder alles kaputt gemacht. Ein neuer Freund, eine neue Party, ein neues Delirium. Und dann neuer Streit, neues Weinen und lange Nächte, in denen Hillevi mit Sam auf ihrer Brust wach lag, weil er nicht einschlafen konnte.

Und jetzt wohnten sie in Kungshamn.

In einer Wohnung, die immer noch nicht richtig eingerichtet war, und alles war dabei auseinanderzubrechen.

Hillevi wollte nicht in die Wohnung zurück. Sie wollte tausendmal lieber bei Ola auf dem Valberget wohnen. Sie konnte sich sogar vorstellen, zur Schule zu gehen, wenn sie nur nicht mehr bei ihrer Mutter wohnen musste.

Es klopfte an die Schlafzimmertür.

Hillevi sah die Tür an. Niemand kam rein. So funktionierte das bei Ola. Er klopfte an die Tür, und dann öffnete er sie nicht, bevor sie »Herein!« rief.

Eines Tages würde sie ausprobieren, was passierte, wenn sie mal nicht antwortete.

Oder wenn sie rief, dass sie in Ruhe gelassen werden wollte.

Dann würde er sich daran halten.

Er würde niemals in ihr Zimmer einfallen, wie ihre Mutter es immer tat.

Hillevi zog sich die Decke über die Knie. Die duftete gut nach Waschmittel und Weichspüler.

»Komm rein«, sagte sie.

Die Tür ging auf.

»Ich muss jetzt zur Arbeit gehen«, erklärte Ola. »Ich hatte gehofft, ich könnte auch heute freinehmen, aber es sind mehrere Leute bei uns krank, deshalb möchte meine Chefin wirklich, dass ich jetzt komme. Zumindest für ein paar Stunden. Kommst du so lange klar?«

Hillevi nickte. Sie war sehr froh, dass Ola nicht darauf bestand, dass sie in die Schule gehen sollte, und dass er begriff, wie anstrengend alles war.

»Kein Problem.«

Ola sah erleichtert aus.

»Ich bringe Sam in die Kita«, sagte er.

Erschrocken strampelte Hillevi die Decke von den Beinen.

War der verrückt geworden?

»Aber das geht doch nicht!«

»Es muss gehen. Es ist so verdammt ungerecht, dass du dich um ihn kümmern musst.«

Hillevi stürzte aus dem Bett.

»Verstehst du nicht, was ich sage? Er kann da nicht hin. Die rufen das Jugendamt an. Die werden ihn klauen!«

»Klauen?«, fragte Ola. »Aber Hillevi, glaubst du das denn selbst? Verstehst du nicht, dass es noch schlimmer wird, wenn wir ihn zu Hause behalten?«

Er seufzte.

Ola wird uns leid sein, dachte Hillevi. Natürlich erträgt er das nicht, uns auf Dauer hier zu haben. Er will ja auch noch Zeit für anderes haben.

Zum Beispiel einen Typen treffen.

Das war nichts, was er irgendwann mal zu Hillevi gesagt hatte, aber sie wusste trotzdem, dass es so war. Ihre Mutter hatte davon gesprochen und auch deren Freunde. Als ob irgendwas falsch daran wäre, ein bisschen Liebe haben zu wollen.

»Hillevi, da gibt es eine Sache, die ich dir erzählen muss.«

Ihr wurde eiskalt, und ihr Körper spannte sich an.

Jetzt würde es passieren.

Jetzt würde Ola sagen, dass sie und Sam nicht mehr willkommen waren, dass er es mit ihnen nicht aushielt.

»Ich kann spülen. Und putzen.«

Hillevis Stimme war nur mehr ein Flüstern.

Ola runzelte die Stirn.

»Was?«

»Ich kann helfen. Mich kümmern. Ich kann auch kochen. Fleischbällchen und Makkaroni und sowas. Das kann ich, Ola. Und ich kann in die Schule gehen, was immer du willst.«

»Wovon redest du?«

Sie konnte die Tränen nicht zurückhalten. Sie kamen einfach.

Verdammtehöllischescheiße.

»Bitte, bitte, wirf uns nicht raus.«

Ola war so schnell, als ob er Flügel hätte, als er durchs Zimmer gerauscht kam. Er umarmte sie ganz, ganz fest.

»Was denkst du denn von mir? Natürlich werfe ich euch nicht raus. Ihr seid doch das Beste, was ich habe.«

Hillevi klammerte sich schluchzend an Ola fest.

Sie war so müde, so wütend – so müde, immer wütend zu sein.

»Du … wolltest … doch … was … erzählen.«

Die Worte kamen stoßweise, so wie Sam redete, wenn er sehr traurig war.

Wenn er nun jemals wieder auf diese Art traurig wäre.

Und wenn er jemals wieder ordentlich reden würde.

Ola schob sie von sich.

»Ich wollte sagen, dass die Leute aus der Kita bereits eine Anzeige ans Jugendamt geschickt haben«, sagte er. »Das weiß ich, weil ich selbst vorhatte, Patricia anzuzeigen. Denn so kann es nicht weitergehen.«

Hillevi weinte noch mehr.

»Aber was passiert jetzt?«

»Ich weiß es nicht. Aber auf gar keinen Fall werden sie euch zwingen, von mir wegzuziehen. Ich bin ja schließlich eine ziemlich vernünftige Person.«

Er blinzelte mit dem einen Auge und lächelte.

Hillevi schaffte nicht, sein Lächeln zu erwidern.

»Und Mama?«

»Keine Ahnung. Sie geht nicht ran, wenn ich anrufe. Sie will nicht mit mir reden.«

»Aber was hat sie denn gesagt, als du sie gestern getroffen hast? Das hast du immer noch nicht erzählt. Stimmt es, dass Sam diesen Brand gesehen hat?«

Ola sah traurig aus.

»Sie sagt Nein, sie sei in Uddevalla gewesen, aber ich glaube ihr nicht. Wirklich nicht.«

Ich auch nicht, dachte Hillevi.

Immer dieses Lügen. Dass ihre Mutter niemals sagen konnte, wie es wirklich war. Dass sie niemals für irgendetwas einstehen konnte.

Hillevi hasste das.

Wenn sie nur einen Beweis dafür hätte, dass Sam den Brand gesehen hatte. Dann wäre Schluss mit dem Lügen. Zumindest für dieses Mal.

Das wäre wertvoll, davon war Hillevi überzeugt.

Denn Sam ging es nicht gut. Ihre Mutter musste aufhören, alles zu zerstören. Und deshalb musste bewiesen werden, dass sie log. Dass sie durchaus auf Hovenäset gewesen war, als es brannte.

»Ich gehe jetzt«, sagte Ola. »Aber ich versuche, so früh wie möglich nach Hause zu kommen. Du kannst mich auf dem Handy erreichen, wenn was ist. Ich werde heute in Kungshamn, Väjern und Hunnebostrand sein, bin also nicht weit weg. Und wenn ich nicht rangehe, kannst du immer die Zentrale anrufen. Die wissen ganz genau, wo ich gerade bin.«

Hillevi setzte sich auf die Bettkante. Es sollte auch jemand ganz genau wissen, wo ihre Mutter sich aufhielt.

»Wie denn?«, fragte sie. »Haben die irgendwie einen Überwachungschip in deinen Schädel einoperiert?«

Ola lachte.

»Nein, die folgen mir über eine App. Ich rufe später an!«

Ein paar Augenblicke später hörte sie die Eingangstür zuknallen.

Die folgen mir über eine App.

Plötzlich spürte Hillevi ihr Herz so fest schlagen, dass es fast wehtat.

Natürlich!

Wie dumm konnte man sein? Warum hatte sie nicht schon früher daran gedacht?

Ihre Hände waren trocken und ihre Bewegungen zittrig, als sie den dicken Pullover über den Kopf zog.

Jetzt wusste sie, wie sie beweisen konnte, dass ihre Mutter wirklich auf Hovenäset gewesen war, als es brannte. Dieses Mal hätte sie keine Chance mit ihren Lügen.

Jetzt saß sie fest.

Ein weiterer Besuch in Axel Ehnboms Haus. Ein weiterer Versuch zu verstehen, was zu seinem Tod geführt haben könnte. Elias Ehnbom saß Maria und Ray-Ray am Küchentisch gegenüber. Er sah gut aus, fand Maria – eine unprofessionelle, aber unvermeidliche Reflektion. Elias hatte viel vom Aussehen seiner Mutter geerbt – dunkle Haut und schwarze, kurz geschnittene Haare –, aber Gesichtszüge und Gestalt hatte er von seinem Vater. Runde Augen, entschlossenes Kinn, breite Schultern.

Seine Unterarme ruhten auf der Tischplatte. Er trug ein weißes Hemd mit aufgekrempelten Ärmeln und eine schwarze Hose. Seine Stimme erinnerte an die von August: dunkel und ruhig. Ein Klang, der von einem stabilen Kern zeugte, von etwas Unverbrüchlichem. Auch seine Miene verriet das. Freundlichkeit, Stabilität und Wärme. Und Trauer. Keine verzehrende, sondern eine, die er tragen konnte, ohne von ihr zerstört zu werden. Das machte das Gespräch leichter.

»Wie Sie bereits wissen, hatte ich keinen Umgang mit meinem Vater«, sagte Elias gedehnt. »Aber … jetzt, da er nicht mehr ist, fühlt es sich seltsam leer an in mir. Alles wird so definitiv. Mama ist ja auch nicht mehr da. Geschwister habe ich nicht. Da bin nur noch ich übrig. Ich hätte nicht gedacht, dass es sich so schwer anfühlen würde.«

Maria schluckte.

Elias sprach nicht nur mit einer Stimme, die an Augusts erinnerte, auch seine Lebensgeschichte war ähnlich.

Allein übrig geblieben, dachte Maria. Der letzte Ausläufer einer Familie.

»Erzählen Sie, warum Sie und Ihr Vater den Kontakt abgebrochen haben«, bat Ray-Ray.

Elias griff nach dem Wasserglas, das vor ihm stand, und nahm einen Schluck.

Jetzt trat eine andere, mehr alltägliche Art der Trauer auf sein Gesicht.

»Das ist eine bedauerliche Geschichte«, sagte er. »Sechs Jahre ist es her, dass es passierte.«

»Und Sie haben seither nichts voneinander gehört?«

»Er hat angerufen, wenn ich Geburtstag hatte, und manchmal ein Weihnachtsgeschenk geschickt. Aber mehr nicht.«

»Haben Sie auch angerufen?«, fragte Ray-Ray. »Ich meine, wenn Axel Geburtstag hatte?«

Elias schüttelte den Kopf.

»Mir ist schon klar, das klingt hart, aber ich war mit der Beziehung zu meinem Vater fertig. Es gab irgendwie keine Hoffnung … keinen Weg zurück. Es war nicht so, dass einer von uns gewünscht hätte, dass es so kommt, und doch sind wir da gelandet.«

»Was ist passiert?«, fragte Maria. »Wir würden gern die längere Version der Geschichte hören.«

»Geld«, sagte Elias und zog eine gequälte Grimasse, ehe er fortfuhr.

»Geld?«, fragte Ray-Ray.

Elias befingerte das Wasserglas und nickte.

»Papa besaß die unermüdliche Fähigkeit, richtig beschissene Investitionen zu tätigen. Er hat massenhaft Geld verloren. Vor allen Dingen in einem gescheiterten Immobilienprojekt in Spanien. Es war ungeheuer frustrierend, das zu sehen.«

Ray-Ray beugte sich vor.

»Streng genommen könnte man sagen, dass die privaten Finanzen Ihres Vaters Sie nichts angingen«, sagte er.

»Absolut«, stimmte Elias zu. »Aber Papa hat mich um Rat gebeten. Bei dem Mal, als wir uns zerstritten haben, war es jedenfalls so. Aber er wollte nicht auf mich hören und hat gesagt, das Geschäft in Spanien würde sein bestes jemals werden. Wir sind ordentlich aneinandergeraten … und wir haben vieles gesagt, das niemals hätte gesagt werden sollen. Unverzeihliches. Denn er hatte ja schließlich meine Ausbildung in den USA bezahlt. Er fand, ich sollte dankbar sein und mich für ihn freuen, da er nun die Chance auf ein Riesengeschäft hätte.«

Er schluckte.

»Natürlich ging es auch um Mama. Ich fand, dass er sich, als sie noch lebte, nicht ausreichend für sie eingesetzt hat. Er war schlecht darin, Grenzen zu ziehen und sie zu verteidigen. Und er hasste es, kritisiert zu werden.«

»Haben Sie oft gestritten?«, fragte Ray-Ray.

»Hin und wieder. Vor allem nach Mamas Tod.«

Maria verarbeitete, was sie hier hörte.

Streit um Geld und unterdrückte Wut waren schließlich in einem Konflikt kulminiert, der Vater und Sohn veranlasste, den Kontakt zueinander abzubrechen. Ein ebenso klassischer wie unnötiger Konflikt.

»Das ist die ganze Geschichte«, sagte Elias. »So habe ich meinen Vater verloren. Meine Freundin Olivia hat ihn nie kennengelernt. Als er noch lebte, war ich ganz sicher, dass es so richtig war, aber jetzt …«

Er verstummte.

Maria erinnerte sich, was sie im Einwohnermelderegister gesehen hatte. Elias war unverheiratet und lebte allein in einer Wohnung in Vasastan in Stockholm.

»Sind Olivia und Sie schon lange zusammen?«, fragte sie.

»Ein halbes Jahr. Wir haben uns in der Kanzlei, in der wir beide arbeiten, kennengelernt und suchen jetzt eine gemeinsame Wohnung.

»Kinder?«

Ray-Ray stellte diese Frage.

»Nein, ich habe keine Kinder.«

»Das weiß ich bereits, aber ich dachte, Ihre neue Freundin hätte vielleicht welche.«

»Nein, keiner von uns hat Kinder. Aber wir hoffen natürlich, dass wir in einer nicht allzu fernen Zukunft welche bekommen werden.«

Elias lächelte wehmütig.

»Wann sind Sie von Göteborg weggezogen?«, fragte Maria.

»Im Zusammenhang mit dem Job, den ich bei der Kanzlei in Stockholm bekommen habe. Das ist fast exakt sechs Jahre her. Ich habe mich beworben, nachdem Papa und ich uns gestritten hatten. Da wirkte die Westküste plötzlich so seltsam leer, und ich empfand den starken Drang wegzukommen … noch mal neu anzufangen.«

Seine Stimme wurde immer leiser, sodass die letzten Worte mehr wie ein Flüstern klangen.

Er räusperte sich.

»Was glauben Sie, ist meinem Vater zugestoßen?«

»Wir glauben nicht, dass sein Tod ein Unfall war«, antwortete Maria.

Elias schluckte.

»Sie glauben, er sei ermordet worden? Von wem?«

Ray-Ray lehnte sich zurück.

»Wir hatten gehofft, Sie würden uns das sagen können.«

Der Schnee fiel in dicken Flocken vom Himmel und legte sich wie ein wärmender Teppich auf die Straße. Im Laden fiel es August schwer, sich zu konzentrieren. Die Menschen neigten dazu, sich von Geschäften fernzuhalten, wenn es in Strömen goss oder schneite, und dieser Nachmittag war da keine Ausnahme.

Er sank tiefer in seinen Bürostuhl.

Das Treffen mit Emmy ließ ihm keine Ruhe. Ich bin zu einem Pfarrer geworden, dachte er. Ich bin zu so einem Mann geworden, den alte Menschen aufsuchen, um zu beichten.

Das gehörte nicht unbedingt zu den schlechtesten Rollen, die man in einer Gesellschaft spielen konnte, wenn er auch nur im Geringsten an all dem Tratsch interessiert gewesen wäre, an dem er nun teilhatte.

Gerade heute hatte er jedoch etwas erfahren, was ihn berührte. Emmy war auf Marias nächtliche Fahrradtouren von Hovenäset aufmerksam geworden und hatte daraus den korrekten Schluss gezogen, dass August und Maria zusammen waren, aber auch den falschen Schluss, dass sie mit ihrer Beziehung hinterm Berg hielten, weil Maria immer noch mit Paul verheiratet war.

Doch das Wichtigste an Emmys Erzählung hatte überhaupt nichts mit ihm oder Maria zu tun. Da ging es um Gunnar Wide und was er wohl in der Nacht getan hatte, als die Bootshäuser brannten und Axel starb.

August verstand, dass sie beunruhigt war.

Das war er auch, und deswegen hatte er sofort an Maria weitergegeben, was Emmy ihm anvertraut hatte.

Doch Gunnar Wide ein Mörder?

Es fiel ihm schwer, sich das vorzustellen.

Gunnar war ein getriebener Mann, voller Überzeugungen und

Prinzipien. Er war sehr auf sich selbst fixiert und dürstete nach Bestätigung, doch das waren Eigenschaften, die man einer Menge Menschen zuschreiben konnte und die nicht automatisch zu Gewalt und Mord führten.

Allerdings hatte August in kurzer Zeit gewisse Erfahrungen gemacht, die seine Wachsamkeit weckten. Als er neu an der Westküste war, hatte er den Vater der ermordeten Lydia Broman kennengelernt. Ein älterer Herr, der nichts anderes als Ruhe und möglicherweise Wehmut ausstrahlte, der aber, wie sich herausstellte, den Mann ermordet hatte, von dem er glaubte, er habe das Leben seiner Tochter ausgelöscht. August hätte nie gedacht, dass dieser alte Mann eine solche Gewalttätigkeit in sich trug. Deswegen hütete er sich jetzt, völlig auszuschließen, dass dies bei Gunnar eventuell auch der Fall sein könnte.

August öffnete seine Mails. Da gab es die üblichen Mitteilungen von verschiedenen Kunden, aber auch eine Nachricht von seiner Versicherungsgesellschaft bezüglich des Bootshauses. Man schrieb ihm, dass sein Fall Priorität habe, man jedoch die polizeiliche Ermittlung abwarten würde, ehe man eine Entscheidung in der Frage der Versicherungssumme treffen würde. Das war offensichtlich Routine, wofür August Verständnis hatte.

Im Stillen konstatierte er jedoch für sich, was das Versicherungsunternehmen deutlich zu schreiben vermieden hatte: Sie wollten erst herausfinden, ob auch er etwas mit der schweren Brandstiftung zu tun habe. Wenn das der Fall wäre, würde er keine Erstattung bekommen.

Selbstverständlich.

In dem Moment ruckelte und drückte jemand geräuschvoll an der Ladentür.

Gunnar Wides hochgewachsene Gestalt war deutlich zu erkennen, als er mit der Klinke kämpfte.

August erstarrte.

Er vermutete, dass die Polizei aufgrund der Information, die er weitergegeben hatte, in Aktion treten würde. Dass sie Gunnar zum Verhör holen und vielleicht sogar festnehmen würde. Warum, das konnte er nicht sagen, denn nur, weil es jetzt eine sechzig Minuten große Lücke in Gunnars Alibi gab, musste die Polizei ihn ja nicht gleich einsperren.

Gunnar drückte noch einmal die Klinke herunter. Er sah aus wie ein ungeduldiges Kindergartenkind.

»Hallo!« Seine Stimme war gedämpft durch die geschlossene Tür zu hören.

August ging hin und öffnete.

»Warum hast du die Tür abgeschlossen?«, fragte Gunnar und machte einen schnellen Schritt in den Laden hinein. »Ich sage dir, da fühlt man sich als Kunde nicht gerade willkommen.«

»Ich habe sie überhaupt nicht abgeschlossen«, entgegnete August. »Die Tür geht nach außen auf.«

»Ich habe mit aller Kraft gezogen«, widersprach Gunnar.

»Nein, du hast gedrückt.«

»Natürlich nicht. Die Tür hat sich absolut nicht bewegt.«

So wie du, dachte August.

Gunnar bürstete den Schnee von seinen Schultern und hustete diskret in die Armbeuge seines Mantels.

»Ich brauche deine Hilfe, Strindberg.«

Schon wieder?, dachte August.

Er beobachtete Gunnar abwartend. Zu Füßen seines Gastes bildete sich rasch eine Pfütze aus geschmolzenem Schnee.

»Wobei?«

Gunnar hob den Blick und sah August an. Er sah zerzaust aus. Sein Blick war nicht scharf wie sonst, sondern wirkte vielmehr besorgt.

»Ich habe es doch nur gut gemeint«, sagte er leise. »Warum ist das für manche so schwer zu begreifen?«

Augusts Mut sank. Was meinte Gunnar damit? Wusste er, dass sich Emmy ihm anvertraut hatte?

Gunnar seufzte.

»Darf ich mich ein Weilchen hinsetzen?«, fragte er und nickte zum Besucherstuhl an Augusts Schreibtisch.

»Natürlich«. August ließ sich ihm gegenüber nieder. Er bemerkte, dass Gunnar immer wieder verstohlen zur Ladentür sah. Man konnte nicht erkennen, ob er Angst hatte, dass jemand kommen und sie stören würde, oder ob er auf jemanden Bestimmtes wartete.

»Die Polizei findet, ich bin zu tüchtig gewesen«, erklärte Gunnar. »Das ist in diesem Land ein verdächtiges Verhalten. Man soll den Ball immer schön flach halten. Das gilt sogar für die Sorge um die eigenen Nachbarn.«

August legte den Kopf schief.

»Die Allermeisten schätzen es, gesehen zu werden«, antwortete er. »Problematisch wird es nur, wenn daraus reine Überwachung wird.«

Gunnar sah gleichermaßen erschrocken wie verärgert aus.

»Was meinst du damit? Habe ich vielleicht irgendeinen Nachbarn überwacht?«

August hob seine Hände.

»Was meinst du denn selbst?«, fragte er. »Ich weiß ja gar nicht, wovon wir hier gerade sprechen.«

Gunnar verzog das Gesicht.

»Die Polizei hat die Sache nicht im Griff«, sagte er. »Das war mir schon klar, als ich genötigt war, ihnen die Spuren im Schnee zu zeigen.«

August kommentierte die Verurteilung der Polizeiarbeit nicht.

Gunnar schüttelte den Kopf. »Ich fürchte, die Polizei glaubt ernsthaft, ich sei sowohl in den Brand als auch in den Mord verwickelt. Nur weil ich gerne helfe und weil ich es war, der das mit dem Kriechboden herausgefunden hat. Als ob das so verdammt schwer gewesen wäre.«

August lauschte mehr darauf, wie Gunnar sprach, als was er tatsächlich sagte. Aus seiner forcierten Rede war vieles zu erkennen, was man beachten sollte.

Gunnar stand unter Druck.

Er war in der Defensive.

Aber da war noch etwas anderes.

Etwas, das August wachsam werden ließ.

Denn wie großmäulig Gunnar hier auch klang, wirkte er doch auch sachlich. Für ihn ging es lediglich um Feststellungen. Er wies entschlossen auf alles hin, was er aus eigener Kraft zur Ermittlung beigetragen hatte, und meinte, jeder Beliebige hätte diese Entdeckungen machen können.

Doch nicht »jeder Beliebige« hatte all das entdeckt, dachte August, sondern ein und dieselbe Person.

Gunnar sah ihn streng an.

»Jetzt bleibt uns nur noch eine Möglichkeit«, sagte er. »Wir müssen das hier selbst lösen, Strindberg. Du und ich. Wir müssen Axels Mörder finden. Und ich glaube, ich weiß, wo wir anfangen müssen zu suchen.«

Die Uhr tickte. Sie mussten mit dem Verhör vorankommen. Jetzt wollten Maria und Ray-Ray aus einer weiteren Perspektive von Axels Leben hören, jenseits des Bruchs mit dem Sohn.

Ray-Rays Richtungsänderung des Gesprächs war brutal.

»Der Ordnung halber: Wo befanden Sie sich in der Zeit vom 25. bis zum 26. Januar?«

»Das habe ich bereits gesagt. Ich war mit der Kanzlei auf einer Konferenz. Wir wohnten auf dem Bommersviks Konferensgård, ein Stück von Stockholm entfernt.«

Natürlich hatten sie das Alibi von Elias überprüft. Kollegen von der Stockholmer Polizei waren in Kontakt mit der Rechtsanwaltskanzlei getreten, die bestätigt hatten, dass Elias an der gesamten Konferenz teilgenommen hatte. Das musste nicht heißen, dass er nicht der Anstifter des Verbrechens gewesen sein könnte, doch momentan deutete nichts darauf hin. Weder Maria noch Ray-Ray betrachteten Elias als Verdächtigen in der Ermittlung, aber als einen wichtigen Informanten.

Maria holte zwei Bilder heraus. Das eine stellte die junge Mary Thynell dar und das andere Lydia Broman. Sie hatten die Fotos von zwei Standbildern aus dem Film, den Axel aufgenommen hatte, abfotografieren lassen.

»Erkennen Sie eine dieser Frauen?«, fragte sie.

Elias sah ein Bild nach dem anderen an.

»Das hier ist Mary Thynell, und das da muss Lydia Broman sein.«

Er zeigte auf die jeweiligen Bilder.

»Korrekt«, erwiderte Maria. »Wissen Sie, wer die Fotos gemacht hat?«

»Keine Ahnung.«

»Sie haben sie noch nie gesehen?«

»Nein.«

»Wir haben Grund zu der Annahme, dass Ihr Vater sie gemacht hat«, erklärte Ray-Ray.

Elias sah ihn fragend an.

»Okay, und?«

»Haben Sie eine Theorie, warum er das getan haben könnte?«

Elias schüttelte bedächtig den Kopf.

»Nein, aber Papa fotografierte sehr gern. Und er filmte auch. Als ich klein war, hatte er so eine Super-8-Kamera. Er war gut. Ich kann mir vorstellen, dass Mary darum gebeten hat, von ihm fotografiert zu werden. Aber was Lydia angeht, weiß ich das nicht. Sie sieht so jung aus auf dem Bild.«

Ray-Ray fuhr sich durchs Haar.

»Wir haben ein Problem in der Ermittlung«, sagte er. »Wir wissen, dass in der Nacht, als Axel starb, jemand bei ihm war. Nun ist es unsere Schuldigkeit herauszufinden, wer das war und warum diese Person nicht den Notruf gewählt, sondern Axel liegen gelassen hat. Wir wissen, dass Sie und Ihr Vater, als er starb, über mehrere Jahre keinen Kontakt gehabt hatten. Trotzdem denke ich immer noch, dass Sie ihn verdammt viel besser gekannt haben müssen als die meisten anderen.«

Ray-Ray machte eine Pause und hielt das Bild von Mary hoch.

»Könnten Ihr Vater und Mary, als sie beide jung waren, ein Verhältnis gehabt haben?«

Elias lachte kurz auf, wurde aber bald wieder ernst.

»Mein Gott, haben Sie Mary in Verdacht? Sie muss ja hundert Jahre alt sein und …«

»Ganz so alt ist sie nicht, und ich habe nicht gesagt, dass wir sie verdächtigen«, entgegnete Ray-Ray.

»Aber antworten Sie doch bitte auf meine Frage.«

Elias schüttelte den Kopf.

»Natürlich weiß ich nicht alles über meinen Vater«, sagte er.

»Aber er und Mary … nein, davon habe ich noch nie gehört. Ich weiß, dass sie hier auf Hovenäset zum selben Kreis gehörten – sowohl als wir nur Sommergäste waren, als auch später, als wir auf Dauer hier wohnten – aber das ist auch alles. Mein Vater hat meine Mutter über alles geliebt. Es fällt mir ungeheuer schwer zu glauben, dass er sie betrogen haben könnte.«

»Ihre Mutter ist hier in Schweden nicht immer gut behandelt worden«, sagte Maria. »Erinnern Sie sich daran?«

»Ja, natürlich. Manche begegneten auch mir mit Misstrauen. Einige nannten mich Affe, und andere sagten das N-Wort. Aber … das waren ja nur einige wenige. Rassistische Idioten gab es überall, und heute ist es auch noch so. Im Ernst, glauben Sie, man kann so dunkelhäutig sein wie ich, ohne abfällige Bemerkungen zu kassieren? Vergessen Sie es.«

»Sie sind 1980 nach Chicago gezogen und kamen erst 1990 zurück«, sagte Maria. »Wissen Sie, warum Ihre Eltern sich entschieden, wieder hierherzuziehen?«

»Ich war damals so klein«, erklärte Elias. »Aber ich habe es so verstanden, dass Papa wirklich Sehnsucht nach Hause hatte. Außerdem waren meine Großeltern mütterlicherseits beide gestorben. Mama hatte niemanden, der sie noch in Chicago hielt.«

»Wissen Sie denn, ob es ein besonderes Ereignis war, was sie ursprünglich veranlasste, in die USA zu ziehen?«, erkundigte sich Ray-Ray.

»Nein«, sagte Elias. »Ich glaube, es war einfach alles … zu viel geworden. Und dann fiel es ihnen so furchtbar schwer, Kinder zu bekommen. Mama glaubte, ein Neustart in den USA würde die Situation verändern. Vielleicht hatte sie recht, denn da bin ich ja sowohl gezeugt als auch geboren worden.«

Das Gespräch über das zehnjährige Exil der Familie Ehnbom in den USA veranlasste Maria, ein Bild von dem anonymen Mädchen herauszuholen, das während der Jahre, in denen Axel in den USA lebte, einmal jährlich fotografiert worden war.

»Was ist mit diesem kleinen Mädchen?«, fragte Maria und zeigte Elias das Bild. »Kennen Sie es?«

Wieder schüttelte Elias den Kopf.

»Nein«, sagte er. »Leider. Wissen Sie, wer es ist?«

»Noch nicht«, sagte Maria. »Es ist nicht zufällig eine Klassenkameradin von Ihnen?«

»Eine Klassenkameradin? Nein.«

Ray-Ray zeigte auf das Bild von Lydia Broman.

»Haben Sie jemals darüber nachgedacht, ob Ihr Vater etwas mit dem Mord an Lydia zu tun haben könnte?«

Elias sah entsetzt aus.

»Wie bitte?«

Ray-Ray beobachtete ihn, ohne die Frage zu wiederholen.

»Nein«, antwortete Elias dann, und jetzt sah er müde aus. »Nein, darüber habe ich niemals nachgedacht.«

»Wissen Sie, ob es solche Gerüchte gegeben hat? Ich meine, die Leute können sich ja alles Mögliche ausdenken.«

»Nein, ich habe niemals von irgendwelchen Gerüchten gehört, dass Papa etwas mit Lydias Tod zu tun haben könnte.«

Elias sah immer noch schockiert aus.

»Wissen Sie, ob er irgendwelche Feinde hatte?«, fragte Maria.

Elias seufzte und fuhr sich mit beiden Händen übers Gesicht, als wolle er all die schrecklichen Fragen wegwischen.

»Nein«, entgegnete er. »Zumindest niemanden, der ihn totschlagen wollte.«

Ray-Ray hob einen warnenden Zeigefinger.

»Das war nicht die Frage. Die lautete, ob Axel irgendwelche Feinde hatte.«

Elias zuckte ergeben mit den Achseln.

»Woher soll ich wissen, mit wem Papa Streit hatte?«, fragte er. »Ich habe sechs Jahre lang keinen Einblick in sein Leben gehabt. Neue Konflikte können dazugekommen und andere verschwunden sein.«

Maria suchte seinen Blick.

»Sie sind sehr darauf bedacht, niemandem zu schaden, und das ehrt Sie wirklich«, sagte sie. »Aber eine Tatsache bleibt: Irgendjemand muss Ihrem Vater Böses gewollt haben. Wer, Elias? Wer könnte das gewesen sein?«

Elias saß lange schweigend da.

»Wissen Sie, ob Ihr Vater irgendwelche Drohungen erhalten hat?«

»Nein, davon habe ich jedenfalls nicht gehört. Aber …«

Elias streckte eine Hand aus und zog das Foto von Mary zu sich.

»Sie haben gefragt, ob Papa ein Verhältnis mit Mary gehabt hat, und ich habe Nein gesagt. Aber ich weiß, dass von Mary und einem Mann namens Gunnar Wide gemunkelt wurde, obwohl beide damals verheiratet waren.«

Maria hoffte, dass man nicht erkennen könnte, wie interessant sie und Ray-Ray das fanden, was Elias jetzt erzählte.

Gunnar Wide.

Da war er wieder.

»Was hatte Ihr Vater mit Marys und Gunnars Privatleben zu schaffen?«, fragte Ray-Ray.

»Papa hat das niemals zu mir gesagt, aber ich wusste es trotzdem. Der Tratsch ging ja herum und … ach, ich kann das genauso gut sagen, denn sonst tut es sowieso jemand anders. Ebendieser Gunnar war einer von denen, die sich am allerschlimmsten meiner Mutter gegenüber verhielten. Er konnte unglaublich gemein und herablassend zu ihr sein. Das allerdings nur vor anderen. Es hieß, er würde alle diese idiotischen Sachen nur sagen, um zu verbergen, was er eigentlich dachte und empfand.«

»Und das wäre?«, fragte Ray-Ray.

»Dass er in Mama verliebt war.«

Maria hob den Blick.

»Was sagen Sie da?«

»Ich sage, dass Papa diesen Gunnar Wide überhaupt nicht leiden konnte. Er fand, der würde wie eine Dampfwalze über alle Frauen auf Näset rollen. Aber nun ist ja nicht Gunnar tot, sondern Papa, und ich weiß nicht, was umgekehrt Gunnar von Papa hielt. Das müssen Sie jemand anders fragen. Zum Beispiel Gunnar.«

»Da können Sie aber sicher sein, dass wir das tun werden«, sagte Maria.

In dem Moment pfiff Ray-Rays Handy laut.

Elias starrte ihn an.

»Entschuldigen Sie, den Klingelton haben meine Kinder ausgesucht«, erklärte Ray-Ray.

Er wühlte das Handy aus der Hosentasche und las auf dem Display.

Ohne ein Wort zu sagen, reichte er dann das Handy zu Maria rüber. Sie las die kurze SMS von Roland:

Die von der Personenüberwachung haben eben angerufen. Gunnar Wide ist von der Krankengymnastik abgehauen, und jetzt wissen wir nicht, wo er sich befindet.

»Nein und wieder nein. Nie im Leben.«

So lautete Augusts Reaktion auf Gunnars Vorschlag, dass sie beide zusammen nun den Mord an Axel auf eigene Faust aufklären müssten.

Gunnar wand sich und zerrte an seiner Jacke, als wäre sie ihm unbequem.

»Ich sehe, dass du auf meine Jacke starrst«, sagte Gunnar.

»Nein, nicht doch«, sagte August rasch. »Aber das andere, was du gesagt hast …«

»Doch, du glotzt darauf, aber das macht nichts. Ich finde sie auch hässlich. Sie gehört nicht mir, ich habe sie nur ausgeliehen.«

Und dann, noch ehe August sagen konnte, dass er sie überhaupt nicht hässlich fand, fuhr Gunnar fort:

»Ich habe sie bei meinem Physiotherapeuten geklaut.«

August sah ihn erstaunt an.

»Warum denn das?«, fragte er etwas dämlich.

»Weil ich gemerkt habe, dass die Polizei draußen saß und auf mich wartete. Na ja, oder gemerkt … direkt nachdem ich zum Physiotherapeuten rein bin, klopfte seine Assistentin und bat ihn, mit rauszukommen. Sie war ganz weiß im Gesicht und sah mich auf eine sehr kuriose Weise an. Also wusste ich keinen anderen Rat, als ihnen zu folgen und zu versuchen herauszufinden, was passiert war.«

August war jetzt nachgerade fasziniert von Gunnars seltsamer Geschichte und hörte andächtig zu, während der weitersprach.

»Die Leute sind nicht sonderlich gut darin, Geheimnisse für sich zu behalten, das weißt du sicherlich selbst. Offensichtlich war die Polizei in der Praxis gewesen und hatte gefragt, ob ich dort sei. Und dann hatten sie gesagt, alles sei ziemlich geheim, und ich dürfe nicht wissen, dass die Polizei draußen sitzt. Die Assistentin fand das alles äußerst unangenehm, aber so ist es nun mal mit dummen Menschen – sie regen sich über Nichtigkeiten auf. Wie auch immer. Ich wollte nicht, dass die Polizei mich wiedererkennt, wenn ich gehe. Also habe ich mir die Jacke des Physiotherapeuten gegriffen, mein Auto stehen lassen und stattdessen den Bus genommen.«

Jetzt sah Gunnar wieder aus wie immer: zufrieden und unnötig stolz über seine eigene Verschlagenheit.

August öffnete den Mund und schloss ihn wieder.

Das hier war wirklich völlig daneben. War Gunnar völlig verrückt geworden? Denn das konnte ja wohl nicht stimmen. Die Polizei würde ihn schließlich niemals aus den Augen verlieren, nur weil er sich eine andere Jacke angezogen hatte. Oder doch? Es schneite ja immer noch beachtlich.

August beschloss, sich auf das Dringendste zu konzentrieren, nämlich Leben und Gesundheit des armen Physiotherapeuten.

»Lebt er?«, fragte August und hörte selbst, wie heiser seine Stimme plötzlich klang.

Gunnar sah ihn an.

»Wer?«

»Der Physiotherapeut.«

Gunnar sah bestürzt aus. »Glaubst du, er wird ohne seine Jacke erfrieren? Ich habe mal angenommen, dass er stattdessen einfach meine nehmen wird.«

Ganz so hatte August nicht gedacht, aber jetzt verlor er die Geduld.

»Gunnar, was kann ich für dich tun? Vielleicht merkt man das nicht so, aber ich habe alle Hände voll zu tun.«

Gunnar sah sich im leeren Geschäft um.

»Wie ich schon sagte, merkt man es vielleicht nicht so«, sagte August mit zusammengebissenen Zähnen.

»Und ich sagte, dass ich Hilfe brauche«, wiederholte Gunnar.

»Aber, wobei denn?«, rief August aus.

Gunnar lehnte sich über den Schreibtisch.

»Wir müssen den finden, der es getan hat«, zischte er. »Wir müssen den Fall für die Polizei lösen. Ohne unsere Hilfe schaffen die das nicht.«

August war kurz davor, laut zu lachen, es gelang ihm aber, sich zu beherrschen. Trotz allem war die Situation doch eher tragisch denn komisch.

»Ich habe bereits Nein gesagt«, antwortete er.

»Aber hör doch mal zu!«, rief Gunnar. »Ich …«

»Nein«, entgegnete August barsch. »Ich will diesen Kram nicht hören. Ich will, dass du gehst.«

»Zwei Minuten«, sagte Gunnar und hielt drei Finger in die Luft. »Das ist alles, was ich begehre.«

»Ich sehe es«, erwiderte August müde.

Sein Handy brummte, und er holt es schnell heraus.

»Entschuldige mich«, sagte er. »Ich muss da rangehen.«

Er schlug seinen ganz entschlossenen Ton an, um zu signalisieren, dass auf seiner Seite des Schreibtischs jetzt wichtige Dinge passierten. Leicht enttäuscht stellte er fest, dass es nur Henrik war, der eine SMS geschickt hatte.

Alles gut im Niemandsland? Heut noch weitere Brände, Morde oder Entführungen, oder haben wir Ruhetag?«

August antwortete schnell:

Du würdest mir doch nicht glauben, wenn ich dir erzähle, was passiert ist.

Und dann schickte er nach kurzem Zögern auch an Maria eine SMS:

Gunnar ist bei mir im Laden. Scheint sich von euch verfolgt zu fühlen.

Gunnar schniefte und suchte nach etwas in den Taschen seiner Jacke.

»Teufel noch mal«, murmelte er. »Ich habe ganz vergessen, dass es die Jacke von jemand anders ist. Hast du vielleicht ein Taschentuch für mich?«

August suchte eine ganze Packung heraus, während gleichzeitig Maria auf seine Nachricht antwortete.

Halte ihn so lange fest, wie es geht. Wir sind auf dem Weg! Bist du okay?

August sah zweifelnd vom Telefon zu Gunnar, der sich eifrig ein Taschentuch aus der Packung riss. Machte sie Witze? Ja, er war okay. Der Clown, der ihm gegenübersaß, war unter Kontrolle.

Er antwortete:

Alles ruhig. Halte ihn fest.

Dann legte er das Handy weg.

»Okay«, sagte er, um Zeit zu gewinnen. »Erzähl mir, was Axel deiner Meinung nach zugestoßen ist. Und sag gerne etwas darüber, warum du das Gefühl hast, dass die Polizei hinter dir her ist.«

Gunnar sah herablassend, aber auch ein wenig geschmeichelt aus.

»Die Polizei ist träge und dumm«, sagte er. »Deshalb machen die Fehler und brauchen Hilfe. Und ja, es gab eine Zeit, in der Axel und ich ein gespanntes Verhältnis zueinander hatten. Ich meine, ich weiß schließlich, was er gegen mich hatte. Das wissen noch mehr Leute. Dass ich mit seiner Denise nicht klarkam und so … na ja, du hast ja selbst gehört, wie ich mich manchmal ausdrücke.

Klar war das dumm und schweinisch, aber ich fand trotzdem, dass Axel unnötig lange beleidigt war. Vor allem wenn man bedenkt, was er selbst so am Laufen hatte.«

Gunnar machte eine Pause und wartete.

August nickte ihm aufmunternd zu.

»Erzähl«, sagte er und hoffte, Gunnar würde nicht bemerken, dass August jetzt plötzlich viel mehr an seinem dummen Geschwätz interessiert war.

»Axel und Mary«, sagte Gunnar.

»Wie bitte?«

»Axel und Mary Thynell. Die hatten eine Geschichte. Ich glaube nicht, dass Mary jemals darüber hinweggekommen ist, wie Axel sich damals entschieden hat.«

August, der soeben erfahren hatte, dass Hovenäset in der guten alten Zeit der reinste Swingerclub gewesen war, hörte sprachlos zu.

Gunnar rieb sich das Kinn.

»Liebe«, sagte er. »Die macht was mit den Leuten. Und Mary war scheinbar entflammt und naiv, beides zugleich. Das kann gar nicht anders sein, wenn man bedenkt, was sie alles für Axel getan hat.«

August versuchte sich zu erinnern, ob er jemals andere so über Mary und Axel hatte reden hören, wie Gunnar es jetzt tat, doch es fiel ihm nichts dazu ein.

»Kannst du das nicht falsch verstanden haben?«, fragte er. »Woher weißt du, dass Axel und Mary ein Paar waren?«

Er fragte hauptsächlich, um die Zeit rumzubringen. Maria und Ray-Ray mussten bald da sein.

»Weil ich einmal gesehen habe, wie sie sich in Marys Küche geküsst haben«, erklärte Gunnar. »Das werde ich nie vergessen. Ich war hingegangen, um den Rasenmäher auszuleihen, aber natürlich habe ich auf dem Absatz kehrtgemacht, sowie ich sie durch das Fenster sah. Einzig und allein mit meiner Frau habe ich darüber gesprochen, was ich gesehen hatte. Wir waren ganz einer Meinung, dass es einfach unmöglich war, wie Mary und Axel sich gegenüber ihren jeweiligen Ehepartnern verhielten.«

August versuchte sich die Szene vorzustellen, die Gunnar beschrieb. Wie er zu Mary kam, um einen Rasenmäher auszuleihen, und dann zufällig etwas enthüllte, was ein großes Geheimnis gewesen sein musste.

Zum Glück habe ich mein Schlafzimmer im ersten Stock, dachte August. Sonst würde Gunnar vorm Fenster stehen und reinglotzen, wenn Maria und ich Sex haben.

In ihm tauchte die Erinnerung an etwas auf, was Mary über Axel gesagt hatte, als August sie besuchte:

Aber er hat mich nie auf dieselbe Weise angesehen, wie ich ihn.

Und dann, was Gunnar gerade eben gesagt hatte:

Ich glaube nicht, dass Mary jemals darüber hinweggekommen ist, wie Axel sich damals entschieden hat.

»Das muss sehr lange her sein«, bemerkte August.

»Oh ja, sicherlich vierzig Jahre. Aber wie gesagt, ich werde es nie vergessen.«

Gunnar kniff die Augen zusammen und sah sich im Laden um.

»Du hast ihre grottenhässlichen Frösche«, sagte er und nickte zu den Porzellanfiguren hin. »Ich glaube, ihre Kinder wären ziemlich froh, wenn du auch die Puppen nehmen würdest.«

August hatte Marys Puppensammlung schon fast vergessen.

»Vielleicht nächstes Mal«, sagte er.

Aber Gunnar schüttelte nur den Kopf.

»Mach nicht den Fehler zu glauben, dass du immer eine zweite Chance bekommst«, mahnte er. »Man nimmt sich, was man haben will, und das sofort.«

Dann lehnte er sich zurück.

»Weißt du«, begann er, »jeder Ort braucht seinen Schutzmann. Ich habe nie darum gebeten, diese Person auf Hovenäset zu sein, aber nun ist es trotzdem zufällig so gekommen. Das bedeutet, dass ich ein wenig mehr als andere darüber weiß, womit die Leute sich so beschäftigen, und eine Person, über die ich in den letzten Tagen viel nachgedacht habe, ist eben Mary.«

August biss sich auf die Zunge, um nichts Gemeines zu sagen.

Allein der Gedanke, dass Mary Axel totgeschlagen haben sollte, war absurd.

Vielleicht sah Gunnar, wie August zweifelte, denn er fühlte sich offenbar genötigt, seine Worte zu verdeutlichen.

»Ich glaube nicht, dass es Mary war, die Axel erschlagen hat. Aber sie hat eine völlig durchgeknallte Tochter. Eine richtige Troublemaker-Person. Und die ist erst vor relativ kurzer Zeit nach Kungshamn gezogen. Ich denke, zu der sollten wir Kontakt aufnehmen.«

Vor August Schaufenster näherten sich zwei schneebedeckte Gestalten. Maria und Ray-Ray.

»Ich weiß ja nicht, ob ich an diese Spur glauben soll«, sagte August. »Marys Tochter …«

Die Tür zum Laden ging auf.

Gunnar drehte sich um. Dann sah er wieder August an.

»Das war schnelle Arbeit, Strindberg.«

Maria und Ray-Ray betraten den Laden.

Gunnar stand auf.

»Vergiss nicht, was ich eben erzählt habe«, sagte er zu August. »Guck dir Marys Tochter an. Mit der stimmt irgendwas überhaupt nicht. Durchgeknallt, wie gesagt.«

Ray-Ray machte einen Schritt nach vorn.

»Ihr Physiotherapeut hat angerufen«, erklärte er. »Er möchte seine Jacke zurückhaben. Und Maria und ich würden gern mal mit Ihnen reden. Jetzt.«

In der Wohnung war es warm. Hillevi rümpfte die Nase, als sie leise die Tür aufschloss und hineinging. Draußen schneite es wie blöd. Trotzdem fühlte es sich nicht gut an, ins Haus zu kommen. Es roch nach Rauch. Richtig eklig viel Rauch. Als würde man direkt eine Zigarettenfabrik betreten.

Hillevi schaute sich um. Sie würde nicht lange bleiben. Je schneller sie wieder wegkam, desto besser. Die Winterjacke ihrer Mutter hing an der Garderobe. Das bedeutete, dass sie wahrscheinlich zu Hause war. Sie hatte nicht angerufen und gesagt, dass sie kommen würde. Es war besser, wenn ihre Mutter so wenig wie möglich wusste. Das Allerbeste wäre, wenn sie wie üblich im Bett liegen und tief schlafen würde. Dann müsste Hillevi nicht einmal erzählen, dass sie dagewesen war. Oder jedenfalls erst viel später.

Sie machte ein paar leise Schritte in die Wohnung hinein.

Die war komplett unherrlich. So nannte ihre beste Freundin Amanda immer Sachen, die direkt widerlich waren.

Wie zum Beispiel das Mensa-Essen.

Und bestimmte Kleider.

Und manchmal bestimmte Idioten in ihrer Klasse.

Was hätte Amanda wohl gesagt, wenn sie diese Wohnung gesehen hätte? Nichts. Da wäre sie wahrscheinlich ausnahmsweise mal sprachlos gewesen.

Hillevi schluckte.

Es war schon gut, dass Amanda nicht gekommen und sie in Kungshamn besucht hatte. Hier gab es sowieso nichts zu sehen.

»Hallo?«

Hillevi sprach leise und gedämpft.

Wenn ihre Mutter wach war, dann war es gut, das zu wissen.

Und wenn sie schlief, dann war wichtig, dass sie nicht geweckt wurde.

Sie versuchte es noch einmal.

»Hallo?«

Keine Antwort.

Hillevi ging den Flur hinunter.

Rechts die Küche: niemand.

Links das Wohnzimmer: niemand.

Die Zimmer von Hillevi und Sam: niemand.

Hillevi wurde richtig schlecht, als sie in die Abseite spähte, die Sams Schlafzimmer darstellte. Es war klar zu erkennen, dass dies kein richtiges Zimmer war. Niemand hatte je geplant, dass dort jemand schlafen sollte. Es war mehr ein großer Kleiderschrank – wie der, den Oma hatte. Eine Abstellkammer ohne Fenster.

Ein verdammtes Scheißzimmer.

Die Tür zum Schlafzimmer ihrer Mutter war angelehnt.

Da drinnen war es dunkel. Ihre Mutter hatte das Rollo nicht hochgezogen.

Hillevi schubste die Tür sanft an, sodass sie den Kopf durchstecken konnte.

Ja doch, Mama war zu Hause. Sie lag auf dem Bauch im Bett mit beiden Armen um das Kopfkissen geschlungen. Ihre langen lockigen Haare waren zerzaust und verfilzt. Als würde sie versuchen, sich eine Rastafrisur wachsen zu lassen. Sie hatte nur T-Shirt und Unterhose an. Die Decke hatte sie weggestrampelt.

Hillevi zitterte, als sie einatmete.

Ihre Mutter sah so klein aus.

Fast hilflos.

Dann erinnerte sie sich, warum sie hier war.

Nicht die Mutter musste einem leidtun.

Sondern Sam.

Und Hillevi.

Und vielleicht Ola und die Oma auch.

Hillevi trat näher ins Bett. Sie ging auf Zehenspitzen, genau wie Sam immer. Die Mutter atmete schwer, und auf dem Nachttisch stand eine halbvolle Flasche Alkohol.

Wodka.

Russischer.

Eine Billigmarke, von der Hillevi wusste, dass ihre Mutter sie immer von ihren finstersten Freunden kaufte.

Hillevi würde niemals trinken und niemals rauchen. Niemals. Sie wusste nur nicht, was sie stattdessen tun würde. Aber ihr war klar, dass sie sich was ausdenken musste. So fühlte es sich jedenfalls an. Als ob jemand, der nicht trank, etwas anderes tun musste. So wie Ludvig, ein Klassenkamerad zu Hause in Göteborg, der war Schwimmer. Er würde garantiert niemals viel trinken, weil er am nächsten Tag immer ausgeschlafen sein musste. Er schwamm morgens, und er schwamm abends und an den Wochenenden, und wenn alles so lief, wie er sich das dachte, dann würde er ein Stipendium in den USA bekommen, damit er dort auf ein Gymnasium gehen könnte.

So einen Plan hatte Hillevi nicht.

Wie sollte sie auch?

Jemand musste sich ja um Sam kümmern.

Das muss eben mein Plan sein, dachte Hillevi. Dass ich nicht so werden will wie Mama. Und dass ich mich um Sam kümmern muss.

Leise ging sie einmal um das Bett ihrer Mutter herum.

Das Handy.

Wo war das Handy?

Deshalb war sie hergekommen.

Sie trat mit dem Fuß in etwas Feuchtes und hätte fast aufgeschrien. Verdammter Mist! Die Mutter hatte etwas auf dem Fußboden verschüttet. Vielleicht Wasser, vielleicht auch Schnaps. Hillevi wollte es lieber nicht so genau wissen, aber ihr Strumpf war jetzt nass.

Sie hielt die Luft an und wartete.

Atmete erst aus, als sie ihre Mutter wieder schnarchen hörte.

Da entdeckte sie endlich das Handy. Es hing am Ladekabel neben dem Bett. Hillevi steckte vorsichtig das Kabel aus und schlich mit dem Telefon in der Hand aus dem Schlafzimmer.

Ihre Hände waren nass vor Schweiß, als sie in die Diele hinausging und die Schlafzimmertür hinter sich anlehnte, sie aber nicht schloss. Sie wollte nicht lange in der Wohnung bleiben. Wenn ihre Mutter aufwachte, würde es nur eine Menge unnötiger Diskussionen geben.

Keine Kraft dafür.

Sie versicherte sich, dass der Ton des Handys ausgeschaltet war, ehe sie das Telefon einschaltete. Ihre Mutter hatte kein Passwort, denn das würde sie sich nicht merken können. Krass unpraktisch, wenn das Handy gestohlen wurde, aber jetzt war es gut.

Ich bin keine Diebin, dachte Hillevi. Ich leihe es nur mal kurz aus.

Sie lehnte sich an die Wand in der Diele. Ihre Mutter hatte ein Foto von sich selbst mit Sam als Hintergrundbild. Sam war ein Baby auf dem Bild und grinste fröhlich und zahnlos in die Kamera. Ihre Mutter sah ernst, aber entspannt aus. Hillevi mochte es, wenn sie so aussah.

Wie eine richtige Erwachsene.

Wie jemand, der alles unter Kontrolle hatte.

Die App, die ihr den Beweis bringen sollte, war ursprünglich auch in ihrem eigenen Handy gewesen, aber sie hatte sie vor über einem Jahr gelöscht. Es war eine Idee ihre Mutter gewesen.

»Du schimpfst ja die ganze Zeit, dass ich so viel weg bin«, hatte sie gesagt. »Würde es sich besser anfühlen, wenn du immer wüsstest, wo ich bin? Dann würdest du sehen, dass ich niemals wirklich weit weg bin.«

Hillevi hatte Ja gesagt. Damals war sie elf Jahre alt gewesen, und sie und ihre Mutter hatten sich gestritten, weil Hillevi fünf Abende hintereinander mit Sam allein gewesen war.

»Ich muss schließlich arbeiten«, hatte ihre Mutter gesagt. »Kapierst du das nicht?«

Natürlich kapierte Hillevi das. Aber ihre Mutter war ja kaum deswegen nie zu Hause, weil sie arbeitete. Das wusste Hillevi schon, ehe sie die App runtergeladen hatten.

»Der Begleiter« hieß die App und war eine von vielen, die Eltern benutzen konnten, um ihre Kinder zu kontrollieren. Aber so war es eben nicht bei Hillevi. Sie hatten die App, um ihre Mutter unter Kontrolle zu haben. Deshalb reagierte auch niemand, als Hillevi sie von ihrem eigenen Telefon löschte.

Das Erste, was sie rauskriegen musste, war, ob ihre Mutter die App immer noch aktiviert hatte. Falls nicht, konnte sie ihr Projekt begraben.

Sie suchte unter den Apps.

Hoffentlich, hoffentlich, hoffentlich.

Doch, da war sie. Und sie war aktiviert.

Hillevi seufzte erleichtert.

Der nächste Schritt war zu sehen, welcher Speicherfunktion ihre Mutter zugestimmt hatte. Die App speicherte automatisch alle Bewegungen, die die Anwender in den letzten zehn Tagen unternommen hatten, wenn man diese Funktion nicht ausschaltete.

Wieder Spannung.

»Jetzt komm schon«, flüsterte Hillevi, als sich das Telefon aufhängte.

Unruhig sah sie zur Schlafzimmertür. Und bemerkte, wie still es geworden war. Ihre Mutter schnarchte nicht mehr.

Mist.

Jetzt war Eile geboten.

Endlich hörte das Telefon auf, neue Informationen zu laden.

Eine Karte tauchte auf und ein Menü.

»Tag auswählen«.

Hillevi tippte den 25. Januar ein.

Das Handy bearbeitete ihre Wahl.

Das Bett ihrer Mutter knarrte, als würde sie sich darin herumdrehen, und aus dem Schlafzimmer war ein schwaches Stöhnen zu hören.

Beeil dich! dachte Hillevi und sah mit aufgerissenen Augen auf das Handy.

Auf dem Display wurde eine Liste entrollt.

Und eine Karte mit kleinen, blinkenden Punkten.

Da waren alle Adressen zu sehen, an denen sich ihre Mutter an diesem Tag befunden hatte.

Hillevi blinzelte.

Sie musste den falschen Tag eingetragen haben. Aber das hatte sie gar nicht. Karte und Liste zeigten das richtige Datum.

Im Schlafzimmer hustete ihre Mutter. Es klang, als würde sie immer noch liegen, aber Hillevi war nicht sicher.

Sie vergrößerte die Karte, ließ den Blick über die Punkte wandern.

Kein Einziger von ihnen blinkte auf Hovenäset. Hingegen gab es einen dicken Punkt in Uddevalla. Und dann einen weiteren kurz vor Uddevalla. Laut App war ihre Mutter da die ganze Nacht geblieben.

Schnell suchte Hillevi auch beim nächsten Tag. Am folgenden Tag war ihre Mutter zurückgefahren.

Das konnte nicht stimmen.

Verdammtes Telefon.

Hillevi legte das Telefon auf den Boden. Es fühlte sich an, als hätte sie Sand gegessen. Das hier konnte nur zwei Dinge bedeuten:

Entweder hatte ihre Mutter das Handy nicht bei sich gehabt, als sie und Sam auf Hovenäset gewesen waren.

Oder ihre Mutter sagte die Wahrheit.

Sie war wirklich nicht mit Sam auf Hovenäset gewesen.

Aber wie konnte das sein?

Sam log nicht, dessen war sich Hillevi sicher.

Mit wem war er dann dort gewesen? Wer hatte Sam mitten in der Nacht mit nach Hovenäset genommen?

Ein letzter Kunde, ein letzter Schornstein, ein letztes Fegen. Dann war Olas Schicht endlich beendet. Den ganzen Tag hatte er Angst gehabt: dass Hillevi, die allein zu Hause war, etwas passieren könnte, und dass die Erzieherinnen in der Kita es schaffen würden, das Jugendamt davon zu überzeugen, dass eine akute Unterbringung beider Kinder in einer Pflegefamilie notwendig wäre.

Quatsch, dachte Ola. So arbeiten die nicht.

Er konnte sich nicht vorstellen, dass er nicht berücksichtigt würde, wenn die Behörden nach einer Pflegefamilie für die Kinder suchten. In Olas Dasein war alles geordnet, nichts war unsicher.

Ich würde es hinkriegen, dachte Ola. Ich könnte mich gut um sie kümmern.

Er parkte das Auto vor dem Haus in Hamburgsund. Es lag auf der Anhöhe über dem Hafen mit großartiger Aussicht über das gefrorene Meer. Genau wie angekündigt, hatte es endlich aufgehört zu schneien. Bald würden die Wolken abziehen, und es würde eine weitere sternenklare Nacht geben. Zum Glück. Er hatte sich schon an das schöne Wetter gewöhnt.

Ola eilte zu dem Haus und konnte kaum erwarten, dass endlich jemand öffnete, nachdem er geklingelt hatte. Er hat es eilig, seinen Arbeitstag abzuschließen, denn er musste noch etwas erledigen, ehe er Sam in der Kita abholte.

Der Kunde, ein Mann mittleren Alters in Jeans und zu kleinem T-Shirt, ließ Ola herein. Er hatte kein Bedürfnis nach viel Smalltalk, sondern ließ ihn tun, was er sollte, und bedankte sich dann für den Besuch.

Kurz darauf saß Ola wieder in seinem Auto. Er konnte sich nicht beherrschen, sondern schaute aufs Handy, ehe er losfuhr. Wenn jemand ihn gefragt hätte, warum, dann hätte er rasch geantwortet, dass er sich Sorgen um seine Nichte und seinen Neffen machte, doch das war nicht die ganze Wahrheit.

Ola wartete sehnsüchtig darauf, dass August Strindberg auf seine SMS antworten würde.

Ein Bier nach der Arbeit.

Das hatte Ola vorgeschlagen.

Hatte er zu viel Druck gemacht? Hatte er zu viel zu schnell gewollt? Hatte er August verschreckt? Die Sorge trieb ihn um. Wenn August sich nicht mit ihm auf einen Afterwork treffen wollte, dann könnte er sich doch stattdessen wegen der Kiste melden, die Ola in seinem Laden abgegeben hatte. Oder wegen des Buchs, das Ola im Lesekreis vorgestellt hatte. In dieser Situation war ihm alles recht. Er brauchte ein wenig Zerstreuung, und vor allem brauchte er eine Dosis Liebe.

Normalerweise dachte er sehr gerne an August, doch jetzt erfüllte es ihn mit Wehmut und Angst. Begriff er nicht, dass Ola wartete?

Vermutlich nicht, dachte Ola. Vermutlich war ich undeutlich.

Verdammter Mist.

Er startete den Wagen und fuhr los.

Diesmal ging es nach Hovenäset.

Es war an der Zeit, seine Mutter wieder einmal zu besuchen. Patricia würde nicht erzählen, was schiefgegangen war, das hatte Ola jetzt begriffen. Aber jemand musste doch wissen, warum sie Göteborg verlassen hatte und nach Kungshamn gezogen war und was das für eine große Sache war, die sie am Laufen hatte. Und vielleicht fand sich in derselben Geschichte auch die Antwort darauf, warum Sam aufgehört hatte zu sprechen.

Seine Mutter sah erstaunt aus, als sie die Tür öffnete.

»Ja, Ola, bist du das?«

Ihre Stimme klang gedämpft. Ola wurde klar, dass mehrere Tage vergangen waren, seit er von ihr gehört hatte. Er hoffte, dass dies ein Anzeichen dafür war, dass Pflegedienst und Versorgung funktionierten.

»Darf ich reinkommen? Geht das?«

»Selbstverständlich. Du bist immer willkommen.«

Er stellte die Schuhe auf die Ablage und hängte seine Jacke an die Garderobe.

»Ich wollte mir gerade eine Tasse Kaffee eingießen«, sagte seine Mutter. »Möchtest du auch?«

»Ja, gerne.«

Er folgte ihr in die Küche. Sie wirkte erschöpft. Außerdem sah sie traurig aus. Die Augen waren rot und die Wangen bleich, als hätte sie gerade noch geweint.

Seine Mutter goss Kaffee in zwei Tassen, und sie setzten sich einander gegenüber. Es war derselbe Küchentisch, der während Olas ganzer Jugend in der Küche stand. Damals hatten sie feste Plätze gehabt. Ola hatte rechts von Patricia gesessen und auf der anderen Seite des Tisches die beiden Eltern. Nach dem Tod des Vaters war die Ordnung eine andere geworden. Da hatte die Mutter am Kopfende gethront, und Ola und Patricia hatten rechts und links von ihr gesessen.

Seine Mutter rührte mit einem Löffel in der Kaffeetasse. Sie hatte die Angewohnheit, im Kaffee zu rühren, obwohl sie weder Milch noch Zucker hineintat. Das Geräusch des Löffels, der ans Porzellan schlug, riss Ola aus seinen Gedanken.

»Hast du in letzter Zeit mal mit Patricia gesprochen?«, fragte er.

Seine Mutter nahm einen Schluck Kaffee.

»Nein«, antwortete sie. »Aber ich habe eine SMS bekommen. Offensichtlich hat sie die Grippe.«

Auch Ola trank von dem Kaffee. Wie gewöhnlich war er zu stark, und wie gewöhnlich kommentierte er das nicht. So machen wir das, dachte er. Wir schweigen über alles, was uns nicht gefällt.

Wir, die wir eine so schwierige Familie sind.

»Sie denkt nur an sich«, sagte er.

Seine Mutter wandte den Blick ab und trank noch mehr Kaffee.

»Patricia hat es nicht so leicht gehabt«, sagte sie.

Auf Olas Brust drückte und zog es. Dass es immer eine Entschuldigung für das Verhalten seiner Schwester gab.

»Das hatte ich auch nicht«, gab er zurück. »Niemand in unserer Familie hat es leicht gehabt. Aber man kann sich trotzdem vernünftig aufführen.«

Seine Mutter öffnete den Mund, um ihm zu antworten, aber er sprach weiter, ehe sie dazu kam:

»Sam und Hillevi sind jetzt bei mir.«

Seine Mutter sah verwirrt aus.

»Ach ja, das ist ja nett«, sagte sie. »Habt ihr was Bestimmtes vor?«

»Nicht nett, Mama«, sagt er. »Die Kita hat darauf reagiert, dass Sam nicht mehr spricht. Sie haben das Jugendamt eingeschaltet.«

Aus dem Gesicht seiner Mutter wich alle Farbe.

»Und das unterstützt du?«, fragte sie. »Im Ernst, Ola?«

»Es ist gut, wenn sich mal jemand um Patricias Situation kümmert. Denn sie kriegt es alleine nicht hin. Das musst du begreifen. Sie säuft und schlampt rum. Und betrügt. Wusstest du das? Dass sie sich im Smögens Hafvsbad mit einem erfundenen Lebenslauf als Konferenzbetreuerin beworben hat?«

Seine Mutter bekam kein Wort heraus, sondern starrte ihn nur an.

Ola nickte.

»Doch, so war es. Und jetzt ist sie gefeuert worden und liegt nur noch zu Hause und raucht und trinkt. Genau wie Papa.«

Da hatte seine Mutter genug.

»Du sitzt jetzt nicht hier und sprichst schlecht über deinen Vater und deine Schwester«, sagte sie. »Das ertrage ich nicht, Ola, nicht jetzt.«

Ola wurde rot.

All diese Wut, wohin würde die sich einen Weg bahnen, wenn seine Mutter nicht mehr war?

»Ich sage ja nur, wie es ist«, sagte Ola. »Und diesmal musst du die Wahrheit ertragen, genau wie wir anderen auch. Patricia ist krank, sie braucht Hilfe. Sie vernachlässigt die Kinder, und sie vernachlässigt sich selbst. So geht es nicht weiter. Deswegen können die Kinder jetzt bei mir wohnen, bis sich alles beruhigt hat.«

Jetzt atmete er rascher. Es sah ihm gar nicht ähnlich, so entschlossen zu sein, das kostete Kraft.

Ich muss es schaffen, dachte er. Ich muss wagen, für mich einzustehen.

Das hatte er in den letzten Jahren zu selten getan, und nun bereute er es. Immer war es Patricia gewesen, die die meiste Aufmerksamkeit verlangt und auch bekommen hatte.

»Warum ist Patricia nach Kungshamn gezogen?«, fragte er.

Seine Mutter zögerte, ehe sie antwortete. Die Wut ließ ihr Gesicht weniger blass wirken.

»Patricia hat uns vermisst«, sagte sie. »Sie hat mich vermisst und dich auch. Das ist ja wohl nicht so verwunderlich. Außerdem bin ich krank. Sie wollte in der Nähe sein jetzt … jetzt wo … wo es bald zu Ende ist.«

Die Stimme seiner Mutter verschwand in einem Flüstern.

Ola holte tief Luft und schüttelte den Kopf.

Seit er zu Hause bei Patricia gewesen war, hatte er wieder und wieder nachgedacht. Über all das, was sie in den letzten Monaten erfunden hatte, und daran, wie sie über Geld geredet hatte, das angeblich unterwegs war.

»Irgendetwas ist passiert«, sagte er. »In Göteborg ist irgendetwas passiert, sodass sie dort nicht mehr bleiben wollte oder konnte.«

Seine Mutter presste die Lippen aufeinander.

»Erzähl es mir«, sagte er. »Erzähl mir, warum Patricia hierhergezogen ist.«

Seine Mutter senkte den Blick.

»Ich weiß es nicht.«

»Blödes Gerede!«

Sie saß lange schweigend da.

»Ich werde nicht gehen, ehe du es mir nicht erzählt hast«, drohte Ola.

Schließlich richtete sie sich auf.

»Ich weiß nicht alles«, sagte sie. »Aber es ging um Sams Papa.«

Ola saß schweigend da. Das hatte Patricia auch zu ihm gesagt.

»Offensichtlich ist er aufgetaucht und hat sie bedroht«, erklärte die Mutter. »Da hat sie natürlich furchtbar Angst bekommen.«

»Moment mal.«

Ola hielt beide Hände in die Luft.

»Glauben wir das?«, fragte er. »Warum sollte Sams Papa so etwas tun? Er hat sich doch niemals weder um Sam noch um Patricia gekümmert.«

Ola nahm einen neuen Anlauf.

»Mama, ich glaube, dass Patricia lügt. Wir müssen …«

»Wir müssen gar nichts«, entgegnete seine Mutter. »Lass ein bisschen Zeit vergehen. Du unterschätzt immer, wie zerbrechlich Patricia ist. Ich habe solche Angst, sie zu verlieren. Schon ganz lange.«

Ola senkte den Blick.

Ich habe solche Angst, sie zu verlieren. Schon ganz lange.

Hier lag nicht Patricias Leben in der Waagschale, dachte Ola, sondern das von Sam.

Oder täuschte er sich?

Sie schwiegen eine Weile. An der Wand tickte eine Uhr, und draußen brach eine vorsichtige Nachmittagssonne durch die Wolkendecke. Hellgelbe Strahlen fanden ihren Weg durch das Küchenfenster.

»Ich würde so gerne verstehen, wie es so weit gekommen ist«, sagte Ola. »Ich kämpfe darum, das Richtige zu tun, damit die Kinder es gut haben. Vielleicht sollten wir versuchen, mit Kevin zu sprechen? Er ist ein mieser Vater, aber trotz allem der einzige Papa, den Sam hat.«

Ola sah, wie seine Ausführungen die Mutter veränderten.

Sie war äußerst angespannt, und ihr Blick verfinsterte sich.

»Denk. Nicht. Einmal. Daran.«

Ola starrte sie fassungslos an.

»Halt Kevin so weit von Sam entfernt, wie du nur kannst. Und dasselbe gilt für das Jugendamt. Die dürfen auch nicht mit Kevin reden. Versprich mir das.«

»Aber …«

»Versprich mir das!«

Jetzt sah sie wild aus, fast verzweifelt.

Ola wusste nicht, ob sie ihm leidtun oder ob er auf sie wütend sein sollte.

»Du musst mir erzählen, was passiert ist«, sagte er. »Ich stehe hier nicht auf, ehe ich weiß, warum ich nicht mit Kevin sprechen darf. Er ist Sams Papa, er hat eine Verantwortung, ob er sie nun will oder nicht.«

Unter dem Tisch ballte er frustriert die Fäuste.

Seine Mutter senkte die Stimme.

»Ola«, sagte sie.

»Ja?«

»Kevin ist nicht Sams Vater.«

Ein paar Augenblicke vergingen. Machte sie Witze?

»Wie meinst du das?«, fragte er.

»Ich meine, dass der Mann, von dem du und ich geglaubt haben, er sei Sams Papa, überhaupt nicht sein Vater ist. Er hat Patricia aufgesucht, weil er und seine Freundin soeben erfahren hatten, dass er zeugungsunfähig ist. Sie hatten ein Jahr lang versucht, ein Kind zu zeugen, und dann ist er untersucht worden. Und da stellte sich heraus, dass er keine Kinder bekommen kann. Er kann nicht Vater werden.«

Ola schüttelte den Kopf.

»Jetzt warte mal kurz. Wie …«

Er unterbrach sich.

»Patricia ist nicht so wie du, Ola«, sagte seine Mutter. »Sie gerät manchmal auf die schiefe Bahn, und sie hat irgendwie gutgläubig gehandelt. Sie dachte wirklich, Kevin sei Sams Vater, und er hat es gekauft. Aber dann stellte sich heraus, dass ein anderer der Vater ist, und da wurde Kevin so wahnsinnig wütend. Er fühlte sich reingelegt. Und Patricia war verzweifelt. Und deshalb ist sie hierhergezogen. Sie musste mal von alldem wegkommen.«

Ola schluckte.

Er fiel ihm schwer zu verarbeiten, was seine Mutter da sagte.

Sie dachte wirklich, Kevin sei Sams Vater, und er hat es gekauft.

»Das ist doch total krank«, sagte er. »Wie … ich begreife es nicht. Wer ist denn dann der Vater?«

»Ich weiß es nicht. Und Patricia offensichtlich auch nicht. Deshalb kein Wort darüber zum Jugendamt oder zur Kita. Ich will nicht, dass da eine Untersuchung veranlasst wird.«

Ola schluckte. Er versuchte, sich nicht von seinem Erstaunen überwältigen zu lassen, zumal er sich gleichzeitig auch gar nicht wunderte. Patricia war immer unmöglich gewesen, sie hatte einfach nichts im Griff.

Er sah seine Schwester vor sich und die Männer, die sie der Familie im Laufe der Jahre vorgestellt hatte. Den hoffnungslosen Typen mit dem frisierten Moped im Gymnasium; den anderen, der das Auto seines Großvaters geklaut hatte, um Patricia zu einem Fest zu fahren; dann den, der Hasch rauchte, sodass man es auf ganz Hovenäset riechen konnte; dann den anderen, der wegen Bankraubs festgenommen wurde. Sams Vater konnte buchstäblich irgendwer sein.

Und vielleicht hatte sie es die ganze Zeit geahnt oder gewusst. Während der ganzen Schwangerschaft war sie ängstlich und labil gewesen.

Du ahnst nicht, wie schlimm es ist.

Das hatte sie gesagt, als Ola sie zur Rede gestellt hatte.

Diesmal hast du dich wirklich selbst übertroffen, Schwesterherz, dachte er. Denn es sind ja nicht nur die Väter der Kinder, bei denen du den Überblick verloren hast.

»Patricia hat zu Hillevi gesagt, sie hätte was Großes am Laufen. Etwas, das eine Menge Geld bringen würde. Weißt du was davon?« fragte er.

Seine Mutter schüttelte schweigend den Kopf.

»Okay«, sagte Ola leise. »Eine Sache noch. Etwas richtig Ernstes. Sam hat verraten, dass er in der Nacht, als Axels Bootshaus abgebrannt ist, hier auf Hovenäset war. Er spricht immer noch nicht, aber er hat auf einen Zeitungsartikel über den Brand gezeigt, und als Hillevi fragte, ob er dort gewesen sei, hat er genickt.«

Genauso gut hätte er seine Mutter schlagen können. Sie wurde so schnell bleich, dass Ola es mit der Angst bekam.

»Entschuldige«, sagte er leise. »Entschuldige, aber ich glaube ihm. Er war hier. Warum, das verstehe ich nicht, und sogar Patricia muss kapieren, dass das ein Fehler war.«

»Was willst du damit sagen?«

»Ich weiß es nicht. Ich weiß nur, dass Sam und Patricia hier waren, als es brannte. Sams Haare haben nach Rauch gerochen. Und … Hillevi hat ein paar blutige Handschuhe gefunden. Aber Sam hat keine Wunden an den Händen, woher also kommt das Blut?«

Seine Mutter sah aus, als würde sie gleich in Tränen ausbrechen.

»Das fühlt sich wirklich schrecklich an«, flüsterte sie. »Es fühlt sich schrecklich an, seinem Tod so nahe zu sein und zu wissen, dass die eigenen Kinder nicht für sich selbst sorgen können, obwohl sie schon erwachsen sind.«

Olas Sichtfeld verschwamm.

Teufel auch. Teufel, Teufel, Teufel auch, dass alles so schwer sein musste.

Eine Bewegung draußen vorm Fenster lenkte sie beide ab. Ola

wandte den Kopf und sah eine Frau mit lockigen Haaren auf dem Fahrrad vorbeifahren.

»Die sah aus wie die Polizistin Maria Martinsson«, sagte seine Mutter.

»Nein«, entgegnete Ola. »Das war sie nicht.«

»Ich weiß, aber sie hätte es sein können.«

»Um ein Verhör zu halten?«, fragte Ola.

Seine Mutter lächelte schwach.

»Oder um Strindberg zu besuchen.«

Ola wandte wieder den Kopf.

»August? Warum das denn? Hat er sich irgendwas zuschulden kommen lassen?«

»Nein, nicht doch«, sagte seine Mutter. »Es ist sicher gut, wenn du dich in diesem Lesekreis engagierst, damit du mal ein bisschen Tratsch mitbekommst. Die sind doch ein Paar.«

Ola merkte, wie ihm der Boden unter dem Stuhl weggezogen wurde.

Die Übelkeit fuhr wellenartig durch seinen Körper.

»Wer ist ein Paar?«, fragte er leise, obwohl er es gar nicht wissen wollte.

»August und Maria«, erklärte seine Mutter. »Die glauben, sie könnten es geheim halten, aber das geht natürlich nicht, wenn es Nachteulen wie mich in der Nähe gibt. Ich habe Maria schon mehrmals mitten in der Nacht mit dem Fahrrad von Hovenäset wegfahren sehen. Es ist nur eine Frage der Zeit, bis alle es wissen.«

Ola spürte, wie der Druck über der Brust stärker wurde.

Dann überkam ihn die Trauer. Die Trauer über alles, was er nicht verstanden hatte, weder bei seiner Schwester noch bei seiner großen Liebe.

Die Leere pochte in ihm, drohte ihn in Stücke zu reißen.

Ich bin so dumm, dachte er. So rettungslos, riesenhaft dumm.

»Und jetzt weiß ich das auch«, flüsterte er.

Laut August Strindbergs Mutter gab es zwar die berühmten schwedischen »sieben Sorten Kekse«, aber nur eine Sorte Unglück, die zählte.

»Einsamkeit«, pflegte sie zu August zu sagen. »Der Mensch ist nicht dafür gemacht, sich ohne andere zu behaupten. Geld, Güter, Haus und luxuriöses Essen – alles das ist ein wichtiges Gewürz im Leben, aber nichts, was man nicht ersetzen könnte. Merk dir das. Einsamkeit in allen ihren Formen ist das schlimmste aller Unglücke.«

Möglicherweise, dachte August, der just an diesem Abend ein großes Bedürfnis nach Ruhe und Entspannung verspürte und sich deswegen hinstellte und Mandelkekse buk.

Es hatte seine Zeit gedauert, ehe er begriffen hatte, wovon seine Mutter da sprach. Sie meinte die unfreiwillige Einsamkeit, die folgte, wenn ein geliebter Mensch gestorben war, wegzog, in den Krieg gerufen wurde oder etwas anderes passierte, was dazu führte, dass sich Menschen trennen mussten.

Einmal hatte er versucht, mit ihr dagegen zu argumentieren.

»Ich weiß nicht, ob ich deiner Meinung bin«, hatte er gesagt. »Jemand, der Krebs bekommt, mit einer richtig schlechten Prognose, der würde wahrscheinlich gerne die Krankheit gegen die Einsamkeit tauschen.«

»Begreifst du denn nicht, dass jemand, der so krank ist, bereits sehr einsam ist?«, hatte seine Mutter gesagt. »Da ist nichts mehr, was man wegtauschen könnte, da gibt es keinen Ausweg mehr. Gewiss, man kann jemanden unterstützen, der sich dem Ende des Lebens weitaus früher nähert, als man für gerecht hält, doch niemand kann dem Tod entfliehen, August. Und wenn wir sterben, dann sind wir einsam.«

Niemand kann dem Tod entfliehen.

An diese Worte hatte er viel denken müssen, als seine Eltern mit nur einem Tag Abstand starben. Erst seine Mutter und dann sein Vater. Die letzte Begegnung mit ihm hatte August fürs Leben gezeichnet. Er hatte so bodenlos verzweifelt ausgesehen. Und er hatte die traurigsten Worte geäußert, die August jemals gehört hatte:

»Was soll ich jetzt tun? Ich bin doch nichts ohne sie. Ich kann nichts.«

August war überzeugt davon, dass sein Vater aus Verzweiflung gestorben war. Er konnte nicht ertragen, dass seine Frau dem Tod allein hatte entgegentreten müssen. Sein Herz konnte nicht mehr schlagen und blieb stehen, nachdem sie gestorben war.

August schluckte und spürte den Kloß im Hals.

Die Trauer um die Eltern war ein wenig verblasst, aber trotzdem war noch nicht einmal ein Jahr vergangen, seit sie gestorben waren.

August starrte auf den Keksteig.

Seine Mutter hatte sein Interesse für das Backen geweckt. Schon als er noch so klein war, dass er auf einem Stuhl stehen musste, um an die Arbeitsfläche zu reichen, hatte sie ihn dabeigehabt, wenn sie Torten und anderes Backwerk zubereitete. Jetzt war August erwachsen und buk seine Kekse allein. Ohne seine Mutter und ohne ein kleines Kind, das zu klein war, um an die Teigschüssel in der Küche zu kommen. Niemand von ihnen hätte gedacht, dass August als Erwachsener das Backen als die einzige Form der Meditation betrachten würde, der er sich je hingab.

Er befühlte den Teig. Er war genau richtig klebrig. Jetzt fehlten nur noch die gehackten Mandeln. Und Maria.

Er schaute auf die Uhr.

Sie hatte gesagt, dass es spät werden würde, hatte aber versprochen zu kommen.

Das machte ihn froh.

Und mehr als das.

Der Gedanke, dass sie heute Abend wieder im selben Bett schlafen würden, machte ihn glücklich. Einschlafen und aufwachen. Ein gigantischer Schritt in die richtige Richtung.

Weniger aufregend war, an Gunnar Wides bizarre Ausführungen im Laden zu denken. Dass Axel und Mary ein Verhältnis gehabt haben sollten und dass sich doch jemand Mary Thynells »durchgeknallte Tochter« mal näher ansehen sollte. Als ob August Polizist wäre. Und als ob es Gunnar und August etwas anginge, wer auf Hovenäset in wen verliebt war.

August holte ein Blech und Backpapier heraus.

Es war nicht sonderlich dramatisch abgegangen, als die Polizei kam und Gunnar abholte. Er war freiwillig mitgegangen und hatte fast ein wenig erfreut ausgesehen. August schaute ab und zu, was die Zeitungen schrieben. Axels Fall hatte eine gewisse Aufmerksamkeit in der Presse auf sich gezogen, es gab also Grund zu der Annahme, dass darüber geschrieben würde, wenn der Polizei ein Durchbruch in der Ermittlung gelang. Doch bisher war nichts von Gunnar zu lesen.

Auf der Straße fuhr ein Auto vorbei.

Automatisch hob August den Blick, um zu sehen, wer es war.

Dann lachte er leise über sich selbst.

Das war der große Nachteil daran, in einem kleinen Ort zu wohnen. Manchmal passierte so wenig, dass man schon elektrisiert war, wenn ein Nachbar draußen auf der Straße vorbeikam – sei es mit oder ohne Auto.

»Dass jemand wie du das hier toll finden kann«, hatte Henrik bei seinem ersten Besuch auf Hovenäset gesagt.

August lächelte und stellte den Teig in den Kühlschrank, wo er jetzt eine Weile ruhen würde, ehe er gebacken wurde.

Er stellte den Ofen an und schaute auf die Uhr. Dann wanderte sein Blick zum Küchentisch. Da lagen die zehn Fotografien von dem Mädchen, das immer noch nicht identifiziert worden war. Maria hatte gesagt, die Polizei wolle die Originale haben und würde sie dann behalten, solange die Ermittlung lief.

August war das nur recht.

Er hatte sich entschieden. Natürlich würde er nicht versuchen, irgendetwas von dem, was in dem Karton gelegen hatte, zu verkaufen, sondern sowie die Polizei damit fertig war die Gegenstände und den Film an Axels Sohn übergeben. Dann sollte Elias bestimmen, was damit geschah.

August hatte Elias noch nicht getroffen, hoffte aber, dass sein Besuch auf Hovenäset nicht allzu anstrengend gewesen war. Das Schlimmste wäre, wenn er zufällig auf Gunnar stoßen würde, solange der nicht bei der Polizei blieb. Gunnar, der bewaffnet war und verschiedene Personen als verdächtig bezeichnete. Wie zum Beispiel Mary Thynells Tochter.

Ein unangenehmer Geruch riss August aus seinen Überlegungen.

Es roch verbrannt.

Sehr verbrannt sogar.

»Verdammter Mist«, fluchte August.

Er hatte vergessen, dass das Kartoffelgratin, was er am Abend zuvor im Ofen gehabt hatte, sich am Boden des Backofens eingebrannt hatte. Jetzt, da der Ofen erneut angeheizt wurde, roch es ziemlich übel.

Das wurde kein bisschen besser, als August die Backofenklappe öffnete und der Rauch ins Zimmer quoll, sodass der Rauchmelder losging.

Sofort machte August die Klappe wieder zu und wedelte mit einem Handtuch unter dem Rauchmelder, um ihn zum Schweigen zu bringen.

Da klopfte es an der Tür.

August beeilte sich zu öffnen.

Hier gab es keine Zeit zu verschwenden, falls ein Nachbar auf der Treppe stand und fragte, was er da eigentlich machte.

Von Bränden hatten jetzt alle genug.

Doch es war überhaupt kein Nachbar, der da klopfte.

Es war Ola.

»Hallo«, sagte August erstaunt.

Hinter ihm lärmte weiterhin der Rauchmelder. Ola wand sich und sah aus, als würde er bereits bereuen, geklopft zu haben.

»Ja, ich war auf dem Weg zum Auto, weil ich kurz zu Hause bei meiner Mutter vorbei bin, aber dann habe ich den Rauchmelder gehört und dachte … brauchst du Hilfe? Brennt es?«

»Äh, nein, es brennt nicht«, erklärte August. »Aber ich verstehe die Frage. Warte kurz, ich will nur eben …«

Er eilte zurück in die Küche. Doch Ola wartete nicht.

Er folgte August und zog einen Küchenstuhl raus, auf den er kletterte, sodass er den Rauchmelder von der Decke pflücken konnte.

»Sieh da«, sagte er. »Jetzt bleibt er mal ausgeschaltet, bist du fertig gelüftet hast. Dann darfst du aber nicht vergessen, ihn wieder einzusetzen.«

Er reichte August den Rauchmelder und stellte den Stuhl zurück.

»Danke«, sagte der. »Ich dachte, es würde genügen, ein bisschen mit dem Handtuch zu wedeln, aber …«

Er unterbrach sich, als ihm einfiel, dass er nicht auf Olas SMS zu einem gemeinsamen Bier geantwortet hatte.

»Genau«, sagte er. »Du hast dich ja gemeldet, ob wir irgendwann mal ein Feierabendbier zusammen nehmen wollen. Entschuldige, dass ich nicht geantwortet habe, ich …«

»Kein Problem. Ich verstehe schon. Und jetzt muss ich gehen. Ich …«

Er hielt inne.

»Wo hast du die denn her?«, fragte er.

Ola zeigte auf die Fotografien, die auf Augusts Küchentisch lagen.

»Die habe ich von einem Kunden bekommen«, antwortete August ausweichend.

»Von einem Kunden? Von wem denn?«

»Das spielt keine Rolle. Ich werde sie nicht behalten. Es war eine Art Missverständnis. Warum fragst du? Erkennst du sie?«

Ola nickte.

»Wer ist es denn?«, fragte August vorsichtig.

Ola blätterte die Bilder durch.

»Das ist meine Schwester Patricia.«

»Ihr habt sie doch nicht alle. Fallt über ehrenhafte Menschen wie mich her und lasst die Gangster davonkommen. Ganz schlimm, das.«

Gunnar sah Maria und Ray-Ray misstrauisch an. Sie befanden sich in einem der Verhörräume auf dem Polizeirevier in Uddevalla. Neben Gunnar saß ein Rechtsanwalt. Es war spät am Abend, und Maria wollte nach Hause. Nach Hause zu August.

»Sie müssen schon verstehen, wie das aus unserer Perspektive aussieht«, gab Ray-Ray zu bedenken.

Seine Stimme klang verärgert und ungeduldig. Er wollte auch nach Hause. Und ebenso wie sie schämte er sich, weil die Personenüberwacher Gunnar schon beim Verlassen seines Physiotherapeuten aus den Augen verloren hatten, und das nur, weil er seine Jacke getauscht oder besser gesagt: eine andere geklaut hatte.

»Sie haben den Brand entdeckt. Sie waren es, der sich am meisten und am lautesten um Axel gesorgt hat. Sie waren es, der einen Konflikt mit ihm und seiner Frau hatte. Und jetzt haben wir erfahren, dass es in Ihrem Alibi eine Lücke gibt, über die Sie gelogen haben. Was denken Sie, sollen wir da glauben, Gunnar?«

Gunnar zitterte, als Ray-Ray das fehlende Alibi erwähnte. Dass Emmy von der Lücke in seinem Alibi erzählt hatte, war der Teil, auf den er am stärksten reagiert hatte.

Als er das hörte, erlosch irgendetwas in seinem Blick.

»Erzählen Sie jetzt, was Sie in dieser Stunde, in der Sie Emmy allein gelassen haben, gemacht haben«, forderte Ray-Ray ihn auf.

Gunnar lehnte sich auf dem Stuhl zurück und verschränkte die Arme. »Ihr habt nicht genug, um mich hier festzuhalten«, sagte er. »Deswegen wollen Sie, dass ich eine Geschichte zusammenlüge, auf die Sie mich festnageln können.«

»Das will ich absolut nicht«, erwiderte Ray-Ray. »Alles was ich will, ist zu hören, was Sie in dieser Stunde gemacht haben.«

Gunnars Anwalt suchte seinen Blick, doch es gelang ihm nicht, die Aufmerksamkeit seines Klienten zu erlangen. Für Gunnar war das hier ein Einzelkämpfer-Krieg und nichts anderes.

»Ich bin nach Hause zu meiner Frau Lisa gegangen. Sie ist krank und braucht Fürsorge. Das ist nichts, worauf ich stolz bin – dass ich sie betrüge –, aber so ist es nun mal. Oder so war es. Ich bin nach Hause zu Lisa gegangen und habe nach ihr geschaut. Sie war unruhig und schlief nicht richtig. Also war ich gezwungen zu warten, bis sie wieder eingeschlafen war, ehe ich zurück zu Emmy bin.«

»Und warum haben Sie das getan?«, fragte Maria. »Ich meine, warum sind Sie zurückgegangen? Es war sehr spät, und Sie hatten sowieso nicht vor die ganze Nacht zu bleiben.«

Gunnars Augen wurden zu schmalen Strichen, als er Maria ansah.

»Ich bin ja wohl kaum der Einzige, der mitten in der Nacht sein Rendezvous verlässt«, sagte er. »Das hat Emmy mir erzählt.«

Maria wurde rot.

»Stopp«, sagte Ray-Ray und hielt die Hand hoch. »Jetzt sprechen wir gerade von Ihnen, Gunnar.«

»Das ist mir klar, ich versuche nur, die Dinge in die richtige Perspektive zu setzen. Es muss keineswegs verdächtig sein, dass ich mitten in der Nacht nach Hause gehe.«

Er verstummte.

Maria las ihre Notizen, kriegte aber keine Ordnung in ihre Gedanken. Sie spürte, dass Ray-Ray sie ansah – er wollte wissen, ob sie okay war. Sie nickte kurz und diskret und hoffte, er würde sich damit zufrieden geben.

Dann sammelte sie sich. »Wir haben erfahren, dass Sie Streit mit Axel hatten. Stimmt das?«

Gunnar verzog nur das Gesicht.

»Ein Zeuge hat erzählt, Sie hätten Probleme mit Axels Frau Denise gehabt und hätten sie rassistisch beleidigt, während Sie gleichzeitig versuchten, eine Beziehung mit ihr zu beginnen. Können Sie das kommentieren?«

»Das liegt alles sehr lange zurück«, sagte Gunnar. »Ich weiß, dass ich mich Denise gegenüber schlecht verhalten habe, und es passiert immer noch, dass … dass ich mich falsch ausdrücke. Und vielleicht bin ich ihr irgendwann mal begegnet, als ich nicht ganz nüchtern war, dann kann es den meisten von uns passieren, dass sie sich übel benehmen. Aber …«

»Alkohol entschuldigt sehr wenig«, bemerkte Ray-Ray trocken.

»Das weiß ich«, sagte Gunnar, und jetzt zitterte seine Stimme. »Und ich weiß auch, dass ich mich getäuscht habe, was Denise betraf. Ich habe es noch geschafft, sie um Entschuldigung zu bitten, ehe sie starb, und dafür bin ich sehr dankbar. Denn Sie müssen wissen, sie … sie hat einmal meinem Sohn das Leben gerettet. Er war damals Student und wie ein Verrückter von einem Fest mit dem Moped nach Hause gefahren. Betrunken. Eigentlich war er ja zu alt, um Moped zu fahren, aber das Auto durfte er natürlich nicht nehmen, und ich habe nicht bemerkt, wie er das Moped aus der Garage geholt hat. Denise war es, die ihn im Straßengraben gefunden und den Notarzt gerufen hat. Dieses Ereignis hat für mich sehr viel verändert. Und es hat auch meine Beziehung zu Axel verändert. Keiner von beiden hat je über die Sache getratscht.«

Im Raum wurde es still.

Diese Geschichte hatten sie noch nicht gehört.

Gleichzeitig hatte Maria das sichere Gefühl, dass sie stimmte. Gunnar würde sich so etwas nicht ausdenken, und sie könnten das überprüfen.

Die Frage war nur, wie es um alles andere stand.

Denn wie Gunnar sich zu den Ereignissen der letzten Tage verhalten hatte, war immer noch mit vielen Fragezeichen versehen.

Die Klimaanlage summte und rauschte. Sie sollte die Räumlichkeiten im Winter warmhalten, doch Maria fror.

»Wir wissen weniger, als wir uns wünschen«, sagte sie. »Das hören wir jetzt, wenn Sie erzählen. Was haben wir also noch verpasst? Denn ich glaube, dass auch Sie sehen können, dass Ihre eigene Verwicklung in all das, was geschehen ist, ein wenig auffällig wirkt.«

Gunnar warf den Kopf in den Nacken.

»Es ist nicht meine Aufgabe, die Arbeit der Polizei zu erledigen. Aber gewiss, wenn Sie mich fragen, dann würde ich sagen, dass Sie eine völlig falsche Spur verfolgen.«

Maria erinnerte sich, was sie Gunnar zu August hatte sagen hören. Etwas davon, dass er sich Mary Thynells Tochter näher ansehen sollte.

»Als Sie bei August Strindberg waren, haben Sie eine Person erwähnt«, sagte sie. »Mary Thynells Tochter. Was halten Sie von ihr?«

Gunnar spannte die Kiefer an.

»Wie gesagt, nicht meine Sache, euch zu helfen. Ich weiß nur, dass sie vor einiger Zeit nach Kungshamn gezogen ist und es bereits geschafft hat, bei der Arbeit rausgeschmissen zu werden. So etwas macht schnell die Runde, vor allem, wenn man so viel lügt wie sie.«

»Und ihre Mutter?«, fragte Maria und dachte an das, was Elias über Gunnar und Mary gesagt hatte. »Was für eine Beziehung haben Sie zu ihr?«

»Zu Mary?«

»Ja.«

»Überhaupt keine. Oder ich meine, wir haben nichts miteinander zu tun oder so.«

»Haben Sie ein Verhältnis gehabt?«

Gundel lachte auf.

»Ihr seid doch total wahnsinnig«, sagte er. »Nein, nein und noch mal nein. Hingegen hatten Axel und Mary ein Verhältnis, aber ich nehme an, das wissen Sie bereits, oder?«

Maria rührte keine Miene und Ray-Ray ebenso wenig.

Vor sich sah Maria, wie eine jüngere Mary mit Axel scherzte, als er sie filmte.

Natürlich waren die beiden ein Paar gewesen. Dass sie daran jemals hatten zweifeln können.

Gunnar nickte vor sich hin.

»Doch«, sagte er. »So war es. Sie waren ineinander verliebt, das habe ich selbst einmal gesehen.«

»Was haben Sie gesehen?«, fragte Ray-Ray.

»Dass sie sich geküsst haben.«

Gunnar sah ungefähr fünf Sekunden lang zufrieden aus, dann verfinsterte sich seine Miene wieder.

»Aber dass ich und Mary … wer hat etwas so Dummes gesagt?«

Ray-Ray trommelte leicht mit einem Stift auf den Tisch.

»Die Leute reden so viel«, sagte er. »Und das tun Sie auch, Gunnar. Zum Beispiel über Lydia Broman. Offensichtlich haben Sie auch in dem Fall Polizist gespielt.«

»Polizist gespielt, pfui Teufel, wie unverschämt.«

»Bedaure«, gab Ray-Ray zurück, »aber so wird es nun mal aufgefasst, wenn jemand sich privater Detektivarbeit hingibt. Wissen Sie, ob Axel an dem Fall auch interessiert war?«

Gunnars Augen wurden zu schmalen Schlitzen.

»Nein«, antwortete er kurz.

Maria sah auf.

»Das kam schnell«, sagte sie.

Gunnar schwieg.

»Kannten Axel und Lydia einander?«

Im Raum wurde es mucksmäuschenstill.

Maria und Ray-Ray warteten geduldig. Obwohl es so wichtig war, hatten sie immer noch nichts von den Kollegen gehört, die kontrollieren sollten, ob Axel und Gunnar in der Ermittlung des Mordes an Lydia Broman vorkamen.

Schließlich sagte Gunnar:

»Alle kannten Lydia und ihren Ehemann. Als sie starb, wohnten sie schon mehrere Jahre auf Hovenäset. Und fast keiner von uns glaubt, dass Sie den richtigen Mörder gefunden haben.«

»Was glaubte Axel?«, fragte Maria.

»Das ist eine sehr interessante Frage, aber es gibt noch eine, die viel interessanter ist«, sagte Gunnar. »Haben Ihre Kollegen ausreichend sorgfältig untersucht, womit Axel an dem Tag, als Lydia starb, beschäftigt war? Das würde ich nur zu gerne wissen.«

»Reden Sie Klartext«, ermahnte ihn Ray-Ray.

»Ich sage nur, dass es Gründe geben könnte, sich noch mal anzusehen, was Axel an dem Tag gemacht hat. Aber beeilen Sie sich. Denn die Zeit wird langsam knapp …«

Dann lehnte er sich wieder demonstrativ auf seinem Stuhl zurück und schloss die Augen.

Ray-Ray erhob sich.

»Wir müssen eine Pause machen«, sagte er. »Maria, komm mal mit.«

»Er ist es nicht«, sagte Maria.

Sie und Ray-Ray standen im Flur vor dem Verhörraum des Polizeireviers. Der Pappbecher mit Kaffee in ihrer Hand war heiß.

»Das können wir nicht sicher wissen«, widersprach Ray-Ray.

»Nein, aber …«

Maria verstummte. Sie konnte nicht erklären, warum sie so dachte. Und sie konnte auch nicht erklären, warum es sich so anfühlte, als würde ihnen die Zeit viel zu schnell davonlaufen. Gunnar war nicht der Mörder, den sie suchten. Aber könnte er der Erpresser gewesen sein?

»Gibt es außer Gunnar noch jemanden, der die Frage angesprochen hat, was Axel an dem Tag gemacht hat, als Lydia ermordet wurde?«, fragte Maria.

»Nein«, antwortete Ray-Ray. »Und das stört mich, denn wir haben ja bereits eine Theorie etabliert, dass Axel wegen etwas, was mit Lydias Tod zu tun hatte, erpresst wurde.«

Maria biss sich auf die Lippe.

»So wie es jetzt aussieht, haben wir längst nicht genug, um ihn wegen Verdachts auf Erpressung festzuhalten«, wandte sie ein.

Ray-Ray lehnte sich an die Wand.

»In der Sache ist die Staatsanwaltschaft ganz sicher auf deiner Seite«, bemerkte er.

Maria nickte stumm. Sie mussten Gunnar laufen lassen. Und wenn er das erfuhr, würde er seine eigene Ermittlung weiterführen, entweder, um sich selbst reinzuwaschen, oder, um einen anderen ins Gefängnis zu bringen. Oder beides.

Dass es aber auch überhaupt nicht vorwärtsging.

»Axel und Lydia«, sagte Ray-Ray. »Kann in dieser Anschuldigung, oder wie wir das nun nennen sollen, auch nur das kleinste Körnchen Wahrheit liegen?«

»Das frage ich mich auch«, erwiderte Maria. »Ich würde sehr gerne mit jemandem sprechen, der wenigstens entfernt mit dem Stückelmord zu tun hatte. Ich hoffe, Roland wird uns bald den Namen eines Ermittlers nennen.«

Ray-Ray sah frustriert aus.

»Okay«, sagte er. »Eine andere Sache, die Gunnar uns auf den Tisch geschmissen hat: Axel und Mary Thynell.«

»Ich glaube nicht, dass Gunnar lügt. Er hat bestimmt gesehen, wie sie sich küssten.«

»Und warum hat dann Mary über ihre Beziehung zu Axel gelogen?«

»Aus Scham«, sagte Maria. »Und weil sie glaubte, dass sie damit durchkommen würde. Das ist sicher Ewigkeiten her, seit sie zusammen gewesen sind.«

Bei allem Ernst musste sie doch lächeln.

»Mal im Ernst, Ray-Ray. Du und ich, wir haben doch Marys Gesicht genau gesehen, als wir nach dem Film gefragt haben. Sie war weitaus mehr verliebt in Axel, als sie zuzugeben bereit war.«

»Okay«, sagte Ray-Ray. »Du hast ganz recht. Mary war in Axel verliebt. Aber jetzt müssen wir taktisch denken. Ich glaube, wir sollten Mary noch einmal verhören. Ich weiß nicht richtig, ob wir uns in diese Sache mit ihrer Tochter weiter vertiefen sollen, aber wir müssen definitiv mit ihr über ihre Beziehung zu Axel sprechen. Wir …«

Marias Handy vibrierte diskret, und Ray-Ray verstummte, als sie es herausholte.

»Von August«, sagte sie. »Er muss warten.«

Aber dann sah sie die kurze Mitteilung, die er geschickt hatte.

Ich weiß, wer das Mädchen auf den zehn Bildern ist.
Es ist Mary Thynells Tochter Patricia.

Marias Puls stieg.

»Das ist doch der Hammer«, sagte sie leise und zeigte Ray-Ray die Nachricht.

»Wie zum Teufel hat er das herausbekommen?«

Da hörte man entschlossene Schritte sich nähern.

Roland kam wütend vom anderen Ende des Flures her, wo der Fahrstuhl war.

»Warum geht ihr nicht ran, wenn ich anrufe?«, schimpfte er.

Maria schrak zurück. Wann hatte sie Roland das letzte Mal so brüllen hören?

Noch nie, dachte sie. So hat er noch nie geklungen.

Und dann, im nächsten Moment, begriff sie, was so fremd und ungewöhnlich war. Er sah erschrocken aus. Und ängstlich.

»Was ist passiert?«, fragte Maria.

Roland wirkte unsicher und schien nicht zu wissen, wie er seine Nachricht am besten überbringen konnte. Als er sie ansah, war sein Blick nervös.

»Maria, es gibt etwas, was du wissen musst.«

Ihr Magen krampfte sich sofort zusammen.

»Es geht um Paul. Er hat im Gefängnis eine Geisel genommen und ist ausgebrochen.«

Chicago, den 2. März 1982

Hallo Mary,

ich hoffe, es geht dir und der Familie gut.

Ich schreibe dir aus einem ganz besonderen Grund, auf den ich etwas später in meinem Brief noch zurückkommen werde. Denise und ich wohnen ja jetzt seit über zwei Jahren in Chicago und werden auch in den nächsten Jahren noch hierbleiben. Das war der Preis, den ich dafür bezahlen musste, Denise zu behalten, und im Moment fühlt es sich wie ein leichtes Opfer an. Die Situation wäre unhaltbar geworden, wenn wir in Bohuslän geblieben wären. Doch wir haben uns entschieden, das Haus auf Hovenäset zu behalten, und werden jeden Sommer nach Schweden zurückkehren.

Okay, ich will nicht lügen. Natürlich ist es um meinetwillen, dass wir das Haus behalten. Denise versteht, dass Hovenäset sehr wichtig für mich ist. Dass es zwischen mir und diesem Ort Verbindungen gibt, die ich niemals werde aufgeben können (auch wenn sie nicht exakt weiß, wie stark diese Bande sind, und ich möchte auch, dass es so bleibt).

Wir hören ja nicht mehr so oft voneinander, du und ich, Mary. Und wie ich schon mehrmals zuvor gesagt habe: Ich bin so traurig darüber, dass es so gekommen ist, wie es kam. Ich bin so traurig, dass du dich im Stich gelassen und betrogen fühltest. Aber nicht einmal jetzt sehe ich, was ich hätte anderes tun können. Alles, was ich tun kann, ist, um Entschuldigung zu bitten. Ich hoffe, das wird eines Tages ausreichend sein.

Ich schreibe dir aus einem ganz besonderen Grund. Nach fünfzehn Jahren des Versuchens und nach siebzehn (!!) Fehlgeburten, sind Denise und ich endlich Eltern geworden! Unser Sohn Elias ist vor zehn Tagen geboren worden, und er ist einfach perfekt. Natürlich erfüllt es mich mit Trauer, dass ich schon fünfzig Jahre alt bin. Ich werde viel zu alt sein, wenn Elias immer noch jung ist. Aber so ist es nun einfach.

Ich hoffe, dass wir uns sehen werden, wenn wir im Sommer nach Hause kommen. Und ich hoffe wie gesagt, dass du dich eines Tages mit der Situation, so wie sie aussieht, wirst versöhnen können.

Alles Gute,

Axel

31. Januar

»Das war ich«

Kurz vor acht wurde es hell. Als die Sonne es dann eine halbe Stunde später schaffte, sich über den Horizont zu hieven, saßen August und Maria auf dem Balkon und frühstückten. Der Himmel war blau und die Sicht über das Meer frei. Es war völlig windstill, und Augusts Thermometer zeigte fünf Grad minus.

Es war Marias Vorschlag gewesen, draußen zu essen. Ohne Schlittschuhe.

August fand die Idee ausgezeichnet.

Schöner konnte es gar nicht sein. Und nicht sehr viel kälter. Obwohl sie eine doppelte Lage Kleider angezogen und Decken über die Beine gelegt hatten, war es kühl.

»Ist dir zu kalt?«, fragte Maria und brach das Schweigen. »Dann können wir reingehen.«

»Nein, nein«, erwiderte August. »Ich sitze gern hier.«

Auf dem Tisch standen Käse, Wurst, Schinken und geschnittene Tomaten. Das Brot war im Ofen aufgewärmt worden, und Maria hatte Rührei gemacht. Als Frühstücksdessert hatte August vier von den Haferkeksen dazugelegt, die er am Abend zuvor gebacken hatte. An diesem Morgen verdienten sie eine kleine Extraportion.

Es war das perfekte Frühstück am schönsten aller Wintertage.

Gleichzeitig war es auch das schrecklichste.

Paul war auf der Flucht.

Maria hatte geweint, als sie nach der Arbeit zu August gekommen war.

»Ich sollte nicht hier sein«, hatte sie gesagt. »Verzeih mir, dass ich dich in mein versautes Leben reingezogen habe.«

Dann hatte sie sich umgedreht, um zu gehen.

»Ich sehe nicht, wie ich dich sonst retten soll«, hatte sie erklart.

Er hatte sich geweigert zu akzeptieren, was sie sagte.

»Bleib hier«, hat er gesagt. »Ich unterstütze dich. Und ich kann nicht ohne dich leben.«

Damit war es entschieden.

Maria blieb.

August biss in ein Brot und trank vom Kaffee. Er war gleichermaßen angespannt und erschöpft. Sie hatten beide schlecht geschlafen. Man konnte sich nicht entspannen, wenn Paul auf der Flucht war. Nicht einmal, nachdem klar war, dass Maria Schutz bekommen würde und zwei ihrer Kollegen während der Nacht im Erdgeschoss von Augusts Haus Wache halten würden. Ein deutlicher Hinweis auf den Ernst der Lage.

Ein Vogel landete im Schnee auf dem Balkongeländer. Ein grauer, kleiner Vogel, den August nicht benennen konnte. Er legte den Kopf schräg und sah zu ihrem Essen hinüber. Maria wedelte mit der Hand, damit er abhauen sollte, doch der Vogel blieb. Genau so weit entfernt, dass er eigentlich nicht störte, aber doch so nah, dass er sicher Essen von ihren Tellern stehlen könnte.

»Bestimmt hat Paul den hierhergeschickt«, sagte Maria. »Er erträgt es nicht, wenn andere Menschen es schön haben.«

Es sollte ein Scherz sein, doch ihr Tonfall war zu gedämpft, um den Witz lustig sein zu lassen. Trotzdem lächelte August.

Ein angestrengtes Lächeln.

Maria aß hungrig vom Rührei. Normalerweise ging sie viel früher zur Arbeit, doch nach einer Nacht mit viel zu wenig Schlaf hatte sie sich noch einmal ausbedungen, etwas später kommen zu können. Und August hatte ebenso entschieden.

Sie sah auf die Uhr.

»Ich muss bald gehen«, sagte sie. »Hast du verstanden, wie der Überfallalarm funktioniert?«

Der Vogel trippelte vorsichtig auf dem Balkongeländer nach vorn, als wolle er sie belauschen.

Vielleicht kam er ja doch von Paul.

August nickte.

»Der Alarm ist unter Kontrolle. Wenn ich da draufdrücke, kommt die Polizei binnen drei Sekunden.«

Maria lächelte schwach.

»Ganz so schnell wird es wohl nicht gehen«, entgegnete sie.

»Wir sehen uns doch heute Abend auch, oder?«, fragte August.

»Wenn es okay für dich ist, dass ich spät komme«, erwiderte Maria. »Wir werden auch heute wieder mit der Ermittlung in Sachen Axel Ehnbom alle Hände voll zu tun haben.«

August nickte wieder. Er hatte am Abend zuvor die Mail-Adresse von Elias herausgesucht und ihm eine kurze Nachricht geschickt, in der er von dem Karton erzählte, den Axel ihm überlassen hatte, und erklärte, dass er die Sachen lieber an Elias weitergeben wollte, als sie zu verkaufen.

Wenn ich das wäre, dachte August. Wenn mein Vater ermordet worden wäre und nicht an einem Herzinfarkt gestorben. Wie würde ich eine solche Nachricht überleben?

»Ich muss noch schnell was mit dir abklären«, sagte Maria. »Gestern war so ein Chaos, dass ich nicht sicher bin, ob ich es richtig notiert habe. Um welche Uhrzeit war Ola hier und hat seine Schwester auf den Fotos erkannt?«

»Kurz nach halb sieben.«

»Gut, dann habe ich es korrekt aufgeschrieben.«

Sie las mit konzentrierter Miene, was sie in ihr Handy getippt hatte. Ihr Gesichtsausdruck verhärtete sich. Das hatte er schon öfter gesehen, und er war immer unsicher, wenn sie sich auf diese Weise veränderte. Der Unterschied zwischen ihrer jeweiligen beruflichen Orientierung – ihrer Wahl, Polizistin zu sein, und seiner Wahl, erst Vermögensberater und dann Besitzer eines Secondhandladens zu werden – konnte nicht größer sein. Das war nichts, was ihre Beziehung störte, aber auch kein verbindender Faktor.

»Ihr habt gestern doch gehört, was Gunnar gesagt hat, oder?«, fragte August. »Über Mary Thynells Tochter? Die auf den Fotos zu sehen ist?«

Maria nickte.

»Ich bin ja nicht so sicher, ob Gunnar ein Meisterdetektiv ist«, sagte sie. »Aber natürlich, das haben wir gehört.«

August lachte.

»Er wäre aber sicher sehr glücklich, wenn du ihn so nennen würdest. Also, Meisterdetektiv, meine ich.«

Maria lächelte.

»Bestimmt wäre er das. Aber solange ich nicht sicher weiß, wer Axel ermordet hat, bin ich mit Komplimenten vorsichtig.«

August wurde ernst.

Unten auf der Straße war das knarrende Geräusch von Schritten auf frisch gefallenem Schnee zu hören. Maria erstarrte, und August spähte unruhig zur Straße hin. Er atmete aus, als er Linnea mit ihrem Hund vorbeispazieren sah. Sie schaute nicht zu ihnen hin.

»Ich werde noch verrückt«, sagte Maria. »Ich hoffe, sie kriegen ihn schnell.«

Sie stützte die Ellenbogen auf den Tisch und legte das Kinn in die Hände.

August streichelte ihren Arm.

»Du«, sagte er, »es …«

Doch Maria machte eine dramatische Geste mit den Händen.

»Das ist doch völlig unbegreiflich! Ich verstehe nicht, was er sich dabei denkt. Er bricht vor dem Verhandlungstermin am Oberlandesgericht aus. Das ist doch komplett infantil. Und Paul ist vieles, aber nicht dumm und infantil. Was glaubt er damit zu erreichen?«

Jetzt sah sie aus, als hätte sie Angst. Richtige Angst.

»Sie werden ihn kriegen«, sagte August. »Er ist kein Profi-Ausbrecher, er wird tausend Fehler machen.«

Maria schüttelte den Kopf.

»Das macht mir tatsächlich am meisten Angst«, sagte sie, »dass er ausgebrochen ist, obwohl er weiß, dass er damit nicht durchkommen wird. Andererseits war ich natürlich grundsätzlich davon ausgegangen, dass er gar nicht ausbrechen kann.«

Keiner von ihnen sprach darüber, wie Paul der Ausbruch gelungen war. Die Justizbeamtin, die er als Geisel genommen hatte, war immer noch verschwunden. Und Paul hatte sie zu einem Fluchtwagen mitgenommen, der verdächtig nah an der Polizeizentrale geparkt war. Das bedeutete, dass jemand von außen ihm geholfen haben musste. Wer, das wussten sie noch nicht. Maria nahm Augusts Hand und drückte sie. Die Sonne glitzerte in ihren Augen und mischte sich mit etwas, was wie Tränen aussah.

»Es tut mir so leid, dass du in den ganzen Mist mit Paul reingezogen worden bist«, flüsterte sie. »Und jetzt habe ich solche verdammte Angst, dass er dich überfallen wird.«

»Du brauchst niemals je um Entschuldigung für das zu bitten, was dieser Mann tut«, sagte August mit rauer Stimme. »Nicht mir gegenüber und auch niemandem anders gegenüber. Und an mich kommt er sowieso nicht heran. Darauf kannst du dich verlassen.«

Er schluckte.

»Du musst solche Angst bekommen haben, als er sich bei dir gemeldet hat«, sagte Maria.

»Ich war eher wütend«, entgegnete August. »Aber auch sehr unsicher. Ich wollte dich nicht unnötig beunruhigen. Jetzt schäme ich mich dafür.«

»Ich weiß«, sagte Maria. »Wir können später weiter darüber reden, aber … Du warst nicht der Einzige, der von Paul gehört hat. Ich nämlich auch.«

August vermochte sein Erstaunen nicht zu verbergen.

»Nun ist es, wie es ist, aber von jetzt an erzählen wir uns alles«, meinte Maria. »Sollen wir das beschließen?«

Er nickte langsam.

Eine Sache gab es, die er fragen musste.

»Die Drogen, über die Paul so empört ist«, sagte er.

Maria sah ihn abwartend an.

»Ja?«

»Wie … also ich kenne ja Paul nicht, aber du. Warst du erstaunt? Hast du ihn jemals zuvor Drogen nehmen sehen?«

Maria streckte sich. Ihre Bewegung überraschte den Vogel, er flatterte und flog davon.

»Hier zählt nur eine einzige Sache«, sagte sie leise, aber mit Nachdruck. »Und das ist, dass zu dem Zeitpunkt, als Paul festgenommen wurde, er zwei Gramm Kokain in der Brusttasche hatte. Und das ist kriminell.«

Das war ungefähr, was auch Ray-Ray gesagt hatte, als August ihm die Frage gestellt hatte.

Auf dem Balkon wurde es ganz still.

August öffnete den Mund, schwieg aber zunächst.

»Warst du es?«, flüsterte er dann. »Warst du es, die …«

Maria legte einen Finger über seine Lippen, um ihn zum Schweigen zu bringen, und schüttelte den Kopf.

»Er hatte Drogen bei sich, als er festgenommen wurde«, sagte sie. »Dem gibt es nichts hinzuzufügen.«

Dann stand sie auf und gab ihm einen Kuss.

»Wir sehen uns heute Abend«, sagte sie. »Ich rufe dich im Laufe des Tages mal an.«

August erhob sich auch.

Das Herz raste und brannte zugleich.

Jetzt sage ich es, dachte er. Jetzt sage ich ihr, dass ich sie liebe.

Aber da klingelte Marias Handy, und sie verschwand im Haus.

Das Frühstück in der Morgensonne war beendet.

Als sie die Tür zum Wohnwagen aufschlug, roch es dort schwach nach Schweiß und noch etwas anderem, was Maria nicht einordnen konnte. Ray-Ray saß mit dem Laptop vorm Bauch auf dem Sofa und hatte die Beine ausgestreckt.

»Hallöchen, wie geht es dir?«, fragte er.

Er sah Maria besorgt an.

»Danke, ganz okay.«

»Hast du heute Nacht geschlafen?«

»Sehr wenig.«

»Sie werden ihn kriegen, Maria. Er wird sich nicht verstecken können.«

Sie goss sich eine Tasse Kaffee ein und verspritzte versehentlich etwas auf ihre Hand. Die heiße Flüssigkeit brannte auf der Haut.

»Verdammter Mist.«

Ray-Ray beobachtete sie, als sie sich hinsetzte.

»Sorry, dass ich nicht gefragt habe, ob du auch welchen willst«, sagte sie. »Aber wie du siehst, kann ich mir kaum selbst was eingießen.«

Der feste Stoff des Sofas schabte auf der Jeans, die sie anhatte. Einmal war Paul zum Wohnwagen gekommen, hatte sie bedroht und geschlagen. Das hatte für Maria das Fass zum Überlaufen gebracht und war ein Wendepunkt gewesen, denn sie hatte ernsthaft geglaubt, eine unausgesprochene Übereinkunft mit ihm zu haben, dass sie in Ruhe arbeiten dürfe und er sich von ihrem Arbeitsplatz fernhalten würde. Das war, wie sich gezeigt hatte, nicht der Fall gewesen.

Es gab keinen Ort, an dem Maria damit rechnen konnte, in Ruhe gelassen zu werden.

Paul ließ keine Gelegenheit aus, sie zu kränken.

Sie schloss die Hände um den Kaffeebecher, und gleichzeitig wurde ihr klar, welchen Geruch sie im Wohnwagen nicht hatte identifizieren können.

Schlaf, dachte sie. Es riecht nach Schlaf.

Ray-Ray musste dort übernachtet haben. Warum wusste sie nicht, vielleicht hatte irgendeine Freundin ihn rausgeworfen, vielleicht hatte er noch lange gearbeitet. Und nun würden sie wieder arbeiten, doch vorher gab es noch etwas, was sie wissen musste. Etwas, wovon sie lange gedacht hatte, sie müsse sich nicht darum scheren, was sie jetzt aber anders einschätzte. Alles andere konnte warten, sogar Axel Ehnbom und alles, was in diesem Fall geschehen war.

»Ich habe eine Frage«, sagte sie. »Und ich will, dass du aufrichtig antwortest. Ich … ich habe gedacht, ich müsste nicht darüber reden, aber ich komme nicht gut klar damit, dass es etwas gibt, wovon ich nichts weiß. Nicht in dieser Situation.«

Ray-Ray klappte die Kinnlade herunter.

»Was willst du wissen?«

»Ich will wissen, ob du es warst, der den Stoff in Pauls Jacke platziert hat.«

Ray-Ray schluckte.

»Du weißt, dass es auf deine Frage nur eine mögliche Antwort gibt. Nein, natürlich habe ich keine Drogen in Pauls Jacke getan. Das wäre gegen das Gesetz, und ich würde meinen Job und meine Freiheit damit riskieren. Niemand würde mich jemals wieder anstellen, wenn so etwas herauskäme. Die Kinder und ich würden auf der Straße landen und …«

»Danke, das genügt.«

»Genügt es wirklich, Maria? Denn du hast ja die Frage gestellt, und da muss ich antworten. Nein, ich habe keine Drogen in Pauls Jacke getan.«

Im Wohnwagen wurde es ganz still.

Maria hätte am liebsten geweint.

Was hatte sie denn schon erwartet? Die Wahrheit war nicht für sie bestimmt, sondern nur für ihn. Trotzdem hatte sie gehofft, dass sie über die Sache reden könnten, dass sie bestätigt bekommen würde, was sie bereits zu wissen glaubte: Dass die Drogen nicht von Paul stammten.

Sie konnte Ray-Ray nicht vorwerfen, so etwas getan zu haben, natürlich nicht. Im Gegenteil. Sie fand, er war ein Held, wie schwierig es auch war, sich das einzugestehen. Doch sein Handeln hatte ernste Konsequenzen gehabt. Paul hatte große Teile seiner Verteidigung, was die Misshandlung der Justizbeamtin anging, auf das Auffinden der Drogen aufgebaut. Und jetzt war er ausgebrochen.

Man nahm an, dass er sich zum Ausbruch entschieden hatte, weil man ihm das Handy abgenommen hatte, das er sich besorgt hatte. Oder vielleicht hatte er einfach aufgegeben. Er kam nicht damit klar, eingesperrt zu sein, und begriff vielleicht, dass er auch vorm Oberlandesgericht verurteilt werden würde. So setzte er alles auf eine Karte und haute ab.

Ray-Ray holte eine Dose Snus aus der Tasche und fummelte daran herum. Er hatte Angst, das konnte man sehen. Angst, einen Fehler gemacht zu haben, Angst, es sich mit ihr verscherzt zu haben, Angst, verurteilt zu werden.

»Ich habe es nicht böse gemeint«, sagte er.

Maria runzelte die Stirn.

»Ich habe es nicht böse gemeint«, sagte Ray-Ray noch einmal. »Mit dem Stoff. Ich wollte den Teufel einfach festnageln.«

»Ich weiß«, flüsterte sie.

Maria spürte, wie ihr die Tränen in die Augen schossen. Sie versuchte, sich die Szene vorzustellen. Wie Ray-Ray die Drogen in Pauls Jacke geschmuggelt hatte, wie er sich dann eiskalt zurückgezogen und auf die Katastrophe gewartet hatte. Wann und wo war das geschehen? Und woher hatte er die Drogen gehabt?

Sie nahm sich vor, keine Fragen zu stellen, auf die sie keine Antwort haben wollte.

Ray-Ray nickte grimmig.

»Jetzt arbeiten wir mal los«, sagte er.

Maria holte den Laptop aus dem Rucksack und klappte ihn auf. Ray-Ray sah sehr zufrieden aus – die Tagesschicht war endlich in Gang.

Wir sind doch beide gleichermaßen schräg, dachte Maria. Uns geht es am besten, wenn wir arbeiten.

»Was sollen wir von Gunnar Wides Zeugenaussage halten, dass Mary Thynell und Axel Ehnbom eine Beziehung hatten?«, fragte sie.

Der Bildschirm des Computers flimmerte erst und wurde dann scharf.

»Eigentlich müssen wir gar nicht so viel glauben«, sagte Ray-Ray, »denn wir müssen Mary auf jeden Fall noch einmal befragen. Ich will wissen, warum sie uns angelogen hat, als wir gefragt haben, wer das Kind auf den zehn Bildern ist. Wenn man so tut, als würde man sein eigenes Kind nicht wiedererkennen, dann ist das ja schon sehr bizarr.«

»Der Meinung bin ich auch«, sagte Maria. »Sowie wir hier fertig sind, fahren wir nach Hovenäset.«

Ray-Ray sah konzentriert in seinen Computer.

»Gunnar Wide«, sagte er. »Haben wir etwas zur Telefonüberwachung gehört?«

Sie hatten Gunnar zwar ziehen lassen, hatten aber den Staatsanwalt dazu gebracht, sowohl Abhörmaßnahmen als auch die Überwachung des Telefons anzuordnen.

»Die hat vor ungefähr einer Stunde angefangen«, sagte Maria. »Vendela wollte anrufen, wenn von dort irgendwelche neuen Informationen kommen.«

Ray-Ray stellte seinen Computer neben den von Maria auf den Tisch.

Gunnars Rolle in dem Drama erschloss sich ihr einfach nicht.

Sein großes Interesse an Axels Wohlergehen und später an der ganzen Ermittlung – war das wirklich ein Zeichen für einen Täter, der sich ungerecht behandelt fühlte, weil er nicht festgenommen wurde?

Maria war sich alles andere als sicher.

Sein ganzes Verhalten konnte genauso auf eine Kombination aus tiefem Misstrauen gegenüber der Polizei und einer Prise Abenteuerlust gegründet sein. Gunnar Wide hatte zu viel Zeit. Das hatte Maria schon erkannt, als sie sich das erste Mal begegnet waren. Und er war es gewohnt, anzuführen und Antworten auf alle schwierigen Fragen zu haben. Vielleicht empfand er es tatsächlich als seine Pflicht, sich vor der Polizei zu verstecken. In seiner Vorstellungswelt waren Maria und Ray-Ray Deppen, die es nicht schafften, Recht und Ordnung aufrechtzuerhalten. Da konnte ja ein selbsternanntes Genie wie Gunnar nicht auf dem Polizeirevier sitzen und vermodern, während der richtige Täter frei herumlief.

Gleichzeitig gab es aber auch Umstände, die ihm unbestritten zur Last gelegt werden mussten.

Sie wussten nicht sicher, warum Axel erpresst worden war, doch konnte man den Zetteln, die auf seinem Schreibtisch gelegen hatten, entnehmen, dass er etwas zu verbergen hatte, was mit dem Mord an Lydia Broman zusammenhing. Und dann kam Gunnar und behauptete, dass mit Axels Alibi von damals irgendwas nicht in Ordnung sei. So ein Zusammentreffen erforderte eine Erklärung.

»Hand aufs Bullenherz«, sagte Maria. »Wie sicher bist du, dass Gunnar Wide der Typ ist, nach dem wir suchen?«

Ray-Ray zog die eine Augenbraue hoch. »Ich bin bei gar nichts sicher«, antwortete er. »Aber das spielt ja keine Rolle, denn er benimmt sich so finster, dass man Angst vorm Dunkeln kriegen kann.«

Maria holte die zehn Fotografien von dem kleinen Mädchen heraus, die sie am Morgen bei August mitgenommen hatte.

Ray-Ray nahm eines der Bilder auf.

»Die Jahreszahlen auf der Rückseite«, sagte er. »Das sind genau die Jahre, die Axel mit seiner Familie in Chicago verbracht hat.«

»Vielleicht kann Mary uns etwas darüber sagen«, meinte Maria.

Ray-Ray warf das Bild auf den Tisch.

»Ich hasse alle die verdammten Lücken in dieser Ermittlung«, schimpfte er.

»Wir sehen nie das Ganze, nur eine Menge Details, die in mancher Hinsicht so aussehen, als würden sie zusammenhängen, die aber genauso gut einen Scheiß miteinander zu tun haben können.«

Da konnte Maria ihm nur zustimmen.

»Gunnar hat gesagt, wir sollten Marys durchgeknallte Tochter überprüfen«, sagte sie. »Ich denke, wir sollten die auch verhören und nach den Fotos fragen.«

»Und wieder Gunnar«, sagte Ray-Ray. »Aber klar, wir müssen offensichtlich unseren Blick erweitern. Ich begreife nicht, was Mary Thynell da tut.«

Maria erhob sich. Die Bilder aus Axels Karton waren uninteressant, wäre da nicht Marys Lüge. Und deshalb hatte es erste Priorität, sie noch einmal zu verhören. Entweder mussten die Bilder aus der Ermittlung herausgenommen werden, oder sie waren eine Spur, die verfolgt werden sollte.

»Komm«, sagte sie. »Wir fahren sofort hin.«

Ray-Ray stand auf.

»Wissen wir etwas über die Tochter?«, fragte er.

»Ich habe ein bisschen nachgeschaut«, sagte Maria. »Sie heißt Patricia Thynell und ist erst kürzlich von Göteborg nach Kungshamn gezogen. Nicht vorbestraft. Laut Einwohnermelderegister ist sie alleinstehend und Mutter von zwei Kindern.«

»Den Rest lassen wir jemand anders überprüfen«, sagte Ray-Ray.

»Jetzt kommen wir mal zu den wirklich heftigen Fragen: Fahrrad oder Auto?«

Maria lächelte.

»Fahrrad.«

»Verdammt, dann muss ich auch Fahrrad fahren.«

»Weil?«

»Weil dein verrückter Ex auf der Flucht ist und ich nicht will, dass du alleine bist.«

Marias Lächeln erlosch.

»Danke«, sagte sie.

»Da nicht für.«

Sie holte den Fahrradhelm heraus.

»Doch«, sagte sie leise. »Es gibt viel, wofür ich dir danken sollte, also tue ich es jetzt: danke. Für alles, Ray-Ray. Danke für alles.«

Und mit diesen Worten ging sie vor ihm aus dem Wohnwagen.

Der Bus sollte vom Terminal in Kungshamn abgehen. Dorthin konnten sie laufen.

»Komm schon, Sam«, sagte Hillevi.

Nachdem sie rausgegangen waren, schloss sie die Tür aufmerksam hinter sich.

Gleichzeitig rief sie in der Kita an.

Erleichterung breitete sich in ihr aus, als sie begriff, dass sie mit einer Praktikantin sprach.

»Ich wollte nur Bescheid sagen, dass Sam heute nicht kommt«, sagte sie. »Er hat heute Morgen einen Arzttermin in Uddevalla, danach bleibt er zu Hause.«

»Danke, das ist nett, dass du anrufst«, sagte die Praktikantin und legte auf.

Das war viel zu leicht gegangen. Hillevi beeilte sich. Sie hätte hundert Kronen darauf gesetzt, dass in mindestens einer Stunde eine von den anderen Erzieherinnen anrufen und motzen würde, dass das so nicht ging.

Heute muss es so gehen, dachte Hillevi.

Ein schlechtes Gewissen hatte sie nur, weil sie Ola angelogen hatte. Sie hatte gesagt, dass sie in die Schule gehen und Sam in der Kita vorbeibringen würde. Nichts davon war wahr gewesen, und vielleicht hatte Ola auch einen Verdacht gehabt, denn er hatte ungefähr fünfmal gefragt, ob das wirklich eine gute Idee wäre.

Gut oder nicht, dachte Hillevi, war es doch die einzige Idee, die sie hatte.

Es musste funktionieren.

Sie kamen zur Bushaltestelle. Hillevi wusste nicht, warum das »Terminal« genannt wurde, da gab es ja nur einen einzigen Steig.

Zu Hause in Göteborg gab es das Nils Ericson-Terminalen, und das sah aus wie ein kleinerer Flugplatz.

Hillevi vermisste Göteborg so sehr, dass ihr das Herz zu zerspringen drohte. An Kungshamn war einzig und allein Ola gut, und der war wirklich wichtig, denn ihre Mutter verhielt sich einfach nie wie ein normaler Mensch, und deshalb brauchten sie Ola so dringend.

Ein Stück entfernt lag die Hafenbäckerei. Sie war geöffnet, und Hillevi wünschte, sie hätte Zeit und Geld, dorthin zu gehen. Wenn Amanda irgendwann einmal zu Besuch kam, dann würden sie auf jeden Fall dorthin gehen und Kuchen essen.

Hillevi hielt Sams Hand ganz fest. Er hatte keinen Ärger gemacht, als er sich anziehen sollte, und auch nicht darauf reagiert, dass sie nicht in seine Kita gegangen waren. Still und ernst war er mit zur Bushaltestelle gekommen, ohne zu fragen, wohin sie gingen und warum.

Auch gut.

Wenn Hillevi auch nur ein Sterbenswörtchen über ihren Plan verloren hätte, hätte er Nein gesagt. Genauso wie sie sicher war, dass Ola ausgeflippt wäre, wenn sie ihm erzählt hätte, was sie herausgefunden hatte.

Es schmerzte in der Brust, wenn sie an Ola dachte.

Als er gestern von der Arbeit gekommen war, hatte er so traurig ausgesehen.

Hillevi hatte sich Sorgen gemacht und gefragt, ob irgendwas passiert wäre.

»Nicht doch«, hatte er gesagt. »Ich habe Mist gebaut. Aber das hat nichts mit dir und Sam zu tun.«

Als ob.

Alles hatte mit Hillevi und Sam zu tun.

Wenn Ola nicht erzählen wollte, warum er aussah, als ob er geweint hätte, musste Hillevi stattdessen raten.

Das Jugendamt, dachte sie. Er hat mit dem Jugendamt gesprochen und erfahren, dass wir nicht bei ihm bleiben dürfen.

Aber so eine große Sache hätte er doch bestimmt erzählt, oder? Hillevi war unentschlossen.

»Wie war denn dein Tag heute?«, hatte Ola gefragt.

Hillevi hatte geantwortet, dass es ihr gut ginge. Wenn Ola traurig war, machte es keinen Sinn, ihm zu erzählen, was sie zu Hause bei ihrer Mutter entdeckt hatte. Dass sie fast sicher war, dass ihre Mutter nicht mit auf Hovenäset gewesen war, als Sam den Brand gesehen hatte.

Sie sah verstohlen zu Sam.

Er saß auf der Bank an der Bushaltestelle und ließ die Beine baumeln.

Der Overall war zu klein und der Reißverschluss kaputt, sodass man ihn nicht bis oben schließen konnte. Hillevi hatte einen extra großen Schal für ihn mitgenommen, damit er nicht fror.

Ola würde ihm einen neuen Overall kaufen. Wenn nur mal Ruhe einkehrte, würde sich alles ordnen.

Sie strich Sam über den Kopf.

Feiner, kleiner Bruder.

Wenn er nur wie ein normaler Mensch reden würde.

Wenn er nur nicht eine halbe Ewigkeit schon verstummt wäre.

Am Abend zuvor hatte sie mit allen Mitteln versucht, ihn dazu zu bringen zu erzählen, was er erlebt hatte. Er hatte sich geweigert, auch nur einen Ton zu sagen, und am Ende hatte er geweint. Dann wollte er unbedingt bei Hillevi schlafen und war die ganze Nacht so unruhig gewesen, dass er sie mindestens fünfzehnmal geweckt hatte.

Der Bus kam.

Hillevi und Sam stiegen ein und setzten sich in die letzte Bank. Sam ans Fenster und Hillevi am Gang.

Endstation des Busses war Trollhättan, und Hillevi wusste, dass er auch durch Uddevalla kam. Wenn sie dorthin fuhren, würden sie umsteigen und weiter nach Göteborg fahren können.

Hillevi sah aus dem Fenster.

Göteborg musste warten. Sie und Sam würden nur bis Hovenäset fahren.

Sie hoffte zutiefst, dass sie nicht geradewegs ihrer Oma in die Arme laufen würden, denn dann hätte sie keine Ausrede, warum sie dort waren. Hoffentlich hielt sich die Oma im Haus auf, denn dann würde sie die beiden nicht sehen.

Hillevis Plan war einfach.

Sie hatte vor, Sam mit zu dem Ort zu nehmen, wo die beiden Bootshäuser abgebrannt waren. Sie wollte sehen, ob er es erkannte, ob er reagierte, wenn er dorthin kam. Denn es bestand trotz allem noch die Gefahr, dass Sam sich alles ausgedacht hatte und dass er in der Nacht überhaupt nicht auf Hovenäset gewesen war.

Obwohl sie das eigentlich nicht glaubte.

Sam hatte nach Rauch gerochen, als er in ihr Bett gekrabbelt kam.

Und er hatte auf den Zeitungsartikel über das abgebrannte Bootshaus gezeigt und genickt, als sie gefragt hatte, ob er dort gewesen sei.

Sie strich ihm übers Haar. Er hatte seine Mütze abgezogen und hielt sie in der Hand.

»Wir machen einen Ausflug«, sagte sie. »Nur du und ich.«

Er lächelte vorsichtig, sah sie aber nicht an. Als der Bus weniger als zehn Minuten später anhielt und Hillevi aufstand, um auszusteigen, wurde er wieder ernst. Sein Blick irrte fragend vom Fenster zu Hillevi und dann wieder zum Fenster.

Hillevi nickte als Antwort auf die Frage, die er nicht gestellt hatte.

»Ja, wir gehen nach Hovenäset. Komm jetzt.«

Dann nahm sie seine Hand und führte ihn aus dem Bus.

Dass etwas, was nie wirklich geworden war, sich so schmerzhaft bemerkbar machen konnte. Ola saß auf dem unbequemsten Stuhl des Universums im Restaurant des Smögen Hafvsbad und versuchte, sich auf den Vortrag zu konzentrieren.

Welche Ironie.

Derselbe Ort, an dem Patricia gefeuert worden war.

Ich hätte nicht herkommen sollen, dachte Ola. Ich hätte heute zu Hause bleiben sollen.

Eine Beraterin des Jugendamts hatte sich gemeldet. Aufgrund der Anzeige, die von Sams Kita eingegangen war, hatte man eine Überprüfung eingeleitet. Ola hatte versprochen, ihnen auf jede mögliche Weise zu helfen.

»Aber Sie dürfen mir die Kinder nicht wegnehmen«, hatte er gesagt.

Die Beraterin hatte geseufzt.

»Die Leute glauben, wir könnten Kinder aus den Familien nehmen, nur weil ihre Eltern den Müll im Treppenhaus liegen lassen. So funktioniert das nicht. Aber den Kindern muss es gut gehen. Ist das so?«

»Bei ihrer Mutter nicht«, hatte Ola geantwortet, »jedenfalls im Moment nicht. Deshalb wohnen sie bei mir.«

»Wie schön«, hatte die Beraterin gesagt. »Und wie traurig, dass sie nicht bei ihrer Mutter leben können. Lassen Sie uns mal gemeinsam besprechen, was es Ihrer Schwester so schwer macht, richtig für ihre Kinder zu sorgen. Das Ziel ist ja schließlich, dass sie zu Hause wohnen können.«

Auf dem Weg nach Smögen hatte er geweint.

Weil es sich trotz seiner guten Absichten so anfühlte, als würde er Patricia verraten.

Und weil er gleichzeitig spürte, dass der größte Verrat gewesen war, dass er es jahrelang selbst unterlassen hatte, seine Schwester anzuzeigen, und auch die bereits stattgefundenen Überprüfungen nicht unterstützt hatte.

Viel wäre anders gewesen, wenn mehr Leute mehr getan hätten, dachte Ola grimmig. Zum Beispiel hätte Sam einen richtigen Vater haben können.

Mein Gott.

Wenn man grade mal glaubte, dass es schlimmer nicht mehr werden könnte, tischte seine Mutter so eine Geschichte auf. Es ärgerte ihn wahnsinnig, dass seine Schwester es offensichtlich okay fand. Nicht zu erzählen, dass es an der Vaterschaft ihres Kindes Zweifel gab. Und dann war dieses Kind auf etwas rätselhafte Weise mitten in der Nacht auf Hovenäset gelandet und hatte Axel Ehnboms Bootshaus niederbrennen sehen.

Was hast du noch gesehen, Sam?

Ola schluckte.

Er war heute auf Fortbildung. Der Arbeitgeber bezahlte für Ola und seine Kollegen. Die Ausbildung hieß »Konfliktmanagement in der täglichen Begegnung«, und am Ende des Tages sollten sämtliche Teilnehmer besser mit bockigen Kunden umgehen können. Das fühlte sich unklar und fremd an und vor allem unnötig. Und dazu noch anstrengend. Sie waren zwanzig Personen im Raum, doch nicht alle stammten vom selben Unternehmen. Deshalb hatte der Seminarleiter gleich erst mal vorgeschlagen, dass sich alle einander vorstellen sollten.

Ola hasste sowas.

Er verabscheute es, im Zentrum zu stehen. Schon die Aufmerksamkeit, die er auf dem Treffen des Lesekreises auf sich gezogen hatte, war eigentlich zu viel für ihn gewesen. Das hier fühlte sich noch viel schlimmer an. Als Ola an der Reihe war, hätte nicht viel gefehlt und er wäre aufgestanden und hätte gesagt:

»Ola Thynell. Dauersingle ohne Leben.«

Aber das hatte er natürlich nicht getan. Er hatte sich wie die meisten anderen nur halb vom Stuhl erhoben und war rot geworden, während er sprach.

Dann hatte er sich schnell wieder auf den Stuhl fallen lassen.

Bestimmt war die Fortbildung schweineteuer, aber Ola war nicht in Stimmung, um sie wirklich wahrzunehmen. Er konnte an nichts anderes denken als Hillevis besorgten Blick, als er am Morgen das Haus verlassen hatte. Und an August.

Mann, Mythos, Finanzgenie.

Wie hatte Ola nur glauben können, dass er da landen könnte?

Manchmal bin ich so naiv, dass es mich selbst erschreckt, dachte er.

Der Seminarleiter sagte etwas, und alle lachten laut auf. Ola beeilte sich, die Aufmerksamkeit in die richtige Richtung zu wenden. Er lachte leise, aber zögerlich, damit die anderen nicht merkten, dass er mit seinen Gedanken ganz woanders war. Das klappte nur so einigermaßen. Aus dem Augenwinkel bemerkte er, wie ein Mann in seine Richtung sah und sich über seinen Versuch, am Ball zu bleiben, amüsierte. Ola wand sich peinlich berührt. Der Mann sah gut aus und hatte ein sympathisches Lächeln.

Bestimmt schaut er zu jemand anderem, dachte Ola. Mich will ja keiner haben.

Unauffällig wandte er den Kopf und ließ den Blick vom Seminarleiter über die betörend schöne Landschaft wandern, die draußen vor dem Restaurantfenster zu sehen war. Der gewöhnliche Konferenzraum hatte ein Problem mit der Klimaanlage, und deshalb hatten sie ins Restaurant umziehen müssen, was die meisten begrüßten.

Das Restaurant lag so hoch in dem alten, charmanten Holzgebäude, dass man große Teile des Naturreservates überschaute, das sich, ganz von Schnee und Eis bedeckt, wie eine gigantische Steinzunge ins Meer hinein erstreckte. Die Milliarden Strahlen der Sonne ließen die Schneedecke funkeln. Das Heidekraut, das in den Spalten der Klippen wuchs, war nicht zu erkennen und ebenso wenig die niedrigen Büsche, denen es gelungen war, in dem kargen Boden Wurzeln zu schlagen. Alles war unter Schnee verborgen. Wie ein Geheimnis, das nur das Frühjahr hervorzulocken vermochte.

Der Seminarleiter redete und redete. Erneut verlor Ola den Faden. Seine Gedanken wanderten zu den Fotos von Patricia, die er am Abend zuvor bei August gesehen hatte.

»Die Bilder habe ich von Axel bekommen«, hatte August gesagt. »Und ich weiß, dass die Polizei wissen möchte, wer das Mädchen auf den Fotos ist. Rechne also damit, dass sie sich eventuell bei dir melden.«

Das war doch komisch, dass Axel Ehnbom diese Fotos gehabt hatte. Sehr komisch. Ola hatte nicht so viel darüber nachdenken wollen, doch weil er nicht aufhören konnte, an August zu denken, war es schwer, die Fotos zu vergessen.

Zehn Stück.

Und zehn Jahre.

Patricia war auf jedem Foto ein Jahr älter.

Aber Axel hatte in den Jahren gar nicht auf Hovenäset gewohnt. Das bedeutete zwar nicht, dass er sie nicht trotzdem hatte fotografieren können, aber Ola war sich ziemlich sicher zu wissen, dass Axel hier nicht die Kamera in der Hand gehalten hatte.

Oder sogar sehr sicher.

Denn er hatte noch etwas anderes auf den Fotos gesehen, wovon er wusste, dass ein Außenstehender es nicht wahrnehmen würde.

Auf der Rückseite der Bilder waren Jahreszahlen notiert, die in Buchstaben geschrieben waren. »Neunzehnhunderteinundachtzig«. »Neunzehnhundertzweiundachtzig«. Und das genügte schon, dass Ola auch die Handschrift erkannte.

Er fragte sich, ob die Polizei diese Bilder wohl seiner Mutter gezeigt hatte.

Wie würde sie, die so krank und zerbrechlich war, reagieren, wenn sie diese Handschrift erkannte?

Doch war es nicht nur die Handschrift, sondern auch die Sache, Jahreszahlen auszuschreiben. Ola hatte in seinem ganzen Leben erst einen einzigen Menschen gekannt, der das tat, anstatt die Jahre mit Ziffern zu bezeichnen.

Derselbe Mensch, der seine Familie so schwierig gemacht hatte.

Papa, dachte Ola, hast du diese Fotos von Patricia gemacht?

Das Schloss an der Ladentür machte Schwierigkeiten. August wurde wütend und ruckelte am Schlüssel, bis schließlich die Tür aufging und er reingehen konnte. Er schloss die Tür hinter sich und verriegelte sie. Dann kontrollierte er noch mal an der Klinke, ob sie auch zu war.

Nur um im nächsten Moment festzustellen, dass die Alarmanlage nicht funktionierte. Das Display blinkte aufgeregt, und ein schwaches Piepen war zu hören.

August schaltete das gesamte System aus und rief die Firma an. Die versprach, die Sache zu überprüfen, ehe er am Abend den Laden schließen würde.

»Danke, das wäre sehr freundlich«, sagte er verärgert und beendete das Gespräch.

Eigentlich hatte er keine Tendenz zur Paranoia. Und Menschen, die sich seltsamen Verschwörungstheorien hingaben oder sich ganz allgemein verunsichert verhielten, waren ihm auch immer suspekt. Das meiste in der Welt war genau das, was es zu sein schien, und in den allermeisten Situationen machte man sich nur unglücklich, wenn man diverse unterschiedliche Sicherheitsvorkehrungen traf.

Wie zum Beispiel, eine Tür abzuschließen, die man ansonsten offen ließ.

Es war Paul, der Augusts Denken durcheinanderbrachte.

Wahrscheinlich sollte er dankbar für die Alarmanlage sein, doch bedeutete es auch Stress.

Wie auf Bestellung rief Henrik an.

»Wie ist die Lage?«

August ließ sich schwer auf der Schreibtischkante nieder.

Wie die Lage ist? Ja, ziemlich verrückt.

»Hallo?«

»Ich bin hier, ich überlege nur gerade, was ich darauf antworten soll.«

Und dann erzählte er ihm alles, was passiert war. Ließ nichts aus. Henrik war schließlich kein besorgter Vater, der vor der Wahrheit über Augusts Leben geschützt werden musste. Und im Moment sah das vor allem chaotisch aus. Alles andere wäre eine Lüge.

Als er fertig war, hörte er Henrik am anderen Ende atmen. Schließlich war August an der Reihe zu sagen:

»Hallo?«

Henrik sonderte ein schwaches Stöhnen ab, von der Sorte, wie man es auf theatralische Weise äußert, um dem anderen klarzumachen, wie dumm man ihn findet.

»Im Ernst? Bist du suizidal? Bleibst du deswegen in diesem verdammten Loch hängen? Jetzt hast du deine Lebenskrise gehabt, also werd mal erwachsen, und komm nach Hause. Es ist nicht gut für dich, da zu wohnen. Du wirst komisch, wenn du dableibst. Jetzt machst du mal Folgendes: Du fragst Maria, ob sie dich heiraten will, und dann nimmst du sie mit nach Stockholm. Die Polizeiarbeit hier ist sicher unvergleichlich unterhaltsamer. Da wo sie jetzt ist, passiert ja nichts.«

August merkte, wie er lächeln musste.

Im nächsten Moment wurde Henrik klar, was er da gesagt hatte.

»Warte, ich merke gerade, wie das klingt. Das Problem ist ja eher, dass da, wo Maria jetzt arbeitet, zu viel passiert. Das habe ich gemeint.«

»Ne, ne«, sagte August und lachte laut, »gesagt ist gesagt.«

Das hier war genau der Grund, warum er Henrik so mochte. Weil er ihn immer zum Lachen brachte.

»Du, ich muss jetzt Schluss machen. Ich muss arbeiten.«

»Versprich mir, dass du Schutz bekommst, jetzt wo dieser verdammte Wahnsinnige auf der Flucht ist«, verlangte Henrik.

August betrachtete die Alarmanlage, die er auf den Tisch gelegt hatte.

»Yes, dafür ist gesorgt.«

»Ich rufe später noch mal an. Das hier gefällt mir gar nicht.«

»Da sind wir schon zwei«, antwortete August und legte auf.

So hatte er sich das nicht vorgestellt. Sein Leben hatte sich binnen nur eines Jahres unfassbar verändert. Vor zwölf Monaten noch war er frisch Single geworden und dabei, sich von Helene zu trennen.

»Ich liebe dich nicht mehr«, hatte sie gesagt. »Ich möchte, dass wir uns trennen.«

August schämte sich fast, wenn er daran dachte, wie erleichtert er gewesen war, als sie ihn verlassen hatte.

Die Nachricht, dass sie ein Kind erwartete, schmerzte immer noch, aber nur, weil er selbst jetzt wusste, dass auch er eine Familie gründen wollte.

Mit Maria.

Am liebsten so schnell wie möglich.

Sein Blick wanderte über die Regale und Sachen in seinem Laden. Die vielen Bücher und die seltsamen Porzellanfiguren, die gebrauchten Skiklamotten und Skier und die Schallplatten und dann die Sammlung mit alten Reisekoffern, die so viele Jahre auf dem Buckel hatte, dass sie mit zum Coolsten gehörte, was man sich in Sachen Reisetasche vorstellen konnte. Ganz zu schweigen von all den ganz besonderen Abendkleidern, die er angesammelt hatte.

Er konnte inzwischen leichter Kleider ablehnen, von denen er sich keinen Wiederverkaufswert versprach, aber die Festkleidung war ein richtiger Glückstreffer geworden.

Er war stolz auf das, was er geschaffen hatte.

Sogar auf das »Danke-für-alles«-Regal mit all seinen unglaublich unpraktischen und hässlichen Dingen war er stolz.

Doch plötzlich hielt er inne.

Mitten auf dem »Danke-für-alles«-Regal lag eine grüne Mütze mit Ohrenklappen.

Er ging hin und nahm sie in die Hand.

Und erstarrte.

Diese Mütze erkannte er wieder, die hatte er schon viel zu oft gesehen.

Auf dem Kopf von Gunnar Wide.

Verdammt noch mal.

Wie war diese Mütze im Laden gelandet? Hatte Gunnar sie am Tag zuvor vergessen? Nein, denn er war ja ohne Mütze und mit einer gestohlenen oder geliehenen Jacke aufgetaucht.

Aus der Küche hinter dem Laden war ein kratzendes Geräusch zu hören, nur kurz und gedämpft, und wenn er nicht gerade mit Gunnars Mütze in der Hand dagestanden hätte, dann wäre es ihm sicher gar nicht aufgefallen.

Aber jetzt.

August ging in die Küche.

»Ich weiß, dass du hier bist, Gunnar.«

Kaum, dass er die Worte ausgesprochen hatte, wurde ihm klar, dass er das eigentlich gar nicht wusste. Es sprach sie nur aus, weil es sich wie eine gute und starke Eröffnungsphrase anfühlte, falls wirklich sein seltsamer Nachbar da wäre.

Und so war es, wie sich herausstellte.

In der Speisekammer, die August noch nicht in Gebrauch genommen hatte.

Die Tür schrammte, als sie vorsichtig geöffnet wurde und Gunnar herausschaute.

»Sind wir allein, Strindberg?«

August warf die Mütze auf den Küchentisch.

»Teufel noch mal«, sagte er und fasste sich an den Kopf. »Hast du sie noch alle, Gunnar?«

Der alte Mann kletterte aus der Speisekammer.

»Natürlich«, erwiderte Gunnar verärgert.

»Hast du die ganze Nacht hier gesessen?«

»Nein, ich habe tatsächlich auf einer Matratze im Keller geschlafen. Das nimmst du mir doch hoffentlich nicht übel, oder? Ich bin verdammt spät gekommen und war müde.«

August sah Gunnar von oben bis unten an. Er sah wirklich ein wenig mitgenommen aus.

Er unterdrückte einen Seufzer. Soweit er wusste, wurde Gunnar nicht länger von der Polizei gesucht.

»Natürlich nehme ich dir das übel. Was machst du bloß?«

»Die Polizisten sind Idioten«, verkündete Gunnar. »Ich weiß es nicht genau, aber ich habe mich entschieden, einfach mal davon auszugehen, dass sie Leute auf mich angesetzt haben. Sie haben mich ziehen lassen, glauben aber immer noch, dass ich Axel getötet habe.«

»Hast du das denn nicht?«

August war selbst erstaunt, wie scharf er klang.

Er verschränkte die Arme vor der Brust und streckte sich.

Gunnar warf ihm einen langen Blick zu. Die buschigen Augenbrauen warfen einen Schatten über seine Augen.

»Kann man vielleicht ein bisschen Wasser kriegen?«

»Hast du Axel getötet?«

»Nein, ich habe Axel nicht getötet. Kann ich ein Glas Wasser kriegen?«

August nahm ein Glas aus dem Küchenschrank und drehte den Hahn auf. Gunnar hatte sie nicht alle, so viel stand fest.

»Hast du meine Alarmanlage kaputtgemacht?«, fragte August.

»Was heißt denn kaputtgemacht? Ich habe nur ein bisschen drauf rumgetippt. Ich habe dieselbe zu Hause. Taugt nichts.«

»Du kannst hier nicht bleiben«, sagte August und reichte das Glas Wasser rüber. »Ich habe zu arbeiten. Ich kann dir nicht helfen.«

Gunnar leerte das Glas.

»Du sollst nicht mir helfen«, sagte er, »sondern Axel.«

»Axel lebt nicht mehr.«

»Genau.«

Gunnar stellte das Glas ab und machte eine Kunstpause.

»Aber du«, sagte er. »Und ich auch. Und ich glaube, dass ich auf etwas Wichtiges gestoßen bin.«

Das Eis lag dick auf dem Wasser zu beiden Seiten der Hovenäsbrücke. Hillevi hatte andere dort schon Schlittschuhlaufen sehen, sich selbst aber nicht hingetraut. Außerdem waren ihre Schlittschuhe zu klein. Sie drückten auf den Zehen und waren hart und kalt.

Es war ein frostiger Tag. Die Sonne schien, aber Hillevi zog am Kragen ihrer Jacke, um ihn übers Kinn zu ziehen. Ihre Mutter hackte ständig auf ihr herum, dass sie zu wenig Kleider anhätte, aber Hillevi fand das eigentlich immer übertrieben. Heute nicht. Die Kälte stach in die Oberschenkel, und sie bereute, Turnschuhe angezogen zu haben.

Sie hielt Sams Hand ganz fest.

»Frierst du?«

Er antwortete nicht.

»Wenn ja, musst du es sagen.«

Sie wusste nicht, warum sie das überhaupt sagte. Was sollte sie schon tun, wenn er fror? Sie hatten ja keine zusätzlichen Kleider dabei.

Hillevi schielte zum Haus der Oma, als sie vorbeigingen. Falls die am Fenster stand und sie sehen würde, dann hätte Hillevi ein Problem zu erklären, was sie hier machten.

Sam seufzte.

Er ging immer langsamer.

»Jetzt trödel mal nicht so«, sagte Hillevi. »Wir haben nicht so viel Zeit.«

Sie sah sich unruhig um. Nicht nur ihre Oma konnte ihnen Probleme machen, es gab auch noch eine Menge anderer Leute auf Hovenäset, die sie erkennen könnten.

Sie kamen an einer Reihe Häuser vorbei, die völlig verlassen aussahen.

Hillevi holte ihr Handy raus. Sie meinte zu wissen, wo der Brand geschehen war, aber ganz sicher war sie nicht. Irgendwie gab es überall Bootshütten auf Hovenäset, aber ihre Großeltern hatte nie eines besessen. Das Display des Handys leuchtete auf. Hillevi schaute sich genau die Karte an und stellte fest, dass sie auf dem Weg in die richtige Richtung waren.

Sie schob das Telefon wieder in die Tasche. Die Kita hatte immer noch nicht angerufen, und das machte ihr Sorgen.

Was, wenn die jetzt gar nicht mehr bei Hillevi anriefen, sondern gleich bei der Polizei? Aber warum sollten sie das tun? Sie hatte ja nichts Ungesetzliches getan, sondern nur ein bisschen gelogen, um Sam mitnehmen zu können.

Sie kamen an dem kleinen Platz vorbei, wo ihre Mutter immer das Auto parkte, und dann am Österparken, in dem Hillevi als kleines Kind gern gespielt hatte. Die Straße bog ein wenig ab, als der Hovenäsvägen zu Ende war und nun Resovägen hieß.

Als er die Reihe von Bootshäusern sah, blieb Sam wie angewurzelt stehen.

Hillevi hielt auch an.

Mitten zwischen den bunten Häuschen türmten sich zwei Haufen mit Müll.

Sie keuchte und flüsterte:

»Shit.«

Sam hielt ihre Hand so fest, dass es wehtat. Seine Unterlippe zitterte, und er hatte Tränen in den Augen.

»Komm«, sagte sie sanft und zog ihn mit sich.

Aber Sam weigerte sich weiterzugehen.

»Es ist nicht schlimm«, sagte Hillevi. »Wir schauen nur ein bisschen.«

Ihr Herz schlug fest in der Brust. Sam hatte richtig Angst. Hillevi zog wieder an seinem Arm, doch er stand wie festgefroren auf dem Bürgersteig. Er gab einen jammernden, durchdringenden Laut von sich, den sie noch nie von ihm gehört hatte.

»Psst«, sagte Hillevi und schaute sich rasch um.

Kein Mensch war in der Nähe.

Und soweit sie sehen konnte, war auch bei den Bootshäusern niemand. Hillevi beugte sich herunter und nahm Sam auf den Arm. Sie wollte näher kommen, damit Sam auf etwas zeigen konnte, worüber zu reden er sich immer noch weigerte. Er war stocksteif auf ihrem Arm, aber jetzt jammerte er wenigstens nicht mehr.

Hillevi packte ihren Bruder fest. In seinem Overall rutschte er und war schwerer, als sie erwartet hatte.

Als sie näher zu den Bootshäusern kamen, roch es immer noch schwach nach Feuer. Wie war das möglich? Der Brand war doch schon mehrere Tage her.

Sam schlang die Arme um sie und drückte den Kopf auf ihre Schulter. Zum Glück hatten sie es nicht weit. Hillevi merkte, wie ihre Arme langsam nicht mehr konnten. Sie musste ja auch auf den Weg achten, denn der Bürgersteig war voller Eisplacken, und sie wollte wirklich nicht ausrutschen.

Schließlich standen sie vor den abgebrannten Bootshäusern.

Die sahen aus wie aus einem Gruselfilm. Alles war schwarz verbrannt und roch übel. Hillevi rümpfte die Nase und versuchte, Sam abzusetzen. Doch er weigerte sich und zog stattdessen die Beine hoch und schlang sie um ihre Taille.

»Sam, hör auf«, sagte Hillevi. »Wir werden nicht lange bleiben, das verspreche ich dir. Lass mich jetzt los.«

Sam begann wieder zu jammern, aber diesmal war Hillevi stur. Sie hockte sich hin und zog vorsichtig an Sams Bein, sodass sie sein Gewicht loswurde. Er weinte, als sie ihn auf den Boden stellte. Ein müdes Weinen, das sie ewig nicht erlebt hatte.

»Ich bin hier«, sagte sie und strich ihm übers Haar. »Ich gehe nirgends hin.«

Sie stellte sich hinter ihn, sodass sie beide in dieselbe Richtung schauten. Doch Sam sah nirgends hin, sondern kniff die Augen zusammen.

»Was ist hier passiert?«, flüsterte Hillevi. »Bitte, du musst es mir erzählen. Alles wird nur besser, wenn du sagst, was du erlebt hast. Nur besser.«

Doch sie bekam keinen Kontakt zu ihrem Bruder.

Sam saß auf dem kalten Boden, hatte die Augen geschlossen und hielt sich die Ohren zu.

Hillevi zog ihn an sich und umarmte ihn ganz fest. Sie bekam einen Krampf in den Knien, wenn sie so hockte, und fror so sehr, dass sie am liebsten wieder nach Hause zu Ola wollte.

Trotzdem hatte sie das Gefühl, einen letzten Versuch unternehmen zu müssen, Sam zum Reden zu bringen. Er hätte nicht auf die Zeitung gezeigt, wenn er nichts erzählen wollte.

Hillevi küsste Sam auf die kalte Wange. Er zitterte in ihrem Arm. Es war ein Fehler gewesen, ihn mit nach Hovenäset zu nehmen, das sah sie jetzt ein.

»Wir werden nicht lange bleiben«, sagte sie. »Ich will nur wissen, was passiert ist.«

Was hatte Sam gesehen und erlebt?

Das war alles, was zählte.

Er bewegte sich in ihrem Arm und verkroch sich an ihrer Brust. Sein Körper fühlte sich jetzt schlapper an, als wäre er im Begriff einzuschlafen oder als würde er all das Schlimme einfach nicht mehr aushalten.

Hillevi beschloss, etwas zu fragen, worauf sie bereits eine Antwort bekommen hatte:

»Sam, hast du den Brand gesehen?«

Erst war er ganz still, doch dann nickte er fast unmerklich.

Endlich antwortete er.

Hillevi schluckte und versuchte nicht zu zeigen, wie aufgeregt sie war.

»Hast du gesehen, wer das Feuer gelegt hat?«

Schnell schüttelte er den Kopf.

»Es brannte also schon, als du hierher kamst?«

Er nickte.

Hillevi holte tief Luft.

»War die Mama bei dir?«

Sam schüttelte den Kopf.

»Bist du sicher? Es ist nicht deine Schuld, wenn die Mama was Dummes gemacht hat.«

»Mama war nicht dabei.«

Seine Stimme war nur ein Flüstern, aber was er sagte, war unmissverständlich. Er redete! Hillevi umarmte ihn fester.

»Mit wem warst du dann hier?«, fragte sie. »Wer hat dich mit zu dem Feuer genommen?«

Sam blieb stumm, und Hillevi wollte am liebsten herausschreien.

Nein, nein, nein, nicht wieder stumm werden!

Sie holte tief Luft.

»War es jemand, den du kanntest?«

Er schüttelte den Kopf.

Hillevi kapierte gar nichts mehr.

»Okay, war es eine Frau?«

Neuerliches Kopfschütteln.

»War es ein Mann?«

»Ja.«

Sie schloss die Augen. Ein unbekannter Mann hatte Sam mit zum Feuer genommen.

Dachte er sich das bloß aus?

»Bist du sicher, dass du nicht weißt, wer es war?«

Sam bewegte sich nicht.

»Hat er gesagt, wie er heißt?«

Sam schüttelte den Kopf.

»Aber er ist zu uns nach Hause gekommen und hat dich abgeholt?«

Ein neues Flüstern:

»Ja. Und dann sind wir Auto gefahren.«

»Hat er gesagt, wohin ihr fahren würdet?«

Sam nickte leicht.

»Ja. Er hat gesagt, wir gehen auf ein Fest.«

Hillevi runzelte die Stirn.

»Auf ein Fest?«

»Ja.«

»Was für ein Fest?«

»Familienfest«, wisperte Sam.

Hillevi starrte ihn an.

»Wie hieß das?«

»Familienfest.«

»Sam, bist du dir da ganz sicher?«

»Er hat das gesagt. Der mit dem Auto.«

»Dass ihr auf ein Familienfest gehen würdet?«

»Ja. Hab ich doch gesagt.«

Hillevi war ratlos. Das passte alles nicht zusammen.

»Okay«, sagte sie leise. »Ich versuche gerade, das zu verstehen … Ihr solltet also auf ein Fest. Aber erst seid ihr hierher und habt den Brand angeschaut.«

Sam rieb sich die Augen und schüttelte den Kopf.

»Nein, erst sind wir aufs Fest. Und dann hierher.«

In Hillevis Kopf kreisten die Gedanken.

»War das Fest auch hier auf Hovenäset?«

»Ja. Aber da war kein Fest. Es war nur ein alter Mann da.«

Hillevi strich Sam über die Wange. Ihr war übel, denn jetzt war ihr ein ganz anderer Verdacht gekommen, und der war so unangenehm, dass sie wünschte, ihn nie gedacht zu haben. Hillevi wusste, dass es jede Menge alte Männer gab, die kleine Jungs mochten. Hatte Sam etwa so einen getroffen?

»War er nett?«, fragte sie.

»Ich weiß nicht«, erwiderte Sam leise.

»Hat er denn nicht mit dir geredet?«

»Nee. Mit niemand.«

Sam zitterte wieder. Hillevi umarmte ihn noch fester.

»Was ist passiert?«

»Der schlief auf der Treppe«, flüsterte Sam. »Der alte Mann hat auf der Treppe geschlafen, und aus seinem Kopf kam Blut. Dann war das Fest aus.«

An Mary Thynells Haus wuchs jede Menge Efeu. Maria war das zuvor gar nicht aufgefallen, doch jetzt, als sie die vom Frost überzogenen grünen Blätter sah, die an der Holzfassade hochrankten, fiel ihr auf, dass es wie ein Kunstwerk wirkte.

Ray-Ray zog eine Grimasse, als er vom Fahrrad stieg.

»Alles in Ordnung?«, fragte Maria.

»Nein, verdammt noch mal. Glaub bloß nicht, dass wir noch mehr Strecken zusammen mit dem Fahrrad fahren. Ab jetzt nehmen wir das Auto.«

Maria grinste.

»Bewegung tut gut«, erwiderte sie und schloss das Fahrrad mit zwei Schlössern ab.

»Ich bin fünf Tage die Woche im Studio, das muss genügen.«

Er lehnte das Fahrrad an eine Straßenlaterne.

»Willst du es nicht abschließen?«, fragte Maria. »Was, wenn jemand es klaut.«

»Nichts wäre mir lieber«, entgegnete Ray-Ray. »Komm! Jetzt lass uns mal anklopfen.«

Maria folgte zögernd.

Mary Thynell sah nicht gerade froh aus, als sie die Tür öffnete und die beiden auf der Treppe stehen sah. Außerdem wirkte sie noch erschöpfter als am Tag zuvor.

»Was ist jetzt passiert?«, fragte sie.

»Dürfen wir reinkommen?«, gab Maria zurück. »Wir haben nur ein paar kurze Fragen.«

»Natürlich.«

»Danke.«

Auf der Treppe stand ein Stiefelkratzer. Maria und Ray-Ray schlugen den Schnee ab, der unter den Sohlen festgebacken war.

Dann gingen sie rein. Drinnen zogen sie dann noch die Schuhe aus, um keinen Schmutz zu machen.

Mary beobachtete sie schweigend.

Maria konnte sehen, wie es in ihrem Kopf arbeitete. Wahrscheinlich suchte sie eine Erklärung dafür, warum Maria gesagt hatte, dass sie nur »ein paar kurze Fragen« hätten, aber gleichzeitig so lange zu bleiben planten, dass sie die Schuhe auszogen.

»Wir können ins Wohnzimmer gehen«, sagte Mary.

Maria setzte sich in einen der Sessel und Ray-Ray auf den Klavierhocker beim offenen Kamin.

Mary spürte offensichtlich, dass irgendetwas bevorstand, denn sie blieb noch eine Weile stehen, um sich dann schließlich in eine Ecke des Sofas zu setzen.

»Als wir das letzte Mal hier waren, haben wir Ihnen ein paar Bilder von einem Mädchen gezeigt«, begann Maria. »Haben Sie an diese Bilder in der letzten Zeit noch mal gedacht?«

Mary lehnte sich steif an die Rückenlehne des Sessels.

»Nein«, sagte sie leise, »das kann ich nicht behaupten.«

Ray-Ray holte eines der Fotos aus seiner Jackentasche.

»Sie wissen immer noch nicht, wer das hier sein könnte?«

Er legte das Bild vor Mary auf den Couchtisch.

Die streckte zögerlich eine Hand aus und zog das Foto zu sich.

»Ich weiß nicht recht, ob ich verstehe, worauf Sie hinauswollen«, sagte sie.

Da stand Ray-Ray auf, ging zum Kaminsims und nahm eines der eingerahmten Familienfotos herunter.

»Wir finden, Sie sollten Ihre eigene Tochter erkennen können«, sagte er und stellte auch das gerahmte Foto auf den Couchtisch. »Mehr verlangen wir gar nicht.«

Maria sah das Foto im Rahmen an. Als sie das letzte Mal bei Mary gewesen waren, hatte keiner von ihnen die Familienbilder genauer angesehen, doch jetzt herrschte kein Zweifel: Das Mädchen auf dem Bild war identisch mit dem auf Axel Ehnboms Fotos.

Auch Mary starrte auf das Familienfoto, als würde sie es zum ersten Mal sehen. Im Zimmer war es völlig still. Die Sonne fiel durchs Fenster, und in ihrem Licht wirbelten Staubkörner.

»Warum haben Sie uns nicht gesagt, dass es Ihre Tochter ist?«, fragte Maria.

Mary drehte sich langsam zu ihr.

»Weil ich es für unnötig hielt.«

Die Stimme war jetzt dünn und ohne die zuvor gezeigte Selbstsicherheit. Mary sah erbärmlich schwach aus.

»Unnötig?«, fragte Ray-Ray. »Das hier ist eine Mordermittlung, da bestimmen wir von der Polizei, was notwendige und was unnötige Informationen sind.«

»Patricia hat es nicht immer leicht gehabt«, sagte Mary. »Ich wusste nicht, woher diese Bilder stammen, und ich wollte sie davor bewahren, in etwas reingezogen zu werden, womit sie nichts zu tun hatte.«

»Und woher wollen Sie das so genau wissen?«, fragte Maria. »Es ist, wie mein Kollege sagt: Hier entscheidet die Polizei und nicht Sie, was für die Ermittlung erforderlich ist.«

Mary schwieg.

»Warum hatte Axel diese Fotos von Patricia?«, fragte Ray-Ray.

»Keine Ahnung. Sie müssen mir glauben, dass ich sie noch nie zuvor gesehen habe.«

»Könnte jemand anderes als Axel die Fotos gemacht haben?«

»Woher in aller Welt soll ich das wissen?«

Wieder Schweigen.

Marys Wangen hatten jetzt Farbe bekommen, und man konnte deutlich erkennen, dass sie aufgewühlt war.

Maria legte die Hand auf den Tisch und versuchte, sich der Frau vorsichtig zu nähern.

»Mary, es ist jetzt nicht der richtige Moment, wichtige Informationen zurückzuhalten«, ermahnte sie.

»Das tue ich auch nicht.«

Ray-Ray öffnete die Jackentasche und holte noch mehr Fotos heraus, die er vor Mary aufreihte.

»Axel war im Besitz von Bildern, die Patricia im Alter von einem bis zehn Jahre zeigten. Dann gab es keine weiteren mehr. Was ist passiert?«

Vielleicht siegte die Neugier, denn Mary griff nach den Fotos und blätterte sie durch. Sie sah Bild um Bild an, ohne eine Miene zu verziehen.

Das provozierte Ray-Ray.

»Was zum Teufel ist denn los mit Ihnen?«, fragte er. »Wenn jemand zu mir nach Hause käme und mir Fotos von einem meiner Kinder zeigen würde und ich dann keine Ahnung hätte, wann und warum diese Fotos gemacht wurden, dann wäre ich außer mir vor Wut. Und vor Angst!«

Das Letzte war keine Lüge, das sah man ihm an.

»Ich bin derselben Meinung«, fügte Maria hinzu. »Warum sagen Sie nichts zu den Fotos? Stört es Sie nicht, dass einer Ihrer Nachbarn Ihr Kind fotografiert hat?«

Mary schob den Stapel Fotos von sich.

»Ich glaube wirklich nicht, dass ich dazu noch etwas sagen kann«, sagte sie. »Axel war ein Freund von meinem Mann und mir, das habe ich bereits letztes Mal, als Sie hier waren, erzählt. Und er war ein guter Fotograf. Ich kann mir kaum vorstellen, dass Patricia das einzige Kind war, das er fotografiert hat, wenn er es nun überhaupt war.«

Ray-Ray schüttelte den Kopf.

»Das kaufe ich Ihnen nicht ab«, sagte er. »›Er war ein guter Fotograf‹. Was hat das damit zu tun? Er hat Ihre Kleine heimlich fotografiert, wie können Sie das einfach nur so hinnehmen? Das ist doch vollkommen unbegreiflich.«

Marys Hand zitterte, als sie wieder nach den Bildern griff.

»Sind Sie sicher, dass Axel die Aufnahmen gemacht hat?«, fragte sie.

Ray-Ray und Maria sahen einander an.

»Wer könnte es sonst gewesen sein?«, gab Ray-Ray zurück.

»Das zu beantworten kann kaum meine Aufgabe sein«, entgegnete Mary.

Maria spürte, wie sich ihr Puls beschleunigte. Sie wussten nicht mit Sicherheit, wer die Fotos von Patricia aufgenommen hatte, hingegen, wer sie August gegeben hatte. Vielleicht versehentlich, aber das änderte doch nichts an der Tatsache, dass sie von Axel stammten.

Maria betrachtete den Stapel Fotos auf dem Tisch.

Es waren Szenen dabei, wie Patricia auf der Straße ein Hüpfspiel spielte, auf der Schaukel im Garten saß oder vor der Spielhütte auf dem Grundstück war. Die Jahreszeiten variierten, aber allen Fotos war gemeinsam, dass außer ihr niemand zu sehen war (auch nicht auf dem ältesten Bild) und dass alle draußen und aus gewissem Abstand aufgenommen worden waren. Deshalb hatte Maria den Eindruck gehabt, die Bilder seien heimlich aufgenommen worden. Das hatte sie natürlich den Beweggründen des Fotografen gegenüber misstrauisch gemacht, doch auf keinem der Bilder war das Mädchen ohne Kleider oder auch nur im Badeanzug zu sehen.

Maria hielt inne.

Die Jahreszeiten variierten.

Und in all den Jahren, als die Bilder gemacht wurden, wohnte Axel in Chicago und war nur im Sommer zu Hause in Schweden gewesen.

»Als wir das letzte Mal hier waren, haben wir nach Ihrer und Axels Beziehung gefragt«, sagte sie. »Haben Sie darüber auch gelogen?«

Mary verzog den Mund und schüttelte den Kopf.

»Nicht?«, fragte Maria. »Wir haben einen Zeugen, der gesehen hat, wie Sie und Axel einander geküsst haben.«

Mary stöhnte leise.

»Gunnar Wide, nehme ich mal an«, sagte sie. »Er hat zufällig gesehen, wie Axel und ich uns einmal umarmt haben, als ich es schwerhatte. Das ist Ewigkeiten her und war Ausdruck reiner Freundschaft, nicht mehr.«

»Ist das sicher?«, fragte Ray-Ray.

»Ganz sicher.«

Und neulich war es noch ganz sicher, dass Sie das Kind auf den Fotos nicht kennen, dachte Maria.

In ihrer Jackentasche klingelte leise das Telefon.

»Entschuldigung«, murmelte sie und holte das Handy schnell heraus.

Es war Vendela.

Dankbar erhob sich Maria. Sie musste mal ein Weilchen aus Marys Haus rauskommen, die Gedanken ordnen und entscheiden, wie sie weitermachen sollten.

»Ich bin gleich zurück«, sagte sie und verließ das Zimmer, um ranzugehen.

Während sie die Schuhe anzog, hörte sie schon Vendelas Stimme.

»Du, wir haben hier was Wichtiges gefunden«, sagte sie. »Ihr wolltet doch noch mal zu Mary, um über die Fotos zu reden, oder?«

»Wir sind gerade dort«, antwortete Maria, trat auf die Eingangstreppe und zog die Haustür hinter sich zu.

Draußen war es schweinekalt. Ein Nachbar ging langsam vorbei und sah neugierig zu ihr. Maria wandte sich ab und senkte die Stimme.

»Was habt ihr gefunden?«

»Als wir Axels Haus durchgegangen sind, haben wir eine Menge Negative beschlagnahmt, die waren sämtlich sorgfältig mit Jahreszahlen markiert und dann nach Jahren sortiert. Wir sind sie jetzt durchgegangen und haben uns auf die Jahre konzentriert, die auf der Rückseite der Fotos von dem Mädchen notiert sind. Wir haben kein Einziges gefunden, das auch nur im Entferntesten den

Fotos ähnelt, die in Axels Karton lagen. Außerdem sind auf allen Fotos im Karton die Jahreszahlen ausgeschrieben. Wir haben Notizen von Axel und seiner Frau, zum Beispiel in privaten Fotoalben und alten Ordnern mit einer Menge Papieren drin gefunden. Keine ihrer Handschriften passt zu der auf den Fotografien.«

Maria spürte die beißende Kälte auf den Wangen.

Vendela bestätigte, was sie selbst gerade entdeckt hatte.

»Jemand anders hat die Fotos gemacht und sie Axel gegeben«, sagte Maria.

»Das ist meine Einschätzung.«

Die Gedanken fuhren Karussell und kamen von den Fotos von Marys Tochter zu dem, was viel später geschehen war. Axel war erpresst worden. Und anstatt sich an die Polizei zu wenden, sah es so aus, als hätte er versucht, einen Versicherungsbetrug einzufädeln, um sich aus seiner Situation herauszukaufen.

Was für ein Verbrechen hatte Axel begangen, das so gewichtig war, dass er nicht wagte, die Polizei um Hilfe zu bitten? Und warum hatte er Fotos von dem Kind seiner Nachbarn gesammelt und auch noch Lydia Broman heimlich gefilmt?

Maria beendete das Gespräch mit Vendela und ging wieder rein.

Aus dem Wohnzimmer waren Ray-Rays und Marys Stimmen zu hören. Sie sprachen über Marys verstorbenen Ehemann. Maria zog sich in der Diele die Schuhe aus. Das Wohnzimmer lag geradeaus und links die Küche. Rechts stand die Tür zu einem Zimmer angelehnt.

Maria gab der Tür einen kleinen Schubs und sah zu, wie sie aufging. Dort standen ein Schreibtisch, eine Reihe Wandregale und ein Bett.

Einem Impuls folgend betrat sie den Raum, der ein Arbeitszimmer zu sein schien.

In den Bücherregalen standen meterweise Bücher, und auf dem Schreibtisch lag ein Laptop, der sich noch warm anfühlte. Neben dem Computer befand sich ein Papierstapel, auf dem oben ein

Blatt weißes Papier lag, das nichts über den Inhalt des Stapels verriet.

Sie hat hier gesessen und gearbeitet als wir kamen, dachte Maria. Plötzlich hat es an der Tür geklopft, und dann wollte sie nicht, dass jemand sah, womit sie da beschäftigt war.

Maria drehte das einzelne Blatt herum, das oben auf dem Stapel lag. Es war leer, aber was darunter lag, war umso interessanter.

Maria blätterte mit pochendem Herzen.

Alte Zeitungsartikel, die ausgeschnitten und auf gewöhnliche, weiße A4-Blätter geklebt worden waren. Nach der vergilbten Farbe des Zeitungspapiers und den Flecken auf den Blättern zu schließen, war das schon vor langer Zeit geschehen. Und sämtliche Artikel handelten von ein und derselben Sache: dem berüchtigten Stückelmord an Lydia Broman.

In diesem Moment klingelte Marias Handy. Sie fuhr zusammen und ging schnell ran.

Roland, dessen Stimme angespannt klang.

»Wir haben sie gefunden«, sagte er.

»Wen?«, fragte Maria.

»Die Justizbeamtin, die Paul als Geisel genommen hat.«

Maria schlug die Hand vor den Mund.

»Lebt sie?«

Die Frage rutschte ihr so heraus. Roland klang streng, als er antwortete.

»Sie lebt, ist aber verletzt, und sie schweigt. Maria, sie war niemals eine Geisel. Sie und Paul hatten eine Beziehung. Und jetzt weigert sie sich zu erzählen, wo er ist.«

»Wie ist es eigentlich mit Mary Thynells Tochter? Weißt du, ob die Polizei sie schon verhört hat?«

Gunnar saß am Küchentisch, trank Kaffee und machte den Eindruck, als wären es seine Küche und sein Laden.

August schüttelte den Kopf.

»Du bist der Einzige, der sich Gedanken über Marys Tochter macht«, sagte er, obwohl das nicht stimmte.

Er hatte bereits bereut, Gunnar nicht sofort rausgeschmissen zu haben. Der ganze Mann war ein wandelndes Problem. Und wenn es etwas gab, wovon August bereits genug hatte, dann waren es Probleme.

Er betrachtete seinen Gast.

Gunnar war in guter Verfassung und hatte sowohl zu Butterbroten als auch zu Kaffee Ja gesagt. Er sah frischer aus als noch vor einer Weile.

»Das hier geht nicht«, sagte August leise.

»Was genau?«, fragte Gunnar.

»Das hier«, erwiderte August. »Dass wir zwei hier sitzen und so tun, als wären wir Polizisten. Ich will das nicht.«

»Aber die machen doch keinen guten Job. Ich kenne mich aus mit der Polizei, ich weiß, was die sich für eine Art Leute ranziehen. Das sind Verrückte, die auf Adrenalin und Testosteron sind und nicht imstande, zwei Dinge gleichzeitig zu denken. Alles, was die wollen, ist jemanden finden, den sie als Schuldigen benennen können, und dann zum nächsten Fall weiterrennen. Oder Kuchen essen. Darin sind sie gut – Ermittlungen und Menschen manipulieren und in Süßigkeiten schwelgen.«

»Ich höre, was du sagst«, erwiderte August, »und ich stelle fest, dass wir völlig unterschiedliche Erfahrungen mit der Polizei haben. Ich glaube, dass die alle Tage der Woche ihr Bestes geben. Und in den Fällen, in denen das nicht genügt, gibt es immer ein Gericht, das urteilt und entscheidet, was mit den Angeklagten geschehen soll. Ich glaube, dass …«

»Du täuschst dich, das ist es! Wie oft kommt denn die Polizei, wenn man sie ruft? Sehr selten, kann ich dir sagen. Die kümmern sich nur umeinander. Deswegen jagen sie unschuldige Menschen, so wie mich und den Mann von Lydia Broman.«

August sah auf.

»Den Mann von Lydia Broman …?«

»Der ist ja sowohl vorm Bezirksgericht als auch vorm Oberlandesgericht wegen Mordes an Lydia verurteilt worden.«

August hielt beide Hände hoch, um zu zeigen, dass er jetzt genug gehört hatte.

»Danke«, sagte er. »Das darfst du für dich behalten.«

»Verdammt noch mal«, entgegnete Gunnar, »ich weiß, wovon ich spreche, und alle anderen auf Hovenäset, die damals dabei waren, wissen das auch. Lydias Mann war unschuldig, das glaubten sogar Lydias Eltern. Wenn die Polizei uns nur zugehört hätte, dann hätten sie weitergesucht und den richtigen Täter gefunden.«

»Und wer soll das gewesen sein?«, fragte August. »Wer hat deiner Meinung nach Lydia ermordet?«

Gunnar schüttelte den Kopf. Er sah ehrlich berührt aus, als wäre das eine Tragödie, die ihn persönlich betraf.

»Das weiß ich nicht sicher«, sagte er. »Aber ich habe so meine Vermutungen.«

Dann wurde er wieder lebendig, und sein Gesichtsausdruck veränderte sich. Er sah sich neugierig um.

»Wo hast du ihn gefunden?«, fragte er.

August wurde wachsam.

»Wen?«

»Den, von dem Lydias Papa meinte, er hätte seine Tochter ermordet? Das war doch auch total verrückt, auch wenn ich als Vater verstehen kann, wie er dachte. Denn Lydias Vater wusste ja genau wie wir anderen, dass es wirklich nicht der Schwiegersohn sein konnte, der hier schuldig war.«

August wandte sich ab. Er dachte so selten wie möglich an die dunkle Geschichte seiner Immobilie, an die abscheulichen Geheimnisse, die buchstäblich in verschiedenen Teilen des Hauses begraben worden waren. Und er verabscheute Gunnars Gerede über den berüchtigten Stückelmord. Warum weigerte der sich, die Geschichte ruhen zu lassen? Kapierte er nicht, dass er indirekt auch eine Verantwortung dafür hatte, wenn Menschen wie Lydias Vater das Gesetz in die eigenen Hände nahmen?

August erhob sich.

»Ich will, dass du jetzt gehst«, sagte er.

Gunnar wurde ärgerlich.

»Aber wir haben ja noch nicht mal angefangen zu arbeiten!«

»Und das werden wir auch nicht. Gunnar, hör auf einen guten Rat: Geh mit all deinen Überlegungen zur Polizei. Um deinetwillen und um deiner Familie willen.«

Gunnar schüttelte den Kopf.

»Nie im Leben«, entgegnete er. »Ich vertraue der Polizei nicht, und das solltest du besser auch nicht.«

Er hob den Rucksack hoch, den er auf dem Boden abgestellt hatte, und nahm ihn auf den Schoß. Mit steifen Fingern zog er am Reißverschluss.

»Du bist ein guter Kerl, August«, sagte er, »aber du musst aufhören, so gutgläubig zu sein.«

Er holte einen dicken Stapel Papier aus dem Rucksack und ließ ihn mit einem dumpfen Knall auf den Küchentisch fallen.

»Die Zeit wird langsam knapp«, sagte er und legte eine Hand auf den Papierstapel. »Das hier ist meine Ermittlung zum Eishaus-Mord. Leider kann ich sie dir nicht kopieren, aber es gibt sie, und ich möchte, dass du das weißt. Ich habe eins und eins zusammengezählt und bin auf zwei gekommen, und das wird dir früher oder später auch so gehen. Axel ist nicht zufällig ermordet worden und ganz sicher nicht von mir. Ich glaube, jemand ist hinter seine Lüge gekommen, und da kommen nicht viele Personen infrage.«

August sah sprachlos auf den Papierstapel.

»Du siehst bekümmert aus, Strindberg.«

Gunnar hingegen wirkte triumphierend.

»Wer kümmert sich eigentlich um deine Frau, wenn du weg bist?«, fragte August in dem Versuch, ihn daran zu erinnern, dass er vielleicht Besseres zu tun hatte.

»Das macht der Pflegedienst, aber in sehr viel dichteren Abständen.«

Die triumphierende Miene verschwand, und jetzt sah Gunnar wieder alt aus.

Jemand ruckelte an der Tür zu Augusts Laden.

Das Geräusch ließ sie beide zusammenschrecken, und August spähte in den Laden, wo eine Frau um die vierzig an die Scheibe klopfte. Sie erblickte August und gestikulierte, doch er verstand sie nicht. Sie lächelte, während sie sprach, und hielt eine Tüte hoch.

Natürlich, eine Kundin. Und die wollte jetzt wissen, ob sie reinkommen durfte, obwohl der Laden noch nicht geöffnet war.

August hielt einen Finger in die Luft und zeigte auf sein Handy, das er in der anderen Hand hielt, um zu signalisieren, dass er noch ein Gespräch abschließen müsse, ehe er aufschließen könne.

»Du musst jetzt gehen«, sagte er und wandte sich an Gunnar. »Ich kann dich hinten rauslassen. Ich habe eine Kundin, die …«

Er unterbrach sich abrupt, als er die Waffe in Gunnars Hand erblickte. Dieselbe Waffe, die der Alte in der Nacht, als Axel gefunden wurde, mit sich herumgeschleppt hatte.

»Jetzt sieh nicht wieder so erschrocken aus«, sagte Gunnar verärgert und schob die Waffe in die Tasche. »Man kann nie vorsichtig genug sein, wenn jemand so dringend reinkommen möchte.«

Er erhob sich langsam und mit schmerzenden Knochen, das war deutlich zu erkennen.

August empfand eine plötzliche Zuneigung für den alten Mann.

»Jetzt lass es los«, sagte er. »Lass die Polizei in Ruhe arbeiten.«

Gunnar klopfte mit einem knotigen Finger auf die Ermittlungspapiere.

»Axel hatte ein dunkles Geheimnis«, sagte er. »Merk dir das. Wenn du den findest, der wusste, was er verbergen wollte, dann hast du auch seinen Mörder.«

»Ich habe nicht vor, nach seltsamen Geheimnissen und kuriosen Spuren zu suchen«, erklärte August. »Damit dürfen sich andere beschäftigen. Du dramatisierst das hier unnötig.«

»Entschuldige, ich tue was? Ich weiß nicht, wie ich Emmy nennen soll, aber bisher habe ich sie als eine Art Verbündete betrachtet, eine enge und liebe Freundin. Und sie hat mich an die Polizei verkauft. Hat behauptet, ich hätte kein Alibi. Für einen Menschen in meinem Alter gibt es nichts Dramatischeres. Aber ich bin früher schon betrogen worden, ich werde also klarkommen. Auch wenn ich jetzt älter und einsamer bin. Und abschließend möchte ich einfach betonen, dass ich nicht der Einzige bin, der all die Jahre die Eishaus-Geschichte im Blick behalten hat. Das geht vielen auf Hovenäset so.«

Gunnar zog sich seine Mütze auf, und August trat, das Handy fest ans Ohr gedrückt, noch einmal in die offene Tür, um neuen Blickkontakt mit der Frau aufzunehmen. Sie wartete geduldig.

»Axels Geheimnis«, sagte Gunnar, »danach hast du immer noch nicht gefragt.«

»Die Geheimnisse von anderen Menschen sind mir egal.«, erwiderte August.

Doch das stimmte nicht ganz, denn August war auch nur ein Mensch und genau wie andere neugierig.

»An dem Tag, als Lydia Broman starb, hat Axel gelogen, was sein Alibi anging«, sagte Gunnar mit heiserer Stimme. »Schau dir die

Ermittlung an, und vor allen Dingen, rede mit der Polizei. Axel hat gelogen. Ich bereue, dass ich das nicht sofort gesagt habe, als ich verhört wurde, aber ich sage es jetzt. Und nein, das bedeutet nicht, dass er Lydia getötet hat, aber irgendetwas Übles hat er angestellt. Sonst hätte er ja nicht gelogen.«

August ließ langsam das Handy vom Ohr sinken.

»Und du selbst?«, fragte er. »Du hast auch gelogen, was dein Alibi angeht.«

Gunnar richtete sich auf und schob seine Ermittlungspapiere in den Rucksack zurück.

»Nein, Strindberg, das habe ich nicht getan«, antwortete er. »Ich war bei Emmy, und ich bin nach Hause gegangen, um nach meiner Frau zu sehen. Sie war aus dem Bett gefallen, und ich musste ihr zurückhelfen und dann auf den Pflegedienst warten. Mehr war es nicht. Aber Axel hingegen … seine Lüge war größer.«

Gunnar hustete.

»Warte nicht darauf, dass die Polizei handelt«, riet er. »Sprich mit Mary. Sie weiß am meisten. Geh hin und besuche sie, dann wirst du sehen, woran sie sich von dem Tag, an dem Lydia verschwand, zu erinnern beliebt.«

Eine Liebesgeschichte hatte Pauls Flucht aus der Untersuchungshaft möglich gemacht, und logischerweise war er auch so an ein Handy gekommen, um August und Maria bedrohen zu können.

Ray-Rays Kiefer waren angespannt, und er hielt das Lenkrad viel zu fest, als er fuhr. Sie waren auf dem Weg zu Patricia Thynell. Ray-Ray war über die Nachricht, die Roland ihnen überbracht hatte, fast empörter als Maria.

»Die müssen diese Frau dazu bringen zu erzählen, was sie weiß«, hatte er gebrüllt, als sie von Mary weggegangen waren, »sonst mache ich das selbst.«

Diesmal hatte Maria den Kampf um das Transportmittel verloren. Ray-Ray würde keine weiteren Fahrradtouren unternehmen, von jetzt an würden sie auch sehr kurze Strecken mit dem Auto fahren. Das hatte er im Anschluss an die Fahrradfahrt nach Hovenäset so deutlich verkündet, dass Maria nicht mit ihm streiten wollte.

Außerdem gab es neue Informationen.

August hatte mal wieder von Gunnar Wide Besuch gehabt.

»Er meint, Axel hätte ein Geheimnis gehabt«, hatte August erklärt, als er anrief. »Und dann hat er gesagt, Mary Thynell sollte doch noch einmal erzählen, was sie an dem Tag gemacht hat, an dem Lydia Broman verschwand.«

Gunnars anstrengende Gewohnheit, verschiedene Spuren und Informationsstücke peu à peu von sich zu geben und niemals einer Person alles zu erzählen, was er wusste, war sehr irritierend. Ganz zu schweigen davon, wie es seine Glaubwürdigkeit beeinträchtigte.

Sie hatten Roland während der Autofahrt auf Lautsprecher am Telefon.

»Noch schnell, bevor ihr dort seid«, sagte er, »weswegen genau fahrt ihr nach Hause zu Patricia Thynell?«

»Mary hat zugegeben, gelogen zu haben, als sie behauptete, sie würde das Kind auf den Bildern nicht kennen«, erklärte Ray-Ray. »Es ist ganz offensichtlich, dass es ihre Tochter auf den Fotos ist.«

»So weit bin ich dabei«, sagte Roland. »Aber was hofft ihr jetzt von Patricia zu hören?«

»Sie war zehn Jahre alt, als die Fotoserie aufhört«, sagte Maria. »Vielleicht erinnert sie sich an eine Situation, als die Fotos gemacht wurden.«

»Aber sie posiert ja nicht auf den Bildern«, gab Roland zu bedenken. »So wie ich es sehe, war ihr nicht bewusst, dass sie fotografiert wurde. Was also hat das mit der Ermittlung zu tun?«

»Das wollen wir herausbekommen«, erklärte Ray-Ray. »Auf einigen der Bilder schaut Patricia direkt in die Kamera, wenn auch aus der Entfernung. Sie muss entdeckt haben, wer sie überwachte. Wir müssen jede Spur verfolgen.«

Es knackte im Telefon.

Ray-Ray bremste an einer roten Ampel.

»Ich habe gehört, was Vendela herausgefunden hat«, sagte Roland. »Zur Handschrift auf der Rückseite der Fotos und zu den Fingerabdrücken.«

»Das ist der Grund für den Besuch bei Patricia«, sagte Maria. »Wenn Axel die Bilder nicht gemacht hat, wer war es dann? Und in der derzeitigen Situation macht es keinen Sinn, zu Mary zurückzugehen. Da fangen wir uns nur eine weitere ausweichende Erklärung ein. Aus demselben Grund haben wir sie nicht damit konfrontiert, warum sie so viele Artikel zu dem Stückelmord gesammelt hat.«

Die Ampel sprang auf Grün, und sie fuhren weiter.

»Ich würde noch gern über Gunnar sprechen«, sagte Roland. »Ich habe das unangenehme Gefühl, dass er größere Teile unserer Ermittlung dirigiert. Und jetzt versucht er, etwas Neues zu bringen. Er war es ja, der gesagt hat, wir sollten uns auf die durchgeknallte

Tochter von Mary Thynell konzentrieren, und schwupp!, schon sitzt ihr im Auto dorthin. Während Gunnar gleichzeitig neue Tipps gibt. Nun behauptet er, mit Axels Alibi im Zusammenhang mit dem Broman-Mord würde etwas nicht stimmen und Mary Thynell habe die Ermittler auch angelogen. Aber das hat er erst ausgespuckt, nachdem wir Mary ein zweites Mal verhört haben.«

»Das wissen wir alles«, sagte Maria. »Glaub mir, wir sind auch frustriert.«

Und besorgt, dachte sie.

Jetzt waren sie angekommen. Patricia wohnte in einer Mietwohnung auf der Mejselgatan. Ray-Ray parkte knapp fünfzig Meter entfernt davon.

»Wir haben eine Menge lose zusammenhängende Spuren und Hypothesen, die alle parallel zu verlaufen scheinen«, sagte Maria. »Wir glauben, Axel sei erpresst worden, wissen aber nicht, aus welchem Grund. Wir glauben, er hat wegen der Erpressung sein Bootshaus angezündet, aber dann ist es trotzdem schlecht für ihn gelaufen, schließlich ist er in der Nacht ermordet worden.«

»Haben wir irgendeinen Anlass zu glauben, dass die Erpressung nicht mit dem Mord zusammenhängt?«, fragte Roland.

Ray-Ray und Maria schwiegen.

»Um darüber irgendwelche Schlüsse zu ziehen, ist es zu früh«, sagte Ray-Ray schließlich.

Ein kleines Mädchen fuhr mit dem Fahrrad an ihrem Auto vorbei. Eine Frau kam hinterhergelaufen.

»Vorsichtig!«, rief sie. »Pass auf die Autos auf!«

Als Ray-Ray ihnen nachsah, spielte ein Lächeln auf seinen Lippen.

Er hatte Kinder schon immer geliebt, das wusste Maria. Deshalb zögerte er auch nicht, ständig neue Kinder mit neuen Frauen zu haben.

Maria wandte den Blick ab. Sie hatte sich nicht zugestanden, Kinder zu wünschen. Nicht, solange sie mit Paul verheiratet war.

Und das bin ich immer noch, dachte sie. Und jetzt jagt er mich.

Sie schüttelte unmerklich den Kopf, um all die Schatten zu vertreiben.

Jetzt war die Arbeit vorrangig.

»Roland, wir müssen jetzt auflegen«, sagte Ray-Ray. »Wir berichten dir, sowie wir mit Patricia gesprochen haben.«

»Tut das«, sagte Roland. »Und ich glaube, ich habe eine kundige Ermittlerin gefunden, die auf die Frage, was Axels Alibi beim Stückelmord angeht, antworten kann. Sie wird sich später direkt bei euch melden.«

»Super!«, rief Maria.

Sie beendeten das Gespräch.

Ein kalter Wind stach Maria auf den Wangen, als sie ausstiegen.

Sie war unruhig. Irgendetwas übersahen sie. Etwas Wichtiges.

Schnell gingen sie zu Patricias Haus. Die Tür war nicht verschlossen und glitt einfach auf, als sie daran zogen.

Im Treppenhaus roch es leicht nach Müll, und die Lampe im Eingang war kaputt.

Maria schaute auf die Liste der Bewohner des Hauses.

»Dritter Stock und kein Fahrstuhl«, sagte Ray-Ray. »Auf geht's.«

Der Müllgeruch wurde stärker, je weiter sie im Haus nach oben kamen. Auf dem dritten Stock dann wurde klar, warum. Neben der Tür gegenüber von Patricias Wohnung standen nämlich zwei pralle Mülltüten.

Maria rümpfte die Nase, und Ray-Ray schüttelte den Kopf.

An Patricias Tür gab es keine Klingel, sie mussten also klopfen.

Niemand öffnete.

Sie klopften wieder.

Da ging die Tür auf, vor der die Müllbeutel standen.

»Sind sie vom Jugendamt?«

Eine ältere Frau mit grauem Haar und bleicher Haut sah sie besorgt an.

»Nein, von der Polizei«, sagte Maria und zog ihren Ausweis aus der Tasche. »Wissen Sie, wo Patricia Thynell ist?«

»Die ist da drin. Wenn sie einfach weiterklopfen, dann macht sie auf. Darf ich fragen, ob Sie vorhaben, die Kinder mitzunehmen?«

Und dann, ehe sie noch antworten konnten:

»In dem Fall kann ich sagen, dass die nicht da sind. Ich habe sie mehrere Tage nicht gesehen. Weder das Mädchen noch den Jungen.«

Maria und Ray-Ray wechselten einen schnellen Blick.

»Warum fragen Sie, ob wir gekommen sind, um die Kinder mitzunehmen?«, fragte Maria.

»Weil sie sich nicht um sie kümmern kann«, sagte die Frau mit zitternder Stimme. »Aber darüber sollte ich eigentlich nicht reden, es geht mich nichts an. Aber ich kann schon so viel sagen, dass ziemlich viel nicht stimmt. Das, finde ich, ist fast meine Schuldigkeit zu sagen.«

Die Nachbarin trat unruhig auf der Stelle.

Maria klopfte noch einmal fest an Patricias Tür. Auf der anderen Seite war es immer noch still.

»Geben Sie nicht auf«, sagte die Nachbarin aufmunternd. »Sagen Sie, dass Sie von der Polizei sind, damit sie nicht glaubt, dass ich das bin oder ein anderer Nachbar. Und wie gesagt, vergessen Sie nicht, sie nach den Kindern zu fragen.«

Maria sah die Frau eindringlich an, sie hatte kein Interesse, sich Tratsch anzuhören.

Die Nachbarin wich einen halben Schritt zurück.

»Ich habe ihn mitten in der Nacht gesehen«, sagte sie. »Ganz alleine.«

Ray-Ray legte den Kopf schief.

»Von wem sprechen Sie?«, fragte er.

»Von dem Jungen«, sagte die Nachbarin mit dünner Stimme. »Mitten in der Nacht, kurz vor halb vier, habe ich jemanden hier im Treppenhaus rennen hören. Ich war so erstaunt, als ich sah, dass es der Junge war und dass er ganz allein war.«

»Es ist natürlich empörend, wenn kleine Kinder ohne Aufsicht gelassen werden«, sagte Ray-Ray. »Aber …«

Die Nachbarin richtete sich auf.

»Ich finde, das ist mehr als empörend«, sagte sie.

»Gab es Streit in der Wohnung?«, fragte Maria.

Die Nachbarin schüttelte den Kopf.

»Nein«, sagte sie. »Davon war nichts zu hören. Aber es muss ja einen Grund gegeben haben, dass der Junge so spät wach war. Ich habe nicht mit ihm gesprochen, aber ich hatte den Eindruck, dass er Angst hat. Er ist so schnell gerannt, und dann habe ich gesehen, wie er richtig an der Tür gerissen hat, als er sie aufmachen wollte.«

Maria sah von der Nachbarin zu Patricias Tür.

»War die nicht verschlossen?«, fragte sie.

»Nein.«

»Da hatte der Junge sie wahrscheinlich aufgeschlossen, als er rausging«, bemerkte Ray-Ray. »Können Sie sagen, an welchem Tag das war?«

Die Frau nickte.

»Oh ja, das war nämlich die Nacht nach meinem Geburtstag.«

Ray-Ray raufte sich die Haare.

»Okay«, sagte er. »Von welchem Datum sprechen wir da?«

Die Frau sah verlegen aus.

»Entschuldigen Sie, wie dumm von mir«, sagte sie.

»Es war die Nacht vom 25. auf den 26. Januar. Dieselbe Nacht, in der es drüben auf Hovenäset gebrannt hat.«

Maria holte tief Luft.

»Und Sie sind sicher, dass er allein war?«, fragte sie.

Die Frau rang nach Luft.

»Ganz sicher«, sagte sie. »Der Junge war allein. Und er hatte Angst.«

Der Anruf von Hillevi kam, als Ola auf der Toilette war. Er hatte die eingeplante Pause nicht abwarten wollen, sondern war vorzeitig aus dem Restaurant geschlichen. Als sie anrief, wusch er sich gerade die Hände.

»Hallöchen«, sagte er, als er ranging.

Obwohl er eigentlich sagen wollte:

Wo bist du, und was ist passiert?

So hatte ihre Kommunikation zumindest in den letzten Tagen ausgesehen, und jetzt wurde er jedes Mal nervös, wenn sie anrief.

Wie sich herausstellen sollte, hatte er auch diesmal allen Grund dazu.

»Jetzt sei bitte nicht böse«, sagte Hillevi.

Ola drückte das Telefon mit der Schulter ans Ohr und trocknete sich die Hände mit einem Papierhandtuch ab.

»Sag einfach, was passiert ist.«

»Sam und ich sind nach Hovenäset gefahren.«

»Nach Hovenäset? Um Oma zu besuchen? Aber du solltest doch heute in die Schule gehen. Das hatten wir vereinbart.«

Ola verließ den Toilettenraum.

»Nein, oder ja, ich weiß«, sagte Hillevi. »Aber ich … ich hatte eine Idee. Ich wollte, dass er den Ort sieht, wo es gebrannt hat«, erklärte sie. »Ich wollte, dass er mehr erzählt.«

Man hörte an ihrer Stimme, wie mitgenommen sie war.

Die gute Hillevi, die immer so erwachsen sein musste und die immer alles aus eigener Kraft organisieren musste.

»Hillevi, wo seid ihr jetzt?«

Sie schluchzte ins Telefon.

»Zu Hause bei dir. Aber wir müssen noch mal nach Hovenäset zurück.«

Ola sank auf einen Stuhl bei der Rezeption.

»Vergiss es.«

»Ich weiß, dass das idiotisch klingt, aber es ist wichtig. Sam hat total komische Sachen gesagt. Er spricht jetzt! Er sagt, es ist ein Mann gekommen und hat ihn geholt. Er sagt, der Mann hat ihn mit nach Hovenäset genommen, und dass sie da das Feuer gesehen haben. Aber … aber er sagt auch andere Sachen. Zum Beispiel, sie wären zu Hause bei einem Mann gewesen, der gefallen ist und sich an der Treppe gestoßen hat. Und … und er sagt, da wäre ein Fest gewesen.«

Ola umklammerte das Telefon.

»Was sagt er?«

»Dass sie auf ein Fest gehen sollten. Aber, kannst du nicht herkommen? Jetzt? Dann fahren wir wieder nach Hovenäset. Ich will, dass du dabei bist, wenn ich Sam bitte, mir das Haus zu zeigen.«

»Welches Haus?«

»Das Haus, in dem das Fest sein sollte.«

Ola nickte, und seine Gedanken liefen auf Hochtouren.

Er kannte nur eine Person, die auf der Treppe in ihrem Haus auf Hovenäset gefallen – oder gestoßen worden – war, und das war Axel Ehnbom.

Und Sam sollte dort gewesen sein?

Ola kapierte überhaupt nichts mehr.

Das ist doch kompletter Wahnsinn, dachte er.

Und hörte sich im nächsten Moment selbst sagen:

»Okay, ich komme und hole euch. Wartet zu Hause.«

»Nein. Wir gehen runter zur Bushaltestelle in Kungshamn, und wenn du nicht kommst, dann nehmen wir wieder den Bus.«

Es dauerte nur eine Viertelstunde, um von Smögens Hafvsbad nach Hovenäset zu fahren – inklusive Halt in Kungshamn. Die Strecke war knapp sieben Kilometer lang und zum Teil sehr hübsch. Davon nahm Ola heute aber nichts wahr. Erst bretterte er geradewegs über Smögenön und die Brücke und dann weiter nach Kungshamn (wo er angestrengt vermied, auch nur einen Blick auf Augusts Laden zu werfen).

Hillevi und Sam warteten wie abgesprochen an der Bushaltestelle.

Sie sahen so klein und einsam aus, wie sie da standen, dass Ola fast in Tränen ausgebrochen wäre. Man konnte sehen, dass sie beide traurig gewesen waren, vor allem aber Sam. Seine Augenlider waren geschwollen, und er atmete schluchzend, wie er es immer tat, wenn er schlimm geweint hatte.

»Es tut mir leid«, sagte Hillevi, sowie sie sich in das Auto gesetzt hatten. »Es tut mir leid, dass ich gelogen und gesagt habe, ich würde Sam in die Tagesstätte bringen und dann in die Schule gehen.«

Ola wusste nicht, was er sagen sollte.

»Du hast bestimmt das getan, wovon du meintest, dass es am besten wäre«, antwortete er.

Dann saßen sie die wenigen Kilometer bis nach Hovenäset schweigend im Auto.

Ola hatte sich viele Male gefragt, warum seine Mutter entschieden hatte, an diesem Ort zu bleiben. Sein Vater war dort verwurzelt gewesen und derjenige, der unbedingt dort wohnen wollte. Ola selbst hatte sich seine ganze Jugend über auf Hovenäset so wahnsinnig einsam gefühlt. Deshalb war seine Mutter auch so erstaunt gewesen, als er sich in Kungshamn niederließ.

»Ich dachte immer, du würdest auch nach Göteborg ziehen. Genau wie Patricia«, hatte sie gesagt.

Ola hatte keine Antwort darauf, warum er es nicht weiter als bis Kungshamn geschafft hatte. Und seine Mutter konnte ebenso wenig sagen, warum sie nicht von Hovenäset weggezogen war.

»Es hat sich einfach so ergeben«, pflegte sie zu antworten.

Vielleicht reichte das als Erklärung.

Es hat sich einfach so ergeben.

Ola parkte den Wagen auf dem Marktplatz und stieg aus. Es fühlte sich an, als würde er mit einem Mal allem, was er eigentlich vermeiden wollte, viel zu nah kommen.

Augusts Haus.

Seiner Mutter.

Der Kapelle, in der sich der Lesekreis getroffen hatte.

Sam versteckte sich, sofort nachdem sie ausgestiegen waren, hinter Hillevi.

Ola ging vor ihm in die Hocke und strich ihm mit dem Finger über die Wange.

»Bist du okay?«

Sam schüttelte den Kopf.

»Er will nach Hause fahren«, erklärte Hillevi.

Ola richtete sich auf.

»Dann sollten wir das vielleicht tun«, sagte er.

Hillevi kickte etwas Schnee über den Boden.

»Sam wird nicht gesund, wenn wir so tun, als wäre nichts passiert«, sagte sie.

Ola nahm Sam an die Hand.

Der Junge sah so erschöpft aus, es war völlig ausgeschlossen, ihn in diesem Zustand in die Tagesstätte zu bringen.

Ich muss den Rest der Konferenz schwänzen, dachte Ola.

Er musste sich um all die administrativen Angelegenheiten kümmern, wenn die Kinder eine Weile bei ihm wohnen würden. Vielleicht würde die Beraterin beim Jugendamt ihm helfen. Sodass er nicht die ganze Zeit von der Arbeit abhauen musste, sondern stattdessen offiziell freie Tage für die Kinder bekommen würde.

»Jetzt machen wir Folgendes«, sagte er. »Wir drehen hier eine Runde durchs Viertel und …«

»Nein.«

Sams Stimme war nur ein Flüstern, aber sein Nein glasklar. Ola, der ihn mehrere Tage nicht hatte sprechen hören, erschrak. Hillevi hatte recht. Es veränderte den Jungen, auf Hovenäset zu sein. Die dunkle Seite der Veränderung war, dass er offensichtlich sehr mitgenommen war, aber der positive Effekt, dass er endlich etwas sagte.

»Ich glaube, wir brauchen ein bisschen Luft, Sam«, sagte Ola. »Komm, wir gehen. Jetzt passiert nichts Schlimmes mehr. Das verspreche ich dir.«

Hillevi warf ihm einen raschen Blick zu. Wahrscheinlich fragte sie sich, ebenso wie Ola selbst, wie er etwas so Dummes versprechen konnte.

Vorsichtig zog er Sam an der Hand.

»Wir probieren es und schauen mal«, sagte er. »Wenn es sich nicht gut anfühlt, gehen wir zurück zum Auto.«

Er begann zu gehen. Ein hübsches Holzhaus nach dem anderen zog an ihnen vorbei. Es schmerzte ihn, als sie zum Kärleksvägen kamen. Sam marschierte schweigend an seiner Seite und hielt seine Hand ganz fest, wurde aber immer langsamer. Hillevi schloss an Sams Seite auf und nahm seine andere Hand.

»Siehst du das Haus, in dem der alte Mann gewohnt hat? Wo ihr aufs Fest gehen solltet?«

Sam schüttelte den Kopf.

Er hatte sich noch nicht wieder zurechtgefunden. Vielleicht würde er es auch gar nicht. Schließlich war es dunkel gewesen, als er hier war.

Sie kamen an die Ecke, an der die Straße nach rechts hinauf auf den Hovenäsvägen abbog.

Sowie sie um die Kurve gegangen waren, blieb Sam stehen.

»Jetzt ganz ruhig«, sagte Ola. »Hier warst du schon oft. Da vorne wohnt doch die Oma.«

Ola zeigte mit der Hand, und Sam schaute hin.

Doch nicht in dieselbe Richtung, in die Olas Finger wiesen, sondern in die andere.

»Da«, flüsterte er und hob seine eigene Hand.

Ola wollte am liebsten nicht zu dem Haus hinsehen, obwohl er die ganze Zeit gewusst hatte, auf welches Sam zeigen würde.

Das Haus von Axel Ehnbom.

Ihm wurde ganz übel, wenn er an das Blut dachte, das Hillevi in Sams Handschuhen entdeckt hatte.

Verdammter Mist.

Er nahm Sam auf den Arm und trug ihn zu Axels Grundstück. Als Sam versuchte, sein Gesicht an seinem Hals zu verstecken, riss er barsch seine kleinen Arme weg und setzte ihn auf dem Boden ab.

»Das hier ist sehr, sehr wichtig. Warst du in diesem Haus?«

Dicke Tränen rollten Sams Wangen herunter.

»Ja.«

»Du und der Mann, der dich geholt hat?«

»Ja.«

»Und die Mama war nicht dabei?«

»Nein.«

Sam weinte jetzt laut, und Ola sah sich nervös um. Hillevi wusste, wer Axel war, aber sie war auch älter als ihr Bruder. Patricia war nicht sonderlich verlässlich, was die Besuche bei ihrer alten Mutter anging, also war es nicht im Geringsten verwunderlich, wenn Sam nicht die Namen aller Nachbarn kannte.

»Hat der Mann erzählt, wer in diesem Haus wohnt?«, fragte Ola.

Sam nickte.

»Aber was solltet ihr denn dort machen?«, hakte Ola nach.

Sam schluchzte laut.

»Er hat gesagt, wir würden den Opa besuchen.«

Ola erschrak.

Den Opa?

Wenn man bedachte, dass, wie er kürzlich erfahren hatte, Kevin nicht Sams Vater war, dann war das gelinde gesagt seltsam. Welche gestörte Person hatte Sam mit zu Axel genommen und behauptet, seinen Opa zu kennen?

»Hat er das wirklich gesagt? Dass ihr den Opa besuchen würdet?«

Sam nickte.

»Aber was ist denn passiert? Habt ihr jemanden getroffen, der sich Opa nannte?«

Sam schüttelte den Kopf.

»Nur der im Auto hat den alten Mann Opa genannt.«

»Und welcher alte Mann war das?«

»Der da auf der Treppe lag. Das war mein Opa.«

Hovenäset, 29. August 1988

Hallo Axel,

ich hoffe, es geht dir gut, und danke für deinen Brief.

In der Zeitung habe ich gelesen, dass Chicago von einer Hitzewelle heimgesucht worden ist. Das kann man von Hovenäset nicht gerade sagen. Hier regnet es genauso viel wie zu Sommeranfang, als ihr hier wart.

Ich will mich kurzfassen.

Erst einmal möchte ich sagen, dass es sich zum ersten Mal, seit du beschlossen hast, in die USA zu emigrieren, gut angefühlt hat, dich zu sehen. Es stimmt wirklich, dass die Zeit einige Wunden heilt. Denn Wunden waren es, Axel, das musst du verstehen. Und so muss es auch für dich gewesen sein.

Außerdem möchte ich noch einmal betonen, dass ich auch in Zukunft loyal dir gegenüber sein werde in der Frage, was du an jenem unglücklichen Abend im Juni gemacht hast. Meine Antwort ist also Ja auf die besorgte Frage in deinem Brief. Ich habe damals zu dir gestanden, und das tue ich auch jetzt. Nicht nur um deinet- oder meinetwillen, sondern auch für unsere Kinder. Ich vertraue darauf, dass du gute Gründe hattest, so zu handeln, wie du gehandelt hast.

Jetzt werde ich rausgehen und Wäsche aufhängen. Es hat schon über eine Stunde nicht geregnet, und wenn man bedenkt, wie stark der Wind ist, wird die Wäsche schon trocken sein, wenn es nur bis zum Mittag mal nicht regnet.

Pass auf dich auf.

Mary

Es war Zeit fürs Mittagessen. August spazierte zur Hafenbäckerei und bestellte ein Tagesgericht. In der Hosentasche steckte der Personenalarm, den er von der Polizei bekommen hatte. Würde der wirklich, wenn es hart auf hart kam, einen Unterschied machen?

In der Hafenbäckerei war es ruhig. Außer August waren nur drei andere Tische besetzt. An einem davon saß eine Gruppe Frauen, die Kaffee tranken und dabei Pullover strickten.

August liebte alles an der Hafenbäckerei. Einerseits lag sie so schön am Hafen, und wenn er dort aß, bedeutete das einen kurzen Spaziergang dorthin und zurück zum Laden. Manchmal aß er noch einen Kuchen zum Nachtisch. Jemand der so viel buk wie August war wählerisch, was Backwaren anging, doch diese Bäckerei übertraf seine Erwartungen immer wieder.

Doch ausgerechnet an diesem Tag war er nicht in seiner üblichen guten Stimmung dorthin unterwegs.

Das Mädchen an der Kasse begrüßte ihn freundlich, und er musste sich anstrengen, mit derselben Begeisterung zu antworten.

»Das wunderbare Winterwetter geht einfach immer so weiter«, sagte sie.

»Ja, das ist wirklich herrlich«, brummte August.

Das Zusammentreffen mit Gunnar ließ ihm keine Ruhe. Der Mann war wie besessen von allem, was mit Axel geschehen war. Gleichzeitig aber schämte er sich nicht, Axels Gedenken zu beschmutzen, indem er von dem Stückelmord sprach und behauptete, Axel hätte Probleme mit seinem Alibi gehabt.

Aber warum sollte Axel überhaupt ein Alibi brauchen?

Mussten alle, die zufällig an dem Ort wohnten, wo ein Verbrechen begangen worden war, automatisch bekräftigen können, was sie wo zum Tatzeitpunkt gemacht hatten? Im Verlauf eines Jahres gab es ziemlich viele Tage und Abende, an denen August nicht beweisen könnte, wen er getroffen hatte und warum.

August saß am selben Fenstertisch wie immer, wo ihm eine fantastische Meeresfrüchte-Pfanne mit frisch gebackenem Brot serviert wurde.

Auf dem Weg zurück in den Laden blieb er am Hafen stehen. Auch dort lag das Eis dick, doch nicht über den ganzen Sund bis nach Smögen hin. Mitten in der Eisdecke gab es eine Fahrrinne. Der Ausblick war bezaubernd. Die Liegeplätze der Boote waren leer, und nirgends erinnerte noch etwas an das Leben und den Trubel des Sommers. Als würde sich der ganze Ort mit den Jahreszeiten verändern und der Winter wäre nur etwas für die Dauerbewohner.

Langsam, fast widerwillig trabte er zum Laden zurück.

Vielleicht sollte er an einem Wochenende, wenn die Sonne schien und der Wind nur sacht wehte, den Verkauf nach draußen verlegen. Möglicherweise könnte er noch ein paar weitere Händler überreden mitzumachen. Anders als in Stockholm war es so unendlich viel leichter, in einem kleinen Ort wie Kungshamn Begeisterung für diese Art von Aktivitäten hervorzurufen.

Als er zum Laden kam, stellte er fest, dass er erwartet wurde. Normalerweise vermied er es, allzu spät zum Mittagessen zu gehen, weil das nicht zu seinen Öffnungszeiten passte, doch ausgerechnet heute hatte er eine Ausnahme gemacht.

»Entschuldigen Sie, dass Sie warten mussten«, sagte er, als er ankam.

Der Besucher, ein hochgewachsener junger Mann mit wachsamem Blick und entspannten Gesichtszügen, lächelte.

»Kein Problem«, sagte er. »Ich hätte anrufen sollen. Ich bin Elias Ehnbom.«

August hielt mitten in einer Bewegung inne.

»Hallo«, sagte er. Und dann: »Mein herzliches Beileid.«

»Danke«, sagte Elias. »Und danke für die Mail, die Sie geschickt haben.«

August schloss die Tür zum Laden auf und sah kritisch zur Alarmanlage hinüber, die immer noch nicht repariert worden war.

Elias hob einen Pappkarton vom Boden auf und brachte ihn mit in den Laden. Der Karton sah genauso aus wie der, den Axel in der Kapelle gefunden hatte, und Elias hob ihn ohne jede Anstrengung an. Vielleicht war er so ein Mann, der regelmäßig ins Fitnessstudio ging. Als er noch in Stockholm wohnte, hatte August das auch fleißig betrieben, aber jetzt blieb es bei langen Laufrunden und ein paar Fahrradtouren.

Ich bin ein Milchbubi geworden, dachte August. So einer mit Spatzenbizeps.

Er sah fragend zu dem Karton.

»Was für ein schöner Laden«, sagte Elias. »Unglaublich gemütlich.«

Jetzt war August an der Reihe, sich zu bedanken.

»Wir haben sozusagen Plätze getauscht, Sie und ich«, sagte Elias und stellte den Karton ab. »Ich komme von hier und bin aber nach Stockholm gezogen. Und Sie haben aus irgendeinem unerfindlichen Grund das Gegenteil getan. Ich weiß nicht, ob Sie das zu einem Genie macht oder ob Sie vielleicht schlicht verrückt sind.«

Er lachte und schüttelte leicht den Kopf.

»Ich wohne gerne hier«, erwiderte August und lächelte. »Aber ich verstehe sehr gut, wenn einem das weltfremd vorkommt.«

»Ehrlich gesagt sind Sie wahrscheinlich derjenige, der es richtig macht. Ich meine, wenn alle hier wegziehen würden und niemand mehr im Winter hier wohnen wollte, dann würde der Ort doch untergehen.«

Dann ging er vor seinem Karton in die Hocke.

»Ich glaube, es liegt ein Missverständnis vor«, erklärte er.

»Okay?«, sagte August.

»Wissen Sie, ich war unten bei Papas Boot. Und da habe ich diesen Karton gefunden.«

»In Axels Boot?«, fragte August erstaunt.

»Genau. Ihm gefiel die Werft auf Hovenäset nicht, deshalb hatte er das Boot immer auf einer der Werften auf Fisketången im Winterlager. Wie auch immer. In dem Boot stand also dieser Karton. Und ich muss zugeben, dass ich etwas verwirrt war, als ich ihn öffnete. Bitte sehen Sie sich das doch an.«

August hockte sich neben Elias.

In dem Karton stand ein großer Stapel dunkler glasierter Steingutteller, außerdem einige Zinnbecher mit schnörkeligem Blumenmuster.

»Mama und Papa haben diese Teller auf einer ihrer Reisen in den Siebzigerjahren in China gekauft«, erklärte Elias. »Ich glaube, mein Vater hat damals gesagt, sie seien an die fünfzig Jahre alt, also wären sie heute fast hundert. Und die Zinnbecher hat meine Mutter zu ihrem 40. Geburtstag geschenkt bekommen.«

»Die Teller sind sehr hübsch«, sagte August.

»Da sind wir uns einig«, sagte Elias. »Aber ich frage mich, warum Papa sie ins Boot gestellt hat.«

August strich über die raue Oberfläche eines der Teller.

»Das kann man sich wirklich fragen«, sagte er.

»Sie haben ja in Ihrer Mail angedeutet, dass Sie erstaunt waren, als Sie entdeckten, was Papa Ihnen in die Kapelle gestellt hat«, begann Elias.

August nickte.

»Vor allem war ich erstaunt, weil Steine in dem Karton lagen.«

»Könnte es so gewesen sein, dass Sie eigentlich dieses Porzellan und die Becher bekommen sollten und nicht den Projektor und die Kamera?«, fragte Elias. »Ich meine, das ist kein Vorwurf, ich wundere mich nur. Und ich verstehe wirklich nicht, warum diese Kiste hier im Boot stand. Und noch weniger verstehe ich, warum er einem Secondhandladen eine Menge Steine überlassen sollte.«

August Knie schmerzten, und er musste sich hinstellen. Auch Elias erhob sich. Eine Verwechslung würde ziemlich viel erklären.

»Wissen Sie was«, sagte August, »das ist tatsächlich durchaus möglich. Weil in dem Karton, den Axel in die Kapelle gestellt hat, Steine lagen, nehme ich mal an, dass die Kartons ungefähr gleich viel wogen. Außerdem sahen sie genau gleich aus. Wenn er also die Kartons zugeklebt hat, ehe er sie markierte, dann bestand die Gefahr, dass er sie vertauscht hat. Da müssen wir aber gar nicht viel drüber reden, denn wie ich schon in meiner Mail geschrieben habe, würde ich Ihnen gerne die Sachen geben, die Axel in der Kapelle zurückgelassen hat. Sie bekommen sie, sowie die Polizei damit fertig ist.«

Elias setzte sich auf einen von August Besucherstühlen.

»Sie haben also nichts von den Sachen, die in dem Karton lagen, hier im Laden?«, fragte er.

»Leider nur die Filmkamera.«

Ein Gedanke tauchte in Augusts Hinterkopf auf, doch er konnte ihn nicht in Worte fassen. Irgendetwas, was mit den Steinen und dem Boot zu tun hatte.

»Warum glauben Sie, dass es ausgerechnet der Karton im Boot war, den Axel mit dem verwechselt hat, den er mir in die Kapelle stellen wollte?«, fragte August vorsichtig. »So wie ich es verstanden habe, hatte Axel eine Menge Kartons zu Hause.«

Elias sah zögerlich aus, als wollte er eigentlich nicht erzählen, was er dachte.

Dann schien er jedoch eine Entscheidung zu treffen, denn er zog ein Handy aus seiner Tasche.

»Das stimmt«, sagte er. »Man kann im Haus sehen, dass Papa ordentlich aufgeräumt hat. Er war alt, und irgendwann im Leben muss man ja mal sterbeklar machen. Ich denke, dass er da eine Menge Sachen gefunden hat, die er wirklich nicht behalten wollte.«

Er reichte August sein Handy.

»Sehen Sie sich das an«, bat er. »Ich habe meinen Fund im Boot fotografiert, weil ich nicht wusste, was die Polizei sagen würde, wenn ich etwas daraus mitnehmen würde. Der Karton mit dem Porzellan lag in einem schwarzen Müllsack, der fast verschlossen war.«

August sah die Fotos an.

»Das ist im Grunde doch nicht so seltsam«, sagte er. »Ich meine, wenn er nun vorhatte, die Kamera im Boot aufzubewahren, dann wollte er sie wohl gut vor Feuchtigkeit schützen.«

Elias sah ihn schweigend an.

»Oder es gibt eine ganz andere Erklärung«, sagte er und schob das Handy in die Tasche zurück.

Da endlich konnte August den Gedanken fassen, der so schwer zu fangen war, und mit einem Mal ging ihm auf, wie Elias darauf gekommen war, dass es sich hier um eine Verwechslung handelte.

Es war nie so gedacht gewesen, dass August den Super-8-Film und die Fotos von Patricia Thynell sehen sollte. Axel hatte vorgehabt, den Karton mit der Kamera, dem Projektor und den Fotos im Boot zu verstauen, während er darauf wartete, im Frühjahr wieder mit dem Boot rausfahren zu können. Die Steine waren aus einem einzigen Grund in den Karton gelegt worden:

Damit er ordentlich versank, wenn Axel ihn über Bord warf.

Herumschnüffelnde Nachbarn waren eine Geißel im Privatleben, aber eine große Hilfe im Polizeijob. Das hatte Maria mehr als einmal bereits erfahren. Die Nachbarin von Patricia nun war schwer einzuschätzen. Weder Maria noch Ray-Ray wussten, was sie mit der Information, dass sie den Jungen in der Nacht zwischen dem 25. und dem 26. Januar im Treppenhaus gesehen hatte, anfangen sollten. Sie berieten sich draußen auf der Straße darüber, ehe sie wieder zu Patricias Wohnung zurückgingen und noch einmal anklopften.

»Schauen wir mal, wie sie darauf reagiert, wenn wir von Axel und dem Brand sprechen«, sagte Maria. »Und wenn es passt, dann erwähnen wir noch die Zeugenaussage der Nachbarin zu dem Jungen.«

Sie mussten dreimal klopfen, ehe Patricia endlich öffnete.

Bevor die Tür aufging, wurde die Sicherheitskette vorgelegt.

Ein schmales Gesicht schaute durch den Türspalt.

»Was wollen Sie? Kann man nicht in Ruhe schlafen?«

Ihr Blick wirkte total erschöpft, und das Gesicht war so mitgenommen, dass man kaum einschätzen konnte, wie alt sie war.

Ray-Ray und Maria zogen ihre Ausweise heraus.

»Wir kommen von der Polizei. Wir würden gerne mit Ihnen sprechen.«

Die Farbe des Gesichts im Türspalt wechselte von Bleich zu Weiß.

»Ist den Kindern was zugestoßen?«

Wieder Kinder.

»Seien Sie gut so gut und öffnen Sie die Tür, dann sprechen wir in Ihrer Wohnung«, schlug Maria vor.

Sie verspürte wirklich keine Lust, zu Patricia hineinzugehen.

Der Zigarettengestank, der aus dem Türspalt drang, war schon überwältigend und brannte in der Nase.

Patricia fluchte leise vor sich hin, während sie mit der Sicherheitskette kämpfte.

»Verdammte, verfickte Scheiße.«

Sie zog die Tür zu, um die Kette abzumachen, und öffnete dann richtig.

Ray-Ray ging zuerst in die Wohnung, Maria folgte.

Patricia stand ein paar Meter von ihnen entfernt. Ihre Haare waren verfilzt, und sie trug ein ausgewaschenes T-Shirt, das auf der Hälfte der Oberschenkel endete. Ihre ganze Körpersprache signalisierte Unsicherheit. Mal hatte sie die Hände in die Seiten gestützt, dann wieder die Arme über der Brust verschränkt. Der Blick flackerte.

»Sind Sie allein in der Wohnung?«, fragte Maria.

Patricia nickte.

»Und die Kinder? Wo sind die?«

Patricia sah aus, als würde sie in Tränen ausbrechen.

»In der Schule, nehme ich an«, antwortete sie.

Es gab keine Anhaltspunkte, dass Patricias Kinder in eine Pflegefamilie gekommen wären, und doch klang es so, als hätte sie keine Ahnung, wo sie sich aufhielten.

Maria ließ den Blick durch die Wohnung wandern. Laut Einwohnermelderegister wohnte Patricia seit Oktober hier, doch wirkte es nicht wie ein Zuhause, sondern vielmehr wie eine provisorische Lösung für jemanden, der schnell ein Dach über dem Kopf gebraucht hatte.

Sie hätten eine umfassendere Hintergrundüberprüfung durchführen müssen, ehe sie nach Hause zu Patricia fuhren, das wusste Maria. Die Kinder waren nur eines von vielen Details, zu denen ihnen Informationen fehlten. Doch gleichzeitig war klar, dass sie das Verhör mit Marys Tochter nicht aufschieben konnten.

Patricia sah verloren aus und zupfte an ihrem T-Shirt in dem

Versuch, es länger zu machen. Dann schüttelte sie ein lauter Hustenanfall. Obwohl sie in die Armbeuge hustete, hörte man doch, wie schlecht es ihr ging.

»Ich hole ein Ihnen ein Glas Wasser«, sagte Maria.

Unter dem Vorwand suchte sie die Küche auf.

Da stand schmutziges Geschirr in der Spüle, und es roch schwach nach Müll. Auf dem Küchentisch lagen einige ungeöffnete Fensterumschläge, einer davon trug das Logo des Finanzamts. Patricia führte sie ins Wohnzimmer und ließ sich in einen großen Sessel aus Lederimitat sinken, der allein mitten im Zimmer stand.

»Hier.«

Maria reichte ihr das Wasser.

Patricia leerte in einem Zug das halbe Glas. Dann griff sie nach einem Zigarettenpäckchen, das auf einem der herumstehenden Umzugskartons lag. Beim Anzünden der Zigarette fiel es ihr schwer, die Hand still zu halten.

Ray-Ray machte seine Jacke auf und holte die Bilder heraus, die sie auch bei Mary dabeigehabt hatten.

»Kennen Sie dieses Mädchen?«, fragte er und reichte ihr die Fotografien.

Patricia legt die Zigarette weg und blätterte mit großen Augen durch den Stapel Bilder.

»Das bin ich«, sagte sie. »Woher haben Sie die denn?«

»Sie sind Teil einer Ermittlung, mit der wir befasst sind«, sagte Maria. »Wissen Sie, wer die Fotos gemacht hat?«

Patricia sah die Bilder eingehend an. Sie war jetzt aufmerksamer und offensichtlich fasziniert von dem, was sie da sah.

»Keine Ahnung. Wo haben Sie die gefunden?«

»Bei Axel Ehnbom«, antwortete Ray-Ray.

Das war eine vereinfachte, aber doch ausreichende Erklärung.

Patricia sah fassungslos aus. Ihre Miene hatte etwas unverstellt Erstauntes, was sie sowohl jünger als auch frischer aussehen ließ.

»Kannten Sie Axel?«, fragte Maria. Patricia legte die Fotos auf die Armlehne und griff erneut nach dem Zigarettenpäckchen. Ohne daran zu denken, dass sie bereits eine Zigarette im Aschenbecher liegen hatte, zündete sie sich noch eine an.

»Natürlich kannte ich Axel«, sagte sie.

»Und Sie wissen auch, was ihm zugestoßen ist?«, fragte Ray-Ray.

Patricia nickte.

»Das wissen doch alle«, sagte sie. »Natürlich tut es mir leid wegen Mama, aber wir anderen werden es schon verkraften.«

Sie saß mit übergeschlagenen Beinen da und wippte ununterbrochen mit dem Fuß, der nicht auf dem Boden stand.

»Ihre Mutter?«, fragte Maria vorsichtig.

»Sie mochte Axel sehr.«

»Waren die beiden ein Paar?«

Patricia lachte auf.

»Nein, das hoffe ich wirklich nicht.«

Maria dachte an Gunnars Zeugenaussage, an den Kuss, den er gesehen zu haben behauptete. Und dann an Marys Beteuerung, dass es überhaupt keinen Kuss gegeben habe.

Ein neuer Hustenanfall überkam Patricia. Als sie wieder Luft bekam, waren Hals und Gesicht hochrot.

»Wo befanden Sie sich am Abend des 25. Januar?«, fragte Ray-Ray.

Patricia wirkte kleinlaut.

»Zu Hause«, sagte sie. Und dann: »Nein, verdammt, da war ich doch beim Coop. In Uddevalla. Dann bin ich zu einer Freundin nach Hause gefahren und habe dort übernachtet.«

»Wollen Sie mich veralbern? Sie haben doch den Coop hier um die Ecke.«

»Ich fahre gerne Auto. Und der in Uddevalla ist viel größer.«

»Hatten Sie jemanden bei sich?«

»Nein. Aber … also, brauche ich jetzt einen Anwalt, oder was ist das hier?«

»Wir fragen alle, die wir verhören, was sie an dem bestimmten Abend gemacht haben«, erklärte Maria. »Und ehe wir gehen, brauchen wir den Namen Ihrer Freundin.«

Patricia nickte kurz.

»Wo waren die Kinder, als Sie in Uddevalla eingekauft und übernachtet haben?«, erkundigte sich Ray-Ray.

»Hier.«

»Allein?«

»Hillevi ist dreizehn, sie ist supergut darin, auf Sam aufzupassen.«

»Wir haben eine Zeugin, die behauptet, Ihr Sohn sei spät in der Nacht allein im Treppenhaus unterwegs gewesen«, sagte Maria. »Stimmt das?«

Patricia schüttelte den Kopf.

»Nein. Oder vielleicht.«

»Schwer zu sagen, wenn Sie nicht zu Hause waren, oder?«, warf Ray-Ray ein.

»Manchmal, wenn ich nachts weg bin, steht Sam auf und sucht nach mir. Das ist nichts Großartiges, Hillevi ist sehr tüchtig und hilft ihm dann wieder ins Bett.«

Ray-Ray sah aus, als würde er ihr am liebsten eine runterhauen, besann sich dann aber.

Wir müssen das hier anzeigen, dachte Maria, aber nicht jetzt.

Sie suchte Ray-Rays Blick, um ihn zur Ruhe zu bringen, und holte ihr Telefon heraus.

»Ich möchte, dass Sie sich noch etwas ansehen, Patricia«, sagte sie.

Maria zeigte ihr den Filmabschnitt, auf dem Lydia in ihrem Konfirmationsumhang zu sehen war.

Patricia wurde ganz still. Der Fuß hörte auf zu wippen, und sie nahm vorsichtig das Telefon in die Hand und wollte es selbst halten, während sie schaute.

Maria ließ es widerwillig los.

Die Atmosphäre im Raum veränderte sich.

»Das ist ja Lydia Broman«, sagte Patricia.

»Sie kannten sie?«, fragte Ray-Ray.

»Mehr oder weniger, ich wusste natürlich, wer sie war. Aber Lydia war viel älter als ich. Als sie starb, ging ich noch in die Unterstufe. Woher kommt der Film?«

»Ebenfalls von Axel.«

Patricia nahm eine ihrer angefangenen Zigaretten auf und zündete sie noch einmal an. Sie sah schockiert aus.

»Haben Sie diesen Film meiner Mutter gezeigt?«, fragte sie.

Maria nickte.

»Ja, das haben wir.«

»Da ist sie aber schwach geworden, oder?«

Patricia nahm noch einen Zug von der Zigarette.

Maria spürte den Rauch in der Luftröhre kitzeln.

»Sagen Sie uns einfach direkt, was Sie damit meinen, wir haben keine Zeit für Andeutungen«, sagte sie.

Patricias Fuß begann wieder zu wippen.

»Axel war nicht sonderlich nett«, sagte sie. »Er hatte so seine Macken.«

»Und was waren das für ›Macken‹?«, fragte Ray-Ray.

»Verdammt übles Zeug.«

Es wurde still, während ihre Antwort einsank.

Verdammt übles Zeug.

Was bedeutete das für jemanden wie Patricia?

»Erzählen Sie«, forderte Maria sie auf.

Patricia klopfte die Asche von der Zigarette.

»Axel hatte kein Alibi, als er der Polizei sagen sollte, wo er war, als Lydia verschwand. Also hat er sich eins ausgedacht. Und da fragt man sich ja, warum. Ich meine, wer mit reinem Gewissen muss lügen?«

In Marias Tasche vibrierte das Handy, aber sie ging nicht ran.

Axel hatte kein Alibi, als Lydia verschwand.

Also hat er sich eins ausgedacht.

»Wer hat Ihnen das erzählt?«, fragte Ray-Ray.

Gunnar, dachte Maria.

»Spielt das eine Rolle?«, gab Patricia zurück.

»Das spielt eine krass große Rolle.«

Patricia griff nach einer neuen Zigarette.

»Ich erinnere mich nicht, wer das erzählt hat«, sagte sie.

»Jetzt hören Sie schon auf«, entgegnete Maria.

»Dann werden Sie mich wohl foltern müssen«, sagte Patricia und zuckte mit den Schultern. »Ich erinnere mich trotzdem nicht.«

Maria versuchte die Puzzleteile zusammenzufügen.

Schützte Patricia jemanden? Oder redete sie einfach nur dahin?

Wieder vibrierte ihr Handy.

Maria entschuldigte sich und nahm das Gespräch in der Küche entgegen.

Die Stimme einer älteren Frau war zu hören.

»Ich heiße Selma Valtersson und bin pensionierte Kriminalinspektorin«, sagte sie. »Ich bin gebeten worden, mich bei euch wegen der Ermittlung im Stückelmord auf Hovenäset zu melden. Eine belastende Geschichte.«

Maria war sofort angespannt.

»Danke, dass du anrufst«, sagte sie. »Es ist gerade ein wenig ungünstig, aber darf ich dich vielleicht später zurückrufen?«

»Selbstverständlich. Ich bin hier, ruf an, wenn du Zeit hast. Roland hat etwas über ein Alibi gesagt, das ihr noch mal überprüfen wollt?«

»Das stimmt«, sagte Maria. »Es geht darum, was Axel Ehnbom zum Zeitpunkt des Mordes getan hat, aber …«

»Auf die Frage kann ich sofort antworten«, erklärte Selma Valtersson. »Er hatte ein ausgezeichnetes Alibi, denn er hat den ganzen betreffenden Tag mit einer Nachbarsfrau verbracht.«

»Erinnerst du dich, wie die hieß?«, fragte Maria leise.

»Ja, durchaus, denn ich fand, sie hat so einen schönen Vornamen. Mary Thynell hieß sie.«

Marias Herz schlug schneller.

»Und es gab keinen Grund zu der Annahme, dass mit dem Alibi irgendetwas nicht stimmte?«

»Nein, absolut nicht.«

Maria schob das Handy wieder in die Tasche. Mit einem Mal hatte sie genug von den ganzen Einbahnstraßen und Halbwahrheiten. Mary hatte Axel ein Alibi gegeben, was von den Polizisten, die die Ermittlung durchführten, als glaubwürdig eingeordnet worden war.

Trotzdem deuteten sowohl Gunnar als auch Marys Tochter an, die Wahrheit sehe anders aus und Axel habe kein Alibi gehabt.

Und auf seinem Schreibtisch hatten sie schriftliche Drohungen gefunden, dass etwas enthüllt werden würde, was er zur Tatzeit des Mordes getan habe.

Entschlossen ging Maria zurück ins Wohnzimmer. Ray-Ray sah auf, als sie reinkam, er spürte ihre veränderte Stimmung.

»Sie lügen«, sagte sie und sah Patricia direkt an. »Sie lügen, dass Axel kein Alibi für den Mord an Lydia Broman gehabt haben soll. Warum denken Sie sich so etwas aus?«

Patricias Antwort war eine trotzige Bewegung mit dem Kopf.

»Ich lüge überhaupt nicht«, gab sie zurück.

»Hören Sie auf, Blödsinn zu quatschen«, sagte Maria.

Patricia schoss aus dem Sessel hoch.

»Aber ich lüge nicht!«

Ray-Ray verfolgte schweigend die hitzige Diskussion.

»Sie lügen die ganze Zeit«, erwiderte Maria barsch. »Ganz bestimmt lügen Sie auch darüber, wo Ihre Kinder sind. War das Jugendamt vielleicht bereits hier und hat sie abgeholt? Die mögen Menschen auch nicht so gerne, die mit Unwahrheiten um sich werfen.«

Das war eine bewusste Provokation, und die griff.

»Sind Sie etwas träge im Kopf, oder was?«, schrie Patricia. »Das Jugendamt hat meine Kinder nicht mitgenommen. Und ich lüge nicht. Ich habe ein paar alte Briefe bei meiner Mutter gefunden. Sie und Axel waren befreundet. Und er hat geschrieben und sich herzlich dafür bedankt, dass sie ihm ein falsches Alibi verschafft hat.«

Es war, als gäbe es plötzlich keinen Sauerstoff mehr im Zimmer.

Patricia sank wieder in den Sessel und schluchzte.

Ray-Ray stand leise auf und suchte Marias Blick. Sie bedeutete ihm, dass alles in Ordnung war. Dann ging sie vor Patricia in die Hocke.

»Ich lüge nicht.«

»Ich glaube Ihnen«, sagte Maria. »Wo können wir diese Briefe finden?«

»Bei meiner Mutter.«

Maria holte tief Luft.

»Patricia, haben Sie Axel erpresst?«

Patricia wandte den Blick ab.

Maria legte eine Hand auf ihr Knie.

»Haben Sie das getan?«

Patricia schüttelte den Kopf.

»Nein.«

»Sicher?«

»Ja.«

Maria zog ihre Hand weg. Sie war überzeugt davon, dass Patricia über die Briefe und Axels Alibi die Wahrheit sagte. Doch war sie alles andere als sicher, was die Frage der Erpressung betraf.

Die Sonne schien, aber alles fühlte sich kalt an. Ola stieg langsam die Treppe zum Haus seiner Mutter hoch. Eine Treppe, die sein Vater einst gebaut hatte und die Ola schon unzählige Male rauf und runter gerannt war. Weil er zur Schule musste, zu Freunden, zum Fußballtraining, zum Bus oder einfach nur, weil er weg wollte. Seine ganze Jugend lang hatte er an ein und derselben Adresse gewohnt. In dem Haus, in dem seine Mutter jetzt alleine wohnte.

Ola starrte erst mal auf die Tür.

Er hatte einen eigenen Schlüssel, wollte ihn aber nicht benutzen.

Er fühlte sich total fremd, und das erschreckte ihn.

Sams Worte hallten in seinem Kopf nach:

Der da auf der Treppe lag. Das war mein Opa.

Ola klopfte an die Tür. Hinter ihm standen Hillevi und Sam.

Es dauerte eine Weile, bis seine Mutter kam und öffnete. Da hatte Ola schon viel nachdenken können.

Der da auf der Treppe lag, war Axel gewesen. Sollte etwa ausgerechnet Elias Sams Vater sein? Das war nicht möglich. Elias, der immer so schick und ordentlich und erfolgreich war – die Antithese in Person zu Olas Schwester.

Und dann waren da noch die Fotos von Patricia mit der schnörkeligen Handschrift seines Vaters auf der Rückseite. Bilder, die Axel Ehnbom bekommen hatte.

Warum das denn?

Ola kriegte die Geschichte nicht zusammen.

Auf der Straße rollte ein Auto vorbei.

Es fuhr sehr langsam, und der Fahrer sah zu ihnen hin.

Ola erkannte, wer es war.

Elias Ehnbom.

Axels verlorener Sohn, der vor mehreren Jahren mit seinem Vater gebrochen hatte. Warum, wusste Ola nicht, und er fand auch nicht, dass ihn das was anging. Zumindest hatte er das bisher gedacht. Jetzt war er da nicht mehr so sicher. Nicht, nachdem jemand Axel zu Sams Opa erklärt hatte.

Das Geräusch des Autos verschwand in der Ferne.

»Was ist denn, Sam?«

Hillevis Stimme klang klar, aber erschrocken.

Ola drehte sich um, und gleichzeitig näherten sich schleppende Schritte auf der anderen Seite der Tür.

Sam war auf der Treppe zusammengesunken und hielt sich die Hände vors Gesicht.

»Was ist los?«

Ola sah Hillevi an, als Sam nicht antwortete.

»Ich habe keine Ahnung«, sagte sie. »Das Auto ist vorbeigefahren und – poff – saß er plötzlich da.«

Ola sah in die Richtung, in die Elias gefahren war.

Ein sehr unbehaglicher Gedanke nahm Form an.

Die Tür hinter Ola ging auf.

»Hallo?«

Seine Mutter schaute heraus, aber Ola kümmerte sich nicht um sie.

»Hast du den Mann in dem Auto erkannt, Sam?«, fragte er.

Der Junge nickte, ohne die Hände vom Gesicht zu nehmen.

»Woher?«

Sam flüsterte kaum hörbar:

»Das war der, der mich abgeholt hat.«

»Ola, was ist denn los?«

Seine Mutter stand in der Tür und fror. Ging es ihr jetzt noch schlechter? Ola fand, sie sah dünn und schwach aus.

Er sah sie eindringlich an.

»Mama, wir müssen reden.«

Er hob Sam hoch und nahm ihn und Hillevi mit ins Haus.

»Ich möchte mit der Oma alleine reden«, sagte er.

Hillevi sah wütend aus.

»Ich will auch dabei sein«, sagte sie.

»Nein«, entgegnete Ola entschieden. »Du musst dich solange um deinen Bruder kümmern.«

Hillevi starrte ihn wütend an, und er verstand, was sie dachte. Dass immer sie diejenige war, die sich um Sam kümmern musste. Immer. Und jetzt passierte das schon wieder.

Das wird alles anders werden, dachte Ola. Ich muss nur erst diesen Mist hier geregelt kriegen.

»Sei so lieb«, bat er. »Pass ein Weilchen auf deinen Bruder auf.«

»Ihr könnt im Seeräuberzimmer spielen, wenn ihr wollt«, schlug seine Mutter vor.

Hillevi verdrehte die Augen, aber Sam sah vorsichtig positiv aus. Er hatte den alten Erker im Obergeschoss das Seeräuberzimmer getauft. In dem Raum (der eigentlich zu klein war, um überhaupt Raum genannt zu werden) gab es ein rundes Fenster, das man nicht öffnen konnte. Sam reichte nur daran, wenn er auf Zehenspitzen stand, aber von dort aus rauszusehen gehörte zu seinen Lieblingsbeschäftigungen.

»Niemand sieht mich«, hatte er zu Ola gesagt, »aber ich sehe alle anderen.«

Ola schluckte. Sam hatte immer so eine lebendige Fantasie gehabt und viel gesprochen und gelacht. Ola hoffte zutiefst, dass er bald wieder er selbst sein würde.

Hillevi nahm Sams Hand und ging mit ihm hinauf ins Obergeschoss.

»Komm«, sagte sie. »Die Erwachsenen wollen gerade nichts mit uns zu tun haben.«

Olas Mutter setzte an zu protestieren, doch Ola brachte sie mit einem scharfen Blick zum Schweigen. Sie würden sich später um Hillevi und Sam kümmern müssen. Dass sie jetzt nicht dabei sein durften, geschah zu ihrem eigenen Besten.

»Ola, du erschreckst mich«, sagte seine Mutter, als die Kinder außer Hörweite waren. »Was ist denn los?«

»Das frage ich mich auch«, erwiderte Ola kurz.

Er ging mit seiner Mutter in die Küche und machte die Tür hinter ihnen zu.

Mit der Küche war es wie mit der Treppe hinauf zur Eingangstür: Sein Vater hatte sie gebaut. Ola war fünf Jahre alt gewesen, als sein Vater einen ganzen Sommer darauf verwandte, ihre Küche neu zu machen. Das war ein guter Sommer gewesen. Sein Vater war immer in harmonischer Stimmung, wenn er etwas mit den Händen schuf. Im Nachhinein kam es einem völlig unbegreiflich vor, dass er so viel Zeit und Energie auf seinen gewöhnlichen Bürojob verwandt hatte. Warum war er nicht stattdessen Schreiner geworden? Dann wäre er vielleicht imstande gewesen, den Alltag nüchtern zu bewältigen. Und dann wäre er vielleicht nicht erst arbeitslos und dann Frührentner geworden.

Eine schwierige Familie.

Seine Mutter atmete schwer und ließ sich am Küchentisch nieder.

Ola setzte sich ihr gegenüber.

Er wusste genau, was er herauskriegen wollte, aber nicht, wie er die Frage stellen sollte, um auch eine ehrliche Antwort zu bekommen. Nachdem er verschiedene Varianten erwogen hatte, begann er zögernd:

»Als ich das letzte Mal hier war, haben wir von Sams Vater gesprochen und dass es jemand anderes als Kevin sei. Du hast gesagt, es sei wichtig, dass kein Vaterschaftstest gemacht wird. Aber ich glaube, dass du bereits weißt, was bei so einem Test herauskommen würde.«

Seine Mutter sagte keinen Ton, sondern saß ihm nur steif und stumm gegenüber.

Abgesehen vom leisen, dumpfen Brummen des Kühlschranks war es ganz still.

Ola setzte alles auf eine Karte und fragte geradeheraus:

»Ist Elias Ehnbom der Vater von Sam?«

Seine Mutter gab einen jammernden Ton von sich.

»Lieber Ola, wie kommst du denn darauf? Und warum musst du in der Sache herumwühlen?«

Der letzte Satz verriet sie.

Sie wusste es.

»Komm mir nicht mit dem Mist«, entgegnete Ola. »Ich bin viel zu lange lieb genannt worden, das will ich jetzt nicht mehr. Und halt mich nicht länger außen vor, Mama. Die Kinder wohnen jetzt bei mir. Ich habe ein Recht, es zu erfahren.«

Eine einsame Träne rollte ihre Wange hinunter.

Ola kämpfte, um nicht eine Hand auszustrecken und sie wegzuwischen.

Mama.

»Du weißt nicht, was du da verlangst«, erwiderte sie mit heiserer Stimme.

Doch Ola ließ nicht locker.

»Es ist also wahr?«, fragte er. »Elias ist der Vater von Sam?«

Seine Mutter nickte.

Sie sah schrecklich mitgenommen aus.

Ola selbst reagierte nur mit Erstaunen.

Seine Schwester und Elias.

Wie um alles in der Welt war das passiert, und was war in Elias gefahren, als er Sam mitten in der Nacht mit nach Hovenäset genommen hatte?

Seine Mutter schnäuzte sich in ein Taschentuch und fragte:

»Wie hast du es rausgekriegt?«

Ola berichtete, was er von Sam und Hillevi erfahren hatte. Über den alten Mann auf der Treppe, der Opa genannt wurde.

Seine Mutter verbarg das Gesicht in den Händen.

Ola versuchte sie zu trösten:

»Mama, du musst darauf vertrauen, dass es wieder gut werden

kann. Aber du musst alles der Polizei erzählen. Denn Elias ist gefährlich. Wahnsinnig gefährlich. Niemand weiß, was er sich nächstes Mal ausdenkt. Ich glaube, dass … ich glaube, er hat Axel getötet. Warum weiß ich nicht, aber Mama, er hat Sam mitgenommen. Er hat seinen toten Vater einem Kind gezeigt. Seinem eigenen Kind. Das tut man einfach nicht.«

Seine Mutter sah auf.

»Es gibt außerdem noch zwei Dinge, die du erst erfahren musst«, sagte sie. »Ehe du entscheidest, ob du zur Polizei gehst.«

Ola sah sie angespannt an.

»Über Axel?«, fragte er.

»Ja«, sagte seine Mutter leise. »Und über Patricia. Und über etwas, was vor sehr langer Zeit geschehen ist.«

Die Gedanken kreisten in Marias Kopf, als sie und Ray-Ray Patricias Wohnung verließen und zum Auto gingen. Der Himmel war immer noch blau, aber der Wind blies kräftiger.

»Patricia oder Gunnar«, sagte Ray-Ray, als Maria von dem kurzen Gespräch mit der Ermittlerin von damals berichtet hatte. »Einer von beiden muss es gewesen sein, der Axel erpresst hat.«

»Das glaube ich auch«, sagte Maria. »Wir sind jetzt nah dran, Ray-Ray. Sehr nah.«

Es hatte sie überrascht, was Patricia gesagt hatte, als sie mit dem Rücken an der Wand stand: Dass Mary Axel ein falsches Alibi in der Lydia Broman-Ermittlung verschafft hatte.

»Diese Briefe, von denen sie gesprochen hat«, sagte Maria, »die würde ich ja gerne mal lesen.«

Sie dachte an das, was Emmy zu Beginn der Ermittlung erzählt hatte. Dass Axel gut im Schreiben von Briefen und Texten gewesen war.

»Da bist du nicht die Einzige«, antwortete Ray-Ray. »Und mal ganz ehrlich, mit wie viel Überraschungen kann so eine alte Tante eigentlich rüberkommen? Diese Mary, aus der werde ich einfach nicht schlau. Wir müssen sie ein drittes Mal vernehmen. Und eine Hausdurchsuchung anstreben. Was zum Teufel ist bloß mit den Leuten los, können sie nicht einfach erzählen, was sie wissen und es gut sein lassen?«

»Nicht, wenn sie in die Sache verwickelt sind«, erwiderte Maria.

»Ist das ein Verdacht, den wir haben?«, fragte Ray-Ray. »Dass Mary, die alt und krank ist, etwas mit Axels Tod zu tun hat?«

»Nein«, sagte Maria zögernd.

Da rief August an.

Maria ging sofort ran.

»Hallöchen.«

»Hallo.«

Ihr wurde warm ums Herz, als sie seine Stimme hörte.

»Ist etwas passiert? Bist du okay?«, fragte sie.

»Oh ja, alles ist gut. Ich wollte dich mit meinem Anruf nicht erschrecken.«

Du nicht, dachte Maria. Du willst mich nicht erschrecken.

»Es geht um Axels Karton.«

Ray-Ray schloss das Auto auf und setzte sich hinters Steuer.

Maria öffnete die Beifahrertür und ließ sich in den Sitz sinken.

»Okay« sagte sie, »aber weißt du, wir haben gerade ziemlich viel zu tun und …«

»Elias Ehnbom war vorhin hier«, unterbrach August sie. »Er war im Boot seines Vaters, das auf einer Werft auf Fisketången steht. Ich glaube, es liegt eine Verwechslung vor.«

Maria wusste, von welchem Boot August sprach. Sie hatten es aus der Ermittlung rausgenommen, weil sie meinten, dass es mitten im Winter nicht von Interesse sein würde.

»Ich glaube, Axel hat den falschen Karton in die Kapelle gestellt«, erklärte August. »Im Boot war nämlich ein anderer Karton. Ich glaube, er hatte vor, die Kamera und den Film im Meer zu versenken. Und dass deswegen in dem Karton Steine lagen.«

Maria runzelte die Stirn.

»Warum hätte er das tun sollen?«

Im selben Moment, als sie die Frage stellte, kannte sie auch schon die Antwort. Es war nicht beabsichtigt gewesen, dass jemand die Bilder oder den Film ansehen würde, weil damit ein Geheimnis verbunden war, das nicht ans Licht kommen sollte. Und das vielleicht der Grund dafür war, dass Axel nicht mehr lebte.

»Entschuldige August, aber ich kann jetzt nicht länger reden«, sagte Maria. »Tausend Dank, dass du das hier erzählt hast. Ich rufe dich später an. Mach's gut.«

Sie legte auf und erzählte Ray-Ray, was sie erfahren hatte.

Der hörte angespannt zu.

»Das passt doch zusammen«, sagte er. »Natürlich hat Strindberg den falschen Karton bekommen, diese Filme und die Bilder sind wichtiger, als wir bisher angenommen haben.«

Er trommelte mit den Fingern aufs Lenkrad.

»Nehmen wir mal an, dass wir richtig geraten haben, was die Erpressung angeht«, sagte er. »Nehmen wir mal an, dass Axel etwas zu verbergen hatte, das mit dem Mord an Lydia zu tun hat. Das erklärt, warum er den Film mit ihr drauf loswerden wollte. Aber warum dann auch die Bilder von Patricia?«

»Das wüsste ich auch gern«, erwiderte Maria.

Im Auto war es kalt, obwohl die Heizung lief. Sie schaltete noch die Sitzheizung ein und öffnete die Fensterscheibe ein wenig, damit sie nicht beschlug.

Wieder klingelte ihr Telefon.

Sie kannte die Nummer nicht, und das machte sie wachsam.

Als sie ranging, klang ihre Stimme dumpf.

»Maria Martinsson.«

Die Stimme eines jungen Mannes war zu hören. Er sprach ein wenig zu schnell, aber Maria verstand trotzdem, dass es sich um einen Kollegen von der Stockholmer Polizei handelte.

»Ich habe euch geholfen, das Alibi von Elias Ehnbom für die Nacht, in der sein Vater gestorben ist, zu überprüfen«, sagte er. »Und gerade eben hat mich eine von Elias' Kolleginnen bei Malm & Ström angerufen. Ihr ist eingefallen, dass sie noch etwas zu erzählen hat. Ein Detail, von dem sie nicht wusste, ob es wichtig ist, das sie aber sicherheitshalber trotzdem mitteilen wollte.«

Maria merkte, wie ihr Griff ums Telefon fester wurde.

»Erzähl«, sagte sie.

»Wie ihr bereits wisst, befand sich das ganze Büro auf einer Konferenz auf Bommersvik. Die Tage bestanden aus Vorträgen, die um achtzehn Uhr abends zu Ende waren, und danach gab es jeweils ein gemeinsames Abendessen. Aber an einem der Tage, und zwar dem 25. Januar, bekam Elias Migräne und ging direkt nach dem letzten Vortrag auf sein Zimmer.«

»Er hat also nicht am Abendessen teilgenommen?«, fragte Maria.

»Nein. Die Anruferin sagt, sie habe zweimal im Laufe des Abends bei Elias angeklopft, um zu sehen, wie es ihm ging, doch er habe nicht geöffnet. Da machte sie sich Sorgen und hat ihm stattdessen eine SMS geschickt. Auf die habe er geantwortet, dass er ihre Fürsorge zu schätzen wisse, er sei aber zu erschöpft, um jemanden zu sehen.«

Ray-Ray machte einen Ansatz, den Wagen zu starten. Maria hielt ihn auf.

»Und wie war es am Morgen danach?«, fragte sie den Kollegen aus Stockholm. »Ging es Elias da auch noch schlecht?«

»An dem Morgen fing alles etwas später an, nämlich nicht vor halb zehn. Und da war Elias wieder auf den Beinen.«

»Vielen Dank, dass du dich gemeldet hast«, sagte Maria.

Nachdenklich steckte sie das Handy wieder in die Jackentasche.

»Worum ging es?«, fragte Ray-Ray.

Maria schluckte.

Mit einem Mal dachte sie an das Gespräch mit August.

Elias war eben erst bei ihm im Laden gewesen.

»Ich glaube, wir müssen umdenken«, sagte sie und hörte selbst, wie angespannt sie klang.

»In welcher Hinsicht?«, fragte Ray-Ray.

Sein Blick war finster vor Ungeduld.

»Gib mir noch einen Augenblick«, sagte Maria. »Nur noch schnell einen Anruf.«

Rasch holte sie das Telefon heraus und rief August an.

»Was machst du?«, fragte Ray-Ray.

Sie antwortete nicht, sondern horchte nur auf einen Klingelton nach dem anderen.

»Hallo, du bist es wieder!«

Geliebter.

Maria wurde ruhig, wusste aber plötzlich nicht mehr, was sie sagen sollte. Weshalb hatte sie eigentlich August angerufen? Um ihn vor Elias zu warnen? Er hatte doch bereits Paul, wegen dem er sich Sorgen machen musste.

Sie sprach mit angestrengter Stimme.

»Ich … ich wollte nur fragen, ob du Elias heute noch mal treffen wirst?«

»Nein«, sagte August und klang erstaunt. »Das haben wir nicht geplant.«

»Weißt du, wohin er nach eurem Treffen fahren wollte? Wir müssten ihn erreichen.«

Ray-Ray starrte sie an. Jetzt wollte er wirklich, dass sie ihm sagte, was sie da unternahm.

»Ich glaube, er wollte zurück nach Hovenäset«, sagte August.

»Okay, danke.«

»Ich muss auflegen, hier ist ein Kunde. Bis später.«

»Tschüss.«

Sie legten auf.

Ich glaube, er wollte zurück nach Hovenäset.

»Was zum Teufel war das?«, fragte Ray-Ray.

Maria holte Luft. Es gab eine Lücke von ungefähr fünfzehn Stunden, in denen niemand bestätigen konnte, dass Elias in Stockholm gewesen war. Es dauerte fast sechs Stunden, von Stockholm nach Hovenäset zu fahren, und dann wiederum sechs Stunden, um zurückzukommen. Außerdem war es kalter Winter, und die Nächte waren dunkel und lang.

Tausend Kilometer in Kälte und Dunkelheit und auf vielleicht glatten Straßen.

War das unmöglich?

Nicht für jemanden, der ausreichend motiviert war. Nicht für jemanden, der aus unbekanntem Grund verzweifelt war.

»Elias Ehnbom«, sagte Maria.

»Was ist mit ihm?«, fragte Ray-Ray.

»Er hat kein Alibi für die Mordnacht.«

Ray-Ray riss die Augen auf.

»Teufel noch mal.«

Elias hatte gelogen.

Oder nicht? Es könnte ja auch so simpel sein, dass er seine Migräne nicht erwähnt hatte, weil er meinte, sie sei uninteressant für die Polizei.

Doch das konnte Maria nicht wirklich überzeugen.

Im Gegenteil.

Mit jeder Sekunde wuchs die Gewissheit. Sogar die Kollegin von Elias, die jetzt ihre Zeugenaussage verändert hatte, spürte offensichtlich, dass mit dieser Migräne irgendetwas nicht stimmte. Also mussten sie Elias noch einmal ordentlich verhören. Und sie mussten verdammt schnell überprüfen, ob er für den Fall, dass er in der Nacht an die Westküste gefahren war, irgendwelche Spuren hinterlassen hatte. Sie mussten Mautstationen kontrollieren, mit Autoverleih-Agenturen sprechen und Kameras auf der Strecke untersuchen.

Aber vor allen Dingen wollte sie erst mal mit Elias reden.

Das Handyklingeln durchschnitt die Stille, die sich im Auto ausgebreitet hatte.

Es war Roland, der anrief.

Maria ging ran und schaltete den Lautsprecher ein.

»Hallo, wie läuft es bei euch?«, fragte Roland.

Seine Stimme klang angestrengt, als könne er nicht schnell genug zur Sache kommen, während er doch gleichzeitig wissen wollte, was sie so machten.

Ray-Ray nickte Maria zu, dass sie antworten sollte.

»Doch, es läuft gut. Weißt du, wir glauben, auf eine Sache gestoßen zu sein. Wir …«

»Entschuldige, wenn ich unterbreche, aber ich muss schnell etwas anderes sagen. Über Paul.«

Maria erstarrte.

»Zum Teufel, nicht schon wieder«, brummte Ray-Ray. »Okay, wir hören zu.«

Es knisterte im Lautsprecher, als Roland sich bewegte.

»Es geht um die Justizbeamtin, die Paul geholfen hat auszubrechen«, sagte er. »Sie hat es sich anders überlegt und hat jetzt erzählt, was sie weiß.«

Als Kind war Ola immer so still gewesen, dass seine Eltern sich schon Sorgen gemacht hatten. Warum tobte er nicht herum wie die anderen Kinder? Warum kam kein Trotzalter, keine Wutanfälle als Teenager?

»Du bist so verschlossen«, pflegte seine Mutter zu sagen.

Und dann schaute sie zu Olas Schwester und fügte hinzu:

»Und da haben wir eine, die exakt jeden Gedanken rauslässt.«

Dieses Phänomen hatte über all die Jahre hinweg gehalten. Ola war weiterhin ausgeglichen und seine Schwester hingegen anstrengend und exaltiert.

Doch an diesem Tag hier war Olas Selbstkontrolle geschwächt. Er fühlte sich wie ein bei Sturm und fünfzehn Meter hohen Wellen auf dem offenen Meer schaukelndes Segelboot.

»Erzähl«, sagte er. »Erzähl mir, warum ich nicht zur Polizei gehen soll. Und schieb es nicht darauf, dass Elias Sams Vater ist, wenn er das nun wirklich ist.«

»Laut Patricia gibt es nur zwei Männer, die rein von der Zeit her gesehen Vater von Sam sein können, und ich glaube ihr leider.«

»Das hilft nichts«, entgegnete Ola. »Wir können keinen Mörder schützen, das geht einfach nicht.«

Seine Mutter senkte den Blick.

»Das hier ist so unglaublich schwer«, sagte sie. »Im Grunde geht es dir am besten, wenn du nicht mehr erfährst, aber ich merke jetzt, dass ich vielleicht keine Wahl habe.«

Ola wartete darauf, dass sie weitersprechen würde. Wenn die Absicht gewesen war, seine Neugier zu dämpfen, dann war der gegenteilige Effekt eingetreten.

Als er gerade den Mund öffnete, um sie zu bitten, doch weiterzureden, klopfte es an der Tür.

Er stand auf.
»Mach nicht auf«, bat seiner Mutter. »Nicht jetzt.«
»Was heißt das, nicht jetzt?«, fragte Ola. »Wer ist das?«
Sie antwortete nicht.
Er versuchte es wieder:
»Mama, wer ist das?«
Dann begriff er. Das bleiche Gesicht seiner Mutter und ihre offenkundige Angst.
Ola schluckte.
»Elias«, sagte er.
Seine Mutter zögerte, aber nur einen Moment. Dann nickte sie leicht.
»Du weißt, dass er Axel ermordet hat«, sagte Ola heiser. »Du glaubst es nicht, du weißt es. Deswegen hast du so eine Angst.«
»Nein«, entgegnete sie. »Aber … Elias ist nicht der, der du glaubst. Er …«
»Jetzt hör schon auf! Mama, wir müssen die Polizei rufen. Jetzt!«
Sie schüttelte den Kopf.
»Du verstehst nicht«, sagte sie. »Eine Anzeige bei der Polizei würde so vieles zerstören.«
Es klopfte wieder an der Tür.
Die Kinder, dachte Ola. Wir müssen die Kinder schützen.
Er riss die Küchentür auf und sah nach Hillevi und Sam. Sie waren nicht zu sehen, aber aus dem oberen Stockwerk hörte man gedämpft Schritte.
In Olas Brust brannte es.
Gleichzeitig hörte er, wie die Eingangstür geöffnet wurde.
Seine Mutter und er sahen sich an.
»Hast du nicht abgeschlossen?«, zischte Ola.
Mary schüttelte den Kopf.
Wieder raste sein Puls.
Teufel, noch mal.

Was sollte er tun? Eins von den stumpfen Kartoffelmessern nehmen und zur Tür rennen?

»Mama, was geht hier vor?«

»Wir hätten mit Patricia und Elias sprechen sollen. Jetzt ist alles zu spät.«

Ola war drauf und dran loszuschreien.

Welche »wir« hätten mit Patricia und Elias sprechen sollen? Und worüber?

»Jetzt keine weiteren Rätsel mehr«, entgegnete er mit tonloser Stimme. »Verstehst du nicht? Ich werde wahnsinnig, Mama. Und zwar richtig!«

Seine Mutter klammerte sich an die Tischkante.

Im nächsten Moment war in der Küchentür ein Schatten zu erkennen.

Elias Ehnbom stand mit hängenden Armen und mattem, aber wachsamem Blick auf der Schwelle.

»Entschuldigung, dass ich störe«, sagte er. »Aber ich kann nicht länger warten.«

Stumm vor Schreck und Verachtung gegenüber seiner eigenen Angst und Tatenlosigkeit sah Ola, wie Elias die Küche seiner Mutter betrat und die Tür hinter sich zumachte.

»Die Kinder sind oben«, sagte Mary leise. »Ich möchte nicht, dass sie dich sehen oder hören.«

Elias nickte. »Ich werde nicht lange bleiben«, sagte er.

Irgendetwas war komisch mit der Stimmung im Raum. Sehr komisch. Denn es sah so aus, als hätte die Angst seiner Mutter gar nichts mit Elias zu tun. Das war unbegreiflich. Kapierte sie nicht, dass Elias gefährlich war?

»Was zum Teufel geht hier vor?«, flüsterte Ola.

Elias und seine Mutter sahen sich an.

Dies hier schien wie ein Zusammentreffen in aller Einigkeit zu sein. So als wären sie gute Freunde von früher her. Oder als hätten sie ein gemeinsames Geheimnis.

Als ihm niemand antwortete, hatte Ola genug.

Er machte einen Schritt auf Elias zu und ballte beide Fäuste.

»Du hast Sam mitgenommen«, sagte er. »Mitten in der Nacht. Du hast deinen eigenen Sohn zu Tode erschreckt. Was für ein Untier bist du eigentlich?«

»Ola, vorsichtig«, sagte seine Mutter und stand auf.

Elias bedeutete ihr, dass sie sich wieder hinsetzen sollte.

Er sah gestresst, aber gefasst aus.

»Ich bedaure wirklich, dass ich Sam mitgenommen habe«, sagte er. »Das war eine durch und durch schlechte Idee.«

Im oberen Stockwerk fiel etwas auf den Fußboden. Das Geräusch ließ Elias zur Decke sehen.

»Könnt ihr euch nicht hinsetzen?«

Marys Stimme war dünn, fast gebrochen.

Elias tat, was sie sagte, doch Ola blieb stehen.

»Ich sehe doch, dass ihr etwas verbergt«, sagte er. »Ich bleibe hier stehen, bis ihr alles erzählt habt. Und dann bin ich hier derjenige, der bestimmt, ob die Polizei hinzugezogen wird.«

»Glaub mir«, sagte Elias trocken, »das hier wirst du auf gar keinen Fall der Polizei erzählen wollen.«

Alle diese Geheimnisse, alle diese Andeutungen darüber, dass etwas Schreckliches passiert war. Etwas, das noch schrecklicher sein musste, als dass Axel in seinem eigenen Haus ermordet worden war. Etwas, das Olas Mutter dazu gebracht hatte, eine Allianz mit Elias einzugehen, obwohl der Sam entführt und ihm Schaden zugefügt hatte.

Seine Mutter und Elias sahen sich wieder an, was Olas Wut neu entfachte.

»Hört auf damit!«, rief er empört. »Hört auf, euch anzuglotzen. Erzählt mir lieber, was Axel passiert ist. Und Sam! Oder noch besser, fangt ganz am Anfang an. Sag mal, wie du überhaupt mit Patricia zusammengekommen bist, denn ich habe ja nie davon gehört, dass ihr euch je getroffen haben sollt.«

Er sah zu Elias, der an der Nagelhaut seiner Fingernägel zupfte und eine Grimasse zog. Sein Gesichtsausdruck zeugte von unterdrücktem Zorn, von Trauer, aber auch von etwas anderem: Ekel. Es war ungeheuer provozierend. Wenn Elias nun fand, dass er so viel besser und feiner war als Patricia, dann hätte er doch einfach die Finger von ihr lassen können.

»Erinnerst du dich an unsere Jugend?«, fragte Elias leise und hob den Blick. »Patricia war immer das coole Mädel. Sie war die Hübscheste im Gymnasium, und mit ihr zusammen zu sein war immer am lustigsten. Erinnerst du dich?«

Ola nickte schweigend. Er erinnerte sich durchaus, wie das gewesen war. Patricia hatte die Zeit im Leben, die Ola am meisten gehasst hatte, in vollen Zügen genossen. Selbst hatte er sich im Gymnasium auf den Schulfluren zusammengekauert und versucht, sich so klein und unsichtbar wie möglich zu machen.

Für Patricia war alles ganz anders gewesen.

Hübsch und draufgängerisch war sie in der Gymnasiumzeit Tag für Tag zur Schule gegangen. Ein paarmal war es passiert, dass Ola zufällig an ihrer Schule vorbeigekommen war, wenn sie Pause hatte. Jedes Mal stand sie mitten in einer Traube von Schulkameraden, warf ihr langes Haar herum, lachte und tönte. Obwohl Ola damals schon erwachsen war, hatte er seine eigene Schwester nicht grüßen wollen. Sie war zu cool, zu sehr der Mittelpunkt.

»Ich bin nur zwei Jahre jünger als Patricia«, erklärte Elias. »Als sie in die Neunte ging, war ich in der Siebten. Und als sie im dritten Jahr auf dem Gymnasium war, habe ich im ersten angefangen. Sie war cool und hübsch.«

Ola hörte zu, ohne zu verstehen, wohin dieses Gespräch unterwegs war.

»Wir wohnten so nah beieinander und kannten uns seit Kindertagen, aber die zwei Jahre, die uns trennten, fühlten sich damals nach sehr viel an«, sagte Elias. »Dann ist erst sie von Hovenäset weggezogen und dann ich. Und so haben wir den Kontakt verloren.«

Elias sah angespannt aus. Sein Gesicht wirkte verkrampft, wenn er sprach, als ob es ihm widerstrebte, die Sätze zu formulieren.

»Und dann sind wir uns in Göteborg zufällig begegnet. In der Kneipe. Total betrunken waren wir. Erst habe ich sie gar nicht erkannt, sie hatte sich so sehr verändert. Sie sah irgendwie fertig aus, aber ... aber der Blick war derselbe. Voller Energie und voller Leben. Und ich war gerade frischgebackener Single. Und ... auf der Jagd.«

In der Küche wurde es still.

Ola sah Elias auffordernd an.

»Rede weiter«, sagte er kalt. »Auch wenn ich mir die Fortsetzung schon denken kann, möchte ich doch, dass du erzählst, was passiert ist.«

Denn ich kann kaum glauben, was ich hier höre.

Elias gab ein schnaubendes Geräusch von sich.

»Verdammt noch mal, ist das anstrengend«, sagte er und stöhnte. »An dem Abend sind wir zusammen nach Hause gegangen. Und dann haben wir uns noch ein paarmal getroffen. Ich ... sie war ja in einer Beziehung. Und außerdem war sie verdammt aus dem Gleichgewicht. Es spielte keine Rolle, zu welcher Tageszeit wir uns sahen, sie war immer angetrunken. Verdammt, sie war einfach kaputt. Das war nichts für mich.«

Ola schluckte.

»Wann hast du begriffen, dass du Sams Vater bist?«

»Davon hatte ich keine Ahnung, bis Patricia im Herbst zu mir kam. Offensichtlich hatte sie erfahren, dass der ursprünglich als Vater angenommene Mann es auf keinen Fall sein konnte. Ich war bestürzt, schlicht gesagt außer mir vor Schreck. Denn ich wusste ja so viel mehr als sie.«

»Wie viel mehr gibt es denn noch zu wissen?«, erwiderte Ola wütend.

Im Augenwinkel sah er, wie seine Mutter sich veränderte. Erst hatte sie schweigend und still dagesessen, doch jetzt streckte sie sich und sagte mit erstaunlichem Nachdruck:

»Musst du wirklich eine Antwort darauf haben, Ola? Genügt dir nicht mein Wort, dass es am besten ist, wenn wir die Polizei da raushalten? Das ist auch um deinetwillen – niemandem wird es gut damit gehen, dass die Wahrheit herauskommt. Niemandem.«

Ola traute seinen Ohren nicht.

Es war, als befänden seine Mutter und Elias sich in einer Parallelwelt, die von einer Logik gesteuert wurde, die er nicht begriff.

»Was quatschst du da?«, fuhr er seine Mutter an. »Was begreifst du eigentlich nicht? Sam hat Axel auf der Treppe liegen sehen. Dadurch hat er Schaden genommen, großen Schaden. Und nun schützt du diesen verdammten Looser hier, der Sams Papa sein soll und der Axel ermordet hat?«

Elias und Mary protestierten gleichzeitig.

»Ich habe schon gesagt, wie sehr ich bedaure, dass ich Sam mitgenommen habe«, sagte Elias. »Und das werde ich mein ganzes Leben lang bereuen. Aber noch einmal: Ich habe Papa nicht ermordet.«

»Das glaubst du doch wohl selbst nicht«, gab Ola zurück. »Ich hoffe nur, die Polizei wird dich lebenslang einsperren. Sam hat so unglaublich viel Besseres verdient.«

Seine Mutter knallte die Handfläche auf den Küchentisch. Das Geräusch war unerwartet laut und ließ Ola zusammenfahren.

»Sam darf niemals erfahren, dass er der Sohn von Elias ist«, sagte sie. »Hörst du das? Niemals. Patricia darf niemals darüber reden, und du darfst sie nicht dazu ermuntern.«

Sie wandte sich an Elias.

»Wie konntest du nur so unglaublich dumm sein, Axel einen Opa zu nennen, als der Junge es hörte?«

»Das war noch ein Fehler, den ich an jenem Abend gemacht habe«, gab Elias zu. »Ich habe im Affekt gehandelt, konnte nicht klar denken.«

In Olas Kopf kreisten die Gedanken jetzt immer schneller.

»Was verstehe ich hier nicht?«, fragte er Elias. »Das ist doch alles total verschroben und weltfremd. Was hattest du denn zu Hause bei Axel zu schaffen? Da hast du deinen Vater mehrere Jahre nicht gesehen, und dann tauchst du mitten in der Nacht dort auf. Zusammen mit einem Kind, das du nicht kennst. Wolltest du dich versöhnen, oder was hast du dir dabei gedacht?«

Elias schluckte.

»Als ich erfahren habe, dass Sam mein Sohn ist, sind alle Brücken zur Versöhnung eingestürzt. Ich werde meinem Vater niemals verzeihen, was er getan hat. Also nein, ich bin nicht deswegen zu ihm nach Hause gefahren. Es gab andere Gründe.«

»Erzähl mir gern von diesen anderen Gründen. Was ist Axel passiert, als du hinkamst?«, fragte Ola.

»Alles war Chaos«, berichtete Elias. »Als wir reinkamen, lag Papa auf der Treppe. Blutend und verletzt. Und tot. Ich bekam es schrecklich mit der Angst zu tun, das muss ich zugeben, denn ich begriff nicht, was passiert sein könnte. Und Sam … der wurde ganz seltsam. Er konnte überhaupt nicht aufhören, da hinzustarren. Gleichzeitig wurde mir klar, dass wir uns beeilen mussten. Ich wollte so schnell wie möglich und ohne, dass uns jemand entdeckte, aus dem Haus heraus. Dann könnte ich sagen, dass Papa gestürzt war, denn das war ja schließlich, was ich zuerst dachte.«

Elias machte eine Pause, ehe er weitersprach:

»Aber Sam war bereits raufgerannt und hatte sich im Arbeitszimmer unter dem Schreibtisch versteckt. Auf der Treppe war er gestolpert und fasste zufällig mit den Händen ins Blut. Und dann hat er aus reinem Stress den Telefonhörer runtergezerrt. Ich habe das Kabel rausgerissen, sodass er das Telefon nicht benutzen konnte. Dann ist alles wahnsinnig schnell gegangen. Ich habe Sam aus dem Haus getragen und … der arme Junge. Er war total schockiert und wusste nicht, was mit ihm geschah. Ich bin über den Kriechboden durch die Dachluke und dann eine Leiter heruntergestiegen, die ich vorher dort hingestellt hatte. Das alles, um keine Spuren zu hinterlassen, aber wie wir wissen, hat es nicht geklappt.«

Ola erinnerte sich, dass Hillevi gesagt hatte, Sam hätte nach Rauch gerochen, als er später in derselben Nacht in ihr Bett gekrochen war.

»Und was noch?«, fragte er. »Hast du auch das Bootshaus angezündet?«

»Nein, das hat Papa selbst getan. Ich habe den Rauch sofort gerochen, als ich aus seinem Haus kam. Ich glaubte, das Feuer vielleicht löschen zu können, aber als wir hinkamen, da brannte das Haus schon lichterloh.«

Ola versuchte erfolglos, sich die Szene vorzustellen.

Ganz allmählich begriff er, was Elias erzählt hatte. Er glaubte nicht mehr, dass Elias log, aber es gab Details, die ihm völlig unbegreiflich waren.

»Wie konntest du wissen, dass Axel in seinem Bootshaus einen Brand gelegt hat?«, fragte er. »Man sieht die Hütte von seinem Haus aus doch gar nicht.«

Elias sah Mary resigniert an.

»Was möchtest du, dass ich antworte?«, fragte er.

Olas Mutter atmete schwer. Sie sah völlig am Boden zerstört aus.

»Die Wahrheit«, sagte sie. »Ich glaube, wir müssen die Wahrheit sagen.«

Eine einsame Kundin bewegte sich langsam durch den Laden. Manche kamen mit einem sehr klaren Ziel zu Strindbergs Secondhand, andere waren hauptsächlich neugierig und wollten sich ein bisschen umschauen. August tat, was er konnte, um allen gerecht zu werden, doch im Moment merkte er, dass er mit den Gedanken woanders war. Die Besuche von Gunnar und Elias brachten ihn ins Grübeln.

Warum hatte sich Gunnar so unglaublich in den Fall mit dem Stückelmord reingesteigert? Und warum wollte Axel die Kiste mit dem Film und dem Projektor loswerden?

Und dann war da noch Marias Frage, wo Elias sich jetzt befand.

Axels Sohn hatte auf ihn sehr sympathisch gewirkt. Warmherzig und freundlich. Warum also hatte Maria so angespannt geklungen, als sie anrief?

August konnte nicht aufhören zu grübeln. Der Brand und Axels Tod hatten viele in Schrecken versetzt, aber sie wussten immer noch nicht, was passiert war oder warum.

Diese Unsicherheit ließ niemanden auf Hovenäset oder in Kungshamn unberührt. August hörte, wie die Kunden redeten, und auf dem Treffen des Lesekreises hatte er es auch gemerkt. Man wollte einen Sündenbock, und das schnell.

Aber manchmal reicht das einfach nicht, dachte er.

Im Fall mit der ermordeten Lydia Broman war das offensichtlich so. Die Leute begnügten sich nicht mit der Erklärung und dem Sündenbock, die Polizei und Justiz ihnen vorgeführt hatten. Der Wahrheit gegenüber verhielten sie sich so, als könne man sie nach eigenen Wünschen formen. Das war keine vernünftige Ordnung.

Aber wenn die Zweifler nun recht hatten?

Wie war es dann um die Wahrheit bestellt?

Die Kundin riss August aus seinen Überlegungen.

»Was kostet die hier? Darf ich sie öffnen?«

Sie zeigte auf die Kiste, die Ola gebracht hatte.

August ging zu ihr und zeigte ihr, wie man sie aufmachte, und sagte, was sie kosten würde.

»Die ist einfach fantastisch«, erwiderte sie.

»Das finde ich auch«, sagte August.

Er hatte sogar schon erwogen, sie selbst zu kaufen und Maria zu schenken. Sie mochte Dinge mit Patina und Geschichte, und die Kiste erfüllte beide Kriterien. Doch fühlte es sich nicht richtig an, die Kiste privat zu kaufen. Sie gehörte zum Kreislauf des Ladens, und deshalb würde am Ende jemand anderes als August oder Maria sie bekommen.

»Ich werde noch mal drüber nachdenken«, sagte die Kundin. »Hoffen wir mal, dass sie noch da ist, wenn ich mich entscheide, sie zu kaufen.«

»Hoffen kann man immer«, sagte August und zwinkerte ihr zu.

Die Frau schenkte ihm ein breites Lächeln, wünschte ihm einen schönen Tag und verließ den Laden.

August blieb mit all seinen Gedanken zurück.

Rastlos begann er die Bücher in der Bücherecke aufzuräumen. Fast vermisste er Gunnar und seine seltsamen Auftritte aus dem Schrank im Laden.

Er musste einfach grinsen, als er daran dachte, wie Gunnar ausgesehen hatte, als er aus der Speisekammer gestiegen war.

Welche Ideen und Einfälle diesen Menschen nicht trieben.

Unbegreiflich und gleichzeitig auch in gewisser Weise unterhaltsam.

Doch eins musste er noch rauskriegen, das erkannte August jetzt:

Wie war Gunnar in den Laden hineingekommen?

Es war ja eine Sache, dass es ihm gelungen war, die Alarmanlage auszuschalten, aber eine ganz andere, dass er offenbar die

Tür aufbekommen hatte. Könnte er einen Schlüssel zum Laden haben?

Nein, selbstverständlich nicht.

August hatte, sowie er Besitzer des Ladens geworden war, die Schlösser auswechseln lassen und verfügte selbst über sämtliche Schlüssel.

Es gab zwar noch einen anderen Zugang zum Haus, und zwar hinten im Anschluss an die Küche, aber auch zu der Tür hatte August das Schloss auswechseln lassen. Es war jedoch nicht vom selben Kaliber wie das in der Eingangstür. Der Schlosser hatte ihm eine lange und umständliche Erklärung gegeben, warum das nicht möglich war, doch August erinnerte sich nicht an alle Details. Er wusste nur, wenn es ein schwaches Glied in der Kette gab, dann war es der Küchenausgang.

Schnell ging er hin.

Die Tür war wie bei einer Veranda geteilt, und die obere Hälfte war aus Glas. August hatte sich bereits vergewissert, dass die Scheibe ganz und die Tür verschlossen war, doch jetzt überprüfte er es noch einmal. Er drückte die Klinke herunter und ja, die Tür war immer noch verschlossen.

August erinnerte sich, wie Gunnar es genossen hatte zu erklären, wie der Täter aus Axels Haus entschwunden sein könnte. Er hatte auf die Luke zum Kriechboden gezeigt und dann auf die Leiter und danach auf die Spuren im Schnee, die alle anderen übersehen hatten.

Aber bei mir?, dachte August. Wie bist du hier reingekommen?

Darauf brauchte er eine Antwort. Wenn Gunnar sich Zutritt zum Haus verschafft hatte, dann konnte das jeder andere auch.

August rief Gunnar auf seinem Handy an.

»Entschuldige, wenn ich störe«, sagte er, als Gunnar ranging. »Aber ich habe nur eine kurze Frage. Wie zum Teufel bist du letzte Nacht in meinen Laden reingekommen?«

Gunnar lachte am Telefon.

»Das würdest du gerne wissen, was?«

»Hör schon auf«, sagte August. »Wenn du irgendwas kaputtgemacht hast, dann will ich es wissen. Damit ich nicht noch mehr unerwarteten Besuch bekomme.«

Er sagte unerwartet, meinte aber unerwünscht und hoffte, dass Gunnar das nicht raushörte.

»Okay«, sagte Gunnar. »Eines der Fenster im Raum neben der Küche war zugezogen, aber nicht ordentlich geschlossen. Warum, das weißt nur du. Ich selbst würde so etwas nicht vergessen.«

Natürlich würdest du das nicht, dachte August, du verdammter Möchtegern-Sheriff.

Er ging in den Raum, von dem er annahm, dass Gunnar ihn meinte. Es war einer der vielen Räume im Haus, die leer standen, da August noch nicht entschieden hatte, was er mit diesem Teil des Hauses, den er für den Laden nicht brauchte, machen wollte. Es war nur ein ganz kleines Zimmer, hatte aber trotzdem zwei schmale Fenster. Und eines davon war sehr richtig zugezogen, aber nicht verschlossen. Die Haken waren nicht vorgelegt und das Fenster somit offen. August erinnerte sich vage daran, das Zimmer gelüftet zu haben, doch das musste mehrere Wochen her sein. Eine sehr lange Zeit, ein Fenster so offen stehen zu lassen.

»Wenn du nun schon auf diese Weise hier reingekommen bist, konntest du dann nicht die Fenster ordentlich zuhaken?«, fragte er.

»Ich dachte, ich würde dir einen Dienst erweisen, indem ich das nicht tue«, entgegnete Gunnar. »Aber klar, ich verstehe schon, dass man da unterschiedlicher Meinung sein kann.«

Gelinde gesagt.

August dankte für die etwas zweifelhafte Hilfe und beeilte sich, das Gespräch abzuschließen, ehe Gunnar wieder anfangen wollte, über Axel oder den Brand oder irgendetwas zu sprechen, was August am liebsten vermied.

Er fühlte sich wie ein Idiot, da er das Fenster so lange hatte offen stehen lassen.

Es war ja reines Glück, dass niemand anders als Gunnar ins Haus eingedrungen war.

Ein Geräusch aus dem Keller ließ ihn aufhorchen.

Es klang, als würde da unten etwas umfallen.

August blieb am Abgang zur Kellertreppe stehen und runzelte die Stirn.

Wenn er nur keine Mäuse im Keller hatte. Das waren zwar keine Tiere, die ihm Angst machten, doch er fand sie unbehaglich. Außerdem war so was extrem schlecht für die Geschäfte.

August horchte noch einmal, doch da war nichts mehr zu hören.

Er lachte leise vor sich hin.

Gunnars Paranoia war offensichtlich ansteckend.

Er ging zurück in den Laden und setzte sich an den Schreibtisch.

Ein neues Geräusch durchschnitt die Stille.

Schritte auf der Kellertreppe. Aber nur ein paar, dann war es wieder still.

Sofort hob August den Kopf.

Was ging hier vor?

War jemand im Keller? Jemand, der jetzt auf dem Weg nach oben war?

Aber dann hätte er doch mehr Schritte hören müssen.

Solange der Besucher nicht mitten auf der Treppe stehen geblieben war.

August stand schnell auf. Jetzt war Schluss mit Gespenstern und Einbildung. Natürlich war niemand im Keller.

Aber ich muss trotzdem hingehen und nachsehen.

Er verfluchte sich selbst, als er die kurze Strecke zur Kellertreppe ging. Zu gucken, ob jemand auf der Treppe stand, das war ungefähr, als würde man unter dem Bett nachschauen, ob auch kein Monster drunter lag. Er war zu alt und zu klug für diese Sorte Idiotie.

Und sehr richtig. Als er (mit einem sekundenlangen Zögern) die Lampe zur Kellertreppe einschaltete, stand da natürlich niemand.

Was hatte er auch erwartet?

August ging ein paar Stufen hinunter. Jetzt konnte er auch gleich richtig nachsehen.

»Hallo! Ist da jemand?«

Er wurde rot, als seine Frage mit Schweigen beantwortet wurde. Was hatte er sich eigentlich eingebildet? Dass jemand antworten würde?

August seufzte und drehte sich um.

Und stieß mit dem Kopf voraus direkt gegen die Brust eines anderen Mannes.

August schrie erstaunt auf und wich einen Schritt zurück, woraufhin er fast die Treppe runterfiel. Doch sein Besucher war schnell und folgte seiner Bewegung. Er packte August fest an der Schulter und zog ihn an sich.

Augusts Herz hämmerte, und er atmete viel zu schnell.

Es war so ungewohnt, viel kleiner als jemand anders zu sein, der, weil er höher auf der Treppe stand, sowohl größer wirkte als auch im Vorteil war.

Im nächsten Moment wurde etwas Kaltes und Hartes an Augusts Stirn gedrückt.

Eine Waffe.

August konnte immer noch nicht sehen, wer ihn überfallen hatte. Doch als der Mann zu sprechen begann, da wusste er es.

»Dass du so schlampig sein würdest, August«, sagte Paul mit heiserer Stimme, »das hätte ich wirklich nicht gedacht. Das Fenster für jemanden wie mich offen stehen zu lassen. Man dankt. Jetzt unternehmen wir beide mal einen kleinen Ausflug.«

Obwohl nichts von dem, was Roland erzählte, überraschend war, trafen die Worte Maria doch mit voller Kraft. Erst als ihre Hand zu schmerzen begann, wurde ihr bewusst, wie hart sie das Telefon umklammert hielt. Die Justizbeamtin, die Paul zur Flucht verholfen hatte, indem sie so tat, als wäre sie eine Geisel, hatte sich entschieden, der Polizei mitzuteilen, was sie wusste. Vielleicht hatte die Wirklichkeit sie endlich eingeholt, vielleicht war ihr schließlich doch klar geworden, welchen Fehler sie begangen hatte. Das konnten weder Roland noch Maria sicher sagen, aber jetzt wussten sie wenigstens mehr.

Paul war bewaffnet.

Und er hatte einen Fluchtwagen mit falschen Nummernschildern. Die Beamtin hatte ihn mit alldem versorgt, und jetzt hatte sie die Polizei über die falschen Nummern und auch darüber informiert, welche Waffe Paul besaß. Sie wäre von Liebe verblendet gewesen, hatte sie gesagt, doch sowie Paul draußen gewesen war, hatte auch ihre Rolle in dem Drama ein Ende gefunden.

Ray-Ray hielt Marias Arm, während sie Rolands Bericht lauschten, und sie bemühte sich, den Arm nicht wegzuziehen.

Sie war es so leid, gestreichelt zu werden.

Sie war es so leid, Angst zu haben. Und sie war so wütend auf Paul, der sich die Freiheit nahm, ihr Leben zerstören zu wollen.

»Seine Flucht muss nicht unbedingt etwas mit dir zu tun haben«, sagte Roland. »Aber wir gehen natürlich keine Risiken ein. Die Zeugenaussage der Justizbeamtin bestätigt nur, was wir bereits wussten, nämlich dass die Flucht gut geplant war und dass Paul gefährlich ist.«

Ray-Ray wurde zornig.

»Verdammt noch mal, ist doch klar, dass er auf der Flucht ist, um sich an Maria zu rächen«, sagte er.

»Oder an August«, ergänzte Maria.

»Oder an August«, stimmte Ray-Ray zu.

Obwohl sie vorhin erst mit August telefoniert hatte, wollte Maria ihn am liebsten sofort wieder anrufen. Das war ein irrationaler Gedanke. Sie hatten sich zweimal innerhalb von nur wenigen Minuten gesprochen. Sie würde ihn nur erschrecken, wenn sie wieder anrief. Er stand in seinem Laden, sicher umgeben von Kunden. Die Aussage der Frau hatte im Grunde nichts verändert.

Ray-Ray sah, wie frustriert sie war und sagte:

»Roland, wir haben hier einiges zu tun. Ist es okay, wenn wir uns später bei dir melden?«

»Absolut. Ich wollte nur noch sagen, dass die Gerichtsmedizin sich gemeldet hat. Axel hat sich im Fallen das Genick gebrochen und zusätzlich eine Gehirnblutung zugezogen. Das Verletzungsbild zeigt ansonsten eindeutig, dass er gestoßen worden ist. Das verändert nichts in der Ermittlung, aber jetzt haben wir unsere Theorie formell bestätigt bekommen. Aber ihr wolltet auch noch etwas erzählen, oder?«

Maria erklärte, was sie über das Alibi von Elias erfahren hatten.

Sie hörte, wie Roland Luft holte, während er zuhörte.

»Ist euch klar, was ihr da sagt?«, fragte er, als Maria geendet hatte. »Soll Elias am Abend und in der Nacht hin und zurück gefahren sein? Das ist eine verdammt lange Reise.«

»Wir wissen das«, entgegnete Ray-Ray. »Aber wir können die Information nicht ignorieren.«

»Selbstverständlich nicht«, sagte Roland. »Nehmt Elias ordentlich in die Zange, wenn ihr ihn befragt. Wann wird er wieder nach Stockholm fahren?«

»In ein paar Tagen, nehme ich an«, sagte Maria. »Er hat nicht genau gesagt, wann.«

»Könnte Elias der Erpresser von Axel gewesen sein?«, fragte Roland. »Ich meine, vielleicht ist der Konflikt ein ganz anderer, als wir vermuten.«

»Das können wir natürlich überprüfen«, meinte Ray-Ray. »Aber wenn du jetzt die Erpressung erwähnst, dann würde ich gerne noch berichten, was wir bei Patricia Thynell erfahren haben.«

Ray-Ray fasste kurz zusammen, was bei dem Verhör mit Patricia herausgekommen war.

»Diese Briefe, von denen sie sagt, sie hätte sie gelesen«, begann Roland, »hat die schon mal irgendjemand anders erwähnt?«

»Nein, niemand. Aber Gunnar hat behauptet, Axel habe kein Alibi für den Mord gehabt, und angedeutet, Mary könnte mehr dazu erzählen. Er scheint also schon irgendeine Art von Einblick zu haben.«

»Wissen wir etwas über die Verbindung zwischen Elias und diesen anderen Menschen – Gunnar, Mary und Patricia? Hat Elias Patricia auf den Bildern erkannt?«

»Nein«, sagte Maria. »Und soweit wir wissen, hatte Elias keine Beziehung zu irgendeiner Person auf Hovenäset. Als er aus dem Leben seines Vaters verschwand, hat er mit allen anderen gebrochen.«

Sie sah das nachdenkliche Gesicht von Elias vor sich, als er ohne jede Sentimentalität seinen Konflikt mit Axel erklärt hatte, und dann den gestressten Blick von Mary Thynell, als sie gefragt wurde, warum sie ihre eigene Tochter auf den Fotos in Axels Karton angeblich nicht erkannt hatte.

Zwischen allen diesen Personen gab es eine Verbindung, doch wie die aussah, ging über ihre Vorstellung. Und noch weniger war ihr klar, inwieweit Gunnar Wide in diese Geschichte verwickelt war.

»Dann machen wir Folgendes«, sagte Roland. »Ihr zwei versucht, Elias zu erreichen und bestellt ihn zu einer neuen Vernehmung ein. In der Zwischenzeit sorge ich dafür, dass eine Streife den Auftrag bekommt, für den Rest des Arbeitstages in regelmäßigen Abständen an Strindbergs Laden vorbeizufahren. Er hat ja seinen Personenalarm, aber ich möchte auf der sicheren Seite sein.«

Maria lächelte angestrengt zum Telefon hin.

»Danke«, sagte sie.

»Bis später«, erwiderte Roland.

Ray-Ray startete den Wagen.

»Auf nach Hovenäset«, sagte er. »Am liebsten würde ich Elias überraschen. Oder sollen wir ihn anrufen?«

Das Auto setzte sich in Bewegung.

Ray-Ray hielt das Lenkrad so fest, dass die Knöchel weiß wurden, und seine Miene war verbissen.

»Ich denke, wir sollten ihn anrufen«, sagte Maria. »Wir haben ja bisher einen sehr offenen Kontakt zu ihm gehabt, und außerdem ist er auf eigene Initiative mit diesem Karton bei August vorbeigekommen. Ich habe nicht das Gefühl, als würde er sich vor uns verstecken.«

»Klug«, sagte Ray-Ray, »ruf ihn an, und sag ihm, dass wir auf dem Weg zu ihm sind.«

Maria hielt den Blick auf die Straße gerichtet, während im Telefon die Klingeltöne zu hören waren.

Draußen vor dem Fenster sauste die Winterwelt vorbei. Sonne und Frost und Schnee widersprachen allem, was das Leben derzeit schwer machte. Dennoch war sie dankbar für all die Schönheit. Ohne den Kontrast hätte sich das Dunkle allzu belastend angefühlt.

Als Elias schließlich ranging, war Maria ein wenig überrumpelt.

»Entschuldigen Sie die Störung«, sagte sie, »wir müssten Ihnen noch ein paar abschließende Fragen stellen. Sind Sie auf Hovenäset, oder wo halten Sie sich gerade auf?«

»Ich war eben in Kungshamn, um etwas zu erledigen«, erwiderte Elias. »Aber jetzt sitze ich im Auto und bin auf dem Weg ins Hostel. Können wir uns nachher dort treffen?«

Seine Stimme klang ebenso entspannt wie zuvor, als sie mit ihm gesprochen hatten.

Maria dachte nach.

»Das klingt gut«, sagte sie schließlich. »Mein Kollege und ich warten auf dem Parkplatz.«

»Gut«, antwortete Elias, »ich komme gleich.«

Maria und Ray-Ray bogen auf den Hovenäsvägen ein und fuhren die kurze Strecke zum Skolbacken, von wo aus man zum Hostel raufkam.

»Wir nehmen ihn nicht zu hart ran«, sagte Ray-Ray, als er den Wagen auf dem Parkplatz des Hostels abgestellt hatte. »Jedenfalls nicht, bevor wir nicht wissen, in welchem Zustand er sich befindet.«

Maria nickte zustimmend.

Um das Auto herum war alles still.

Nicht einmal ein Hundebesitzer kam vorbei.

Ray-Ray trommelte mit den Fingern auf das Armaturenbrett.

»Er sollte in ein paar Minuten hier sein«, sagte er. »Schließlich saß er schon im Auto.«

»Gib ihm zehn«, meinte Maria.

Sie holte wieder ihr Handy heraus.

Schnell schrieb sie eine kurze Nachricht an August.

Wollte nur hören, ob alles ok ist.

Die Antwort kam schon eine Minute später.

Alles gut. Kuss.

Maria wand sich.

Sie musste sich jetzt entspannen, sonst wurde sie verrückt.

Eine Weile verging.

»Jetzt ist Schluss«, sagte Ray-Ray entschlossen. »Ruf Elias noch einmal an. Wenn er nicht antwortet, müssen wir um Verstärkung bitten. Dann hat er uns offensichtlich reingelegt.«

Maria rief an.

Ein Klingelton nach dem andern ertönte, und dann landete sie auf einer Mailbox.

Sie probierte es noch einmal.

Dasselbe Ergebnis.

»Verdammte Scheiße!«, brüllte Ray-Ray.

Während er anrief und Roland um Verstärkung bat, öffnete er die Autotür und stieg aus. Maria tat es ihm nach.

Elias hatte sich entschlossen, der Polizei aus dem Weg zu gehen.

Und so verhielten sich nur Menschen, die etwas zu verbergen hatten.

»Ich habe Axel geliebt. Aus ganzem Herzen. Aber er hat mich niemals geliebt. Er wollte nur Denise. Und das hat so furchtbar wehgetan.«

Binnen eines Moments war die Zeit eingefroren.

Ola bewegte keinen Muskel, er schaute nur seine Mutter an.

Was um alles in der Welt erzählte sie da?

»Ich erinnere mich, wie du Axel angeschaut hast«, sagte er. »Ich habe gesehen, dass du verliebt warst. Aber ich dachte … ich nahm einfach an, dass es nicht wirklich war.«

»Das war es auch nicht«, erwiderte seiner Mutter. »Jedenfalls nicht für ihn. Aber für mich war es das. Eine kurze Zeit lang glaubte ich tatsächlich, die Liebe würde auf Gegenseitigkeit beruhen und er hätte vor, Denise zu verlassen. Aber so kam es nicht. Das war ungeheuer schmerzhaft für mich.«

Ola spürte, wie ihm schwindlig wurde.

Eigentlich wollte er nichts mehr von dem wissen, was seine Mutter auf dem Herzen hatte. Nicht ein Wort mehr. Trotzdem hörte er zu und stellte auch Fragen.

»Ihr hattet eine Affäre«, sagte er.

»Ja, so kann man es vielleicht nennen. Aber ich habe das damals nicht so genannt. Ich hielt es für eine richtige Beziehung.«

Ola hatte seine Mutter schon oft traurig gesehen, aber noch nie zuvor so demütig. Das machte ihn weich.

»Ich habe niemals etwas zu jemandem gesagt«, sagte Mary leise. »Es war eine so dumme Geschichte, und ich fühlte mich so schrecklich einsam. Und ich habe nie aufgehört zu hoffen. Nicht einmal, als er mit Denise nach Chicago gezogen ist, wollte ich aufgeben. Er hatte etwas ganz Besonderes, etwas, was man bei nicht vielen Männern sieht.«

Ola schluckte.

»Was hat das hier mit dem Brand zu tun?«, fragte er.

Elias starrte zu Boden und schien sich weit weg zu wünschen. Widerwillig antwortete er:

»Im Spätherbst dieses Jahr, ein paar Wochen, nachdem Patricia sich gemeldet und von Vaterschaft geredet hatte, rief Mary mich an und erzählte mir, sie habe Patricia dabei erwischt, wie sie Briefe von Papa an Mary gelesen habe. Briefe, in denen Papa sich dafür bedankte, dass Mary ihm, als Lydia Broman starb, mit einem Alibi ausgeholfen hätte. Deine Mutter meinte, Patricia habe vor, Papa zu erpressen, und wir müssten es irgendwie schaffen, sie daran zu hindern.«

Ola wunderte sich, dass er überhaupt noch erstaunt sein konnte.

»Du hast Axel ein Alibi im Fall des Mordes an Lydia gegeben?«, fragte er seine Mutter. »Warum das denn?«

Seine Mutter räusperte sich, um besser hörbar zu sein.

»Weil er das brauchte. Hinterher habe ich im Laufe der Jahre den Fall verfolgt, habe Zeitungsartikel und so weiter gesammelt. Einfach nur, um Bescheid zu wissen, nichts anderes. Die Leute reden ja so viel darüber, dass alles schiefgegangen wäre und die Polizei den Mörder nie gefunden hätte. Ich teile diese Auffassung nicht. Und Axel war unschuldig, das heißt, diese Lüge hat nichts gekostet. Aber dann hat er mir erzählt, dass Patricia sich bei ihm gemeldet habe und dass sie Geld wolle.«

Ola wusste nicht mehr, was er von alldem halten sollte.

Das Bild von Patricia in ihrer vermüllten Wohnung flimmerte an ihm vorbei.

Sie hatte gesagt, sie habe etwas am Laufen gehabt, das ihre Finanzen von Grund auf verändern würde. Aber es sei nichts draus geworden, und deshalb schien sie enttäuscht zu sein. Ola hatte nicht einmal im Entferntesten gedacht, dass es sich um etwas so Brutales wie Erpressung handeln könnte.

»Ein paar Wochen vergingen«, sagte seine Mutter. »Die ganze

Geschichte schien sich hinzuziehen. Doch eines Nachmittags vorige Woche kam Axel hierher und erzählte, es gäbe jetzt ein Datum für die Übergabe des Geldes. Aber er hatte ja kein Vermögen. Deshalb hatte er sich überlegt, dass er in der folgenden Nacht sein Bootshaus abbrennen würde, um Geld zu bekommen. Und sowie die Versicherung bezahlt hätte, würde er alles Geld Patricia geben. Aber das war nicht das Einzige, was er ihr geben wollte.«

Seine Mutter hielt inne, um Luft zu holen. Elias und sie wechselten einen neuerlichen Blick.

»Du musst wissen, Axel und ich haben auch noch ein anderes Geheimnis miteinander geteilt«, begann sie zögernd. »Eines, das mit unserer Beziehung zu tun hatte und unsere beiden Familien betraf.«

»Okay?«, fragte Ola.

Im Stillen dachte er:

Bring it on.

»Axel hatte sich entschieden, Patricia dieses Geheimnis zu erzählen, und zwar so bald wie möglich. Und das war schlichtweg inakzeptabel. Das durfte nicht geschehen, auf gar keinen Fall.«

»Ich war derselben Meinung«, sagte Elias mit Nachdruck. »Durch die Erpressung hatte Patricia gezeigt, dass man sich auf sie nicht verlassen konnte. Sie würde so ein Geheimnis niemals für sich behalten können, sie würde sich damit interessant machen wollen.«

Ola sah von einem zum anderen.

»Wovon redet ihr?«, fragte er. »Ihr benehmt euch wie Teenager. Was für ein absurdes Geheimnis ist das denn?«

Niemand antwortete.

»Aber jetzt sagt doch etwas!«

Die Stimme seiner Mutter war dünn wie Nebel, als sie schließlich sprach.

»Ich bin schwanger geworden.«

Ola sah auf.

»Was?«

»Nachdem ich mit Axel zusammen gewesen war, wurde ich schwanger. Und ich habe mich entschieden, das Kind zu behalten.«

»Aber …« Ola unterbrach sich und versuchte es dann noch einmal. »Wo … ich meine … wo ist denn das Kind hin? Hast du es weggegeben?«

Das war eine unsinnige Frage. Wie sollte denn eine ganze Schwangerschaft vor allen anderen verborgen worden sein? Das hier musste ja in moderner Zeit geschehen sein. Da machte man sowas nicht. Oder täuschte er sich?

Seine Mutter schüttelte sanft den Kopf.

»Nein«, flüsterte sie. »Das habe ich nicht getan.«

Das Unerhörte in dem, was er hier erfuhr.

Dass es ein Geschwister gab.

»Aber wo ist dieses Kind jetzt?«, fragte Ola. »Wer …«

Er verstummte.

Ein Kind war geboren worden. Und es war nicht weggegeben worden. In Olas Familie gab es nur zwei Kinder. Ihn selbst und seine Schwester.

Seine Mutter legte den Kopf schief und sah ihn flehend an.

»Verstehst du jetzt?«, fragte sie. »Verstehst du, warum ich das nicht erzählen wollte? Durch diese Geschichte ist bereits so viel Elend gekommen.«

Ola konnte nicht einmal mehr schlucken.

Verstehst du jetzt?

Nein, dachte er. Ich verstehe nicht.

Oder doch?

Von oben waren leichte Schritte zu hören und etwas, das wie ein Ball klang, der über den Fußboden rollte.

Das war natürlich Sam, der einen Fußball jagte.

Sam, der nicht wusste, dass er einen neuen Papa bekommen hatte.

Die Erkenntnis traf Ola wie ein Blitz.

Verstehst du jetzt?

Nein, ich weigere mich, dachte Ola.

Ohne ein Wort zu sagen, sank er auf einen der Küchenstühle.

Seine Mutter suchte seinen Blick, aber Ola war zu schockiert, um sie anzusehen.

»Mein ganzes Leben«, flüsterte er. »Eine einzige, lange Lüge.«

Seine Mutter schluchzte.

»So was darfst du nicht sagen«, flüsterte sie.

Elias sah ihn von der Seite mit hartem Blick an.

Sein Handy klingelte plötzlich. Er antwortete kurz, er säße im Auto auf dem Weg nach Hovenäset.

»Das war die Polizei«, sagte er, als er aufgelegt hatte. »Wir müssen das hier jetzt beenden.«

Ola sah ihn eindringlich an.

»Du hast es gewusst«, sagte er. »Alle wussten es. Nur ich nicht.«

»Nein«, erwiderte seine Mutter scharf. »So war es nicht, so ist es nicht.«

Ola ignorierte sie. Sein Körper fühlte sich betäubt an und das Gehirn träge.

»Wie lange weißt du es denn schon?«, fragte er Elias.

Als würde er sich schämen, vermied Elias, ihm in die Augen zu sehen.

»Bald sechs Jahre«, sagte er. »Papa und ich standen einander sehr nahe. Manchmal hat er gefragt, ob ich jemanden kennengelernt hätte, und da habe ich einmal aus Witz erzählt, dass ich natürlich jemanden kennengelernt hätte, und zwar Patricia Thynell. Dann habe ich aber gesagt, dass wir uns nur ein einziges Mal und nicht mehr getroffen hätten, aber Papa war trotzdem zutiefst schockiert. Und da … ja, da hat er mir alles erzählt.«

Elias schüttelte den Kopf, und sein Blick war jetzt zornig.

»Wie auch immer«, sagte er. »Papa hat mit Mary gesprochen, und sie hat mich total erschüttert angerufen. Das Wichtigste sei, dass Patricia auf keinen Fall etwas davon erfahren würde, denn das würde sie nicht überleben.«

»Aber so ist es doch auch!«, rief Mary.

Ola traute seinen Ohren nicht.

Immer dieses Beschützen von Patricia.

Elias schnaubte.

»Ich habe mich, nicht zuletzt um meiner selbst willen, darauf eingelassen zu schweigen. Ich habe gepackt und bin umgezogen, habe Göteborg nur wenige Wochen später verlassen. So habe ich mich mit meinem Vater zerstritten. Ich konnte ihm unmöglich verzeihen, dass er nichts erzählt hatte.«

Ola kämpfte damit zu verstehen, was hier geredet wurde.

Seine Mutter weinte leise.

»Es tut mir alles so leid«, sagte sie. »Aber das Wichtigste ist und bleibt, dass Patricia geschützt wird.«

Ola fuhr zusammen.

»Geschützt?«, fragte er. »Das ist doch nicht dein Ernst. Wen hast du denn noch während all dieser Jahre geschützt? Papa vielleicht?«

Als wäre es zu einem Fluch geworden, widerstrebte es ihm mit einem Mal, das Wort Papa auszusprechen.

»Papa wusste es. Und ihm gefiel es überhaupt nicht, dass wir über all das schwiegen. Er fand, ihr Kinder hättet ein Recht, es zu wissen, aber er respektierte meinen Wunsch, nichts zu sagen. Zu Anfang war das einfach. Axel wohnte die ersten zehn Jahre ja gar nicht hier. Das hat Bertil aber gestört. Er hielt das für einen Fluchtversuch, womit er in gewisser Weise auch recht hatte. Deshalb hat er Axel einmal jährlich eine Erinnerung an seine Sünde geschickt. Immer ein aktuelles Foto von Patricia. Das habe ich aber erst erfahren, als es schon ein paar Jahre lang so lief.«

Ola schüttelte den Kopf und sah von Elias zu seiner Mutter.

»Wovon redest du? Warum hat er Bilder von Patricia an Axel geschickt? Ich war es doch, der …«

Ola verstummte, als seine Mutter sich die Hand vor den Mund schlug.

Der Boden öffnete sich unter ihm, noch ehe seine Mutter zu reden begann, noch ehe ihm das Ausmaß der Katastrophe klar wurde.

»Aber mein lieber Ola, doch nicht du bist Axels Kind. Es ist Patricia. Verstehst du nicht? Sie hat ein Kind mit ihrem eigenen Bruder.«

Sie fuhren in Augusts gelbem Leichenwagen nach Süden.

Paul hatte die verschlungene Landstraße bis zur E6 genommen und war dann Richtung Göteborg abgebogen. August lag, Arme und Beine mit Klebeband zusammengebunden, im Laderaum. Das war ein relativ geräumiger Platz für eine so lange Person wie August, aber mit dem Gedanken daran, dass hier einst Särge transportiert worden waren, hätte er auf diese Erfahrung gerne verzichtet. Er hatte einen derartigen Adrenalin-Kick, dass sein Körper bebte und alle Sinne verstärkt waren.

»Wohin fahren wir?«, fragte er. Das hatte er bereits mehrmals gefragt, ohne eine vernünftige Antwort zu erhalten. Seit Paul ihn aus dem Laden verschleppt hatte, reagierte er kaum auf Ansprache.

August legte den Kopf auf die dunkle Decke, auf der er lag. Alles war so schnell gegangen. Dennoch erinnerte sich August schmerzhaft deutlich an jeden Moment.

Wie Paul die Waffe entsicherte und sie an seinen Kopf drückte.

Wie er August zu einem Küchenstuhl (den, dessen Rückenlehne ein wenig abgeschabt war) führte und ihn darauf festband und dann seinen Mund zuklebte. Wie er Augusts Autoschlüssel und sein Handy nahm, auf eine SMS antwortete, die August bekommen hatte, und dann ruhig und bedacht aus dem Laden ging, um den Leichenwagen rückwärts in die Auffahrt und halb ums Haus herum zu fahren.

Wie Paul in den Laden zurückkam, die Tür abschloss, August vom Stuhl befreite, das Klebeband von seinem Mund entfernte (»ich werde sowohl dich als auch Maria erschießen, wenn du einen Laut von dir gibst«), und dann August durch die Hintertür mitnahm.

Wie er mit der Waffe gegen Augusts Rücken gedrückt ihn dazu brachte, auf die Ladefläche des Leichenwagens zu kriechen und zu akzeptieren, dass er erneut gefesselt wurde.

Und dann waren sie davongefahren.

»Wir könnten doch miteinander reden, du und ich«, schlug August vor. »Wir könnten uns einigen.«

»Dafür ist es jetzt etwas spät.«

Pauls Stimme war ein Knurren, aber jetzt sprach er wenigstens. August betrachtete das vorsichtig optimistisch als eine positive Entwicklung.

»Du musst mir glauben«, sagte er. »Ich habe keine Drogen in deine Jacke getan.«

»Und ob.«

»Im Ernst. Sieh mich an. Sehe ich aus wie jemand, der weiß, wo man Drogen herbekommt?«

Paul lachte trocken.

»Du bist ja vielleicht witzig«, sagte er. »Sehe ich vielleicht aus wie jemand, der weiß, wo man Drogen kaufen kann?«

August schüttelte den Kopf.

»Nein«, sagte er leise. »Und das habe ich auch zu Maria gesagt. Du siehst nicht wie ein Junkie aus. Das habe ich noch nie gedacht.«

Zu spät erkannte er seinen Fehler.

Paul knallte mit der Hand aufs Lenkrad und brüllte:

»Nimm Marias Namen nicht in den Mund, ist das klar? Niemals.«

August kniff die Augen zusammen.

Verdammt noch mal.

Die Decke scheuerte an der Wange, wenn er sich bewegte und wenn er sprach.

»Entschuldigung«, sagte er.

»Schnauze!«

Im Auto wurde es still.

Paul schaltete das Radio ein. Bruce Springsteen begann »The

River« zu singen, doch nur wenige Minuten später wurde die Musik wieder ausgeschaltet.

»Ich kann verstehen, dass du empört bist«, sagte August, »das wäre ich auch. Es muss unglaublich frustrierend sein, für ein Verbrechen, das man nicht begangen hat, ins Gefängnis zu kommen. Aber du musst mir glauben, Paul. Ich habe die Drogen nicht platziert.«

Er vermied es aufmerksam, das viel schlimmere Verbrechen, für das Paul angeklagt worden war, zu erwähnen. Dass er Maria Gewalt angetan hatte. Dass er sie geschlagen und erniedrigt hatte. Sie in ihrem eigenen Zuhause und sogar an ihrem Arbeitsplatz gekränkt hatte.

Es tat weh, an Maria zu denken.

Es tat weh, an all das zu denken, was sie hatte durchmachen müssen. Ich will jetzt nicht sterben, dachte August. Ich will nicht sterben, ehe ich es geschafft habe, glücklich zu sein.

Ihm stiegen die Tränen in die Augen.

»Ich hatte ein Leben«, sagte Paul. »Ich hatte eine Frau, die meine Familie war. Ich sage nicht, dass es perfekt war, aber was wir hatten, das war Unseres, und es funktionierte. Und dann bist du mit deinen alten, verstaubten Sachen und deinem verfickten Lesekreis gekommen und …«

»Entschuldige, aber den Lesekreis gab es tatsächlich bereits.«

»Halt die Fresse! Und widersprich mir nicht. Maria liebt es zu lesen, das hat sie immer getan. Und ich hatte kein Problem damit, dass sie bei den Leseratten war. Ich habe gesehen, dass ihr das guttat, dass es ihr zwischen all den Frauen dort gut ging. Und sie ist ja nicht lesbisch, das weiß ich. Aber dann bist du gekommen und hast alles zerstört. Glaubst du, ich wüsste nicht, dass du den ganzen Lesekreis übernommen hast, dass du der übelste Hahn auf dem Hühnerhof geworden bist? Wie unglaublich lächerlich. Ich meine, kuck dir doch nur dieses Auto an. Ein gelber, verdammter Leichenwagen. Wer fährt denn freiwillig mit sowas herum?«

Du, dachte August.

Es war unbegreiflich, dass Paul eines der auffälligsten Fluchtautos Schwedens gewählt hatte und damit davongekommen war. Oder vielleicht war es auch außergewöhnlich schlau, denn es funktionierte bewiesenermaßen. Wer das Auto vorbeisausen sah, nahm vielleicht an, dass August es verliehen hatte.

Wahrscheinlich würde er in einer solchen Situation dasselbe denken.

Jedenfalls würde er definitiv nicht annehmen, dass der Besitzer des Autos gefesselt hinten drin lag.

Trauer überwältigte ihn.

Das hier würde nicht gut enden, das war ihm klar.

Paul hatte keine erfreulichen Pläne für diese Reise.

Er war ein gesuchter Ausbrecher, vor dem eine lange Gefängnisstrafe lag. Selbst wenn er aufgäbe, würde er doch für Entführung und mehrere andere schwere Verbrechen verurteilt werden.

August dachte an Henrik.

Der würde wahrscheinlich am wenigsten gut ohne August zurechtkommen. Maria würde weitergehen, sie hatte diese Kraft in sich. Aber Henrik war zerbrechlicher, auch wenn er es natürlich auch irgendwie hinkriegen würde, August nicht mehr in seinem Leben zu haben.

Jetzt liefen die Tränen.

So durfte es nicht enden. Das ging einfach nicht.

Es ist nicht gerecht, dachte August. Ich weigere mich zu akzeptieren, dass ich jetzt mit dem Sterben dran bin.

Der Tod, der Tod, der Tod.

Ehe seine Eltern starben, hatte August keine sonderlich konkrete Beziehung zum Tod gehabt. Ihm war klar gewesen, dass das Leben endlich war, und er hatte gewusst, dass es natürlich war, wenn seine Eltern vor ihm starben. Aber mehr als das hatte er nie über die Sache nachgedacht und musste es an dem Tag, als er allein übrig blieb, bereuen.

Andererseits bereute er auch, nicht mehr darüber nachgedacht zu haben, wie sehr er das Leben mochte. Musste man denn erst mit seinem eigenen Tod konfrontiert werden, um zu begreifen, dass man das Leben, so wie man es lebte, schätzte?

Vielleicht.

Das sagen schließlich die Menschen, die in der Pflege mit Sterbenden arbeiteten, immer.

Auf dem Sterbebett bereute niemand je, dass er oder sie zu wenig gearbeitet hatte. Niemand bereute, China nicht besucht zu haben oder nicht mit Delfinen geschwommen zu sein.

Hingegen bereuten die Menschen, nicht mehr Zeit mit ihren Lieben verbracht zu haben, nicht mehr mit ihren Kindern zusammen gewesen zu sein und das Leben nicht mehr genossen zu haben.

In wilden Wellen fuhr die Reue durch Augusts Körper.

Wenn er wenigstens mit dem Gefühl sterben könnte, er könne mit dem, was er getan und zustande gebracht hatte, zufrieden sein.

Doch so war es nicht.

Er hatte zu wenig Zeit an der Westküste bekommen, zu wenig Zeit mit Maria, zu wenig Zeit mit seinem Laden. Und er hatte es nicht geschafft, Vater zu werden.

Damit werde ich mich nicht abfinden, dachte August.

Da bog Paul von der Autobahn ab. August hatte keine Ahnung, wo sie sich befanden, nahm aber an, dass sie ungefähr eine Viertelstunde auf der Schnellstraße gefahren waren. Er versuchte den Kopf zu heben, um herauszusehen, kam aber nicht weit genug hoch, um mögliche Straßenschilder, an denen sie vorbeifuhren, erkennen zu können.

Er holte tief Luft.

»Ich weiß, dass ich einen Fehler gemacht habe«, sagte er leise. »Ich weiß, dass Maria dir gehört. Und wie ich schon gesagt habe, verstehe ich auch, dass du wütend bist, vor allen Dingen wegen der Sache mit den Drogen. Also will ich nur sagen, dass ich aufgebe.

Hörst du, was ich sage, Paul? Du bekommst alles, was du begehrst, wenn du diese Sache hier nur abbrichst. Es spielt keine Rolle, dass ich es nicht war, der die Drogen platziert hat … wir sagen einfach, es wäre doch so gewesen. Und Maria … ich glaube nicht, dass sie mit mir glücklich ist. Denn du fehlst ihr. Sogar sehr. Das spüre ich, wenn sie von dir spricht und daran, was sie erinnert. Und ich glaube, dass du sie ebenso liebst, wie ich es tue. Vielleicht sogar noch mehr. Also bitte ich dich aufrichtig um Entschuldigung dafür, dass ich das nicht respektiert habe. Verzeih.«

Im Auto wurde es still.

Die Lügen verursachten August Übelkeit, aber das war egal. Dieses Spiel war von Anfang an krank, jetzt ging es nur darum, lebendig aus diesem Mist herauszukommen.

Das Auto fuhr langsamer.

Am Ende stand es still.

Paul schaltete den Motor aus und seufzte schwer.

»Du, Strindberg.«

»Ja?«

»Du kannst deine Entschuldigung nehmen und sie dir reinschieben, wo die Sonne nicht hinscheint. Es ist zu spät für so etwas. Du wirst jetzt sterben. Und ich mit dir.«

Niemand hörte sie, als sie den Dachboden verließen. Sie waren es leid geworden zu warten, hatten genug vom Seeräuberzimmer, genug vom Spielen.

»Wir setzen uns ins Wohnzimmer«, sagte Hillevi zu Sam. »Komm.«

Als sie an der geschlossenen Küchentür vorbeischlichen, hörten sie leise Stimmen. Oma redete. Und Ola. Und dann plötzlich eine Stimme, die sie nicht kannten.

Sam blieb wie angewurzelt stehen.

»Kein Problem«, flüsterte Hillevi. »Das ist nur Oma, die Besuch hat. Sie ist doch krank. Vielleicht ein Arzt.«

Sam schien die Erklärung seiner Schwester widerwillig zu akzeptieren, und sie beeilte sich, ihn ins Wohnzimmer zu zerren, um von der Tür wegzukommen.

Sie setzen sich aufs Sofa. Sam folgte ihr wie ein kleiner Hund. Hillevi konnte sich daran erinnern, wie Oma das Sofa gekauft hatte. Es war ungefähr drei Jahre her, und damals war alles anders gewesen. Oma war gesund gewesen und Ola fröhlich. Und Mama war es richtig gut gegangen.

Vielleicht, vielleicht würde es ihr wieder gut gehen.

Hillevi wusste es nicht.

Sie wusste nur, dass sie es so endlos leid war, dass ihre Mutter sich niemals zusammenreißen konnte, dass sie immer nur Chaos machte.

Sam setzte sich nahe zu ihr. Sie legte den Arm um ihn und zog ihn an sich. Er wurde schwer auf ihrem Schoß.

Vorsichtig bewegte sie sich.

»Hast du Hunger?«, fragte sie. »Oma hat bestimmt irgendwas, das wir essen können.«

Sam schüttelte den Kopf.

Hillevi war auch nicht hungrig.

Aber eine Menge anderes, dachte sie.

Wütend. Traurig. Alles leid.

»Ich hole trotzdem etwas zu essen«, sagte sie. »Bleib du hier.«

Sie ging zur Küchentür und hob die Hand, um zu klopfen. Es gefiel ihr nicht, dass Ola sie ausgeschlossen hatte, aber wenn es nun so wichtig war, dass er mit Oma alleine reden konnte, dann akzeptierte man das am besten.

Da hörte sie, wie Ola die Stimme erhob:

»Nein! Sag, was du willst, aber nicht das!«

Dann die Stimme von Oma:

»Denk an Patricia. Und an Sam! Niemand darf ihnen das erzählen.«

Was nicht erzählen?, fragte sich Hillevi.

Sie drückte das Ohr an die Küchentür.

Sorry, Ola, dachte sie, aber das hier will ich hören.

Aus dem Wohnzimmer war ein quietschendes Geräusch zu hören. Das war Sam, der auf Omas Sofa hüpfte.

»Verdammt noch mal, das ist so unglaublich krank!«, brüllte Ola. »Was hältst du von diesem Spektakel, Elias? Glaubst du auch, dass wir da einfach den Deckel drauftun können?«

Elias?

Hillevi biss sich auf die Lippe, um nicht versehentlich irgendetwas zu sagen.

Elias war doch der Mann, der Sam mitgenommen hatte. Was machte der denn hier?

Ihre Oma sprach wieder:

»Weder Axel noch ich konnten uns in unseren wildesten Fantasien vorstellen, dass das hier passieren würde.«

Ola schrie:

»Begreifst du nicht, dass sie ein Recht haben, es zu erfahren? Was? Habt ihr das noch nicht begriffen?«

Die Oma klang verzweifelt, als sie antwortete:

»Ola, jetzt beruhige dich doch.«

»Wie soll ich mich beruhigen können? Du kannst doch nicht bei Sinnen sein! Ist dir klar, was du hier redest? Ist dir das wirklich klar?«

»Ich verstehe, dass es ein Schock für dich ist«, sagte die Oma. »Wirklich. Und glaube mir, niemand ist betrübter als ich über all das, was passiert ist. Aber jetzt müssen wir an Patricia denken. Sie darf das nicht erfahren. Niemals. Nicht, wo sie doch so zerbrechlich ist.«

»Zerbrechlich? Ist es dir jemals in den Sinn gekommen, dass Patricia deshalb krank geworden ist, weil alles so gestört und kaputt in unserer Familie war? Natürlich muss sie es erfahren.«

Was erfahren?

Hillevis Herz schlug so fest, dass es fast wehtat.

Was war hier passiert?

Noch niemals hatte sie Ola so brüllen hören. Noch nie.

Sam hörte auf zu hüpfen.

»Hillevi«, sagt er leise. »Komm.«

Sie trat einen Meter von der Tür zurück.

»Warte!«, flüsterte sie.

Dann eilte sie schnell wieder zur Küchentür.

Jetzt sprach die dritte Stimme, Elias.

»Deine Mutter hat recht«, sagte er. »Das hier muss nicht herauskommen, wenn wir uns nur alle an dieselbe Geschichte halten.«

»Halt den Mund! Du hast Axel ermordet, deine Ansicht zählt also nicht.«

Hillevi wurde ganz kalt.

Sollte Elias Axel ermordet haben?

Da sprach die Oma wieder.

»Jetzt hör uns mal gut zu, Ola. Die Polizei hat keine Ahnung, wer Axel ermordet hat. Das kann sehr gut so enden, dass sie seinen Tod als einen Unfall zu den Akten legen müssen.«

»Sorry«, entgegnete Ola. »Für mich reicht das nicht. Ich muss erfahren, was passiert ist, als Axel starb. Da sind viel zu viele Fragezeichen, viel zu viele Lücken. Woher wusstest du denn, Elias, dass es an jenem Abend angeraten war, sich ins Auto zu werfen und an die Westküste zu fahren?«

»Ich habe ihn gewarnt«, sagte Oma mit zitternder Stimme. »Wie gesagt, Axel hatte vor, Patricia alles zu erzählen. Ich ... ich konnte das nicht zulassen. Sie hätte sich zu Tode getrunken, Ola. Das hätte sie nicht überlebt.«

»Ich war auf einer Konferenz, als Mary mich angerufen und erzählt hat, was hier vor sich ging«, sagte Elias. »Das durfte einfach nicht passieren, denn es würde auch mein ganzes Leben zerstören. Stell dir doch mal die Schande vor, ich würde mich nie wieder unter Menschen zeigen können. Ich dachte, ich würde keine bessere Gelegenheit bekommen, den Alten zum Schweigen zu bringen. Papa hatte zu Mary gesagt, dass er vorhat, schon am nächsten Abend das Bootshaus anzustecken, und ich war völlig verzweifelt und wollte einfach nur den ganzen Zirkus beenden.«

»Das heißt, du hattest zumindest vor, ihn zu töten«, sagte Ola.

Hillevi keuchte lautlos auf.

»Ich weiß nicht, wie weit ich gegangen wäre«, entgegnete Elias. »Ich konnte nicht klar denken. Als ich fast da war, kam ich auf die idiotische Idee, erst nach Hause zu Patricia zu fahren. Ich wollte rauskriegen, ob sie bereits wusste, was los war. Aber sie war ja nicht zu Hause. Der Einzige, den ich sah, war der kleine Junge ...«

Hillevi wurde ganz schlecht von dem, was sie hörte, aber sie konnte auch nicht aufhören zu lauschen.

»Warum wollte Axel es Patricia erzählen?«, fragte Ola.

»Er meinte, ihr die Wahrheit schuldig zu sein«, sagte Oma. »Axel sah die ganze Erpressung als eine bizarre Möglichkeit an, seine Schuld zu begleichen. Sowohl mit Geld wie auch mit familiärer Bindung.«

In der Küche wurde es ganz still.

Dann sagte Ola:

»Ich will immer noch wissen, wie Axel gestorben ist. Du musst es doch gewesen sein, der ihn getötet hat, Elias. Es gibt keinen anderen, der das getan haben könnte.«

Es wurde wieder still.

Dann sagte die Oma:

»Doch, den gibt es. Es gibt noch jemanden, der es getan haben kann.«

Hillevi zitterte am ganzen Leib. Sam rief wieder, aber diesmal leiser. Hillevi tat so, als würde sie ihn nicht hören.

»Ich bin in der Nacht zu Axel rübergegangen und habe versucht, ihn zur Vernunft zu bringen«, sagte ihre Oma. »Manchmal hat er vergessen abzuschließen, und das war so in dieser Nacht. Also ging ich hinein, und ich glaube, er meinte, ich wäre ein Einbrecher. Jedenfalls blieb er im oberen Stockwerk, obwohl er mich kommen hörte. Es fällt mir inzwischen furchtbar schwer, Treppen zu steigen, aber ich habe es trotzdem geschafft, zu ihm hinaufzugehen. Er wurde so wütend, als er mich sah, weigerte sich aber, seine Meinung zu ändern. Um jeden Preis wollte er mit ihr sprechen.«

»Was hast du getan, Mama?«, fragte Ola.

»Ich habe ihn direkt die Treppe heruntergeschubst. Ich war es. Ich allein.«

Hillevis Herz blieb fast stehen. Plötzlich tat es weh, Luft zu holen.

Aber Oma!

Sie hörte, wie Ola einen jammernden Laut von sich gab.

»Mama, ich …«

»Ich weiß. Verzeih mir, Ola, ich dachte … ich wollte einfach nur das Beste für die Familie tun. Für Patricia. Hinterher bin ich nach Hause gegangen und habe dich angerufen. Ich … ich konnte einfach nicht allein sein. Aber während ich auf dich wartete, rief Elias an.«

Hillevis Beine gaben nach. Ohne ein Wort sank sie auf den Boden.

»Ich konnte nicht verstehen, was mit Papa geschehen war und warum er auf der Treppe lag«, sagte Elias. »Und … ich hatte ja Sam bei mir. Also habe ich die Einzige angerufen, von der ich glaubte, sie würde mir helfen können, die Einzige, die alles über mich und Patricia wusste, und das war Mary. Und so erfuhr ich, was passiert war. Und warum.«

Hillevi hatte keine Ahnung mehr, wovon sie sprachen, aber das spielte keine Rolle.

Oma hatte jemanden ermordet.

Wie in einem Film.

Da hörte sie Sam flüstern: »Hillevi, auf der Straße sind zwei Polizisten.«

Polizisten.

Hillevi eilte zu ihrem Bruder. Auf der Straße waren ein Mann und eine Frau in gewöhnlichen Kleidern zu sehen.

»Ich habe sie auf dem Bild in der Zeitung gesehen«, erklärte Sam leise.

Da erkannte auch Hillevi sie. Sie hatten nach dem Brand im Bootshaus ein Interview in der Lokalzeitung gegeben.

Sie war nah daran, in Tränen auszubrechen. Wenn sie nur Oma nicht mitnahmen!

Sie dachte nur den Bruchteil einer Sekunde nach, dann rannte sie hin und öffnete die Küchentür.

»Die Polizei ist hier!«, rief sie, und ihre Oma keuchte vor Schreck.

Ola fuhr von seinem Stuhl hoch, während Elias weiter am Küchentisch sitzen blieb.

Sam rief nach ihr.

»Sorge dafür, dass Sam nicht hierherkommt und Elias sieht«, sagte Ola barsch.

Hillevi bewegte sich widerwillig von der Tür weg.

»Sam, warte auf dem Sofa!«, sagte sie.

Sie selbst wollte dabeibleiben, wollte wissen, was jetzt passieren würde.

»Die suchen nach mir«, sagte Elias mit gedämpfter Stimme. »Wahrscheinlich haben sie rausbekommen, dass ich über mein Alibi gelogen habe. Ich gehe mal raus und spreche mit ihnen.«

Sein Gesicht war grau-weiß.

»Sie werden glauben, dass du es warst, der Axel die Treppe heruntergestoßen hat, Elias«, sagte Mary. »Man wird dir die Schuld geben.«

Sie war mindestens genauso bleich.

»Recht soll Recht bleiben«, sagte sie. »Früher oder später werden sie wieder zu mir zurückkommen. Dann sage ich, wie es war. Dass ich es war, die es getan hat.«

Auch Elias stand jetzt auf.

»Denk doch nach, Mary«, sagte er. »Wir haben immer noch eine Chance, hier rauszukommen. Wenn sie beweisen könnten, dass du es warst, dann hätten sie dich bereits geholt.«

»Und wie wolltest du dein Verhalten erklären?«, fragte Oma. »Wie willst du erklären, warum du mitten in der Nacht nach Hovenäset gefahren bist, obwohl du doch auf einer Konferenz warst?«

Hillevi schielte zu Sam rüber. Er hatte sich im Sofa zusammengekauert, die Augen fest geschlossen und hielt sich die Ohren zu.

Er muss Elias Stimme wiedererkannt und Angst bekommen haben, dachte Hillevi. Verdammter Mist.

»Du musst der Polizei mehr Informationen geben«, sagte Mary. »Die kommen nämlich auch darauf, dass du dasselbe vorhattest wie ich. Aber ich war schneller, Elias. Ich war schneller.«

Elias schluckte.

»Die Erpressung«, sagte er. »Sorry, Mary, aber ich muss ihnen von der Erpressung erzählen.«

Ihre Oma sah am Boden zerstört aus.

Nach einem raschen Blick auf Hillevi sagte sie:

»Erwähne Patricia nicht«, sagte sie.

»Aber …«

»Kein Aber, Elias. Kein Wort über Patricia gegenüber der Polizei. Im schlimmsten Fall kann ich auch den Schlag einstecken.«

Hillevi war noch mehr verwirrt.

Was war das für eine Erpressung, von der sie redeten?

Auf der Straße waren Stimmen zu hören, ein Mann und eine Frau.

»Okay«, sagte Elias schließlich, »einigen wir uns darauf. Und ich schütze dich so gut ich kann, Mary.«

Dann verließ er die Küche. Im Flur blieb er stehen und sah zum Wohnzimmer hin. Sam lag immer noch mit geschlossenen Augen auf dem Sofa.

Eine einsame Träne lief Elias über die Wange. Ehe er die Eingangstür öffnete, um rauszugehen, wandte er sich Hillevi zu.

»Versprichst du mir, dass du dich um deinen Bruder kümmerst?«, fragte er.

Hillevi nickte.

Was dachte dieser Elias eigentlich von ihr?

»Natürlich tue ich das«, sagte sie. »Das habe ich schon immer getan.«

Es wirkte provozierend, aber auch beunruhigend, wie Elias ihnen entgegentrat. Als Maria und Ray-Ray vor Marys Haus vorbeigingen, spazierte Elias direkt vor ihrer Nase aus der Tür.

»Ich habe Sie durch das Küchenfenster gesehen«, sagte er, »und da dachte ich, es ist am besten, ich komme gleich raus und sage Hallo.«

Die Kälte verwandelte seinen Atem in weißen Rauch, und obwohl er sich offensichtlich bemühte, ruhig und entspannt auszusehen, konnte man nur allzu gut erkennen, dass er es ganz und gar nicht war.

»Was haben Sie bei Mary Thynell gemacht?«, fragte Ray-Ray.

»Ich wollte sie etwas fragen.«

»Und was?«

»Ob sie weiß, warum mein Vater einen zugeklebten Karton mit Sachen in seinem Boot abgestellt hatte.«

Er wich nicht mit dem Blick aus und zögerte auch nicht, als er antwortete.

Trotzdem wusste Maria, dass er log.

»Wir wissen, dass Sie in der Mordnacht hier waren«, sagte sie. »Dass Ihr Alibi also nicht hält.«

»Das habe ich mir schon gedacht«, erwiderte Elias.

Er sah resigniert aus.

Ray-Rays Handy klingelte. Er drückte das Gespräch weg und sah Elias verärgert an.

»Kommen Sie«, sagte er. »Wir setzen uns ins Auto und unterhalten uns mal.«

Elias folgte schweigend. Der guten Ordnung halber durchsuchten sie ihn, doch er hatte keine Waffe bei sich. Das Auto schaukelte ein wenig, als er sich auf die Rückbank setzte.

Ray-Ray nahm auf dem Fahrersitz Platz und Maria neben Elias auf dem Rücksitz. Maria behielt ihre Handschuhe an, und Ray-Ray drehte die Heizung auf, doch ohne den Motor zu starten. Die Verstärkung würde bald da sein.

»Sie haben uns angelogen«, sagte Maria zu Elias.

»Ja, aber ich habe ihn nicht getötet. Er war schon jenseits, als ich dorthin kam.«

In Marias Kopf fuhren die Gedanken Karussell. Ray-Rays Handy klingelte zum zweiten Mal. Sie hörte ihn leise fluchen und ein weiteres Gespräch wegdrücken.

»Erzählen Sie«, sagte Ray-Ray zu Elias. »Sagen Sie uns, warum Sie gelogen haben.«

Elias sprach ruhig, ohne sich ein einziges Mal irgendwie doppeldeutig auszudrücken. Wenn sie nachfragten, antwortete er kurz und prägnant.

Seine Geschichte war schnell zusammengefasst:

Axel war erpresst worden, und in einem verzweifelten Versuch, das Lösegeld bezahlen zu können, hatte er sich entschlossen, das Bootshaus in Brand zu setzen.

Als Elias davon hörte und Axel nicht per Telefon erreichen konnte, warf er sich ins Auto und fuhr an die Westküste, um diese Pläne zu durchkreuzen.

Als er ankam, war sein Vater tot. In Panik verließ Elias das Haus über den Kriechboden.

»Aber ich habe mir schon fast gedacht, dass das nicht halten würde«, sagte er, »denn ich habe Papa auf der Treppe ja herumgedreht.«

»Im Ernst?«, fragte Ray-Ray nach. »Glauben Sie, wir würden nur das verdächtig finden? Sie sind verdammt noch mal tausend Kilometer für ein Bootshaus gefahren. Finden Sie das glaubwürdig?«

»Es war der liebste Platz meiner Mutter auf Erden. Ich konnte einfach nicht zulassen, dass er ihn in Flammen aufgehen lässt.«

»Warum haben Sie Ihre Kollegen angelogen und gesagt, Sie hätten eine Migräne?«, erkundigte sich Maria.

»Weil ich davon ausging, dass es nur unnötige Diskussionen geben würde, wenn ich von der Reise an die Westküste erzählte. Die würden das nicht verstehen.«

»Ich verstehe es auch nicht«, gab Ray-Ray zurück. »Glauben Sie, wir sind so dumm, dass wir diese Geschichte kaufen?«

»Ich fürchte, es ist die Einzige, die ich zu bieten habe«, entgegnete Elias.

»Und Axel war tot, als Sie dorthin kamen?«

»Ja.«

»Wir haben Spuren eines kleinen Kindes am Tatort gefunden«, sagte Maria. »Wen hatten Sie bei sich?«

»Niemanden.«

»Aber Sie waren derjenige, der darauf gekommen ist, das Haus über den Kriechboden zu verlassen?«

»Ja, das habe ich doch schon gesagt.«

»Wir haben im Schnee auch Spuren von einem Kind gefunden.«

»Zum letzten Mal: Ich war allein. Ich hatte kein Kind bei mir. Wenn später nach Papas Tod noch irgendwelche Kinder in seinem Garten herumgelaufen sind, dann kann es unmöglich meine Verantwortung sein.«

Im Auto wurde es still.

Aus der Entfernung hörten sie das Martinshorn der Kollegen.

»Wir werden das hier auf der Polizeistation in Uddevalla fortsetzen«, sagte Ray-Ray.

Maria sah Elias an.

Er sah gequält aus.

»Wer hat Ihnen erzählt, dass Axel erpresst wurde?«, fragte Maria.

Zum ersten Mal während des Verhörs erstarrte Elias.

»Das hat mein Vater gesagt.«

»Wie das denn?«

»Er hat mich angerufen.«

»Aber Sie hatten doch keinen Kontakt.«

Elias schwieg.

»Und wer hat erzählt, dass er vorhatte, das Bootshaus anzuzünden?«

»Auch mein Vater.«

»Wann hat er das erzählt?«

»Am selben Abend, als er sich ans Werk machen wollte. Als ich auf dieser Konferenz war.«

Maria und Ray-Ray tauschten über den Rückspiegel einen Blick.

»Sie lügen«, sagte Maria schlicht. »Wir haben Axels Einzelverbindungsnachweise durchgeschaut. Ihre Nummer kommt da nicht vor.«

Elias sank ein wenig in sich zusammen.

»Sie schützen jemanden«, sagte Ray-Ray. »Wen?«

Zunächst antwortete Elias nicht. Dann sagte er:

»Mary Thynell. Das werden Sie sehen, wenn Sie auch ihren Einzelverbindungsnachweis verlangen. Sie hat mir von der Erpressung und dem geplanten Feuer erzählt.«

Seine Stimme war jetzt rau.

Mary, dachte Maria.

Konnte das wirklich stimmen?

Ja, möglich war es.

»Wer hat Axel erpresst?«, fragte sie.

»Ich weiß es nicht.«

»Hören Sie schon auf.«

Elias schwieg.

Da klingelte Ray-Rays Handy ein weiteres Mal. Gleichzeitig kamen die ersten Streifenwagen an. Die Verstärkung war da.

»Sorry«, sagte Ray-Ray. »Ich muss da mal rangehen. Das ist unser lieber Hovenäset-Sheriff selbst, der da anruft. Ich werde ihn kurz bitten, sich ein anderes Hobby zu suchen.«

Er zog eine Grimasse zu Maria, die sofort begriff.

Gunnar hatte eine neue Spur entdeckt.

Wenn der doch nur aufhören und sich eine andere Beschäftigung suchen würde, dachte sie.

Ray-Ray stieg aus dem Auto, ohne die Tür richtig hinter sich zu schließen.

Aus der Entfernung sah Maria, wie sich seine Miene veränderte, während er mit Gunnar sprach. Als er sah, dass sie ihn beobachtete, drehte er sich weg.

Maria konnte sich nicht mehr konzentrieren und suchte nach einer anderen Frage, die sie Elias stellen könnte.

»Mary ist sehr alt«, begann sie, »und außerdem krank. Meinen Sie, dass sie es war, die Axel getötet hat?«

»Niemand hat Papa getötet. Er muss gefallen sein.«

»Das können Sie vergessen. Die Gerichtsmedizin hat festgestellt, dass Axel auf eine Weise gestürzt ist, bei der es absolut am wahrscheinlichsten ist, dass er gestoßen wurde. Wenn Sie ihn nicht umgebracht haben, dann war es jemand anders.«

Elias kniff den Mund zusammen und antwortete nicht.

Zwei Kollegen stiegen aus ihrem Streifenwagen.

In Maria wuchs die Angst, als sie sah, wie sich Ray-Ray von ihnen entfernte.

Mit einem Mal musste alles andere warten.

Schnell schob sie die Tür auf.

»Passt auf diesen Mann hier auf«, sagte sie zu den Kollegen und zeigte auf Elias. »Er ist eben festgenommen worden.«

Ihre Schritte waren leicht und schnell, als sie zu Ray-Ray lief. Sie blieb hinter seinem Rücken stehen.

»Okay, danke«, sagte er. »Sowie wir aufgelegt haben, werde ich Kollegen schicken. Tun Sie nichts, bis die da sind. Versprechen Sie mir das.«

Dann beendete er das Gespräch, und obwohl er mit dem Rücken zu ihr stand, sah Maria an seinen Bewegungen, dass er einen neuen Anruf tätigte.

»Ray-Ray, was ist los?«

Er antwortete nicht.

Maria packte seinen Arm und drehte ihn herum.

»Jetzt antworte doch!«

Sie wich einen Schritt zurück, als sie seinen Gesichtsausdruck sah. Schockiert und aschegrau sah er aus.

»Es geht um August«, sagte er. »Paul hat ihn entführt.«

Das Auto stand eine Ewigkeit still. August unternahm ein paar hilflose Versuche, mit Paul zu sprechen, doch der weigerte sich zuzuhören und befahl August, die Klappe zu halten. Als der Wagen wieder zu rollen begann, begriff August nicht, was jetzt passieren würde. Paul öffnete beide Fenster vorne.

Kalte Luft quoll in den Wagen.

»Wohin fahren wir?«, fragte August.

Er hörte selbst, wie mickrig er klang.

»Das habe ich doch gesagt«, erwiderte Paul tonlos. »Es ist vorbei.«

Augenblicke später flogen sie. Oder tauchten. Oder beides.

August hatte keine besseren Worte für das, was passierte. Er merkte nur, dass plötzlich der Boden unter dem Auto weg war, und sie kippten.

Er hörte, wie der Wagen aufs Eis aufschlug.

Und als er die Schollen über die Frontscheibe kratzen sah, während das Auto unerbittlich weiter ins Meer sank und eiskaltes Wasser in den Wagen flutete, begriff er.

»Nein! Verdammt noch mal, nein!«

August konnte sich nicht erinnern, jemals so laut geschrien zu haben.

»Mach die Fenster zu! Mach sie zu!«

Es war zu spät.

Das begriff er noch. Alles war vorbei.

Das Wasser drang sofort in das Auto.

Eisig und perlend und grauenhaft kalt. August riss an seinen zusammengebundenen Armen und Beinen, zerrte wie besessen und schlug mit dem Kopf an die Rückenlehne.

Die Geräusche – das Kratzen, Raspeln, Schneiden – waren überall. Dann war das Auto unter der Wasseroberfläche, und es wurde still.

August hatte immer Angst vorm Ertrinken gehabt.

Jeder andere Tod erschien ihm besser, als in Eiswasser zu ertrinken.

Und nun drohte ihm genau das.

Der Wagen bewegte sich immer noch. Er konnte nicht erkennen, ob er schnell oder langsam sank, er hatte zu viele Eindrücke zu sortieren, um zu verstehen, wie viel Zeit vergangen war.

Als das Auto schließlich auf den Meeresgrund aufschlug, war der ganze Innenraum voller Wasser.

Die Kälte war schockierend.

Alles tat weh.

Körper, Kopf, Herz, alles.

August versuchte, den Atem anzuhalten, während er gleichzeitig strampelte, um sich zu befreien, sodass er aus dem Auto rauskommen könnte. Aber Muskeln ohne Sauerstoff sind schwach.

Seine Brust brannte, es brannte in der Lunge.

Und mit einer Gewissheit, die seinen ganzen Leib erfüllte, begriff er, dass dies das Ende war.

Sein Leben würde auf der Ladefläche eines Leichenwagens zu Ende gehen, den er gelb hatte lackieren lassen. Und wenn der Wagen jemals gefunden würde, dann würden sich die Leute wundern, dass ausgerechnet dieses Auto August Strindbergs Tod geworden war.

Die Lunge drohte zu platzen.

Guter Gott, du bekommst, was du willst, wenn du mich nur leben lässt.

August war ein recht tüchtiger Verhandler.

Er war es gewohnt, Kompromisse finden zu müssen.

Doch nicht diesmal.

Diesmal konnte er sich nicht einmal vorstellen, was er anbieten musste, um zu überleben. Paul war kein Gegenüber mehr. Das hier waren Mächte, die August nicht zu benennen vermochte.

Und im Grunde war es ja auch kein Geschäft.

Als er schließlich dem verzweifelten Bedürfnis des Körpers nach Sauerstoff nachgab und einen Atemzug aus der verbliebenen Luftblase im Auto nahm, wusste er, dass er nichts hätte tun oder sagen können, um das hier zu verhindern.

Es waren nur noch Sekunden, bis er das Bewusstsein verlieren würde, als er plötzlich einen Schatten erkannte, der sich im Wasser über dem Auto bewegte. Mit einem einfachen Rucken ging der Kofferraum auf.

Der Schatten begab sich ins Auto und wurde zu einer ganzen Person.

August Strindberg lächelte unter dem Klebeband.

Seine Mutter hatte sich getäuscht:

Man konnte durchaus vor dem Tod fliehen.

Zumindest, wenn man einen sturen Nachbarn namens Gunnar Wide hatte.

Chicago, den 3. Mai 1990

Hallo Mary,

ich hoffe, dir und dem Rest deiner Familie geht es gut! Ich werde direkt zur Sache kommen. Denise und ich werden wieder nach Hause nach Hovenäset ziehen. Wir sind an einem traurigen, aber logischen Wendepunkt angekommen, als Denises Vater vor einem knappen Monat gestorben ist. Jetzt hat sie keine Eltern mehr, und alle ihre Geschwister haben Chicago ebenfalls verlassen. Wir gehören einfach nicht mehr hierher. Und ich spüre immer stärker die Sehnsucht nach Hause, ich möchte, dass mein Sohn in Schweden aufwächst und nicht in den USA.

Ich werde zwei Wochen vor meiner Familie nach Hause ziehen. Hoffentlich gibt es dann die Möglichkeit, sich zu sehen, Mary. Es gibt nur wenige Menschen, denen ich so viel schulde wie dir. Ich glaubte tatsächlich, dich als Freundin zu verlieren, als vor knapp zehn Jahren alles so falsch gelaufen ist, und doch habe ich das nicht. Das hast du mir deutlich gezeigt, als du mir wie ein rettender Engel an diesem schrecklichen Sommertag 1988 ein Alibi gegeben hast. Vielleicht werde ich ein andermal erzählen, was wirklich geschah und warum ich deine Hilfe brauchte. Aber ich kann nur so viel sagen, dass Lydia keine ganz einfache Person war …

Wie auch immer. Ich vertraue darauf, dass du weiterhin darüber schweigen wirst. Wir zwei teilen ja überdies ein noch größeres Geheimnis. Ein Geheimnis, in das meine geliebte Denise übrigens immer noch nicht eingeweiht ist. Ich hoffe und glaube, weder du noch Bertil werden ihr etwas erzählen. Und auch nicht Elias oder Patricia. Die Schuld liegt bei uns, aber die Zukunft gehört ihnen. Lass uns das niemals vergessen.

Liebe Grüße,

Axel

März

»Ich liebe dich.«

Der Tod musste Langeweile haben, denn er gab sich nicht mit Axel Ehnbom zufrieden, sondern kehrte nur wenige Wochen später nach Hovenäset zurück, um noch einen Menschen zu holen.

Mary Thynell.

In dem Fall sprach man vom Tod als Befreiung.

Mary war lange krank gewesen und hatte am Ende ihres Lebens sehr gelitten.

Gunnar Wide mochte nicht wirklich akzeptieren, dass alle Menschen sterben mussten.

»Man sollte sein Veto einlegen können«, sagte er zu Ola. »Man sollte dabei sein und wählen dürfen.«

Ola nickte schweigend.

»Aber Mama ging es ja ziemlich schlecht«, sagte er.

Darauf hatte der Ältere keine Antwort.

Ola konnte sich nicht erinnern, Gunnar Wide jemals um Hilfe gebeten zu haben. Eines Tages stand er einfach auf der Schwelle zum Haus seiner Mutter und fragte, wie denn alles so ging.

»Doch danke, es läuft«, hatte Ola geantwortet.

Aber Gunnar hatte wohl gespürt, dass es nicht wirklich so war. Deshalb war er, ohne dass Ola begriff, wie es dazu kommen konnte, noch ein paar Stunden im Haus geblieben und dann an den Tagen, an denen Ola dort war und aufräumte, regelmäßig erschienen. Er hatte geholfen alles einzupacken, was weggeworfen werden sollte, und war mit zum Recycling-Hof gefahren. Meist war er still, aber manchmal redete er auch drauflos.

»Weißt du, man fragt sich ja schon. Warum hat sie das getan?«

Da wurde Ola wütend.

»Komm nicht auf die Idee, in diesem Mist herumzuschnüffeln«, warnte er Gunnar. »Hau ab von hier, wenn du nichts Vernünftiges zu sagen hast.«

Und damit war diese Diskussion beendet.

Zumindest da und dort.

Denn Ola war schon klar, dass getratscht wurde.

Die Leute hatten ja ihren Ohren nicht getraut. Mary sollte Axel getötet haben? Das konnte doch unmöglich stimmen.

Ola schämte sich jedes Mal, wenn er an Axel und das Drama dachte, das sich nach seinem Tod abgespielt hatte. Er musste sich ja eigentlich gar nicht schämen, aber es fühlte sich trotzdem so an.

Als alles einmal gesagt war, sprachen seine Mutter und er nicht viel über das, was passiert war. Am Ende war sie nämlich gezwungen gewesen zu gestehen. Im Verhör behauptete sie, sie sei von Verbitterung getrieben gewesen, weil Axel ihre Zuneigung abgewiesen hatte. Außerdem hatte sie ein ärztliches Attest, laut dem ihre starken Medikamente die Sinne beeinträchtigten. Weil seine Mutter im Sterben lag, erreichte die Gerichtsbarkeit sie nicht mehr, doch Beweise gab es genügend. Die Polizei akzeptierte ihr Geständnis und schien den Fall als aufgeklärt zu betrachten, wenn auch mit gewissen Lücken.

»Das Wichtigste habe ich geschafft«, sagte Mary, als Ola seine Bestürzung über ihr Geständnis ausdrückte. »Ich habe Patricia vor der Wahrheit über ihren Vater und ihren Bruder bewahrt.«

Es war kein unkomplizierter Prozess gewesen. Die Polizisten schienen zu durchschauen, dass ihnen Teile der Wahrheit vorenthalten wurden und wollten mehr erfahren. Ola war mehrfach als Zeuge vernommen worden, hatte aber kein Wort über all das verloren, was er erfahren hatte. Dasselbe galt für Elias.

Doch es genügte nicht, dass alle schwiegen oder logen. Es hatte noch mehr auf Hovenäset brennen müssen, um die Ordnung wiederherzustellen. Kurz nachdem Elias an jenem schrecklichen Nachmittag, an dem alles zur Sprache kam, das Haus verlassen hatte, erzählte Olas Mutter ihm, sie habe die Briefe, die Patricia zufällig gelesen hatte, verbrannt. Gleichzeitig ließ sie ihn wissen, wie erleichtert sie darüber gewesen sei, dass Patricia nur Axels Briefe zu lesen bekommen hatte und nicht die von ihr geschriebenen – die sich natürlich beim Empfänger befanden.

»Axel hat in Rätseln geschrieben«, hatte seine Mutter gesagt. »Ich jedoch nicht.«

Ola mochte keine Geheimnisse. Sie schadeten den Familien. Beziehungen gingen kaputt und Misstrauen gedieh. Und doch war das hier ein Geheimnis, von dem er sich vorstellen konnte, es zu hüten. Für seine Schwester und seine Nichte und seinen Neffen. Aber auch um seiner selbst willen. Dass Sams Eltern Halbgeschwister waren – das war einfach zu brutal, um es verarbeiten zu können.

»War Axel wirklich Sams Großvater?«, hatte Hillevi, die das von Sam gehört hatte, gefragt. »Und war er dann auch mein Großvater?«

»Nein«, hatte Ola so bestimmt geantwortet, wie er konnte. »Das war einfach nur blödes Gerede.«

Bisher hatte sie diese Lüge gekauft, und das würde sie hoffentlich auch in der Zukunft tun.

Hillevi und Sam sollten nach der Schule mit dem Bus nach Hovenäset kommen.

Hillevi wollte ihm helfen, die vielen Sachen von ihrer Oma einzupacken, und Sam wollte immer da sein, wo die anderen waren.

Die Kinder wohnten bis auf Weiteres bei Ola. Patricia hatte Hilfe bekommen und war zur Behandlung ihres Alkoholismus in eine Klinik geschickt worden. Wenn nur genug Zeit verstrich, dann würde sie hoffentlich gesund werden. Ola und die Kinder hatten sie in der Klinik besucht, aber Ola war nicht sicher, was er denken oder fühlen sollte. Patricia hatte schon so viele Chancen bekommen, neu anzufangen und das Richtige zu tun. Er hoffte zutiefst, dass sie diese besondere Gelegenheit besser ergreifen würde als all die anderen, die sie erhalten und vergeudet hatte. Man bekam nämlich nicht unendlich viele Chancen. Das galt für Patricia ebenso wie für alle anderen auch. Und die Kinder brauchten ihre Mutter.

Hingegen war es unmöglich, einen neuen Vater für Sam zu finden.

»Es ist Elias, das weiß ich«, hatte Patricia gesagt. »Ein anderer kann es nicht sein.«

Es war schwer, sie dazu zu bringen, diese Sache loszulassen, ohne ihr sagen zu müssen, dass Elias ihr Bruder war. Am Ende hatte Elias selbst in dieser Frage agiert. Er drohte ihr ganz einfach damit, der Polizei zu sagen, dass sie die Erpresserin von Axel war, wenn sie ihn nicht aus der Vaterschaftsuntersuchung heraushielt. Das nötigte Patricia dazu, den Ball flach zu halten, doch Ola war besorgt, was die Zukunft anging. Eines Tages würde Sam erwachsen sein, und dann bestand die Gefahr, dass er nach seinen biologischen Wurzeln suchte.

Was werde ich dann tun? dachte Ola. Sam können wir kaum mit Drohungen zum Schweigen bringen.

Da rief Hillevi nach ihm. Sam und sie standen im Arbeitszimmer der Oma.

»Guck mal, was Hillevi gefunden hat!«, rief Sam.

Er strahlte, als er sprach, und Ola schmolz dahin und lächelte. Seine Sprache war zurückgekommen, und jetzt konnte er fast nicht mehr still sein. Das war eine sehr willkommene Veränderung. Noch war Sam zu klein, um das Ausmaß dessen, was er gesehen hatte, zu verstehen, doch das bedeutete nicht, dass es unbemerkt an ihm vorübergegangen war. Nachts hatte er immer noch Albträume, aber immer seltener. Auch das war eine Veränderung, die Ola Hoffnung machte.

Sams Trauma würde ein Geheimnis bleiben.

Und mit der Zeit würde er vielleicht vergessen, was er gesehen hatte.

Doch eine Sache schmerzte noch mehr als alle anderen.

Auch Hillevi war von der Polizei verhört worden. Es gab eine

Zeugin, die Sam in der Nacht, als Axel starb, allein im Treppenhaus gesehen hatte. Die Polizei wollte wissen, ob Hillevi erklären könnte, warum.

»Sam ist raus ins Treppenhaus gegangen, um nach Mama zu suchen«, hatte sie geantwortet. »Aber nach ein paar Minuten ist er wiedergekommen.«

Der Gedanke, dass Hillevi wieder einmal die Verantwortung für die Erwachsenen übernommen hatte, diesmal, indem sie der Polizei gegenüber log, tat unendlich weh.

Alles, um eine Familie zu schützen, die über Generationen hinweg als schwierig bezeichnet worden war.

»Guck mal hier, die alte Schreibmaschine«, sagte Hillevi. »Wie unglaublich cool!«

Ola lächelte. Die Schreibmaschine hatte seinem Vater gehört. Ein großes, klobiges Ungetüm, rein mechanisch und nicht elektrisch.

»Möchtest du sie haben?«, fragte er.

Hillevi strahlte.

»Kriege ich die? In echt?«

»Na klar.«

»Danke!«

Hillevi hob das schwere Stück hoch und schleppte es zur Tür.

»Ich will auch damit spielen«, sagte Sam und rannte hinter ihr her.

Ola sah den beiden amüsiert nach. Zum Glück hatte Hillevi endlich eine Freundin gefunden, das bedeutete in ihrem Alter so unglaublich viel. Die Freundschaft hatte sie harmonischer und zufriedener gemacht, aber das hatte einige Wochen gebraucht. Es würde eine Weile dauern, bis sie über den Schock wegkam, dass ihre Oma eine Mörderin war. Ein paarmal wollte sie über all die Ereignisse und was sie erlebt hatten, reden. Ola hörte geduldig zu und antwortete so gut er konnte auf ihre Fragen, ohne mit einem einzigen Wort das Unnennbare zu erwähnen. Hillevi musste bereits genug Geheimnisse bewahren.

Hillevi kam ins Arbeitszimmer zurück. Sam blieb bei der Schreibmaschine.

Ola und sie packten gemeinsam eine Menge Bücher in Umzugskartons.

»Sag mal«, meinte Hillevi, »was werden wir denn mit all den Sachen von Oma machen, die wir selbst nicht haben wollen? Zum Beispiel mit dieser Puppensammlung. Sollen wir die auch wegwerfen? Oder geben wir sie zu Strindbergs Secondhand?«

Ola wandte sich ab.

Auch August war es übel ergangen. Der Ex seiner Freundin war offensichtlich vor Eifersucht wahnsinnig geworden und hatte versucht, ihn umzubringen. Ola wusste nachgerade unnötig viel über das Drama, das sich da abgespielt hatte, denn Gunnar konnte einfach nicht aufhören, darüber zu reden.

»Es ist mein Verdienst, dass Strindberg lebt«, pflegte Gunnar zu sagen. »Möchtest du, dass ich dir noch mal erzähle, wie das passiert ist?«

Ola sagt dann immer Nein, danke, doch das half nur wenig.

Es schmerzte nach wie vor, an August zu denken. Jedes Mal, wenn er nach Hovenäset fuhr, fürchtete er, zufällig auf ihn zu stoßen. Und jedes Mal, wenn er wegfuhr, ohne zufällig August begegnet zu sein, war er ein wenig enttäuscht.

»Wir schmeißen alles weg«, sagte Ola zu Hillevi.

»Oder wir geben die Sachen einem der Nachbarn. Ich weiß nicht einmal, ob dieser Secondhandladen jetzt offen ist, wo … alles ist so durcheinander.«

»Aber Ola, weinst du?«

Er schüttelte den Kopf.

»Nicht doch«, sagte er. »Aber du hast recht. Wir sollten nicht alles wegwerfen. Wir lösen es auf irgendeine Weise, aber nicht ausgerechnet heute.«

Sein Handy machte Pling.

Ola fluchte leise vor sich hin.

Das war wahrscheinlich Gunnar, der sich meldete. Oder seine Chefin.

Nie konnte er mal in Frieden sein, niemals hatte er seine Ruhe.

Hillevi packte weiter Bücher in einen Umzugskarton, während Ola das Handy rausholte und nachsah, wer sich bei ihm gemeldet hatte.

Erstaunt stellte er fest, dass die Nachricht weder von Gunnar noch von seiner Chefin kam.

Hallo!
Hier Patrik Steen. Ich habe vor ein paar Wochen auf der Konferenz im Smögens Hafvsbad schräg hinter dir gesessen. Braune, kurzgeschnittene Haare, blaues Hemd, übertrieben bereitwilliges Lächeln. Remember? Seither denke ich an dich. Hast du Lust, mal nach der Arbeit ein Glas Wein mit mir zusammen zu nehmen?
xxx
Patrik

Olas Herz klopfte.

»Was ist denn los?«, fragte Hillevi. »Ist was passiert?«

Jetzt sah sie wieder besorgt aus.

Ola lachte leise.

»Ja«, sagte er.

Hillevi lächelte vorsichtig.

»Was Gutes?«

Er nickte.

»Yes.«

Und dann antwortete er:

Ich erinnere mich an dich. Und treffe mich gern mit dir.

»Der Stückelmord«, sagte Ray-Ray.

Er saß mit Maria auf der Kaimauer im Zentrum von Kungshamn, und beide aßen Windbeutel von der Hafenbäckerei. Die Wolken hingen dick am Himmel, aber solange es nicht regnete, zog Maria vor, draußen zu sein und nicht im Wohnwagen.

»Was ist mit dem Stückelmord?«, fragte sie.

»Jemand sollte diese Ermittlung noch mal neu aufrollen.«

»Warum das denn?«

Ray-Ray zuckte mit den Schultern.

»Es ist ein Fall, der immer wiederkehrt«, erklärte er. »Wir werden ihn nicht los. Lass uns doch mal Roland fragen, was er meint. Vielleicht ist es etwas für die Cold-Case-Gruppe.«

Sie saßen ein Moment lang schweigend da. Die Vögel kreischten, und hinter ihnen drückte ein junger Kerl auf seinem Moped aufs Gas, als wolle er zum Mond schanzen.

»Alles in Ordnung?«, fragte Ray-Ray.

Sie nickte.

»Wirklich? Du kennst meine Meinung.«

»Dass ich mich hätte krankschreiben lassen und zu Hause bleiben sollen. Um über alles wieder und wieder nachzudenken. Nein, danke.«

Sie sah über das Meer. Bald würde der Frühling Einzug halten. Der Himmel würde blau sein, aber manchmal würde es auch regnen, und es wäre immer, immer windig. Die Pendelschiffe würden wieder nach Smögen rüberfahren, und alles, was jetzt braun war, würde erblühen und grün werden.

Sie hatte die Bedeutung von Seelenfrieden viel zu lange unterschätzt. War nur mit anderem beschäftigt gewesen, wovon sie meinte, es sei das Leben, mit Dingen die hauptsächlich schwer, dunkel und belastend waren.

Doch damit war Schluss.

Jetzt würde alles wieder hell.

Vielleicht nicht heute und vielleicht nicht morgen, aber bald. Sehr bald.

Ray-Ray baumelte mit den Beinen und schaute aufs Wasser. Das Eis war geschmolzen und das Wasser grau-blau.

»Wir sitzen hier wie zwei Kindergartenkinder«, sagte er. »Ein Sinnbild für schlechte Polizeiarbeit. Zwei Idioten, die lange Kaffeepausen machen und Windbeutel futtern.«

»Ich finde, wir haben unsere Pausen und unsere Windbeutel verdient«, entgegnete Maria.

»Da ist Gunnar Wide aber anderer Meinung«, gab Ray-Ray zurück.

Maria lachte laut los.

»Oje! Dieser Mann! Warum musstest du ihn unbedingt erwähnen?«

Jetzt lachte auch Ray-Ray.

»Ich finde, wir sprechen viel zu selten von Gunnar. Er ist schließlich ein richtiger Held. Oder sowohl ein Held als auch ein Antiheld.«

Da konnte Maria nur zustimmen.

Ein Held, weil er im Unterschied zu buchstäblich allen anderen, inklusive Maria, Augusts Leichenwagen mit jemand anderem als August am Steuer gesehen hatte und sofort hinter dem Auto hergefahren war, während er gleichzeitig die Polizei anrief. Er hatte gerade an der Tankstelle neben dem Rettungsdienst gestanden und getankt, als Augusts gelbes Auto vorbeisauste.

Vierzehn mal.

So oft musste Gunnar die verschiedenen Nummern anrufen, ehe er schließlich Ray-Ray erwischte und ernst genommen wurde. Da wurde endlich mal jemand wach. Die Streife, die Roland zu

Augusts Laden geschickt hatte, war noch nicht mal so weit gekommen zu entdecken, dass August verschwunden war.

Paul hatte den Leichenwagen von einem unbewachten Hafen vor Ljungskile direkt ins Meer gefahren. Er selbst war auf dem Vordersitz angeschnallt, und August lag, Arme und Beine fest mit Tape umwickelt, im Laderaum, sodass er sich nicht aus dem sinkenden Wagen befreien konnte.

Ein diabolischer Plan, der nur von einem einzigen Faktor gestört wurde: Gunnar Wide.

Gunnar war zu nett, um zu begreifen, was er da gesehen hatte. Deshalb wurde er, nach Ray-Rays Meinung, auch zu einem Antihelden. Dreiundachtzig Jahre alt beschloss er, das einzig Richtige zu tun (so drückte er sich hinterher gegenüber der Polizei aus) und sich in das eiskalte Wasser zu stürzen, um zuerst August an die Oberfläche zu ziehen (»Da musste man nur die Kofferraumklappe öffnen!«), und dann, um Paul zu retten (»Der benahm sich verdammt komisch – leistete Widerstand und schlug um sich!«).

Paul hatte nicht die Absicht gehabt zu überleben, das konnten sie aus Gunnars Zeugenaussage entnehmen. Und vielleicht würde er seinen Willen auch bekommen, das wusste noch niemand sicher. Denn es hatte einige Zeit gedauert, ehe Gunnar ihn an die Wasseroberfläche bekam, und da war er bereits bewusstlos gewesen. Momentan lag er auf einer Intensivstation in Uddevalla im Koma, wurde künstlich beatmet und reagierte nicht auf äußere Stimuli. Die Ärzte waren alles andere als sicher, dass er überleben würde.

Maria versuchte, die verschiedenen Szenarien von sich fernzuhalten.

Alles, worauf es ankam, war, dass August überlebt hatte, dass er lebte und gesund war. Und so war es.

Maria wandte den Kopf, sodass sie seinen Laden sehen konnte. Es sah aus, als brannte dort Licht, doch das war aus der Entfernung schwer zu erkennen.

»Du bist okay? Sicher?«

Ray-Ray folgte ihrem Blick. »Ja, ich bin okay. Hör auf zu nerven.«

»Jetzt klingst du wie Vera in Hamburgsund.«

»Vera in Hamburgsund? Was ist mit Carola in Lysekil passiert?«

»Aber mit der wollte ich doch Schluss machen, jetzt konzentrier dich mal ein bisschen.«

Maria kicherte.

Eine Krankschreibung hätte ihr nicht gutgetan. Nicht nach all dem, was passiert war. Sie brauchte Routinen, etwas, was sie in der Spur hielt. Natürlich könnte sie sich auch die Zeit damit vertreiben, neue Samen zu kaufen und ein (sehr kleines) Gewächshaus für Augusts Garten zu planen, doch das würde nicht genügen. Maria war derzeit nicht imstande, sich selbst zu motivieren. Da war sie dankbar, eine Arbeit zu haben, zu der sie gehen konnte.

»Soll man heute Abend eigentlich was mitbringen?«, fragte Ray-Ray. »Zum Abendessen?«

»Vielleicht Vera in Hamburgsund?«

»Auf gar keinen Fall, denn dann glaubt sie, es sei ernst mit uns.«

Das Abendessen war Augusts Idee gewesen. Sein Freund Henrik aus Stockholm war zu Besuch, und August meinte, es wäre doch nett, ihn mit Ray-Ray bekannt zu machen.

»Wie ein soziales Experiment«, hatte er gesagt. »Die beiden sind gewissermaßen dieselbe Art Tiere, aber dennoch unterschiedlich.«

Maria hoffte, dass es nett werden würde.

»Es fühlt sich an, als wäre unsere Pause jetzt vorbei«, sagte Ray-Ray. »Sollen wir womöglich zurück zum Wohnwagen gehen?«

»Yes.«

Widerwillig verließen sie ihre Plätze auf der Kaimauer.

»Glaubst du, dass wir den Wohnwagen jemals loswerden?«, fragte Maria.

»Kacken Krokodile in der Dusche?«

»Was?«

»Du musst Nein antworten. Nein, Krokodile kacken nicht in der Dusche, und nein, wir werden den Wohnwagen nicht loswerden.«

»Ich glaube es heißt: ›Kacken Krokodile im Teich?‹«

»Ja, aber das machen die doch. Es muss eine Frage sein, auf die man mit Nein antworten muss.«

Maria schob ihren Arm unter den von Ray-Ray.

»Das Beste an dir ist, dass du so logisch und vorhersehbar bist«, verkündete sie.

Ray-Ray strahlte.

»Danke! Das hast du schön gesagt.«

Der Spaziergang zurück zum Wohnwagen dauerte ein Weilchen. Ray-Ray klagte darüber, dass sie nicht das Auto genommen hatten, und Maria fand, sie hätten mit dem Fahrrad fahren sollen.

»Gib zu, dass du erstaunt warst, dass es Mary Thynell gewesen sein soll, die Axel Ehnbom die Treppe heruntergestoßen hat«, sagte Ray-Ray. »Ich war es jedenfalls.«

»Ich auch«, gab Maria zu. »Aber es stört mich, dass wir die Sache mit der Erpressung nicht haben klären können. Ich weiß, dass es Patricia war. Wie konnten diese Briefe so plötzlich einfach verschwinden? Mary hat ja behauptet, sie hätte niemals welche gehabt.«

»Sie hat gelogen«, sagte Ray-Ray. »Sie wusste dasselbe wie alle anderen, nämlich dass ihre Tochter sich der Erpressung schuldig gemacht hatte. Und dass sie selbst damals gelogen hat, als sie Axel bei der Ermittlung zum Mord an Lydia Broman ein Alibi gegeben hat.«

»Und da sind wir wieder«, sagte Maria. »Beim Stückelmord.«

»Und wir werden noch oft dort landen«, meinte Ray-Ray. »Muss ich dich daran erinnern, dass wir immer noch nicht wissen, warum Axel Ehnbom Lydia Broman gefilmt hat? Und wir haben nach wie vor keine Ahnung, warum sie so ängstlich aussah, als sie die Kamera entdeckte.«

»Das stimmt«, sagte Maria.

Wann immer sie an die Ermittlung im Fall von Axel Ehnboms Tod dachte, war sie frustriert. Sie war fest davon überzeugt, dass es noch eine größere Geschichte gab als die, die Mary, Ola und Elias ihnen aufgetischt hatten. Sollte Mary wirklich Axel getötet haben, weil er sie abgewiesen hatte? Das glaubten weder Maria noch Ray-Ray, auch wenn sie ansonsten beide Marys Geständnis für echt hielten.

Und dann war da noch die Erklärung von Elias, warum er mitten in der Nacht nach Hovenäset gefahren war.

Auch damit stimmte irgendetwas nicht.

Mal im Ernst, wer fuhr tausend Kilometer, um ein Bootshaus zu retten? Doch trotz endloser Vernehmungen waren sie nicht weitergekommen. Es gelang ihnen nicht, Elias' Version zu widerlegen und der Wahrheit näher zu kommen, ohne dass einer der Beteiligten anfing zu reden, war auch nicht möglich. Und jetzt war Mary tot. Diejenige, die zweifellos am meisten zu erzählen gehabt hätte, schwieg für immer.

»Das Kind«, sagte Maria.

»Wie bitte?«

Ray-Ray sah auf.

»Das Kind«, sagte Maria wieder. »Wir haben schließlich sowohl in Axels Haus als auch im Garten Spuren von einem Kind gefunden. Ich möchte wissen, wer dieses Kind war.«

»Das möchten wir alle«, gab Ray-Ray zu bedenken. »Aber wir haben es versucht, und ich glaube, wir müssen aufgeben, obwohl das keinen Spaß macht. Leider.«

»Vielleicht«, sagte Maria.

Sie waren gerade an der Gesundheitszentrale auf der Parkgatan vorbeigekommen, als Ray-Rays Handy klingelte. Während er ranging, fuhr eine Frau auf dem Fahrrad vorbei. Im Kindersitz auf ihrem Gepäckträger saß ein Kind, das Maria fröhlich zuwinkte. Sie winkte zurück.

Sie hatte gesehen, wie August Paare mit Kindern ansah, ohne jedoch etwas zu sagen. Sie hatte das Feuer in seinem Blick gesehen, sie wusste, dass er sich danach sehnte.

Gib mir ein bisschen Zeit, dachte sie. Gib mir ein bisschen Zeit, damit ich dich einholen kann.

Ray-Ray blieb stehen.

»Okay, danke«, sagte er und legte auf. Seine Bewegungen waren langsam, als er das Handy zurück in die Tasche schob.

Unter ihren Füßen öffnete sich die Angst wie ein schwarzes Loch.

»Was ist los?«, fragte sie.

»Scheinbar hast du dein Handy auf lautlos. Das waren die vom Krankenhaus in Uddevalla. Pauls Zustand hat sich rapide verschlechtert. Es könnte sein … vielleicht hat er nicht mehr so viele Stunden. Sie wissen es nicht. Was willst du tun? Willst du … sollen wir?«

Plötzlich fühlte es sich an, als wären ihre Ohren zu, als hätte jemand sie von der Welt abgeschnitten, in der alle anderen lebten und sich bewegten.

Ray-Rays Unsicherheit machte die Sache nicht besser, sondern verstärkte nur das Gefühl von Unwirklichkeit.

»Maria? Hast du gehört?«

Sie nickte langsam.

Als sie schließlich sprach, war sie selbst erstaunt darüber, wie ruhig sie klang:

»Ich will, dass du mich zu ihm bringst. Ich will da sein, wenn er stirbt.«

Es kam vor, dass er von dem eiskalten Wasser träumte. Es kam auch vor, dass er träumte, er würde sterben. Das war am schlimmsten. Dann wachte er schweißgebadet und mit einem Druck über der Brust auf, der seinen Verstand bedrohte.

Ansonsten ging es August Strindberg gut.

Sogar so gut wie lange nicht.

»Was werden wir heute Abend essen?«, erkundigte sich Henrik. »Ich dachte, wenn ich hier fertig bin, fahre ich mal zum Systemet und besorge was zu trinken.«

Es war seine Idee gewesen, dass er in der Lese-Ecke des Ladens die Bücher sortieren könnte.

»Damit hier mal ein bisschen Ordnung einkehrt«, hatte er gesagt.

Und jetzt war er fast fertig.

August betrachtete das Werk seines Freundes.

»Du hast die Bücher nach der Farbe der Buchrücken sortiert«, stellte er fest.

»Gib zu, dass es hübsch aussieht.«

»Hübsch vielleicht, aber es ist doch unpraktisch. Wie soll man jetzt was finden?«

Henrik stöhnte.

»Verdammt noch mal, warum musst du immer so kleinkariert sein? Bücher hat man, weil es stylish ist und man intellektuell wirken möchte.«

»Manche von uns wollen sie tatsächlich auch lesen«, entgegnete August.

»Ach was, das sagst du nur, um mehr Sex zu haben.«

August lachte laut.

»Ich finde es herrlich, dass du so große Stücke auf mich hältst«, sagte er.

Henrik strich mit der Hand über die Buchrücken.

»Du darfst das hier jetzt nicht verändern«, sagte er.

»Nein, natürlich nicht«, erwiderte August.

Henrik stellte ein letztes Buch an seinen Platz.

»Du hast nicht gesagt, was wir essen werden«, sagte er.

»Ich dachte, ich grille Fisch- und Meeresfrüchtespieße«, antwortete August. »Und dann machen wir ein paar kalte Soßen dazu und Reis.«

»Reis?«

»Das passt doch sehr gut zu Fisch und Meeresfrüchten.«

Henrik seufzte.

»Werden du und ich jemals wieder ein anständiges Stück Rindfleisch zusammen essen?«

»Henrik.«

»Ja?«

»Wir haben gestern Entrecôte gegessen. Obwohl wir an der Westküste sind, wo man eigentlich nichts anderes als Fisch isst.«

»Ja stimmt, das haben wir«, erwiderte Henrik und sah erleichtert aus.

Er fuhr sich mit der Hand durch das Haar. August hatte schon bemerkt, dass sein Freund sich eine neue Frisur zugelegt hatte. Der Pony fiel länger ins Gesicht, fast zu lang. So wie Olof Palme ausgesehen hatte. Doch den Kommentar sparte sich August lieber. Henrik würde sich alle Haare abrasieren, wenn er hörte, wem er ähnlich sah.

»Du hast das hier schön gemacht.«

Henrik sah sich im Laden um.

»Danke, ich bin auch sehr zufrieden«, erwiderte August.

Sein Freund bekam einen wehmütigen Blick.

»Du wirst hierbleiben, oder?«

August nickte.

Es fühlte sich an, als würde er mit dem Herzen nicken. Pauls wahnsinnige Entführung hatte nicht viel Gutes mit sich gebracht, doch als direkte Konsequenz daraus, dass August dem Tod so nahe gewesen war, betrachtete er nun das Leben mit einer ganz anderen Klarheit.

Es machte Spaß zu leben.

Und er liebte seinen neuen Platz auf der Erde. Hovenäset und Kungshamn. Besser als das ging nicht. Es hatte nun kein offizielles Fest zu seinem Halbjahres-Jubiläum gegeben, doch er entwarf große Pläne für sein Einjähriges, das im Herbst stattfinden würde.

»Ich werde garantiert hierbleiben«, sagte August. »Aber ich werde dich bald in Stockholm besuchen.«

»Wann denn?«, fragte Henrik.

»Ostern ist dieses Jahr früh. Vielleicht dann?«

Hendrik sah zufrieden aus.

»Passt perfekt«, sagte er. »Bring Maria mit.«

»Selbstverständlich.«

Henrik räusperte sich.

»Apropos Selbstverständlichkeiten«, begann er, »du wirst dir doch ein neues Auto kaufen, oder?«

»Ich dachte schon, du würdest nie fragen«, gab August zurück.

Henrik betrachtete ihn mit zweifelndem Blick.

»Wenn du sagst, dass du dir einen neuen gelben Leichenwagen gekauft hast, dann schreie ich«, warnte er.

»Noch besser«, erklärte August.

Henrik erstarrte.

»Bitte sag, dass es ein normales Auto ist, sonst weiß ich nicht, was ich noch denken soll.«

August lachte leise.

»Ich werde es erzählen«, sagte er, »aber nicht vor heute Abend.«

Henrik gab ein lang gezogenes Stöhnen von sich.

»Wer auf etwas Gutes wartet …«, begann August.

Henrik schüttelte den Kopf und vollendete den Satz:

»… ist doch dumm im Kopf.«

August lachte wieder.

»Ich gehe jetzt mal ins Systembolaget«, verkündete Henrik. »Oder brauchst du noch bei irgendetwas anderem Hilfe?«

August betrachtete, was sein Freund im Bücherregal angerichtet hatte.

»Nein danke«, sagte er.

»Undankbarer Sturkopf«, erwiderte Henrik und lächelte.

Dann zog er seine Jacke an und ging zur Tür.

»Gleich zurück«, sagte er.

Das Zimmer, in dem Paul lag, war in hellen Farben gehalten. Die Türen waren weiß, die Wände beige, und die Anzahl der auf verschiedene Art mit seinem Körper verbundenen Schläuche war unüberschaubar.

Maria näherte sich dem Bett.

»Hier können Sie sich hinsetzen«, sagte eine Krankenschwester hilfsbereit und zog einen Stuhl heraus.

Doch Maria wollte sich nicht auf den Stuhl setzen.

Stattdessen ließ sie sich auf der Bettkante nieder.

»Das geht natürlich auch gut«, beeilte sich die Krankenschwester zu sagen und nahm den Stuhl wieder weg.

Maria ließ ihren Blick über die Reste des Menschen im Bett wandern. Pauls einst so kräftiger Körper hatte sich während der Zeit am Beatmungsgerät verändert. Die Muskeln waren geschwunden, und er war stark abgemagert. Die Wangenknochen waren markanter als zuvor, und sogar die Finger sahen dünn aus. Und dann die Haare. Das dunkle, dichte Haar, schon während der Untersuchungshaft zu lang geworden, war jetzt in Unordnung.

»Sie müssen wissen, er spürt nichts«, sagte die Krankenschwester. »Er hat keine Schmerzen. Es kann helfen, das zu wissen, wenn man jemanden in diesem Zustand sieht.«

»Ich verstehe«, erwiderte Maria. Sie fragte sich, was die Krankenschwester von ihrer und Pauls Beziehung wusste. Wahrscheinlich überhaupt nichts.

Ray-Ray war in wahnsinniger Geschwindigkeit nach Uddevalla gefahren. Kaum ein Wort hatten sie gewechselt, ehe er vor dem Klinikeingang anhielt.

»Ich werde nur eben das Auto parken«, hatte er gesagt. »Dann komme ich rauf zu dir.«

»Danke«, hatte Maria geantwortet, »aber ich möchte mit ihm allein sein.«

»Dann warte ich draußen auf dem Flur.«

»Es könnte länger dauern. Wir wissen nicht, was passieren wird.«

»Ich warte.«

Ohne nachgesehen zu haben, wusste Maria es. Er stand vor der Tür und wartete, und da würde er stehen, bis sie wieder rauskam.

Auf einem der Displays flimmerte eine Kurve auf.

Die Krankenschwester beugte sich mit gerunzelter Stirn vor und drückte einen Knopf.

»Ich nehme an, es hat ihnen jemand erzählt, was passiert ist?«, fragte sie.

Maria nickte.

Ein Arzt hatte sie abgefangen und sich die Zeit genommen, es zu erklären. Als Folge einer Lungenentzündung, die er sich zugezogen hatte, als er Meerwasser in die Atemwege bekam, hatte Paul eine Blutvergiftung erlitten. Außerdem hatte er mehrere Pfropfen in einem Lungenflügel. Es sah schlecht aus. Richtig schlecht.

»Die nächsten Stunden werden entscheidend sein«, hatte der Arzt gesagt.

Die Krankenschwester strich Maria über den Arm.

»Sagen Sie Bescheid, wenn Sie etwas brauchen«, sagte sie. »Wir kommen sofort.«

»Danke.«

Die Schuhe der Krankenschwester quietschten, als sie das Zimmer verließ.

Eine lange Zeit verging. Maria dachte keinen einzigen konkreten Gedanken. Sie saß einfach da auf der Bettkante und ließ die Zeit fließen.

Dann streckte sie langsam eine Hand aus und legte sie auf die von Paul.

»Hallo«, flüsterte sie und drückte die Hand leicht.

Paul rührte keine Miene und erwiderte ihre Bewegung auch nicht.

Maria schluckte.

Es war nicht alles schlecht gewesen. Nicht immer. Nicht von Anfang an. Nicht, als sie füreinander neu gewesen und seine Dämonen noch nicht zu ihren geworden waren. Da hatte es viele Momente gegeben, die ganz oder zum Teil als glücklich beschrieben werden konnten.

Ich habe dich einmal geliebt, dachte sie und merkte, wie ihr die Tränen in die Augen stiegen. Warum zum Teufel hat das nicht ausgereicht?

Von der einst großen Leidenschaft war nichts mehr übrig geblieben.

Alles Schöne war verschwunden.

Jahre waren vergangen, ohne dass sie Liebe empfunden hatte.

Wie hatte sie nur die Kälte, in der sie lebte, so lange akzeptieren können?

Terror.

Sie hatte reinsten Terror erlebt.

Und dann hatte Paul seine selbstgebastelte Hölle damit gekrönt, dass er versuchte August umzubringen.

»Was, wenn dir das gelungen wäre«, flüsterte Maria. »Begreifst du denn, wie sehr du mich damit verletzt hättest?«

Die Tränen rannen, tropften vom Kinn auf das Bettzeug und auf Pauls Arm.

Das Beatmungsgerät blies neue Luft in seinen Brustkorb, der sich in einem Takt, den die Maschine bestimmte, hob und senkte.

Maria strich mit den Fingerspitzen über die Hand, die sie hielt.

Wie oft hatte sie vor Pauls Händen Angst gehabt, vor seiner Kraft, vor seinem Misstrauen.

Unzählige Male.

Doch hier und jetzt empfand sie keinen Zorn, keinen Hass.

Mehr Überlegenheit als hier würde sie nie empfinden. Paul war völlig hilflos. Schwer krank, wahrscheinlich dem Tod nahe.

»War es das wert?«, fragte Maria leise. »War es das wirklich wert, Paul?«

Sie strich die Tränen von den Wangen.

Einer der Apparate piepte, und sie hob sofort den Blick. Der Laut verklang, das Beatmungsgerät arbeitete weiter.

Maria schluckte.

»Ich brauche einen Abschluss«, flüsterte sie. »Begreifst du das nicht?«

Die Maschinen zischten und keuchten.

Der Brustkorb hob und senkte sich.

Und da.

Vielleicht war es nur ein unfreiwilliger Impuls, ein Muskelkrampf in einem Körper, der viel zu lange dagelegen hatte. Doch sie spürte es ganz deutlich.

Für einen schwindelerregenden Augenblick erwiderte Paul den Druck.

Nur ganz schwach, kaum spürbar, aber dennoch unmöglich zu verpassen.

Hier hast du deinen Abschluss, Maria.

Die Tränen flossen.

Ein Alarm ging los.

Laut und durchdringend.

Binnen weniger Sekunden war das Zimmer voller Pflegepersonal. Maria wich vom Bett zurück und stellte sich an die Wand.

Jemand legte einen Arm um sie.

Ray-Ray.

Minute um Minute verging. Dann veränderte sich die Energie im Raum. Alle eiligen Bewegungen hörten auf, die erhobenen Stimmen verstummten. Alles wurde still.

Der Arzt, der Maria empfangen hatte, tauchte in ihrem Blickfeld auf.

»Es tut mir furchtbar leid. Wir haben getan, was wir konnten. Und Paul ebenso.«

Maria nickte schwach.

»Das hat er gewiss«, flüsterte sie.

Es war vorüber.

Paul war tot.

Sie war frei.

Der Schlüsselbund rasselte, als August die Tür zum Laden abschloss. Er und Henrik standen auf der Straße, bereit, nach Hause nach Hovenäset zu fahren. Henrik schwang die Tüte vom Systembolaget und beobachtete ihn schweigend.

»Was ist jetzt denn?«, fragte August.

»Diese verdammten Schlüssel. Das ist der übelste Opa-Schlüsselbund. Mein Großvater hatte so einen.«

August schüttelte den Kopf.

»Ich werde niemals so cool werden wie du«, sagte er. »Wann wirst du das endlich begreifen?«

»Ungefähr dann, wenn ich dich davon überzeugt habe, dass du dir ein fettes neues Auto kaufen musst.«

»Dann mal viel Glück«, erwiderte August.

Sein Handy klingelte.

Maria.

Er ging im Gehen ran. Sie waren mit Henriks Auto nach Kungshamn gefahren, und nun würden sie mit dem auch nach Hause zurückkehren.

»August? Kannst du reden?«

Marias Stimme klang dünn, fast zitternd.

August blieb wie angewurzelt stehen.

»Natürlich.«

Ich habe immer Zeit für dich, dachte er. Das musst du doch nicht fragen.

»Er ist gerade gestorben, August. Paul ist gestorben.«

Eine Stille breitete sich aus.

Viele Sekunden tickten, ehe August begriff, dass er derjenige war, der sie mit Worten füllen musste.

Aber was sollte er sagen?

»Mein Beileid.«

Neue Stille.

Mein Beileid? Im Ernst?

Ich bin einfach so total hinterher, dachte August.

Das Handy in der Hand fühlte sich schwer an.

Sehr schwer.

Henrik beobachtete ihn mit ängstlicher Miene.

»August?«, fragte Maria.

»Entschuldige, dass ich nichts sage. Ich weiß irgendwie nicht, was von mir erwartet wird. Ich …«

»Das ist okay. Ich verstehe schon. Ich wollte nur anrufen und es erzählen. Wir sehen uns heute Abend. Ich möchte, dass wir das Abendessen machen wie geplant. Ich möchte unter Freunden sein. Kuss.«

»Kuss.«

Sie legten auf. Henrik starrte ihn mit aufgeregtem Blick an.

»Was wollte sie?«, fragte er. »Ist etwas passiert?«

August stand einen Moment schweigend da. Der Kloß in seinem Hals wurde immer größer.

Unter einer sehr dünnen Haut von Selbsterhaltungstrieb pochte das Weinen.

Sein Blut kochte von tausend Gefühlen.

Erleichterung, Trauer, Freude, Liebe.

Maria rief wieder an.

Er ging so schnell ran, dass er das Telefon fast fallen ließ.

»Ich habe etwas zu sagen vergessen.«

Hatte sie noch mehr neue Nachrichten?

»Ich liebe dich, August.«

Die Haut zerplatzte, und die Tränen flossen.

»Ich liebe dich auch.«

Nachwort und Dank der Autorin

Ich hatte Bohuslän noch nie in winterlicher Landschaft gesehen, kein einziges Mal. Erst im Februar 2021.

Wenige Stunden, nachdem ich die Wetterprognose für Hovenäset und Kungshamn angeschaut hatte, beschloss ich zu reisen. Denn da herrschte genau das Winterwetter wie in meinem Buch: Kälte, Frost, Schnee, knackige Luft und Sonne vom klaren blauen Himmel.

Ich steckte mitten in der Arbeit an »Das Feuer im Bootshaus« und dachte, jetzt oder nie. Es wiederholt sich ja vieles, aber es würde keine weiteren von der Sonne geküssten Winter geben, ehe ich mit meinem Manuskript fertig sein musste. Also packte ich die Tasche, und am Abend saß ich schon im Zug nach Göteborg, um dann mit dem Bus weiter nach Hovenäset zu fahren. Die Reise gehörte zu dem, was man Research und Inspiration nennt, und so etwas braucht man unbedingt. Trotzdem möchte ich daran erinnern, dass das hier eine erfundene Geschichte ist. Und dass alle möglichen Ähnlichkeiten mit der Wirklichkeit völlig unbeabsichtigt sind. Ebenso sind alle Figuren die im Buch vorkommen, ausschließlich ein Produkt meiner eigenen, ungezügelten Fantasie.

Es gibt keinen anstrengenden Gunnar, der die Interessenvereinigung von Hovenäset leiten könnte.

Es gibt keinen ermordeten Axel und keine schwer kranke Mary.

Von richtigen Orten und Zusammentreffen inspiriert zu werden ist eine Sache, ein Buch zu schreiben, dessen hauptsächliches Ziel ist zu unterhalten, etwas völlig anderes. Doch eine lebendige Fantasie und hunderttausend Zeichen auf dem Papier reichen nicht aus, um ein Buch zu schaffen. Es gibt viele Menschen, die mir auf unterschiedliche Weise bei der Arbeit an diesem Buch geholfen haben.

Zunächst möchte ich meinem Verlag und meiner Lektorin danken. Ich bin so froh, dass wir zusammengekommen sind! In der Branche spricht man laut und gern von den »Muskeln von Bonnier«, aber ich möchte auch die Wärme, die Geschicklichkeit und die Begeisterung hervorheben, die mir während meiner ersten achtzehn Monate als Schriftstellerin im Buchverlag Forum entgegengebracht wurden. Denn was wären alle diese Muskeln, wie groß sie auch sein mögen, ohne Herz, Hirn und Leidenschaft? Wahrscheinlich etwas viel Schwächeres und Langweiligeres, nehme ich an.

Einen besonderen Dank möchte ich an meine Lektorin Susanne Romanus richten. Danke für dein enormes Engagement und deinen scharfen Blick auf mein Manuskript! Danke auch an meinen kreativen Manuskriptentwickler John Häggblom für kluge Ideen und unterhaltsame Gespräche und Danke an meinen messerscharfen Redakteur Andreas Lundberg für seine sorgfältige Textkorrektur.

Auch Caroline Ernsth, Charlotta Larsson, Göran »The true king of sales« Wiberg, Emelie Hollbox, Adam Dahlin, Annie Kabala und all den anderen souveränen Menschen bei Bokförlaget Forum möchte ich danken, die weiterhin alles dafür tun, dass August und ich es gut haben und noch mehr Leser erreichen.

Danke auch an Karin Wahlén von Kult PR für eine raffinierte und zuverlässige PR-Arbeit.

Dank auch an die Salomonsson Agency, wo man weiterhin hart und energisch daran arbeitet, dass meine Bücher auf den vielen Märkten der Welt Leser finden. Ein besonderer Dank geht an meine Agentin Julia Angelin!

Danke an Maria Sundberg für einen weiteren schicken schwedischen Umschlag.

Dank an Martin Wallström für die phänomenale Lesung für das Hörbuch der Originalausgabe.

Und aus der Tiefe meines Schriftstellerherzens: einen warmen Dank an alle herrlichen Bewohner von Hovenäset, die den ersten Strindberg-Krimi »Die Tote im Sturm« gelesen und gefeiert haben! Es bedeutet mir unendlich viel, dass ihr August in eure Herzen geschlossen und mich in eurer Gemeinschaft auf Hovenäset willkommen geheißen habt. Ein besonders großer Dank geht an Maria Hamrefors für alle Tatkraft und Großzügigkeit!

Und schließlich: Dank an meine wunderbaren Freunde und meine großartige Familie! Es ist ein Geschenk, euch in meinem Leben zu haben. Danke!

»Schwesterherz ist ein rasant erzählter Thriller, der mit immer neuen Wendungen überrascht.«

NDR

480 Seiten. ISBN 978-3-7341-0694-1

Staatsanwalt Martin Benner will Bobby Tell eigentlich schnellstmöglich wieder loswerden: Dieser ungepflegte, nach Zigaretten stinkende Kerl wirkt erst mal wenig vertrauenswürdig. Sein Anliegen ist nicht weniger prekär: Tells Schwester Sara – eine geständige fünffache Mörderin, die sich noch vor der Verfahrenseröffnung das Leben nahm – soll unschuldig gewesen sein, und Benner soll nun posthum einen Freispruch erwirken. Vor Gericht hätte die Beweislage damals nicht mal ausgereicht, um Sara zu verurteilen, doch unbegreiflicherweise legte sie ein umfassendes Geständnis ab und konnte sogar die Verstecke der Tatwaffen präzise benennen. Benners Neugier ist geweckt, und er nimmt das Mandat an …

Lesen Sie mehr unter: **www.blanvalet.de**